MROCZNE MATERIE

to najsłynniejsza, obok „Władcy Pierścieni", trylogia fantastyczna XX wieku, zdobywczyni wielu prestiżowych nagród literackich, m.in. Nagrody Whitbreada, przyznanej autorowi za „Bursztynową lunetę", którą ogłoszono Książką Roku 2001 w Wielkiej Brytanii. Trzy części sagi nawiązującej do „Raju utraconego" Miltona, „Odysei" Homera i poezji Williama Blake'a, wydane w latach 1995–2000, znajdują się nieprzerwanie na listach bestsellerów w wielu krajach. Akcja „Mrocznych materii" rozgrywa się w kilku światach równoległych – w naszym wszechświecie, w świecie do niego podobnym, ale jednocześnie odmiennym i w innym, obcym wszechświecie. Przez te miejsca wędruje para bohaterów – Lyra, „nowa Ewa", która wdaje się w walkę ze Stwórcą Ziemi i czczącym go Kościołem zła, by uwolnić ludzkość od trwającego od wieków zniewolenia przez księży, królów i Boga, oraz jej towarzysz – Will, chłopiec z ziemskiej Anglii, posiadacz magicznego noża. Wypełnienie wielkiej misji obalenia Królestwa Niebieskiego i zastąpienia go republiką, starają się uniemożliwić im agenci religii i dewoci, dla których zabicie Lyry/Ewy to święte zadanie.

Philip Pullman (ur. 1946), nauczyciel i wykładowca literatury angielskiej, najwybitniejszy współczesny autor powieści dla dzieci i młodzieży, w tym słynnej trylogii „Mroczne materie" cieszącej się ogromną popularnością na całym świecie. Zdobywca wielu prestiżowych nagród literackich, m.in. Smarties Prize, Carnegie Medal, Whitbread Award, Guardian Children's Fiction Award. Odznaczony Orderem Imperium Brytyjskiego w 2002. Przez niektóre kręgi katolickie uważany za „najbardziej niebezpieczne pióro dzisiejszej Anglii".

W cyklu MROCZNE MATERIE:

ZORZA PÓŁNOCNA

MAGICZNY NÓŻ

BURSZTYNOWA LUNETA

W przygotowaniu:

OKSFORD LYRY

KSIĘGA PYŁU

PHILIP PULLMAN

MROCZNE MATERIE I

ZORZA PÓŁNOCNA

Z angielskiego przełożyła
EWA WOJTCZAK

ALBATROS
Wydawnictwo
A. Kuryłowicz

WARSZAWA 2004

Tytuł oryginału:
HIS DARK MATERIALS I: NORTHERN LIGHTS

Redakcja: Małgorzata Pogoda

Ilustracja na okładce: Jacek Kopalski

Projekt graficzny okładki: Andrzej Kuryłowicz

Pierwsze polskie wydanie książki ukazało się nakładem
Wydawnictwa Prószyński i sp.

ISBN 83-7359-065-X

Dystrybucja

Firma Księgarska Jacek Olesiejuk
Kolejowa 15/17, 01-217 Warszawa
tel./fax (22)-631-4832, (22)-632-9155, (22)-535-0557
www.olesiejuk.pl/www.oramus.pl

Wydawnictwo L & L/Dział Handlowy
Kościuszki 38/3, 80-445 Gdańsk
tel. (58)-520-3557, fax (58)-344-1338

Sprzedaż wysyłkowa

Internetowe księgarnie wysyłkowe:
www.merlin.pl
www.ksiazki.wp.pl
www.vivid.pl

WYDAWNICTWO ALBATROS
ANDRZEJ KURYŁOWICZ
adres dla korespondencji:
skr. poczt. 55, 02-792 Warszawa 78

Warszawa 2004. Wydanie I
Skład: Laguna
Druk: Białostockie Zakłady Graficzne S.A., Białystok

W głąb tej otchłani dzikiej, co natury
Łonem jest, mogąc być także jej grobem,
Gdyż morza, brzegów, powietrza ni ognia
Tam nie ma, wszystkie one są w zarodku
Zmieszane, walcząc z sobą wiekuiście,
Chyba że Stwórca Wszechmogący zechce
Z materii mrocznych tworzyć nowe światy;
W głąb tej otchłani dzikiej Wróg przemyślny
Spoglądał chwilę, stojąc na krawędzi
Piekieł i podróż rozważając swoją... *

John Milton, „Raj utracony", księga II

---

* Przeł. Maciej Słomczyński

Akcja „Zorzy północnej" — pierwszego tomu trylogii pt. „Mroczne materie" — rozgrywa się we wszechświecie podobnym do naszego, ale jednocześnie różniącym się od niego pod wieloma względami.

Akcja drugiego tomu dzieje się we wszechświecie, który znamy.

Tom trzeci to podróż między tymi wszechświatami.

Część pierwsza
Oksford

1

Karafka z tokajem

Lyra i jej dajmon szli przez ciemniejący Refektarz. Starali się trzymać jednej strony, aby ich nie dostrzeżono z Kuchni. Trzy wielkie stoły, ustawione wzdłuż sali, już przygotowano: srebra i szkło chwytały resztki dziennego światła, długie ławy czekały na gości. Wysoko na ścianach wisiały w mroku portrety poprzednich rektorów. Lyra dotarła do podestu i spojrzała za siebie na otwarte drzwi do Kuchni. Nie zauważyła nikogo, podeszła więc do profesorskiego stołu. Tutaj zastawa była złota, a nie srebrna, natomiast zamiast dębowych ław stało czternaście mahoniowych krzeseł z aksamitnymi poduszkami.

Lyra zatrzymała się obok krzesła Rektora i lekko stuknęła paznokciem w największą szklankę. Brzęk kryształu wypełnił cały Refektarz.

— Nie traktujesz tego poważnie — wyszeptał jej dajmon. — Jednak zachowuj się przyzwoicie.

Jej dajmon miał na imię Pantalaimon i obecnie przybrał postać ciemnobrązowej ćmy, dzięki czemu był niewidoczny w mrocznym pomieszczeniu.

— W Kuchni robią zbyt wiele hałasu, aby mogli nas usłyszeć — odszepnęła Lyra. — A póki nie zabrzęczy dzwonek, Kamerdyner nie wejdzie. Przestań zrzędzić.

Jednak położyła dłoń na brzęczącym krysztale, a Pantalaimon ruszył naprzód i przeleciał przez uchylone drzwi Sali Seniorów przy drugim końcu podestu. Po chwili wrócił.

— Nie ma nikogo — szepnął. — Ale musimy się pospieszyć.

Lyra pochyliła się lekko i w tej pozycji przemknęła za stołem profesorskim, po czym wpadła do Sali Seniorów. Tam wyprostowała się i rozejrzała. Pokój oświetlał jedynie ogień z kominka. Jaskrawy płomień palących się drewien lekko migotał, w komin strzelały fontanny iskier. Lyra mieszkała w Kolegium przez większą część swego życia, nigdy dotąd nie widziała jednak Sali Seniorów, ponieważ wolno tam było przebywać jedynie Uczonym i ich gościom płci męskiej. Kobiety nigdy tam nie wchodziły, nawet służące. Obowiązek sprzątania Sali Seniorów spoczywał na samym Majordomusie.

Pantalaimon usiadł na ramieniu swej właścicielki.

— Zadowolona? Możemy już iść? — szepnął.

— Nie bądź głupi! Chcę się rozejrzeć!

Pomieszczenie było ogromne. Znajdował się w nim owalny stół z polerowanego drewna różanego, na którym stało kilka karafek i kieliszków oraz srebrna misa z tytoniem i stelaż z fajkami. Ze stołem sąsiadował kredens, a na nim stało małe srebrne naczynie i koszyczek z makówkami.

— Niezłe tu mają wygody, prawda, Pan? — spytała cicho Lyra.

Usiadła w jednym z zielonych skórzanych foteli. Był tak głęboki, że niemal się zapadła, lecz po chwili udało jej się złapać równowagę. Wsunęła stopy pod pośladki i wpatrzyła się w portrety na ścianach. Starzy Uczeni w togach, brodaci i posępni, spoglądali z ram z ponurą dezaprobatą.

— Jak sądzisz, o czym oni tu gadają? — spytała Lyra, ale zanim skończyła mówić, usłyszała za drzwiami głosy.

— Za fotel... szybko — szepnął Pantalaimon i dziewczynka natychmiast zeskoczyła i skuliła się za fotelem. Nie była to najlepsza kryjówka, ponieważ wybrała fotel w samym środku sali i jeśli nie będzie się zachowywać naprawdę cicho...

Drzwi się otworzyły i światło w pomieszczeniu zmieniło się: jeden z przybyłych przyniósł lampę i postawił ją na kredensie. Lyra dostrzegła nogi w ciemnozielonych spodniach i lśniące czarne buty — był to służący. Wtedy odezwał się ktoś głębokim głosem:

— Czy Lord Asriel już przyjechał?

Głos należał do samego Rektora. Lyra wstrzymała oddech i zobaczyła, że do pomieszczenia wbiega dajmona służącego (był to pies, tak jak dajmony wszystkich służących) i spokojnie siada przy stopach swego pana. Potem Lyra zauważyła również nogi Rektora w zniszczonych czarnych butach, które zawsze nosił.

— Nie, Rektorze — powiedział Majordomus. — Także nie było jeszcze wiadomości od Aërodocka.

— Gdy przyjedzie, z pewnością będzie głodny. Zaprowadź go od razu do Refektarza, dobrze?

— Tak, Rektorze.

— Czy nalałeś dla niego tego znakomitego tokaju?

— Tak, Rektorze. Jak pan kazał, rocznik tysiąc osiemset dziewięćdziesiąty ósmy. Pamiętam, że Jego Lordowska Mość bardzo go sobie ceni.

— Tak. Teraz zostaw mnie samego.

— Potrzebuje pan lampy, Rektorze?

— Zostaw mi ją. Zajrzyj tu podczas kolacji, aby przyciąć knot.

Majordomus skłonił się lekko i obrócił do wyjścia. Jego dajmona posłusznie pobiegła za nim. Ze swojej nie najlepszej kryjówki Lyra obserwowała, jak Rektor podchodzi do wielkiej dębowej szafy w rogu sali, zdejmuje z wieszaka togę i z mozołem ją wkłada. Był potężnym mężczyzną, jednak dawno już skończył siedemdziesiąt lat i jego ruchy były niezgrabne i powolne. Dajmona Rektora miała postać kruka i gdy tylko jej pan włożył togę, sfrunęła z szafy i usadowiła się w swoim ulubionym miejscu, na prawym ramieniu mężczyzny.

Lyra czuła, że Pantalaimon aż drży z niepokoju, chociaż nie wydawał żadnych dźwięków. Sama natomiast była przyjemnie podniecona. Wspomniany przez Rektora Lord Asriel był jej wujem i człowiekiem, którego podziwiała, choć równocześnie bardzo się go bała. Mówiono o nim, że zajmuje się polityką na najwyższym szczeblu, tajnymi badaniami i jakimiś działaniami wojennymi, i Lyra nigdy nie wiedziała, kiedy się zjawi. Był porywczym mężczyzną i gdyby przyłapał ją tutaj, zostałaby srogo ukarana. Wchodząc do Sali Seniorów, wiedziała jednak, na co się naraża.

A to, co zobaczyła w chwilę później, zupełnie zmieniło całą sytuację.

Rektor wyciągnął z kieszeni zwitek papieru i położył go na stole. Wyjął korek z karafki wypełnionej znakomitym winem w kolorze złota, rozwinął papier, wsypał do płynu biały proszek, po czym papier zmiął i wrzucił w ogień. Następnie wyjął z kieszeni ołówek i zamieszał wino, a gdy proszek się rozpuścił, umieścił korek z powrotem na miejscu.

Jego dajmona wydała z siebie krótki, cichy skrzek. Rektor odpowiedział coś półgłosem i z posępną miną rozejrzał się wokół, wreszcie wyszedł tymi samymi drzwiami, którymi wszedł do sali.

— Widziałeś to, Pantalaimonie? — szepnęła Lyra.

— Oczywiście, że widziałem! Teraz wyjdźmy szybko, zanim przyjdzie Kamerdyner!

Jednak kiedy to powiedział, z drugiego końca Refektarza dobiegł dźwięk dzwonka.

— To dzwonek Kamerdynera! — stłumionym głosem wykrzyknęła Lyra. — Sądziłam, że mamy więcej czasu.

Pantalaimon pofrunął do drzwi Refektarza i szybko wrócił.

— Kamerdyner już tam jest — powiedział. — A tamtymi drzwiami też nie możesz wyjść...

Drugie drzwi, którymi wyszedł Rektor, prowadziły do ruchliwego korytarza łączącego Bibliotekę i Świetlicę Uczonych. O tej porze tłoczyli się tu mężczyźni, którzy wkładali togi przed kolacją albo spieszyli, by zostawić papiery lub teczki w Świetlicy. Lyra planowała wyjść przez Refektarz, sądziła bowiem, że minie jeszcze kilka minut, zanim zabrzęczy tam dzwonek Kamerdynera.

Gdyby nie widziała, jak Rektor wsypuje proszek do wina, mogłaby zaryzykować gniew Kamerdynera albo mieć nadzieję, że nikt jej nie zauważy w ruchliwym korytarzu. Była jednak zdenerwowana i z tego powodu się zawahała.

Wtedy usłyszała ciężkie kroki na podeście. To nadchodził Kamerdyner, by sprawdzić, czy Sala Seniorów jest przygotowana na rytuał palenia maku i picia wina, którymi Uczeni raczyli się po wieczerzy. Lyra skoczyła w stronę dębowej szafy, otworzyła ją, schowała się w środku i szarpnęła drzwi, zamykając je tuż przed wejściem Kamerdynera. Nie bała się o Pantalaimona, pokój był przecież w ciemnym kolorze, a w najgorszym razie jej dajmon mógł wpełznąć pod krzesło.

Słyszała głośne sapanie Kamerdynera, a przez szparę niedomkniętych drzwi szafy obserwowała, jak ustawia fajki w stelażu przy misie z tytoniem i przygląda się karafkom i kieliszkom. Potem mężczyzna obiema rękami przygładził włosy nad uszami i powiedział coś do swojej dajmony. Należał do służby, więc jego dajmoną był pies; ponieważ Kamerdyner był jednym z ważniejszych służących, miał piękną rudą seterkę. Dajmona wydawała się podejrzliwa i spoglądała wokół, jak gdyby wyczuwała intruza, ale ku wielkiej uldze Lyry nie skierowała się w stronę szafy. Lyra bała się Kamerdynera, który już dwukrotnie ją uderzył.

Nagle usłyszała szept; to oczywiście Pantalaimon wcisnął się do szafy i dotarł do swej właścicielki.

— Będziemy musieli tu teraz tkwić. Dlaczego mnie nie posłuchałaś?

Nie odpowiedziała, póki Kamerdyner nie wyszedł. Nadzorował obsługę profesorskiego stołu — na tym polegała jego praca. Słysząc mamrotanie i odgłosy szurania, Lyra domyśliła się, że do Refektarza wchodzą Uczeni.

— Dobrze, że cię nie posłuchałam — szepnęła — ponieważ nie widzielibyśmy wtedy, jak Rektor wsypuje truciznę do wina. To był tokaj, o który prosił Majordomusa, Pan! Oni zamierzają zabić Lorda Asriela!

— Nie wiesz, czy to trucizna...

— Och, oczywiście, że tak. Nie pamiętasz, że zanim ją wsypał, kazał Majordomusowi wyjść z pokoju? Gdyby to było coś niewinnego, nie miałoby znaczenia, czy tamten na niego patrzy. Poza tym dobrze wiem, że coś się tutaj dzieje... coś politycznego. Służący rozmawiają o tym od wielu dni. Pan, być może zapobiegniemy morderstwu!

— Nigdy nie słyszałem większych bredni — odparł krótko dajmon. — Skąd wiesz, czy wytrzymasz w tej ciasnej szafie bez ruchu przez cztery godziny? Wyjdę i chociaż rozejrzę się w korytarzu. Powiem ci, kiedy będzie pusto.

Sfrunął jej z ramienia i dziewczynka zobaczyła w smudze światła jego maleńki cień.

— Nie, Pan, ja zostaję — oświadczyła. — Tu jest jeszcze jedna toga czy coś w tym rodzaju. Położę ją na podłodze szafy i będzie mi wygodnie. Po prostu muszę zobaczyć, co się będzie dalej działo.

Ostrożnie się wyprostowała, szukając po omacku wieszaków, które mogłyby narobić hałasu, i stwierdziła, że szafa jest większa, niż sądziła. Było w niej wiele akademickich tog podszytych jedwabiem, niektóre także obszyte futrem.

— Zastanawiam się, czy wszystkie należą do Rektora... — szepnęła. — Kiedy dostaje honorowe tytuły z innych akademii, być może dają mu też eleganckie togi, które trzyma tutaj, by się czasem w nie wystroić... Pan, naprawdę sądzisz, że to nie trucizna jest w tym winie?

— Nie — odrzekł. — Myślę dokładnic tak jak ty. Tyle że to nie nasza sprawa. Uważam, że jeśli się w to wmieszasz, będzie to najgłupsza rzecz ze wszystkich, jakie zrobiłaś w życiu. Nie mamy z tym nic wspólnego.

— Nie bądź głupi — zdenerwowała się Lyra. — Nie mogę tu siedzieć i patrzeć, jak ktoś truje Lorda Asriela!

— W takim razie chodźmy gdzie indziej.

— Jesteś tchórzem, Pan.

— Oczywiście, że jestem. A mogę spytać, co zamierzasz? Chcesz wyskoczyć z szafy i wyrwać mu kieliszek z drżących palców? To ci chodzi po głowie?

— Jeszcze nic nie wymyśliłam i dobrze o tym wiesz — odburknęła cicho. — Widziałam jednak, co zrobił Rektor, nie mam więc wyboru. Wiesz chyba, co to jest sumienie, prawda? Jak mogę po prostu stąd odejść, usiąść w Bibliotece czy w jakiejś innej sali i zająć się swoimi sprawami, skoro wiem, co się tu zdarzy? W każdym razie, możesz być pewny, że nigdzie się nie wybieram!

— Tego właśnie chciałaś przez cały czas — powiedział po chwili. — Chciałaś się tutaj ukryć i obserwować. Dlaczego nie domyśliłem się wcześniej?

— W porządku, masz rację — odparła. — Wszyscy wiedzą, że w tej sali odbywa się coś tajemniczego. Jakiś rytuał czy coś w tym rodzaju. Chciałam zobaczyć, co się tu dzieje.

— Nic nam do tego! Jeśli mają jakieś sekrety, to ich sprawa. A ukrywanie się i szpiegowanie to zabawa dla głupiutkich dzieci.

— Znam to na pamięć. Przestań wreszcie gderać.

Przez jakiś czas siedzieli w milczeniu. Lyrze było niewygodnie na twardej podłodze szafy, a Pantalaimon z pozoru zajął się sobą — usiadłszy na jednej z tog, szarpał swe owadzie czułki. Lyra miała w głowie kłębowisko myśli i niczego bardziej nie pragnęła, niż podzielić się nimi ze swoim dajmonem, jednakże była na to zbyt dumna. Postanowiła, że musi sobie z nimi poradzić bez jego pomocy.

Przede wszystkim odczuwała niepokój, lecz nie był to lęk o siebie. Miała kłopoty wystarczająco często, aby się do nich przyzwyczaić. Tym razem niepokoiła się o Lorda Asriela. Zastanawiała się też, jaki sens ma wszystko to, co widziała. Lord Asriel nieczęsto odwiedzał Kolegium, a ponieważ ostatnimi czasy wzrosło napięcie polityczne, można było przypuszczać, że nie przybędzie tu po prostu jeść, pić wino i palić fajkę z kilkoma starymi przyjaciółmi. Lyra wiedziała, że zarówno on, jak i Rektor są członkami Rady Rządowej, specjalnej grupy doradczej, powołanej przy Premierze, może więc jego przyjazd wiązał się właśnie z tą funkcją; tyle że posiedzenia rady odbywały się przecież w Pałacu, a nie w Sali Seniorów Kolegium Jordana.

Poza tym krążyła pewna plotka, o której służący Kolegium szeptali od paru dni. Mówiło się mianowicie, że Tatarzy najechali Rosję i teraz płyną na północ, do Sankt Petersburga, skąd łatwo mogą opanować Morze Bałtyckie i później całą zachodnią Europę. A Lord Asriel był przecież na dalekiej Północy; kiedy Lyra widziała go po raz ostatni, przygotowywał wyprawę do Laponii...

— Pan — szepnęła.

— Tak?

— Sądzisz, że będzie wojna?

— Jeszcze przez jakiś czas nie. Gdyby miała wybuchnąć na przykład w przyszłym tygodniu, Lord Asriel nie przyjeżdżałby tu na kolację.

— Też tak myślę. Ale za jakiś czas?

— Cicho! Ktoś nadchodzi.

Lyra usiadła i zbliżyła oko do szpary w drzwiach. Do pokoju wszedł Majordomus i zgodnie z poleceniem Rektora zamierzał wyregulować lampę. Świetlica i Biblioteka były oświetlone anbarycznym światłem, ale w Sali Seniorów Uczeni woleli łagodniejsze światło starych lamp naftowych. Za życia Rektora z pewnością nikt tego nie zmieni.

Majordomus przyciął knot, dorzucił kolejną szczapę do ognia, a potem stanął, uważnie nasłuchując, przy drzwiach do Refektarza i wziął garść liści z misy z tytoniem.

Ledwie odłożył pokrywkę, przekręciła się gałka w drzwiach prowadzących na korytarz; Majordomus podskoczył nerwowo. Lyra musiała mocno nad sobą panować, aby się nie roześmiać. Mężczyzna pospiesznie wsunął liście do kieszeni, po czym odwrócił twarz ku nowo przybyłemu.

— Lord Asriel! — wykrzyknął.

Po plecach Lyry przebiegł zimny dreszcz. Z miejsca, w którym się znajdowała, nie mogła dojrzeć przybysza i próbowała powstrzymać odruch, aby wyjść i go zobaczyć.

— Dobry wieczór, Wren — odparł Lord Asriel. Ilekroć Lyra słyszała jego surowy głos, czuła i radość, i lęk. — Spóźniłem się na kolację. Poczekam tutaj.

Majordomus zrobił niepewną minę, w zasadzie goście wchodzili bowiem do Sali Seniorów tylko na zaproszenie Rektora, jednak Lord Asriel popatrzył przenikliwym wzrokiem na wybrzuszenie w jego kieszeni, toteż służący postanowił nie protestować.

— Czy mam powiadomić Rektora, że przybyłeś, mój panie?

— Nie zaszkodzi. Możesz mi też przynieść kawę.

— Dobrze, mój panie.

Majordomus skłonił się i pospieszył do wyjścia; jego dajmona posłusznie ruszyła w ślad za nim. Wuj Lyry podszedł do ognia i wyciągnął ręce wysoko nad głowę, po czym ziewnął, otwierając szeroko usta. Miał na sobie strój podróżny. Lyra przypomniała sobie, jak bardzo zawsze ją przerażał, gdy go widziała. Nie mogła już wyjść niezauważona; musiała siedzieć bez ruchu i mieć nadzieję, że sytuacja sama się jakoś rozwiąże.

Za Lordem Asrielem stała jego dajmona — irbis.

— Zamierzasz urządzić tu projekcję? — spytała cicho.

— Tak. Po co robić zamieszanie i przenosić się do Sali Wykładowej? Zechcą zapewne także zobaczyć okazy; poślę za chwilę po Portiera. To kiepska pora, Stelmario.

— Powinieneś odpocząć.

Lord Asriel usiadł w jednym z foteli i Lyra straciła z oczu jego twarz.

— Tak, wiem. Powinienem się również przebrać. Istnieje prawdopodobnie jakiś starożytny ceremoniał, który pozwoliłby im ukarać mnie za to, że wszedłem do tej sali nieodpowiednio ubrany. Powinienem przespać kilka dni. Fakt, że...

Rozległo się stukanie i wszedł Majordomus ze srebrną tacą, na której stał dzbanek z kawą i filiżanka.

— Dziękuję, Wren — powiedział Lord Asriel. — Czy w tej karafce na stole jest tokaj?

— Rektor polecił, aby go nalać specjalnie dla ciebie, mój panie — odrzekł Majordomus. — Z rocznika tysiąc osiemset dziewięćdziesiąt osiem pozostały jedynie trzy tuziny butelek.

— Cóż, wszystko, co dobre, przemija. Postaw przy mnie tacę. Och, i poproś Portiera, aby przyniósł dwie skrzynie, które zostawiłem w Portierni, dobrze?

— Tutaj, mój panie?

— Tak, tutaj. Będę też potrzebował ekranu i rzutnika. Tutaj i zaraz!

Majordomus o mało nie otworzył ust ze zdziwienia, udało mu się jednak stłumić pytanie czy też protest.

— Wren, zapominasz, gdzie jest twoje miejsce — uprzedził go Lord Asriel. — Nie wypytuj mnie. Po prostu rób, co ci każę.

— Dobrze, mój panie — odparł Majordomus. — Jeśli mogę coś zasugerować, może powinienem zawiadomić pana Cawsona, co pan planuje, w przeciwnym razie bowiem będzie nieco zdumiony. Rozumie pan, co chcę przez to powiedzieć.

— Hm. W takim razie, powiedz mu.

Pan Cawson był Kamerdynerem. Od dawien dawna trwała nieustanna i zaciekła rywalizacja między nim a Majordomusem. Kamerdyner był teoretycznie wyższy rangą, ale jego przeciwnik miał więcej okazji, by wkraść się w łaski Uczonych, i w pełni z tego korzystał. Był więc zadowolony, ilekroć mógł popisać się przed Kamerdynerem bogatszą wiedzą na temat zdarzeń w Sali Seniorów.

Służący skłonił się i wyszedł. Lyra obserwowała, jak jej wuj nalewa kawę do filiżanki, wypija od razu i nalewa ponownie, a potem wolno pije łykami. Była zdumiona. Skrzynie z okazami? Rzutnik? Co tak pilnego i ważnego jej wuj zamierzał pokazać Uczonym?

Nagle Lord Asriel wstał i odwrócił się od ognia. Lyra widziała go teraz w całej okazałości i dziwiła się, jak bardzo się różnił od zażywnego Majordomusa albo od stale zgarbionych i ospałych Uczonych. Lord Asriel był wysokim mężczyzną o potężnych ramionach, srogiej, ponurej twarzy i błyszczących oczach, w których czaiła się ironia. Było to oblicze człowieka czynu o silnej osobowości; na tej twarzy nigdy nie pojawiał się wyraz tkliwości czy współczucia. Ruchy mężczyzny były swobodne i idealnie wyważone, niczym ruchy dzikiego zwierzęcia, a kiedy przebywał w małym pomieszczeniu, rzeczywiście przypominał dzikie zwierzę trzymane w zbyt małej klatce.

Lord Asriel z zatroskaną miną spoglądał przed siebie w zamyśleniu. Dajmona zbliżyła się i oparła łeb na jego biodrze, a on spojrzał na nią dziwnym wzrokiem, po czym odwrócił się i podszedł do stołu. Lyra poczuła nagle, jak żołądek podchodzi jej do gardła, ponieważ Lord Asriel otworzył karafkę z tokajem i zaczął nalewać wino do szklanki.

— Nie!

Ten cichy okrzyk wydobył się z jej ust, zanim zdołała go zdusić. Lord Asriel usłyszał go i błyskawicznie się odwrócił.

— Kto tu jest?

Nie była w stanie nad sobą zapanować. Wyskoczyła z szafy i rzuciła się, by wytrącić kieliszek z ręki wuja. Wino rozlało się po stole i dywanie, kieliszek spadł i rozbił się. Lord Asriel chwycił ją za nadgarstek i mocno wykręcił jej rękę.

— Lyro! Co tu, u diabła, robisz?

— Puść mnie, to ci powiem!

— Chyba najpierw złamię ci rękę. Jak śmiesz tu wchodzić?

— Właśnie uratowałam ci życie!

Milczeli przez moment. Dziewczynka krzywiła się z bólu i z trudem powstrzymywała krzyk, mężczyzna, marszcząc brwi, pochylał się nad nią.

— Co powiedziałaś? — spytał ciszej.

— To wino jest zatrute — wymamrotała przez zaciśnięte zęby. — Widziałam, jak Rektor wsypywał do niego jakiś proszek.

Lord Asriel puścił ją. Upadła na podłogę, a Pantalaimon niespokojnie usiadł na jej ramieniu. Wuj patrzył na nią z góry, tłumiąc wściekłość, a Lyra nie śmiała spojrzeć mu w oczy.

— Weszłam tu tylko po to, żeby zobaczyć, jak wygląda ta sala — wyjaśniła. — Wiem, że nie powinnam, ale zamierzałam wyjść, zanim ktokolwiek się zjawi. Usłyszałam jednak, że wchodzi Rektor, i znalazłam się w pułapce. Jedyną możliwą kryjówką była szafa. Siedząc tam, widziałam, jak Rektor wsypuje proszek do wina. Gdybym nie...

Rozległo się pukanie do drzwi.

— To Portier — powiedział Lord Asriel. — Wracaj do szafy. Jeśli usłyszę choćby najcichszy odgłos, postaram się, abyś pożałowała, że żyjesz.

Lyra natychmiast rzuciła się z powrotem do szafy. Ledwo zamknęła drzwi, Lord Asriel zawołał:

— Wejść!

Tak jak przypuszczał, był to Portier.

— Tutaj, mój panie?

Dziewczynka dostrzegła starca, który stał niepewnie w progu, a za nim zauważyła róg wielkiej drewnianej skrzyni.

— Tu będzie dobrze, Shuter — odparł Lord Asriel. — Wnieście je obie i postawcie przy stole.

Lyra odprężyła się trochę, a wtedy poczuła ból w ramieniu i nadgarstku. Był na tyle dotkliwy, aby wywołać płacz, ale nie należała do dziewcząt, które płaczą. Jednak zacisnęła zęby i zaczęła lekko poruszać ramieniem, by rozluźnić mięśnie.

Wtedy rozległ się brzęk tłuczonego szkła i chlupot rozlanego płynu.

— Niech cię diabli, Shuter, jesteś nieuważnym starym głupcem! Zobacz, co narobiłeś!

Lyra spojrzała w tamtą stronę. Jej wujowi udało się zrzucić ze stołu karafkę z tokajem w taki sposób, jakby przydarzyło się to Portierowi. Starzec ostrożnie postawił pudło i zaczął się tłumaczyć:

— Bardzo przepraszam, mój panie... Nie sądziłem, że stoję tak blisko...

— Przynieś coś do wytarcia. Idź, zanim wsiąknie w dywan!

Portier i jego młody pomocnik pospiesznie wyszli. Lord Asriel zbliżył się do szafy i powiedział szeptem:

— Skoro już tu jesteś, możesz się przydać. Obserwuj uważnie Rektora, kiedy wejdzie. Jeśli zauważysz coś interesującego, obiecuję, że nie będziesz miała jeszcze większych kłopotów, niż te, w które już się wpakowałaś. Zrozumiałaś?

— Tak, wuju.

— Pamiętaj, jeśli narobisz hałasu, nie pomogę ci. Musisz sobie wtedy radzić sama.

Odszedł i stanął odwrócony plecami do ognia. Portier wrócił z miotłą i szufelką na rozbite szkło oraz z miską i szmatą.

— Mogę tylko raz jeszcze powiedzieć, mój panie, że najpokorniej przepraszam. Nie wiem, co...

— Po prostu posprzątaj ten bałagan.

Kiedy Portier zaczął wycierać wino z dywanu, rozległo się stukanie, a potem wszedł Majordomus ze służącym Lorda Asriela imieniem Thorold. Nieśli razem ciężką skrzynię z polerowanego drewna z mosiężnymi uchwytami. Zobaczyli, co robi Portier, i zatrzymali się zaskoczeni.

— Tak, to był tokaj — odezwał się Lord Asriel. — Niestety. Czy to rzutnik? Thoroldzie, postaw go przy szafie, jeśli łaska. Ekran będzie na górze z drugiej strony.

Lyra stwierdziła, że przez szparę w drzwiach będzie widziała ekran i to, co się na nim ukaże, i zastanawiała się, czy wuj celowo tak zarządził. Wykorzystała chwilowy hałas, jaki robił służący, rozwijając sztywne płótno i zakładając je na ramę, i wyszeptała:

— Widzisz? Warto było przyjść, prawda?

— Może tak — odszepnął z rezerwą Pantalaimon cieniutkim głosikiem ćmy — a może nie.

Lord Asriel stał przy ogniu, sącząc ostatnią filiżankę kawy i patrząc posępnie, jak Thorold otwiera klapkę rzutnika i odkrywa soczewkę, a potem sprawdza zbiorniczek z naftą.

— Nafty jest dużo, mój panie — stwierdził. — Mam posłać po technika do obsługi?

— Nie, obsłużę go sam. Dziękuję, Thoroldzie. Czy kolacja już się skończyła, Wren?

— Sądzę, że właśnie kończą posiłek, mój panie — odpowiedział Majordomus. — Jeśli właściwie zrozumiałem pana Cawsona, Rektor i jego goście nie zamierzają się ociągać, skoro wiedzą, że jesteś tutaj. Czy mam zabrać tacę z kawą?

— Weź ją i odejdź.

— Dobrze, mój panie.

Majordomus wziął tacę, lekko się ukłonił i wyszedł. Thorold poszedł za nim. Kiedy tylko drzwi się zamknęły, Lord Asriel spojrzał przez pokój na szafę i Lyra poczuła siłę jego spojrzenia prawie tak mocno, jak gdyby miało fizyczną postać, jakby było strzałą albo włócznią. Potem spojrzał w bok i powiedział coś cicho do swojej dajmony.

Irbisica podeszła i usiadła spokojnie u jego boku, czujna, dumna i niebezpieczna; jej zielone oczy w ślad za czarnymi oczyma Lorda Asriela zlustrowały pokój. Potem odwróciła się i spojrzała na drzwi do Refektarza; gałka na nich obróciła się. Lyra nie widziała drzwi, ale kiedy wszedł pierwszy mężczyzna, usłyszała jego oddech.

— Rektorze — zagaił Lord Asriel. — Właśnie wróciłem. Wprowadź swoich gości. Chcę wam pokazać coś bardzo interesującego.

2
Północ

— Lordzie Asrielu — odezwał się Rektor zmęczonym głosem i podszedł, aby uścisnąć gościowi dłoń. Ze swojej kryjówki Lyra obserwowała oczy Rektora, widziała, jak mężczyzna szybko spojrzał ku stołowi, gdzie wcześniej stał tokaj.

— Rektorze — odparł Lord Asriel. — Przybyłem późno, więc nie chciałem przeszkadzać wam w kolacji i pozwoliłem sobie poczekać tutaj. Witam, Prorektorze. Cieszę się, że tak dobrze pan wygląda. Proszę wybaczyć mi mój niezbyt elegancki strój, ale dopiero co wylądowałem. Tak, tak, Rektorze, tokaj się zmarnował. Zdaje się, że stoi pan na jego resztkach. Portier strącił karafkę ze stołu, ale to była moja wina. Witam, Kapelanie. Z wielkim zainteresowaniem przeczytałem pańską ostatnią rozprawę...

Lord Asriel odszedł na bok z Kapelanem, dzięki czemu Lyra mogła bez przeszkód przyjrzeć się twarzy Rektora. Miała obojętny wyraz, ale dajmona na ramieniu mężczyzny stroszyła pióra i przestępowała niespokojnie z łapy na łapę. Lord Asriel już panował nad zebranymi i chociaż starał się okazywać uprzejmość Rektorowi na jego własnym terytorium, było jasne, kto tu jest najważniejszy.

Uczeni powitali gościa i weszli do sali. Niektórzy usiedli wokół stołu, inni w fotelach i wkrótce pomieszczenie wypełnił szmer rozmów. Lyra zauważyła, że wszystkich niezwykle intryguje drewniana skrzynia, ekran i rzutnik. Dobrze znała Uczonych: Bibliotekarza, Prorektora, Egzaminatora i pozostałych; mężczyźni ci otaczali ją, odkąd pamiętała, uczyli ją, karcili, pocieszali, wręczali małe prezenty, odganiali od drzewek owocowych w ogrodzie. Stanowili jej „rodzinę"; nie miała nikogo innego. Może nawet faktycznie uważałaby ich za rodzinę, jeśliby w ogóle wiedziała, co to słowo oznacza — chociaż gdyby rzeczywiście rozumiała jego znaczenie, najprawdopodobniej uznałaby, że więzi rodzinne łączą ją raczej ze służącymi w Kolegium. Uczeni mieli bowiem przed sobą ważniejsze cele niż zajmowanie się uczuciami pół dzikiej, pół cywilizowanej dziewczynki, która przypadkowo zamieszkała wśród nich.

Rektor zapalił lampę spirytusową pod małym srebrnym naczyniem i stopił trochę masła, po czym przeciął pół tuzina makówek i wrzucił ich zawartość do środka. Po kolacji zawsze podawano mak; rozjaśniał umysł i potęgował elokwencję, co ożywiało konwersację. Tradycją było, że Rektor przyrządzał go osobiście.

Słysząc odgłosy skwierczenia smażonego masła i szmer rozmów, Lyra szukała dla siebie wygodniejszej pozycji. Ostrożnie zdjęła z wieszaka togę — długie futro — i ułożyła ją na podłodze szafy.

— Powinnaś wziąć jakąś szorstką i starą — szepnął Pantalaimon. — Jeśli będzie ci zbyt wygodnie, uśniesz.

— Wtedy twoim zadaniem będzie mnie obudzić — odparła.

Zaczęła przysłuchiwać się rozmowie, która była strasznie nudna; niemal całkowicie dotyczyła polityki, w dodatku polityki Londynu, nikt ani słowem nie wspomniał o żadnej z ekscytujących spraw — na przykład o Tatarach. Przyjemne zapachy smażonego maku i tytoniu docierały do szafy i Lyra czuła, że zamykają jej się oczy. W końcu usłyszała, że ktoś puka w stół. Głosy umilkły, a potem przemówił Rektor.

— Panowie — zaczął. — Jestem pewien, że witając Lorda Asriela, mówię w imieniu nas wszystkich. Jego wizyty są rzadkie, ale dotarło do mnie, że jak zawsze, tak i dziś wieczorem chce nam pokazać coś szczególnie interesującego. Ponieważ ostatnio znacznie wzrosło napięcie polityczne, czego jesteśmy wszyscy świadomi, nic dziwnego, że Lord Asriel musi być obecny jutro wcześnie rano w White Hall. Pociąg już czeka, aby zawieźć go do Londynu natychmiast, gdy skończymy rozmowę. Musimy więc mądrze wykorzystać nasz czas. Kiedy Lord Asriel skończy mówić, zapewne pojawią się pytania. Proszę, aby były krótkie i rzeczowe. Lordzie Asrielu, zechce pan zacząć?

— Dziękuję, Rektorze — powiedział wuj Lyry. — Na początek chcę panom pokazać kilka slajdów. Prorektorze, zdaje się, że stąd najlepiej będzie pan widział. Może Rektor mógłby przesunąć się z krzesłem bliżej szafy?

Stary Prorektor był prawie ślepy, toteż zaproponowanie mu miejsca bliżej ekranu było bardzo uprzejme. Gdy starzec przesunął się do przodu, Rektor znalazł się tym samym obok Bibliotekarza, a jednocześnie niedaleko miejsca, gdzie w szafie kuliła się Lyra. Kiedy Rektor usadowił się w fotelu, dziewczynka usłyszała jego mamrotanie:

— Co za diabeł! Bez dwóch zdań wiedział o winie.

Bibliotekarz odpowiedział szeptem:

— Zamierza poprosić o fundusze. Jeśli wymusi głosowanie...

— Wówczas będziemy musieli mu się mądrze przeciwstawić.

Latarnia projektora zaczęła syczeć, Lord Asriel mocno ją bowiem napompował. Lyra poruszyła się lekko, tak by widzieć ekran, na którym rozjarzył się biały krąg. Lord Asriel zawołał:

— Czy ktoś mógłby przykręcić lampę?!

Jeden z Uczonych wstał, aby spełnić tę prośbę, a potem w pokoju zrobiło się ciemno.

— Jak niektórzy z was wiedzą — zaczął wuj Lyry — dwanaście miesięcy temu wyruszyłem z misją dyplomatyczną na Północ do Króla Laponii. Choć może raczej należałoby powiedzieć, że starałem się stwarzać pozory, iż taki jest mój cel, ponieważ rzeczywistym zadaniem mojej wyprawy było dotarcie jeszcze dalej na północ, aż na sam lodowiec. Starałem się bowiem odkryć, co się przydarzyło ekspedycji Grummana. Jedna z ostatnich wiadomości od niego wysłanych do Akademii w Berlinie mówiła o pewnym naturalnym zjawisku spotykanym jedynie w północnych krainach. Byłem zdecydowany zbadać je, i to stało się drugim celem mojej wyprawy. Jednak pierwsze zdjęcie, które zamierzam panom pokazać, nie jest bezpośrednio związane z żadną z tych spraw.

Lord Asriel włożył pierwszy slajd do ramki i wsunął go za obiektyw. Na ekranie pojawiła się kolista fotografia w ostrych odcieniach czerni i bieli. Zdjęcie wykonano w nocy przy pełni księżyca, a widniała na nim drewniana chatka; jej ściany ciemniały na tle leżącego wszędzie śniegu, który pokrywał także grubą warstwą dach. Obok chatki stało wiele instrumentów badawczych, które Lyrze skojarzyły się z czymś z Anbarycznego Parku na drodze do Yarnton: anteny, przewody, porcelanowe izolatory, a wszystko połyskujące w świetle księżyca i oszronione. Jakiś mężczyzna w futrze z twarzą ukrytą w wielkim kapturze stał na przedzie z ręką podniesioną, jak gdyby w pozdrowieniu. Obok niego widniała mniejsza postać. Światło księżyca oblewało cały obraz tym samym słabym refleksem.

— Ta fotografia została wykonana przy użyciu standardowej emulsji w postaci azotanu srebrowego — wyjaśnił Lord Asriel. — Chciałbym, abyście obejrzeli następne, zrobione z tego samego miejsca zaledwie w minutę później, tyle że zastosowałem nową, specjalnie przygotowaną emulsję.

Wyjął z ramki pierwszy slajd i włożył następny. Zdjęcie było o wiele ciemniejsze; wyglądało, jak gdyby odfiltrowano światło księżyca. Horyzont nadal był widoczny, wraz z ciemnym kształtem chaty i odblaskiem wystającego, pokrytego śniegiem dachu, jednak skomplikowana aparatura kryła się w mroku. Mężczyzna natomiast zmienił się zupełnie: był skąpany w świetle i wydawało się, że z jego ręki spływa fontanna połyskujących cząsteczek.

— To światło podnosi się czy opada? — zapytał Kapelan.

— Opada — odparł Lord Asriel. — Tyle że nie jest to światło. To Pył.

Powiedział to w taki sposób, iż Lyra wyobraziła sobie, że słowo to powinno zostać zapisane dużą literą, jak gdyby nie chodziło o zwykły pył. Reakcja Uczonych potwierdziła jej odczucie, ponieważ po wyjaśnieniu Lorda Asriela zapadło głuche milczenie, a następnie rozległy się westchnienia pełne niedowierzania.

— Ale jak...

— Na pewno...

— On nie może...

— Panowie! — rozległ się głos Kapelana. — Pozwólcie Lordowi Asrielowi wyjaśnić.

— To jest Pył — powtórzył Lord Asriel. — Na kliszy został zarejestrowany w postaci światła, ponieważ jego cząsteczki działają na tę emulsję tak samo jak fotony na azotan srebrowy. Między innymi właśnie to chciałem sprawdzić podczas mojej ekspedycji na Północ. Na zdjęciu znakomicie widać postać mężczyzny. Spójrzcie teraz, panowie, tutaj. — Wskazał na zamazany kształt mniejszej figurki.

— Sądziłem, że to dajmona mężczyzny — stwierdził Egzaminator.

— Nie. Jego dajmona leżała w owej chwili owinięta wokół jego szyi w postaci węża. Ten kształt, może nie najlepiej widoczny, to dziecko.

— Oderwane dziecko...? — spytał ktoś, po czym zamilkł w sposób, który sugerował, że powiedział coś, czego nie powinien był mówić.

Zapadła głęboka cisza.

Potem Lord Asriel odparł spokojnie:

— Nie, pełne dziecko, które, biorąc pod uwagę naturę Pyłu, jest właściwie punktem, nieprawdaż?

Przez długi czas nikt nie odpowiadał, wreszcie odezwał się Kapelan.

— Ach — powiedział jak człowiek spragniony, który po wypiciu sporego łyku, odstawia szklankę, aby wypuścić powietrze wstrzymywane podczas picia. — A strumienie Pyłu...

— Pochodzą z nieba i oblewają mężczyznę czymś, co wygląda jak światło. Możecie zbadać to zdjęcie dokładniej, zostawię je wam zresztą, gdy będę wyjeżdżał. Pokazuję je w chwili obecnej, aby zademonstrować działanie tej nowej emulsji. A teraz chciałbym wam przedstawić kolejną fotografię.

Lord Asriel zmienił slajd. Następne zdjęcie także zostało wykonane w nocy, jednak tym razem bez światła księżyca. Na pierwszym planie niezbyt wyraźnie widać było kilka namiotów na tle horyzontu; obok znajdował się nierówny stos drewnianych skrzyń i sanie. Najbardziej interesujące na fotografii było jednak niebo. Niczym zasłony wisiały na nim strumienie i welony światła, splecione w pętle i girlandy, jakby osadzone na niewidocznych wysokich na setki mil hakach albo rozwiewające się na boki w podmuchu jakiegoś niewyobrażalnego wiatru.

— Co to takiego? — rozległ się głos Prorektora.

— Zdjęcie Zorzy.

— To bardzo piękna fotografia — zauważył Profesor Palmeru *. — Jedna z najlepszych, jakie widziałem.

— Wybaczcie moją ignorancję — odezwał się drżącym głosem stary Kantor — ale jeśli kiedykolwiek wiedziałem, czym jest Zorza, zapomniałem. Czy chodzi o to, co niektórzy nazywają Światłem Północy?

— Tak. Zorza ma wiele nazw. Składa się z mgławic naładowanych cząsteczek i promieni słonecznych o potężnej, wręcz nadzwyczajnej mocy, które same w sobie są niewidoczne, ale kiedy wchodzą w interakcję z atmosferą, wywołują promieniowanie świetlne. Gdybym miał trochę czasu, pokolorowałbym ten slajd, aby pokazać panom jej barwy; dominuje barwa seledynowa i różowa z odcieniem karmazynu wzdłuż niższej krawędzi tego tworu podobnego do zasłony. To zdjęcie zrobiłem, używając zwykłej emulsji. Teraz chciałbym, abyście obejrzeli fotografię wykonaną za pomocą specjalnej emulsji.

Lord Asriel wyjął slajd. Lyra słyszała, jak Rektor mówi cicho:

— Jeśli wymusi głosowanie, możemy spróbować powołać się na klauzulę stałego pobytu. Nie mieszkał w Kolegium przez trzydzieści tygodni w ciągu ostatnich pięćdziesięciu dwóch.

— Ma już po swojej stronie Kapelana... — mruknął w odpowiedzi Bibliotekarz.

Wuj Lyry włożył nowy slajd do ramy rzutnika. Uwieczniono na nim tę samą scenę. Tak jak w przypadku poprzedniej pary zdjęć, wiele cech widocznych w zwykłym świetle teraz było o wiele mniej wyraźnych; takie też były wiązki promieni na niebie.

Jednak w środku Zorzy, wysoko ponad lodowym kra-

* Półwysep Palmera — najbardziej na północ wysunięta część Antarktydy

jobrazem, Lyra dostrzegła jakieś kontury. Aby widzieć lepiej, przycisnęła twarz do szpary, a znajdujący się blisko ekranu Uczeni również pochylili się do przodu. Kiedy wpatrywała się w zdjęcie, jej zdziwienie rosło, ponieważ uświadomiła sobie, że widzi na niebie wyraźny zarys miasta: wieże, kopuły, ściany... zawieszone w powietrzu budynki i ulice! Ze zdumienia Lyra niemal straciła oddech.

— To wygląda jak... miasto — powiedział Uczony z Cassington.

— Właśnie — potwierdził Lord Asriel.

— Bez wątpienia miasto w innym świecie? — spytał Dziekan z ironią w głosie.

Lord Asriel zignorował jego ton. Wśród Uczonych zapanowało takie podniecenie, jak gdyby napisali traktaty na temat istnienia jednorożca (chociaż go nigdy nie widzieli), a potem nagle ktoś przedstawiłby im żywy dowód w postaci świeżo schwytanego okazu.

— To ma związek ze sprawą Barnarda-Stokesa? — spytał Profesor Palmeru. — Zgadza się?

— Tego właśnie pragnę się dowiedzieć — odrzekł Lord Asriel.

Stał z boku oświetlonego ekranu. Lyra widziała, jak jego ciemne oczy patrzyły kolejno na Uczonych, kiedy wpatrywali się w slajd pokazujący Zorzę; dostrzegła też zielony blask oczu stojącej obok niego irbisicy. Wszystkie czcigodne głowy Uczonych wyciągały się do przodu, połyskiwały okulary; tylko Rektor i Bibliotekarz pochylili się na swoich krzesłach i zbliżyli ku sobie twarze.

— Powiedział pan, że szuka informacji o ekspedycji Grummana, Lordzie Asrielu — odezwał się Kapelan. — Czy doktor Grumman również badał to zjawisko?

— Sądzę, że tak, i zdaje mi się, że posiadał sporo informacji na ten temat. Nie będzie nam jednak w stanie niczego powiedzieć, ponieważ nie żyje.

— Nie! — wyrwało się Kapelanowi.

— Obawiam się, że tak, i mam tu dowód.

Po Sali Seniorów przebiegł szmer podniecenia i lęku, kiedy kilku młodszych Uczonych pod nadzorem Lorda Asriela przeniosło drewnianą skrzynię przed audytorium. Wuj Lyry wyjął ostatni slajd z ramki, ale zostawił włączony projektor i w ostrym, oślepiającym blasku jaskrawego światła pochylił się, aby podważyć wieko skrzyni. Lyra usłyszała skrzypienie wilgotnego drewna. Rektor wstał, aby spojrzeć, i w ten sposób zasłonił widok Lyrze. Jej wuj natomiast kontynuował:

— Jeśli pamiętacie, ekspedycja Grummana zaginęła przed osiemnastoma miesiącami. Na Północ wysłała go Niemiecka Akademia. Miał dojść aż do bieguna i poczynić rozmaite obserwacje nieba. Podczas wyprawy dostrzegł ciekawe zjawisko, które już widzieliśmy. Krótko potem zniknął. Przypuszczano, że przydarzył mu się jakiś wypadek i że jego ciało leży gdzieś w szczelinie lodowcowej. W rzeczywistości nie było żadnego wypadku.

— Co pan tam ma? — spytał Dziekan. — Czy to pojemnik próżniowy?

Początkowo Lord Asriel nie odpowiedział. Lyra usłyszała trzask metalowych zacisków i syk, kiedy do skrzyni dostało się powietrze, potem zapadła cisza. Nie trwała jednak długo; po sekundzie czy dwóch do uszu Lyry dotarły podniesione głosy, okrzyki przerażenia i głośne protesty.

— A co...

— Wprost nieludzkie...

— To jest...

— Co się z nią stało?!

Głos Rektora uciszył zebranych.

— Lordzie Asrielu, na Boga, co pan tam ma?

— Oto głowa Stanislausa Grummana — odparł pytany.

Lyra usłyszała, że ktoś, potykając się, idzie do drzwi i opuszcza pomieszczenie. Mężczyzna wydawał z siebie nieartykułowane dźwięki. Żałowała, że nie widzi tego, co pozostali.

— Znalazłem jego ciało zachowane w lodzie opodal Svalbardu. A w ten właśnie sposób zabójcy potraktowali jego głowę. Zauważcie charakterystyczny wzór skalpowania. Sądzę, że być może nie jest on panu nieznany, Prorektorze.

— Widziałem, jak robili tak Tatarzy — odparł starzec stanowczo. — Jest to technika, którą stosuje pierwotna ludność Syberii i Tunguzji. Stamtąd rozprzestrzeniła się na ziemie Skraelingów, chociaż skądinąd wiem, że obecnie jest zakazana w Nowej Danii. Mogę się przyjrzeć bliżej, Lordzie Asrielu?

Po krótkim milczeniu Prorektor odezwał się znowu:

— Moje oczy nie widzą już zbyt dobrze, a lód nie jest zupełnie przezroczysty, ale wydaje mi się, że dostrzegam otwór na szczycie czaszki. Mam rację?

— Tak.

— Wywiercony?

— Właśnie.

Po sali przebiegł szmer podniecenia. Rektor odsunął się i Lyra znowu wszystko widziała. Stary Prorektor, stojąc w kręgu światła z rzutnika, trzymał duży blok lodu tuż przy oczach i Lyra dostrzegła wewnątrz lodu jakiś obiekt: krwawą bryłę, której niemal nie sposób było nazwać ludzką głową. Pantalaimon fruwał wokół Lyry. Jego złe samopoczucie zaczęło się udzielać dziewczynce.

— Cicho — szepnęła. — Słuchaj.

— Doktor Grumman był kiedyś Uczonym tego Kolegium — powiedział Dziekan z przejęciem.

— Aż wpadł w ręce Tatarów...

— Ale Tatarzy tak daleko na północy?

— Musieli się wedrzeć głębiej, niż ktokolwiek sobie wyobrażał!

— Powiedział pan, że znalazł ją w pobliżu Svalbardu? — spytał Dziekan.

— Zgadza się.

— Czy mamy rozumieć, że mają z tym coś wspólnego panserbjorne?

Lyra nigdy nie słyszała tego słowa, ale Uczeni najwyraźniej je znali.

— Niemożliwe — odrzekł z przekonaniem Uczony z Cassington. — Nigdy nie postępują w taki sposób.

— Skoro tak mówisz, to znaczy, że nie znasz Iofura Raknisona — oświadczył Profesor Palmeru, który również odbył wiele ekspedycji na tereny arktyczne. — Nie byłbym zbyt zaskoczony, gdyby mi powiedziano, że zabrał się do skalpowania ludzi na tatarską modłę.

Lyra spojrzała ponownie na swego wuja, który obserwował Uczonych bez słowa, za to z błyskiem sardonicznego rozbawienia.

— Kim jest Iofur Raknison? — ktoś spytał.

— Królem Svalbardu — odparł Profesor Palmeru. — Tak, zgadza się, to jeden z panserbjorne. Jest uzurpatorem, w pewnym sensie... nieuczciwie zasiada na tronie... Przynajmniej takie jest moje zdanie. To osobnik potężny i z pewnością nie głupiec, mimo swoich niedorzecznych słabostek. Posiada na przykład pałac zbudowany z importowanego marmuru, zamierza zorganizować coś, co nazywa uniwersytetem...

— Dla kogo? Dla niedźwiedzi?! — spytał ktoś inny i wszyscy się roześmiali.

Profesor Palmeru mówił jednak dalej:

— Próbuję wam tylko uświadomić, że Iofur Raknison byłby zdolny zrobić coś takiego Grummanowi. Równocześnie, gdy zajdzie potrzeba, można go skłonić do zupełnie innego postępowania.

— I ty wiesz, jak go do tego nakłonić, co, Trelawney? — spytał drwiąco Dziekan.

— Oczywiście. Wiecie, czego Iofur pragnie ponad wszystko w świecie? Nawet bardziej niż honorowego doktoratu? Dajmona! Znajdź sposób, aby dać mu dajmona, a zrobi dla ciebie wszystko.

Uczeni roześmiali się serdecznie.

Lyra słuchała słów Profesora Palmeru bardzo zaintrygowana; to, co powiedział, zupełnie nie miało dla niej sensu. Poza tym chciała usłyszeć więcej o skalpowaniu, Zorzy i tajemniczym Pyle. Niestety, rozczarowała się, ponieważ Lord Asriel skończył swój pokaz i wkrótce rozmowa zmieniła się w kolegialną kłótnię dotyczącą kwestii finansowych. Uczeni spierali się, czy dać mu pieniądze na kolejną ekspedycję. Bez końca wymieniali argumenty i dziewczynka poczuła, że zamykają jej się oczy. Wkrótce zasnęła z owiniętym wokół szyi Pantalaimonem, który przybrał do spania ulubioną postać gronostaja.

Obudziła się zaskoczona. Ktoś potrząsał jej ramieniem.

— Cicho — powiedział wuj. Drzwi szafy były otwarte, a mężczyzna przykucnął w smudze światła. — Wszyscy wyszli, ale w pobliżu jest jeszcze kilku służących. Idź teraz do swojej sypialni i ani słowa nikomu o tym, co tu widziałaś i słyszałaś.

— Przyznali ci pieniądze? — wymamrotała sennie.

— Tak.

— Czym jest Pył? — spytała. Starała się wstać, ale po tak długim siedzeniu bez ruchu zupełnie zdrętwiała.

— Nie ma z tobą nic wspólnego.

— Ależ ma — zaprzeczyła. — Jeśli chciałeś, żebym siedziała dla ciebie w szafie i szpiegowała, powinieneś mi powiedzieć, z jakiego powodu to robiłam. Mogę zobaczyć tamtą głowę?

Białe futerko gronostaja-Pantalaimona zjeżyło się i Lyra poczuła na szyi łaskotanie. Lord Asriel roześmiał się krótko.

— Jesteś wstrętna — powiedział, po czym zaczął pakować slajdy i skrzynię z okazami. — Obserwowałaś Rektora?

— Tak. Zauważyłam, że od razu po wejściu rozglądał się za winem.

— W porządku. Chwilowo jest nieszkodliwy. Zrób, jak ci każę, i idź do łóżka.

— A ty dokąd jedziesz?

— Wracam na Północ. Wyjeżdżam za dziesięć minut.

— Mogę jechać z tobą?

Przerwał pakowanie i popatrzył na nią w taki sposób, jak gdyby zobaczył ją po raz pierwszy. Jego dajmona także zwróciła na dziewczynkę wielkie, zielone, kocie oczy i pod uporczywym spojrzeniem obojga Lyra zarumieniła się. Jednak śmiało patrzyła im w oczy.

— Twoje miejsce jest tutaj — odezwał się w końcu wuj.

— Ale dlaczego? Dlaczego tu jest moje miejsce? Dlaczego nie mogę pojechać z tobą na Północ? Pragnę zobaczyć Zorzę, niedźwiedzie, góry lodowe i wszystko inne. Chcę się dowiedzieć o Pyle. I to miasto w powietrzu... Czy to jest inny świat?

— Nie pojedziesz, dziecko. Wybij to sobie z głowy. Czasy są zbyt niebezpieczne. Zrób, jak ci powiedziałem, i idź spać. Jeśli będziesz grzeczna, przywiozę ci kieł morsa z eskimoskim rzeźbieniem. Nie spieraj się dłużej, bo się rozgniewam.

Dajmona Lorda Asriela wydała niski, dziki pomruk i Lyra uświadomiła sobie, co by się stało, gdyby zwierzę zagłębiło zęby w jej gardle.

Zacisnęła usta i zmarszczyła brwi, uparcie wpatrując się w wuja, który wypompowywał powietrze z próżniowej butli i nie zwracał już na dziewczynkę uwagi, jak gdyby o niej zapomniał. Bez słowa, choć z naburmuszoną miną i zmrużonymi złością oczyma, Lyra ze swoim dajmonem wyszła z sali i udała się do sypialni.

Rektor i Bibliotekarz byli starymi przyjaciółmi i sprzymierzeńcami. Po każdej trudnej sprawie mieli zwyczaj wypijać szklaneczkę brantwijna i pocieszać się nawzajem. Stało się tak i teraz: gdy zobaczyli, jak Lord Asriel odjeżdża, udali się do Rezydencji Rektora i usadowili w jego gabinecie, gdzie zaciągnęli zasłony i rozpalili ogień w kominku. Ich dajmony zasiadły w swoich ulubionych miejscach — jedna na kolanach, druga na ramieniu — oni sami zaś zastanawiali się, jak zinterpretować to, co się właśnie zdarzyło.

— Naprawdę sądzisz, że wiedział o winie? — spytał Bibliotekarz.

— Oczywiście, że wiedział. Nie mam pojęcia skąd, ale wiedział i sam je wylał. Tak, tak, wiedział...

— Wybacz mi, Rektorze, ale czuję ulgę. Nigdy nie podobał mi się pomysł...

— Otrucia go?

— Tak. Morderstwa.

— Mało komu podobałby się taki pomysł, Charlesie. Zastanawiałem się, co jest lepsze: zabić go czy zostawić przy życiu. No cóż, interweniowała Opatrzność i nic złego mu się nie przytrafiło. Przykro mi, że obarczyłem cię tym ciężarem, mówiąc o wszystkim.

— Nie o to chodzi — zaprotestował Bibliotekarz. — Wolałbym po prostu znać więcej faktów.

Rektor milczał przez chwilę, zanim rzekł:

— Tak, może należało ci powiedzieć. Aletheiometr ostrzega, że jeśli Lord Asriel nie zaprzestanie swej działalności, konsekwencje będą straszne. Poza tym, w wydarzenia, które nastąpią, zostanie uwikłana dziewczynka, a ja pragnę jak najdłużej trzymać ją w bezpiecznej odległości od tego wszystkiego.

— Czy badania Lorda Asriela mają coś wspólnego z tą nową inicjatywą Konsystorskiej Komisji Dyscyplinarnej? Z tą tak zwaną Radą Oblacyjną?

— Nie, nie. Wręcz przeciwnie. Rada Oblacyjna także nie w pełni odpowiada przed Komisją Konsystorską. Jest to raczej jakaś półprywatna inicjatywa, z którą wystąpił ktoś wrogo nastawiony do Lorda Asriela. Tak między nami, Charlesie, musisz wiedzieć, że sam ten pomysł przyprawia mnie o dreszcze.

Bibliotekarz milczał. Od czasu, gdy papież Jan Kalwin przeniósł papieską siedzibę do Genewy i powołał do życia Konsystorską Komisję Dyscyplinarną, Kościół uzyskał absolutną władzę nad wszystkimi aspektami życia. Po śmierci Kalwina papiestwo zostało obalone i na jego miejscu powstała rozbudowana struktura komisji, kolegiów i rad, zbiorowo nazywanych Magistraturą. Instytucje te nie zawsze działały wspólnie; od czasu do czasu silnie ze sobą rywalizowały. Przez większą część poprzedniego stulecia najpotężniejszą z nich było Kolegium Biskupów, ale w ostatnich latach zajęła jego miejsce Konsystorska Komisja Dyscyplinarna, która działa najaktywniej z organizacji kościelnych, wzbudzając zarazem największy lęk.

Zawsze jednak istniała możliwość powołania do życia jakiejś niezależnej instytucji podległej któremuś z odłamów Magistratury, i Rada Oblacyjna, o której wspomniał Bibliotekarz, właśnie do takich należała. Chociaż nie wiedział o niej zbyt wiele, nie podobała mu się i budziła jego obawy, toteż świetnie rozumiał niepokój Rektora.

— Profesor Palmeru wymienił pewne nazwiska... — odezwał się po chwili. — Barnard-Stokes? Co to za sprawa Barnarda-Stokesa?

— Ach, to nie nasz kłopot, Charlesie. Według mojego rozumowania Święty Kościół uczy, że istnieją dwa światy: świat obejmujący to, co możemy zobaczyć, usłyszeć i dotknąć, oraz drugi — duchowy świat nieba i piekła. Barnard i Stokes to byli dwaj, jak ja ich nazywam, teologowie-renegaci, którzy głosili istnienie wielu innych światów podobnych do naszego. Żadne tam niebo czy piekło, wszystkie miałyby być materialne i grzeszne. Obaj teologowie twierdzili, że światy te znajdują się bardzo blisko nas, ale są niewidoczne i nie sposób do nich dotrzeć. Święty Kościół naturalnie potępił tę herezję, a Barnarda i Stokesa zmusił do milczenia. Jednak na nieszczęście dla Magistratury okazało się, że istnieją pewne dowody matematyczne, które potwierdzają teorię istnienia wielu światów. Sam nigdy ich nie studiowałem, ale Uczony z Cassington mówił, że są przekonujące.

— A teraz Lord Asriel zrobił zdjęcie jednego z tych światów — wtrącił Bibliotekarz. — My daliśmy mu fundusze, aby pojechał i poszukał go. Rozumiem...

— Właśnie. Rada Oblacyjna i jej potężni protektorzy zaczną uważać, że Kolegium Jordana to siedlisko poparcia dla herezji. Ja, Charlesie, muszę utrzymywać równowagę między Komisją Konsystorską i Radą Oblacyjną. W dodatku dziewczynka rośnie, a oni z pewnością o niej nie zapomną. Prędzej czy później i tak musiałaby wziąć w tym wszystkim udział, jednak niestety zostanie wplątana już teraz, niezależnie od tego, jak bardzo chcę ją ochronić.

— Ale skąd to wiesz, na miłość boską? Znowu aletheiometr?

— Tak. Lyra ma do odegrania pewną rolę, i to główną. Ironią jest, że wszystko, co jej pisane, musi wykonać nieświadomie. Jednakże można jej pomagać i gdyby mój plan z tokajem się powiódł, byłaby trochę dłużej bezpieczna. Chciałbym jej oszczędzić podróży na Północ. A ponad wszystko pragnąłbym móc jej wyjaśnić...

— Nie słuchałaby cię — przerwał Rektorowi Bibliotekarz. — Znam ją zbyt dobrze. Spróbuj jej powiedzieć coś ważnego. Przez pięć minut będzie słuchała jednym uchem, a potem zacznie się niecierpliwić. A zapytaj ją następnym razem, o czym mówiłeś, to okaże się, że zupełnie nic nie pamięta.

— A gdybym jej powiedział o Pyle? Nie sądzisz, że tego by wysłuchała?

Bibliotekarz głośno prychnął, co miało oznaczać, jak bardzo nieprawdopodobna jest ta myśl.

— Dlaczego, u diabła, miałaby słuchać? — spytał. — Dlaczego zwyczajne, beztroskie dziecko miałoby się zainteresować trudnym problemem teologicznym?

— Ponieważ wiąże się z jej przyszłością. Wiem też o wielkiej zdradzie...

— Kto ją zdradzi?

— Nie, nie, to jest właśnie najsmutniejsza sprawa: zdrajczynią będzie ona sama, a całe przeżycie bardzo nieprzyjemne. Oczywiście, nie musi rozumieć istoty Pyłu, nie ma jednak żadnych przeciwwskazań, aby wiedziała o jego istnieniu. Poza tym uważam, że możesz się mylić, Charlesie. Sądzę, że gdyby jej wyjaśnić tę kwestię w sposób przystępny, mogłaby się nią zainteresować. Wiedza ta pomogłaby jej później, a ja bym się o nią mniej niepokoił.

— Niepokoić się o młodych to obowiązek starych — stwierdził Bibliotekarz. — A zadaniem młodych jest lekceważyć niepokój starych.

Siedzieli przez dłuższą chwilę, a potem udali się na spoczynek, ponieważ zrobiło się późno.

3
Jordan Lyry

Kolegium Jordana było najznakomitszym i najbogatszym ze wszystkich kolegiów w Oksfordzie. Było też prawdopodobnie największym, chociaż co do tego nikt nie miał pewności. Budynki, zgrupowane wokół trzech nieregularnych czworoboków, pochodziły zarówno z wczesnego średniowiecza, jak i połowy osiemnastego wieku. Kolegium nigdy nie budowano według jednolitego planu; powstawało stopniowo, toteż wszędzie mieszały się ze sobą przeszłość i teraźniejszość, a całość wydawała się nieuporządkowana i dziwaczna, ale majestatyczna. Jakaś część budynków zawsze groziła zawaleniem, więc Kolegium zatrudniało pełnoetatowych pracowników — członków tej samej od pięciu pokoleń rodziny Parslowów — którzy wyspecjalizowali się w murarstwie i budowie rusztowań. Obecny senior rodu przyuczał właśnie swego syna do rzemiosła; oni dwaj oraz ich trzej robotnicy pracowali jak mrówki na wzniesionych przy narożniku Biblioteki rusztowaniach lub na dachu Kaplicy, na który wciągali nowe, jasne bloki kamienne, cienkie blachy z lśniącego ołowiu i drewniane belki.

Kolegium miało też farmy i posiadłości w całej Brytanii. Mówiło się, że można przejść drogę z Oksfordu do Bristolu lub — w kierunku przeciwnym — do Londynu, ani na moment nie opuszczając ziem Jordana. W każdej części królestwa znajdowały się farbiarnie i ceglarnie, lasy i stocznie budujące statki o napędzie atomowym. Wszystkie te zakłady płaciły czynsz Jordanowi i co kwartał w dniu płatności Kwestor Kolegium wraz ze swoimi urzędnikami liczyli otrzymane kwoty i ogłaszali Zgromadzeniu, jaką sumę zebrano, po czym zamawiano parę łabędzi na wielką ucztę.

Część pieniędzy odkładano na nowe inwestycje — niedawno Zgromadzenie zaaprobowało nabycie budynku biurowego w Manchesterze — resztę przeznaczano na skromne stypendia dla Uczonych i pensje dla służących (także dla Parslowów oraz przedstawicieli mniej więcej tuzina innych rodzin rzemieślników i kupców, którzy służyli Kolegium), na utrzymanie bogato zaopatrzonej piwniczki z winem, zakup książek i anbarografów dla ogromnej Biblioteki, która mieściła się w jednym skrzydle Czworoboku Melrose'a i niczym przepastna nora rozciągała się na wiele pięter w głąb ziemi, oraz — co stanowiło całkiem spory wydatek — zakup najnowszych urządzeń badawczych dla Kaplicy. Aparatura Kaplicy musiała reprezentować najwyższy poziom, ponieważ Kolegium Jordana jako centrum teologii eksperymentalnej nie miało sobie równych ani w Europie, ani w Nowej Francji. Lyra dobrze o tym wiedziała i była dumna ze sławy swego Kolegium, czym lubiła się chełpić przed różnymi urwisami i obdartusami, z którymi bawiła się przy Kanale albo na Gliniankach. Z lekceważeniem patrzyła na przybywających tu Uczonych i słynnych profesorów z innych kolegiów, uważała bowiem, że skoro nie należą do Jordana, ich wiedza jest zapewne mniejsza niż najskromniejszych i najmłodszych spośród Uczonych Jordana.

Na temat teologii eksperymentalnej Lyra nie wiedziała więcej, niż jej niewykształceni przyjaciele. Podejrzewała, że jest to dziedzina związana z magią, ruchami gwiazd i planet, a także z maleńkimi cząsteczkami materii; były to jednak tylko przypuszczenia. Sądziła, że gwiazdy — dokładnie tak jak ludzie — posiadają dajmony i że teologia eksperymentalna zajmuje się także nimi. Wyobrażała sobie, jak Kapelan mądrze przemawia do dajmonów gwiazd, potem słucha ich spostrzeżeń i kiwa porozumnie głową lub potrząsa nią zmartwiony. Nie potrafiła jedynie wymyślić sposobu, w jaki mogliby się porozumiewać.

Właściwie nieszczególnie interesowała ją ta kwestia. Pod pewnymi względami Lyra była prawdziwą dzikuską. Największą przyjemność sprawiało jej chodzenie po dachach Kolegium wraz z Rogerem, chłopcem kuchennym, który był jej najlepszym przyjacielem. Stamtąd pluli pestkami śliwek na głowy przechodzących Uczonych albo pohukiwali jak sowy, zaglądając przez okna do sal, w których odbywały się seminaria; ścigali się też po wąskich uliczkach, kradli jabłka z rynku albo toczyli dziecięce wojny. Tak jak Lyra była nieświadoma wielu tajnych kwestii dotyczących Kolegium, tak Uczeni nie zdawali sobie sprawy z istnienia głębokiego, wrzącego tygla sojuszy, nienawiści, wojen i układów, które składały się na życie oksfordzkich dzieci. Gromadka bawiących się malców, myśleli, jaki przyjemny widok! Cóż może być bardziej niewinnego i czarującego?

W rzeczywistości Lyra i jej rówieśnicy prowadzili zacięte wojny. Przede wszystkim dzieci z Jordana (młodzi służący, dzieci służących, Lyra) toczyły wojnę z dziećmi z innego kolegium, jednak o wzajemnej wrogości natychmiast zapominano, ilekroć jakiś młody mieszkaniec któregokolwiek kolegium został zaatakowany przez dzieci z miasta: wówczas kolegia jednoczyły się i wypowiadały wojnę mieszczuchom. Ten konflikt trwał od lat, traktowano go z wielką powagą, a w przypadku zwycięstwa dzieci odczuwały głęboką satysfakcję.

Jednak nawet i ta nienawiść szła w zapomnienie, jeśli zagrażali inni wrogowie. Jeden z nich był niemal odwieczny: mieszkającymi przy Gliniankach dziećmi ceglarzy pogardzali zarówno mieszkańcy kolegiów, jak i mali mieszczanie. W ubiegłym roku Lyra zawarła tymczasowy rozejm z kilkorgiem dzieci z miasta, aby wspólnie napaść na Glinianki. Obrzucili małych ceglarzy grudami gliny i przewrócili zbudowany przez nich zamek z piasku. Rozgorzała bitwa, dzieci przewracały się nawzajem i tarzały w lepkiej mazi, aż zwycięzcy i pokonani przestali się od siebie różnić — wszyscy przypominali stado wrzeszczących i piszczących golemów.

Kolejny wróg, choć niezmienny, był sezonowy. Cygańskie rodziny, które mieszkały na pływających po kanałach łodziach, pojawiały się podczas wiosennych i jesiennych jarmarków. Dzieci cygańskie zawsze były skore do walki. Zwłaszcza jedna rodzina wciąż wracała i cumowała w tym samym miejscu, w części miasta zwanej Jerycho. Lyra walczyła z nimi, odkąd nauczyła się rzucać kamieniami. Kiedy ostatnim razem byli w Oksfordzie, Lyra, Roger i kilku innych kuchennych chłopców z kolegiów Jordana i Świętego Michała zastawili na nich pułapkę. Obrzucili błotem ich jaskrawo pomalowaną łódź, aż wszyscy członkowie rodziny wyskoczyli ze środka i zaczęli ich odganiać. W tym momencie Lyra wraz z kilkoma przyjaciółmi weszła na łódź i odczepiła ją od brzegu; łódź popłynęła w dół kanału, zakłócając cały ruch wodny, a tymczasem mali napastnicy przetrząsnęli ją od dziobu po rufę w poszukiwaniu zatyczki, Lyra bowiem sądziła, że istnieje coś takiego, i zapewniała swoją gromadkę, że kiedy wyciągną korek, łódź natychmiast zatonie; niczego podobnego jednak nie znaleźli i musieli opuścić łódź, kiedy Cyganie ją pochwycili. Ociekając wodą i piszcząc triumfalnie, dzieci uciekły wąskimi alejkami Jerycho.

Tak wyglądał świat Lyry i takie były jej radości; przeważnie zachowywała się jak nieokrzesana i zachłanna mała dzikuska. Zawsze jednak towarzyszyło jej jakieś niejasne przeczucie, że nie do końca pasuje do tego świata; jakaś część jej osobowości należała do majestatu i rytuałów Kolegium Jordana i coś musiało ją łączyć z reprezentowanym przez Lorda Asriela światem polityki. Przeczucia te sprawiły, że trochę zadzierała nosa, wywyższając się nad inne dzieci. Nigdy wszakże nie przyszło jej do głowy, aby dowiedzieć się na ten temat czegoś więcej.

Dzieciństwo Lyry cechowała swoboda; żyła prawie jak półdziki kot. Jedyną odmianę przynosiły nieregularne okazje, kiedy Lord Asriel odwiedzał Kolegium. Lyra uważała, że miło jest się pochwalić bogatym i wpływowym wujem, ale musiała za tę przyjemność zapłacić pewną cenę — dać się złapać Uczonym i pozwolić oddać się w ręce Gospodyni, która myła ją i przebierała w czystą sukienkę. Potem dziewczynkę prowadzono pod czujną eskortą (czemu towarzyszyły prawdziwe pogróżki) do Świetlicy Starszych Uczonych, gdzie piła herbatę z Lordem Asrielem. Zapraszano także grupkę starych Uczonych. Lyra z buntowniczą miną osuwała się na fotel i trwała w tej pozycji, póki Rektor ostrym tonem nie kazał jej usiąść prosto — wtedy patrzyła na wszystkich zebranych tak groźnym wzrokiem, że nawet Kapelan nie mógł się powstrzymać od śmiechu.

Schemat tych krępujących, formalnych spotkań nigdy się nie zmieniał. Po herbacie Rektor i pozostali Uczeni zostawiali Lyrę samą z wujem, który kazał jej stanąć przed sobą i opowiadać, czego się nauczyła od czasu jego ostatniej wizyty. Dziewczynka mamrotała to, co zdołała sobie przypomnieć z geometrii, arabskiego, historii czy anbarologii, a mężczyzna siedział wyprostowany z nogą założoną na nogę (kostka jednej nogi spoczywała na kolanie drugiej) i obserwował Lyrę z nieodgadnionym wyrazem twarzy tak długo, aż zabrakło jej słów.

W ubiegłym roku, tuż przed swoją wyprawą na Północ, Lord Asriel zapytał ją także o coś innego:

— A jak spędzasz czas, w którym nie jesteś pilną uczennicą?

— Po prostu się bawię — wymamrotała Lyra. — Wokół Kolegium. No... bawię się i tyle.

— Pozwól, że obejrzę twoje ręce, dziecko — powiedział wuj.

Lyra wyciągnęła przed siebie dłonie, a mężczyzna wziął je, obrócił i przyjrzał się paznokciom dziewczynki. Jego dajmona w pozie sfinksa leżała obok na dywanie, od czasu do czasu machając ogonem i nieruchomo wpatrując się w Lyrę.

— Brudne — stwierdził Lord Asriel, puszczając ręce dziewczynki. — Nikt ci tu nie każe ich myć?

— Każą — odrzekła. — Ale paznokcie Kapelana też są zawsze brudne. Jeszcze brudniejsze od moich.

— Kapelan to człowiek uczony. A jakie ty masz wytłumaczenie?

— Musiałam je sobie pobrudzić już po umyciu.

— Gdzie się bawisz, że tak bardzo brudzisz ręce?

Popatrzyła na niego podejrzliwie. Przypuszczała, że przebywanie na dachu jest zakazane, chociaż nikt właściwie jej tego nie zabronił.

— W różnych starych salach — oświadczyła w końcu.

— I gdzie jeszcze?

— Na Gliniankach. Czasami.

— I?

— W Jerycho i Port Meadow.

— Nigdzie więcej?

— Nie.

— Jesteś kłamczuchą. Widziałem cię wczoraj na dachu.

Lyra zagryzła usta i nic nie odpowiedziała. Wuj obserwował ją z szyderstwem w oczach.

— Więc bawisz się także na dachu — ciągnął. — A zdarza ci się wchodzić do Biblioteki?

— Nie. Ale na dachu Biblioteki znalazłam gawrona.

— Naprawdę? Złapałaś go?

— Miał zranioną łapę. Chciałam go zabić i upiec, jednak Roger powiedział, że powinniśmy mu pomóc. Więc daliśmy mu resztki jedzenia i trochę wina, a wtedy poczuł się lepiej i odleciał.

— Kim jest Roger?

— Moim przyjacielem. Chłopcem kuchennym.

— Rozumiem. Więc byłaś na wszystkich dachach...

— Nie. Nie można się dostać na dach Budynku Sheldona, ponieważ trzeba by skoczyć z Pielgrzymiej Wieży przez wąską przerwę. Jest wprawdzie okienko, które wychodzi na ten dach, ale nie jestem wystarczająco wysoka, by go dosięgnąć.

— Więc byłaś na wszystkich dachach z wyjątkiem Budynku Sheldona. A co z podziemiem?

— Podziemiem?

— Pod ziemią Kolegium zajmuje tyle samo miejsca co na powierzchni. Jestem zaskoczony, że jeszcze się o tym nie dowiedziałaś. No cóż, za chwilę wyjeżdżam. Wygląda na to, że jesteś zdrowa. Proszę, weź.

Pogrzebał w kieszeni i wyjął garść monet, z których dał jej pięć złotych dolarów.

— Nie nauczyli cię mówić „dziękuję"? — spytał.

— Dziękuję — mruknęła.

— Jesteś posłuszna Rektorowi?

— Och, tak.

— I szanujesz Uczonych?

— Tak.

Dajmona Lorda Asriela zaśmiała się cicho. Był to pierwszy dźwięk, jaki z siebie wydała, i Lyra zaczerwieniła się.

— Idź więc się bawić — zakończył Lord Asriel.

Lyra odwróciła się i z ulgą popędziła do drzwi.

W ostatniej chwili przypomniała sobie, że należy się odwrócić.

— Do widzenia — mruknęła.

Takie było życie Lyry, zanim pewnego dnia zdecydowała się ukryć w Sali Seniorów i po raz pierwszy usłyszała o Pyle.

Bibliotekarz rzeczywiście nie miał racji, gdy mówił Rektorowi, że sprawa ta nie może zainteresować dziewczynki. Słuchała teraz chętnie każdego, kto mógł jej coś na ten temat powiedzieć. W ciągu najbliższych miesięcy pisane jej było usłyszeć o Pyle bardzo dużo i w końcu będzie wiedziała o nim więcej niż ktokolwiek na świecie; tymczasem nadal wygodnie żyła w Jordanie.

Było jednak także wiele innych rzeczy, o których rozmyślała. Od kilku tygodni po ulicach krążyła plotka, która u jednych wywoływała śmiech, u drugich zaś trwożliwe milczenie; podobnie dzieje się w przypadku duchów: niektórzy szydzą z ich istnienia, inni się ich boją. W każdym razie, nie wiadomo dlaczego zaczęły znikać dzieci.

Odbywało się to dokładnie tak samo jak w Limehouse.

Aby dotrzeć do Limehouse, należy podążyć na wschód, wzdłuż szerokiego koryta rzeki Isis, zatłoczonej płynącymi powoli barkami z cegłami, łodziami obciążonymi asfaltem i statkami towarowymi przewożącymi zboże. Trzeba skręcić na południe w pobliżu Henley i Maidenhead, minąć Teddington, miejsce, do którego sięgają wody Oceanu Niemieckiego, potem przejechać Mortlake, obok domu wspaniałego magika doktora Dee, minąć Falkenshall, gdzie rozciągają się ogrody przyjemności, połyskujące fontannami i trzepoczące chorągwiami w dzień, migoczące lampionami i sztucznymi ogniami w nocy, przejść obok Pałacu White Hall, w którym Król co tydzień zwołuje Radę Stanu, minąć Mieniącą Się Wieżę, ociekającą strumyczkami ciekłego ołowiu, bez końca sączącego się do kadzi z ciemną wodą, a potem ruszyć jeszcze dalej w dół, aż do miejsca, gdzie rzeka, tutaj szeroka i brudna, zmienia kierunek, skręcając łukiem na południe.

W tym właśnie miejscu leży Limehouse i tutaj mieszka dziecko, które zniknie.

Chłopiec nazywa się Tony Makarios. Jego matka sądzi, że jej syn ma dziewięć lat, ale biedna kobieta ma kiepską, zniszczoną przez alkohol pamięć, toteż mały równie dobrze może mieć osiem, jak i dziesięć lat. Nazwisko nosi greckie, ale tak jak w przypadku wieku, matka nie jest pewna tożsamości jego ojca, a chłopiec wygląda bardziej na Chińczyka niż Greka; wśród jego przodków ze strony matki znajduje się także Irlandczyk, Skraeling i Hindus. Tony nie jest zbyt bystry, ale charakteryzuje go pewna szczególna wrażliwość, która czasami podpowiada mu, aby szybko uściskał swą matkę i lepkimi ustami ucałował jej policzki. Biedna kobieta jest zwykle zbyt zamroczona, aby sama okazała czułość synowi, reaguje jednak równie czule, jeśli tylko pojmuje, co się wokół niej dzieje.

W chwili obecnej Tony włóczy się po rynku przy ulicy Pasztetowej i czuje głód. Jest wczesny wieczór, a on nie dostał w domu nic do jedzenia. Ma wprawdzie w kieszeni szylinga, którego dał mu jakiś żołnierz za przekazanie wiadomości pewnej dziewczynie, ale chłopiec nie zamierza marnować monety na jedzenie. Po co, skoro potrafi niemal wszystko podwędzić, i to prawie bez wysiłku.

Wędruje więc po rynku, wśród straganów ze starymi ubraniami, horoskopami, owocami rozmaitych gatunków i kramem sprzedawcy smażonych ryb. Idzie, a na ramieniu ma swą małą dajmonę, wróbla, który z uwagą spogląda to w tym, to w tamtym kierunku; a kiedy straganiarka i jej dajmon patrzą w inną stronę, rozlega się wesołe ćwierknięcie, a wtedy Tony błyskawicznie wysuwa rękę, która równie szybko wraca pod luźną koszulę z jabłkiem, potem z kilkoma orzeszkami, wreszcie z gorącym pasztecikiem.

Straganiarka dostrzega jednak ruch jego ręki i krzyczy; jej dajmon w postaci kota skacze, ale wróbel chłopca jest już wysoko, a sam Tony niemal w połowie ulicy. Jego ucieczce towarzyszą przekleństwa i obelgi, szybko jednak milkną. Chłopiec zatrzymuje się na stopniach Kaplicy Świętej Katarzyny, gdzie siada i wyjmuje zgniecioną parującą zdobycz, która zostawiła tłuste ślady na jego koszuli.

Tony'ego ktoś jednak obserwuje. W drzwiach Kaplicy, kilka schodków nad chłopcem stoi jakaś dama w długim żółto-czerwonym płaszczu podszytym lisim futrem, piękna młoda pani o ciemnych włosach, lśniących subtelnie w ciemnym, obszytym futrem kapturze. Być może właśnie kończy się nabożeństwo, ponieważ z Kaplicy sączy się światło, słychać organy, a dama trzyma w ręku wysadzany klejnotami brewiarz.

Tony jednak nic o tym nie wie. Ma zadowoloną buzię, a zęby zatapia głęboko w pasztecik; palce u nóg podkurczył, złączył gołe podeszwy stóp i siedzi, przeżuwając i połykając, podczas gdy jego dajmona zmienia się w mysz i zaczyna czyścić wąsiki.

Spod podszytego lisim futrem płaszcza wysuwa się dajmon młodej damy. Ma postać małpy, jednak nie jest to zwyczajna małpa, jej sierść bowiem jest długa, jedwabista i połyskuje bardzo jaskrawym odcieniem złota. Powoli, cal po calu, małpa posuwa się ku chłopcu i siada kilka stopni nad nim.

Wtedy mysz coś wyczuwa i znowu zmienia się we wróbla, który zadziera łepek, rozgląda się, a potem skacze po kamiennych schodach stopień czy dwa w kierunku dajmona damy.

Dwa dajmony obserwują się przez chwilę.

Małpa powoli wyciąga łapkę. Jest czarna, paznokcie mają postać całkowicie zrogowaciałych pazurów. Ruchy zwierzątka są łagodne i zapraszające. Wróbel nie potrafi się oprzeć. Skacze, coraz bardziej zbliżając się do małpy, w końcu podfruwa i siada na łapie złotego zwierzęcia.

Małpa podnosi wróbla i przypatruje mu się uważnie, potem wstaje i wraca do swojej pani, zabierając ze sobą dajmonę chłopca. Dama pochyla pachnącą głowę i coś szepcze.

Wtedy Tony się odwraca. Nie może się powstrzymać, by nie krzyknąć.

— Ratter! — woła podniesionym głosem z pełnymi ustami, nieco zatrwożony.

Wróbel ćwierka, więc Tony stwierdza, że chyba jest bezpieczny, przełyka kęs, a potem już tylko patrzy.

— Witaj — odzywa się piękna dama. — Jak masz na imię?

— Tony.

— Gdzie mieszkasz, Tony?

— Clarice Walk.

— Co jest w tym paszteciku?

— Befsztyk.

— Lubisz słodkie kakao?

— Tak!

— Przygotowałam go akurat zbyt dużo jak dla mnie samej. Pójdziesz ze mną i pomożesz mi je wypić?

Chłopiec jest już stracony. Był zresztą stracony w momencie, gdy jego niezbyt bystra dajmona wskoczyła małpie na łapę. Teraz oboje podążają za piękną, młodą damą i jej złotą małpą ulicą Duńską, potem wzdłuż Nabrzeża Kata i w dół Schodami Króla Jerzego aż do małych zielonych drzwi z boku wysokiego magazynu. Kobieta stuka, drzwi się otwierają; cała czwórka wchodzi i drzwi zamykają się. Tony nigdy już nie wyjdzie — przynajmniej nie tymi drzwiami; i nigdy już nie zobaczy swojej matki. Biedna, stale pijana kobieta pomyśli, że uciekł, i ilekroć sobie o nim przypomni, będzie się obarczać winą i zanosić płaczem ze zmartwienia.

Mały Tony Makarios nie był jedynym dzieckiem, które schwytała dama ze złotą małpą. W piwniczce magazynu zobaczył tuzin sobie podobnych chłopców i dziewcząt, z których żadne nie ukończyło jeszcze dwunastu lat; wszystkie miały bardzo podobną przeszłość i żadne nie było pewne swojego wieku. Wspólną ich cechę stanowiło to — czego nowo przybyły chłopiec oczywiście nie zauważył — że żadne z dzieci tkwiących w tej ciepłej, zaparowanej piwniczce nie osiągnęło jeszcze wieku dojrzałości.

Uprzejma dama patrzyła, jak Tony siada na ławce pod ścianą, i poleciła milczącej służącej, aby nalała mu kubeczek kakao z rondla na żelaznym piecu. Chłopiec zjadł resztę swojego pasztecika i wypił słodki gorący płyn, nie zwracając przy tym zbytniej uwagi na otoczenie; pozostałe dzieci również na niego nie patrzyły, był bowiem za mały, aby stanowić zagrożenie, a jednocześnie zbyt obojętny, aby posłużyć jako obiekt ewentualnych szyderstw.

Jakiś chłopiec zadał nagle pytanie, które cisnęło się na usta także pozostałym dzieciom.

— Hej! Po co nas pani tu trzyma?

Wyglądał na małego łotra. Na górnej wardze miał ciemne ślady po kakao, na ramieniu dajmonę w postaci ponurego, czarnego szczura. Dama stała przy drzwiach, pogrążona w rozmowie z otyłym mężczyzną o rysach kapitana żeglugi morskiej, a kiedy się odwróciła, by odpowiedzieć, w świetle syczącej lampy naftowej wyglądała tak anielsko, że wszystkie dzieci zamilkły.

— Potrzebujemy waszej pomocy — wyjaśniła. — Nie odmówicie nam jej chyba, prawda?

Nikt nie odpowiedział. Wszyscy tylko patrzyli, nagle onieśmieleni. Nigdy nie widzieli takiej damy. Była tak śliczna, słodka i uprzejma, że wydawało im się, iż nie zasłużyli na swoje szczęście i że o cokolwiek ta pani ich poprosi, zrobią to dla niej z największą przyjemnością, aby tylko pozostać w jej towarzystwie trochę dłużej.

Dama wytłumaczyła im, że udadzą się w podróż. Będą dobrze karmieni i ciepło ubierani, a ci, którzy chcą, mogą napisać list do rodziców, aby ich zapewnić, że są bezpieczni. Kapitan Magnusson wkrótce weźmie ich na pokład swego statku, a potem, kiedy warunki atmosferyczne będą odpowiednie, wypłyną na pełne morze, obierając kurs na północ.

Nieliczni, którzy chcieli wysłać wiadomość do domu, zasiedli wokół pięknej damy, która pisała kilka linijek pod ich dyktando i, pozwoliwszy im narysować niezdarny krzyżyk u dołu strony, składała kolejne kartki i wkładała je do kopert, pisząc na nich podawane przez dzieci adresy. Tony również chciał przekazać informację matce, świetnie sobie jednak zdawał sprawę z tego, że ona nie umie czytać. Pociągnął więc damę za rękaw płaszcza i szepnął, że chciałby powiedzieć swojej mamie, dokąd jedzie i o innych rzeczach, a piękna pani przekrzywiła wdzięcznie główkę i pochyliła się w stronę jego brudnego, małego ciałka, aby wszystko usłyszeć, po czym pogłaskała go po głowie i obiecała spełnić prośbę.

Potem dzieci zebrały się wokół niej, aby ją pożegnać. Złota małpa pogłaskała wszystkie dajmony, a dzieci po kolei dotykały lisiego futra na szczęście, a może przyciągane mocą lub dobrocią damy. Pożegnała je wszystkie i poleciła opiece łysego kapitana. Została na nabrzeżu, a dzieci weszły na pokład. Parowiec ruszył. Niebo pociemniało, rzeka zabłysła drgającymi światłami. Dama stała na nabrzeżu i machała do chwili, aż zniknęły jej z oczu wszystkie twarzyczki.

Następnie odwróciła się i z przytuloną do piersi złotą małpą wróciła do środka; wrzuciła małą kupkę listów do pieca, po czym wyszła i ruszyła z powrotem w stronę Kaplicy.

Dzieci z nizin społecznych łatwo było skusić i niepostrzeżenie porwać, jednak w końcu ludzie zauważyli, że znikają, i policja — choć niechętnie — podjęła działanie. Przez jakiś czas nikogo nie porwano. Ale plotka już krążyła i stopniowo zaczęła zmieniać się i rozprzestrzeniać, a wtedy zniknęło kilkoro dzieci w Norwich, później w Sheffield, wreszcie w Manchesterze. Ludzie z tych miast, którzy słyszeli o wcześniejszych zniknięciach w innych miejscach, wymieniali spostrzeżenia i przekazywali plotkę dalej.

Powstała legenda o tajemniczej grupie czarowników, którzy z pomocą czarów porywają dzieci. Jedni mówili, że ich przywódczynią jest piękna dama, drudzy, że wysoki mężczyzna o czerwonych oczach, jeszcze inni, że młodzieniec, który potrafi się śmiać i śpiewać swoim ofiarom tak pięknie, że podążają za nim niczym owieczki.

Na pytanie, dokąd zabierano zaginione dzieci, każdy odpowiadał inaczej, każdy miał własną teorię. Niektórzy mówili, że idą do Piekła, pod ziemię, do Zaczarowanej Krainy. Inni twierdzili, że istnieje farma, na której trzyma się dzieci; są tam tuczone, a potem zjadane. Jeszcze inni byli pewni, że dzieci ktoś sprzedaje bogatym Tatarom, a ci robią z nich swoich niewolników... I tak dalej.

Jedyną kwestią, co do której zgadzali się wszyscy, była nazwa niewidzialnych porywaczy. Należało ich jakoś nazwać, w przeciwnym razie trudno byłoby o nich mówić, a rozmowa na ten temat — zwłaszcza gdy było się bezpiecznym i przebywało w zaciszu domu albo Kolegium Jordana — dla wielu osób stanowiła przyjemność. Nazwa ta powstała jakoś samoistnie i nikt nie wiedział, skąd się wzięła. Nazywano ich Grobalami.

— Nie zostawaj do późna na dworze, bo cię zabiorą Grobale! — przestrzegali niektórzy.

— Moja kuzynka w Northampton zna pewną kobietę, której małego synka zabrali Grobale... — oświadczał ktoś.

— Grobale byli w Stratfordzie. Podobno posuwają się na południe!

Można było też usłyszeć:

— Zabawmy się w dzieci i Grobalów!

Taką propozycję złożyła Lyra Rogerowi, kuchennemu chłopcu z Kolegium Jordana. A Roger poszedłby za nią nawet na koniec świata.

— Jak się w to bawi?

— Ty się ukrywasz, ja cię znajduję i rozcinam nożem, dokładnie tak, jak to robią Grobale.

— Nie wiesz, co oni robią. Może wcale tak nie postępują.

— Boisz się ich — ucieszyła się Lyra. — Widzę, że się ich boisz.

— Nie. I tak w nich nie wierzę.

— Ja wierzę — stwierdziła dziewczynka stanowczo. — Ale się ich nie boję. Zachowam się po prostu tak jak mój wuj, gdy ostatnim razem był w Jordanie. Widziałam to na własne oczy. W Sali Seniorów pojawił się pewien nieuprzejmy gość. Wuj posłał mu tylko jedno spojrzenie i mężczyzna od razu padł martwy, tocząc pianę z ust.

— To nieprawda — odparł Roger z powątpiewaniem. — Nigdy nikt nie wspomniał o tym w Kuchni. Zresztą tobie nie wolno wchodzić do Sali Seniorów.

— Nie mówili o tym w Kuchni dlatego, że nikt po prostu nie powiedziałby o czymś takim służącym. A ja naprawdę byłam w Sali Seniorów. Mój wuj zawsze tak postępuje. W ten sam sposób pokonał kilku Tatarów, którzy go kiedyś pochwycili. Związali go i chcieli mu wyciąć wnętrzności, jednak kiedy pierwszy mężczyzna podszedł z nożem, mój wuj tylko na niego spojrzał i napastnik padł martwy. Zbliżył się kolejny, i wuj również go zabił. Potem następnego... Aż w końcu został tylko jeden. Wuj rzekł mu, że zostawi go przy życiu, jeśli Tatar go rozwiąże, więc tamten przeciął więzy, a mój wuj i tak go zabił, aby go ukarać.

Roger był jeszcze mniej pewny prawdziwości tej historii niż opowieści o Grobalach, ale pomysł na zabawę był zbyt dobry, aby go zmarnować, więc zaczęli się bawić w Lorda Asriela i umierających Tatarów, używając sorbetu jako piany.

Gra ta stanowiła jednak tylko namiastkę, ponieważ Lyra nadal chciała się bawić w dzieci i Grobalów. Udało jej się zaciągnąć Rogera do piwnic z winem, gdzie weszli dzięki zapasowemu kompletowi kluczy Majordomusa. Razem przeszli przez wielkie pomieszczenia, gdzie pod grubymi pajęczynami leżały butelki należącego do Kolegium tokaju, kanaryjskiej sherry, burgunda i brantwijna. Nad nimi wznosiły się średniowieczne kamienne łuki, wspierane przez filary o grubości dziesięciu drzew, a pod stopami leżały kamienie różnej wielkości. Wszędzie dokoła w rzędach stały stelaże, a na nich butelki i baryłki. Widok był naprawdę fascynujący, toteż dzieci znowu zapomniały o Grobalach i w napięciu, trzymając świece w drżących dłoniach, chodziły po podziemiach. Zaglądały w każdy mroczny kąt, a Lyrę coraz bardziej ciekawiła odpowiedź na pytanie: jak smakuje wino?

Istniał łatwy sposób, aby się przekonać. Lyra — mimo gorących protestów Rogera — wzięła najbrudniejszą, najbardziej omszałą butelkę, jaką zdołała wyszukać i, ponieważ nie miała żadnego przyrządu, którym mogłaby wyjąć korek, bez namysłu stłukła szyjkę. Dzieci usiadły w najdalszym rogu piwnicy i piły nieznany, karmazynowy płyn, zastanawiając się, kiedy się upiją i skąd będą wiedziały, że ta chwila już nastąpiła. Smak wina nie przypadł Lyrze specjalnie do gustu, ale musiała przyznać, że jest niezwykły i trudny do określenia. Bardzo zabawne było zachowanie obu dajmonów, które z każdą chwilą wydawały się coraz bardziej zamroczone: przewracały się, chichotały bez powodu i zmieniały postacie; próbowały wyglądać jak chimery i jeden starał się być brzydszy od drugiego.

W końcu prawie równocześnie dzieci odkryły, jak czuje się człowiek pijany.

— I oni naprawdę to lubią?! — Roger z trudem chwytał oddech po męczących wymiotach.

— Tak — odrzekła równie chora dziewczynka, po czym dodała z uporem: — Ja też to lubię.

To wydarzenie uświadomiło Lyrze jedno — że zabawa w Grobalów prowadzi w interesujące miejsca. Pamiętała słowa wuja wypowiedziane podczas ostatniego spotkania i zaczęła zwiedzać podziemia, znacznie rozleglejsze niż część naziemna. Kolegium Jordana, graniczące z jednej strony z Kolegium Świętego Michała, z drugiej z Kolegium Gabriela (za Jordanem znajdowała się Biblioteka Uniwersytecka), w średniowieczu zaczęło się rozbudowywać coraz głębiej pod ziemią, niczym jakiś ogromny grzyb, którego system korzeniowy rozrasta się na przestrzeni wielu akrów. Wydrążone pod Jordanem tunele, szyby, krypty, piwnice i schody ciągnęły się przez kilkaset jardów wokół Kolegium, więc budowla stała na terenie podziurawionym pod ziemią niczym szwajcarski ser.

A teraz, gdy Lyra odkryła w sobie zamiłowanie do badania lochów, porzuciła dotychczasowy plac zabaw — nierówne Alpy dachów Kolegium — i zagłębiła się wraz z Rogerem w katakumby. Tym samym zabawa w Grobalów zmieniła się w polowania na nich. Czyż nie było prawdopodobne, że czają się poza zasięgiem ludzkiego wzroku, czyli pod ziemią?

I tak pewnego dnia Lyra i Roger dotarli do krypty pod Kaplicą. Właśnie tam chowano kolejnych Rektorów, a każdy z nich spoczywał w osobnej, okutej ołowiem dębowej trumnie; stały one w niszach wzdłuż kamiennych ścian. Na trumnach znajdowały się kamienne tabliczki z nazwiskami zmarłych:

Simon Le Clerk, Rektor (1765—1789), Cerebaton
Requiescant in pace

— Co to znaczy? — spytał Roger.

— Pierwsza część to imię i nazwisko, a ostatnia jest po łacinie. Te daty w środku oznaczają okres, w którym był Rektorem. Słowo po nich musi być imieniem jego dajmony.

Szli dalej w ciszy, odczytując kolejne napisy.

Francis Lyall, Rektor (1748—1765), Zohariel
Requiescant in pace

Ignatus Cole, Rektor (1745—1748), Musca
Requiescant in pace

Na każdej trumnie znajdowała się również mosiężna płytka z wizerunkiem innej istoty: jedna była bazyliszkiem, druga — piękną wróżką, trzecia — wężem, kolejna — małpą. Lyra doszła do wniosku, że są to podobizny dajmon nieżyjących mężczyzn. Wiedziała, że kiedy człowiek dorasta, jego dajmon traci możliwość zmieniania kształtów i przybiera postać, w której pozostaje aż do śmierci.

— W tych trumnach są szkielety! — szepnął Roger.

— Rozkładające się ciała — odparła cicho Lyra. — A robaki i larwy są w ich oczodołach...

— Tu na dole muszą być duchy — zauważył Roger, drżąc, choć myśl ta najwyraźniej sprawiała mu też przyjemność.

Za pierwszą kryptą dzieci znalazły przejście zastawione rzędami kamiennych półek; każdą podzielono na kwadratowe kasetony, w których spoczywały czaszki.

Dajmona Rogera stojąca obok niego podkuliła ogon, zadrżała i cicho zaskowyczała.

— Cicho — powiedział Roger.

Lyra nie mogła dostrzec Pantalaimona, ale wiedziała, że spoczywa na jej ramieniu pod postacią ćmy i prawdopodobnie również drży.

Podniosła rękę i delikatnie zdjęła z półki najbliższą czaszkę.

— Co robisz? — spytał Roger. — Nie wolno ci ich dotykać!

Lyra oglądała ją, nie zwracając na niego uwagi. Nagle z otworu u podstawy czaszki coś wypadło, przeleciało jej przez palce i zadźwięczało, uderzając o podłogę. Dziewczynka w trwodze niemal upuściła czaszkę.

— To moneta! — oświadczył Roger, dotykając po omacku przedmiotu. — Tu może być skarb!

Przybliżył monetę do świecy i oboje wpatrzyli się w krążek szeroko otwartymi oczyma. Okazało się, że nie jest to moneta, ale mały dysk z brązu z niezbyt dopracowanym grawerunkiem przedstawiającym kota.

— Przypomina te na trumnach — stwierdziła Lyra. — To jego dajmona. Na pewno!

— Lepiej ją odłóż — oznajmił Roger niepewnym tonem. Lyra odwróciła czaszkę, wsunęła krążek z powrotem w miejsce odwiecznego spoczynku, po czym odłożyła czaszkę na półkę. Dzieci zauważyły, że we wszystkich pozostałych czaszkach znajdowały się monety z dajmonami, przedstawiające towarzysza życia ich właściciela; człowiek i jego dajmon pozostawali więc razem nawet po śmierci.

— Jak sądzisz, kim byli za życia? — spytała Lyra. — Przypuszczam, że Uczonymi. Tylko Rektorzy mają trumny. W ciągu ubiegłych stuleci zmarło prawdopodobnie tak wielu Uczonych, że nie starczyłoby podziemi, aby ich wszystkich pochować, odcinano im więc głowy, które tu spoczywają. To przecież najważniejsza część człowieka.

Lyra i Roger nie znaleźli wprawdzie Grobalów, jednak katakumby pod Kaplicą zapewniły im zajęcie na kilka dni. Kiedyś Lyra dla żartu pozamieniała monety z dajmonami leżące w czaszkach zmarłych Uczonych. Pantalaimona tak bardzo poruszyła ta zabawa, że przybrał postać nietoperza i zaczął latać w tę i z powrotem, wydając przenikliwe piski i uderzając dziewczynkę skrzydłami w twarz, ona jednak nie zwracała na to uwagi: żart był zbyt dobry, aby z niego zrezygnować. Tyle że później spotkała ją kara za ten postępek. W nocy, gdy spała w swoim narożnym pokoiku na dwunastym piętrze, przyśnił jej się koszmar i obudziła się z krzykiem. Dwie postaci w togach stały przy jej łóżku, wyciągając swoje kościste palce, potem odrzuciły kaptury i pokazały okrwawione szyje w miejscach, gdzie powinny zaczynać się głowy. Dopiero kiedy Pantalaimon zmienił się w lwa i zaryczał na nie, ze strachem wycofały się, znikając w ścianie, aż widoczne były jedynie ich ramiona, potem kościste żółtoszare dłonie, następnie tylko powykrzywiane palce, wreszcie całkiem się rozwiały. Gdy Lyra wstała rano, natychmiast zbiegła do katakumb i odłożyła krążki z dajmonami na właściwe miejsca.

— Przepraszam! Przepraszam! — szeptała do czaszek.

Katakumby były o wiele większe niż piwnice z winem, jednak nie ciągnęły się bez końca. Kiedy Lyra i Roger przetrząsnęli każdy ich kąt i upewnili się, że nie ma tam Grobalów, postanowili skierować swoją uwagę gdzie indziej, jednakże gdy po raz ostatni opuszczali kryptę, dostrzegł ich Kanonik i wezwał do Kaplicy.

Kanonik był zażywnym, starszym mężczyzną znanym jako Ojciec Heyst. Do jego obowiązków należało odprawianie wszystkich mszy dla członków Kolegium, wygłaszanie kazań, odprawianie modłów i wysłuchiwanie spowiedzi. Kiedy Lyra była młodsza, pragnął sprawować nad nią duchową opiekę, ale skonfundowała go szelmowska obojętność dziewczynki i jej nieszczera skrucha. Uznał, że Lyra nie jest osobą rokującą nadzieję w sensie duchowym.

Kiedy dzieci usłyszały wołanie Kanonika, odwróciły się niechętnie i powłócząc nogami, weszły w półmrok wielkiej, cuchnącej stęchlizną Kaplicy. Tu i ówdzie przed obrazami świętych migotały świece, z chóru, gdzie prowadzono naprawy, dochodził cichy, daleki stukot; jakiś służący polerował mosiężny pulpit. Ojciec Heyst skinął na nich z drzwi zakrystii.

— Gdzie byliście? — spytał. — Kilka razy widziałem, jak tu wchodziliście. Po co?

W jego tonie nie było oskarżenia, wyczuwało się raczej szczere zainteresowanie. Siedząca na jego ramieniu dajmona szybko wysunęła w stronę dzieci jaszczurczy język.

— Chcieliśmy zwiedzić kryptę — odparła Lyra.

— W jakim celu?

— Trumny... Pragnęliśmy zobaczyć trumny — wyjaśniła.

— Ale po co?

Wzruszyła ramionami. Taka zawsze była jej odpowiedź, gdy ktoś uparcie ją wypytywał.

— A ty — ciągnął starzec, zwracając się do Rogera. Dajmona chłopca w postaci teriera niespokojnie merdała ogonem, aby zjednać przychylność mężczyzny. — Jak się nazywasz?

— Roger, Ojcze.

— Jesteś chyba służącym? Gdzie pracujesz?

— W Kuchni, Ojcze.

— Nie powinieneś być tam teraz?

— Tak, Ojcze.

— W takim razie idź.

Roger odwrócił się i ruszył pędem. Jego przyjaciółka przestąpiła z nogi na nogę.

— A jeśli chodzi o ciebie, Lyro — dodał Ojciec Heyst. — Cieszy mnie, że przejawiasz zainteresowanie sprawami Kaplicy. Masz szczęście, dziecko, widzisz bowiem wokół całą naszą przeszłość.

— Mhmm — mruknęła Lyra.

— Dziwi mnie, że wybierasz sobie takich towarzyszy. Czujesz się samotna?

— Nie — odparła.

— Czy... tęsknisz za towarzystwem innych dzieci?

— Nie.

— Nie myślę o Rogerze, chłopcu kuchennym. Myślę o dzieciach tak jak ty szlachetnie urodzonych. Chciałabyś mieć takich przyjaciół?

— Nie.

— Ale może jakieś koleżanki...

— Nie.

— Widzisz, nikt z nas nie chciałby, żebyś tęskniła za przyjemnościami i rozrywkami dzieciństwa. Czasami myślę, Lyro, że musisz być bardzo samotna, żyjąc tu wśród starych Uczonych. Czy tak się czujesz?

— Nie.

Mężczyzna złożył dłonie. Najwyraźniej nie przychodziło mu do głowy żadne inne pytanie, które mógłby zadać stojącemu przed nim upartemu dziecku.

— Jeśli cię coś martwi — odezwał się w końcu — zawsze możesz przyjść i mi o tym powiedzieć. Mam nadzieję, że wiesz o tym?

— Tak — odrzekła.

— Rozmawiasz ze swoimi spowiednikami?

— Tak.

— Grzeczna dziewczynka. No dobrze, idź już.

Z ledwie powstrzymywanym westchnieniem ulgi Lyra odwróciła się i odeszła.

Ponieważ nie znalazła Grobalów pod ziemią, pragnąc kontynuować poszukiwania, wróciła na ulice, gdzie czuła się jak w domu. Po jakimś czasie, gdy niemal przestała się nimi interesować, Grobale pojawili się w Oksfordzie.

Pierwszy raz Lyra usłyszała o tym, gdy zaginął chłopiec ze znanej jej cygańskiej rodziny.

Zdarzyło się to w czasie Końskiego Targu. Basen kanału był zatłoczony łodziami i krypami z kupcami i podróżnikami, a nabrzeża w Jerycho lśniły od połyskującej uprzęży. Wszędzie słychać było stukot kopyt i krzyki targujących się. Lyra zawsze lubiła Koński Targ; oprócz szansy na przejażdżkę na wysłużonym koniu jarmark stwarzał też mnóstwo okazji do wywoływania dziecięcych wojen.

A tym razem dziewczynka miała wspaniały plan. Zainspirowana własnym pomysłem sprzed roku, zamierzała tym razem posunąć się dalej: porwać łódź i (zanim zostanie schwytana) odbyć na niej prawdziwą podróż. Pomyślała, że gdyby ona i jej przyjaciele z kuchni kolegiów dotarli aż do Abingdon, mogliby zniszczyć groblę...

W tym roku jednak wojnę i inne zabawy odsunięto na dalszy plan. Kiedy bowiem Lyra wraz z paroma urwisami włóczyła się w porannym słońcu wzdłuż stoczni w Port Meadow, podając sobie skradzionego papierosa i ostentacyjnie wydmuchując dym, usłyszała czyjś krzyk. Znała ten głos.

— No więc, co z nim zrobiłeś, półgłówku jeden?!

Był to potężny głos, choć kobiecy; jego właścicielka miała chyba płuca z mosiądzu. Lyra odruchowo rozejrzała się wokół, ponieważ głos należał do Ma Costy, która już dwa razy dała dziewczynce mocnego klapsa, choć za trzecim razem wręczyła jej gorący pierniczek. Rodzinę Costów poważano za wspaniałą, okazałą łódź. Byli to książęta wśród Cyganów, a Lyra bardzo podziwiała matronę rodu, jednak jeszcze przez jakiś czas zamierzała jej unikać, ponieważ to właśnie jej łódź uprowadziła przed rokiem.

Jeden z towarzyszy Lyry, widząc zamieszanie, odruchowo podniósł z ziemi kamień, dziewczynka jednak stwierdziła:

— Odłóż go. Ma jest rozgniewana. Mogłaby złamać ci kręgosłup jak gałązkę.

Ściśle rzecz biorąc, Ma Costa wyglądała raczej na zaniepokojoną niż rozgniewaną. Mężczyzna, do którego mówiła — handlarz koni — wzruszył ramionami i rozłożył ręce.

— No cóż, nie wiem — oświadczył. — W jednej chwili był, w następnej znikał. Nigdy nie widziałem, dokąd szedł...

— Pomagał ci! Pilnował twoich wściekłych koni!

— W takim razie powinien tu zostać, prawda? Ucieczka w czasie pracy...

Handlarz nie powiedział już nic więcej, ponieważ Ma Costa nagle wymierzyła mu potężny cios w bok głowy i zarzuciła takim stekiem przekleństw, że mężczyzna z krzykiem rzucił się do ucieczki. Widząc to, inni znajdujący się w pobliżu handlarze koni zaczęli z niego drwić, a jakieś przestraszone źrebię stanęło dęba.

— Co się dzieje? — spytała Lyra cygańskie dziecko, które z otwartą buzią przyglądało się zdarzeniom. — O co Ma się piekli?

— Chodzi o jej syna — odparło dziecko. — O Billy'ego. Ma Costa myśli chyba, że zabrali go Grobale. To całkiem możliwe. Sam go nie widziałem od...

— Grobale? Więc przybyli do Oksfordu?

Mały Cyganek odwrócił się, wskazał na Lyrę i zawołał do przyjaciół, którzy obserwowali zdenerwowaną kobietę:

— Ona nie wie, co się dzieje! Nie wie, że Grobale są tutaj!

Pół tuzina dzieci przybrało szydercze miny, a Lyra wyrzuciła papierosa, rozpoznając sygnał do kłótni. Wszystkie dajmony wyglądały teraz wojowniczo: każde z dzieci miało teraz obok siebie kły, szpony lub zjeżone futro; Pantalaimon, pogardzając ograniczoną wyobraźnią cygańskich dajmonów, zmienił się w smoka wielkości ogara.

Zanim jednak rozgorzała bitwa, podeszła do nich Ma Costa. Odepchnęła dwa cygańskie dajmony na bok i z zaciśniętymi pięściami stanęła przed Lyrą.

— Widziałaś go? — zapytała dziewczynkę. — Widziałaś Billy'ego?

— Nie — odparła Lyra. — Dopiero co tu dotarliśmy. Nie widziałam Billy'ego od miesięcy.

Dajmon Ma Costy, jastrząb, krążył dziewczynce nad głową, dziko łypiąc żółtymi oczyma. Lyra poczuła strach. Jeśli jakiegoś dziecka nie było od kilku godzin, nikt nie martwił się o nie bardziej niż Cyganie, bo w dobrze zorganizowanym, zintegrowanym świecie mieszkańców łodzi wszystkie dzieci traktowano jak bezcenny skarb i niemal nadmiernie je kochano. Każda matka wiedziała, że jeśli malec zniknie jej z oczu, zauważy go inny przedstawiciel społeczności, który instynktownie będzie go chronił.

A teraz Ma Costa, królowa wśród Cyganów, bała się o swoje zaginione dziecko. Co też mogło się przydarzyć chłopcu?

Ma Costa przez chwilę rozmyślała, patrząc ponad głowami dzieci, a potem odwróciła się i pobiegła przez tłum na nabrzeże, gromkim głosem przywołując synka. Dzieci natychmiast znowu zwróciły się ku sobie, jednak w obliczu smutku kobiety ich wrogość zniknęła.

— A kim są ci Grobale? — spytał Simon Parslow, jeden z towarzyszy Lyry.

Odpowiedział mu cygański chłopiec:

— No wiesz... Kradną dzieci w całym kraju. To piraci...

— Nie są piratami — poprawił go drugi Cygan. — To kanibale. I stąd ich nazwa.

— Chodzi ci o to, że jedzą dzieci? — spytał inny przyjaciel Lyry, kuchenny chłopiec ze Świętego Michała nazwiskiem Hugh Lovat.

— Tego nikt nie wie — odparł pierwszy Cygan. — Zabierają je, a potem nikt już więcej nie spotyka tych dzieciaków.

— Wszyscy o tym słyszeliśmy — stwierdziła Lyra. — My już od miesięcy bawiliśmy się w dzieci i Grobalów, zanim wy w ogóle się o nich dowiedzieliście. Ale mogę się założyć, że nikt ich nigdy nie widział.

— Oni widzieli — odrzekł któryś z chłopców.

— Kim więc są? — Lyra spojrzała we wskazanym kierunku. — To wy ich widzieliście? Skąd wiecie, że nie chodzi o jedną osobę?

— Charlie ich widział w Banbury — powiedziała mała Cyganka. — Przyszli i rozmawiali z pewną damą, podczas gdy jakiś mężczyzna wyprowadził jej małego synka do ogrodu.

— Zgadza się! — zawołał piskliwie Charlie. — Widziałem, jak go zabierali!

— Jak wyglądali? — spytała Lyra.

— No... Nie widziałem dokładnie — odparł Charlie. — Ale zauważyłem ich samochód — dodał szybko. — Przyjechali białą ciężarówką. Wsadzili małego do auta i pędem odjechali.

— Ale dlaczego nazywa się ich Grobalami? — spytała Lyra.

— Ponieważ jedzą dzieci — powtórzył młodziutki Cygan. — Ktoś nam to tłumaczył w Northampton. Byli tam, i w ogóle. Jedna dziewczynka w Northampton mówiła, że kiedy ci ludzie zabierali jej brata, powiedzieli jej, że zamierzają go zjeść. Wszyscy o tym wiedzą. Porywają je, pieką i zjadają.

Stojąca w pobliżu cygańska dziewczynka zaczęła głośno płakać.

— To jest kuzynka Billy'ego — wyjaśnił Charlie.

— Kto ostatni widział Billy'ego? — spytała Lyra.

— Ja — odpowiedziało jej pół tuzina głosów.

— Widziałem, jak trzymał starego konia Johnny'ego Fiorelli...

— A ja przy sprzedawcy irysów jabłkowych...

— Ja widziałem, jak się huśtał na dźwigu...

Lyra wysłuchała z uwagą wszystkich głosów i doszła do wniosku, że mniej więcej od dwóch godzin żadne z dzieci nie widziało zaginionego chłopca.

— Więc — podsumowała — przed dwiema godzinami musieli tu być Grobale...

Wszystkie dzieci rozejrzały się wokół, drżąc mimo ciepłego słońca, tłumnego nabrzeża, znajomych zapachów smoły, koni i tytoniu. Kłopot polegał na tym, że żadne z nich nie wiedziało, jak wyglądają Grobale, więc każdy obcy mógł być jednym z nich, i to właśnie Lyra powiedziała swoim przerażonym towarzyszom. Wszyscy, zarówno dzieci z kolegiów, jak i Cyganie, patrzyli teraz na nią jak w obraz.

— Muszą przecież wyglądać jak zwykli ludzie, w przeciwnym razie natychmiast zostaliby rozpoznani — wyjaśniła. — Gdyby chodzili tylko w nocy, mogliby się ukrywać. Jednak jeśli poruszają się w biały dzień, muszą wyglądać zwyczajnie. I dlatego każdy z tych ludzi może być Grobalem...

— Tamci nie — zaprzeczył niepewnie mały Cygan. — Znam ich wszystkich.

— W porządku, ci nie, ale wszyscy pozostali tak — zauważyła Lyra. — Chodźmy ich poszukać! I ich białego samochodu!

W grupce zawrzało. Wkrótce przyłączyli się do nich inni młodzi poszukiwacze i po niedługim czasie trzydzieścioro albo i więcej cygańskich dzieci rozbiegło się po całym nabrzeżu. Zaglądały do stajni, wspinały się na dźwigi i wyciągi w stoczni, przeskakiwały ogrodzenia i przeszukiwały szeroką łąkę, huśtały się w piętnaścioro na stojącym nad zieloną wodą starym moście obrotowym, przebiegały wąskie uliczki Jerycho, pędziły wśród małych, ceglanych domów o spadzistych dachach i wbiegały do wspaniałej, zwieńczonej masywną wieżą Kaplicy Świętego Barnaby Chemika. Połowa dzieci nie wiedziała, czego właściwie szukają, i uważała, że to jakaś zabawa, jednak te, które towarzyszyły Lyrze, odczuwały lęk za każdym razem, kiedy ujrzały jakąś samotną postać idącą alejką albo stojącą w ciemnościach Kaplicy. Czy to aby nie Grobal?

Nie spotkali, rzecz jasna, żadnego Grobala. W końcu, bez sukcesów i z dręczącą wszystkich świadomością, że Billy naprawdę zaginął, poszukiwania zakończono. Kiedy Lyra i dwóch chłopców z kolegiów opuszczali Jerycho, gdyż nadszedł czas kolacji, dostrzegli, że Cyganie zebrali się na nabrzeżu obok miejsca, gdzie cumowała łódź Costów. Niektóre kobiety krzyczały głośno, a rozgniewani mężczyźni stali w grupach. Wszystkie dajmony były niespokojne, latały nerwowo lub warczały na każdy cień.

— Założę się, że Grobale nie ośmielą się przyjść tutaj — oświadczyła Lyra Simonowi Parslowowi, gdy we dwoje przekroczyli próg wielkiej Portierni Jordana.

— Chyba tak — odparł chłopiec niepewnie. — Ale wiem, że na Rynku zaginęła dziewczynka.

— Kto? — spytała Lyra. Znała większość dzieci z Rynku, ale nic o tym nie słyszała.

— Jessie Reynolds, od rymarza. Nie było jej wczoraj w porze zamykania sklepów, a poszła tylko po rybę na kolację dla ojca. Nie wróciła i od tej pory nikt jej nie widział, a przeszukano cały Rynek i wszystko dokoła.

— Nic o tym nie słyszałam! — krzyknęła oburzona Lyra. Zastanawiała się, jak to możliwe, że ta informacja nie dotarła do jej uszu.

— Cóż, to było zaledwie wczoraj. Do tej chwili może już wróciła...

— Zamierzam się tego dowiedzieć — rzuciła Lyra i wypadła z Portierni.

Nie udało jej się jednak wyjść przez bramę, ponieważ zawołał ją Portier.

— Lyro, zaczekaj! Nie wolno ci już wyjść dziś wieczorem. Rozkaz Rektora.

— Dlaczego?

— Mówię ci, że taki jest rozkaz Rektora. Powiedział, że jeśli wrócisz, masz zostać w Kolegium.

— Akurat! — krzyknęła dziewczynka i wybiegła na zewnątrz, zanim starzec zdołał się ruszyć z progu.

Przebiegła wąską ulicę i zbiegła w aleję, gdzie stały nierozładowane ciężarówki z produktami dla Rynku Towarowego. Była już pora zamykania, na Rynku znajdowało się więc kilka ciężarówek, a przy głównej bramie naprzeciwko wysokiej kamiennej ściany Kolegium Świętego Michała stała grupka młodych mężczyzn. Palili papierosy i rozmawiali. Lyra znała jednego z nich — szesnastolatka, którego podziwiała, ponieważ potrafił pluć dalej niż ktokolwiek inny, więc podeszła i cierpliwie czekała, aż ją zauważy.

— Czego chcesz? — spytał w końcu.

— Czy Jessie Reynolds zniknęła?

— Tak. Dlaczego pytasz?

— Ponieważ dzisiaj zniknął też cygański chłopiec.

— Oni zawsze się gubią, ci Cyganie. Znikają po każdym Końskim Targu.

— Tak jak i konie — dodał jeden z jego przyjaciół.

— Dzieciak to co innego — powiedziała Lyra. — Szukaliśmy go całe popołudnie i dzieci powiedziały, że zabrali go Grobale.

— Kto?

— Grobale — powtórzyła. — Nie słyszeliście o nich?

Dla kilku mężczyzn była to nowość i mimo ordynarnych komentarzy wysłuchali z uwagą tego, co mówiła Lyra.

— Grobale — zaśmiał się znajomy Lyry, który miał na imię Dick. — To głupie. Do Cyganów pasują takie głupie pomysły.

— Podobno parę tygodni temu Grobale byli w Banbury — upierała się Lyra. — Zniknęło tam pięcioro dzieci. Teraz prawdopodobnie przyjechali do Oksfordu, aby je porywać. Na pewno to oni zabrali Jessie.

— Słyszałem, że na drodze do Cowley zaginął jakiś dzieciak — powiedział jeden z chłopców. — Teraz sobie przypominam. Była tam wczoraj moja ciotka, która sprzedaje ryby i frytki, i przywiozła tę wiadomość... Jakiś mały chłopiec... Ale nie słyszałem nic o Grobalach. Nie istnieją naprawdę. To pewnie tylko taka plotka.

— Ależ istnieją! — powiedziała Lyra. — Cyganie ich widzieli. Podobno jedzą schwytane dzieci...

Przerwała w pół zdania, ponieważ nagle coś sobie przypomniała. Podczas tego dziwnego wieczoru, który spędziła ukryta w Sali Seniorów, Lord Asriel pokazywał zdjęcie mężczyzny trzymającego pręt, do którego wnikały promienie światła; obok niego znajdowała się mała figurka, otoczona bledszą poświatą. Wuj Lyry powiedział, że to jest dziecko, i ktoś spytał, czy dziecko to jest oderwane, a wuj odparł, że nie... Dziewczynka skojarzyła sobie, że „oderwany" znaczy to samo co „odcięty".

A wtedy przyszła jej do głowy jeszcze jedna myśl: gdzie jest Roger?

Nie widziała go od rana...

Nagle poczuła strach. Pantalaimon w postaci miniaturowego lwa wskoczył jej na ręce i warknął. Dziewczynka pożegnała się z mężczyznami i szybko wróciła na ulicę Turla, a następnie ile sił w nogach pobiegła do Portierni Jordana. Wpadła do środka za swoim dajmonem, który miał teraz postać geparda.

Portier był wściekły.

— Musiałem zadzwonić do Rektora i wszystko mu powiedzieć — oznajmił. — Wcale mu się to nie spodobało. Nie chciałbym być w twojej skórze...

— Gdzie Roger? — przerwała mu.

— Nie widziałem go. Jemu też się dostanie. Kiedy złapie go pan Cawston...

Lyra pobiegła do Kuchni. Wpadła do ciepłego i zaparowanego pomieszczenia, w którym panowała gorączkowa krzątanina.

— Gdzie Roger?! — krzyknęła.

— Zmiataj, Lyro! Jesteśmy zajęci!

— Ale gdzie jest? Wrócił czy nie?

Najwyraźniej nikogo to nie interesowało.

— Gdzie jest? Musiałeś coś słyszeć! — Lyra krzyczała na Kucharza, który trzepnął ją w ucho i z krzykiem wyrzucił z Kuchni.

Pasztetnik Bernie na próżno próbował ją uspokoić.

— Dostali go! Ci cholerni Grobale! Psiakrew, powinno się ich wyłapać i pozabijać! Nienawidzę ich! Wcale was nie interesuje los Rogera...

— Lyro, wszyscy dbamy o niego...

— Wcale nie, gdyby tak było, rzucilibyście od razu pracę i poszli go szukać! Was też nienawidzę!

— Może istnieć tuzin powodów, dla których Roger się nie zjawił. Uspokój się i posłuchaj: mamy niecałą godzinę, by przygotować i podać kolację. Rektor przyjmuje gości w Rezydencji. Będą tam jedli, a to oznacza, że Kucharz musi zanosić wszystkie dania natychmiast po ich sporządzeniu, aby nie były zimne... Lyro, życie musi toczyć się dalej. Jestem pewien, że Roger się pojawi...

Lyra odwróciła się i wybiegła z Kuchni, przewracając stos srebrnych pokryw na półmiski i lekceważąc wybuchy gniewu. Pospiesznie zbiegła po schodach, przebiegła Dziedziniec między Kaplicą i Pielgrzymią Wieżą i wpadła do Czworoboku Yaxleya, gdzie znajdowały się najstarsze budynki Kolegium.

Pantalaimon w postaci miniaturowego geparda pędził przed nią i jako pierwszy wbiegł na szczyt schodów, gdzie mieściła się sypialnia Lyry. Dziewczynka pchnęła drzwi, weszła do środka, przyciągnęła do okna rozklekotane krzesło, wspięła się na nie, otworzyła okno i wyszła na zewnątrz. Tuż pod oknem znajdowała się szeroka na stopę kamienna rynna o wzmocnionych ołowiem brzegach; Lyra na niej stanęła i natychmiast zaczęła się wspinać po chropowatych dachówkach, aż znalazła się na najwyższej krawędzi dachu. Otworzyła usta i wrzasnęła. Pantalaimon, który na dachu zawsze stawał się ptakiem, krążył teraz wokół dziewczynki, skrzecząc jak gawron.

Wieczorne niebo miało kolor brzoskwini, moreli i śmietany — lekkie małe obłoki podobne do lodów śmietankowych na tle bezmiernego pomarańczowego nieba. Wokół Lyry znajdowały się strzeliste iglice i wieże Oksfordu; większość była równie wysoka jak budynek, na którego dachu stała. Po obu stronach, na wschód i zachód, rozpościerały się zielone lasy Château-Vert i White Ham. Gdzieś krakały gawrony, dzwoniły dzwony, a w Oxpens głośne dudnienie silnika gazowego oznajmiło start wieczornego zeppelina z Królewską Pocztą do Londynu. Dziewczynka obserwowała, jak sterowiec wznosi się ponad iglicę Kaplicy Świętego Michała; z tej odległości miał wielkość koniuszka małego palca Lyry, potem stawał się coraz mniejszy, aż był już tylko kropką na perłowym niebie.

Lyra obróciła się i spojrzała w dół na zacieniony Dziedziniec, gdzie ubrani na czarno Uczeni zaczynali już zmierzać, pojedynczo lub dwójkami, ku Jadalni. Ich dajmony kroczyły dumnie, frunęły majestatycznie lub spokojnie siedziały na ramionach mężczyzn. W Refektarzu zapaliły się światła i Lyra widziała, jak witrażowe okna stopniowo zaczynają się jarzyć, gdy służący zapala naftowe lampy na kolejnych stołach. Zadźwięczał dzwonek Kamerdynera, oznajmiając, że do kolacji pozostało pół godziny.

Był to świat Lyry i dziewczynka pragnęła, by pozostał taki na zawsze, jednak zdawała sobie sprawę, że wokół niej wiele się zmienia, odkąd ktoś zaczął porywać dzieci. Usiadła na krawędzi dachu i oparła brodę na dłoniach.

— Musimy go uratować, Pantalaimonie — powiedziała.

— To będzie niebezpieczne — odrzekł gawronim głosem, siedząc na kominie.

— Jasne! Wiem o tym.

— Pamiętasz, co mówili w Sali Seniorów.

— Co?

— Coś o dziecku w Arktyce, które nie przyciągało Pyłu.

— Mówili, że to jest pełne dziecko... Co myślisz na ten temat?

— Hm, może to właśnie zamierzają zrobić Rogerowi, Cyganom i innym dzieciom.

— Co takiego?

— No... Jak twoim zdaniem brzmi słowo przeciwstawne do „pełny"?

— Nie wiem. Może przecinają je na pół. Przypuszczam, że dzieci zostają ich niewolnikami. Byłoby to bardziej użyteczne. Prawdopodobnie tamci mają kopalnie. Kopalnie uranu dla statków atomowych. Założę się, że tak jest. Może kiedyś wysyłali dorosłych na dół do kopalni i ci zginęli, więc zaczęli wykorzystywać dzieci, ponieważ są tańsze. Tak właśnie zrobią z Rogerem.

— Myślę...

Jednak to, co myślał Pantalaimon, musiało poczekać, ponieważ ktoś zaczął krzyczeć z dołu.

— Lyro! Lyro! Chodź tu w tej chwili!

Rozległo się też łomotanie w ramę okienną. Lyra znała ten głos i niecierpliwość jego właścicielki — pani Lonsdale, Gospodyni. Przed nią nigdzie nie można się było ukryć.

Z zaciśniętymi ustami Lyra ześlizgnęła się z dachu, zsunęła rynną, a potem wdrapała się przez okno do pokoju. Pani Lonsdale nalewała wody do małej, wyszczerbionej miski; jej zajęciu towarzyszyło głośne stękanie i stukotanie rur.

— Ile razy ci mówiłam, żebyś tam nie wchodziła. Spójrz na siebie! Tylko popatrz na swoją sukienkę... jest brudna! Zdejmij ją od razu i umyj się, a ja tymczasem poszukam czegoś przyzwoitego i niepodartego. Dlaczego nie możesz się nosić czysto i schludnie...

Lyra była jeszcze zbyt nadąsana, aby zapytać, dlaczego musi się myć i przebierać, uważała zresztą, że dorośli nigdy nie podają dzieciom prawdziwych powodów swego postępowania. Bez słowa więc zdjęła przez głowę sukienkę, rzuciła ją na wąskie łóżko i zaczęła się pobieżnie myć. Pantalaimon, teraz pod postacią kanarka, skakał coraz bliżej dajmona pani Lonsdale, flegmatycznego psa rasy retriever, bezskutecznie próbując go rozgniewać.

— Zobacz, co jest w tej szafie! Wszystko leży bezładnie! Od tygodni niczego nie powiesiłaś! Spójrz na te zagniecenia...

Spójrz na to, spójrz na tamto... Lyra nie miała ochoty patrzeć. Zamknęła oczy, wycierając twarz małym ręcznikiem.

— Będziesz musiała włożyć takie wygniecione. Nie ma czasu na prasowanie. Mój Boże, dziewczyno, zobacz, w jakim stanie są twoje kolana...

— Nie chcę na nic patrzeć — burknęła Lyra.

Pani Lonsdale klepnęła ją w nogę.

— Umyj je — nakazała srogim tonem. — Zmyj ten brud.

— Po co? — spytała Lyra w końcu. — Zazwyczaj nie myję kolan. Nikt nie będzie na nie patrzył. Po co mam to wszystko robić? Ty także nie dbasz o Rogera ani trochę bardziej niż Kucharz. Tylko ja...

Kolejne klepnięcie w drugą nogę.

— Dość tych nonsensów. Nazywam się Parslow, tak samo jak ojciec Rogera, który jest moim dalekim kuzynem. Założę się, że nie wiedziałaś o tym, ponieważ nigdy o to nie spytałaś, panno Lyro. Nigdy ci to nie przyszło do głowy. I nie strofuj mnie, że się nie interesuję tym chłopcem. Bóg wie, że dbam zarówno o niego, jak i o ciebie, chociaż wcale nie powinnam, bo niewiele dajesz mi ku temu powodów i nigdy nie słyszałam żadnego podziękowania.

Kobieta chwyciła ręcznik i potarła kolana Lyry tak mocno, że skóra dziewczynki stała się jaskraworóżowa i piekąca, ale czysta.

— Musisz dobrze wyglądać, ponieważ zjesz kolację z Rektorem i jego gośćmi. Spodziewam się, że zachowasz się odpowiednio. Mów tylko wtedy, kiedy będą się do ciebie odzywać, bądź skromna i uprzejma, uśmiechaj się ładnie i nigdy nie odpowiadaj „nie wiem", kiedy ktoś ci zada pytanie.

Gospodyni włożyła najlepszą sukienkę na chude plecy Lyry, dokładnie wygładziła materiał, wyciągnęła czerwoną wstążkę z plątaniny w szufladzie i uczesała włosy dziewczynki twardą szczotką.

— Gdyby mnie zawiadomili wcześniej, mogłabym ci umyć włosy. Cóż, nie jest źle. Jeśli nie będą ci się przyglądać ze zbyt bliskiej odległości... No, teraz stań prosto. Gdzie są twoje lakierki?

Pięć minut później Lyra stukała do drzwi Rezydencji Rektora, wspaniałego, choć nieco ponurego domu, który był skrzydłem Czworoboku Yaxleya, a na jego tyłach znajdował się Ogród Biblioteczny. Pantalaimon, teraz — z uprzejmości — gronostaj, łasił się do swej pani. Drzwi otworzył służący Rektora, Cousins, stary wróg Lyry. Tym razem jednak oboje wiedzieli, że należy ogłosić rozejm.

— Pani Lonsdale powiedziała mi, żebym przyszła — oświadczyła Lyra.

— Tak — odparł Cousins, odsuwając się na bok. — Rektor jest w Salonie.

Służący skierował dziewczynkę do wielkiego pokoju, z którego rozciągał się widok na Ogród Biblioteczny. Dzięki wąskiej przerwie między Biblioteką a Pielgrzymią Wieżą do środka wpadały ostatnie promienie słońca, oświetlając siedzących, i Lyra natychmiast odgadła, dlaczego kolacji nie podano w Refektarzu: trzy osoby spośród gości były kobietami.

— Ach, Lyro — zaczął Rektor. — Bardzo się cieszę, że mogłaś przyjść. Cousins, mógłbyś podać dziewczynce coś zimnego do picia? Pani Rektor, chyba nie zna pani naszej Lyry... To bratanica Lorda Asriela, jak pani z pewnością pamięta...

Hanna Relf była Rektorem jednego z żeńskich kolegiów, starszą, siwowłosą damą, której dajmon miał postać małej szerokonosej małpy. Lyra uścisnęła damie dłoń z największą uprzejmością, na jaką potrafiła się zdobyć, po czym przedstawiono ją pozostałym gościom, którzy — tak jak Pani Rektor — byli Uczonymi z innych kolegiów, a przy tym osobami zupełnie nieinteresującymi. Wreszcie Rektor dotarł z dziewczynką do ostatniego gościa.

— Pani Coulter — oznajmił z powagą — oto nasza Lyra. Lyro, przywitaj się z panią Coulter.

— Witaj, Lyro — powiedziała dama.

Była piękna i młoda. Lśniące czarne włosy okalały jej policzki, a dajmon miał postać małpy o złotej sierści.

4

Aletheiometr

— Mam nadzieję, że usiądziesz blisko mnie przy kolacji — zagaiła pani Coulter, robiąc na sofie miejsce dla Lyry. — Nie czuję się najpewniej w tej wspaniałej Rezydencji. Musisz mi pokazać, którego noża i widelca powinnam użyć.

— Jest pani Uczoną? — spytała Lyra. Dotąd patrzyła na Uczone z typową dla mieszkańca Kolegium Jordana pogardą: uważała, że są to biedne istoty, których nie należy traktować poważnie, zwierzęta przebrane w kostiumy i grające role w nieznanej sobie sztuce. Pani Coulter nie była jednakże podobna do żadnej ze znanych Lyrze Uczonych, a już z pewnością bardzo się różniła od dwóch poważnych, starych dam, które również gościł tego wieczoru Rektor. W gruncie rzeczy Lyra zadała to pytanie, spodziewając się zaprzeczenia. Pani Coulter była osobą tak uroczą, że dziewczynka patrzyła na nią z zachwytem i ledwie mogła oderwać od niej oczy.

— Właściwie nie — odparła dama. — Jestem członkinią kolegium Pani Rektor, ale przeważnie pracuję poza

Oksfordem... Opowiedz mi o sobie, Lyro. Zawsze mieszkałaś w Kolegium Jordana?

W ciągu pięciu minut Lyra opowiedziała kobiecie wszystko o swoim półdzikim życiu: o ulubionych trasach na szczytach dachów, o bitwie na Gliniankach, o chwili, w której wraz z Rogerem chcieli złapać i upiec gawrona, o zamiarze przejęcia cygańskiej łodzi i pożeglowania do Abingdon... Zwierzyła się nawet (rozejrzawszy się wcześniej i ściszywszy głos) z psikusa, który wraz z Rogerem spłatali czaszkom w krypcie.

— A te duchy po prostu wtargnęły do mojej sypialni! I przyszły bez głów! Nie mogły mówić, wydawały z siebie tylko coś w rodzaju bulgotu, jednak bardzo dobrze wiedziałam, czego chcą. Więc następnego dnia rano zeszłam do krypty i odłożyłam monety na miejsce. W przeciwnym razie prawdopodobnie by mnie zabiły.

— Więc nie lękasz się niebezpieczeństw? — spytała pani Coulter z podziwem w głosie. Jadły już kolację i — tak jak wcześniej życzyła sobie dama — siedziały koło siebie. Lyra zupełnie zignorowała Bibliotekarza zajmującego miejsce po jej drugiej stronie i w trakcie posiłku rozmawiała tylko z panią Coulter.

Kiedy panie przeszły na kawę, Hanna Relf spytała:

— Powiedz mi, Lyro, czy zamierzają cię posłać do szkoły?

Dziewczynka przybrała obojętną minę.

— Nie... wiem — odparła. — Prawdopodobnie nie — dodała dla bezpieczeństwa. — Nie chciałabym narażać ich na kłopoty — stwierdziła skromnie. — Albo na koszty. Lepiej chyba będzie, jeśli po prostu zostanę w Jordanie i będą mnie uczyć tutejsi Uczeni, ilekroć znajdą trochę czasu. Co im się bardzo często zdarza...

— A twój wuj, Lord Asriel, nie ma jakichś planów wobec ciebie? — spytała druga dama, która była Uczoną w innym żeńskim kolegium.

— Ma — odrzekła Lyra. — Sądzę, że ma. Nie są one

jednak związane ze szkołą. Zamierza mnie zabrać na Północ następnym razem, kiedy przyjedzie.

— Pamiętam, że mówił mi o tym — wtrąciła pani Coulter.

Lyra zamrugała oczyma. Dwie Uczone bardzo nieznacznie wyprostowały się na krzesłach, chociaż ich dajmony — jako dobrze wychowane albo nadmiernie ociężałe — jedynie wymieniły spojrzenia.

— Spotkałam go w Królewskim Instytucie Arktycznym — ciągnęła pani Coulter. — Prawdę powiedziawszy, jestem tu dziś po części właśnie z tego powodu.

— Jest pani również badaczką? — spytała Lyra.

— W pewnym sensie tak. Wiele razy byłam na Północy. W zeszłym roku spędziłam trzy miesiące na Grenlandii, gdzie poczyniłam obserwacje Zorzy.

Słowa wypowiedziane przez panią Coulter sprawiły, że od tej chwili wszyscy pozostali goście Rektora przestali się dla Lyry liczyć. Wpatrywała się w piękną kobietę szeroko otwartymi oczyma i w milczeniu słuchała jak urzeczona jej opowieści o budowaniu igloo, polowaniu na foki i negocjacjach z lapońskimi czarownicami. Dwie Uczone nie miały nic ekscytującego do dodania, więc siedziały w milczeniu, póki nie weszli mężczyźni.

Później, kiedy goście przygotowywali się do wyjścia, Rektor powiedział:

— Zostań jeszcze chwilę, Lyro. Chciałbym z tobą porozmawiać. Idź do mojego gabinetu, usiądź tam i poczekaj.

Lyra, zmęczona, a równocześnie bardzo zaintrygowana, postąpiła, jak kazał. Służący Cousins zaprowadził ją do gabinetu i najwyraźniej celowo zostawił otwarte drzwi, aby móc ją obserwować z holu, gdzie pomagał gościom włożyć płaszcze. Lyra obserwowała panią Coulter, choć dama jej nie widziała, a potem do gabinetu wszedł Rektor i zamknął za sobą drzwi.

Usiadł ciężko w fotelu przy kominku. Jego dajmona

sfrunęła na oparcie i usiadła obok głowy mężczyzny; stare oczy kruka spoczęły na Lyrze. Lampa zasyczała łagodnie, kiedy Rektor się odezwał:

— A więc, Lyro, rozmawiałaś z panią Coulter. Podobało ci się to, co mówiła?

— O tak!

— To prawdziwa dama.

— Jest wspaniała. To najmilsza osoba, jaką kiedykolwiek spotkałam.

Rektor westchnął. W czarnym garniturze i czarnym krawacie tak bardzo przypominał swoją dajmonę, jak tylko człowiek może przypominać ptaka, i nagle Lyra pomyślała, że pewnego dnia, całkiem niedługo, starzec zostanie pochowany w krypcie pod Kaplicą, a jakiś artysta wygraweruje wizerunek jego dajmony na mosiężnej płycie na trumnie; jej imię znajdzie się obok jego nazwiska.

— Powinienem był wcześniej znaleźć czas na rozmowę z tobą, Lyro — odezwał się Rektor po kilku sekundach milczenia. — Zamierzałem to zrobić w odpowiednim momencie, ale zdaje mi się, że sprawy zaszły dalej, niż sądziłem. Byłaś bezpieczna tu, w Jordanie, moja droga. I sądzę, że czułaś się szczęśliwa. Nie było ci łatwo być nam posłuszną, ale bardzo cię lubimy. Nie jesteś złym dzieckiem. Masz w sobie sporo dobroci i słodyczy, chociaż także dużo stanowczości. Te cechy bardzo ci się wkrótce przydadzą. W wielkim świecie dzieją się sprawy, przed którymi pragnąłem cię ochronić... To znaczy, trzymałem cię tu, w Jordanie, by cię chronić... Jednak nie jest to już dłużej możliwe.

Lyra patrzyła na niego bez słowa. Dokąd zamierzają ją wysłać?

— Wiedziałaś, że kiedyś będziesz musiała pójść do szkoły — kontynuował starzec. — Nauczyliśmy cię tutaj pewnych rzeczy, ale nie robiliśmy tego ani dobrze, ani w sposób systematyczny. Nasza wiedza bowiem jest innego rodzaju. Ty musisz poznać sprawy, o których starzy mężczyźni nie mają pojęcia, zwłaszcza że jesteś już w odpowiednim wieku... Zdawałaś sobie chyba z tego sprawę? Nie jesteś też dzieckiem służącej. Nie mogliśmy cię więc oddać do adopcji jakiejś rodzinie z miasta. Może i zadbaliby o ciebie na swój sposób, jednak twoje potrzeby są odmienne. Czy mnie rozumiesz, Lyro? Chcę ci powiedzieć, że ten okres twojego życia, który wiązał się z Kolegium Jordana, dobiegł końca.

— Nie — powiedziała — nie chcę opuścić Jordana. Lubię to miejsce. Chcę tu zostać na zawsze.

— Kiedy człowiek jest młody, sądzi, że wszystko trwa wiecznie. Niestety, prawda jest inna, Lyro. Nie minie wiele czasu... najwyżej parę lat... i staniesz się młodą kobietą, już nie dzieckiem. Młodą damą. I wierz mi, wtedy zrozumiesz, że Kolegium Jordana nie jest miejscem, w którym żyje się łatwo czy przyjemnie.

— Ale tu jest mój dom!

— Tak. Teraz jednak potrzebujesz czegoś innego.

— Ale nie szkoły. Nie zamierzam chodzić do szkoły.

— Potrzebujesz kobiecego towarzystwa. Kobiecego przewodnictwa.

Słowo „kobiecy" natychmiast skojarzyło się dziewczynce ze starymi damami, Uczonymi, i mimo woli przybrała niezadowoloną minę. Być wygnaną ze wspaniałego Jordana, opuścić to miejsce słynne z majestatu i mądrości jego Uczonych, po to tylko, aby zamieszkać w obskurnym ceglanym pensjonacie żeńskiego kolegium przy północnym krańcu Oksfordu! Dzielić czas z zaniedbanymi kobietami, Uczonymi, które pachniały kapustą i środkiem antymolowym jak te dwie na kolacji!

Rektor zobaczył jej minę, dostrzegł również, że oczy Pantalaimona, który miał obecnie postać tchórza, błyskają czerwienią, i powiedział:

— Ale przypuśćmy, że byłaby to pani Coulter?

W jednej chwili futro Pantalaimona zmieniło się z szorstkiego i brązowego w puszyste i białe. Lyra otworzyła szerzej oczy.

— Naprawdę?

— Jest znajomą Lorda Asriela. Widzisz, twojego wuja bardzo niepokoi sprawa opieki nad tobą i kiedy pani Coulter usłyszała o tobie, natychmiast zaoferowała pomoc. Hm, tak przy okazji, nie ma pana Coultera; ta dama jest wdową, jej mąż zginął tragicznie przed laty. Zanim więc o to zapytasz, ugryź się w język.

Lyra ochoczo pokiwała głową i z nadzieją w głosie spytała:

— I naprawdę zamierza... mogłaby się mną zaopiekować?

— Chciałabyś tego?

— Tak!

Ledwie mogła usiedzieć. Rektor uśmiechnął się. Uśmiechał się tak rzadko, że nie miał w tym wprawy, i gdyby ktoś się teraz bacznie przyglądał jego twarzy (Lyra niczego nie zauważyła), uznałby jego minę za grymas smutku.

— Cóż, może więc zaprosimy ją do nas, aby ustalić szczegóły — powiedział.

Wyszedł z pokoju, a kiedy w minutę później wrócił z panią Coulter, Lyra stała, ponieważ była zbyt podniecona, aby usiedzieć w miejscu. Kobieta uśmiechnęła się do dziewczynki, a jej dajmon obnażył białe zęby w radosnym, chochlikowatym uśmieszku. Kiedy pani Coulter mijała Lyrę, idąc do wskazanego jej fotela, dotknęła na krótką chwilę włosów dziewczynki; Lyra poczuła ciepło i zarumieniła się.

Gdy Rektor nalał damie trochę brantwijna, pani Coulter spytała:

— Więc zdaje się, Lyro, że przyjmę asystentkę?

— Tak — odparła dziewczynka. W tym momencie zgodziłaby się na wszystko.

— Mam sporo pracy i potrzebuję pomocy.

— Potrafię pracować!
— I może będziemy musiały podróżować.
— To mi nie przeszkadza. Chętnie wszędzie pojadę.
— Jednak wyprawa może być niebezpieczna. Może trzeba się będzie udać na Północ.
Lyra oniemiała. Potem usłyszała swój głos:
— Wkrótce?
Pani Coulter roześmiała się i odparła:
— Być może. Jednak naprawdę będziesz musiała bardzo ciężko popracować. Musisz się nauczyć matematyki, nawigacji i geografii nieba.
— Pani mnie będzie uczyła?
— Tak. A poza tym będziesz mi musiała pomagać: robić notatki, porządkować moje papiery, dokonywać rozmaitych obliczeń w zakresie podstawowym i tak dalej. A ponieważ odwiedzimy pewne ważne osobistości, kupię ci piękne ubrania. Wiele się musisz nauczyć, Lyro.
— Nie przeszkadza mi to. Chcę się uczyć.
— Jestem pewna. Kiedy wrócisz do Kolegium Jordana, będziesz słynną podróżniczką. Jutro o świcie odlatujemy pierwszym porannym zeppelinem, więc lepiej idź już i od razu połóż się do łóżka. Zobaczymy się przy śniadaniu. Dobrej nocy!
— Dobranoc — odparła Lyra i, przypominając sobie nieliczne zasady, które jej wpojono, przy drzwiach odwróciła się i powiedziała: — Dobranoc, Rektorze.
Starzec skinął głową.
— Śpij dobrze — odrzekł.
— I dziękuję — dodała w stronę pani Coulter.

W końcu zasnęła, chociaż Pantalaimon tak długo nie chciał się ułożyć, aż musiała na niego krzyknąć, a wtedy z żalu zmienił się w jeża.
Było jeszcze ciemno, kiedy ktoś ją obudził, potrząsając.
— Lyra... Obudź się, dziecko.

To była pani Lonsdale, która pochylała się nad Lyrą ze świecą w dłoni. Mówiła cicho, wolną ręką trzymała dziewczynkę.

— Posłuchaj mnie. Rektor chce się z tobą zobaczyć, zanim spotkasz się z panią Coulter przy śniadaniu. Wstań szybko i biegnij do Rezydencji. Przejdź przez ogród i zastukaj w oszklone drzwi gabinetu. Rozumiesz?

Zupełnie już rozbudzona, podniecona Lyra skinęła głową i wsunęła gołe stopy w buty, które postawiła przed nią pani Lonsdale.

— Nie przejmuj się myciem, zrobisz to później. Idź prosto do Rektora i natychmiast wracaj. Zacznę wszystko pakować i przygotuję ci ubranie. Pospiesz się.

Ciemny Dziedziniec nadal wypełniało lodowate, nocne powietrze. Niebo pstrzyły ostatnie gwiazdy, jednak na wschodzie, ponad Refektarzem zaczęło się już rozjaśniać. Lyra wbiegła do Ogrodu Bibliotecznego, gdzie stanęła na moment zupełnie nieruchomo, patrząc w górę na kamienne wieżyczki Kaplicy, perłowozieloną kopułę Budynku Sheldona i pomalowaną na biało latarnię Biblioteki. Świadoma, że musi opuścić to miejsce, zastanawiała się, czy bardzo będzie za nim tęsknić.

Coś poruszyło się w oknie gabinetu i na chwilę rozjarzyło się światło. Lyra przypomniała sobie, po co tu przyszła, i zastukała w szklane drzwi, które prawie natychmiast się otworzyły.

— Grzeczna dziewczynka. Wejdź szybko, nie mamy wiele czasu — odezwał się Rektor i, natychmiast gdy Lyra weszła, zaciągnął zasłonę w drzwiach. Był już ubrany w swój zwykły czarny strój.

— Jednak nie jadę? — spytała Lyra.

— Jedziesz. Nie mogę temu zapobiec — odparł Rektor, ale dziewczynka nie zwróciła uwagi, jak zastanawiające było to stwierdzenie. — Lyro, zamierzam coś ci dać, ale musisz mi obiecać, że utrzymasz w tajemnicy fakt posiadania tego przedmiotu. Przysięgasz?

— Tak — odparła.

Mężczyzna podszedł do biurka i wyjął z szuflady małą paczuszkę owiniętą w czarny aksamit. Kiedy rozwinął materiał, Lyra zobaczyła coś przypominającego wielki zegarek czy też mały budzik: gruby dysk z mosiądzu i kryształu. To mógł być kompas albo coś w tym rodzaju.

— Co to jest? — spytała.

— Aletheiometr. Jeden z sześciu, jakie kiedykolwiek wykonano. Lyro, proszę cię ponownie: nie mów o nim nikomu. Będzie lepiej, jeśli pani Coulter o niczym się nie dowie. Twój wuj...

— Ale do czego to służy?

— Mówi prawdę. Będziesz musiała sama się nauczyć interpretować jego odpowiedzi... Teraz idź... Robi się jaśniej... Biegnij z powrotem do pokoju, zanim ktoś cię zobaczy.

Rektor owinął przyrząd aksamitem i włożył w ręce dziewczynki. Urządzenie okazało się niespodziewanie ciężkie. Mężczyzna delikatnie położył dłonie na policzkach Lyry i trzymał je przez chwilę.

Podnosząc na niego oczy, spytała:

— Co pan chciał powiedzieć o wuju Asrielu?

— Twój wuj podarował ten aletheiometr Kolegium Jordana kilka lat temu. Może Lord...

Zanim jednak zdołał dokończyć zdanie, rozległo się ciche, choć natarczywe stukanie do drzwi. Lyra poczuła, że ręce Rektora zadrżały.

— Szybko, dziecko — szepnął. — Siły tego świata są bardzo potężne. Mężczyznami i kobietami kierują moce o wiele silniejsze, niż możesz to sobie wyobrazić. Wszyscy dryfujemy zgodnie z tym prądem... Niech ci się wiedzie, Lyro. Błogosławię cię, dziecko, błogosławię. Zatrzymaj dla siebie moje rady.

— Dziękuję, Rektorze — odpowiedziała grzecznie.

Kurczowo przyciskając pakunek do piersi, opuściła gabinet. Gdy wychodziła przez drzwi do ogrodu, spojrzała za siebie przez krótką chwilę i dostrzegła, że dajmona Rektora obserwuje ją z parapetu. Niebo było już jaśniejsze; w powietrzu czuło się świeży poranny wietrzyk.

— Co tam masz? — spytała pani Lonsdale, zamykając poobijaną walizeczkę.

— Eee... Rektor mi to dał. Nie mogę schować do walizki?

— Za późno. Już jej nie otworzę. Musisz włożyć do kieszeni płaszcza. Idź szybko do Jadalni. Nie każ im czekać...

Kiedy Lyra pożegnała się z kilkoma służącymi, którzy byli na górze, i z panią Lonsdale, przypomniała sobie o Rogerze i poczuła się winna, że nie pomyślała o nim ani razu od chwili poznania pani Coulter. Jak szybko potoczyły się wydarzenia!

A teraz leciała do Londynu; siedziała przy oknie w zeppelinie. Ostre pazurki tylnych łapek Pantalaimona-gronostaja wbijały się w jej udo, natomiast przednie łapy zwierzątka spoczywały na szybie, przez którą wyglądało. Naprzeciwko Lyry siedziała pani Coulter. Początkowo przeglądała jakieś papiery, ale szybko je odłożyła i zaczęła rozmawiać z dziewczynką. Cóż to była za wspaniała rozmowa! Lyra była nią wręcz upojona. Nie mówiły tym razem o Północy, ale o Londynie, o restauracjach i salach balowych, o przyjęciach w ambasadach lub ministerstwach, o intrygach między White Hall i Westminsterem. Lyrę rewelacje te chyba fascynowały bardziej niż zmieniający się w dole krajobraz. Temu, co mówiła pani Coulter, towarzyszyła aura dorosłości; było w jej opowiadaniu coś niepokojącego, ale jednocześnie powabnego: atmosfera życia w przepychu.

Wylądowały w Ogrodach Falkeshall. Lyra widziała łódź płynącą szeroką brunatną rzeką, wspaniały pałac na nabrzeżu, gdzie panią Coulter powitał tęgi komisarz (ktoś w rodzaju portiera z medalami), mrugając przy tym do Lyry, która potraktowała go obojętnie.

A potem mieszkanie...

Lyra niemal straciła oddech.

Widziała dużo pięknych rzeczy w swoim krótkim życiu, ale było to piękno Kolegium Jordana i Oksfordu — dostojne, kamienne i surowe. W Jordanie zauważała wiele wspaniałości, jednak w gruncie rzeczy nic nie było naprawdę ładne, natomiast w mieszkaniu pani Coulter wszystko wydawało się śliczne. Przede wszystkim było jasno, dzięki szerokim oknom wychodzącym na południe i ścianom pokrytym delikatną, pasiastą, złoto-białą tapetą. A poza tym... Czarujące obrazy w złoconych ramach, szkło wyglądające na antyczne, fantazyjne kinkiety dźwigające anbaryczne lampy, które rzucały postrzępione cienie; falbanki na poduszkach, kwieciste lambrekiny zasłaniające karnisz, pod stopami miękki zielony dywan z liściastym wzorem; całą powierzchnię mebli zastawiono przedmiotami, które przyciągały oczy Lyry — pięknymi małymi chińskimi puzderkami, pastuszkami i arlekinami z porcelany.

Pani Coulter reagowała uśmiechem na zachwyt dziewczynki.

— Tak, Lyro — stwierdziła — chcę ci tak wiele pokazać. Zdejmij płaszcz i idź do łazienki. Możesz się tam umyć, a potem pójdziemy coś zjeść i zrobimy zakupy.

Łazienka również wydała się dziewczynce prześliczna. Lyra była przyzwyczajona do mycia się twardym, żółtym mydłem, w wyszczerbionej misce, wodą, która, z trudem sącząc się z kranów, była w najlepszym razie ledwie letnia i często zabarwiona rdzą. Tutaj woda była gorąca, mydło różowo-różane i pachnące, ręczniki puchate i miękkie niczym obłoczki. A wokół krawędzi lustra z przyciemnionego szkła znajdowały się małe różowe światełka, toteż gdy Lyra przejrzała się w zwierciadle, zobaczyła delikatnie oświetloną postać całkiem niepodobną do tej, jaką znała.

Pantalaimon, który naśladował kształt dajmona pani Coulter, przykucnął na krawędzi wanny i stroił miny do dziewczynki. Lyra wepchnęła go do mydlanej wody i wtedy przypomniała sobie o aletheiometrze pozostawionym w kieszeni płaszcza, który powiesiła na krześle w innym pomieszczeniu. A obiecała przecież Rektorowi, że pani Coulter się nie dowie...

Och, cóż za kłopotliwa sytuacja! Pani Coulter jest taka miła i mądra, a Rektor próbował przecież otruć Lorda Asriela, co Lyra widziała na własne oczy... Któremu z tych dwojga winna była większe posłuszeństwo?

Wytarła się szybko do sucha i pospieszyła z powrotem do salonu, gdzie jej płaszcz leżał nietknięty.

— Gotowa? — spytała pani Coulter. — Pomyślałam, że może pójdziemy na obiad do Królewskiego Instytutu Arktycznego. Jestem jedną z jego nielicznych członkiń, więc bez skrupułów mogę wykorzystać posiadane przywileje.

Szły dwadzieścia minut piechotą, zanim dotarły do kamiennego budynku o wspaniałej fasadzie. Weszły do środka i usiadły w dużej jadalni. Na stołach przykrytych śnieżnobiałymi obrusami jaskrawo połyskiwała srebrna zastawa. Zjadły tam wątróbkę cielęcą i bekon.

— Cielęca wątróbka jest bardzo smaczna — powiedziała pani Coulter. — Równie dobra jest focza, jednak jeśli będziesz w Arktyce, pamiętaj, że nie wolno ci jeść wątroby niedźwiedziej. Zawiera truciznę, od której można umrzeć w kilka minut.

Kiedy jadły, pani Coulter zwróciła uwagę Lyry na kilku członków Instytutu, zajmujących sąsiednie stoliki.

— Widzisz tego starszego dżentelmena w czerwonym krawacie? To pułkownik Carborn. Jako pierwszy przeleciał balonem nad biegunem północnym. A ten wysoki mężczyzna przy oknie, który właśnie wstaje, to doktor Złamana Strzała.

— Jest Skraelingiem?

— Tak. To on zaznaczył na mapach prądy oceaniczne Wielkiego Oceanu Północnego...

Lyra patrzyła na tych wspaniałych ludzi z ciekawością i lękiem. Byli uczonymi, nie można było mieć co do tego wątpliwości, ale byli także odkrywcami. Doktor Złamana Strzała z pewnością wiedział o niedźwiedzich wątrobach... Lyra wątpiła, by Bibliotekarz z Kolegium Jordana zdawał sobie sprawę z ich szkodliwości.

Po obiedzie pani Coulter pokazała dziewczynce niektóre z cennych arktycznych pamiątek zebranych w Bibliotece Instytutowej — harpun, którym zabito wielkiego wieloryba Grimssdura, kamień z inskrypcją wyrzeźbioną w jakimś nieznanym języku, znaleziony w dłoni poszukiwacza nazwiskiem Lord Rukh, który zamarzł w swoim namiocie, broń, której używał kapitan Hudson podczas swojej słynnej wyprawy do Krainy Van Tierena. Kobieta opowiadała dziewczynce historię każdego z nich i Lyra czuła, jak w jej sercu rośnie podziw dla tych wspaniałych, odważnych, nieznanych bohaterów.

Następnie poszły na zakupy. W ten nadzwyczajny dzień wszystko stanowiło dla Lyry nowe doświadczenie, jednak zakupy były najbardziej oszałamiające. Wejść do ogromnego budynku pełnego pięknych ubrań, gdzie pozwalają ci je przymierzać, gdzie przeglądasz się w lustrach... A ubrania były takie piękne... Dotychczas Lyra otrzymywała stroje od pani Lonsdale; wiele z nich wcześniej nosił ktoś inny, często były mocno pocerowane. Rzadko dostawała coś nowego, a jeśli już to nastąpiło, ubranie wybierano ze względu na przydatność, a nie ku ozdobie. No i nigdy jeszcze Lyra nie decydowała o tym sama. A teraz... pani Coulter doradzała jej i w dodatku płaciła za wszystko...

Gdy skończyły przymierzanie, Lyra była zarumieniona, a jej oczy lśniły z radości. Pani Coulter poleciła, by większość rzeczy spakowano i dostarczono do jej mieszkania. Tylko kilka ubrań wzięły ze sobą, wracając do domu.

Potem była kąpiel z białą pachnącą pianą. Pani Coulter weszła do łazienki, aby umyć Lyrze włosy, i nie tarła jej skóry ani nie drapała, jak to robiła pani Lonsdale. Była delikatna. Pantalaimon obserwował wszystko z nieskrywaną ciekawością, póki pani Coulter nie spojrzała na niego surowo, a on natychmiast odgadł, co miała na myśli, i stanął tyłem, odwracając skromnie oczy od kobiecych tajemnic; tak samo postępowała złota małpa. Wcześniej Pantalaimon nigdy nie musiał odwracać wzroku od Lyry.

Potem, po kąpieli, dziewczynka otrzymała ciepły napój z mleka i ziół, nową flanelową koszulę nocną w kwiaty z koronkowym brzegiem, kapcie z owczej skóry ufarbowanej na jasny błękit. I wreszcie znalazła się w łóżku.

Jakie to łóżko było miękkie! Jakie łagodne anbaryczne światło padało z lampki na nocnym stoliczku! I jaka przytulna była sypialnia z małymi szafkami, toaletką i komodą, do których trafią nowe ubrania Lyry, z dywanem od ściany do ściany i pięknymi zasłonami w kosmiczny wzorek — z gwiazdami, księżycami i planetami! Lyra leżała sztywno, zbyt zmęczona, aby zasnąć, zbyt oczarowana, aby pytać o cokolwiek.

Kiedy pani Coulter cicho życzyła jej dobrej nocy i wyszła, Pantalaimon szarpnął dziewczynkę za włosy. Odpędziła go, on jednak szepnął:

— Gdzie ten przedmiot?

Wiedziała od razu, co miał na myśli. Jej stary, wytarty płaszcz wisiał w szafie. W kilka sekund później Lyra siedziała z powrotem na łóżku wyprostowana, ze skrzyżowanymi nogami. Pantalaimon obserwował, jak jego pani delikatnie odwija czarny aksamit i ogląda otrzymany od Rektora przyrząd.

— Jak on go nazwał? — szepnęła.

— Aletheiometr.

Nie miało sensu pytać, co oznacza to słowo. Przyrząd ciążył jej w dłoniach, kryształowa szybka połyskiwała, mosiężna obudowa została wykonana z dużą starannością. Urządzenie wyglądało jak zegar albo kompas, ponieważ w punkty wokół tarczy wycelowane były wskazówki, jednak zamiast cyfr czy nazw stron świata tarczę zdobiło mnóstwo małych obrazków. Każdy z nich wyrysowany był z nadzwyczajną precyzją, jak gdyby kość słoniową pomalowano najdelikatniejszym i najcieńszym pędzlem z sobolowego włosia. Lyra obracała instrument, aby obejrzeć je wszystkie. Dostrzegła kotwicę, klepsydrę zwieńczoną czaszką, byka, ul... Było ich w sumie trzydzieści sześć i dziewczynka nie miała najmniejszego pojęcia, co oznaczają.

— Popatrz, tu jest kółko — zauważył Pantalaimon. — Sprawdź, czy potrafisz to nakręcić.

Właściwie na przyrządzie znajdowały się trzy małe kółka zębate i każde z nich poruszało jedną z trzech krótszych wskazówek, które obracały się wokół tarczy w równomiernych, dużych odstępach. Wskazówki można było ustawić dowolnie, a gdy nieruchomiały, każda z nich zatrzymywała się przy innym obrazku.

Czwarta wskazówka była dłuższa i cieńsza od pozostałych trzech i chyba wykonana z twardszego metalu. Różniła się od innych także tym, że w przeciwieństwie do krótszych jej ruchu Lyra zupełnie nie potrafiła kontrolować; wskazówka bezładnie huśtała się, niczym igła kompasu, tyle że nigdy się nie zatrzymywała w tym samym miejscu.

— Końcówka „metr" oznacza miarę — przypomniał jej Pantalaimon. — Jak w przypadku termometru. Kapelan nam to powiedział.

— Tak, ale co z tą drugą częścią nazwy? Jest zdecydowanie trudniejsza do wyjaśnienia — odpowiedziała szeptem. — Jak sądzisz, do czego to służy?

Żadne z nich nie znało odpowiedzi na to pytanie. Lyra

spędziła sporo czasu, obracając wskazówki i czekając, by zatrzymały się przy którymś z symboli (anioł, hełm, delfin, kula, lutnia, cyrkiel, świeca, piorun, koń), i obserwując, jak długa igła huśta się bez końca. Chociaż dziewczynka nie rozumiała sensu tych obrotów, intrygowało ją i zachwycało skomplikowane urządzenie. Pantalaimon zmienił się w mysz, aby maksymalnie przybliżyć się do przyrządu, i położył maleńkie łapki na jego krawędzi, a gdy patrzył, jak igła się kołysze, jego okrągłe czarne oczka z zaciekawienia błyszczały coraz bardziej.

— Dlaczego, twoim zdaniem, Rektor zaczął mówić o Lordzie Asrielu? — spytała.

— Może mamy przechować to urządzenie i oddać je wujowi.

— Ale przecież Rektor zamierzał go otruć! A może jest przeciwnie? Może chciał, aby mu go nie dawać.

— Nie — zaprzeczył Pantalaimon — to przed nią miałaś je chronić...

Rozległo się ciche stukanie do drzwi, po czym dał się słyszeć głos pani Coulter:

— Lyro, radziłabym zgasić światło. Jesteś zmęczona, a jutro będziemy bardzo zajęte.

Lyra szybko wsunęła aletheiometr pod koc.

— Dobrze, pani Coulter — odparła.

— Zatem dobranoc.

— Dobranoc.

Dziewczynka położyła się i wyłączyła światło. Zanim zasnęła, wcisnęła aletheiometr pod poduszkę, ot tak, na wszelki wypadek.

5
Przyjęcie koktajlowe

W następnych dniach Lyra nie odstępowała ani na krok pani Coulter, jak gdyby była jej dajmonem. Dama znała wiele osób i spotykała się z nimi w rozmaitych miejscach. Bywało, że rankiem szły do Królewskiego Instytutu Arktycznego na spotkanie geografów, gdzie Lyra siedziała cicho z boku i słuchała, a później towarzyszyła swej opiekunce w eleganckiej restauracji na obiedzie z jakimś politykiem albo duchownym. Podczas posiłku pani Coulter i jej przyjaciele zajmowali się również Lyrą i zamawiali dla niej specjalne dania, a ona uczyła się sztuki jedzenia szparagów albo poznawała smak cielęcych nerek. A po południu często wyruszały na kolejne zakupy, ponieważ protektorka Lyry przygotowywała wyposażenie na wyprawę; musiały więc kupić futra, nieprzemakalne płaszcze i śniegowce, a także śpiwory, noże i przybory rysunkowe, z których dziewczynka bardzo się cieszyła. Potem szły na herbatę z kilkoma damami, bardzo eleganckimi, choć nie zawsze tak pięknymi czy utalentowanymi jak pani Coulter. Były to kobiety tak bardzo niepodobne do Uczonych czy też matron z cygańskich łodzi albo służących z Kolegium, że wydawały się reprezentować niemal inną płeć; było w nich coś niebezpiecznego, a poza tym posiadały takie przymioty, jak elegancja, urok i wdzięk. Lyrę ładnie ubierano na takie okazje, a damy rozpieszczały ją i wciągały do swych błyskotliwych i subtelnych rozmów, które dotyczyły głównie innych ludzi: jakiegoś artysty, polityka albo pary kochanków.

Kiedy nadchodził wieczór, pani Coulter często zabierała swą protegowaną do teatru, gdzie dziewczynce znowu trafiała się okazja do rozmowy ze wspaniałymi ludźmi, którzy podziwiali jej opiekunkę. Pani Coulter znała najwyraźniej wszystkie ważne osobistości w Londynie.

W przerwach między tymi zajęciami uczyła Lyrę podstaw geografii i matematyki. Wiedza dziewczynki miała wiele luk (zasób posiadanych informacji wyglądał jak mapa świata mocno nadgryziona przez myszy), ponieważ w Kolegium Jordana nauczano ją w sposób fragmentaryczny i chaotyczny; młodsi Uczeni starali się przekazywać jej bardzo szczegółowe dane z jakiegoś przedmiotu. Nudne lekcje ciągnęły się mniej więcej przez tydzień lub do chwili, gdy Lyra „zapominała" o wyznaczonym terminie, co zresztą jej nauczyciel przyjmował z wielką ulgą. Zdarzało się też, że Uczony zapomniał, czego miał ją uczyć, i zupełnie niezrozumiale opowiadał jej o problemach swoich aktualnych badań, niezależnie od tego, jak trudnej dziedziny dotyczyły. Nic więc dziwnego, że wiedza dziewczynki była niejednolita. Wiedziała sporo o atomach, cząstkach elementarnych i ładunkach anbaromagnetycznych, znała cztery podstawowe siły i różne inne szczegóły związane z teologią eksperymentalną, nie miała natomiast pojęcia o Układzie Słonecznym. Kiedy pani Coulter zauważyła ten brak w wiedzy swej podopiecznej i wyjaśniła jej, że Ziemia i pozostałe pięć planet obracają się wokół Słońca, Lyra roześmiała się głośno, sądząc, że to żart.

Jednakże dziewczynka była bardzo gorliwa i usilnie pragnęła się popisać posiadanymi informacjami na temat różnych kwestii, toteż kiedy pani Coulter zaczęła jej opowiadać o elektronach, wtrąciła ze znawstwem:

— Tak, to są cząsteczki naładowane negatywnie. Coś w rodzaju Pyłu, tyle że Pył nie jest naładowany.

Gdy tylko wymieniła to słowo, dajmon pani Coulter błyskawicznie podniósł łeb i spojrzał na Lyrę, a złote futro na jego małym ciałku podniosło się i zjeżyło, jak gdyby również było naładowane. Pani Coulter położyła dłoń na grzbiecie zwierzęcia.

— Pył? — spytała.

— Ta-ak. No-o, taki z przestrzeni. Po prostu Pył.

— Co o nim wiesz, Lyro?

— Och, pochodzi z przestrzeni i oświetla ludzi. Jeśli ktoś ma odpowiedni aparat fotograficzny, może to dostrzec. Aha, nie oświetla dzieci. Nie działa na nie.

— Jak się o tym dowiedziałaś?

W tym momencie Lyra uświadomiła sobie, że w pokoju panuje jakieś ogromne napięcie; Pantalaimon wpełzł jej na kolana i mocno dygotał.

— Powiedział mi to ktoś w Jordanie — odparła dziewczynka wymijająco. — Nie pamiętam kto. Zapewne jeden z Uczonych.

— Było to podczas jednej z twoich lekcji?

— Tak, to możliwe. A może usłyszałam od kogoś przypadkiem? Tak, raczej tak. Pewien Uczony, który, zdaje mi się, był z Nowej Danii, rozmawiał o Pyle z Kapelanem. Akurat przechodziłam i zatrzymałam się, ponieważ to, co mówił, brzmiało tak interesująco, że nie potrafiłam się powstrzymać. Tak, pewnie wtedy o nim usłyszałam.

— Rozumiem — stwierdziła pani Coulter.

— Czy dobrze zapamiętałam? A może nie zrozumiałam właściwie?

— No cóż, nie wiem. Jestem przekonana, że wiesz na ten temat o wiele więcej niż ja. Wróćmy do elektronów...

Później Pantalaimon powiedział do swej małej właścicielki:

— Wiesz, że na jej dajmonie zjeżyło się chyba całe futro? Dostrzegłem to, ponieważ byłem tuż za nim. Ona chwyciła go za sierść tak mocno, że aż jej kłykcie zbielały. Szkoda, że tego nie widziałaś. Był taki zjeżony... Sądziłem, że ten małpiszon na ciebie skoczy.

Reakcja dajmona pani Coulter była z pewnością bardzo dziwna i ani Lyra, ani Pantalaimon nie potrafili zrozumieć jej przyczyny.

Były też inne lekcje, podczas których wiedzę przekazywano w sposób tak ciekawy, że Lyra wcale nie odczuwała trudu edukacji; należała do nich nauka mycia włosów oraz znajdowanie odpowiedzi na rozmaite pytania: jak ocenić, które kolory pasują do danej osoby, jak odmówić komuś przysługi w czarujący sposób, tak aby się nie obraził, jak nałożyć szminkę na usta czy puder na twarz, jak używać perfum. Niektórych z tych umiejętności pani Coulter nie uczyła swej podopiecznej w sposób bezpośredni, ale wiedziała, że Lyra obserwuje ją podczas robienia makijażu, i starała się, aby dziewczynka zauważyła, gdzie przechowuje kosmetyki. Dała jej też wystarczająco dużo swobody i czasu, aby mogła je obejrzeć i wypróbować.

Czas mijał i jesień ustępowała miejsca zimie. Od czasu do czasu Lyra wspominała Kolegium Jordana, ale wszystko, co się z nim wiązało, wydawało jej się małe i skromne w porównaniu z aktywnym, pracowitym życiem, które prowadziła teraz. Często myślała o Rogerze, a wtedy odczuwała niepokój, jednak za chwilę trzeba było pójść do opery, włożyć nową sukienkę albo odwiedzić Królewski Instytut Arktyczny, toteż szybko zapominała o nim.

Lyra mieszkała w Londynie już od mniej więcej sześciu tygodni, gdy pani Coulter zdecydowała się wydać przyjęcie koktajlowe. Dziewczynka przypuszczała, że jej opiekunka ma jakąś okazję do świętowania, chociaż pani Coulter nigdy jej nie powiedziała, o co chodzi. Zamówiła kwiaty, ustaliła z dostawcą rodzaj i ilość kanapek oraz napojów i cały wieczór omawiała ze swą protegowaną skład gości.

— Musimy zaprosić Arcybiskupa. Nie mogę go pominąć, chociaż jest to okropny stary snob. W mieście gości teraz Lord Boreal, który bywa zabawny. I księżniczka Postnikova. Sądzisz, że byłoby właściwe zaprosić Erika Anderssona? Zastanawiam się, czy to będzie na miejscu...

Erik Andersson był aktualnie najmodniejszym tancerzem. Lyra nie miała pojęcia, co to znaczy „na miejscu", ale z przyjemnością udzielała rad pani Coulter. Sumiennie, choć z okropnymi błędami, zapisywała wszystkie nazwiska, jakie sugerowała jej opiekunka, a potem wykreślała niektóre, jeśli pani Coulter decydowała się jednak nie zapraszać danej osoby.

Gdy dziewczynka położyła się do łóżka, Pantalaimon szepnął z poduszki:

— Ona nie zamierza pojechać na Północ! Będzie nas tu trzymać do końca świata. Kiedy uciekamy?

— Ależ pojedziemy na Północ — odparła szeptem Lyra. — Po prostu jej nie lubisz. Cóż, to niedobrze, ponieważ ja ją lubię. Po co uczyłaby nas nawigacji i innych rzeczy, gdyby nie planowała zabrać nas na Północ?

— Nie chce, żebyś się zniecierpliwiła, to dlatego. Chyba nie masz zamiaru, wystrojona, sterczeć na przyjęciu i robić słodkie miny? Ona cię traktuje jak ulubione zwierzątko.

Lyra odwróciła się do niego plecami i zamknęła oczy. W słowach Pantalaimona było jednak ziarno prawdy. Dziewczynka już wcześniej zaczęła odczuwać ograniczenia i ciasnotę tego „kulturalnego" życia, niezależnie od tego, jak bardzo było luksusowe. Oddałaby wszystko za jeden dzień spędzony ze swoimi starymi przyjaciółmi z Oksfordu, za bitwę na Gliniankach i gonitwę wzdłuż kanału. Była jednak nadal uprzejma i grzeczna wobec pani Coulter — ponieważ wciąż wierzyła, że opiekunka nie zwodzi jej i rzeczywiście wkrótce wyjadą na Północ. Marzyła, że spotkają tam Lorda Asriela. Może on i pani Coulter zakochają się w sobie, pobiorą i adoptują Lyrę, a potem uwolnią Rogera z rąk Grobalów.

Po południu przed przyjęciem pani Coulter zabrała Lyrę do modnego salonu piękności, gdzie fryzjer umył i ufryzował jej sztywne ciemnoblond włosy, a manikiurzystka opiłowała i wypolerowała paznokcie. Pomalowano jej także lekko rzęsy i usta, ucząc jednocześnie, jak może to zrobić sama. Potem poszły odebrać nową sukienkę, którą pani Coulter zamówiła dla dziewczynki, i kupiły lakierki. Wreszcie nadeszła pora, by wrócić do mieszkania, wybrać kwiaty do wazonów i przygotować się na przyjęcie gości.

— Zostaw plecaczek, kochanie — powiedziała pani Coulter, kiedy Lyra wyszła z sypialni śliczna i elegancka.

Aby mieć aletheiometr stale przy sobie, Lyra wszędzie nosiła ze sobą biały skórzany plecaczek.

Pani Coulter, która układała stłoczone w wazonie róże, zauważyła, że dziewczynka nie zareagowała na polecenie, i spojrzała ostro na drzwi do jej pokoju.

— Och, pani Coulter, tak bardzo go lubię!

— Nie w domu, Lyro. Noszenie plecaka we własnym domu wygląda absurdalnie. Zdejmij go natychmiast i chodź tu, pomożesz mi wybrać kieliszki...

Nie tyle zgryźliwy ton, co słowa „we własnym domu" sprawiły, że Lyra uparcie trwała przy swoim. Pantalaimon opadł na podłogę i natychmiast zamienił się w tchórza, zginając grzbiet przy nogach dziewczynki. Ośmielona tą przemianą Lyra powiedziała:

— Nie. Ten plecak to jedyna rzecz, którą naprawdę lubię nosić. Sądzę, że bardzo pasuje...

Nie dokończyła zdania, ponieważ dajmon pani Coulter błyskawicznie zeskoczył z sofy. Złota futrzana kulka przygniotła Pantalaimona do dywanu, zanim ten zdołał się ruszyć. Lyra krzyczała — najpierw z trwogi, potem ze strachu i bólu. Pantalaimon, wygięty w nienaturalny sposób, piszczał i warczał, jednak nie potrafił się wywinąć z uścisku przeciwnika, który pokonał go w kilka sekund. Teraz przednią czarną łapą małpa mocno trzymała dajmona Lyry za gardło, dwiema tylnymi ściskała jego przednie kończyny, czwartą łapą chwyciła uszy Pantalaimona i ciągnęła, jak gdyby zamierzała je oderwać. Nie czyniła tego z gniewem, ale obojętnie, z siłą, która nadawała jej przerażający wygląd, a przy tym sprawiała Pantalaimonowi i Lyrze wielki ból.

Przerażona Lyra łkała.

— Nie! Proszę! Przestań nas ranić!

Pani Coulter podniosła oczy znad kwiatów.

— Więc zrób, jak powiedziałam — rzuciła.

— Obiecuję!

Złota małpa odstąpiła od swej ofiary, jak gdyby nagle znudziła się zabawą. Pantalaimon pospiesznie pobiegł do swej właścicielki, a Lyra podniosła go i przytuliła do policzka, całując i głaszcząc.

— No, szybciej, Lyro — powiedziała pani Coulter.

Dziewczynka odwróciła się obrażona i weszła do sypialni. Zatrzasnęła za sobą drzwi, które za chwilę ponownie się otworzyły. Pani Coulter stała za progiem.

— Lyro, jeśli będziesz się zachowywać w tak ordynarny i plebejski sposób, doprowadzisz do starcia, którego z pewnością nie wygrasz. Natychmiast wyrzuć tę torbę, daruj sobie te kose spojrzenia i nigdy więcej nie trzaskaj drzwiami, zwłaszcza w mojej obecności. Za parę minut zaczną się schodzić goście i musisz się zachowywać idealnie, masz być słodka, czarująca, niewinna, grzeczna i miła. Tego sobie życzę, czy mnie rozumiesz, Lyro?

— Tak, pani Coulter.

— W takim razie pocałuj mnie.

Pochyliła się lekko i nadstawiła policzek. Aby ją pocałować, dziewczynka musiała stanąć na palcach. Poczuła gładkość policzka kobiety i nieco nieprzyjemny, dziwnie metaliczny zapach jej ciała. Odeszła i położyła plecaczek na toaletce, potem udała się za panią Coulter do salonu.

— Co sądzisz o tych kwiatach, moja droga? — spytała opiekunka tak słodkim tonem, jak gdyby nic się nie stało. — Przypuszczam, że trudno powiedzieć cokolwiek złego o różach, przeciwnie, aż zbyt wiele pochwał... Czy dostawcy przynieśli wystarczająco dużo lodu? Bądź tak dobra, idź do kuchni i spytaj. Ciepłe drinki to coś obrzydliwego...

Lyra doszła do wniosku, że całkiem łatwo jest udawać osóbkę wesołą i czarującą, chociaż zdawała sobie sprawę z rozgoryczenia Pantalaimona i jego nienawiści do złotej małpy. Zadźwięczał dzwonek u drzwi i wkrótce pokój zapełnił się modnie ubranymi damami i przystojnymi bądź dystyngowanymi dżentelmenami. Lyra chodziła między nimi, proponując kanapki lub uśmiechając się słodko i udzielając uprzejmych odpowiedzi na ich pytania. Czuła się rzeczywiście jak ulubione zwierzątko zebranych; w chwili, gdy o tym pomyślała, Pantalaimon rozwinął skrzydła szczygła i zaćwierkał głośno.

Lyra rozumiała jego wesołość — cieszył się, że udowodnił jej, iż miał rację — i zaczęła się zachowywać z nieco większą rezerwą.

— A gdzie chodzisz do szkoły, moja droga? — spytała starsza dama, przyglądając się Lyrze przez lorgnon.

— Nie chodzę do szkoły — odparła dziewczynka.

— Naprawdę? Sądziłam, że twoja matka posłała cię do swojej starej szkoły. To naprawdę bardzo dobre miejsce...

Lyra była zaskoczona pomyłką starej damy.

— Och! Ona nie jest moją matką! Ja tylko jej pomagam. Jestem jej osobistą asystentką — oświadczyła z wielką powagą.

— Rozumiem. A kim są twoi rodzice?

Zanim Lyra odpowiedziała, znowu musiała się zastanowić, co tamta miała na myśli.

— Moi rodzice byli hrabią i hrabiną — wyjaśniła. — Oboje zginęli w wypadku aeronautycznym na Północy.

— Co to za hrabia?

— Hrabia Belacqua. Był bratem Lorda Asriela.

Dajmon starej damy, szkarłatna ara, jakby zirytowany przestąpił z jednej łapy na drugą. Stara dama zaczęła marszczyć brwi z ciekawości, więc Lyra uśmiechnęła się słodko i ruszyła dalej.

Przechodziła obok kilku mężczyzn i młodej kobiety, stojących w pobliżu dużej sofy, gdy usłyszała słowo „Pył". Wiedziała wystarczająco dużo o życiu towarzyskim, aby zorientować się, że oni flirtują, i teraz patrzyła zafascynowana, chociaż jeszcze bardziej zainteresował ją fakt, że któreś z nich wspomniało o Pyle; zatrzymała się, aby posłuchać. Mężczyźni wyglądali na Uczonych; z tonu, jakim młoda kobieta zadała im pytanie, Lyra wywnioskowała, że jest prawdopodobnie studentką.

— Odkrył go pewien Rosjanin... Proszę mi przerwać, jeśli mówię coś, o czym już pani wie — powiedział mężczyzna w średnim wieku, na którego młoda kobieta patrzyła z podziwem. — Mężczyzna ten nazywał się Rusakow, więc Pył określa się na jego cześć mianem Cząsteczek Rusakowa. Są to cząstki elementarne, które nie oddziałują w żaden sposób z innymi... Bardzo trudno to wykryć, jednak naprawdę nadzwyczajne jest coś innego, można mianowicie odnieść wrażenie, że one są przyciągane przez ludzkie istoty.

— Naprawdę? — spytała młoda kobieta, otwierając szeroko oczy.

— A jeszcze bardziej niezwykłe — kontynuował mężczyzna — jest to, iż niektóre ludzkie istoty przyciągają je mocniej niż inne. Ściśle rzecz biorąc, przyciągają je dorośli, a dzieci nie. Przynajmniej nie do wieku dojrzewania... To właśnie jest prawdziwy powód — mówiący zniżył głos, przybliżając się do młodej kobiety i kładąc jej szybkim ruchem rękę na ramieniu — dla którego powołano Radę Oblacyjną. Więcej na ten temat mogłaby pani powiedzieć nasza miła gospodyni.

— Doprawdy? Czyżby była związana z Radą?

— Moja droga, to właśnie ona stanowi Radę Oblacyjną. To był w całości jej projekt...

Mężczyzna chciał jeszcze coś dodać, kiedy napotkał wzrok Lyry. Posłała mu obojętne spojrzenie, a on zapewne wypił trochę za dużo albo chciał zrobić wrażenie na młodej kobiecie, ponieważ rzekł:

— Ta mała dama wie wszystko na ten temat, jestem tego pewien. Tobie nie grozi Rada Oblacyjna, prawda, moja droga?

— Och, nie — odparła Lyra. — Mnie tu nic nie grozi. Przedtem mieszkałam w Oksfordzie i tam było naprawdę niebezpiecznie. Byli na przykład Cyganie, którzy porywali dzieci i sprzedawali je Turkom jako niewolników. A w Port Meadow podczas pełni księżyca ze starego żeńskiego klasztoru przy Godstow wychodził wilkołak. Słyszałam raz jego wycie. I byli tam Grobale...

— O tym właśnie myślałem — wtrącił mężczyzna. — Tak się właśnie nazywa Radę Oblacyjną, prawda?

— Grobale? — spytała młoda kobieta. — Co za dziwne słowo? Dlaczego nazywa się ich w ten sposób?

Lyra już miała opowiedzieć jedną z krwawych historyjek, które wymyśliła, by przerażać nimi oksfordzkie dzieci, jednak mężczyzna był szybszy.

— Od pierwszych liter, nie zorientowała się pani? Generalna Rada Oblacyjna. To w gruncie rzeczy bardzo stara idea. W średniowieczu rodzice oddawali swoje pociechy Kościołowi na zakonników i zakonnice. Te nieszczęsne dzieci nazywano oblatami. Słowo to oznacza ofiarę, ofiarowanie... coś w tym rodzaju. Przypomnieli sobie o tym badacze Pyłu... Nasza mała przyjaciółka z pewnością wie o wszystkim. Może pójdziesz i porozmawiasz z Lordem Borealem? — skierował to pytanie bezpośrednio do Lyry. — Jestem pewien, że chciałby poznać protegowaną pani Coulter... To ten mężczyzna z siwymi włosami i dajmonem w postaci węża.

Chciał się najwyraźniej pozbyć Lyry, aby porozmawiać z młodą kobietą. Dziewczynka od razu to zrozumiała. Jednak kobietę najwyraźniej bardziej interesowała Lyra, toteż odsunęła się od mężczyzny i zawołała:

— Poczekaj chwilkę... Jak ci na imię?

— Lyra.

— Jestem Adéle Starminster, dziennikarka. Mogę zamienić z tobą słówko na osobności?

Lyra uważała za zupełnie naturalne, iż ludzie chcą z nią rozmawiać, więc odparła po prostu:

— Tak.

Dajmon kobiety w postaci motyla uniósł się w powietrze i rozglądał na wszystkie strony, potem szepnął coś do ucha swej właścicielce, a wtedy Adéle Starminster stwierdziła:

— Chodźmy na ławeczkę przy oknie.

Było to ulubione miejsce Lyry. Okno wychodziło na rzekę i o wieczornej porze zarówno w czarnej wodzie o wysokiej fali, jak i nad nią na przeciwległym, południowym brzegu jaskrawo połyskiwały światła. W górę rzeki płynął rząd ciągniętych przez holownik barek. Adéle Starminster usiadła, a potem przesunęła się, aby zrobić dziewczynce miejsce obok siebie, na wyściełanym siedzeniu.

— Zdaje mi się, że profesor Docker mówił, że coś cię łączy z panią Coulter?

— Tak.

— Co takiego? Nie jesteś chyba jej córką? Wiedziałabym coś o tym...

— Nie! — odrzekła Lyra. — Jasne, że nie. Jestem jej osobistą asystentką.

— Osobistą asystentką? Nie jesteś trochę za młoda? Myślałam, że łączy was pokrewieństwo. Jaka ona jest?

— Bardzo bystra — powiedziała Lyra. Jeszcze poprzedniego wieczoru powiedziałaby dużo więcej, teraz jednak wszystko się zmieniło.

— Tak, ale prywatnie — nalegała Adéle Starminster. — Czy jest przyjacielska, niecierpliwa albo jeszcze inna? Mieszkasz z nią tutaj? Jaka jest na co dzień?

— Bardzo miła — odparła powoli Lyra.

— Co robisz? W jaki sposób jej pomagasz?

— Wykonuję obliczenia i takie tam różne rzeczy. Podobne do nawigacji.

— Ach, rozumiem... A skąd pochodzisz? Przypomnij mi, jak masz na imię?

— Lyra. Jestem z Oksfordu.

— Dlaczego pani Coulter przywiozła cię tutaj...

Kobieta przerwała nagle, ponieważ obok niej stanęła właśnie opiekunka dziewczynki. Widząc, w jaki sposób Adéle Starminster podniosła na nią oczy, i obserwując podniecenie, z jakim dajmon fruwał wokół jej głowy, Lyra wywnioskowała, że młoda kobieta prawdopodobnie nie powinna być na tym przyjęciu.

— Nie znam pani nazwiska — odezwała się pani Coulter bardzo cicho — ale dowiem się w ciągu pięciu minut, a potem nigdzie już nie znajdzie pani pracy jako dziennikarka. Teraz proszę spokojnie wstać i wyjść bez zbędnego zamieszania. Zajmę się także osobą, która panią tu wprowadziła.

Pani Coulter wyglądała, jak gdyby była naładowana jakąś anbaryczną mocą. Nawet pachniała w tej chwili inaczej: jej ciało wydzielało zapach przypominający swąd rozpalonego metalu. Lyra poczuła go już wcześniej, teraz jednak widziała, jak reaguje na niego ktoś inny — biedna Adèle Starminster nie miała dość siły, by się przeciwstawić. Motyl sfrunął jej na ramię, zatrzepotał kilka razy pięknymi skrzydełkami, po czym zemdlał, a jego właścicielka również ledwie trzymała się na nogach. Zgarbiła się lekko, niezgrabnie przeszła wśród tłumu rozgadanych, hałaśliwych gości i wyszła z salonu. Jedną ręką dotykała ramienia, przytrzymując zemdlonego dajmona.

— O co jej chodziło? — zagadnęła Lyrę pani Coulter.

— Nie powiedziałam jej niczego ważnego — odparła dziewczynka.

— O co pytała?

— Tylko o to, czym się zajmuję, kim jestem i tego typu sprawy.

Kiedy to mówiła, zauważyła, że pani Coulter jest sama; nie było przy niej dajmona. Jak to możliwe? W chwilę później jednak złota małpa zjawiła się u jej boku. Kobieta opuściła rękę, ujęła dłonią łapkę dajmona i podniosła go lekko na ramię. Od razu się uspokoiła.

— Jeśli podejdzie do ciebie ktoś jeszcze, kto będzie z całą pewnością wyglądał na osobę niezaproszoną, odszukaj mnie i powiadom, dobrze, moja droga?

Gorący, metaliczny swąd ulatniał się. Lyra pomyślała, że może go sobie tylko wyimaginowała. Znowu czuła znajomy zapach opiekunki, a także aromat róż, dymu z cygaretki i perfumy innych kobiet. Pani Coulter uśmiechnęła się do dziewczynki. Jej uśmiech zdawał się mówić: „Ty i ja świetnie się rozumiemy w tych sprawach, nieprawdaż?". Potem ruszyła powitać następnych gości.

Pantalaimon szeptał Lyrze w ucho:

— W czasie, gdy stała tutaj, jej dajmon był w naszej sypialni. Szpiegował. Wie o aletheiometrze!

Lyra wiedziała, że Pantalaimon prawdopodobnie ma rację, jednak nic nie mogła na to poradzić. Co powiedział tamten profesor o Grobalach? Lyra rozejrzała się, aby go odnaleźć, ale gdy go zobaczyła, akurat komisarz (w wieczorowym stroju służącego) i jakiś drugi mężczyzna, przytrzymując profesora za ramiona, szeptali mu coś do ucha. Mężczyzna zbladł i wyszedł za nimi na zewnątrz. Wszystko trwało nie dłużej niż parę sekund i zostało przeprowadzone w sposób tak dyskretny, że prawie nikt niczego nie zauważył. Lyra jednak poczuła osobliwy niepokój.

Wędrowała przez dwie duże sale, w których odbywało się przyjęcie, na wpół słuchając toczących się wokół rozmów, na wpół interesując się smakiem koktajli, których nigdy wcześniej nie wolno jej było próbować. Ale jej niepokój rósł. Nie zdawała sobie sprawy z tego, że ktoś ją obserwuje, dopóki nie podszedł do niej komisarz i nie powiedział:

— Panno Lyro, tamten dżentelmen przy kominku chciałby z panią porozmawiać. To Lord Boreal, gdyby panienka nie wiedziała.

Lyra spojrzała we wskazanym kierunku. Siwowłosy mężczyzna o dostojnym wyglądzie patrzył wprost na nią, a gdy ich oczy się spotkały, skinął głową i dał znak ręką.

Dziewczynka podeszła do niego niechętnie, choć była nieco zaintrygowana.

— Dobry wieczór, dziecko — powiedział. Miał mocny i władczy głos. Łuski pokrywające głowę jego dajmony w postaci węża oraz jej szmaragdowe oczy błyskały w świetle wiszącej na pobliskiej ścianie lampy z ciętego szkła.

— Dobry wieczór — odrzekła Lyra.

— Jak się ma mój stary przyjaciel, Rektor Kolegium Jordana?

— Bardzo dobrze, dziękuję.

— Przypuszczam, że było im wszystkim bardzo smutno rozstać się z tobą.

— Tak.

— A... Pani Coulter zleca ci dużo pracy? Czego cię uczy?

Ponieważ Lyra czuła się niepewnie, a jednocześnie miała ochotę zbuntować się przeciwko całej tej sytuacji, nie odpowiedziała na to protekcjonalne pytanie zgodnie z prawdą ani też nie wymyśliła żadnej nadzwyczajnej riposty.

— Uczę się o Cząsteczkach Rusakowa i o Radzie Oblacyjnej — odpowiedziała.

Wydawało jej się, że mężczyzna natychmiast tak się skoncentrował, jakby skupiał się na promieniu latarni anbarycznej. Lord Boreal zachłannie wpatrywał się w Lyrę.

— Przypuszczam, że powiesz mi, co wiesz — stwierdził.

— Robią eksperymenty na Północy — zaczęła Lyra. Czuła w sobie wielką odwagę. — Jak doktor Grumman.

— Mów dalej.

— Wykonują fotografie szczególnego rodzaju, na których można zobaczyć Pył. Jeśli na zdjęciu widać mężczyznę, dociera do niego światło, jeśli dziecko, nie ma światła... Przynajmniej nie tak dużo.

— Pani Coulter pokazywała ci takie zdjęcie?

Lyra zawahała się. Nie mogła przytaknąć, ponieważ nie była przyzwyczajona do aż takich kłamstw.

— Nie — odparła po chwili. — Widziałam je w Kolegium Jordana.

— Kto ci je pokazał?

— Tak naprawdę nie pokazywał go mnie — przyznała się dziewczynka. — Po prostu przechodziłam i zobaczyłam je. A potem mojego przyjaciela Rogera zabrała Rada Oblacyjna. Ale...

— Kto ci pokazał to zdjęcie?

— Mój wuj Asriel.

— Kiedy?

— Gdy był ostatnim razem w Kolegium Jordana.

— Ach tak. Co jeszcze słyszałaś? Zdaje się, że wspominałaś o Radzie Oblacyjnej?

— Tak. Jednak tej nazwy nie słyszałam od wuja. Usłyszałam ją tutaj.

Lyra uświadomiła sobie, że mówi prawdę.

Lord Boreal patrzył na nią z uwagą. Posłała mu najbardziej niewinne spojrzenie. W końcu mężczyzna skinął głową.

— W takim razie pani Coulter najwyraźniej zdecydowała, że jesteś już gotowa, by jej pomóc w tej pracy. Interesujące. Brałaś już w tym udział?

— Nie — odrzekła. O czym ten człowiek mówił? Pantalaimon sprytnie przybrał postać ćmy — najbardziej ze wszystkich pozbawioną wyrazu — dzięki czemu nie zdradzał jej wątpliwości; siebie samej Lyra była pewna, wiedziała, że niezależnie od tego, co się zdarzy, potrafi zachować niewinną minę.

— A powiedziała ci, co się przydarza dzieciom?

— Nie, tego mi nie mówiła. Wiem tylko, że ma to związek z Pyłem i że te dzieci to coś w rodzaju ofiary.

Pomyślała, że znowu nie było to właściwie kłamstwo. Nie powiedziała przecież, że mówiła jej o tym sama pani Coulter.

— „Ofiara" to zbyt dramatyczne określenie. Zauważ, że ten eksperyment służy nie tylko nam, ale także im samym... No, a poza tym wszystkie dzieci tak bardzo się garną do pani Coulter. Dlatego jest dla nas taka cenna. Dzieci powinny z chęcią uczestniczyć w eksperymencie, a któż mógłby jej odmówić? Jeśli zamierza wykorzystać także ciebie, abyś je we wszystko wprowadziła, tym lepiej. Bardzo mnie to cieszy.

Mężczyzna uśmiechnął się do Lyry w taki sposób, w jaki uśmiechała się czasem pani Coulter: jak gdyby on i jego młoda rozmówczyni byli ludźmi wtajemniczonymi w jakiś sekret. Dziewczynka odwzajemniła się uprzejmym uśmiechem, a wtedy Lord Boreal odwrócił się od niej i zaczął rozmowę z kimś innym.

Lyra i Pantalaimon potrafili wzajemnie odczuwać swój

strach. Miała teraz ochotę odejść i porozmawiać z nim sam na sam; chociaż prawdę powiedziawszy, najbardziej pragnęłaby opuścić to mieszkanie i wrócić do Kolegium Jordana, do swojej małej skromnej sypialni na dwunastym piętrze. I chciałaby też odszukać Lorda Asriela...

Jak gdyby w odpowiedzi na to ostatnie życzenie, Lyra usłyszała, jak ktoś wymienia nazwisko wuja i pod pretekstem wzięcia kanapki ze stojącego na stole talerza przysunęła się do najbliższej grupki gości. Jakiś mężczyzna w biskupiej purpurze mówił:

— ...Nie, nie sądzę, żeby Lord Asriel niepokoił nas przez jakiś czas.

— Powiedziałeś, że gdzieś go trzymają?

— W fortecy Svalbard. Tak mi doniesiono. Strzegą go panserbjorne, wiecie, te pancerne niedźwiedzie. Straszliwe stworzenia! W żaden sposób nie zdoła im uciec. Prawda wygląda tak, że teraz droga jest wolna, nic nie stoi na przeszkodzie...

— Ostatnie eksperymenty potwierdziły to, w co zawsze wierzyłem: że Pył jest emanacją samej tajemniczej zasady i...

— Czyżbym słyszał zoroastriańską herezję?

— To, co kiedyś uważano za herezję...

— A gdybyśmy mogli wyizolować tę tajemniczą zasadę...

— Powiedziałeś: Svalbard?

— Pancerne niedźwiedzie...

— Rada Oblacyjna...

— Te dzieci nie cierpią, jestem tego pewna...

— Lord Asriel uwięziony...

Lyra doszła do wniosku, że usłyszała już dosyć. Odwróciła się i poruszając się równie cicho jak jej dajmon w postaci ćmy, weszła do swojej sypialni i zamknęła za sobą drzwi. Hałas przyjęcia natychmiast przycichł.

— No i co? — szepnęła, a Pantalaimon na jej ramieniu zmienił się w szczygła.

— Zamierzasz uciec? — zapytał również szeptem.

— Pewnie. Jeśli wymkniemy się teraz, gdy są tu ci wszyscy ludzie, może nie zauważy naszej nieobecności przez jakiś czas.

— Ale on zauważy...

Pantalaimon miał na myśli dajmona pani Coulter. Na samą myśl o jego złotej postaci Lyra poczuła mdłości ze strachu.

— Tym razem będę z nim walczył — oznajmił odważnie Pantalaimon. — Mogę się przeobrażać, a on nie. Zmienię się tak szybko, że nie będzie w stanie utrzymać mnie w swoim uścisku. Tym razem zwyciężę, zobaczysz.

Lyra w zamyśleniu pokiwała głową. W co powinna się ubrać? W jaki sposób wyjść, aby jej nie zauważono?

— Będziesz musiał pójść na zwiady — szepnęła. — Jak tylko droga będzie wolna, zaczniemy biec. Zmień się w ćmę — dodała. — Pamiętaj, w tej sekundzie, gdy nikt nie będzie patrzył...

Otworzyła drzwi na szerokość kilku centymetrów i Pantalaimon wyfrunął przez szczelinę. Wyglądał jak ciemna plama na tle korytarza rozjaśnionego światłem w kolorze ciepłego różu.

W tym czasie Lyra pospiesznie narzuciła na siebie najcieplejsze ubranie, a kilka innych wepchnęła do mocnej jedwabnej torby ze sklepu z modną odzieżą, który odwiedziły po południu. Pani Coulter równie często jak prezentami obdarowywała Lyrę pieniędzmi i chociaż dziewczynka dość lekkomyślnie je wydawała, zostało jej sporo suwerenów, które włożyła do kieszeni ciemnego płaszcza z wilczej skóry.

Owinęła aletheiometr w czarny aksamitny materiał. Czy ten wstrętny małpiszon go znalazł? Zapewne. I z pewnością powiedział o nim swej właścicielce. Och, gdybym ukryła go lepiej, pomyślała.

Podeszła na palcach do drzwi. Na szczęście jej pokój znajdował się najbliżej drzwi frontowych, a większość gości przebywała w dwóch dużych pomieszczeniach w przeciwległym końcu holu. Słychać było głośne rozmowy, śmiech, cichy szum spuszczanej w toalecie wody i brzęk szkła. Nagle Pantalaimon odezwał się cieniutkim głosikiem ćmy:

— Teraz! Szybko!

Lyra wyślizgnęła się z sypialni do holu i po kilku sekundach otwierała już frontowe drzwi mieszkania. W chwilę później zamknęła je cicho i ze swoim dajmonem, znowu w postaci szczygła, zbiegła po schodach i szybko uciekła.

6

Sieć

Szybko oddaliła się od rzeki, ponieważ nabrzeże było szerokie i dobrze oświetlone. Między nim a Królewskim Instytutem Arktycznym znajdowała się plątanina wąskich uliczek, ale Instytut wydał się Lyrze jedynym miejscem, do którego na pewno trafi, więc bez zastanowienia wpadła w ten mroczny labirynt.

Gdybyż tylko znała Londyn tak dobrze jak Oksford! Wiedziałaby wówczas, których ulic unikać, gdzie można ukraść trochę jedzenia albo nawet (co najważniejsze), do których drzwi zapukać w poszukiwaniu schronienia. W tę zimną noc we wszystkich ciemnych alejach panował ruch i tętniło sekretne życie, o którym Lyra nie miała pojęcia.

Pantalaimon zmienił się w żbika i penetrował mrok kocim wzrokiem. Często zatrzymywał się, jeżąc sierść, i wtedy dziewczynka odwracała się od wejścia, w które właśnie zamierzała się skierować. Noc wypełniały hałasy: wybuchy pijackiego śmiechu, śpiew dwu mężczyzn o ochrypłych głosach, klekotanie i wycie jakiejś kiepsko naoliwionej maszyny w suterenie. Lyra szła ostrożnie, wybierając miejsca zacienione i wąskie alejki. Jej zmysły wyostrzyły się, wzmocnione zmysłami jej dajmona.

Od czasu do czasu musiała przejść szerszą i lepiej oświetloną ulicę, gdzie dzwoniły tramwaje, a nad nimi iskrzyły się anbaryczne przewody. W Londynie obowiązywały inne zasady przechodzenia przez ulicę, jednak dziewczynka ich nie znała, a kiedy ktoś coś do niej wołał, natychmiast rzucała się do ucieczki.

Mimo wszystko czuła się wspaniale, bo znowu była wolna. Wiedziała, że biegnący obok niej na kocich łapach Pantalaimon również cieszy się swobodą otwartej przestrzeni, nawet jeśli otaczało ich brudne londyńskie powietrze, ciężkie od wyziewów, sadzy i drgające od hałasu.

Lyra wiedziała, że niebawem będą musieli przemyśleć znaczenie słów, które usłyszeli w mieszkaniu pani Coulter, ale zdawała sobie sprawę, że pora nie jest odpowiednia. Najpierw powinni znaleźć miejsce na nocleg.

Na skrzyżowaniu, tuż przy rogu dużego domu towarowego, którego okna olśniewająco błyszczały ponad mokrym chodnikiem, znajdował się bar kawowy: mały barak na kołach z kontuarem pod drewnianą klapą, która podnosiła się jak markiza. W środku jarzyło się żółte światło i unosił zapach kawy. Ubrany w biały fartuch właściciel pochylał się nad kontuarem, rozmawiając z kilkoma klientami.

Bar wyglądał kusząco. Lyra szła już godzinę, czuła zimno i wilgoć. Z Pantalaimonem w postaci wróbla podeszła do lady i podniosła rękę, aby zwrócić uwagę właściciela.

— Proszę filiżankę kawy i kanapkę z szynką — powiedziała.

— O tak późnej porze nie powinnaś przebywać poza domem, moja droga — zauważył jakiś dżentelmen; miał cylinder i biały jedwabny szalik.

— Ta-ak — odparła, odwracając się od niego, aby spojrzeć na ruchliwe skrzyżowanie. Pobliski teatr właśnie pustoszał i tłumy ludzi dreptały po oświetlonym foyer, czekając na taksówki i wkładając płaszcze. Po przeciwnej stronie znajdowało się wejście stacji kolejki podziemnej; po schodach wchodziło i schodziło jeszcze więcej osób.

— Proszę, kochanie — powiedział właściciel baru. — Dwa szylingi.

— Pozwól, że za ciebie zapłacę — odezwał się mężczyzna w cylindrze.

Lyra pomyślała: dlaczego nie? Potrafię biec szybciej niż on, a może później będę potrzebowała całej kwoty, jaką posiadam. Mężczyzna w cylindrze rzucił monetę na ladę i uśmiechnął się do dziewczynki. Jego dajmoną był lemur, który czepiał się klapy płaszcza mężczyzny i okrągłymi oczyma wpatrywał się w Lyrę.

Jadła kanapkę i nadal patrzyła na ruchliwą ulicę. Nie miała pojęcia, gdzie jest, ponieważ nigdy nie widziała planu Londynu. Nie wiedziała nawet, jak duże jest to miasto i jak długo będzie musiała iść, aby się znaleźć na wsi.

— Jak masz na imię? — spytał mężczyzna.

— Alice.

— Jakie ładne imię. Pozwól, że wleję ci kropelkę do kawy... To cię rozgrzeje...

Odkręcił nakrętkę srebrnej flaszki.

— Nie lubię tego — stwierdziła Lyra. — Wolę samą kawę.

— Założę się, że nigdy przedtem nie piłaś takiej brandy.

— Piłam. Byłam strasznie chora. Wypiłam całą butelkę albo prawie całą...

— Wyglądasz na taką — mruknął mężczyzna, przechylając buteleczkę nad własną filiżanką. — Dokąd idziesz tak całkiem sama?

— Do mojego ojca.

— A kim on jest?

— Mordercą.

— Kim?

— Powiedziałam, że jest mordercą. To jego profesja. Ma dziś wieczorem robotę. Niosę mu czyste ubrania, ponieważ zwykle jest cały we krwi, gdy kończy pracę.

— Ach! Żartujesz!

— To nie żarty.

Lemur cicho miauknął i wdrapał się powoli na kark mężczyzny, skąd patrzył na Lyrę, która niespiesznie wypiła kawę i zjadła ostatni kęs kanapki.

— Dobranoc — rzuciła. — Nadchodzi ojciec. Wygląda na trochę rozgniewanego.

Mężczyzna w cylindrze rozejrzał się, a Lyra podążyła ku tłumowi osób wychodzących z teatru. Chciałaby pojechać metrem (pani Coulter powiedziała jej, że nie jest to odpowiedni środek transportu dla ludzi z ich klasy), ale bała się, że się zgubi pod ziemią. Wolała być na otwartej przestrzeni, aby, jeśli zajdzie potrzeba, mieć możliwość ucieczki.

Ruszyła dalej. Ulice stały się ciemniejsze i bardziej puste. Mżyło, ale nawet gdyby nie było chmur, niebo nad miastem zbyt rozjaśniały światła, aby móc zobaczyć gwiazdy. Pantalaimon twierdził, że idą na północ, ale Lyra nie była tego taka pewna.

Mijali niekończące się ulice, zabudowane niewielkimi, identycznymi ceglanymi domami z ogródkami tak małymi, że mieściły się w nich zaledwie kontenery na śmieci, wielkie posępne fabryki za drucianym ogrodzeniem, z jednym anbarycznym światłem jarzącym się smutno wysoko na ścianie i stróżem nocnym drzemiącym przy piecyku koksowym. Od czasu do czasu pojawiały się smętne kaplice, różniące się od magazynów jedynie wiszącym na frontowej ścianie krzyżem. Gdy Lyra spróbowała otworzyć drzwi jednej z nich, usłyszała jęk z ławki stojącej dalej w mroku. Uświadomiła sobie, że kruchta pełna jest śpiących ludzi, i uciekła.

— Gdzie będziemy spać, Pan? — spytała, kiedy zmęczeni szli ulicą pełną zamkniętych i zrujnowanych sklepów.

— Na czyimś progu.

— Nie chcemy przecież, aby ktoś nas zobaczył. Wszyscy są tacy gadatliwi.

— Tam jest kanał...

Pantalaimon patrzył w dół bocznej uliczki po lewej stronie. Rzeczywiście, mroczny, lśniący pas oznaczał wodę, a kiedy ostrożnie tam zeszli, zobaczyli basen kanału. Przy nabrzeżach zacumowano mniej więcej tuzin barek, niektóre były głęboko zanurzone — obciążone towarami dryfowały pod dźwigami podobnymi do szubienic. Z okna jednej z drewnianych nadbudówek docierało niewyraźne światło, a z żelaznego komina snuła się niteczka dymu. Poza tym świeciły się jedynie lampy umieszczone wysoko na ścianach magazynów lub ramionach dźwigów; reszta terenu pozostawała w ciemnościach. Nabrzeża były zastawione stosami beczek ze spirytusem węglowym, stertami wielkich, drewnianych kłód oraz zarzucone zwojami pokrytego kauczukiem kabla.

Lyra na palcach podeszła do barki i zajrzała przez okno nadbudówki. W środku jakiś starzec palił fajkę, czytając historyjkę obrazkową w gazecie; jego dajmona w postaci spaniela spała zwinięta na stole. Kiedy Lyra patrzyła, mężczyzna wstał, podszedł do żelaznego piecyka i wrócił z poczerniałym imbrykiem, z którego wlał trochę gorącej wody do pękniętego kubka, a następnie zabrał się ponownie do czytania.

— Czy powinniśmy go poprosić, aby nas wpuścił, Pan? — szepnęła dziewczynka, ale jej dajmon najwyraźniej nie słuchał. Wydawał się roztargniony i zmieniał postacie — był nietoperzem, sową, znowu żbikiem. Lyra rozejrzała się, szukając przyczyny jego paniki, aż wreszcie odkryła źródło niebezpieczeństwa: z obu stron nadbiegało w jej kierunku dwóch mężczyzn, ten znajdujący się bliżej Lyry trzymał w rękach wielką sieć.

Pantalaimon krzyknął chrapliwie, przybrał postać lamparta, skoczył na dajmonę mężczyzny z siecią — dziką, okrutną lisicę — i odrzucił ją w tył, tak że wpadła pod nogi swego pana. Mężczyzna zaklął i odskoczył na bok, a Lyra przebiegła obok niego ku pustej przestrzeni nabrzeża. Wiedziała, że najgorzej jest być przypartym do muru.

Pantalaimon, teraz jako orzeł, leciał za nią, krzycząc:

— Na lewo! Na lewo!

Dziewczynka skręciła i dostrzegła szczelinę między baryłkami ze spirytusem węglowym a krawędzią zardzewiałej metalowej budy i rzuciła się w tym kierunku szybko niczym pocisk.

Zapomniała jednak o sieci!

Nagle usłyszała w powietrzu szum i coś smagnęło ją po policzku i mocno zapiekło — obrzydliwe nasmołowane sznury cięły ją po twarzy i ramionach, ręce miała skrępowane i przyciśnięte do ciała. Lyra upadła, daremnie krzycząc i szarpiąc się.

— Pan! Pan!

Niestety lisica już kąsała kocią postać Pantalaimona. Dziewczynka poczuła ból we własnym ciele, a kiedy jej dajmon upadł, głośno zaszlochała. Jeden z mężczyzn szybko wiązał ją sznurem, owijając powróz wokół rąk, nóg, szyi, tułowia i głowy, turlając ją przy tym po mokrej ziemi. Lyra była bezradna, niczym mucha schwytana przez pająka. Biedny ranny Pan wlókł się ku niej w towarzystwie lisicy, która stale kąsała mu grzbiet, i nawet nie miał dość siły, by zmienić postać. Natomiast drugi mężczyzna leżał w kałuży krwi, ze strzałą w szyi...

Nagle napastnik krępujący Lyrę również go dostrzegł.

Pantalaimon usiadł i mrugał oczyma, a potem dał się słyszeć głuchy odgłos i mężczyzna z siecią, dławiąc się i z trudem łapiąc powietrze, upadł na Lyrę, która widząc, że on krwawi, krzyknęła przerażona.

Później dziewczynka zobaczyła czyjeś biegnące stopy i kogoś, kto odciągnął mężczyznę na bok i pochylił się nad nim. Jakieś ręce podniosły Lyrę, nóż ciął i rozrywał siatkę, aż strzępy odpadły jeden po drugim. Dziewczynka zerwała resztę więzów, po czym rzuciła się, aby przytulić Pantalaimona.

Klęcząc, podniosła głowę, chcąc przyjrzeć się nowo przybyłym. Byli to trzej ciemno ubrani mężczyźni; jeden z nich uzbrojony w łuk, pozostali w noże. Kiedy dziewczynka spoglądała na nich, łucznik zadał pytanie:

— Czy ty nie jesteś przypadkiem Lyra?

Znajomy głos, jednak dziewczynka nie potrafiła go skojarzyć z osobą, póki mężczyzna nie podszedł bliżej. Wtedy światło padło na jego twarz, oświetlając również dajmonę-sokoła na jego ramieniu, i Lyra już wiedziała. To był Cygan! Prawdziwy oksfordzki Cygan!

— Tony Costa — przypomniał jej. — Pamiętasz? Bawiłaś się kiedyś przy łodziach w Jerycho z moim bratem Billym, zanim porwali go Grobale.

— Och, Boże, Pan, jesteśmy bezpieczni! — załkała dziewczynka, jednak nagle zatrwożyła ją pewna myśl: przecież łódź, którą porwała przed rokiem, należała do Costów. Jeśli on o tym pamięta...

— Lepiej chodź z nami — powiedział Tony. — Jesteś sama?

— Tak. Uciekłam...

— W porządku, nie czas teraz na opowieści. Nic nie mów. Jaxerze, przesuń ciała tamtych w cień. Kerimie, rozejrzyj się po okolicy.

Lyra wstała na drżących nogach, trzymając przy piersi Pantalaimona w postaci żbika, który wyciągał szyję, starając się coś zobaczyć; poszła za jego przykładem, rozumiejąc, o co mu chodzi, i nagle również tego ciekawa: co się stało z dajmonami zabitych? Zauważyła, że marniały, zanikały i rozpraszały się niczym atomy dymu, przytulając się do martwych ciał swoich właścicieli. Pantalaimon odwrócił łeb, a Lyra ze łzami w oczach ruszyła za Tonym Costą.

— Co tu robicie? — spytała.

— Bądź cicho! Mamy wystarczająco dużo kłopotów bez twoich pytań. Nie trzeba nam ich więcej. Porozmawiamy na łodzi.

Przeprowadził ją po małym drewnianym mostku na środek kanału. Pozostali dwaj mężczyźni kroczyli za nimi w milczeniu. Tony skręcił wzdłuż nabrzeża i wszedł na drewniany falochron, z którego zeszli na pokład łodzi. Tu otworzył na oścież drzwi do kabiny.

— Wejdź! — rzucił. — Szybko.

Lyra zrobiła, jak kazał, dotykając jedwabnej torby (której pilnowała jak oka w głowie, nawet gdy tkwiła unieruchomiona w sieci), aby się upewnić, że nadal jest w niej aletheiometr. W długiej wąskiej kabinie, w świetle wiszącej na haku latarni dostrzegła potężną, siwowłosą kobietę, która siedziała przy stole, czytając gazetę. Lyra rozpoznała matkę Billy'ego.

— Kto to? — spytała kobieta. — Czy to czasem nie Lyra?

— Zgadza się. Ma, musimy odpłynąć. Zabiliśmy dwóch mężczyzn przy basenie. Myśleliśmy, że to Grobale, ale chyba byli tureckimi handlarzami. Złapali Lyrę. Zresztą mniejsza o szczegóły, porozmawiamy w drodze.

— Chodź tu, dziecko — odezwała się Ma Costa.

Dziewczynka podeszła do niej szczęśliwa, ale i zalękniona, ponieważ Ma Costa miała ręce jak maczugi i na pewno pamiętała, że Lyra napadła na jej łódź z Rogerem i innymi dziećmi z kolegiów. Jednak cygańska matrona tylko dotknęła dłońmi policzków Lyry, a jej dajmon, piękny szary pies z wyglądu przypominający wilka, pochylił się łagodnie i polizał po głowie Pantalaimona-żbika. Potem Ma Costa otoczyła Lyrę ramionami i przycisnęła ją do piersi.

— Nie wiem, co tu robisz, ale na pewno jesteś zmęczona. Możesz spać na koi Billy'ego, a ja zaraz zrobię ci coś gorącego do picia. Usiądź sobie tam, dziecko.

Wyglądało na to, że korsarstwo zostało Lyrze wybaczone albo przynajmniej zapomniane. Dziewczynka usiadła na wyściełanej ławie przy wyblakłym od częstego szorowania blacie sosnowego stołu. W tym samym momencie rozległ się warkot gazowego silnika.

— Dokąd płyniemy? — spytała Lyra.

Ma Costa postawiła rondel z mlekiem na żelaznym piecu i odsunęła kratę, aby rozpalić ogień.

— Daleko stąd. Porozmawiamy o wszystkim rano.

Nie powiedziała nic więcej. Podała Lyrze kubek mleka, a potem, kołysząc się, chodziła po pokładzie płynącej łodzi, od czasu do czasu wymieniając szeptem uwagi z mężczyznami. Lyra sączyła mleko. Uniosła brzeg zasłonki na oknie i obserwowała mijane ciemne nabrzeża. Kilka minut później spała już głęboko.

Obudziła się na wąskiej koi. Gdzieś niżej pod nią przyjemnie warkotał silnik. Usiadła, uderzyła głową o sufit, zaklęła, pomacała wokół siebie, po czym podniosła się, tym razem ostrożniej, i rozejrzała. W słabym, szarym świetle dostrzegła trzy inne koje. Wszystkie były puste i starannie posłane: jedna znajdowała się pod tą, na której spała, dwie pozostałe przy przeciwległej ścianie maleńkiej kabiny. Lyra odwróciła się na bok i stwierdziła, że ma na sobie jedynie ciepłą bieliznę. Sukienka i płaszcz z wilczej skóry, starannie złożone, leżały na koi razem z jedwabną torbą. Aletheiometr był na swoim miejscu.

Dziewczynka ubrała się szybko i wyszła drzwiami po drugiej stronie kajuty. Znalazła się w kabinie z piecem.

Było tam ciepło i pusto. Za oknami dostrzegła unoszącą się po obu stronach szarą mgłę; sporadycznie pojawiały się ciemne kształty, które mogły być budynkami albo drzewami.

Zanim udało jej się wyjść na pokład, otworzyły się zewnętrzne drzwi i weszła Ma Costa, okutana w stary tweedowy płaszcz, na którym lśniły krople wilgoci niczym tysiące maleńkich pereł.

— Dobrze spałaś? — spytała, sięgając po patelnię. — Usiądź tu, a ja zrobię śniadanie. Nie stój, tu jest za mało miejsca.

— Gdzie jesteśmy? — spytała Lyra.

— Na Wielkim Kanale Węzłowym. Nie pokazuj się na górze, dziecko. Żebym cię tam nie widziała! Mamy kłopoty.

Ma Costa pokroiła kilka plasterków bekonu, wrzuciła na patelnię, a potem rozbiła na nie jajko.

— Jakie kłopoty?

— Nic wielkiego. Poradzimy sobie z nimi, jeśli tylko nikt cię nie zobaczy.

Nie powiedziała nic więcej, póki Lyra nie zjadła śniadania. W pewnym momencie łódź zwolniła, coś uderzyło o burtę i rozległy się gniewne męskie głosy. Potem jednak czyjś żart rozładował sytuację. Mężczyźni roześmiali się, głosy się oddaliły, a łódź popłynęła dalej.

Do kabiny wszedł Tony Costa. Tak jak matka był mokry od rosy. Potrząsnął nad piecem wełnianym kapeluszem, krople wody pryskały i syczały.

— Co jej powiemy, Ma?

— Najpierw pytaj, potem mów.

Tony nalał kawy do cynowego kubka i usiadł. Był potężnym mężczyzną o śniadej cerze i teraz, gdy Lyra widziała go w świetle dziennym, zauważyła w jego twarzy ponurą srogość.

— To prawda — stwierdził. — Teraz powiedz nam, co

robiłaś w Londynie, Lyro. Sądziliśmy, że porwali cię Grobale.

— Mieszkałam tam z pewną damą...

Lyra chaotycznie opowiedziała całą historię. Przeskakując z tematu na temat, poinformowała Cyganów prawie o wszystkim — nie zdradziła jedynie, że posiada aletheiometr.

— A potem ostatniej nocy na przyjęciu koktajlowym dowiedziałam się, co naprawdę robią. Pani Coulter jest jedną z Grobalów i zamierzała mnie wykorzystać, abym jej pomogła schwytać jeszcze więcej dzieciaków. A to, co robią...

Ma Costa wyszła z kabiny do kokpitu. Tony czekał, aż drzwi się zamkną, potem powiedział:

— Wiemy, co robią. Przynajmniej częściowo. Wiemy, że dzieci nie wracają. Oni zabierają je na Północ, daleko od wszelkich dróg, i wykorzystują do eksperymentów. Początkowo sądziliśmy, że wypróbowują na nich nowe leki i szczepionki, ale nie przyszedł nam do głowy żaden powód, by nagle eksperymentować z tak wieloma dziećmi. Wtedy pomyśleliśmy o Tatarach, zastanawialiśmy się, czy nie istnieje jakaś sekretna syberyjska umowa. Przecież Tatarzy chcieli się dostać na Północ, by tak jak wszyscy korzystać z węglowego spirytusu i kopalni ogniowych, a jeszcze dodatkowo pojawiły się plotki o wojnie. Sądziliśmy, że może Grobale przekupują tatarskich oficerów, dając im dzieci, jako że Tatarzy je jedzą, prawda? Pieką je i zjadają.

— To nieprawda! — zaprzeczyła Lyra.

— Ależ prawda. Wiele można by mówić... Słyszałaś kiedyś o Nälkäinenach?

— Nie — odparła Lyra. — Pani Coulter nigdy o nich nie wspominała. Kim są?

— To duchy, które mieszkają w lasach Północy. Są wielkości naszych dzieci, tyle że nie mają głów. Wyczuwają w jakiś sposób drogę, poruszają się w nocy. Jeśli spałabyś w lesie, złapaliby cię i nie byłoby sposobu, by im się wyrwać. Nälkäineny to słowo pochodzące z Północy... Są jeszcze Wysysacze, także niebezpieczni. Unoszą się w powietrzu. Czasem przechodzisz wśród nich, możesz też natrafić na nich w jeżynach. W chwili gdy cię dotkną, uchodzi z ciebie cała siła. Przy tym nie są zbyt dobrze widoczni, można dostrzec jedynie migotanie w powietrzu. Albo Bezdeszni...

— Kim oni są?

— To na pół martwi wojownicy. Być żywym to jedna sprawa, być martwym — druga, jednak najgorszy jest żywot na wpół zabitego. Bezdeszni po prostu nie mogą umrzeć, a od życia już się całkowicie oddalili. Stale wędrują. Określa się ich tym mianem ze względu na wyrządzoną im krzywdę.

— Jaką krzywdę? — spytała Lyra z szeroko otwartymi oczyma.

— Północni Tatarzy rozcięli im żebra i wyrwali płuca. To prawdziwa sztuka zrobić coś takiego i przy tym nie zabić ofiary. Bezdeszni „żyją" tylko dzięki swoim dajmonom, które im ręcznie wpompowują powietrze. W rezultacie nieszczęsne istoty znajdują się między oddechem a jego brakiem, między życiem a śmiercią. Są w połowie martwi, w połowie żywi. Ich dajmony muszą pompować powietrze dzień i noc, inaczej tamci umrą. Słyszałem, że czasami można się natknąć na cały pluton Bezdesznych. No i są jeszcze panserbjorne. Mówiono ci o nich? Słowo to oznacza pancerne niedźwiedzie. Coś w rodzaju niedźwiedzia polarnego, tyle że...

— Tak! Słyszałam o nich! Ostatniej nocy jeden z mężczyzn powiedział, że mój wuj, Lord Asriel, został uwięziony w fortecy strzeżonej przez pancerne niedźwiedzie.

— Jest tam teraz? A co robił na Północy?

— Prowadził badania. Jednak z tego, co mówił o nim ten mężczyzna, wywnioskowałam, że chyba nie jest po stronie Grobali. Wydawali się raczej zadowoleni z faktu, że jest w więzieniu.

— Cóż, jeśli pilnują go pancerne niedźwiedzie, nie wydostanie się w żaden sposób. One są jak najemnicy, rozumiesz, co chcę przez to powiedzieć? Sprzedają swe umiejętności każdemu, kto zapłaci. Są silniejsze od ludzi i świetnie znają sztukę kucia żelaza, zwłaszcza żelaza meteorycznego. Wykuwają z niego wielkie zbroje, którymi osłaniają swoje ciała. Od wieków napadają Skraelingów. To niebezpieczni zabójcy, naprawdę bezlitośni. Ale zawsze dotrzymują słowa. Ten, kto prowadzi z nimi interesy, może w pełni na nich polegać.

Lyra, wystraszona, zastanawiała się nad tymi niesamowitymi opowieściami.

— Ma nie lubi słuchać o Północy — odezwał się Tony po kilku chwilach milczenia. — Z powodu tego, co się przydarzyło Billy'emu. Wiemy, że zabrano go na Północ.

— Skąd wiecie?

— Złapaliśmy jednego z Grobalów i skłoniliśmy go do mówienia. Dzięki temu właśnie trochę wiemy o nich i o tym, co robią. Tamci dwaj ostatniej nocy nie należeli do nich, ponieważ zbyt niezdarnie próbowali cię porwać. Gdyby byli Grobalami, wzięlibyśmy ich żywcem. Bo widzisz, nam, Cyganom, ci Grobale wyjątkowo już zaleźli za skórę i teraz zamierzamy się zebrać i wspólnie zdecydować, jak postąpić. Przybyliśmy do Londynu po zapasy i dlatego spotkaliśmy się na nabrzeżu wczorajszej nocy. Teraz udajemy się na Żuławy na zgromadzenie, które nazywamy Zlotem. Jestem pewien, że uradzimy, by wysłać grupę ratunkową, ale najpierw wymienimy informacje i uzupełnimy naszą wiedzę. W każdym razie ja tak bym zdecydował, gdybym był Johnem Faa.

— Kim jest John Faa?

— Królem Cyganów.

— Naprawdę zamierzacie uratować dzieci? A co z Rogerem?

— Kto to jest Roger?

— Chłopiec kuchenny z Kolegium Jordana. Porwano go tak samo jak Billy'ego na dzień przed moim wyjazdem z panią Coulter. Założę się, że gdyby mnie porwano, pojechałby na Północ, by mnie uwolnić. Jeśli zamierzacie uratować Billy'ego, chcę pojechać z wami, aby ocalić Rogera.

I wuja Asriela, pomyślała. Ale nie powiedziała tego głośno.

7
John Faa

Od chwili gdy Lyra wyznaczyła sobie zadanie do wykonania, poczuła się o wiele lepiej. Asystowanie pani Coulter było całkiem przyjemne, jednak Pantalaimon miał rację: w gruncie rzeczy Lyra nie wykonywała żadnej pracy i była tylko ładnym domowym zwierzątkiem. Na cygańskiej łodzi natomiast przydzielono jej prawdziwe zajęcia, a Ma Costa sprawdzała, czy dziewczynka się z nich wywiązuje. Lyra sprzątała więc, zamiatała, obierała ziemniaki i parzyła herbatę, smarowała panewki wału napędowego, czyściła śrubę z wodorostów, zmywała naczynia, otwierała bramy śluzy, przywiązywała łódź do pachołków cumowniczych i w ciągu paru dni tak bardzo się tam zadomowiła, jak gdyby urodziła się Cyganką.

Nie zauważyła jednej rzeczy — Costowie stawali się czujni, ilekroć widzieli, że dziewczynką interesują się mieszkańcy lądu. Nie zdawała sobie sprawy, że jest tak ważną osobą i że pani Coulter i Rada Oblacyjna wszędzie jej szukają. Przez całą drogę Tony słyszał plotki w nadwodnych pubach. Mówiono, że policja bez słowa wyjaśnienia robi obławy w domach, farmach, obejściach i fabrykach w poszukiwaniu jakiejś zaginionej dziewczynki. Było to dość dziwne, jeśli wziąć pod uwagę, jak wiele dzieci zaginęło w ostatnim czasie i nikt ich nie szukał. Cyganie i ludzie z lądu byli tym faktem jednakowo poruszeni i zdenerwowani.

Ale najważniejszy powód zainteresowania Costów Lyrą dziewczynka miała poznać dopiero za kilka dni.

W każdym razie musiała zostawać pod pokładem, ilekroć łódź mijała stróżówkę dozorcy śluzy, któryś z basenów kanału czy też jakieś inne miejsce, w którym można się było natknąć na ciekawskich wałkoni. Kiedyś Costowie przepływali przez pewne miasto, w którym policja przeszukiwała wszystkie łodzie na kanale, tamując ruch w obu kierunkach, ale i tym razem potrafili sobie poradzić. Pod koją Ma Costy znajdowała się sekretna kryjówka i Lyra musiała w niej przeleżeć, zdrętwiała, całe dwie godziny, podczas gdy policja bez powodzenia przetrząsała łódź.

— Jak to się stało, że ich dajmony mnie nie znalazły? — spytała później, a Ma pokazała jej, że sekretne pomieszczenie obito drewnem cedrowym, które działa na dajmony usypiająco. Dziewczynka przypomniała sobie w tym momencie, że Pantalaimon spędził cały ten czas, rozkosznie śpiąc przy jej głowie.

Powoli, robiąc wiele postojów i objazdów, łódź Costów zbliżała się do Żuław — leżącego we wschodniej Anglii rozległego i nigdy w pełni nie opisanego na mapach obszaru niekończących się bagien. Najdalsze peryferie tych podmokłych terenów mieszały się z dopływami i zatoczkami płytkiego morza, którego południowy brzeg należał do Holandii. Własne Żuławy Holendrzy osuszyli i chronili za pomocą tam. Zresztą i we wschodniej Anglii osiedliło się sporo osób tej narodowości, toteż język tutejszych Żuławian był mocno nasycony holendryzmami. Pozostało tu jednak sporo terenów nieosuszonych, nieobsianych i niezamieszkanych. W najdzikszych środkowych regionach, gdzie w wodzie ślizgały się węgorze i gromadziły wodne ptaki, gdzie błyskały bagienne ogniki, a ścieżki wiodły bezradnych podróżników na zatratę w bagnach i moczarach, Cyganie znaleźli sobie bezpieczne miejsce zgromadzeń.

I teraz przez tysiąc krętych kanałów, rzecznych dopływów i strumieni płynęły cygańskie łodzie ku Byanplats, jedynemu na setkach mil kwadratowych bagien i mokradeł miejscu, w którym teren lekko się podnosił. Żyło tam sporo stałych mieszkańców, były nabrzeża, mola i Rynek Węgorzowy. W samym środku Byanplats znajdował się także stary budynek, w którym organizowano spotkania. Toteż kiedy ogłoszono datę Zlotu (inaczej nazywanego Cygańskim Wezwaniem lub Zgromadzeniem), łodzie wypełniły wszelkie drogi wodne tak gęsto, że można by przejść milę, przeskakując z pokładu na pokład, tak przynajmniej mówiono.

Na Żuławach rządzili więc Cyganie. Nikt inny nie ośmieliłby się tam wtargnąć, a póki Cyganie utrzymywali pokój i handlowali uczciwie, mieszkańcy lądu przymykali oko na ciągły przemyt i sporadyczne wendety. Z drugiej strony jednakże, jeśli woda wyrzucała na brzeg jakieś ciało (albo jeśli się zaplątało w sieci), ludzie z lądu mówili: no cóż, to był tylko jakiś Cygan.

Lyra oczarowana słuchała opowieści przekazywanych przez mieszkańców bagien — o wielkim duchu-psie imieniem Czarnobrzuchy oraz o błędnych ognikach bagiennych, powstających z baniek wrzącej czarodziejskiej oliwy — i zanim jeszcze dotarli na Żuławy, zaczęła się już sama uważać za Cygankę. Wkrótce pozbyła się oksfordzkiego akcentu i stopniowo przyswajała sobie coraz więcej cech typowych dla cygańskiej mowy wraz z niezbędnymi żuławsko-holenderskimi słowami. W końcu Ma Costa postanowiła przypomnieć dziewczynce o kilku sprawach.

— Nie jesteś Cyganką, Lyro. Możesz sobie ćwiczyć naszą mowę, musisz jednak pamiętać, że Cyganie to nie tylko język. Są w naszej kulturze, że tak powiem obrazowo, głębiny i silne prądy, ponieważ od początku jesteśmy związani z wodą. Ty natomiast wywodzisz się z ognia i dlatego najbardziej ci się podobają bagienne ogniki... I takie też jest twoje miejsce w cygańskim porządku. Masz w swojej duszy czarodziejską oliwę. Zwodnicze z ciebie dziecko.

Lyra poczuła się dotknięta.

— Nigdy nikogo nie zwodziłam! Spytaj, kogo chcesz...

Nie było oczywiście kogo spytać, toteż Ma Costa roześmiała się dobrotliwie.

— Nie pojmujesz, że prawię ci komplementy, gąsiątko? — mruknęła czule i Lyra uspokoiła się, chociaż niczego nie zrozumiała.

Kiedy dotarli do Byanplats, był wieczór i słońce opadało w plamę krwawego nieba. Płaska wyspa i miejsce spotkań, Zaal, były czarne i wydawały się wypukłe na tle światła, podobnie zresztą jak inne budynki. W nieruchomym powietrzu snuły się nitki dymu, a ze stłoczonych obok siebie łodzi dochodziły zapachy smażonej ryby, tytoniu i spirytusu jenniverowego.

Zatrzymali się przy samym Zaalu, cumując w miejscu, które — jak wyjaśnił Lyrze Tony — było odwiedzane przez ich rodzinę od pokoleń. Potem Ma Costa postawiła na ogniu patelnię z parą tłustych węgorzy, które zaczęły skwierczeć, oraz kociołek na ziemniaczane piure. Tony i Kerim natłuścili włosy, włożyli najlepsze skórzane kurtki i chustki w błękitne groszki, wsunęli na palce srebrne pierścienie i poszli się przywitać ze starymi przyjaciółmi z okolicznych łodzi i wypić szklaneczkę czy dwie w najbliższym barze. Wrócili z ważnymi wiadomościami.

— Przybyliśmy dokładnie na czas. Zlot jest dzisiejszej nocy. A wiecie, o czym najwięcej się mówi w mieście? Że zaginiona dziewczynka przebywa na którejś z cygańskich łodzi i że się zjawi na dzisiejszym Zlocie!

Roześmiał się głośno i poczochrał włosy Lyry. Od czasu jak wpłynęli na Żuławy, coraz bardziej poprawiał mu się nastrój, jak gdyby dotychczasowa ponura srogość stanowiła jedynie maskę. A Lyra odczuwała coraz większe podniecenie, toteż zjadła szybko, zmyła naczynia, uczesała włosy, wsunęła aletheiometr do kieszeni płaszcza z wilczej skóry i wyskoczyła na brzeg, wraz z innymi rodzinami wspinając się na stok, do Zaalu.

Wcześniej sądziła, że Tony żartuje, wkrótce jednak stwierdziła, że miał rację (a może po prostu mniej wyglądała na Cygankę, niż sądziła), ponieważ wiele osób jej się przyglądało, a dzieci nawet wskazywały ją palcami. Po chwili, gdy dotarli do wielkich drzwi Zaalu, szli już sami, a z obu stron otaczał ich tłum, który rozstępował się, aby na nich patrzeć i robić im miejsce.

Wtedy Lyra zaczęła się naprawdę denerwować. Trzymała się blisko Ma Costy, a Pantalaimon — aby uspokoić swą panią — postanowił stać się jak największym stworzeniem i przybrał postać pantery. Ma Costa z trudem wchodziła na stopnie, ale nie zatrzymywała się; Tony i Kerim kroczyli po jej obu stronach dumnie niczym książęta.

Sala była oświetlona lampami naftowymi, toteż twarze i postaci zgromadzonych były dość dobrze widoczne, natomiast wysokie krokwie pozostawały w ciemnościach. Uczestnicy Zlotu musieli sobie szukać miejsc stojących, ponieważ ławki były już zajęte, a rodziny siedziały stłoczone — dzieci na kolanach matek, natomiast dajmony kuliły się u stóp swych właścicieli lub przysiadały w miejscach, gdzie nie przeszkadzały ludziom, na przykład na chropowatych drewnianych ścianach.

Z przodu Zaalu znajdowało się podwyższenie, na którym stało osiem rzeźbionych krzeseł. Gdy tylko Lyra i Costowie znaleźli trochę wolnego miejsca i stanęli pod ścianą (nie było już miejsc siedzących), z mroku za trybuną wyłoniło się ośmiu mężczyzn, którzy zatrzymali się przed krzesłami. Po sali przebiegł szmer podniecenia, a następnie jedni zaczęli uciszać drugich i przesuwać się ku najbliższym ławkom. Wreszcie na widowni zapadło milczenie i siedmiu spośród mężczyzn na podwyższeniu usiadło.

Ósmy miał ponad siedemdziesiąt lat, ale był wysoki, tęgawy i dobrze zbudowany. Jak wielu Cyganów, ubrany był w gładką, płócienną kurtkę i kraciastą koszulę, wyróżniał się jednakże otaczającą go aurą siły i władzy. Lyra potrafiła ją rozpoznać, coś podobnego bowiem wyczuwała w obecności wuja Asriela i Rektora Jordana. Dajmoną mężczyzny była wrona, bardzo podobna do kruka Rektora.

— To John Faa, król Zachodnich Cyganów — szepnął Tony.

John Faa zaczął powoli przemawiać niskim, mocnym głosem:

— Cyganie! Witam was na Zlocie. Przybyliśmy tu, aby wysłuchać naszych opowieści i zdecydować, jakie podjąć działania. Wszyscy wiecie, o co chodzi. Jest tu wiele rodzin, którym zaginęło dziecko, a niektóre straciły nawet dwoje. Dzieci te zostały porwane. Dodam, że mieszkańcy lądu również tracą dzieci, nie możemy więc ich oskarżać... Obecnie mówi się zwłaszcza o jednym dziecku i pewnej nagrodzie. Powiem wam prawdę, aby położyć kres wszelkim plotkom. Chodzi o dziewczynkę nazwiskiem Lyra Belacqua, poszukiwaną przez policję lądową. Za wydanie małej wyznaczono nagrodę tysiąca suwerenów. Jest to dziecko mieszkańców lądu, ale znajduje się pod naszą opieką i wśród nas pozostanie. Chcę podkreślić, że każdego, kogo skuszą te suwereny, spotka okrutna kara. Nie znajdzie kryjówki ani na lądzie, ani na wodzie. Nie oddamy dziewczynki.

Lyra poczuła, że się rumieni aż po same uszy, a Pantalaimon, pragnąc stać się niewidoczny, zmienił się w brązową ćmę. Oczy wszystkich zwróciły się ku nim, a Lyra podniosła głowę i wpatrzyła się w Ma Costę, szukając u niej pomocy.

Na szczęście John Faa nie kontynuował tego wątku.

— Wracając do naszych spraw — mówił — chcę wam powiedzieć, że gadanie nic nam nie pomoże. Jeśli chcemy zmienić istniejący stan rzeczy, musimy działać. Grobale, ci porywacze dzieci, zabierają swoich więźniów w pewne miejsce znajdujące się na dalekiej Północy, w lodowej krainie. Nie wiemy, co tam z nimi robią. Jedni ludzie mówią, że je zabijają, drudzy twierdzą coś innego. Prawdy niestety nie znamy, wiemy jednakże, że ich działalność wspiera policja i duchowieństwo. Mało tego, pomagają im wszelkie instytucje lądowe. Pamiętajcie o tym. Musimy założyć, że władze wiedzą, co się dzieje, i że nam nie pomogą, nawet jeśli będą w stanie. Na podstawie wszystkich faktów przyznaję, że mój zamysł nie jest łatwy do wykonania. I dlatego potrzebuję waszej zgody. A sugeruję, by wyznaczyć i wysłać na Północ oddział żołnierzy, którzy uratują dzieci i przywiozą je z powrotem całe i zdrowe. Proponuję, żebyśmy poświęcili dla tej sprawy nasze złoto i wykorzystali całą zręczność i odwagę. Słucham cię, Raymondzie van Gerrit.

Jeden z mężczyzn w tłumie podniósł wcześniej rękę i teraz John Faa usiadł, aby ten mógł przemówić.

— Przepraszam, Lordzie Faa. W niewoli poza naszymi potomkami przebywają także dzieci mieszkańców lądu. Czy uważasz, że powinniśmy uratować także tamte?

John Faa wstał i odpowiedział:

— Raymondzie, czy sądzisz, że powinniśmy przejść całą tę niebezpieczną drogę, by uratować dzieci, a potem powiedzieć niektórym z nich, że mogą wrócić do domu, a reszcie kazać pozostać? Nie, z pewnością jesteś zbyt dobrym człowiekiem, aby w ten sposób postąpić. No więc, drodzy przyjaciele, czy zgadzacie się na mój projekt?

Pytanie najwyraźniej zaskoczyło zgromadzonych, ponieważ na moment się zawahali. Później jednak głośne okrzyki aprobaty wypełniły salę, a dłonie podniosły się do oklasków. Niektórzy wygrażali pięściami dalekiemu wrogowi i rozległo się wiele podnieconych głosów. Krokwie Zaalu zatrzęsły się i w ciemności dziesiątki śpiących na żerdziach ptaków zbudziło się i ze strachu poderwało z grzęd, trzepocząc skrzydłami, a na zebranych posypały się miliony drobinek kurzu.

John Faa przez minutę pozwolił, by trwała wrzawa, a następnie znowu podniósł rękę, nakazując tym gestem milczenie.

— Przygotowanie wyprawy zajmie nieco czasu. Chcę, aby naczelnicy rodzin zwiększyli podatki i zebrali cło. Spotkamy się tu ponownie za trzy dni. Teraz zamierzam porozmawiać ze wspomnianą przeze mnie dziewczynką, a potem wraz z Ojcem Coramem stworzymy szczegółowy plan, który przedstawię podczas następnego zebrania. Życzę wam wszystkim dobrej nocy.

Jego ogromna postać oraz szczere słowa wystarczyły, aby uspokoić zebranych. Cyganie zaczęli opuszczać Zaal, wychodząc przez wielkie drzwi na mroźne powietrze. Szli na swoje łodzie albo do zatłoczonych barów niewielkiej osady.

— Kim byli pozostali mężczyźni na trybunie? — Lyra spytała Ma Costę.

— Naczelnicy sześciu rodzin, a ten ostatni to Ojciec Coram.

Łatwo było rozpoznać, którego miała na myśli, ponieważ mężczyzna ten był najstarszy z całej ósemki. Chodził o lasce i przez cały czas, gdy siedział za Johnem Faa, trząsł się, jakby cierpiał na malarię.

— Chodź — powiedział Tony. — Zabiorę cię na górę, abyś mogła złożyć uszanowanie naszemu królowi. Nazywaj go Lordem Faa. Nie wiem, o co cię zapyta, ale powiedz mu całą prawdę.

Pantalaimon miał teraz postać wróbla i siedział na ramieniu Lyry, rozglądając się z zaciekawieniem. Pazurki mocno wbijał w płaszcz swej pani, która podążała za Tonym przez tłum ku trybunie.

Tony podniósł ją i postawił na podwyższeniu. Wiedząc, że patrzą na nią wszyscy, którzy jeszcze zostali w sali, świadoma swej „wartości" — tego tysiąca suwerenów — dziewczynka zarumieniła się i zawahała. Pantalaimon skoczył na jej piersi i, zmieniwszy się w żbika, usiadł na jej ramionach; prychając, rozglądał się wokół.

Lyra poczuła, że ktoś ją lekko popycha, i zrobiła krok do przodu, ku Johnowi Faa. Był to mężczyzna srogi, potężnie zbudowany i o tak kamiennym obliczu, że zdawał się raczej kamiennym filarem niż człowiekiem, jednak pochylił się i wyciągnął rękę, którą dziewczynka uścisnęła. Jej rączka nieomal zniknęła w jego ogromnej dłoni.

— Witaj, Lyro — odezwał się.

Będąc tak blisko niego, Lyra poczuła, że jego głos jest silny jak grzmot. Dziewczynka była zdenerwowana, głównie z powodu Pantalaimona, zauważyła jednak, że kamienne oblicze Johna Faa nieco łagodnieje. Czuła, że traktuje ją z dużą delikatnością.

— Witaj, Lordzie Faa — szepnęła.

— Wejdź do sali obrad. Porozmawiamy — powiedział John Faa. — Karmią cię odpowiednio, ci Costowie?

— Och tak. Na kolację jedliśmy węgorze.

— Zapewne prawdziwe żuławskie węgorze.

Sala obrad była przestronnym pomieszczeniem z dużym kominkiem, kredensami uginającymi się pod ciężarem sreber i porcelany oraz ciężkim, wielokrotnie przez lata polerowanym stołem, przy którym stało dwanaście krzeseł.

Prawie wszyscy mężczyźni z trybuny gdzieś zniknęli — został jedynie trzęsący się starzec. John Faa pomógł mu zająć miejsce przy stole.

— Teraz usiądź tu, po mojej prawicy — powiedział John Faa do Lyry, a sam zajął krzesło u szczytu stołu. Dziewczynka usiadła naprzeciwko Ojca Corama; trochę przerażała ją podobna do trupiej czaszki głowa starca i nieustanny dygot jego ciała. Dajmona mężczyzny była dużą, piękną kotką w barwach jesieni, która majestatycznie przeszła wzdłuż stołu z dumnie podniesionym ogonem, z dużym taktem obejrzała Pantalaimona i na krótką chwilę dotknęła go nosem, po czym usadowiła się na kolanach Ojca Corama, przymykając oczy i cicho mrucząc.

Jakaś kobieta, której Lyra wcześniej nie zauważyła, wyszła z mroku z tacą i postawiła ją przy Johnie Faa, po czym dygnęła i odeszła. John Faa nalał z kamionkowego naczynia do małych kieliszków jennivera dla siebie i Ojca Corama oraz wina dla Lyry.

— No więc — zagaił John Faa. — Uciekłaś, Lyro.

— Tak.

— A kim była dama, od której uciekłaś?

— Nazywa się pani Coulter. Myślałam, że jest miła, ale później się dowiedziałam, że należy do Grobalów. Słyszałam od kogoś, kim są ci Grobale. To określenie pochodzi od pierwszych liter nazwy Generalnej Rady Oblacyjnej, a pani Coulter zarządza tą Radą, która była jej pomysłem. I oni wszyscy pracują nad jakimś projektem, nie wiem jakim... Zamierzali mnie skłonić, abym im pomogła łapać dzieci. Tyle że nie wiedzieli...

— O czym?

— No... Po pierwsze, nie wiedzieli, że znam niektóre z porwanych dzieci. Zaginął mój przyjaciel Roger, chłopiec kuchenny z Kolegium Jordana. Znałam też Billy'ego Costę i pewną dziewczynkę z Rynku Towarowego w Oksfordzie. A po drugie... Chodzi o mojego wuja, Lorda

Asriela. Słyszałam, jak mówili o jego podróżach na Północ, ale zdaje się, że on nie ma nic wspólnego z Grobalami. Kiedy szpiegowałam Rektora i Uczonych z Jordana, ukryłam się w Sali Seniorów, gdzie nikomu poza nimi nie wolno wchodzić. Usłyszałam tam opowieść wuja o jego ekspedycji na Północ i o Pyle, który widział... Przywiózł też głowę Stanislausa Grummana, w której Tatarzy zrobili dziurę. A teraz Grobale uwięzili Lorda Asriela i trzymają go gdzieś w zamknięciu. Jest strzeżony przez pancerne niedźwiedzie. A ja chcę go uratować.

Lyra popatrzyła na nich śmiało i buńczucznie. Siedziała na krześle i była tak mała na tle wysokiego rzeźbionego oparcia, że dwaj starcy nie mogli powstrzymać rozbawienia. Uśmiech Ojca Corama był niepewny, przelotny i nieodgadniony — mignął na twarzy mężczyzny jak blask słoneczny w wietrzny marcowy dzień, natomiast uśmiech Johna Faa wydawał się ciepły, szczery i przez dłuższą chwilę nie znikał z jego oblicza.

— Lepiej opowiedz nam, co twój wuj mówił tamtego wieczoru — polecił John Faa. — Nie pomijaj niczego. Mów wszystko.

Lyra opowiedziała więc, nieco dokładniej niż Costom, co widziała i słyszała w Sali Seniorów. Bała się Johna Faa, a — paradoksalnie — najbardziej obawiała się jego uprzejmości. Kiedy skończyła mówić, odezwał się, dotąd milczący, Ojciec Coram. Głos miał silny i melodyjny, o takim bogactwie tonów, które można by porównać z liczbą odcieni futra jego dajmony.

— Ten Pył... — powiedział. — Czy określili go kiedyś inną nazwą, Lyro?

— Nie. Tylko tym jednym słowem. Pani Coulter powiedziała mi, że są to elementarne cząstki, ale nazywała je Pyłem.

— A czy oni sądzą, że eksperymentując z dziećmi, dowiedzą się o nim czegoś więcej?

— Tak. Ale nie znam szczegółów. Och, ale mój wuj

użył innej nazwy... I... Zapomniałam wam o czymś powiedzieć. Pokazał im taki jeden slajd. Jutrzenka...

— Co takiego? — spytał John Faa.

— Zorza — powiedział Ojciec Coram. — Zgadza się, Lyro?

— Ta-ak, właśnie. I w światłach tej Jutrzenki znajdowało się coś w rodzaju miasta. Wieże, kościoły i kopuły... Przypominało trochę Oksford, tak w każdym razie pomyślałam, gdy je zobaczyłam. Zdaje mi się, że wuja Asriela bardzo interesowało to miasto, jednak Rektora i innych Uczonych ciekawił raczej Pył. Podobnie jak panią Coulter, Lorda Boreala i innych.

— Rozumiem — stwierdził Ojciec Coram. — To bardzo interesujące.

— Teraz, Lyro — oświadczył John Faa — zamierzam ci o czymś powiedzieć. Tu obecny Ojciec Coram to bardzo mądry człowiek. Jest jasnowidzem. Bada wszystko, co się wiąże z Pyłem, Grobalami, Lordem Asrielem, a także z tobą! Za każdym razem, kiedy Costowie albo któraś z pół tuzina innych rodzin wracała z Oksfordu, przywoziła trochę nowin. O tobie, dziecko. Zdawałaś sobie z tego sprawę?

Lyra potrząsnęła głową. Poczuła strach. Pantalaimon mruczał zbyt cicho, aby ktoś mógł go usłyszeć, ale dziewczynka wyczuwała jego drżenie koniuszkami palców zagłębionymi w jego futrze.

— Tak, tak — potwierdził John Faa. — Do Ojca Corama, którego widzisz tu przed sobą, docierały informacje o wszystkich twoich postępkach.

Lyra nie mogła się powstrzymać i wykrzyknęła:

— Naprawdę jej nie zniszczyliśmy! Mówię szczerze! To było tylko kilka grud błota! I nigdy nie odpłynęliśmy zbyt daleko...

— O czym ty mówisz, dziecko? — spytał John Faa.

Ojciec Coram roześmiał się. Gdy się śmiał, dygotanie ustało, a jego twarz ożywiła się i odmłodniała.

Lyrze jednak nie było do śmiechu. Drżącymi ustami dodała:

— A nawet gdybyśmy znaleźli korek, nie wyjęlibyśmy go! To był tylko żart. Nie zatopilibyśmy jej, nigdy!

Teraz John Faa również zaczął się śmiać. Uderzył wielką dłonią w stół tak mocno, że zabrzęczały kieliszki. Jego potężne ramiona trzęsły się i musiał wytrzeć łzy z oczu. Lyra nigdy nie widziała czegoś podobnego i nigdy nie słyszała takiego ryku; wydawało jej się, że śmieje się góra.

— Och, tak — powiedział, kiedy znowu był w stanie mówić — o łodzi także słyszeliśmy, dziecko! Zdaje się, że do dzisiaj wszyscy przypominają o tym Costom. Ludzie radzą Tony'emu: „Lepiej zatrudnij stróża swojej łodzi. Wszędzie jest pełno małych dzikich dziewczynek". Och, tak, ta historia obiegła całe Żuławy. Ale nie zamierzamy cię za to karać. Nie! Uspokój się.

Popatrzył na Ojca Corama i obaj starcy ponownie się roześmiali, choć tym razem mniej gwałtownie. A Lyra uspokoiła się i poczuła, że jest bezpieczna.

W końcu John Faa potrząsnął głową i na powrót spoważniał.

— Chciałem ci tylko powiedzieć, Lyro, że interesujemy się tobą od dziecka. Właściwie od niemowlęcia. Powinnaś się dowiedzieć, co o tobie wiemy. Nie mam pojęcia, co ci powiedzieli w Kolegium Jordana o twoim pochodzeniu, ale i tak nie znają całej prawdy. Czy kiedykolwiek mówili ci o twoich rodzicach?

Pytanie to całkowicie zaskoczyło Lyrę.

— Tak — odparła. — Powiedzieli mi, że byłam... Opowiadali, że oni... Powiedzieli, że Lord Asriel przywiózł mnie do Kolegium, ponieważ moja matka i ojciec zginęli w katastrofie statku powietrznego.

— Ach tak? No cóż, dziecko, zamierzam opowiedzieć ci tę historię, to znaczy prawdziwą historię... Wiem, że jest prawdziwa, ponieważ opowiadała mi ją pewna

Cyganka, a Cyganie zawsze mówią prawdę Johnowi Faa i Ojcu Coramowi. Chodzi o to, Lyro, że twój ojciec nigdy nie zginął w żadnej katastrofie, ponieważ jest nim Lord Asriel.

Lyra była tak oszołomiona, że nawet nie mogła się ruszyć.

— A oto, co się zdarzyło — ciągnął John Faa. — Kiedy Lord Asriel był młodym mężczyzną, dokonywał odkryć na Północy i zdobył wielki majątek. Był nieustraszony, skory do gniewu i porywczy.

Twoja matka także była osóbką o gorącej krwi; nie tak dobrze urodzoną jak on, ale bardzo bystrą. Została nawet Uczoną, a ci, którzy ją znali, sławili jej urodę. Ona i twój ojciec zakochali się w sobie od pierwszego wejrzenia. Kłopot jednak w tym, że twoja matka była już wtedy mężatką. Poślubiła wcześniej pewnego polityka, który był członkiem partii królewskiej, jednym z najbliższych doradców Króla i człowiekiem bardzo wpływowym. No i kiedy twoja matka stwierdziła, że jest w ciąży, bała się powiedzieć mężowi, że nie jest ojcem dziecka. A kiedy się urodziłaś, okazało się, że jesteś podobna do twojego prawdziwego ojca, więc matka pomyślała, że najlepiej będzie cię ukryć i ogłosić, że umarłaś.

Wysłano cię do hrabstwa Oksford — ciągnął po chwili — gdzie miał majątek twój ojciec, i oddano pod opiekę pewnej cygańskiej mamce. Ktoś jednak doniósł o wszystkim mężowi twojej matki, który szybko tam przybył i wtargnął do chatki Cyganki. Twojej opiekunce udało się uciec do rezydencji Lorda Asriela, ale mężczyzna podążył za nią w morderczym szale. Twego ojca nie było akurat w domu, ponieważ polował, powiadomiono go jednak i wrócił na czas. Mąż twojej matki stał akurat u dołu wielkich schodów. Jeszcze moment, a sforsowałby drzwi garderoby, w której ukrywała się Cyganka z tobą na ręku. Lord Asriel zaatakował mężczyznę. Walczyli i twój ojciec zwyciężył, zabijając napastnika.

Cyganka wszystko słyszała i widziała, Lyro, i od niej wiemy o tej historii — kontynuował Lord Faa. — Odbył się wielki proces. Twój ojciec nie należy do ludzi, którzy wypierają się swych czynów albo zatajają prawdę, toteż sędziowie mieli problem. Rzeczywiście zabił i przelał krew, ale bronił przecież swego domu i dziecka przed intruzem. Z drugiej strony jednak, prawo pozwala mężczyźnie mścić się za gwałt dokonany na żonie i prawnicy zabitego twierdzili, że właśnie tego przestępstwa dopuścił się Lord Asriel. Proces ciągnął się tygodniami, spisano całe tomy argumentów obrony i oskarżenia. W końcu sędziowie ukarali Lorda Asriela konfiskatą majątku i całej ziemi, czyniąc go biedakiem. A wcześniej był bogatszy niż Król... Jeśli chodzi o twoją matkę, nie chciała mieć z całą sprawą nic wspólnego, podobnie zresztą jak z tobą. Po prostu nie interesowała się tym. Twoja piastunka mówiła mi, że bardzo się obawiała, jak twoja matka cię potraktuje w przyszłości, ponieważ była to kobieta pełna pogardy i dumy.

Taka jest twoja historia — stwierdził cygański król. — Gdyby sprawy potoczyły się inaczej, może zostałabyś wychowana przez Cyganów, jako że twoja mamka błagała sąd, aby pozwolił jej zaopiekować się tobą. Niestety, my, Cyganie, niewielki mamy posłuch i poważanie u sędziów, toteż sąd zadecydował, że masz zostać umieszczona w Klasztorze, i tak też się stało: trafiłaś do Sióstr Obedientek w Watlington. Z pewnością tego nie pamiętasz... Lord Asriel nie mógł jednakże tego zaakceptować. Nienawidził księży, mnichów i zakonnic, a ponieważ był człowiekiem despotycznym, po prostu przyjechał pewnego dnia do Klasztoru i porwał cię. Sam nie chciał się tobą opiekować, nie zamierzał też oddać cię Cyganom, więc zabrał cię do Kolegium Jordana. Miał śmiałość zlekceważyć orzeczenie sądu... No cóż, prawo usankcjonowało w końcu całą sprawę. Lord Asriel wrócił do swoich badań, a ty dorastałaś w Kolegium Jordana. Twój ojciec nakazał Rektorowi, aby nigdy nie dopuścił do ciebie twojej matki. Taki postawił warunek. Powiedział, że gdyby kiedykolwiek próbowała się z tobą skontaktować, należy temu zapobiec i bezzwłocznie go o tym fakcie powiadomić. Teraz bowiem cały gniew twojego ojca obrócił się przeciwko niej. Rektor obiecał sumiennie przestrzegać tego zalecenia. I tak spokojnie mijał czas, aż nagle rozpoczęło się to całe zamieszanie związane z Pyłem. Mędrcy w całym kraju i wszędzie na świecie — zarówno mężczyźni, jak i kobiety — zaczęli o nim rozprawiać. Dla nas sprawa ta nie miała żadnego znaczenia, dopóki nie zaczęto porywać naszych dzieci. Wtedy my również się nim zainteresowaliśmy. A mamy krewnych i znajomych we wszystkich miejscach na świecie, także w Kolegium Jordana. Nie wiedziałaś o tym, ale był tam ktoś, kto cię pilnował i opowiadał nam o wszystkim, ponieważ nadal interesowaliśmy się tobą, a Cyganka, która cię piastowała, nigdy nie przestała się o ciebie martwić.

— Kto mnie pilnował? — spytała Lyra. Czuła się ogromnie ważna i niepokoił ją fakt, że wszystkie jej postępki były przedmiotem troski ludzi, którzy przebywali tak daleko od niej.

— Służący z kuchni, Bernie Johansen, pasztetnik. Jest półkrwi Cyganem. Założę się, że nie miałaś o tym pojęcia.

Bernie był spokojnym samotnikiem i należał do nielicznych osób, których dajmony były tej samej płci, co ich właściciele. Lyra przypomniała sobie, że właśnie na Berniego nakrzyczała w rozpaczy tamtego wieczoru, kiedy porwano Rogera. A on o wszystkim opowiadał Cyganom! Lyrę zdumiała ta myśl.

— W każdym razie — podjął John Faa — dotarło do nas, że wyjechałaś z Kolegium Jordana. Dowiedzieliśmy się też, że stało się to w czasie, gdy uwięziono Lorda Asriela, więc nie mógł temu zapobiec. Pamiętaliśmy, czego zakazał Rektorowi, i przypomniało nam się także, że polityk, którego zabił Lord Asriel, czyli mąż twojej matki, nazywał się Edward Coulter.

— Pani Coulter? — spytała Lyra, bardzo zaskoczona. — Ona chyba nie jest moją matką?!

— Właśnie jest. Gdyby twój ojciec nie przebywał w niewoli, nigdy by mu się nie ośmieliła przeciwstawić. Nadal mieszkałabyś w Jordanie, nieświadoma niczego. Pozostaje dla mnie tajemnicą, dlaczego Rektor zezwolił na twój wyjazd. Nie potrafię odgadnąć, z jakiego powodu tak postąpił. Był przecież za ciebie odpowiedzialny. Może — i to jest jedyna odpowiedź, jaka przychodzi mi do głowy — Coulter ma nad nim jakąś władzę...

Lyra nagle zrozumiała osobliwe zachowanie Rektora rankiem w dniu jej wyjazdu.

— Nie zamierzał... — zaczęła, próbując sobie wszystko dokładnie przypomnieć. — Chciał się ze mną zobaczyć tamtego ranka i miałam nie mówić o tym pani Coulter... W ten sposób chciał mnie przed czymś uchronić... — Przerwała i spojrzała na obu starców z uwagą, a następnie zdecydowała się powiedzieć całą prawdę o wieczorze w Sali Seniorów. — Bo widzicie... Zdarzyło się coś jeszcze. Tego wieczoru, kiedy ukryłam się w Sali Seniorów, widziałam, jak Rektor zamierza otruć Lorda Asriela. Wsypał mu do wina jakiś proszek. Powiedziałam o tym wujowi, a on zepchnął karafkę ze stołu i wylał płyn. Więc uratowałam mu życie. Nigdy nie mogłam zrozumieć, dlaczego Rektor chciał otruć wuja, ponieważ zawsze był taki miły. A tego ranka, gdy wyjeżdżałam, posłał po mnie wcześnie i musiałam w sekrecie pójść do jego gabinetu, tak aby nikt nie wiedział... Rzekł wtedy... — Lyra skupiła się, usiłując sobie przypomnieć, co dokładnie powiedział Rektor, jednak jej się to nie udało. Potrząsnęła głową. — Zdołałam zrozumieć tylko jedno: dał mi pewną rzecz, którą miałam ukryć przed nią... przed panią Coulter. Przypuszczam, że wam chyba mogę powiedzieć...

Poszperała w kieszeni płaszcza z wilczej skóry i wyjęła zawiniętą w aksamit paczuszkę. Położyła ją na stole i poczuła, że oczy obu mężczyzn skupiają się na niej niczym reflektory. We wzroku Johna Faa była jedynie wielka ciekawość, natomiast twarz Ojca Corama ożywiła się, znamionując wiedzę i zrozumienie.

Kiedy Lyra rozpakowała aletheiometr, Ojciec Coram odezwał się:

— Nigdy nie sądziłem, że jeszcze kiedykolwiek zobaczę któryś z nich. To czytnik symboli. Czy Rektor wyjaśnił ci jego działanie, dziecko?

— Nie. Powiedział, że będę musiała sama je poznać. I nazwał go aletheiometrem.

— Co to znaczy? — spytał John Faa, zwracając się do swego towarzysza.

— To greckie słowo. Przypuszczam, że pochodzi od słowa *aletheia*, czyli prawda. To miernik prawdy. Czy dowiedziałaś się już, jak go używać? — spytał Lyrę.

— Nie. Potrafię sprawić, aby trzy krótkie wskazówki pokazały obrazki, jednak nie umiem poruszyć tej długiej. Przesuwa się, jak jej się podoba. Chociaż czasami, kiedy jestem skoncentrowana, udaje mi się skłonić długą igłę, by obróciła się tam i z powrotem. Wystarczy, że pomyślę, i tak się dzieje, ale rzadko...

— O co chodzi, Ojcze Coramie? — spytał John Faa. — Jak to wszystko rozumieć?

— Obrazki dokoła obręczy — wyjaśnił Ojciec Coram, delikatnie ujmując przyrząd pod bacznym, skupionym spojrzeniem Johna Faa — to symbole. Każdy z nich ma całą masę znaczeń. Weźmy kotwicę, o tę. Jej podstawowe znaczenie to nadzieja, ponieważ nadzieja trzyma cię tak mocno jak kotwica trzyma się dna. Drugim znaczeniem jest stałość i nieugiętość, trzecim przeszkoda lub środek zapobiegawczy. Czwarte znaczenie to morze. I tak dalej, aż do dziesięciu czy dwunastu, a może i bez końca...

— I ty znasz je wszystkie?

— Znam niektóre, ale aby odczytać je precyzyjnie, potrzebowałbym książki. Widziałem jedną i wiem, gdzie się znajduje, ale to daleko stąd.

— Wrócimy do tego — powiedział John Faa. — Powiedz jeszcze o sposobie działania.

— Są trzy wskazówki, które można ustawić — wyjaśnił Ojciec Coram — i używa się ich, by zadać pytanie. Ze względu na mnogość znaczeń, wskazując trzy symbole, możesz zadać każde pytanie, jakie ci tylko przyjdzie do głowy. Kiedy już postawisz pytanie, ostatnia wskazówka obróci się sama i wskaże po kolei kilka symboli, które złożą się na odpowiedź.

— Ale skąd ta wskazówka wie, o jakim znaczeniu symbolu myślisz, formułując pytanie? — spytał John Faa.

— Och, sama z siebie niczego nie wie. Cały układ działa jedynie wówczas, gdy pytający intensywnie skupia się na pytaniu i myśli o odpowiednich znaczeniach. Trzeba znać je wszystkie, a może ich być tysiąc albo i więcej. Poza tym musisz o nich myśleć, nie irytując się i nie wymuszając odpowiedzi. Po prostu trzeba obserwować wędrującą igłę. Kiedy wykona pełny obrót, będziesz znać odpowiedź. Wiem, jak ten przyrząd działa, ponieważ widziałem, jak kiedyś używał go pewien mędrzec w Uppsali. To był ten jedyny raz, gdy oglądałem owo urządzenie. Lyro, czy wiesz, jakie są niespotykane?

— Rektor powiedział mi, że zrobiono tylko sześć — odparła Lyra.

— Chyba tak. W każdym razie, nie jest ich wiele.

— Udało ci się utrzymać jego posiadanie w sekrecie przed panią Coulter, tak jak polecił ci Rektor?

— Tak. Chociaż jej dajmon wchodził do mojego pokoju i jestem pewna, że go znalazł.

— Rozumiem. No cóż, Lyro, nie wiem, czy kiedykolwiek poznamy całą prawdę, ale na razie mogę się podzielić z tobą moimi domysłami. Lord Asriel nakazał

Rektorowi, aby się tobą opiekował i trzymał cię z daleka od twojej matki. Przez mniej więcej dziesięć lat wywiązywał się z tego zadania znakomicie. Potem duchowni zaprzyjaźnieni z panią Coulter pomogli jej założyć tę Radę Oblacyjną... Trudno powiedzieć, do jakich celów. Pani Coulter jest na swój sposób tak potężna jak Lord Asriel. Oboje twoi rodzice to ludzie ambitni, o bardzo silnych osobowościach, a Rektor Jordana trzymał cię z dala od nich. Jednak Rektor musi dbać o wiele spraw. Z pewnością najważniejsze jest dla niego Kolegium i Uczeni. Więc jeśli widzi, że coś im zagraża, musi ich bronić różnymi sposobami. A Kościół w ostatnich czasach coraz bardziej się panoszy, Lyro. Powstają rady, które zajmują się rozmaitymi sprawami. Mówi się o wskrzeszeniu Biura do Spraw Inkwizycji, Boże broń! A Rektor powinien z tymi potęgami postępować dyplomatycznie. Kolegium Jordana musi się znajdować po właściwej stronie, inaczej nie przetrwa.

— O ciebie Rektor także bardzo się niepokoi, dziecko — dodał Ojciec Coram. — Bernie Johansen zawsze był tego pewny. Ciągle nam powtarzał, że Rektor Jordana i inni Uczeni kochają cię jak własne dziecko. Zrobiliby wszystko, żebyś tylko była bezpieczna, i to nie jedynie z powodu danej Lordowi Asrielowi obietnicy, ale z ojcowskiej miłości do ciebie. Jeśli więc Rektor oddał cię pani Coulter, mimo tego, co przyrzekł Lordowi Asrielowi, musiał uważać, że będziesz z nią bezpieczniejsza niż w Kolegium Jordana. Taka jest prawda, mimo pozorów. A kiedy wsypywał truciznę do wina Lorda Asriela, sądził zapewne, że jest on osobą zagrażającą wielu ludziom, może nawet wszystkim ludziom na świecie. Moim zdaniem Rektora zmuszono do dokonania straszliwego wyboru: między mniejszym a większym złem. Gdyby podjął nieodpowiednią decyzję, szkody byłyby jeszcze większe. Boże, chroń mnie przed tego rodzaju wyborem... A kiedy już musiał pozwolić ci odejść, wręczył ci czytnik symboli i kazał go strzec. Zastanawiam się, po co ci go dał, skoro nie umiesz się nim posługiwać. Nie potrafię odgadnąć, co zamyślał...

— Powiedział mi, że kilka lat temu Lord Asriel podarował ten aletheiometr Kolegium Jordana — powiedziała Lyra, usiłując sobie przypomnieć słowa Rektora. — Chciał powiedzieć coś jeszcze, a wtedy ktoś zapukał do drzwi i musiał zamilknąć. Może chciał, żebym strzegła aletheiometru także przed Lordem Asrielem.

— Albo wręcz przeciwnie — wtrącił John Faa.

— Co masz na myśli, Johnie? — spytał Ojciec Coram.

— Może chciał poprosić Lyrę, aby zwróciła czytnik Lordowi Asrielowi jako rekompensatę za próbę otrucia. Może sądził, że niebezpieczeństwo ze strony Lorda już minęło albo że potrafi on wyczytać jakąś mądrość z tego przyrządu i wykorzystać ją do swoich celów. Jeśli Lord Asriel jest w niewoli, czytnik mógłby mu pomóc się uwolnić. No cóż, Lyro, lepiej weź ten przyrząd i nadal go pilnuj. Skoro udawało ci się go strzec do tej pory, nie mam wątpliwości, że nadal będzie u ciebie bezpieczny. Ale może nadejdzie czas, kiedy trzeba będzie zasięgnąć jego rady, i wtedy poprosimy cię o wypożyczenie go.

Owinął przyrząd w aksamit i przesunął w kierunku dziewczynki. Lyrze cisnęło się na usta mnóstwo pytań, jednak nagle poczuła nieśmiałość wobec tego zwalistego mężczyzny o małych oczach, które — ukryte wśród fałd i zmarszczek — wpatrywały się w nią bacznie, choć jednocześnie życzliwie.

Musiała jednak o coś zapytać:

— Kim była Cyganka, która mnie piastowała?

— No, to oczywiście matka Billy'ego Costy. Nie powiedziała ci o tym, ponieważ jej zabroniłem, ale wie, o czym tu rozmawiamy. Nikt nie chce przed tobą niczego ukrywać.

— Najlepiej idź do niej teraz, dziecko. Masz sporo do przemyślenia. Za trzy dni czeka nas jeszcze jedno zebranie, na którym przedyskutujemy następne posunięcia. Sprawuj się dobrze, Lyro, życzę ci dobrej nocy.

— Dobranoc, Lordzie Faa. Dobranoc, Ojcze Coramie — odpowiedziała uprzejmie, przyciskając do piersi jednocześnie aletheiometr i Pantalaimona.

Obaj starcy uśmiechnęli się do niej dobrodusznie. Za drzwiami sali obrad czekała Ma Costa. Jak gdyby nic się nie zdarzyło od dnia urodzin Lyry, cygańska matrona objęła wielkimi ramionami dziewczynkę i ucałowała, a następnie zaniosła ją do łóżka.

8

Rozczarowanie

Lyra musiała wszystko przemyśleć i zrozumieć sens minionych wydarzeń. Stwierdziła, że nie jest to łatwa sprawa, której wystarczy poświęcić jeden dzień. Lorda Asriela mogła ostatecznie uznać za swojego ojca, ale nie potrafiła zaakceptować pani Coulter jako swej matki. Dodatkowo kłopotliwa była myśl, że jeszcze parę miesięcy temu informacja taka sprawiłaby jej radość.

Lyra miała jednak taki charakter, że nigdy się niczym nie przejmowała zbyt długo, zwłaszcza że trzeba było zwiedzić żuławskie miasto i zadziwić opowieściami wiele cygańskich dzieci. Zanim upłynęły trzy dni, stała się znawczynią cygańskich łodzi (przynajmniej we własnej opinii) i zebrała grupkę urwisów, przed którymi snuła opowieści o swym potężnym i tak niesprawiedliwie uwięzionym ojcu.

— Pewnego wieczoru gościem na kolacji w Jordanie był turecki ambasador, który otrzymał od samego Sułtana rozkaz zabicia mojego ojca. Miał na palcu pierścień z wydrążonym i wypełnionym trucizną kamieniem. Kiedy przyniesiono wino, Turek pochylił się nad kieliszkiem mojego ojca i wsypał truciznę. Zrobił to tak szybko, że nikt inny nie zauważył, jednak...

— Jaka to była trucizna? — zapytała dziewczynka o pociągłej twarzy.

— Trucizna z jadu tureckiego węża — wymyśliła Lyra na poczekaniu — którego łapie się, wabiąc go grą na flecie, a potem daje mu się gąbkę nasączoną miodem. Wąż kąsa i nie może uwolnić zębów, wtedy chwyta się go i wyciska truciznę z gruczołów jadowych. Tak czy owak, mój ojciec dostrzegł, co zrobił Turek, i powiedział: „Panowie, chcę zaproponować toast przyjaźni między Kolegium Jordana a Kolegium z Izmiru", czyli kolegium, do którego należał turecki ambasador. „Aby okazać naszą gotowość do przyjaźni z wami", powiedział, „wymieńmy się kieliszkami. Niech jeden wypije z kieliszka drugiego". I ambasador znalazł się w ogromnym kłopocie. Nie wypadało odmówić, ponieważ byłby to wielki afront, a wypić wina też nie mógł, wiedział przecież, że jest zatrute. Zbladł jak ściana i zemdlał przy stole. A kiedy przyszedł do siebie, wszyscy nadal znajdowali się na swoich miejscach, patrząc na niego i czekając. Miał do wyboru: wypić truciznę albo wyznać swój postępek.

— I co zrobił?

— Wypił wino. Minęło całe pięć minut, zanim umarł, a przez ten czas cierpiał straszliwe katusze.

— Widziałaś, jak to się stało?

— Nie, ponieważ dziewczętom nie wolno siedzieć przy stole profesorskim. Ale widziałam później ciało. Jego skóra była straszliwie wysuszona, niczym skórka starego jabłka, a oczy wyszły mu na wierzch. Ściśle rzecz biorąc, trzeba mu je było wepchnąć z powrotem w oczodoły...

I tak dalej...

Tymczasem na krańcach Żuław policja stukała do wszystkich drzwi, przeszukiwała poddasza i przybudówki, sprawdzała dokumenty i przesłuchiwała wszystkie osoby, które twierdziły, że widziały niewysoką blondyneczkę. W Oksfordzie prowadzono jeszcze dokładniejsze poszukiwania. Kolegium Jordana przetrząśnięto od najbardziej zakurzonego gabinetu po najciemniejszą piwnicę, podobnie kolegia Gabriela i Świętego Michała, aż dyrektorzy wszystkich placówek wystosowali wspólną notę protestacyjną, domagając się przestrzegania ich odwiecznych praw. O tych poszukiwaniach Lyra miała niewielkie pojęcie — zwracała jedynie uwagę na nieustanny warkot gazowych silników statków powietrznych przecinających niebo. Wprawdzie były one niewidoczne, ponieważ chmury wisiały nisko, a zgodnie z regulaminem nad terenami podmokłymi statki musiały utrzymywać odpowiednią wysokość, ale któż mógł wiedzieć, jakich pomysłowych lunet i innych tego typu przyrządów używała policja? Dlatego też ilekroć Lyra słyszała lecący statek powietrzny, ukrywała się lub nakładała na swe charakterystyczne jasne włosy kaptur nieprzemakalnego płaszcza.

Lyra szczegółowo wypytała Ma Costę o swe pochodzenie. Wplatała kolejne wydarzenia w coś na kształt pamięciowego gobelinu, który stawał się jeszcze bardziej barwny i krwawy niż opowieści, które wymyślała, by szokować inne dzieci... I przeżywała stale na nowo ucieczkę z chatki, ukrywanie się w garderobie, wypowiedziane surowym tonem wyzwanie na pojedynek, szczęk mieczy...

— Mieczy? Wielki Boże, dziewczyno, ty chyba śnisz na jawie — powiedziała Ma Costa. — Mąż twej matki miał pistolet, a twój ojciec wytrącił mu go z ręki i powalił napastnika jednym ciosem. Potem rozległy się dwa strzały. Dziwię się, że nie pamiętasz. Powinnaś zapamiętać, mimo że byłaś taka mała. Pierwszy strzelił Edward Coulter. Dobył broni i wypalił, a później Lord Asriel, który po raz drugi wyszarpnął mu pistolet z dłoni, obrócił się w jego kierunku i wystrzelił mu prosto między oczy. Rozwalił mu czaszkę, a potem mówi do mnie, chłodny i opanowany: „Niech pani wyjdzie, pani Costa, i proszę przynieść dziecko", ponieważ ty i twój dajmon strasznie głośno płakaliście. Lord Asriel wziął cię na ręce i kołysał, a następnie posadził cię na ramionach i chodził po korytarzu; miał bardzo dobry humor, mimo że u jego stóp leżał martwy mężczyzna. Polecił przynieść wina, a mnie kazał umyć podłogę.

Gdy Ma Costa kończyła czwarty raz opowiadać tę historię, Lyra była absolutnie pewna, że pamięta całe zdarzenie, a nawet sama dopowiadała takie szczegóły, jak kolor płaszcza pana Coultera oraz płaszczy i futer wiszących w garderobie. Cyganka śmiała się dobrodusznie.

Kiedy Lyra była sama, wyjmowała aletheiometr i ślęczała nad obrazkami niczym zakochana nad zdjęciem wybranka. Każdy wizerunek ma wiele znaczeń, myślała. Dlaczego nie miałabym ich poznać? Czyż nie jestem córką Lorda Asriela?

Pamiętając o słowach Ojca Corama, próbowała skupić myśli na trzech wybranych przypadkowo symbolach i tak obracać wskazówkami, aby się przy nich zatrzymały. Stwierdziła, że jeśli od niechcenia wzięła w dłonie aletheiometr i spojrzała na niego obojętnie, jednocześnie jednak myśląc o nim, długa wskazówka zaczynała się poruszać bardziej celowo. Igła już nie wykonywała chaotycznych obrotów wokół tarczy, ale przesuwała się łagodnie od jednego obrazka do następnego. Czasem zatrzymywała się przy trzech symbolach, czasem przy dwóch, innym razem przy pięciu lub więcej, i chociaż Lyra nic z ich układu nie rozumiała, opanowywała ją dziwna, głęboka i błoga radość, jakiej dotąd nie znała. Pantalaimon — czasami jako kot, czasami w postaci myszy — kulił się nad przyrządem, poruszając łepkiem w ślad za obracającą się wskazówką. Raz czy dwa razy wspólnie odkryli znaczenie jakiegoś obrazka, a wtedy Lyra poczuła coś, co skojarzyło jej się z promieniem słońca przecinającym chmury i oświetlającym linię wielkich wzgórz w oddali — było to coś niezwykłego i zupełnie niespodziewanego. Odczuwała wtedy to samo silne wzruszenie, które ogarniało ją od dawna za każdym razem, gdy słyszała słowo „Północ".

I tak minęły trzy dni, spędzone na bieganinie między łodziami a Zaalem, aż nadszedł wieczór drugiego Zlotu. Sala była chyba jeszcze bardziej zatłoczona niż poprzednim razem. Lyra i Costowie przyszli odpowiednio wcześnie, zajęli więc miejsca w ławach na przedzie, a gdy w migających światłach można było dostrzec, że sala jest pełna, John Faa i Ojciec Coram pojawili się na podwyższeniu i usiedli za stołem. John Faa nie prosił o ciszę — nie musiał. Wystarczyło, że położył wielkie dłonie płasko na stole i popatrzył na stojących lub siedzących poniżej ludzi, a wrzawa natychmiast cichła.

— Wiem — zaczął — że zrobiliście to, o co prosiłem, a rezultaty przewyższyły moje oczekiwania. Teraz poproszę tu do siebie naczelników sześciu rodzin, którzy przekażą nam zebrane złoto i powiedzą, ilu ludzi mogą wyznaczyć. Nicholasie Rokeby, podejdź jako pierwszy.

Ogromny mężczyzna z czarną brodą wspiął się na podwyższenie i położył na stole ciężką skórzaną torbę.

— Oto nasze złoto — oświadczył. — Wybraliśmy też trzydziestu ośmiu ludzi.

— Dziękuję, Nicholasie — powiedział John Faa, a Ojciec Coram zapisał liczbę na kartce. Mężczyzna stanął z tyłu trybuny, John Faa natomiast wywołał następnego, a potem kolejnego — każdy wstawał, kładł torbę na stole i ogłaszał liczbę ochotników, których udało mu się zgromadzić. Costowie należeli do rodu Stefańskich, a Tony był naturalnie jednym z pierwszych mężczyzn, którzy zgłosili się na wyprawę. Lyra zauważyła, jak jego dajmona-sokół przestępuje z łapy na łapę i rozpościera skrzydła, gdy Stefański kładł przed Johnem Faa pieniądze i obiecywał dwudziestu trzech ludzi.

Kiedy szósty naczelnik rodu stanął z tyłu, Ojciec Coram pokazał kartkę Johnowi Faa, który wstał i znowu przemówił do zebranych:

— Przyjaciele, zebraliśmy stu siedemdziesięciu ochotników. Dziękuję wam, jestem z was dumny. Co do złota, bardzo dobrze wiem, jak trudne było zebranie go i wyciągnięcie z dna waszych kufrów. Gorąco dziękuję za wasze poświęcenie. Nasz plan jest następujący: mamy zamiar wynająć statek, pożeglować na Północ, odnaleźć dzieci i je uwolnić. Z tego, co wiemy, może nas czekać walka. Nie będzie to nasza pierwsza ani ostatnia bitwa, jednak nigdy jeszcze nie musieliśmy walczyć z porywaczami dzieci. Będziemy musieli postępować w sposób niezwykle przebiegły... Nie zamierzamy wrócić bez dzieci. Tak, Dirku Vries, słucham cię.

Wstał jakiś mężczyzna i spytał:

— Lordzie Faa, czy wiesz, dlaczego porwali nasze dzieci?

— Słyszeliśmy, że chodzi o kwestie teologiczne. Robią jakiś eksperyment, jednak jego cel nie jest nam znany. Prawdę powiedziawszy, nie wiemy nawet, czy w ogóle robią im krzywdę. Ale niezależnie od tego, jak postępują — dobrze czy źle — nie mają prawa zabierać naszych dzieci, porywać ich rodzicom. Słucham, Raymondzie van Gerrit.

Mężczyzna, który przemówił na pierwszym zebraniu, wstał teraz i powiedział:

— To dziecko, o którym mówiłeś, Lordzie Faa... Ta dziewczynka, której szukają i która siedzi teraz w pierwszym rzędzie... Słyszałem, że przeszukano wszystkie domy ludności mieszkającej wokół Żuław. Mówi się też, że istnieje ugrupowanie w Parlamencie, które optuje za odebraniem nam starych przywilejów. I to wszystko z jej powodu. Tak, przyjaciele — dodał, przekrzykując głosy poruszonych słuchaczy — zamierzają cofnąć nam prawo do swobodnego wpływania na Żuławy i wypływania... Dlatego, Lordzie Faa, musisz nam powiedzieć, kim jest dziecko, przez które mamy takie kłopoty. Słyszałem, że nie jest Cyganką. Czemu więc mamy ukrywać dziecko z lądu, jeśli naraża to cały nasz naród na niebezpieczeństwo?

Lyra podniosła oczy na potężną postać Johna Faa. Serce waliło jej tak głośno, że ledwie zdołała usłyszeć pierwsze słowa odpowiedzi cygańskiego króla.

— Powiedz otwarcie, Raymondzie, nie bój się — powiedział. — Chcesz, abyśmy wydali tę dziewczynkę tym, od których uciekła, zgadza się?

Mężczyzna stał, marszcząc brwi, ale nic nie odpowiedział.

— No cóż, może chcesz tego, a może nie — ciągnął John Faa. — Jeśli jednak któreś z was potrzebuje powodów, aby postępować uczciwie, niech się zastanowi nad tym, co powiem teraz. Dziewczynka jest córką Lorda Asriela. Tym, co nie pamiętają, muszę przypomnieć, że to właśnie Lord Asriel wstawił się u Turków w sprawie Sama Broekmana, tym samym ratując mu życie. Pozwolił też, by cygańskie łodzie mogły bezpłatnie przepływać przez leżące na jego włościach kanały. To on doprowadził do anulowania Uchwały Kanałowej w Parlamencie, ku naszej ogromnej i trwałej korzyści. To on walczył dniem i nocą z powodzią w roku pięćdziesiątym trzecim i dwukrotnie sam zanurkował, wyławiając z wody młodego Ruuda i Nellie Koopman. Zapomnieliście już o tym wszystkim? Powinniście się wstydzić... I teraz tego właśnie Lorda Asriela uwięziono w najdalszych, najzimniejszych i najmroczniejszych północnych regionach, w svalbardzkiej fortecy. Czy muszę wam mówić, jakie stworzenia go tam strzegą? Jego małą córeczkę powierzono naszej opiece, a Raymond van Gerrit oddałby ją władzom, aby mieć spokój. Zgadza się, Raymondzie? Wstań i odpowiedz, człowieku.

Jednak Raymond van Gerrit w którymś momencie tej tyrady opadł na krzesło i nic już nie było w stanie zmusić go do powstania. Przez wielką salę przeleciał szmer dezaprobaty, a Lyra poczuła wstyd, który zapewne odczuwał mężczyzna. Równocześnie była bardzo dumna z dzielnego ojca.

John Faa odwrócił się i przebiegł wzrokiem po innych mężczyznach na podwyższeniu.

— Nicholasie Rokeby, przydzielam ci zadanie znalezienia odpowiedniego statku. Będziesz nim także dowodził, gdy wyruszymy. Adamie Stefański, chcę, abyś się zajął zaopatrzeniem w broń i amunicję. Będziesz dowodził walką. Rogerze van Poppel, zgromadzisz inne zapasy: od żywności po ciepłe ubrania. Simonie Hartmann, mianuję cię skarbnikiem. Będziesz sprawdzał, czy właściwie wydajemy nasze złoto. Benjaminie de Ruyter, chcę, abyś się zajął szpiegowaniem. Musimy się dowiedzieć wielu kwestii i tobie zlecam to zadanie. Raporty będziesz składał Ojcu Coramowi. Michaelu Canzona, ciebie czynię odpowiedzialnym za koordynację pracy pierwszych czterech naczelników, a raporty osobiście masz zdawać mnie. Mianuję cię także moim następcą. Jeśli zginę, przejmiesz dowodzenie... Teraz zgodnie z obyczajem wydam pewne ogólne dyspozycje. Jeśli ktoś z was ma jakieś wątpliwości, mówcie swobodnie.

Po chwili wstała jedna z kobiet.

— Lordzie Faa, czyżbyście nie zamierzali zabrać na wyprawę żadnych kobiet? Opiekowałyby się odnalezionymi dziećmi...

— Nie, Nell. I bez tego będziemy mieli mało miejsca. A odnalezionymi dziećmi zaopiekujemy się z pewnością lepiej niż ich aktualni protektorzy.

— Jednak przypuśćmy, że nie uda wam się ich uratować bez kobiet przebranych za strażniczki czy piastunki? Co wtedy?

— Hm, nie pomyślałem o takiej sytuacji — przyznał

John Faa. — Obiecuję ci, że zastanowimy się dokładniej nad tą kwestią na późniejszym posiedzeniu w sali obrad.

Kobieta usiadła, a wtedy wstał jakiś mężczyzna.

— Lordzie Faa, powiedziałeś, że Lord Asriel znajduje się w niewoli. Czy do naszego planu należy uratowanie również jego? Jeśli tak i jeśli rzeczywiście pilnują go niedźwiedzie, to pragnę ci zwrócić uwagę, że przeciwko ich potędze nie wystarczy stu siedemdziesięciu ludzi. Nie wiem, czy Lord Asriel jest naszym aż tak dobrym przyjacielem, aby...

— Nie mylisz się, Adriaanie Braks. Na razie moim zamierzeniem jest dowiedzieć się jak najwięcej. A gdy już będziemy na Północy, zobaczymy, czy wiedza ta przyda nam się także w sprawie Lorda Asriela. Może uda nam się pomóc mu, a może nie, ale co do jednego na pewno możesz mi zaufać: dostarczonego przez was złota i naszych ludzi z pewnością nie wykorzystamy do innych celów poza najważniejszym, czyli odnalezieniem dzieci i sprowadzeniem ich do domu.

Wstała następna kobieta.

— Lordzie Faa, nie wiemy, co Grobale mogli zrobić naszym dzieciom. Słyszeliśmy tylko plotki i przerażające opowieści. Mówiono nam o dzieciach bez głów, dzieciach przeciętych na pół i zszytych jedno z drugim; tego typu pogłoski są zbyt potworne, aby o nich nawet wspominać. Naprawdę nie zamierzam nikogo straszyć, ale wszyscy słyszeliśmy takie historie, chcę więc powiedzieć otwarcie: jeśli odkryjecie coś ohydnego, Lordzie Faa, spodziewam się, że straszliwie się zemścicie, i mam nadzieję, że waszych dłoni nie powstrzyma litość czy szlachetność, że zadacie śmiertelny cios i ukarzecie ich za tę potworną niegodziwość. Jestem pewna, że mówię w imieniu wszystkich matek, którym Grobale porwali dziecko.

Kiedy usiadła, zewsząd rozległy się głośne szepty poparcia. W całym Zaalu głowy zebranych kiwały się z aprobatą.

John Faa poczekał, aż zapadnie cisza, a wtedy oświadczył:

— Nic mnie nie powstrzyma, Margaret, jedynie sąd. Jeśli nie znajdę Grobali na Północy, dopadnę ich na Południu. Ale reakcja przedwczesna nawet o jeden dzień ma ten sam skutek, co chybienie celu. Wiem, że przemawia przez ciebie porywczość. Jeśli jednak zawładnie wami nienawiść, przyjaciele, ulegniecie temu, przed czym zawsze was ostrzegałem: przedłożycie zemstę ponad zadanie, które musicie wykonać. Pierwszą sprawą jest ratować, potem dopiero karać. W tym przypadku nie chodzi bowiem o zemstę. Jeśli uratujemy dzieci, a nie uda nam się ukarać Grobalów, główne zadanie i tak uznamy za wykonane. Gdybyśmy jednak postawili sobie za cel ukaranie winnych i z tego powodu stracilibyśmy szansę uratowania dzieci, ponieślibyśmy klęskę.

Jednak — ciągnął cygański król — bądź pewna jednego, Margaret. Kiedy nadejdzie pora kary, zadamy im taki cios, że już się nie pozbierają. Po prostu będą bezsilni. Osaczymy ich i zniszczymy. Pokonamy i zetrzemy na proch, który rozwieje wiatr. Mój pistolet przeczuwa walkę, przyjaciele. Nie strzelał od czasu, gdy zabiłem tatarskiego chana na stepach Kazachstanu; jest w mojej łodzi i czeka, potrafi bowiem wyczuć krew w północnym wietrze. Przemówił do mnie ostatniej nocy, a ja mu odparłem: „Wkrótce wyruszamy, mój drogi, wkrótce". Margaret, możesz się martwić o sto rzeczy, ale z pewnością nie o to, że serce Johna Faa jest zbyt miękkie, aby rozprawić się z wrogiem w odpowiednim momencie. A ta chwila nadejdzie, ale musimy się kierować zdrowym rozsądkiem, a nie nienawiścią...

Czy ktoś jeszcze chce przemówić? Proszę, mówcie — dodał na koniec.

Nikt się jednak nie odezwał, toteż John Faa wziął dzwonek i zamachał nim energicznie; rozległo się głośne dzwonienie, które wypełniło całą salę, aż zabrzęczały krokwie.

John Faa i inni mężczyźni opuścili trybunę i udali się do sali obrad. Lyra była nieco rozczarowana. Czy ona również ma wyjść? Widząc jej markotną minę, Tony roześmiał się.

— Muszą zaplanować wyprawę — wyjaśnił. — Ty odegrałaś już swoją rolę, Lyro, a teraz pora na Johna Faa i radę, którą zwołał.

— Ależ nie odegrałam jeszcze żadnej roli! — zaprotestowała Lyra, podążając niechętnie za osobami, które opuszczały salę, a potem schodziły brukowaną drogą ku nabrzeżu. — Uciekłam jedynie od pani Coulter! A to dopiero początek. Chcę pojechać na Północ.

— Powiem ci coś — stwierdził Tony. — Przywiozę ci stamtąd ząb morsa. Naprawdę!

Dziewczynka popatrzyła na niego spode łba, Pantalaimon natomiast zaczął stroić małpie miny do dajmony Tony'ego, która pogardliwie zamknęła brązowe oczy. Lyra dotarła do nabrzeża i wałęsała się z nowymi towarzyszami. Machali nad ciemną wodą latarniami na sznurkach, aby wabić ryby o wyłupiastych oczach. Ryby podpływały powoli, a wtedy dzieci celowały w nie zaostrzonymi kijami, przeważnie nie trafiając.

Jednak myśli Lyry zaprzątał John Faa i sala obrad, toteż niedługo później biegiem wróciła do Zaalu drogą wybrukowaną kocimi łbami. Przez okno dostrzegła, że w sali obrad pali się światło. Okno znajdowało się zbyt wysoko, aby mogła przez nie zajrzeć, dotarł do niej jednakże cichy szmer głosów.

Podeszła więc do drzwi i zastukała w nie mocno pięć razy. Głosy umilkły, zaszurało po podłodze czyjeś krzesło, a potem drzwi się otworzyły, zalewając schody ciepłym naftowym światłem.

— O co chodzi? — spytał mężczyzna, który otworzył drzwi.

Za jego plecami Lyra dostrzegła innych mężczyzn zebranych wokół stołu, na którym leżały starannie ułożone stosy złota, a także papiery, pióra, stały kieliszki i kamionkowe naczynie z jenniverem.

— Chcę pojechać na Północ — oznajmiła Lyra głośno, aby wszyscy zebrani mogli ją usłyszeć. — Chcę pomóc wam ratować dzieci. Tak sobie postanowiłam, kiedy uciekłam od pani Coulter. A jeszcze wcześniej miałam zamiar wyprawić się tam, by ocalić mojego przyjaciela Rogera, porwanego przez Grobalów chłopca kuchennego z Jordana. Chcę pojechać i wam pomóc. Znam się na nawigacji i potrafię dokonywać anbaromagnetycznych odczytów Zorzy, wiem też, jakie części niedźwiedzia są jadalne i wiele innych użytecznych rzeczy. Będzie wam przykro, jeśli dotrzecie tam beze mnie, a potem uświadomicie sobie, że mnie potrzebujecie. Poza tym, tak jak powiedziała pani Nell, możecie potrzebować też kobiet do jakichś zadań... Cóż, dzieci też mogą się przydać. Powinniście więc mnie zabrać. Lordzie Faa, proszę mi wybaczyć, że przerwałam waszą rozmowę.

Lyra znajdowała się teraz wewnątrz sali i wszyscy mężczyźni i ich dajmony obserwowali ją, niektórzy z rozbawieniem, inni z irytacją. Jednakże Lyra skupiła wzrok tylko na cygańskim królu. Pantalaimon siedział na jej ramieniu, kocie oczy żbika płonęły zielenią.

Wreszcie odezwał się John Faa:

— Lyro, zrozum. Nie możemy cię narażać na takie niebezpieczeństwo. Zostań tutaj i pomagaj Ma Coście, a będziesz bezpieczna. Oto twoje zadanie.

— Ale ja się uczę odczytywać odpowiedzi aletheiometru. Z każdym dniem idzie mi coraz lepiej! Potrzebujecie tej umiejętności!

John Faa potrząsnął głową.

— Nie — odparł. — Wiem, że bardzo chcesz jechać na Północ, jednak sądzę, że nawet pani Coulter nie zamierzała cię tam zabrać. Jeśli chcesz zobaczyć Północ, musisz poczekać, aż skończy się całe to zamieszanie. Teraz odejdź.

Pantalaimon prychnął cicho, ale dajmona Johna Faa zerwała się z oparcia krzesła i przyleciała do niego. Nie zamierzała grozić dziewczynce i jej dajmonowi, chciała im jedynie przypomnieć o dobrych manierach. Wrona przeleciała więc Lyrze nad głową, po czym pofrunęła z powrotem do Johna Faa. Lyra odwróciła się na pięcie i odeszła. Ktoś zamknął za nią drzwi z głośnym trzaśnięciem.

— I tak pojedziemy! — oświadczyła Pantalaimonowi. — Będą nas próbowali powstrzymać, ale i tak pojedziemy!

9
Szpiedzy

Przez kilka następnych dni Lyra obmyśliła tuzin planów i niecierpliwie je odrzuciła. Ponieważ wszystkie one zakładały wycieczkę na gapę, dziewczynka rozglądała się po wąskiej krypie i zastanawiała, gdzie mogłaby się ukryć. Nic jej nie przychodziło do głowy, była jednak pewna, że prawdziwa wyprawa wymaga odpowiedniego statku, a znała wystarczająco dużo historyjek na ten temat, aby wyobrażać sobie najrozmaitsze rodzaje kryjówek na dużym okręcie: łodzie ratunkowe, ładownia, zęzy (cokolwiek to słowo znaczyło). Jednak najpierw musi się dostać na statek, a opuszczenie Żuław oznaczało podróż na sposób cygański.

Zdawała sobie sprawę z tego, że gdyby dotarła na brzeg na własną rękę, mogłaby się ukryć na niewłaściwym statku. Dziwnie byłoby tkwić przez jakiś czas — na przykład — w łodzi ratunkowej, a potem nagle się obudzić w drodze do Górnej Brazylii.

Tymczasem wokół dniem i nocą trwały prace związane z przygotowaniem wyprawy. Lyra kręciła się koło Adama Stefańskiego, obserwując, jak dobiera ochotników do oddziału bojowego. Przypominała Rogerowi van Poppelowi o zabraniu różnych przedmiotów: czy pamięta na przykład o okularach przeciwśnieżnych? Czy zna najlepsze miejsce, gdzie można kupić mapy Arktyki?

Najchętniej jednak pomagałaby Benjaminowi de Ruyterowi, szpiegowi, ten jednak wymknął się wczesnym rankiem następnego dnia po drugim Zlocie i nikt, rzecz jasna, nie potrafił powiedzieć, dokąd się udał ani kiedy wróci. Lyra przyłączyła się więc do Ojca Corama.

— Sądzę, że najbardziej przydam się tobie, Ojcze Coramie — oświadczyła — ponieważ prawdopodobnie wiem więcej o Grobalach niż ktokolwiek inny, jako że byłam niemal jedną z nich. Z pewnością będziesz mnie potrzebował. Pomogę ci zrozumieć informacje pana de Ruytera.

Starzec zlitował się nad rozochoconą dziewczynką i nie odprawił jej. Rozmawiał z nią i słuchał jej wspomnień o Oksfordzie i o pani Coulter. Przyglądał się też, jak próbuje posługiwać się aletheiometrem.

— Gdzie jest ta książka z symbolami? — spytała go pewnego dnia.

— W Heidelbergu — odparł.

— Czy istnieje tylko jedna?

— Może są też inne, jednak tę jedną widziałem na własne oczy.

— Założę się, że jest jakaś w Bibliotece Bodleya w Oksfordzie — zauważyła.

Ledwie mogła oderwać oczy od dajmony Ojca Corama, która była najpiękniejszą istotą, jaką Lyra kiedykolwiek widziała. Kiedy Pantalaimon stawał się kotem, był chudy, wyleniały i miał szorstką sierść, natomiast Sophonax — bo tak brzmiało imię dajmony — była stworzeniem złotookim, poruszającym się z niezwykłą gracją, co najmniej dwa razy większym od przeciętnego kota; miała też piękne, gęste futro. Kiedy oświetlał ją blask słońca, ujawniało się więcej odcieni beżu, brązu, ciemnej zieleni, orzecha, żółci, złota, rudości i mahoniu, niż Lyra potrafiła nazwać. Pragnęła dotknąć tej wielobarwnej kotki i przytulić policzek do jej futra, ale oczywiście nigdy się nie ośmieliła; dotknięcie czyjegoś dajmona bowiem uważano za najgorsze z możliwych uchybień wobec etykiety. Dajmony mogły się oczywiście dotykać nawzajem, podobnie jak walczyć ze sobą, natomiast zakaz kontaktów człowieka i dajmona innej osoby był tak zakorzeniony w tradycji, że nawet podczas bitew żaden żołnierz nie miał prawa dotknąć dajmona przeciwnika. Było to bezwzględnie zakazane. Lyra nie mogła sobie przypomnieć, kto jej o tym powiedział; może nikt. Po prostu o tym wiedziała równie instynktownie, jak czuła, że mdłości są rzeczą nieprzyjemną, a dobre samopoczucie — cudowną. Chociaż podziwiała futro Sophonax i zastanawiała się, jakie może być w dotyku, nigdy nie zrobiła najmniejszego nawet ruchu, aby go dotknąć, i wiedziała, że nigdy się na coś takiego nie poważy.

Sophonax — zgrabna, zdrowa i piękna — stanowiła absolutne przeciwieństwo leciwego i słabego Ojca Corama. Lyra myślała, że może jest chory albo cierpi z powodu paraliżu, podpierał się bowiem dwiema laskami, i stale drżał niczym listek osiki. Umysł miał jednakże przenikliwy i bystry, toteż dziewczynka bardzo szybko pokochała go zarówno za jego wiedzę, jak i za stanowczość, jaką wobec niej przejawiał.

— Co oznacza ta klepsydra, Ojcze Coramie? — spytała, gdy pewnego słonecznego poranka oglądali aletheiometr na łodzi starca. — Stale się pojawia.

— Jeśli przyjrzysz się uważniej, łatwo znajdziesz rozwiązanie. Widzisz ten mały przedmiot na jej wierzchołku? Co to takiego?

Lyra zmrużyła oczy i przypatrzyła się rysunkowi.

— Czaszka.

— Co ona twoim zdaniem może oznaczać?

— Śmierć...

— Zgadza się. Jednym ze znaczeń klepsydry jest śmierć. Ściśle rzecz ujmując, to drugie znaczenie pod względem ważności. Pierwsze to czas.

— Wiesz, co zauważyłam, Ojcze Coramie? Główna wskazówka zatrzymuje się przy niej podczas drugiego obrotu! Podczas pierwszego lekko drga przy klepsydrze, a podczas drugiego tam się zatrzymuje. Czy chodzi więc o drugie znaczenie?

— Być może. A jakie zadałaś pytanie, Lyro?

— Zastanawiam się... — zaczęła, po czym przerwała, ponieważ zaskoczył ją fakt, iż sformułowała pytanie, właściwie nie zdając sobie z tego sprawy. — Zestawiam te trzy obrazki, ponieważ... Myślę o panu de Ruyterze... Łączę węża, tygiel i ul, aby spytać, jak sobie radzi z tym szpiegowaniem i...

— Dlaczego właśnie te trzy symbole?

— Ponieważ pomyślałam, że wąż jest przebiegły, i taki winien być szpieg, tygiel natomiast może oznaczać wiedzę, ponieważ kojarzy się z eksperymentem, a tym jest w pewnym sensie nauka... Ul to ciężka praca, ponieważ pszczoły zawsze mocno się trudzą. No, a z tej ciężkiej pracy i przebiegłości rodzi się wiedza i na tym właśnie, moim zdaniem, polega działalność szpiega. Wskazałam więc na te trzy znaki i pomyślałam pytanie, a wskazówka zatrzymała się przy śmierci... Sądzisz, że ten przyrząd naprawdę dobrze działa, Ojcze Coramie?

— Działa dobrze, Lyro. Nie wiemy jednak, czy odczytujemy właściwie jego wskazania. To trudna sztuka. Zastanawiam się, czy...

Zanim zdołał dokończyć zdanie, rozległ się natarczywy łomot do drzwi, po czym wszedł młody Cygan.

— Przepraszam, Ojcze Coramie, właśnie wrócił Jacob Huismans... jest ciężko ranny.

— Był z Benjaminem de Ruyterem — szepnął Ojciec Coram. — Co się stało?

— Nie powiedział jeszcze — odrzekł młody mężczyzna. — Lepiej chodź szybko, Ojcze Coramie. On długo nie pożyje, ma krwotok wewnętrzny...

Ojciec Coram i Lyra wymienili spojrzenia pełne trwogi. Trwało to zaledwie sekundę, po czym Ojciec Coram pokuśtykał o swoich laskach tak prędko, jak tylko mógł; jego dajmona kroczyła przed nim. Lyra ruszyła za nimi, podskakując ze zniecierpliwienia.

Młody Cygan zaprowadził ich do łodzi przycumowanej przy burakowym nabrzeżu. Kobieta w czerwonym flanelowym fartuchu przytrzymała przed nimi otwarte drzwi. Ojciec Coram, widząc, jak podejrzliwie spojrzała na Lyrę, powiedział:

— Dziewczynka koniecznie musi usłyszeć, co ma do powiedzenia Jacob, moja droga. To ważne.

Kobieta wprowadziła ich do środka, a potem wycofała się; jej dajmon w postaci wiewiórki usadowił się cicho na drewnianym zegarze. Na koi pod pstrokatą narzutą leżał mężczyzna, którego blada twarz była wilgotna od potu. Oczy mu płonęły.

— Posłałam po medyka, Ojcze Coramie — powiedziała kobieta drżącym głosem. — Proszę go nie męczyć. Bardzo cierpi. Dopiero co dotarł tu z łodzi Petera Hawkera.

— Gdzie jest teraz Peter?

— Cumuje łódź. To on kazał mi po ciebie posłać.

— Bardzo dobrze postąpiłaś. Jacobie, czy mnie słyszysz?

Mężczyzna potoczył wokół oczyma i dostrzegł Ojca Corama, który siedział na koi blisko niego.

— Witam, Ojcze Coramie — wymamrotał.

Lyra popatrzyła na dajmonę rannego. Była to fretka, która leżała teraz skulona i zupełnie nieruchoma, ale nie spała, jako że oczy miała otwarte; były równie szkliste jak oczy jej pana.

— Co się stało? — spytał Ojciec Coram.

— Benjamin nie żyje — padła odpowiedź. — A Gerarda złapano.

Jego głos był chrapliwy, a oddech płytki. Kiedy zamilkł, jego dajmona wyprostowała się mimo bólu i polizała jego policzek. Czerpiąc z tego siłę, mężczyzna kontynuował:

— Włamywaliśmy się do Ministerstwa Teologii, ponieważ Benjamin usłyszał od jednego ze schwytanych przez nas Grobalów, że tam właśnie znajduje się ich centrala, z której płyną wszystkie polecenia...

Znowu przerwał.

— Schwytaliście Grobalów? — spytał Ojciec Coram.

Jacob pokiwał głową i spojrzał na swą dajmonę. Niezwykłe było, by dajmony odzywały się do innych osób zamiast swych właścicieli, jednak czasami się to zdarzało, i taka sytuacja miała miejsce teraz.

— Pochwyciliśmy trzech Grobalów w Clerkenwell — przemówiła dajmona — i zmusiliśmy ich, aby nam powiedzieli, dla kogo pracują, skąd dostają rozkazy i tak dalej. Nie wiedzieli, gdzie przetrzymywane są dzieci. Przypuszczali tylko, że na Północy w Laponii...

Musiała przerwać i przez chwilę jedynie dyszała; jej mała pierś poruszała się szybko, po czym dajmona podjęła temat:

— No i ci Grobale wspomnieli nam o Ministerstwie Teologii i o Lordzie Borealu. Benjamin oświadczył, że wraz z Gerardem Hookiem powinniśmy się włamać do Ministerstwa, a Frans Broekman i Tom Mendham mają pojechać i przepytać Lorda Boreala.

— Zrobili to?

— Nie wiemy, Ojcze Coramie, gdyż nie wrócili. Jednak podejrzewamy, że jak tylko zbliżyli się do Lorda Boreala, zostali zabici.

— Wróćmy do Benjamina — odezwał się Ojciec Coram, słysząc, że oddech Jacoba staje się coraz bardziej chrapliwy, i widząc, jak oczy mężczyzny zaciskają się z bólu.

Dajmona Jacoba cicho miauknęła pełna niepokoju i oddania, a kobieta zbliżyła się o krok czy dwa, przyciskając ręce do ust; nie odezwała się jednak, a dajmona kontynuowała słabiutkim głosikiem:

— Benjamin, Gerard i my poszliśmy do Ministerstwa w White Hall i znaleźliśmy tam małe boczne drzwi, które nie były zbytnio strzeżone. My zostaliśmy na czatach na zewnątrz, podczas gdy Benjamin i Gerard poradzili sobie z zamkiem i weszli do środka. Nie byli w środku nawet minuty, kiedy usłyszeliśmy przerażający krzyk i dajmona Benjamina wyfrunęła. Zaczęła kiwać do nas, wzywając pomocy, po czym z powrotem wleciała do środka, a my wyjęliśmy nóż i wbiegliśmy za nią. W pomieszczeniu panowała ciemność, ale widzieliśmy poruszające się gwałtownie kształty oraz słyszeliśmy głośne dźwięki, które nas zmyliły i przeraziły. Rozglądaliśmy się i nagle gdzieś w górze dostrzegliśmy jakąś okropną kotłowaninę. Potem rozległ się straszliwy krzyk, a następnie Benjamin i jego dajmona spadli z wysokiego piętra; dajmona Benjamina do ostatniej chwili szarpała się i trzepotała, pragnąc podtrzymać swego pana w locie, jednak wszystko na próżno, ponieważ oboje upadli na kamienną podłogę i zginęli na miejscu.

Nie widzieliśmy Gerarda, ale słyszeliśmy, jak jęczy, i byliśmy zbyt przerażeni i oszołomieni, aby się poruszyć, a później nadleciała strzała i wbiła nam się głęboko...

Głos dajmony był teraz jeszcze słabszy, a z ust jej rannego pana wydobył się jęk bólu. Ojciec Coram pochylił się do przodu i delikatnie odciągnął narzutę. W zakrzepłej krwi można było dostrzec sterczący z ciała mężczyzny pierzasty koniec strzały. Grot wbił się tak głęboko w pierś biednego człowieka, że drzewce wystawało jedynie około sześciu cali ponad skórę. Lyra poczuła, że robi jej się słabo.

Na nabrzeżu rozległy się kroki i ludzkie głosy.

Ojciec Coram usiadł prosto i oświadczył:

— Idzie lekarz, Jacobie. Zostawimy cię teraz. Porozmawiamy dłużej, kiedy poczujesz się lepiej.

Wychodząc, poklepał kobietę po ramieniu. Na nabrzeżu Lyra trzymała się bardzo blisko niego, ponieważ zbierał się tam już tłum; ludzie szeptali i gestykulowali. Ojciec Coram polecił Peterowi Hawkerowi, aby natychmiast zawiadomił Johna Faa, a następnie zauważył:

— Lyro, jak tylko się dowiemy, czy Jacob przeżyje, musimy znów porozmawiać o aletheiometrze. Teraz, dziecko, idź i zajmij się czymś. Poślemy po ciebie.

Lyra odeszła więc sama. Dotarła na zarośnięty trzcinami brzeg, gdzie usiadła i zaczęła rzucać błotem w wodę. Wiedziała jedno: nie odczuwała ani zadowolenia, ani dumy z tego powodu, że potrafi zrozumieć wskazania aletheiometru — jedynym uczuciem był strach. Najwyraźniej siła, która sprawia, że wskazówka porusza się i zatrzymuje w odpowiednich miejscach, zna — niczym istoty inteligentne — rozmaite fakty.

— Uważam, że jest to jakiś rodzaj ducha — powiedziała i przez moment kusiło ją, aby rzucić ten mały przedmiocik w sam środek bagna.

— Gdyby był w nim duch, dostrzegłbym go — odrzekł Pantalaimon. — Jak tego starego upiora w Godstow. Zauważyłem go, mimo że ty nic nie widziałaś.

— Jest wiele rodzajów duchów — wyjaśniła Lyra z dezaprobatą. — Nie potrafisz dostrzegać wszystkich. Przypomnij sobie tych starych martwych Uczonych bez głów. Widziałam ich.

— Ależ to był tylko nocny koszmar.

— Wcale nie. To były prawdziwe duchy i dobrze o tym wiesz. Jednak duch, który porusza tą diabelską wskazówką, jest zupełnie innego rodzaju.

— Może to nie jest duch — powtórzył z uporem Pantalaimon.

— A cóż innego?

— To mogą być... Cząstki elementarne.

Lyra prychnęła drwiąco.

— Ależ tak! — upierał się jej dajmon. — Pamiętasz fotowiatrak z Gabriela? No więc...

W Kolegium Gabriela znajdował się święty przedmiot, który przechowywano na głównym ołtarzu Kaplicy w (Lyra uświadomiła to sobie w tym momencie) czarnym aksamitnym materiale, takim jak okrycie aletheiometru. Widziała ten przedmiot, kiedy towarzyszyła Bibliotekarzowi z Jordana podczas odprawianej tam mszy. Przy inwokacji Kanonik podniósł materiał i w półmroku dziewczynka dostrzegła szklaną kopułę, wewnątrz której znajdowało się coś, czego z powodu odległości nie była w stanie rozpoznać. Dopiero gdy mężczyzna pociągnął za sznurek od żaluzji i promienie słońca dokładnie oświetliły kopułę, obiekt stał się widoczny: był to mały przedmiot wyglądem przypominający wiatrowskaz z czterema śmigłami, po jednej stronie czarnymi, po drugiej — białymi, które zaczęły wirować, gdy tylko pochwyciły światło. Kanonik wyjaśnił, że działanie przedmiotu ilustruje kazanie, a dotyczyło ono ciemności, czyli niewiedzy, która ucieka przed światłem, a światło przyciąga mądrość. Tego, co powiedział, Lyra nie zrozumiała, ale szybkie śmigi urządzenia były naprawdę zachwycające, niezależnie od tego, co znaczyły. Kiedy wracali do Jordana, Bibliotekarz powiedział dziewczynce, że ten ruch wywołały fotony.

Więc być może Pantalaimon miał rację. Jeśli cząstki elementarne potrafiły obracać śmigłami fotowiatraka, bez wątpienia mogłyby też poruszać wskazówką. Kwestia ta jednak cały czas dręczyła dziewczynkę.

— Lyro! Lyro!

Głos należał do Tony'ego Costy, który machał do niej z nabrzeża.

— Chodź tu zaraz! — zawołał. — Masz się spotkać z Johnem Faa w Zaalu. Biegnij, dziewczyno, to bardzo pilne.

Lyra stanęła przed Johnem Faa. Towarzyszył mu Ojciec Coram i inni przywódcy. Na jego twarzy malował się niepokój.

— Lyro, dziecko — odezwał się bez wstępów król Cyganów — Ojciec Coram powiedział mi, jak zinterpretowałaś wskazanie tego przyrządu. Przykro mi to mówić, ale biedny Jacob właśnie zmarł. Mimo wszystko będziemy cię musieli zabrać ze sobą na Północ, choć muszę dodać, iż podejmuję tę decyzję pełen obaw. Martwi mnie ta konieczność, ale najwyraźniej nie mamy innego wyjścia. Wyruszamy w drogę, jak tylko pochowamy Jacoba zgodnie z obrządkiem. Zrozum mnie dobrze, Lyro: jedziesz z nami, ale nie jest to powód do radości czy triumfu. Wszystkich nas czekają kłopoty i niebezpieczeństwa. Oddaję cię pod opiekę Ojca Corama. Nie sprawiaj mu kłopotu i nie narażaj się na ryzyko, w przeciwnym razie bowiem poczujesz siłę mego gniewu. Teraz biegnij opowiedzieć wszystko Ma Coście i przygotować się do wyjazdu.

Następne dwa tygodnie były najpracowitszym okresem w całym dotychczasowym życiu Lyry. Była zajęta, ale nie musiała się zbytnio spieszyć — wręcz przeciwnie, towarzyszyły jej nudne chwile bezczynności, ukrywania się w wilgotnych nieprzyjemnych schowkach, obserwacji posępnego, nasiąkniętego deszczem jesiennego krajobrazu, który przetaczał się za oknem, oraz ponownego ukrywania się. Musiała też sypiać wśród wyziewów gazowego silnika, przez co każdego ranka budziła się z ogromnym bólem głowy i — a to było najgorsze ze wszystkiego — nie wolno jej było biegać wzdłuż brzegu, wchodzić na pokład, pomagać przy otwieraniu bram śluz ani łapać liny cumowniczej rzucanej ze śluzy.

Po prostu musiała przebywać w ukryciu. Tony Costa opowiedział jej plotkę zasłyszaną w przybrzeżnych barach: że w całym królestwie trwają poszukiwania małej jasnowłosej dziewczynki, że wyznaczono dużą nagrodę dla tego, kto ją złapie, i surową karę dla wszystkich, którzy ją ukryją. Krążyły także inne dziwaczne plotki: mówiono, że poszukiwana dziewczynka to jedyne dziecko, któremu udało się uciec Grobalom, i że zna ona straszliwe sekrety. Inni twierdzili, że nie jest wcale ludzkim dzieckiem, ale parą duchów (w postaci dziecka i dajmona), wysłanych przez moce piekielne do tego świata w celu poczynienia wielkich zniszczeń. Kolejna plotka mówiła, że dziewczynka nie jest dzieckiem, ale zmniejszoną za pomocą magii całkowicie dorosłą osobą, która pozostając na żołdzie Tatarów, przybyła szpiegować poczciwych Anglików i przygotować tatarską inwazję.

Lyra słuchała tych opowieści najpierw z wesołą miną, później zniechęcona. Wszyscy ci ludzie tak bardzo jej nienawidzili i tak się jej obawiali! Pragnęła wydostać się z tej wąskiej, małej kabiny, dotrzeć wreszcie na Północ, w bezmierne śniegi pod płonącą Zorzą. A czasami chciała nawet wrócić do Kolegium Jordana i wdrapywać się z Rogerem na dachy, słuchać brzęczenia dzwonka Kamerdynera oznajmiającego, że do kolacji pozostało pół godziny, słuchać kuchennego łoskotu, hałasu i pokrzykiwań... W takich chwilach nostalgii szczerze pragnęła cofnąć się do tamtych dni, chciała, aby nic się nie zmieniło, aby mogła na zawsze być Lyrą z Kolegium Jordana.

Z nudy i irytacji wyrywał ją jedynie aletheiometr. Zadawała mu pytania każdego dnia, czasami z Ojcem Coramem, czasami sama, i stwierdzała, że coraz większą przyjemność sprawia jej umiejętność interpretacji obrazków. Stopniowo nauczyła się rozpoznawać nowe symbole i czuła się jak ktoś, kto po długim wypatrywaniu wreszcie dostrzega w oddali upragnione góry oświetlone promieniami słońca.

Starała się wyjaśnić Ojcu Coramowi własne odczucia.

— Wydaje mi się, że rozmawiam z jakimiś ludźmi, tylko że nie do końca potrafię ich zrozumieć, więc jest mi trochę głupio, ponieważ są ode mnie bystrzejsi. To urządzenie jest takie mądre, Ojcze Coramie! Jak gdyby wiedziało wszystko na świecie... prawie wszystko! Pani Coulter była inteligentna i wiedziała naprawdę sporo, ale to jest inny rodzaj wiedzy... Nazywa się to chyba rozumieniem...

Ojciec Coram zaczął zadawać pytania, a Lyra usiłowała znaleźć na nie odpowiedzi.

— Co robi teraz pani Coulter? — spytał i dziewczynka natychmiast poruszyła wskazówkami. — Mów mi, co robisz — poprosił.

— No cóż, Madonna to pani Coulter, a kiedy kładę tam rękę, myślę: „moja matka". Mrówka oznacza „być zajętym", to łatwe. To jest też kluczowe słowo. Klepsydra to „czas", a część drogi w dół oznacza „teraz". No, a w tej chwili po prostu skupiam myśli na pytaniu.

— A skąd wiesz, gdzie szukać tych znaczeń?

— W pewnym sensie je widzę. Albo raczej czuję. Przypomina to schodzenie w nocy po drabinie, gdy stawiasz po omacku stopy i, nie wiadomo skąd, wiesz, że masz przed sobą jeszcze jeden szczebel. Skupiam się na czymś, a wtedy wyczuwam znaczenie. Potem łączę wszystkie znaczenia ze sobą. Podobnie jak wówczas, gdy ogniskujesz na czymś wzrok.

— Skoncentruj się więc i powiedz mi, jaka jest odpowiedź.

Lyra skupiła się. Długa wskazówka zaczęła się od razu kołysać; zatrzymywała się, potem poruszała w precyzyjnej serii zamaszystych łuków i pauz. Poruszała się z taką gracją i tak energicznie, że Lyra, patrząc na nią, czuła się jak młody ptak, który uczy się latać. Ojciec Coram, obserwując ją przez stół, notował miejsca, gdzie zatrzymywała się wskazówka, i patrzył na dziewczynkę, która odrzucała włosy z twarzy i zagryzała nieznacznie dolną wargę. Oczy Lyry podążały na początku za wskazówką, jednak potem — kiedy ruchy igły się powtarzały — dziewczynka zaczęła wodzić wzrokiem po tarczy, zatrzymując spojrzenie wcale nie w przypadkowych miejscach. Ojciec Coram był niezłym szachistą i wiedział, w jaki sposób gracze patrzą na planszę (można odnieść wrażenie, że biegły szachista przewiduje pewne posunięcia i ich wpływ na wynik gry, toteż spogląda ciągle na ważne figury, lekceważąc inne). Lyra patrzyła na tarczę w podobny sposób i widziała coś, czego Ojciec Coram nie potrafił dostrzec.

Wskazówka zatrzymała się przy piorunie, dziecku, wężu, słoniu i jakimś stworzeniu, którego Lyra nie umiała nazwać: było to coś w rodzaju jaszczurki z dużymi oczyma i ogonem owiniętym wokół gałązki, na której siedziało. Kolejność za każdym razem się powtarzała.

— Co oznacza ta jaszczurka? — spytał Ojciec Coram, przeszkadzając jej w koncentracji.

— To wszystko nie ma sensu... Chyba błędnie interpretuję pewne obrazki. Piorun, moim zdaniem, oznacza gniew, a dziecko to zapewne ja... Już prawie odkryłam znaczenie jaszczurki, ale odezwałeś się do mnie, Ojcze Coramie, i przepadło. Widzisz, wskazówka znowu się huśta, jak chce.

— No tak, przepraszam, Lyro. Nie jesteś zmęczona? Może chcesz odpocząć?

— Nie — odparła. Policzki miała jednak zarumienione, a jej oczy błyszczały. Wyglądała na zdenerwowaną i nadmiernie podnieconą, choć być może przyczyną tych objawów było przymusowe przebywanie w kabinie.

Ojciec Coram wyjrzał przez okno. Było prawie ciemno, a oni zbliżali się do wybrzeża. Szerokie, brunatne, spienione wody ujścia rzeki rozlewały się pod posępnym niebem w kierunku odległego skupiska zbiorników ze spirytusem węglowym, zardzewiałego i pokrytego pajęczyną rurociągu, obok rafinerii, z której unosił się w chmury gęsty, ciemny dym.

— Gdzie jesteśmy? — spytała Lyra. — Mogę wyjść na chwilę na zewnątrz, Ojcze Coramie?

— To Colby — wyjaśnił. — Przy ujściu rzeki Cole. Kiedy dotrzemy do miasta, zacumujemy przy Rynku Wędzarskim i pójdziemy pieszo do doków. Dotrzemy tam za godzinę czy dwie...

Robiło się ciemno i na wodzie nigdzie w zasięgu wzroku nie poruszało się nic poza ich łodzią i daleką barką z węglem płynącą ku rafinerii, a Lyra wyglądała na zmęczoną i od tak dawna przebywała w pomieszczeniu, że Ojciec Coram dodał:

— Hm, nic się chyba nie stanie, jeśli spędzisz kilka minut na powietrzu. Nie nazwę go świeżym, bo takie nie będzie, póki nie wypłyniemy w morze... Uważam, że możesz trochę posiedzieć na pokładzie, dopóki za bardzo nie zbliżymy się do miasta.

Lyra aż podskoczyła z radości, a Pantalaimon natychmiast zmienił się w mewę, gotową rozpostrzeć skrzydła na wietrze. Na zewnątrz było zimno i chociaż dziewczynka dobrze się opatuliła, wkrótce zaczęła drżeć. Jej dajmon natomiast fruwał wysoko, głośno pokrzykując z rozkoszy. Zawracał, kołował, wylatywał albo przed dziób łodzi, albo za jej rufę. Lyra cieszyła się wraz z nim i w myślach podjudzała go, aby prowokował do wyścigu samicę kormorana, dajmonę starego sternika. Ta jednak ignorowała go i sennie siedziała na uchwycie rumpla blisko swego właściciela.

Na tym brzydkim brunatnym terenie nie było śladu życia, a ciszę przerywał jedynie monotonny warkot silnika i przytłumione pluskanie wody pod dziobem. Ciężkie chmury wisiały nisko, nie przynosząc deszczu; powietrze pod nimi było zadymione. Jedynie dokazujący Pantalaimon miał w sobie radość.

W pewnej chwili, gdy wzbił się wysoko w górę, poruszając szerokimi skrzydłami, białymi na tle szarości, coś czarnego rzuciło się w jego kierunku i zaatakowało go. Pantalaimon poczuł uderzenie, a potem wielki ból. Lyra krzyknęła, cierpiąc wraz z nim. Kolejne małe czarne stworzenie przyłączyło się do pierwszego; nie poruszały się jak ptaki, raczej jak latające chrząszcze: ciężkie, niezgrabne, lecące z monotonnym bzyczeniem.

Kiedy Pantalaimon spadał, próbując nakierować się na łódź i w ramiona zrozpaczonej Lyry, czarne insekty nadal go atakowały, złowieszczo bucząc i bzycząc. Dziewczynka zdrętwiała ze strachu Pantalaimona i własnego, wtedy jednak coś przesunęło się obok niej i ruszyło w górę.

Była to dajmona sternika. Mimo że wydawała się niezgrabna i ciężka, jej lot był szybki i równomierny. Łeb poruszał się w prawo i w lewo — widać było trzepoczące czarne skrzydła i białe pióra — aż mały czarny insekt spadł na smołowany dach kabiny tuż przy stopach Lyry w tym samym momencie, gdy Pantalaimon wylądował w wyciągniętych ramionach swej pani.

Zanim dziewczynka zdołała go pocieszyć, zmienił się w żbika i skoczył na dziwaczne stworzenie, zgarniając je łapą z krawędzi dachu, skąd usiłowało uciec. Pantalaimon przytrzymał insekta mocno pazurami, po czym spojrzał w górę na ciemniejące niebo, gdzie widać było czarne skrzydła kormorana, który krążył, rozglądając się za drugim intruzem.

Potem ptak wrócił i wykrakał coś do sternika, który powiedział:

— Odleciał. Nie pozwól uciec temu drugiemu. Masz... — opróżnił cynowy kubek z resztek płynu, po czym rzucił naczynie Lyrze.

Dziewczynka błyskawicznie przykryła stworzenie, które bzyczało i buczało niczym mały silnik.

— Trzymaj go mocno! — krzyknął Ojciec Coram zza

pleców Lyry, po czym przyklęknął i wsunął kawałek kartki pod kubek.

— Co to jest, Ojcze Coramie? — spytała dziewczynka drżącym głosem.

— Chodźmy pod pokład i przypatrzmy mu się. Weź ostrożnie kubek, Lyro, i mocno trzymaj.

Przechodząc obok dajmony sternika, dziewczynka popatrzyła na nią, zamierzała jej bowiem podziękować, stare oczy ptaka były jednak zamknięte, podziękowała więc sternikowi.

— Trzeba było zostać pod pokładem — mruknął tylko w odpowiedzi.

Zaniosła cynowy kubek do kabiny, a Ojciec Coram wyszukał kufel od piwa. Przytrzymał kubek dnem do góry nad kuflem, a potem wysunął kartkę, która znajdowała się między naczyniami. Stworzenie wpadło do kufla. Starzec podniósł go na wysokość oczu i przytrzymał, aby mogli dokładnie obejrzeć bzyczącego insekta.

Był niemal tak długi jak kciuk Lyry i miał ciemnozieloną barwę. Skrzydła rozprostował niczym zrywająca się do lotu biedronka i uderzał nimi tak wściekle, że zlewały się w plamę, a sześć szponiastych nóg drapało gładkie szkło.

— Co to jest? — zapytała dziewczynka.

Pantalaimon, nadal w postaci żbika, kulił się na stole obok naczynia. Jego zielone oczy podążały za krążącym w kuflu stworzeniem.

— Gdybyś próbowała to zbadać — odparł Ojciec Coram — okazałoby się, że nie jest żywą istotą. W każdym razie, ani zwierzęciem, ani owadem. Widziałem kiedyś ten twór i nigdy nie przypuszczałem, że zobaczę go ponownie, zwłaszcza tak daleko na północy. Są z Afryki. W środku znajduje się mechanizm zegarowy na sprężynce, natomiast w samym sercu zaklęto złego ducha.

— Ale kto go wysłał?

— Nie musisz nawet odczytywać symboli, Lyro. Możesz zgadnąć tak samo łatwo jak ja.

— Pani Coulter?

— Oczywiście. W swoim czasie badała nie tylko Północ, ale także dzikie południowe obszary. Ostatni raz widziałem takiego stwora w Maroku. Są śmiertelnie niebezpieczne, tak długo bowiem jak duch jest w środku, mechanizm nie może się zatrzymać, jeśli natomiast uwolnisz ducha, zabije on pierwszą istotę, na jaką się natknie.

— Na kogo polował?

— Szpiegował. Przeklinam się za głupotę, że pozwoliłem ci wyjść na pokład. No i nie powinienem ci przeszkadzać, gdy odczytywałaś symbole.

— Teraz rozumiem! — krzyknęła Lyra w nagłym ożywieniu. — Jaszczurka oznacza powietrze! Wiedziałam, ale nie mogłam zrozumieć związku, potem próbowałam coś wymyślić, ale mi umknęło.

— Ach, teraz i ja wszystko rozumiem — wtrącił Ojciec Coram. — To nie jest jaszczurka, ale kameleon, ot co. A oznacza powietrze dlatego, że nie musi jeść ani pić, żyje samym powietrzem.

— A słoń...

— To Afryka — wyjaśnił.

Spojrzeli po sobie. Każde odkrycie związane z aletheiometrem wywoływało w obojgu coraz większe przerażenie potęgą urządzenia.

— Aletheiometr powiedział nam o tym — zauważyła Lyra. — Powinniśmy byli go słuchać. A co zrobimy z tym mechanizmem, Ojcze Coramie? Możemy go zabić albo zniszczyć?

— Nie wiem, czy można go zniszczyć. Na razie musimy go po prostu trzymać w szczelnie zamkniętym pojemniku i nigdy nie wypuszczać. Bardziej mnie martwi ten, który uciekł. Poleci teraz do pani Coulter z wiadomością, że cię widział. Niech mnie diabli, Lyro, ależ ze mnie głupiec.

Podszedł do kredensu i wyjął puszkę po tytoniu, która miała średnicę mniej więcej trzech cali. Przechowywano w niej śrubki, ale ojciec Coram wysypał je i wytarł wnętrze pojemniczka szmatką, po czym przykrył kufel kartką i odwrócił.

Podczas przekładania stwora jedna z jego nóg wymknęła się sprytnie i z zaskakującą siłą odtrąciła puszkę. Na szczęście ostatecznie udało się go schwytać, a pokrywka pojemnika została mocno zakręcona.

— Natychmiast gdy dostaniemy się na statek, dla pewności zalutuję krawędzie — oznajmił Ojciec Coram.

— Ten mechanizm nigdy się nie psuje?

— Psują się zwykłe mechanizmy, a ten nie jest zwykły. Tak jak powiedziałem, działanie urządzenia zależne jest od siły złego ducha. A im zawzięciej walczy, tym bardziej wzrasta jego moc. Teraz schowamy to paskudztwo...

Owinął puszkę flanelą, aby stłumić bezustanne bzyczenie, po czym włożył pakunek pod swoją koję.

Było już ciemno i Lyra obserwowała przez okno zbliżające się światła Colby. Ciężkie powietrze gęstniało w mgłę, a do czasu, gdy Cyganie zacumowali przy nabrzeżu przed Rynkiem Wędzarskim, wszystko w zasięgu wzroku stało się niewyraźne i zamazane. Mrok stopniowo zmieniał się w perłowe, srebrnoszare welony opadające na magazyny, dźwigi, drewniane stragany i granitowe, wielokominowe budynki, od których nazwano rynek; dniem i nocą wisiały w nich ryby, wędząc się w aromatycznym dymie drewna dębowego. Kominy wysyłały gęsty dym w wilgotne, zimne powietrze i Lyrze zdawało się, że przyjemne opary wędzonych węgorzy, makreli i łupaczy wydzielają się zewsząd, nawet z kocich łbów na drodze.

Dziewczynka, ubrana w nieprzemakalny płaszcz z wielkim kapturem zakrywającym jej jasne włosy, szła między Ojcem Coramem i sternikiem. Wszystkie trzy dajmony były czujne — obserwowały ulice za zakrętem, oglądały się za siebie, słuchały najlżejszych kroków.

Na szczęście byli jedynymi ludźmi w polu widzenia. Wszyscy obywatele Colby przebywali w domach, prawdopodobnie sączyli jenniver, siedząc obok włączonych piecyków. Troje podróżników nie dostrzegło nikogo na drodze do doku, a pierwszym napotkanym osobnikiem był pilnujący bram Tony Costa.

— Dzięki Bogu, że dotarliście — odezwał się cicho, przepuszczając ich. — Właśnie słyszeliśmy, że zastrzelono Jacka Verhoevena, a jego łódź zatonęła. Nikt nie wiedział, gdzie jesteście. John Faa stoi już na pokładzie i chce zaraz wyruszać.

Lyra uznała, że statek jest wspaniały: miał pomost dla sternika, komin śródokręcia, wysoko położony forkasztel i duży żuraw masztowy nad przykrytym brezentem włazem. Żółte światło połyskiwało w iluminatorach i na mostku, białe — na szczycie masztu. Na pokładzie trzech czy czterech mężczyzn pracowało przy czymś, czego dziewczynka nie mogła dostrzec.

Wbiegła na statek drewnianym trapem, wyprzedziwszy Ojca Corama; na pokładzie z ciekawością rozejrzała się dokoła. Pantalaimon od razu zmienił się w małpę i wspiął na dźwig, Lyra jednak sprowadziła go z powrotem na dół, Ojciec Coram bowiem chciał, aby weszli do wnętrza, czyli — jak to się mówi na statku — pod pokład.

Dziewczynka pokonała kilka schodków w dół — nazywano je „zejściem pod pokład" — i znalazła się w małej salce, gdzie John Faa rozmawiał cicho z Nicholasem Rokebym, Cyganem odpowiedzialnym za statek.

John Faa nigdy niczego nie robił pospiesznie. Lyra czekała, aby się przywitać, on jednak skończył najpierw dyskusję na temat przypływu i dowodzenia statkiem, a dopiero później odwrócił się do nowo przybyłych.

— Dobry wieczór, przyjaciele — zagaił. — Biedny Jack Verhoeven nie żyje, pewnie już słyszeliście. A jego chłopców schwytano.

— My także mamy smutne nowiny — odparł Ojciec Coram i opowiedział o spotkaniu z latającymi złymi duchami.

John Faa potrząsnął swoją majestatyczną głową, ale nie zganił ich.

— Gdzie teraz jest ten stwór? — spytał.

Ojciec Coram wyjął puszkę po tytoniu i postawił na stole. Dobiegło z niej wściekłe bzyczenie. Stworzenie tak szalało w puszce, że powoli zaczęła się poruszać po drewnianym blacie.

— Słyszałem o tych diabelskich mechanizmach, ale nigdy żadnego nie widziałem — powiedział John Faa. — Nie ma sposobu, by je ujarzmić i zawrócić z drogi, wiem to na pewno. Nie ma też sensu obciążać go ołowiem i wrzucać do oceanu, ponieważ pewnego dnia puszka przerdzewieje, zły duch wydostanie się na zewnątrz i dosięgnie Lyry, gdziekolwiek dziewczynka będzie. Nie, musimy go zatrzymać i być bardzo czujni.

Jako że Lyra była jedyną przedstawicielką swojej płci na pokładzie (ponieważ John Faa po długim zastanawianiu zdecydował się jednak nie zabierać kobiet), miała kabinę tylko dla siebie. Szczerze mówiąc, nie była to szczególnie wspaniała kabina, lecz pomieszczenie niewiele większe niż szafa z koją i włazem (tak nazywano iluminator). Cały swój niewielki dobytek dziewczynka zmieściła w szufladzie pod koją i przejęta wybiegła z kajuty, aby się pochylić nad barierką i obserwować, jak Anglia znika w dali (niestety większa część lądu zniknęła wcześniej we mgle).

Jednak pędząca woda, podmuchy wiatru, światła statku, mocno jarzące się w ciemnościach, warkot silnika, zapachy soli, ryb i spirytusu węglowego same w sobie były wystarczająco podniecające. Nie minęło wiele czasu, a już kolejne doznania zaczęły towarzyszyć tamtym, statek bowiem zaczął huśtać. Ocean Niemiecki był wzburzony. Kiedy zawołano Lyrę na dół na kolację, stwierdziła, że jest mniej głodna, niż sądziła, i niebawem zdecydowała, że dobrze byłoby położyć się do łóżka, choćby przez wzgląd na Pantalaimona, ponieważ biedne stworzenie czuło się bardzo nieswojo.

I tak zaczęła się podróż Lyry na Północ.

Część druga

Bolvangar

10
Konsul i niedźwiedź

John Faa zdecydował wraz z innymi mężczyznami, że udadzą się do Trollesundu, głównego portu Laponii. W mieście miały swój Konsulat czarownice, a cygański król wiedział, że bez ich pomocy — a przynajmniej przyjaznej neutralności — nie uda się uratować porwanych dzieci.

Przedstawił swój pomysł Lyrze i Ojcu Coramowi nazajutrz, kiedy choroba morska dziewczynki nieco ustąpiła. Tego dnia słońce świeciło jaskrawo, zielone fale roztrzaskiwały się o dziób statku, a potem cofały, pozostawiając po sobie białe strumienie piany. Lyra wyszła na pokład — dmuchała bryza, a jak okiem sięgnąć morze kołysało się i połyskiwało światłem — i poczuła jedynie niewielkie mdłości. Pantalaimon już wcześniej odkrył, jak przyjemny jest żywot morskich ptaków i zmienił się najpierw w mewę, potem w petrela burzowego; Lyra była więc zbyt zaabsorbowana obserwowaniem ślizgającego się po falach radosnego dajmona, aby zastanawiać się nad własnymi cierpieniami szczura lądowego.

John Faa, Ojciec Coram oraz dwóch czy trzech innych

Cyganów siedziało na rufie statku i, grzejąc się w mocnym słońcu, rozmyślało nad następnymi decyzjami.

— Zdaje się, że Ojciec Coram zna lapońskie czarownice — odezwał się John Faa. — A jeśli się nie mylę, któraś nawet ma wobec niego pewne zobowiązania.

— Zgadza się, Johnie — przytaknął Ojciec Coram. — Było to wprawdzie przed czterdziestoma laty, ale cóż to znaczy dla czarownicy. Niektóre z nich żyją wielokrotnie dłużej.

— Jakie to zobowiązanie, Ojcze Coramie? — spytał Adam Stefański, mężczyzna odpowiedzialny za grupę bojową.

— Uratowałem życie pewnej czarownicy — wyjaśnił Ojciec Coram. — Zauważyłem kiedyś, jak spadała, zraniona przez ścigającego ją wielkiego czerwonego ptaka. Nigdy przedtem takiego nie widziałem. Czarownica wpadła w bagno, popłynąłem więc jej poszukać. Gdy ją znalazłem, topiła się. Wciągnąłem ją na pokład mojej łodzi i zastrzeliłem napastnika, który niestety wpadł do wody. Przypominał ptaki z gatunku bąków, tyle że był ogniście czerwony.

Mężczyźni byli przejęci opowieścią Ojca Corama.

— A kiedy wciągnąłem czarownicę do łodzi — opowiadał starzec — przeżyłem ogromny wstrząs, ponieważ ta młoda kobieta nie posiadała dajmona.

Było to równie niezwykłe, jak gdyby powiedział: „Kobieta nie miała głowy", i wszyscy byli zaszokowani jego słowami. Zadrżeli, a ich dajmony jeżyły się, otrząsały albo skrzekliwie krakały i ludzie musieli je uspokajać. Pantalaimon przytulił się do piersi Lyry; ich serca zabiły zgodnym rytmem.

— Tak mi się przynajmniej zdawało — dodał Ojciec Coram. — Ponieważ spadła z nieba, byłem niemal pewny, że jest czarownicą. Wyglądała dokładnie tak samo jak każda młoda kobieta, tyle że była szczuplejsza i ładniejsza niż większość kobiet, jednak brak dajmona stanowił dla mnie przykrą niespodziankę.

— Czy to znaczy, że czarownice w ogóle nie mają dajmonów? — zapytał inny mężczyzna, nazwiskiem Michael Canzona.

— Przypuszczam, że ich dajmony są niewidzialne — stwierdził Adam Stefański. — Może był tam przez cały czas, a Ojciec Coram po prostu go nie widział.

— Nie, nie masz racji, Adamie — odrzekł starzec. — Wcale go tam nie było. Czarownice po prostu posiadają moc, która pozwala im oddalać się od własnych dajmonów na o wiele większą odległość, niż udałoby się to nam, ludziom. Jeśli trzeba, mogą wysłać dajmony daleko w każdym kierunku — w chmury albo głęboko w ocean. A ta czarownica, którą uratowałem, była u mnie już ponad godzinę, kiedy jej dajmon w końcu wrócił. Przybył oczywiście dlatego, że poczuł jej strach i ból. Poza tym sądzę, chociaż nigdy tego nie potwierdziła, że wielki czerwony ptak, który ją ścigał i którego zastrzeliłem, był dajmonem innej wiedźmy. Boże! Zadrżałem na samą myśl o tym. Gdybym wiedział, powstrzymałbym moją dłoń, jednak niestety stało się. W każdym razie nie mogło być cienia wątpliwości, że uratowałem czarownicy życie. Wiedziała o tym i dlatego oświadczyła, że jeśli kiedykolwiek będę potrzebował pomocy, mogę ją wezwać. Jakiś czas później pomogła mi, kiedy Skraelingowie postrzelili mnie zatrutą strzałą. Łączyły nas także inne sprawy... Nie widziałem jej od wielu lat, ale na pewno mnie pamięta.

— Czy ona mieszka w Trollesundzie?

— Nie, nie. Czarownice mieszkają w lasach i w tundrze. Nie można ich spotkać w portach morskich wśród kobiet i mężczyzn. Ich natura każe im przebywać w miejscach trudno dostępnych. W Trollesundzie mają jednakże konsula, który z pewnością przekaże każdą wiadomość.

Lyra pragnęła dowiedzieć się więcej o czarownicach, ale mężczyźni zaczęli teraz rozmawiać o paliwie i zapasach, toteż zniecierpliwiła się i poszła zwiedzić pozostałą część statku. Wędrowała po pokładzie ku dziobowi i wkrótce zawarła znajomość z jednym ze starych marynarzy, prztykając w niego pestkami, które zostawiła sobie ze zjedzonego po śniadaniu jabłka. Mężczyzna miał na imię Jerry. Był mocno zbudowany i z natury raczej spokojny, a kiedy obrzucił Lyrę przekleństwami, a ona odwzajemniła się tym samym, zostali wielkimi przyjaciółmi. Dzięki opiece i radom marynarza dziewczynka uświadomiła sobie, że praca zapobiega morskiej chorobie i że nawet takie zajęcie jak szorowanie pokładu może dawać satysfakcję, jeśli wykonuje się je na sposób prawdziwie marynarski. Bardzo się przejęła tym „marynarskim sposobem", toteż później złożyła po marynarsku koce na swojej koi i włożyła dobytek do szafki; na określenie wykonywanych przez siebie czynności zaczęła też używać słowa „sztautować" zamiast „sprzątać".

Po dwóch dniach na morzu Lyra uznała, że jest stworzona do takiego życia. Poznała już statek od maszynowni po mostek i wkrótce była po imieniu z całą załogą. Raz kapitan Rokeby zgodził się, by dała sygnał holenderskiej fregacie — uczyniła to, pociągając dźwigienkę gwizdka parowego, kucharzowi pomogła mieszać śliwkowy budyń, a jedynie ostry zakaz Johna Faa powstrzymał ją przed wspięciem się na fokmaszt, by obejrzeć horyzont z bocianiego gniazda.

Przez cały czas płynęli na północ i z każdym dniem robiło się chłodniej. Przetrząsnęli ładownie statku w poszukiwaniu nieprzemakalnego płaszcza, który po zmniejszeniu pasowałby na dziewczynkę, a Jerry pokazał swej małej przyjaciółce, jak szyć; była to sztuka, której Lyra uczyła się chętnie, mimo że pogardzała nią w Jordanie, lekceważąc wskazówki pani Lonsdale. Marynarz pomógł jej uszyć nieprzemakalny woreczek na aletheiometr, który nosiła przypasany wokół talii, na wypadek, jak mówiła, gdyby wpadła do morza. Skoro tylko umieściła w bezpiecznym miejscu powierzony jej opiece przyrząd, mogła stać na pokładzie w nieprzemakalnym płaszczu i, trzymając się kurczowo balustrady, wystawiać na ukłucia igiełek pyłu wodnego, rozpryskiwanych nad dziobem fal. Od czasu do czasu odczuwała jeszcze objawy morskiej choroby, zwłaszcza kiedy wzmagał się wiatr i statek zanurzał się ciężko lub przeskakiwał ponad grzywami szarozielonych fal. Zadaniem Pantalaimona było wówczas odrywać swoją właścicielkę od myśli o mdłościach — zmieniał się więc w petrela burzowego i ślizgał po falach, a Lyra odczuwała jego bezgraniczną radość z pokonywania pędu wiatru i wody i zapominała o chorobie. Czasem jej dajmon próbował nawet zmieniać się w rybę, a pewnego razu przyłączył się do stada delfinów, ku ich zaskoczeniu i radości. Lyra stała, drżąc, na pokładzie dziobowym i śmiała się zachwycona, kiedy jej ukochany Pantalaimon, lśniący i zwinny, wyskoczył z wody z połową tuzina innych chyżych, szarych kształtów. Była to przyjemność, ale nie bezgraniczna, ponieważ łączyła się z bólem i strachem. Przypuśćmy, myślała, że pragnienie zostania delfinem będzie większe niż miłość do niej. Co wtedy?

Jej przyjaciel marynarz znajdował się akurat w pobliżu i przerwał rozkładanie brezentowego przykrycia przedniego włazu, aby spojrzeć na dajmona dziewczynki, który ślizgał się po falach i skakał wraz z delfinami. Jego własna dajmona w postaci mewy siedziała na kabestanie z głową wsuniętą pod skrzydło. Jerry w mig pojął, co czuje Lyra.

— Pamiętam — odezwał się — że kiedy po raz pierwszy znalazłem się na morzu, byłem bardzo młodym chłopakiem i moja Belisaria nie ukształtowała się jeszcze w jednej formie; uwielbiała wówczas być morświnem i bałem się, że pozostanie w tej postaci. Na moim pierwszym statku pływał pewien stary marynarz, który nigdy nie mógł schodzić na brzeg, jako że jego dajmona miała postać delfina i nie mogła żyć na lądzie. Był to znakomity żeglarz, najlepszy nawigator, jakiego kiedykolwiek znałem, i mógł zrobić majątek na rybołówstwie... Nie był jednak w pełni szczęśliwy, w końcu umarł i został pochowany w morzu.

— Dlaczego dajmony muszą przybierać jedną postać? — spytała Lyra. — Chciałabym, aby Pantalaimon zawsze mógł się zmieniać. Tak jak teraz.

— Ach, dajmony zawsze ostatecznie przybierają jeden kształt. Jest to związane z dorastaniem. Nadejdzie czas, kiedy zmęczą cię jego zmiany i zapragniesz, by się ustabilizował.

— Nigdy tego nie zechcę!

— Ależ tak, zechcesz. Tak jak wszystkie dziewczęta, w końcu zapragniesz dorosnąć. Cóż, powiem ci, że ukształtowana forma ma również pewne zalety.

— Jakie?

— Na przykład wiedzę o sobie. Popatrz na starą Belisarię. Jest mewą, a to oznacza, że ja również jestem w pewnym sensie mewą. Nie mam dostojnego wyglądu, nie jestem wspaniały ani piękny, ale jestem mocnym starym facetem; potrafię przetrwać wszędzie i zawsze znajdę sobie trochę jedzenia i towarzystwo. Warto wiedzieć o sobie takie rzeczy. Kiedy twój dajmon się ukształtuje, również dowiesz się wiele o sobie.

— A jeśli dajmon ukształtuje się w jakiejś postaci, która się nie spodoba właścicielowi?

— Hm, w takim przypadku człowiek może być niezadowolony, prawda? Jest wiele osób, które chciałyby mieć dajmona-lwa, a w końcu trafia im się pudel. I póki nie nauczą się cieszyć z tego, kim są, będą się denerwować. Ale to są jałowe uczucia.

Jednak nawet po tej rozmowie Lyra była przekonana, że nigdy nie dorośnie.

Pewnego poranka w powietrzu pojawił się inny zapach i statek zaczął się poruszać inaczej — zamiast zanurzać się i wynurzać, energicznie kołysał się z boku na bok. Lyra znalazła się na pokładzie niemal w minutę po przebudzeniu i chciwie wpatrywała się w ląd: ponieważ od dawna widziała wokół tylko wodę, widok ten wydał jej się niezwykły. Mimo że byli na morzu jedynie kilka dni, Lyra miała wrażenie, że płynęli wiele miesięcy. Przed statkiem wyrosła góra o zielonych stokach i ośnieżonym wierzchołku, u podnóża której leżało małe miasto i port. Dziewczynka dostrzegła drewniane domy o stromych dachach, wieżę kaplicy, dźwigi w porcie oraz chmary kołujących i krzyczących rybitw. Pachniało rybami, chociaż z tym aromatem mieszały się także zapachy lądowe: sosnowej żywicy, ziemi, zwierzęcego piżma oraz czegoś chłodnego, czystego i orzeźwiającego; może śniegu. Wszystko to składało się na zapach Północy.

Wokół statku baraszkowały foki, wystawiając ponad wodę zabawne pyski, po czym bez jednego plusku zanurzały się ponownie. Wiatr, który porywał kropelki wody ze spienionych fal, był straszliwie zimny i smagał ciało Lyry, przenikając nawet przez płaszcz z wilczej skóry. Dziewczynce z zimna zesztywniały dłonie i zdrętwiała twarz. Pantalaimon przybrał wprawdzie postać gronostaja i ogrzewał jej szyję, ale i tak było za zimno, aby pozostawać na zewnątrz bez ruchu, toteż Lyra po kilku minutach musiała porzucić obserwowanie fok. Zeszła pod pokład, zjadła owsiankę na śniadanie i wyglądała przez iluminator w salonie.

W porcie woda była spokojna, a kiedy podpływali do mocnego falochronu, Lyra poczuła się nieswojo z powodu długotrwałego braku ruchu. Wraz z Pantalaimonem obserwowała, jak statek powoli i ociężale posuwa się ku nabrzeżu. Podczas następnej godziny donośny warkot silnika przeszedł w cichy, przytłumiony i słychać było głosy wykrzykujące polecenia lub pytania. Wreszcie rzucono liny, opuszczono schodnie i otwarto włazy.

— Chodź, Lyro — powiedział Ojciec Coram. — Wszystko już masz spakowane?

Cały jej dobytek został spakowany w czasie, gdy dziewczynka obserwowała ląd. Teraz musiała jedynie pobiec do kabiny i wziąć torbę. Była gotowa.

Po zejściu na ląd razem z Ojcem Coramem miała odwiedzić dom Konsula Czarownic. Odnalezienie go nie zajęło im dużo czasu, bo miasteczko wokół portu było niewielkie; a podobnej wielkości jak dom Konsula były jedynie dwa budynki — kaplica i siedziba Gubernatora. Konsul Czarownic mieszkał w pomalowanym na zielono drewnianym domu, który widać było z morskiego brzegu, a kiedy zadzwonili do drzwi, głośne brzęczenie dzwonka rozległo się na całej cichej ulicy.

Służący wskazał im drogę do małego saloniku i podał kawę, a po niedługim czasie przyszedł ich powitać Konsul; tęgi mężczyzna nazwiskiem Martin Lanselius. Miał rumianą twarz i był ubrany w klasyczny, czarny garnitur. Jego dajmoną był mały wąż o barwie równie głębokiej i olśniewającej zieleni jak oczy jej właściciela, które stanowiły zresztą jedyny szczegół łączący mężczyznę z czarownicami. Tak przynajmniej sądziła Lyra, choć niewiele wiedziała o lapońskich czarownicach.

— W czym mogę panu pomóc, Ojcze Coramie? — spytał Konsul.

— Chodzi o dwie sprawy, doktorze Lanselius. Po pierwsze, pragnę się pilnie skontaktować z pewną damą, którą spotkałem wiele lat temu w bagiennej części Wschodniej Anglii. Jej nazwisko brzmi Serafina Pekkala.

Doktor Lanselius zanotował nazwisko srebrnym ołówkiem.

— Jak dawno temu miało miejsce to spotkanie? — spytał.

— To musiało być ze czterdzieści lat temu. Ale sądzę, że mnie pamięta.

— A jaka jest druga sprawa?

— Reprezentuję wiele cygańskich rodzin, które utraciły dzieci. Mamy powód wierzyć, że istnieje organizacja porywaczy dzieci, naszych i innych... Zabierają je na Północ w jakimś nieznanym celu. Chciałbym wiedzieć, czy pan i pański lud słyszeliście o czymś, co mogłoby nam pomóc.

Doktor Lanselius spokojnie pił kawę.

— Istnieje oczywiście możliwość, że w naszych stronach ktoś zajmuje się czymś takim — powiedział ostrożnie. — Jednak zdaje pan sobie chyba sprawę, że stosunki między moim ludem i mieszkańcami Północy są niezwykle serdeczne. Trudno byłoby mi umotywować naruszenie tej idealnej równowagi.

Ojciec Coram pokiwał głową, jak gdyby bardzo dobrze rozumiał problem Konsula.

— Pragnę pana zapewnić — oświadczył — że nie niepokoiłbym pana, gdybym mógł uzyskać te informacje w inny sposób. Dlatego właśnie spytałem najpierw o tę czarownicę.

Teraz doktor Lanselius pokiwał głową, jak gdyby świetnie zdawał sobie sprawę z tego, co mówi Ojciec Coram. Lyra z ciekawością i respektem obserwowała tę grę. Wiedziała, że Konsul Czarownic musi podjąć decyzję.

— No cóż — stwierdził w końcu. — Ma pan zapewne świadomość, że pańskie imię nie jest nam obce, Ojcze Coramie. Po pierwsze, Serafina Pekkala jest obecnie królową klanu czarownic znad Jeziora Enara, a co do pańskiego drugiego pytania, to proszę zapomnieć, że informacje otrzymał pan ode mnie.

— Oczywiście!

— No cóż, tu, w mieście, znajduje się filia spółki pod nazwą Stowarzyszenie na Rzecz Rozwoju Badań Północy, która rzekomo zajmuje się poszukiwaniem minerałów, ale w gruncie rzeczy kontrolowana jest przez organizację o nazwie Generalna Rada Oblacyjna Londynu. Z tego, co mi wiadomo, przywożą tu dzieci. W mieście niewiele osób o tym wie; także tutejszy rząd oficjalnie nie jest niczego świadom. Zresztą dzieci nie pozostają długo w Trollesundzie. Szybko zostają wywożone gdzieś dalej, w głąb kraju.

— Wie pan dokąd, doktorze Lanselius?

— Nie. Proszę mi wierzyć, że powiedziałbym, gdybym wiedział.

— A czy wie pan, co się tam z nimi dzieje?

Po raz pierwszy doktor Lanselius spojrzał na Lyrę. Odpowiedziała mu lekko otępiałym spojrzeniem. Mały zielony wąż-dajmona podniósł głowę z kołnierza Konsula i wyszeptał coś, niemal muskając językiem ucho mężczyzny.

— W związku z tą sprawą słyszałem określenie „proces Maystadta", sądzę jednak, że używają go, aby ukryć właściwą nazwę tego, co robią. Do moich uszu dotarło także słowo „rozdzielenie", nie potrafiłbym jednakże powiedzieć, do czego się ono odnosi.

— Czy obecnie są w mieście jakieś dzieci? — spytał Ojciec Coram, głaszcząc futro siedzącej mu na kolanach dajmony. Lyra zauważyła, że kotka nie mruczy i wygląda na czujną.

— Nie, nie sądzę — odparł doktor Lanselius. — Grupa mniej więcej dwadzieściorga dzieci przybyła tydzień temu i wyjechała przedwczoraj.

— Ach! Tak niedawno? W takim razie daje nam to trochę nadziei. W jaki sposób podróżowali, doktorze Lanselius?

— Saniami.

— I nie ma pan pojęcia, dokąd się udali?

— Niestety, nie. Nie interesujemy się tą sprawą.

— Rozumiem i dziękuję za wszystkie szczere odpowiedzi. Jeśli pan łaskaw, pozwolę sobie na jeszcze jedno pytanie. O co spytałby pan Konsula Czarownic, gdyby pan był na moim miejscu?

Po raz pierwszy doktor Lanselius się uśmiechnął.

— Zapytałbym, gdzie można wynająć pancernego niedźwiedzia — odparł.

Lyra usiadła prosto i poczuła tuż przy swoich dłoniach bicie serca Pantalaimona.

— Z tego, co wiem, pancerne niedźwiedzie pozostają na usługach Rady Oblacyjnej — powiedział zaskoczony Ojciec Coram. — A więc także Stowarzyszenia na Rzecz Rozwoju Badań Północy, czy jak tam siebie sami nazywają.

— Jest przynajmniej jeden, który im nie służy. Znajdziecie go w stanicy sań przy końcu ulicy Langlokur. Zarabia tam obecnie na życie, jednak budzi w psach tak wielką wściekłość i strach, że zapewne nie popracuje długo.

— Jest więc renegatem?

— Najwyraźniej. Nazywa się Iorek Byrnison. Gdybym był na pańskim miejscu, wynająłbym go, zwłaszcza że nie powinno to panu nastręczyć zbytnich trudności.

Lyra ledwie mogła spokojnie usiedzieć na krześle. Ojciec Coram znał jednak etykietę tego typu spotkań, toteż spokojnie nałożył sobie na talerz kolejny kawałek korzennego miodownika. Zaczął jeść, a doktor Lanselius zwrócił się w tym czasie do Lyry.

— Podobno posiadasz aletheiometr — stwierdził ku jej wielkiemu zaskoczeniu. Zastanawiała się, skąd może o tym wiedzieć.

— Tak — odparła, a potem, nakłoniona uszczypnięciem przez Pantalaimona, dodała: — Chciałby go pan obejrzeć?

— Bardzo.

Przez chwilę gmerała w wodoodpornym woreczku, po czym wręczyła mężczyźnie aksamitną paczuszkę. Konsul rozwinął ją i z wielką ostrożnością podniósł ku górze, patrząc w szybkę niczym uczony oglądający rzadki manuskrypt.

— Niezwykły! — oznajmił. — Widziałem kiedyś jeden egzemplarz, ale nie był tak wspaniały jak ten. Czy masz księgę interpretacyjną?

— Nie... — zaczęła Lyra, jednak zanim zdołała coś dodać, odezwał się Ojciec Coram.

— Nie. A wielka szkoda. Mimo że Lyra posiada aletheiometr, i tak nie potrafi zrozumieć jego odpowiedzi. Te obrazki są równie tajemnicze jak atramentowe kleksy, na których podstawie Hindusi odczytują przyszłość. A najbliższa znana mi księga interpretacyjna znajduje się w Opactwie Świętego Jana w Heidelbergu.

Lyra rozumiała, dlaczego to powiedział: nie chciał, aby doktor Lanselius zdawał sobie sprawę z mocy dziewczynki. Jednak równocześnie zauważyła coś, czego Ojciec Coram nie dostrzegł: szczególny niepokój dajmony doktora Lanseliusa. Spojrzawszy na nią, od razu wiedziała, że nie należy udawać, toteż szybko stwierdziła:

— Właściwie, to umiem interpretować odpowiedzi.

Powiedziała to po części do doktora Lanseliusa, po części do Ojca Corama, a Konsul odpowiedział:

— Jesteś bardzo mądra. A skąd masz ten przyrząd?

— Dał mi go Rektor Kolegium Jordana w Oksfordzie — odrzekła. — Doktorze Lanselius, czy wie pan, kto je wytwarza?

— Podobno wynaleziono je w Pradze — odparł Konsul. — Zdaje mi się, że Uczony, który zbudował pierwszy aletheiometr, próbował odkryć sposób mierzenia wpływów planet zgodnie z pojęciami astrologicznymi. Zamierzał wykonać urządzenie, które będzie reagować na Marsa czy Wenus, tak jak kompas reaguje na kierunek północny. Nie udało mu się to, jednak mechanizm, który stworzył, wyraźnie na coś reagował, chociaż nikt nie wiedział, na co.

— A skąd wzięły się symbole?

— Pochodzą z siedemnastego stulecia. Wtedy wszędzie widniały rozmaite symbole i godła. Budynki i obrazy projektowano w taki sposób, by można je było czytać niczym książki. Każdy symbol posiada kilka znaczeń. Gdybyś miała właściwy słownik, mogłabyś odczytywać samą Naturę. Niemal nikogo nie zaskakiwało, że filozofowie używali symboliki swoich czasów do interpretacji wiedzy pochodzącej ze źródeł tajemnych. Wiesz pewnie, że nie posługiwano się nią przez mniej więcej dwa stulecia.

Konsul oddał aletheiometr Lyrze i dodał:

— Mogę ci zadać pytanie? W jaki sposób interpretujesz obrazki, skoro nie posiadasz księgi symboli?

— Po prostu nie koncentruję się na żadnej myśli, a potem dzieje się tak, jak gdybym patrzyła w wodę. Trzeba pozwolić oczom znaleźć odpowiedni punkt, ponieważ potrzebny jest tylko jeden... Coś w tym rodzaju — dodała i speszyła się.

— Zastanawiam się, czy mogłabyś mi to zademonstrować — powiedział.

Lyra spojrzała na Ojca Corama. Chciała się zgodzić, ale czekała na jego aprobatę. Starzec pokiwał głową.

— O co mam spytać? — zapytała Lyra.

— Jakie są intencje Tatarów wobec Kamczatki?

Pytanie nie było trudne. Lyra ustawiła wskazówki na wielbłąda, który oznaczał Azję, czyli Tatarów, na róg obfitości oznaczający Kamczatkę, na której znajdowały się kopalnie złota, oraz na mrówkę, która była symbolem działania, oznaczała też cel i zamiar. Potem usiadła nieruchomo, starając się, by jej umysł skupił wszystkie trzy poziomy znaczeń w jedno, i odprężyła się, czekając na odpowiedź, która pojawiła się prawie natychmiast. Długa igła zadrżała przy delfinie, hełmie, dziecku i kotwicy, tańcząc pomiędzy nimi przez chwilę, po czym dotarła do tygla. Był to skomplikowany wzorzec, za którym oczy Lyry podążały bez wahania, jednak stanowił zagadkę dla obu mężczyzn.

Kiedy wskazówka obróciła się kilka razy, Lyra podniosła oczy, mrugając parokrotnie, jak gdyby wychodziła z transu.

— Zamierzają udawać, że zaatakują, jednak w rzeczywistości nie zrobią tego, ponieważ Kamczatka leży zbyt daleko i musieliby za bardzo rozproszyć swoje siły — wyjaśniła.

— Możesz mi powiedzieć, w jaki sposób doszłaś do takiego wniosku?

— Na początku pojawił się delfin, a jednym z jego głębszych znaczeń jest gra... coś w rodzaju figlarności — tłumaczyła. — Wiem, że chodzi właśnie o to znaczenie, ponieważ wskazówka zatrzymała się kilka razy, i to właśnie w tym miejscu, nigdzie indziej. A hełm wprawdzie oznacza wojnę, ale w połączeniu z delfinem znaczy „udawać, że się idzie na wojnę", a ogólnie coś, czego nie robi się na serio. Dziecko natomiast oznacza... hm, trudność... Że trudno byłoby im zaatakować to miejsce. I jeszcze kotwica, która tłumaczy, dlaczego: w tym przypadku dlatego, że ich oddziały są rozciągnięte jak napięty łańcuch kotwiczny i nie mogą już rozproszyć się bardziej... Po prostu to widzę, proszę pana.

Doktor Lanselius pokiwał głową.

— Znakomicie — oświadczył. — Jestem ci bardzo wdzięczny i nie zapomnę tego, co dla mnie zrobiłaś.

Potem popatrzył dziwnie na Ojca Corama i po raz kolejny na Lyrę.

— Mogę cię poprosić o jeszcze jeden pokaz? — spytał dziewczynkę. — Na dziedzińcu za domem znajdziesz na ścianie sporo wiszących gałązek sosny obłocznej. Jednej z nich używała Serafina Pekkala, innych nie. Możesz mi powiedzieć, która do niej należy?

— Tak! — odparła Lyra, zawsze gotowa prezentować swoje umiejętności, po czym wzięła aletheiometr i pospiesznie wyszła. Nigdy nie widziała sosny obłocznej i pragnęła ją zobaczyć, ponieważ wiedźmy używały jej gałęzi do latania.

W czasie nieobecności dziewczynki Konsul zapytał:

— Czy zdaje pan sobie sprawę z tego, kim jest to dziecko?

— To córka Lorda Asriela — odparł Ojciec Coram. — A jej matką jest pani Coulter z Rady Oblacyjnej.

— A oprócz tego?

Stary Cygan potrząsnął głową.

— Nie — odparł. — Nic więcej mi się nie nasuwa. Wiem jednak, że jest to niezwykła, niewinna istota i z pewnością nie pozwoliłbym jej skrzywdzić. Nie mam pojęcia, w jaki sposób nauczyła się interpretować wskazania tego przyrządu, ale wierzę w to, co mówi. A dlaczego pan pyta, doktorze Lanselius? Czy pan coś o niej wie?

— Czarownice mówiły o tym dziecku od stuleci — odpowiedział Konsul. — Ponieważ żyją niezwykle blisko miejsca, gdzie zasłona między światami jest cienka, a w głosach przechodzących między światami istot słyszą od czasu do czasu szepty nieśmiertelnych. Głosy te wspominają o takim właśnie dziecku, którego przeznaczenie może się wypełnić jedynie w innym świecie — nie w naszym, ale daleko poza nim. Bez tego dziecka wszyscy umrzemy. Tak w każdym razie mówią czarownice. Tyle że dziewczynka musi wypełnić swoje zadanie w sposób nieświadomy, ponieważ nasze ocalenie leży właśnie w jej niewiedzy. Rozumie pan to, Ojcze Coramie?

— Nie — odparł Ojciec Coram — nie mogę powiedzieć, że rozumiem.

— Chodzi o to, że należy pozwolić małej popełniać pomyłki. Musimy mieć nadzieję, że ich nie popełni, jednak w żaden sposób nie możemy kierować jej poczynaniami. Cieszę się, że ujrzałem to dziecko przed śmiercią.

— Ale jak pan rozpoznał, że Lyra jest właśnie tym niezwykłym dzieckiem? I co pan miał na myśli, mówiąc o istotach, które przechodzą między światami? Nie potrafię zrozumieć, doktorze Lanselius, chociaż uważam pana za uczciwego człowieka...

Jednak zanim Konsul zdążył odpowiedzieć Ojcu Coramowi, otworzyły się drzwi i do środka wpadła Lyra. Z triumfem niosła w ręku gałązkę sosny.

— To ta! — krzyknęła. — Sprawdziłam wszystkie i jestem pewna, że chodzi właśnie o tę.

Konsul przyjrzał się z uwagą gałęzi, a potem skinął głową.

— Zgadza się — stwierdził. — Cóż, Lyro, to niewiarygodne. Masz szczęście, że posiadasz taki przyrząd i życzę ci szczęścia przy dalszych interpretacjach. Chciałbym dać ci coś na pamiątkę...

Wziął gałąź i odłamał z niej kawałek.

— Czy ona na niej latała? — spytała poruszona Lyra.

— Tak. Nie mogę dać ci całej, ponieważ potrzebuję jej, by się kontaktować z Serafiną Pekkalą, ale ten kawałek ci wystarczy. Dbaj o niego.

— Oczywiście — powiedziała z zapałem dziewczynka. — Dziękuję.

Wsunęła gałązkę do woreczka z aletheiometrem. Ojciec Coram dotknął gałązki sosny, jak gdyby na szczęście, i na jego twarzy pojawił się wyraz, jakiego Lyra nigdy przedtem nie widziała: coś w rodzaju tęsknoty. Konsul odprowadził gości do drzwi, gdzie uścisnął dłoń najpierw Ojcu Coramowi, a następnie Lyrze.

— Mam nadzieję, że ci się w życiu poszczęści — oświadczył i stanął na progu w przenikliwym zimnie, aby obserwować, jak jego goście odchodzą uliczką.

— Znał odpowiedź na temat Tatarów już wcześniej — zauważyła Lyra. — Aletheiometr mi powiedział, ale nie zdradziłam się z tym. Myślę, że to była próba.

— Tak, sądzę, że cię sprawdzał, dziecko. I dobrze postąpiłaś, że byłaś uprzejma, ponieważ jego wiedza jest ogromnie rozległa. Nie można mieć pewności, co już wie... A ta rada na temat niedźwiedzia była naprawdę użyteczna. Gdyby nie Konsul, nie dowiedzielibyśmy się o takiej możliwości.

Ojciec Coram i Lyra znaleźli drogę do stanicy, która okazała się szeregiem betonowych magazynów na pokrytym zaroślami polu nieużytków, gdzie rzadkie chwasty rosły między szarymi skałami i kałużami zmrożonego błota. Gbur w biurze powiedział im, że mogą się spotkać z niedźwiedziem po pracy o godzinie osiemnastej, muszą jednakże przybyć punktualnie, ponieważ Iorek idzie zwykle prosto na podwórze za bar Einarssona, gdzie dostaje drinka.

Tymczasem Ojciec Coram zabrał Lyrę do najlepszego w mieście sklepu z konfekcją i kupił jej kilka ciepłych ubrań, na przykład futrzane okrycie z kapturem uszyte ze skóry renifera. Sierść renifera jest krótka i dobrze izoluje; kaptur natomiast był podszyty futrem rosomaka, ponieważ łatwo strząsnąć z niego lód, który tworzy się podczas oddychania. Zakupili także bieliznę, kozaki ze skóry młodego renifera i jedwabne rękawiczki do wkładania pod duże futrzane rękawice. Buty i rękawice wykonano z bardzo mocnej skóry z przednich nóg renifera, a podeszwy butów — ze skóry foki brodatej; skóra ta dorównuje wytrzymałością skórze morsa, jest jednak lżejsza. Na koniec kupili nieprzemakalną pelerynę, tak dużą, że całkowicie okryła Lyrę; peleryna wykonana była z półprzezroczystego jelita foczego.

W tym wszystkim, a także w jedwabnym szaliku wokół szyi, wełnianej czapce na uszach i dużym kapturze naciągniętym na głowę, dziewczynce było zbyt ciepło. Zdawała sobie jednak sprawę, że udają się w rejony o wiele chłodniejsze niż tutejszy.

John Faa nadzorował rozładunek statku i ucieszył się, słysząc o tym, co powiedział Konsul Czarownic, a jeszcze bardziej, gdy się dowiedział o niedźwiedziu.

— Pójdziemy do niego tego wieczoru — stwierdził. —

Rozmawiałeś już kiedyś z takim stworzeniem, Ojcze Coramie?

— Tak. Brałem też udział w walce z jednym z nich, chociaż nieosobiście, dzięki Bogu. Musimy być gotowi na pertraktacje, Johnie. Nie wątpię, że zażąda wiele. Będzie też zapewne gburowaty i niepokorny, ale mimo to dobrze byłoby go pozyskać.

— Tak, z pewnością. A co z twoją czarownicą?

— No cóż, przebywa daleko stąd i jest obecnie królową klanu — odparł Ojciec Coram. — Mam nadzieję, że Konsulowi uda się ją zawiadomić, jednak czekanie na odpowiedź zajmie zapewne sporo czasu.

— Ach, tak. A teraz powiem ci, stary przyjacielu, czego ja się dowiedziałem.

John Faa wyraźnie się niecierpliwił, pragnąc koniecznie o czymś opowiedzieć Ojcu Coramowi i Lyrze. Okazało się, że spotkał się na nabrzeżu z pewnym podróżnikiem z Nowej Danii, mężczyzną nazwiskiem Lee Scoresby, który pochodził z kraju o nazwie Teksas i dysponował balonem. Ekspedycja, do której miał nadzieję się przyłączyć, została odwołana z braku funduszy, zanim jeszcze opuściła Amsterdam, więc aeronauta był w tej chwili bez pracy.

— Ojcze Coramie, pomyśl, czego możemy dokonać z pomocą aeronauty! — powiedział z zapałem John Faa, zacierając wielkie dłonie. — Zaangażowałem go, oczywiście. Pomysł przybycia tutaj okazuje się doprawdy bardzo szczęśliwy.

— Mielibyśmy więcej szczęścia, gdybyśmy wiedzieli dokładnie, dokąd powinniśmy się teraz udać — mruknął Ojciec Coram. Nic jednak nie mogło ostudzić podniecenia, jakie John Faa odczuwał na myśl o wyprawie.

Gdy zapadła ciemność, a zapasy i sprzęt zostały bezpiecznie wyładowane i stały na nabrzeżu, Ojciec Coram i Lyra poszli wzdłuż brzegu poszukać baru Einarssona. Znaleźli go dość szybko. Była to buda z surowego betonu; nad jej drzwiami nieregularnie migał czerwony neonowy napis, a ze środka przez zaparowane okna dobiegały dźwięki hałaśliwych rozmów.

Pełna dołów alejka prowadziła obok budy do żelaznej bramy, przez którą wchodziło się na podwórze od tyłu, gdzie na podłożu z zamarzniętego błota stała dziwaczna przybudówka. Na jej tle w przyćmionym świetle padającym z tylnego okna baru widać było zgarbioną postać — olbrzymi jasny kształt ogryzający kawał mięsiwa trzymany w przednich łapach. Lyrze zdawało się, że dostrzega poplamiony krwią pysk, wrogie, czarne oczka i brudne, splątane żółtawe futro. Ogryzając udziec, niedźwiedź wydawał obrzydliwe odgłosy: warczał, mlaskał i cmokał.

Ojciec Coram stanął przy bramie i zawołał:

— Iorku Byrnisonie!

Niedźwiedź przerwał jedzenie. Mężczyźnie i dziewczynce wydawało się, że wielkie stworzenie patrzy bezpośrednio na nich, nie byli jednak w stanie wyczytać czegokolwiek z wyrazu jego pyska.

— Iorku Byrnisonie! — powtórzył Ojciec Coram. — Czy mogę z tobą porozmawiać?

Serce Lyry waliło mocno, ponieważ coś w postawie niedźwiedzia sprawiło, że poczuła jednocześnie zimno, strach i jego brutalną, choć kontrolowaną przez inteligencję siłę. Inteligencja ta nie przypominała ludzkiej, zresztą niedźwiedzie w ogóle w żaden sposób nie przypominały istot ludzkich, choćby dlatego, że nie posiadały dajmonów. Ogólnie rzecz biorąc, ta dziwaczna, nieco niezdarna, pochłaniająca mięso postać nie przypominała żadnego innego stworzenia, jakie Lyra potrafiłaby sobie wyobrazić jeszcze kilka godzin wcześniej. Poczuła naraz głęboki podziw, choć jednocześnie zrobiło jej się żal tej istoty samotnie pędzącej żywot.

Niedźwiedź upuścił w błoto udziec renifera i opadł przednimi łapami na bramę. Potem wyprostował się ociężale — był wysoki na dziesięć, a może więcej stóp — jak gdyby pragnął pokazać, jaki jest potężny i dać im do zrozumienia, że brama stanowi zupełnie bezużyteczną barierę. Z tej wysokości zapytał:

— Kim jesteście?

Głos miał tak mocny, że wydawało się, iż drży od niego ziemia, a odór, który buchał od ciała stworzenia, był nie do zniesienia.

— Jestem Ojciec Coram od Cyganów ze Wschodniej Anglii. A ta dziewczynka to Lyra Belacqua.

— Czego chcecie?

— Chcemy zaproponować ci pracę, Iorku Byrnisonie.

— Mam już pracę.

Niedźwiedź znowu opadł na cztery łapy. Ponieważ jego głos był taki dudniący, bardzo trudno było dosłyszeć w nim ironię czy gniew.

— Czym się zajmujesz w stanicy sań? — spytał Ojciec Coram.

— Naprawiam zepsutą maszynerię i wyroby z żelaza. Przenoszę też ciężkie przedmioty.

— Czy to odpowiednia praca dla panserbjorna?

— Dobrze płatna.

Drzwi baru, które znajdowały się za niedźwiedziem, uchyliły się nieco i jakiś mężczyzna wystawił wielki gliniany dzban, po czym podniósł oczy i przypatrzył się całej trójce.

— Co to za ludzie? — spytał niedźwiedzia.

— Obcy — padła odpowiedź.

Barman spojrzał w taki sposób, jak gdyby zamierzał zapytać o coś jeszcze, ale niedźwiedź wykonał ku niemu nagły ruch i strwożony mężczyzna szybko zamknął drzwi. Niedźwiedź zagiął pazury na uchu dzbana i podniósł go do ust. Lyrę uderzył w nos zapach czystego spirytusu.

Po kilku łykach niedźwiedź odstawił dzban i odwrócił się, by ugryźć kawał mięsa. Pozornie nie zwracał uwagi na Ojca Corama i Lyrę, jednak w chwilę później odezwał się ponownie:

— A jaką pracę oferujecie?

— Walkę, wedle wszelkiego prawdopodobieństwa — odrzekł Ojciec Coram. — Wybieramy się na Północ w poszukiwaniu miejsca, gdzie więzione są porwane dzieci. Kiedy je znajdziemy, będziemy musieli walczyć, by je uwolnić. Następnie przywieziemy je z powrotem.

— A czym zapłacicie?

— Nie wiem, co ci zaproponować, Iorku Byrnisonie. Jeśli pragniesz złota, mamy je.

— Niewłaściwa odpowiedź.

— Czym ci płacą w stanicy sań?

— Dają mi mięso i spirytus.

Niedźwiedź zamilkł, upuścił na wpół ogryzioną kość i podniósł do pyska dzban. Znowu pił mocny spirytus niczym wodę.

— Wybacz moje pytanie, Iorku Byrnisonie — odezwał się Ojciec Coram — ale mógłbyś wieść wolne, dumne życie na lodowcu, polując na foki i morsy, albo pójść na wojnę i walczyć, by zdobyć wspaniałe łupy. Cóż cię trzyma w Trollesundzie i barze Einarssona?

Lyra poczuła, że cała drży. Pomyślała, że takie pytanie, które było prawie obraźliwe, może niepotrzebnie rozwścieczyć to wielkie stworzenie, i zamyśliła się nad odwagą Ojca Corama. Iorek Byrnison odstawił dzban i zbliżył się do bramy, aby zajrzeć w twarz starca. Ojciec Coram nie cofnął się przed jego spojrzeniem.

— Znam rozcinaczy dzieci, których szukacie — powiedział niedźwiedź. — Opuścili miasto przedwczoraj i udali się na Północ z dużą liczbą małych więźniów. Nikt wam o nich nawet nie wspomni, bo wszyscy udają, że niczego nie widzą, ponieważ rozcinacze kojarzą się tu z pieniędzmi i interesem. Mnie jednak nie podobają się ci ludzie, więc odpowiem ci uprzejmie. Jestem tu i piję spirytus, gdyż mężczyźni z tego miasta zabrali mi pancerz, bez którego mogę wprawdzie polować na foki, ale nie mogę iść na wojnę. A jestem pancernym niedźwiedziem, toteż wojna jest morzem, w którym pływam, i powietrzem, którym oddycham. Mieszkańcy miasta dali mi spirytus i pozwolili go pić, aż zasnąłem, a wtedy zabrali mi pancerz. Gdybym wiedział, gdzie go schowali, rozdarłbym to miasto na strzępy, aby go odzyskać. Jeśli potrzebne wam moje usługi, cena jest taka: zwróćcie mi pancerz. Zróbcie to, a będę służył waszej wyprawie do końca: albo padnę martwy, albo zwyciężymy. Ceną jest pancerz. Kiedy dostanę go z powrotem, nigdy już nie będę potrzebował spirytusu.

11
Pancerz

Po powrocie na statek Ojciec Coram, John Faa i inni przywódcy długo konferowali w salonie, Lyra natomiast poszła do swojej kabiny zasięgnąć rady aletheiometru. W ciągu pięciu minut wiedziała dokładnie, gdzie jest pancerz niedźwiedzia i dlaczego tak trudno go odzyskać.

Zastanawiała się, czy iść do salonu i powiedzieć o tym Johnowi Faa i pozostałym mężczyznom, zdecydowała jednak, że jeśli zechcą się dowiedzieć, sami ją spytają. Pomyślała, że może zresztą już wiedzą.

Leżała na koi, myśląc o tym dzikim, potężnym niedźwiedziu, o nonszalancji, z jaką pił ognisty spirytus, i jego samotności w brudnej przybudówce. Jakże odmienne było życie człowieka, zawsze posiadającego przy sobie dajmona, z którym mógł porozmawiać! Na cichym nieruchomym statku, nie słysząc ciągłego skrzypienia metalowych i drewnianych części, dudnienia silnika i pędu wody za burtą, Lyra powoli zasypiała. Na poduszce obok spał Pantalaimon.

Dziewczynka śniła akurat o swoim uwięzionym ojcu, kiedy nagle bez powodu się obudziła. Nie miała pojęcia, która jest godzina. W kabinie migotało słabe światełko, uznała je za blask księżyca. W tym blasku dostrzegła swoje nowe ciepłe ubrania; leżały złożone w kącie kajuty. Gdy tylko je zobaczyła, natychmiast zapragnęła znowu je przymierzyć, a następnie postanowiła wyjść na pokład i w minutę później już otwierała drzwi na szczycie schodów.

Gdy znalazła się na pokładzie, od razu zauważyła, że z niebem dzieje się coś dziwnego. W pierwszym momencie przyszło jej do głowy, iż są to poruszające się i dziwnie drżące chmury, jednak Pantalaimon wyszeptał:

— Zorza!

Zaskoczenie było tak silne, że Lyra — aby nie upaść — musiała się chwycić barierki.

Blask, którego piękno było ledwie możliwe do wyobrażenia, wypełniał niebo na Północy. Wielkie welony delikatnego światła drżały, spływały z nieba. Były bladozielone, różanoróżowe i tak przezroczyste jak najcieńszy materiał, natomiast ich dolny brzeg miał barwę głębokiego i płomiennego karmazynu, kolor ogni piekielnych. Pasma Zorzy kołysały się i migotały z większą swobodą i gracją niż niejeden zręczny tancerz. Lyrze zdawało się, że nawet słyszy ich odgłosy: daleki szmer. Na sekundę sercem dziewczynki zawładnęło jakieś przedziwne uczucie; podobnie czuła się, będąc blisko niedźwiedzia. Widok poruszył ją: był tak piękny, że wydał jej się prawie święty. Łzy napłynęły jej do oczu i rozszczepiły światło w tysiąc pryzmatycznych tęcz. Po chwili poczuła, że wpada w ten sam trans, w którym była, gdy czekała na odpowiedzi aletheiometru. Pomyślała, że może to samo zjawisko, które porusza wskazówką aletheiometru, tworzy także jasność Zorzy. Może to Pył... Przypomniała sobie, że kiedyś już przyszła jej taka myśl do głowy, jednak natychmiast umknęła i dopiero teraz Lyra ją sobie uświadomiła.

Patrzyła intensywnie w Zorzę i nagle za welonami

jasności i strumieniami przezroczystych barw uformował się obraz miasta: wieże, kopuły, świątynie w kolorze miodu, kolumnady, szerokie aleje i oświetlony słońcem park. Zakręciło jej się w głowie, jak gdyby patrzyła nie w górę, lecz w dół, i to w ogromną przepaść, wprost nie do przebycia. Pomyślała, że to miasto jest zapewne odległe o cały wszechświat.

Coś jednak najwyraźniej przybywało z tamtego świata i Lyra spróbowała skupić wzrok na poruszającym się obiekcie; nagle zrobiło jej się słabo, ponieważ ten mały przedmiot nie był częścią Zorzy ani odległego, leżącego za nią wszechświata. Obiekt znajdował się na niebie ponad konturami miasta, a kiedy dziewczynka widziała go już wyraźnie, w pełni rozbudzona, miasto na niebie zniknęło.

— Obiekt przybliżył się i okrążał statek. Potem poszybował w dół, żwawo poruszając wielkimi skrzydłami, i usiadł na drewnianym dachu o kilka jardów od Lyry.

W blasku Zorzy dziewczynka zobaczyła wspaniałego ptaka, pięknego siwego gąsiora, którego głowę zdobiło pasemko jaskrawej bieli. W dodatku nie był to ptak, ale dajmon, chociaż nigdzie w pobliżu nie było żadnego człowieka. Fakt ten napełnił dziewczynkę strachem tak wielkim, że niemal przyprawiał ją o mdłości.

— Gdzie jest Ojciec Coram? — spytał ptak.

I nagle Lyra uświadomiła sobie, kim jest ten piękny gąsior — był to z pewnością dajmon Serafiny Pekkali, królowej klanu, czarownicy, przyjaciółki Ojca Corama.

— Ja... on jest... pójdę i przyprowadzę go... — odpowiedziała Lyra, jąkając się.

Potem odwróciła się i popędziła schodkami pod pokład, do kabiny, którą zajmował starzec. Otworzyła drzwi i krzyknęła w ciemność:

— Ojcze Coramie! Przybył dajmon twojej czarownicy! Czeka na pokładzie! Przyleciał tu zupełnie sam... Widziałam, jak wzleciał z...

— Poproś go, aby poczekał na rufie, dziecko — przerwał jej starzec.

Gąsior majestatycznym krokiem dotarł na rufę statku, tam się rozejrzał. Był tak elegancki i równocześnie dziki, że wywoływał w Lyrze zarówno fascynację, jak i strach. Dziewczynka poczuła się tak, jak gdyby zmuszona była zabawiać ducha.

Na szczęście nadszedł Ojciec Coram, owinięty w ciepłe okrycie, a tuż za nim postępował John Faa. Obaj starcy pokłonili się ptakowi z respektem, a ich dajmony także okazały gościowi szacunek.

— Witam — zagaił Ojciec Coram. — Jestem szczęśliwy i dumny, że cię znowu widzę, Kaiso. Pragniesz wejść do środka, czy może wolisz zostać tutaj na otwartej przestrzeni?

— Wolałbym zostać na zewnątrz, Ojcze Coramie. Czy jednak wy jesteście wystarczająco ciepło ubrani?

Czarownice i ich dajmony nie odczuwały chłodu, wiedziały jednak, że ludziom bywa zimno.

Ojciec Coram zapewnił gąsiora, że wszyscy mają na sobie ciepłe ubrania, i zapytał:

— Jak się miewa Serafina Pekkala?

— Przesyła ci pozdrowienia, Ojcze Coramie. Jest zdrowa i pełna sił. Kim są twoi towarzysze?

Ojciec Coram przedstawił Lyrę i Johna Faa. Dajmon-gąsior spojrzał uważnie na dziewczynkę.

— Słyszałem o tym dziecku — stwierdził. — Mówi się o niej wśród czarownic. Wyruszasz więc na wojnę?

— Nie na wojnę, Kaiso. Jedziemy uwolnić dzieci, które nam porwano, i mam nadzieję, że czarownice nam w tym pomogą.

— Nie wszystkie. Niektóre klany pracują dla łowców Pyłu.

— Czy tak nazywacie ludzi z Rady Oblacyjnej?

— Nie wiem nic o takiej Radzie. Mówię o łowcach Pyłu, którzy przybyli na nasze tereny dziesięć lat temu. Przywieźli ze sobą przyrządy naukowe, zapłacili nam za pozwolenie wybudowania na naszych ziemiach stacji badawczej i traktowali nas uprzejmie.

— Co to jest Pył?

— Pochodzi z nieba. Niektórzy mówią, że zawsze tam był, inni, że opada od niedawna. Pewne jest natomiast, że kiedy ludzie uświadamiają sobie jego obecność, zaczynają odczuwać wielki strach i nic ich nie może powstrzymać przed próbą odkrycia jego istoty. Ale to nie jest sprawa czarownic.

— A gdzie są teraz ci łowcy Pyłu?

— O cztery dni stąd na północny wschód, w miejscu zwanym Bolvangar. Ponieważ nasz klan nie zawierał z nimi żadnej umowy, a poza tym mamy wobec ciebie stary dług, Ojcze Coramie, przybyłem, by ci doradzić, jak można znaleźć tych łowców.

Ojciec Coram uśmiechnął się, a John Faa z zadowolenia aż klasnął w wielkie dłonie.

— Dziękuję ci bardzo, sir — powiedział do gąsiora. — Powiedz nam, czy wiesz coś więcej o łowcach Pyłu? Co robią w tym Bolvangarze?

— Postawili budynki z metalu i betonu, zbudowali też jakieś podziemne pomieszczenia. Opalają je spirytusem węglowym, który sprowadzają wielkim kosztem. Nie wiem, co robią, ale w odległości wielu mil wokół tego miejsca panuje atmosfera nienawiści i strachu. Czarownice potrafią dostrzegać to, czego ludzie nie widzą. Zwierzęta także trzymają się od nich z dala. Nie latają tam żadne ptaki, a lemingi i lisy uciekają. Stąd nazwa tego miejsca: Bolvangar, czyli pole zła. Tamci wprawdzie tak go nie nazywają, mówią o nim Stacja... Ale dla wszystkich pozostałych miejsce to nosi nazwę Bolvangar.

— A w jaki sposób się bronią?

— Mają po swojej stronie grupę Północnych Tatarów uzbrojonych w karabiny. Są to dobrzy żołnierze, choć brakuje im wprawy, ponieważ od czasu zbudowania osady nikt jej nigdy nie zaatakował. Otacza ją zresztą ogrodzenie pod napięciem anbarycznym. Być może są tam również inne środki obrony, o których nie wiemy, ponieważ, jak mówię, nie interesujemy się tymi ludźmi.

Lyra aż paliła się, by zadać pytanie. Gąsior wyczuł to i popatrzył na nią, jak gdyby na znak przyzwolenia.

— Dlaczego czarownice o mnie mówią? — spytała.

— Ze względu na twojego ojca i jego wiedzę o innych światach — odrzekł dajmon.

Stwierdzenie to zaszokowało troje ludzi. Lyra popatrzyła najpierw na Ojca Corama, który odwzajemnił jej spojrzenie, potem na Johna Faa, którego mina świadczyła o zakłopotaniu.

— Wiedzę o innych światach? — spytał. — Wybacz, sir, ale jakie to mogą być światy? Masz na myśli gwiazdy?

— Ależ nie.

— Może myślisz o światach w sensie duchowym? — zapytał Ojciec Coram.

— Również nie.

— Chodzi o to miasto w Zorzy? — wtrąciła Lyra. — Właśnie o nie, prawda?

Gąsior zwrócił ku niej wspaniałą głowę. Oczy miał czarne, otoczone cienką linią pięknego szafiru, a spojrzenie — niezwykle intensywne.

— Tak — odparł. — Czarownice od tysięcy lat wiedzą o innych światach, które czasami można zobaczyć w Zorzy północnej. Światy te wcale nie są częścią naszego wszechświata; nawet najdalsze gwiazdy należą do niego, ale tamte światy nie. Zorza ukazuje nam całkowicie odmienny wszechświat. Nie leży daleko od naszego i przenika się z nim. Tu, na pokładzie tego statku, istnieją miliony innych wszechświatów, nieświadomych siebie nawzajem...

Gąsior podniósł skrzydła i rozpostarł je szeroko, a następnie ponownie złożył.

— Tym ruchem — wyjaśnił — właśnie odgarnąłem

dziesięć milionów innych światów, a nikt w nich nawet tego nie zauważył. Jesteśmy od tych światów w tak bliskiej odległości, na uderzenie serca, ale nie możemy nigdy dotknąć, zobaczyć ani usłyszeć żadnego z nich. Jedynie w Zorzy północnej...

— A dlaczego właśnie tam? — spytał Ojciec Coram.

— Ponieważ naładowane cząsteczki w Zorzy mają właściwość rozrzedzania materii świata, toteż na krótki czas można ujrzeć drugą stronę. Czarownice wiedzą o tym od dawna, choć rzadko na ten temat rozmawiają.

— Wiem, że mój ojciec w to wierzy — oświadczyła Lyra — ponieważ słyszałam, jak o tym mówił i pokazywał zdjęcia Zorzy.

— Czy te światy mają coś wspólnego z Pyłem? — spytał John Faa.

— Któż to może wiedzieć? — odrzekł pytaniem gąsior. — Mogę wam powiedzieć jedynie, że łowców Pyłu tak on przeraża, jak gdyby był śmiertelną trucizną. Z tego właśnie powodu uwięzili Lorda Asriela.

— To znaczy dlaczego? — spytała Lyra.

— Sądzą, że Lord Asriel zamierza wykorzystać w jakiś sposób Pył, aby postawić most między naszym światem a tym za Zorzą.

Wiadomość ta sprawiła dziewczynce wielką przyjemność.

Usłyszała, jak Ojciec Coram pyta:

— A rzeczywiście zamierza?

— Tak — odparł gąsior. — Tamci wątpią, że mu się uda, i uważają, że jest szalony, skoro w ogóle wierzy w istnienie innych światów. Jednak taka jest prawda — to jest właśnie jego celem. Lord Asriel to człowiek ambitny i łowcy Pyłu obawiają się, iż może im pokrzyżować plany, więc zawarli układ z pancernymi niedźwiedziami, które go schwytały i uwięziły w Svalbardzie, daleko stąd. Mówi się, że zgodnie z tą umową łowcy pomogli zdobyć władzę nowemu królowi niedźwiedzi.

— Czy czarownice chcą, aby Lord Asriel zbudował ten most? — wtrąciła Lyra. — Są po jego stronie czy przeciwko niemu?

— Odpowiedź na to pytanie nie jest prosta. Po pierwsze, czarownice nie są zjednoczone i istnieją pomiędzy nimi wielkie różnice zdań. Po drugie, most Lorda Asriela może mieć znaczenie w wojnach, które czarownice toczą z rozmaitymi potęgami, a niektóre z nich należą do świata duchowego. Posiadanie mostu, jeśli kiedykolwiek powstanie, będzie się wiązało z ogromnymi korzyściami. Wreszcie po trzecie, klan Serafiny Pekkali — czyli nasz klan — nie należy jeszcze do żadnego sojuszu, chociaż bardzo się nas ponagla, byśmy się opowiedzieli po którejś ze stron. Jak widzicie, są to kwestie wielkiej polityki i niełatwo sobie z nimi poradzić.

— A co z niedźwiedziami? — spytała Lyra. — Po czyjej są stronie?

— Zawsze po stronie płacącego. Nie interesują ich te wszystkie kwestie, nie mają dajmonów i w ogóle nie obchodzą ich problemy ludzi. Tak przynajmniej dotąd postępowały, chociaż słyszeliśmy, że ich nowy król zaczął wprowadzać zmiany... W każdym razie, łowcy Pyłu zapłacili niedźwiedziom za uwięzienie Lorda Asriela, toteż będą go trzymać w Svalbardzie, póki ostatnia kropla krwi nie wysączy się z ciała ostatniego żywego niedźwiedzia.

— Ale nie wszystkie niedźwiedzie są takie! — powiedziała Lyra. — Jednego nie ma w Svalbardzie. To banita i pojedzie z nami.

Gąsior posłał Lyrze kolejne przenikliwe spojrzenie. Tym razem jednak wyczuła jego chłód i zaskoczenie.

Ojciec Coram drgnął niespokojnie i powiedział:

— Niestety, Lyro, nie sądzę, żeby z nami pojechał. Słyszeliśmy, że terminuje tu jako robotnik. Nie jest wolny, tak jak sądziliśmy uprzednio, ale odbywa karę. Póki nie wypełni zobowiązania, nie może sobą rozporządzać ani nigdzie jechać, z pancerzem czy bez niego. Poza tym i tak nie może tam wrócić.

— Ależ powiedział, że go oszukali! Że go upili i okradli!

— Słyszeliśmy coś innego — stwierdził John Faa. — To niebezpieczny łobuz, tak właśnie nam powiedziano.

— Jeśli... — Lyra była tak oburzona, że ledwie mogła mówić — ...jeśli aletheiometr coś mi powie, wiem, że to prawda. Spytałam go i dowiedziałam się, że niedźwiedź mówił szczerze, iż go oszukano. To tamci opowiadają kłamstwa, nie on. Ja mu wierzę, Lordzie Faa! Ojcze Coramie, ty również go widziałeś i wierzysz mu, prawda?

— Sądziłem, że wierzę, dziecko. Jednak nie jestem taki pewny jak ty.

— Ale czego oni się boją? Sądzą, że pozabija wszystkich wokół, jak tylko nałoży zbroję? Przecież mógłby i teraz zabić tuziny ludzi!

— Już to zrobił — powiedział John Faa. — Może nie tuziny, ale na pewno kilku. Kiedy mu odebrano pancerz, zaczął go szukać i dostał szału. Napadł na posterunek policji, na bank i nie wiem na co jeszcze... Zabił przynajmniej dwóch ludzi. Jedynym powodem, dla którego go nie zastrzelili, jest jego zdumiewająca zręczność w obróbce metali, toteż postanowili go wykorzystać jako robotnika.

— Chyba niewolnika! — krzyknęła zapalczywie Lyra. — Nie mieli prawa!

— Weź pod uwagę, że mogli go zastrzelić za zabójstwa, których się dopuścił, jednak tego nie zrobili. Skazali go na pracę dla miasta dopóty, dopóki nie spłaci szkód.

— Johnie — powiedział Ojciec Coram — nie wiem, jakie jest twoje zdanie, ale ja sądzę, że nigdy mu nie oddadzą pancerza. Im dłużej ci ludzie będą go przetrzymywać, tym bardziej będzie rozwścieczony, gdy mu go wreszcie zwrócą.

— Jednak jeśli to my przekażemy mu pancerz, pojedzie z nami i już im nie narobi kłopotów — stwierdziła Lyra. — Obiecuję, Lordzie Faa.

— A jak zamierzasz zdobyć jego zbroję?

— Wiem, gdzie jest!

Zapadło milczenie i wszyscy troje zdali sobie sprawę, że dajmon czarownicy nieprzerwanie wpatruje się w Lyrę. Dziewczynka i dwaj starcy patrzyli na niego, podobnie jak ich dajmony, które dotąd zachowywały się w sposób niezwykle uprzejmy, skromnie odwracając oczy od tego dziwnego, samotnego, pozbawionego właściciela stworzenia.

— Nie zaskoczę cię chyba, Lyro — odezwał się gąsior — jeśli ci powiem, że aletheiometr jest kolejnym powodem, dla którego interesują się tobą czarownice. Nasz Konsul opowiedział nam o twojej wizycie dzisiejszego ranka. Sądzę, że to właśnie doktor Lanselius wspomniał wam o niedźwiedziu.

— Tak — pokiwał głową John Faa. — A potem dziewczynka i Ojciec Coram poszli porozmawiać z tym stworzeniem. Sądzę, że Lyra ma rację, jednak jeśli nie uszanujemy prawa tych ludzi, wplączemy się jedynie w spór, a najważniejszy jest w tej chwili pośpiech. Trzeba ruszyć do Bolvangaru, z niedźwiedziem czy bez niego.

— Ach, nie widziałeś go, Johnie — wtrącił Ojciec Coram. — Ja wierzę Lyrze. Myślę, że moglibyśmy za niego poręczyć. A ten niedźwiedź może bardzo wiele zmienić.

— Jakie jest pańskie zdanie w tej kwestii, sir? — spytał John Faa dajmona czarownicy.

— Niewiele mamy wspólnego z niedźwiedziami, a ich pragnienia są dla nas tak dziwaczne, jak nasze dla nich. Jeśli ten niedźwiedź jest banitą, może jest mniej godzien zaufania, niż mówi się o przedstawicielach jego gatunku. Sami musicie podjąć decyzję.

— Tak też zrobimy — oznajmił Ojciec Coram zdecydowanym tonem. — Teraz jednak, sir, może nam pan powie, jak się stąd dostać do Bolvangaru.

Gąsior zaczął wyjaśniać. Mówił o dolinach i wzgórzach, o linii drzew i tundrze, o gwiazdach wskazujących drogę. Lyra słuchała przez chwilę, a potem położyła się na plecach na leżaku, z Pantalaimonem owiniętym wokół jej szyi, i rozmyślała o wspaniałej wizji, którą przyniósł ze sobą gąsior-dajmon. Most między dwoma światami... Pomysł wspanialszy niż wszystko, co Lyra potrafiłaby wymyślić! I to właśnie jej wielki ojciec go stworzy. Pomyślała, że jak tylko uratują dzieci, pojedzie do Svalbardu z niedźwiedziem i z aletheiometrem, którego użyje, aby uwolnić Lorda Asriela. A później razem zbudują most i jako pierwsi przejdą po nim na drugą stronę...

W nocy prawdopodobnie John Faa zaniósł Lyrę na jej koję, ponieważ tam się ocknęła. Blade słońce stało na niebie niemal w zenicie — z perspektywy Lyry o szerokość dłoni nad horyzontem — i dziewczynka uświadomiła sobie, że jest prawie południe i że wkrótce, im dalej na północ, wcale nie będzie widać słońca.

Ubrała się szybko i wybiegła na pokład, gdzie nic szczególnego się nie działo. Wszystkie zapasy już wyładowano, czekały wynajęte sanie i psie zaprzęgi, przygotowania do wyprawy zakończono. Większość Cyganów siedziała w zadymionej, ustawionej frontem do morza kafejce. Przy długich drewnianych stołach jedli korzenne ciastka i popijali mocną, słodką kawę; słychać było syk i skrzypienie starych anbarycznych lamp.

— Gdzie jest Lord Faa? — spytała, siadając obok Tony'ego Costy i jego przyjaciół. — I Ojciec Coram? Czy może starają się odzyskać niedźwiedzi pancerz?

— Rozmawiają o tym z Burmistrzem, aby przekazał wiadomość Gubernatorowi. A więc widziałaś tego niedźwiedzia, Lyro?

— Tak! — odparła dziewczynka, po czym opowiedziała

całą historię nieszczęsnego zwierzęcia. Podczas gdy mówiła, ktoś przysunął sobie krzesło i przysiadł się do grupy przy stole.

— Więc rozmawiałaś ze starym Iorkiem? — spytał.

Dziewczynka popatrzyła ze zdziwieniem na nowo przybyłego. Był to wysoki, szczupły mężczyzna z cienkim, czarnym wąsikiem i wąskimi, niebieskimi oczyma; na jego twarzy malował się wyraz nonszalancji, ironii i rozbawienia. Już na pierwszy rzut oka zrobił na niej spore wrażenie, nie była jednak pewna, czy czuje do niego sympatię, czy może niechęć. Dajmoną mężczyzny był nędzny, bardzo chudy zając, który wyglądał na równie wytrzymałego jak jego właściciel.

Nieznajomy wyciągnął do niej rękę i Lyra potrząsnęła nią ostrożnie.

— Lee Scoresby — przedstawił się.

— Aeronauta! — wykrzyknęła. — A gdzie pański balon? Mogę do niego wsiąść?

— Niestety, jest zapakowany, panienko. Jesteś zapewne tą słynną Lyrą. Powiedz więc, jak wyglądała rozmowa z Iorkiem Byrnisonem?

— Zna go pan?

— Walczyłem u jego boku w kampanii tunguskiej. Do diabła, znam Iorka od lat. Niedźwiedzie to skomplikowane istoty, ale ten jest bez dwóch zdań najniezwyklejszy ze wszystkich. Hm, czy któryś z panów ma ochotę pograć na pieniążki?

W ręku mężczyzny pojawiła się talia kart. Potasował je głośno.

— Słyszałem, że przedstawiciele waszego ludu są biegli w grach karcianych — mówił Lee Scoresby, przy czym jedną ręką przekładał i tasował karty, drugą wyławiał cygaro z kieszeni na piersi — i pomyślałem, że nie odmówicie prostemu teksaskiemu podróżnikowi, który pragnie się zmierzyć z wami na tym polu. Co wy na to, panowie?

Cyganie szczycili się talentem do kart, toteż teraz wielu z nich wyglądało na zainteresowanych. Przystawili swoje krzesła. W czasie gdy uzgadniali z nowo przybyłym, w co grać i za jakie stawki, dajmona Lee Scoresby'ego, patrząc na Pantalaimona, wskazała na swoje uszy. Dajmon Lyry natychmiast zrozumiał gest, zmienił się w wiewiórkę i podskoczył lekko do boku zajęczycy, która zaczęła mówić na tyle głośno, że Lyra usłyszała jej słowa:

— Idźcie do niedźwiedzia i powiedzcie mu wprost, co wiecie. Jak tylko miejscowi zorientują się, co planujecie, od razu przeniosą jego pancerz w inne miejsce.

Lyra wstała, zabierając ze sobą korzenne ciastko. Nikt nie zauważył jej odejścia; Lee Scoresby już rozdawał karty i oczy wszystkich podejrzliwych skupiły się na jego dłoniach.

W coraz słabszym popołudniowym świetle dziewczynka znalazła drogę do stanicy sań. Wiedziała, że słusznie postępuje, choć równocześnie czuła niepokój, a nawet lekki strach.

Wielki niedźwiedź pracował przy największych betonowych budach. Lyra zatrzymała się przed otwartą bramą i patrzyła. Iorek Byrnison naprawiał właśnie roztrzaskany ciągnik z silnikiem gazowym; metalowa pokrywa silnika była skręcona i wykrzywiona, a jedna z płóz wygięta w górę. Niedźwiedź podniósł blachę tak lekko, jak gdyby to był karton, i obracał ją na wszystkie strony w wielkich łapach, dokładnie ją oglądając, po czym postawił tylną łapę na jednym rogu i skręcił całą powierzchnię w taki sposób, że wyrównał wszystkie zgięcia i przywrócił blasze pierwotną formę. Następnie oparł ją o ścianę i podniósł jedną łapą ciężki ciągnik, kładąc go na boku i przechylając, aby obejrzeć wygiętą płozę.

Gdy skończył, zauważył Lyrę, a dziewczynka, spoglądając na jego potężne cielsko o groźnym wyglądzie, poczuła zimne ukłucie strachu. Patrzyła na niego przez płot z odległości około czterdziestu jardów i pomyślała, że jednym susem mógłby do niej doskoczyć i rozedrzeć ją niczym pajęczynę. Przerażona, już zamierzała się odwrócić i uciec, ale Pantalaimon zawołał:

— Zaczekaj! Pozwól mi z nim porozmawiać.

Zmienił się w rybołówkę i zanim Lyra zdążyła mu odpowiedzieć, przeleciał przez ogrodzenie i pas zamarzniętej ziemi między nim i niedźwiedziem. Dalej znajdowała się otwarta brama i dziewczynka mogła tamtędy wejść za swoim dajmonem, ale ociągała się. Pantalaimon patrzył na nią przez chwilę, a następnie zmienił się w borsuka.

Lyra wiedziała, na jaki wpadł pomysł. Dajmony mogły się oddalać nie więcej niż o kilka jardów od swoich właścicieli, toteż gdyby dziewczynka nadal stała przy płocie, a on pozostał ptakiem, nie mógłby się zbliżyć do niedźwiedzia; zamierzał więc zmusić ją do ruchu.

Rozgniewała się, a jednocześnie źle poczuła, Pantalaimon bowiem wbił pazury w ziemię i parł do przodu. Dziewczynka czuła ból głęboko w piersi, a także smutek i miłość. Wiedziała, że jej dajmon czuje to samo, ponieważ w Jordanie wielokrotnie sprawdzali, jak daleko mogą się od siebie oddalić; każdy powrót przynosił ogromną ulgę.

Borsuk przesunął się trochę do przodu.

— Nie, Pan!

Jednak nie zatrzymał się. Niedźwiedź bez ruchu obserwował całą scenę. Ból w sercu Lyry stawał się coraz trudniejszy do zniesienia, chciało jej się płakać.

— Pan...

Wreszcie dziewczynka zmuszona była przejść przez bramę, idąc po zamarzniętym błocie ku swemu dajmonowi, który zmienił się teraz w żbika i skoczył jej w ramiona; mocno przywarli do siebie i tak trwali przez dłuższą chwilę, drżąc i łkając z ulgi.

— Myślałam, że naprawdę to zrobisz...

— Nie...

— Czułam tak wielki ból, że trudno uwierzyć...

A później Lyra ze złością otarła łzy i wysmarkała nos. Pantalaimon skulił się w jej ramionach i wiedziała, że raczej umrze, niż pozwoli im się kiedykolwiek rozdzielić i poczuć ten straszliwy smutek, który przyprawił ją niemal o szaleństwo z żalu i strachu. Nawet gdyby umarła, nadal byliby razem, jak Uczeni w krypcie w Jordanie...

Nagle dziewczynka i jej dajmon podnieśli oczy na samotnego niedźwiedzia. Stworzenie bez dajmona! Było samo, zawsze samotne. Lyra poczuła tak wielki żal, że chcąc okazać mu współczucie, prawie wyciągnęła rękę, aby dotknąć zbitego w kudły futra; powstrzymała ją jedynie grzeczność i jego zimny, dziki wzrok.

— Iorku Byrnisonie — odezwała się.

— O co chodzi?

— Lord Faa i Ojciec Coram poszli spróbować odzyskać twój pancerz.

Niedźwiedź nie poruszył się ani nie odezwał. Jasne było, co myśli o szansie powodzenia ich misji.

— Ja jednak wiem, gdzie on jest — dodała — i gdybym ci powiedziała, mógłbyś go sam odebrać. Tyle że nie...

— Skąd wiesz, gdzie jest?

— Posiadam czytnik symboli i sądzę, że powinnam ci przekazać tę informację, ponieważ tak haniebnie cię oszukano. Moim zdaniem to nie było w porządku. Nie powinni byli tego zrobić. John Faa zamierza dyskutować na ten temat z Burmistrzem, jednak niezależnie od tego, co mu powie, prawdopodobnie nie oddadzą ci zbroi. Jeśli ci powiem, gdzie ona jest, czy pojedziesz z nami i pomożesz nam uratować dzieci z Bolvangaru?

— Tak.

Nie chciała być wścibska, ale nie mogła powstrzymać ciekawości. W końcu spytała:

— Iorku Byrnisonie, dlaczego po prostu nie wykujesz sobie nowego pancerza z tego metalu?

— Ponieważ jest bezwartościowy. Popatrz — dodał,

po czym jedną łapą podniósł pokrywę silnika, rozciął ją pazurem drugiej, jak gdyby otwierał otwieraczem blaszaną puszkę. — Mój pancerz jest wykonany z niebiańskiego żelaza i pasuje tylko na mnie. Dla niedźwiedzia pancerz to jego dusza, dokładnie tak jak twój dajmon dla ciebie. Nie możesz go przecież zastąpić — powiedział, wskazując na Pantalaimona — lalką wypchaną trocinami. To jest właśnie ta różnica. No więc, gdzie jest mój pancerz?

— Słuchaj, musisz mi obiecać, że nie będziesz się mścił. Tamci ludzie postąpili niewłaściwie, zabierając ci pancerz, ale proszę cię, pogódź się z tym.

— Zgoda. Żadnej zemsty po odzyskaniu pancerza. Wiedz jednak, że gdy pójdę po niego, nikt mnie nie powstrzyma. Jeśli staną mi na drodze, zginą.

— Zbroja jest ukryta w piwnicy plebanii — powiedziała Lyra. — Ksiądz sądzi, że jest w niej dusza, i próbuje ją z niej wyjąć. W każdym razie, pancerz tam właśnie leży.

Niedźwiedź stanął na tylnych łapach i spojrzał na zachód; ostatnie promienie słońca zabarwiły jego pysk pięknymi odcieniami żółci i bieli; w mroku jaśniał kremowo. Lyra poczuła, jak z tego wielkiego stworzenia promieniuje moc niczym fale gorąca z grzejnika.

— Muszę pracować do zachodu słońca — oświadczył. — Rano dałem słowo tutejszemu mistrzowi. Jestem mu winien jeszcze kilka minut pracy.

— Z miejsca, w którym stoję, widać, że słońce zachodzi — zauważyła dziewczynka, ponieważ z jej perspektywy żółta kula rzeczywiście znikała za skalistym cyplem na południowym zachodzie.

Niedźwiedź opadł na przednie łapy.

— To prawda — odparł. Jego łeb znajdował się teraz w cieniu, tak jak jej. — Jak się nazywasz, dziecko?

— Lyra Belacqua.

— W takim razie mam wobec ciebie dług, Lyro Belacqua — stwierdził.

Potem odwrócił się i pobiegł. Poruszał się tak szybko po zamarzniętej ziemi, że dziewczynka żadną miarą nie była w stanie dotrzymać mu kroku. Biegła jednak, a jej dajmon zmieniony w mewę wzleciał do góry, pragnąc obserwować poczynania niedźwiedzia; Pantalaimon wołał do niej z góry, wskazując drogę.

Iorek Byrnison wybiegł ze stanicy i gnał przed siebie wąską uliczką. Później skręcił w główną ulicę miasta, mijając dziedziniec rezydencji Burmistrza, gdzie w nieruchomym powietrzu wisiała flaga, a wartownik sztywno maszerował w tę i z powrotem. Następnie niedźwiedź zbiegł ze wzgórza na końcu ulicy, przy której mieszkał Konsul Czarownic. Do tego czasu wartownik uświadomił sobie, co się dzieje; próbował ochłonąć i podjąć jakąś decyzję, jednak Iorek Byrnison skręcił już za róg w pobliżu portu.

Ludzie zatrzymywali się i patrzyli albo szybko uciekali z drogi. Wartownik wystrzelił dwukrotnie w powietrze, po czym zaczął zbiegać ze wzgórza za niedźwiedziem. Nie szło mu to łatwo, ponieważ ciągle ślizgał się po oblodzonym zboczu. Odzyskiwał równowagę, chwytając się najbliższej poręczy. Lyra była niedaleko za nim. Kiedy mijała dom Burmistrza, dostrzegła kilka osób, które właśnie wychodziły na dziedziniec, zaciekawione zamieszaniem, i wydało jej się, że widzi wśród nich Ojca Corama; wtedy jednak straciła dom z pola widzenia, pędząc dalej ulicą ku narożnikowi, za który już skręcił ścigający niedźwiedzia wartownik.

Plebania była starsza niż większość miejscowych budynków; zbudowano ją z kosztownych cegieł. Do frontowych drzwi prowadziły trzy schodki, tyle że drzwi zmieniły się teraz w wiszące i sterczące szczapy, a z wnętrza domu dochodziły krzyki i odgłosy roztrzaskiwania i łamania mebli. Wartownik zawahał się, stając przed budynkiem, trzymał jednakże karabin w pogotowiu; potem, gdy przechodnie zaczęli się zbierać, a mieszkańcy domów po przeciwnej stronie ulicy rzucili się do okien, stwierdził, że musi zareagować, i oddał strzał w powietrze, a następnie wbiegł do środka.

W chwilę później Lyrze wydało się, że cały dom drży w posadach. W trzech oknach pękły szyby, dachówki zsuwały się z dachu jedna po drugiej, aż nagle wybiegła z plebanii przerażona służąca, za którą dreptał, machając skrzydłami i gdacząc, jej dajmon w postaci kury.

Z wnętrza domu dobiegł kolejny strzał, a potem czyjś przeraźliwy wrzask sprawił, że służąca też zaczęła krzyczeć. Niczym wystrzelony z armaty wypadł teraz z budynku sam ksiądz, który pędził z dziko trzepoczącą skrzydłami dajmoną w postaci pelikana; widać było, że zraniono jego dumę. Nagle Lyra usłyszała wykrzykiwane rozkazy i odwróciła się, a wtedy zobaczyła wybiegający zza rogu oddział uzbrojonych policjantów — niektórzy z pistoletami, inni z karabinami — a w niedalekiej odległości za nimi szedł John Faa i zdenerwowany otyły Burmistrz.

Przerażające odgłosy dobiegające z plebanii sprawiły, że wszyscy patrzyli w tę stronę. Okno tuż nad ziemią, za którym najwyraźniej znajdowała się piwnica, zostało roztrzaskane; słychać było brzęk rozbijanego szkła oraz trzask odrywanego i łamanego drewna. Wartownik, który wszedł do domu za Iorkiem Byrnisonem, wybiegł teraz i z karabinem gotowym do strzału stanął przed okienkiem piwnicznym, by z zewnątrz stawić czoło niedźwiedziowi. Nagle okno rozwarło się całkowicie i wyskoczył przez nie Iorek Byrnison, niedźwiedź w pancerzu.

Bez pancerza wyglądał groźnie, a w nim — wręcz przerażająco. Zbroja była rdzawoczerwona, poszczególne jej części niedokładnie skute: wielkie blachy powyginanego, pordzewiałego metalu ocierały się o siebie, zgrzytając i skrzypiąc. Przód hełmu był tak samo wysunięty jak pysk jego właściciela; w hełmie znajdowały się szczeliny na oczy, a dolna część szczęki pozostawała odkryta, aby niedźwiedź mógł gryźć i rozdzierać ofiarę zębami.

Wartownik wypalił kilka razy, a policjanci także strzelali z karabinów, celując w niedźwiedzia, jednak Iorek Byrnison strząsał tylko z siebie ich kule niczym krople deszczu. Potem, zanim wartownik zdołał uciec, niedźwiedź, skrzypiąc i szczękając metalem, skoczył do przodu i powalił biednego człowieka na ziemię. Dajmona wartownika, suka rasy husky, rzuciła się do gardła niedźwiedzia, ale Iorek Byrnison nie zwrócił na nią uwagi, jak gdyby była muchą. Ogromną łapą przyciągnął do siebie wartownika, rozwarł szczęki i wsunął w nie głowę nieszczęśnika. Lyra potrafiła dokładnie przewidzieć, co się zdarzy: niedźwiedź zmiażdży czaszkę mężczyzny, a później rozegra się krwawa bitwa, wiele osób zginie, a oni będą musieli odłożyć podróż, z niedźwiedziem czy bez niego.

Nie zastanawiając się nawet przez chwilę, dziewczynka rzuciła się przed siebie i wsunęła rękę w szczelinę, która pojawiła się między hełmem a wielką powierzchnią pancerza ponad ramionami niedźwiedzia. Kiedy zwierzę pochylało głowę, Lyra wcześniej dostrzegła tam ledwie widoczny między pordzewiałymi krawędziami metalu fragment żółtobiałego futra. Teraz zagłębiła w nie palce, a Pantalaimon natychmiast przyleciał i zmienił się w żbika, gotów jej bronić; Iorek Byrnison pozostał jednakże nieruchomy, a karabinierzy wstrzymali ogień.

— Iorku! — wykrzyknęła stłumionym głosem dziewczynka. — Pamiętasz? Jesteś mi winien przysługę. Teraz właśnie możesz spłacić swój dług. Zrób, jak mi obiecałeś, i nie walcz z tymi ludźmi. Po prostu odwróć się i odejdź ze mną. Potrzebujemy cię, Iorku, a ty nie możesz tu zostać, chodź więc ze mną do portu. Nawet się nie odwracaj. Niech Ojciec Coram i Lord Faa porozmawiają z mieszkańcami, a na pewno dobrze załatwią całą sprawę. Puść wolno tego człowieka i chodźmy...

Niedźwiedź powoli otworzył paszczę, z której wysunęła się zakrwawiona głowa mężczyzny. Zemdlony wartownik upadł na ziemię, a jego dajmona przysiadła obok, tuląc się do niego. Tymczasem niedźwiedź odszedł wraz z Lyrą.

Nikt się nie poruszył. Ludzie stali i obserwowali, jak wielkie zwierzę porzuca swoją ofiarę na rozkaz małej dziewczynki, której dajmonem był dziki kot, a potem rozstąpili się, by zrobić przejście tej dziwnej grupie. Iorek ciężkim krokiem przeszedł między nimi u boku Lyry. Skierowali się do portu.

Dziewczynka skoncentrowała się całkowicie na niedźwiedziu, toteż nie dostrzegła zamieszania, które zapanowało, gdy gapie poczuli się bezpieczni, nie zdawała sobie sprawy, jak wielki gniew odczuwali do potężnego stworzenia. Szła obok Iorka, a Pantalaimon kroczył przed nimi, jak gdyby torował im drogę.

Kiedy dotarli do portu, niedźwiedź opuścił głowę i odpiął pazurem hełm, pozwalając, aby z brzękiem upadł na zamarzniętą ziemię. Z kafejki wyszli Cyganie; zorientowali się, że coś się stało, i teraz w blasku anbarycznych świateł z pokładu statku obserwowali, jak Iorek Byrnison strząsa z siebie resztki zbroi i zostawia je w stosie na nabrzeżu. Nie odezwawszy się do nikogo, wszedł do wody. Zanurzył się bez jednego plusku, po czym zniknął.

— Co się stało? — spytał Tony Costa, słysząc głosy wzburzonych mieszkańców miasta i przedstawicieli policji, którzy kierowali się do portu.

Lyra opowiedziała mu całą historię tak dokładnie, jak tylko potrafiła.

— A gdzie poszedł teraz? — spytał. — Czyżby po prostu zostawił zbroję na nabrzeżu? Przecież zabiorą ją, jak tylko tu dotrą!

Lyra także się tego obawiała, patrząc, jak zza rogu wyłania się pierwszy policjant, za nim kolejni, a następnie Burmistrz, ksiądz oraz dwudziestu czy trzydziestu gapiów. Za nimi z trudem usiłowali nadążyć John Faa i Ojciec Coram.

Kiedy jednak wszyscy dotarli na nabrzeże, zatrzymali się, ponieważ wcześniej zjawił się tam ktoś inny. Na zbroi niedźwiedzia usiadł wysoki osobnik, założywszy nogę na nogę. Był to Lee Scoresby, w ręku którego znajdował się pistolet o najdłuższej lufie, jaką Lyra kiedykolwiek widziała; aeronauta niedbale celował w wielki brzuch Burmistrza.

— Zdaje się, że nie najlepiej opiekowałeś się pan pancerzem mojego przyjaciela — zagaił przyjacielskim tonem. — No sam pan popatrz na tę rdzę! Nie zaskoczyłoby mnie również, gdybym znalazł w niej mole. Stój tam, gdzie jesteś, nieruchomo i spokojnie! I niech nikt się nie rusza, póki niedźwiedź nie wróci ze smarem. Albo możecie iść do domu i poczytać gazetę. Wybór należy do was.

— Jest tam! — krzyknął Tony, wskazując rampę na drugim końcu nabrzeża, gdzie z wody wyłaniał się Iorek Byrnison, ciągnąc jakiś ciemny przedmiot. Gdy wyszedł na nabrzeże, otrząsnął się, rozpryskując wokół wielkie krople wody, aż jego gęste futro się nastroszyło. Następnie pochylił się, ponownie wziął w zęby coś ciemnego i dużego i ciągnął w stronę pancerza. Ciemny przedmiot okazał się martwą foką.

— Iorku — odezwał się aeronauta, wstając leniwie. Pistolet nadal trzymał wycelowany w Burmistrza. — Witam cię.

Niedźwiedź podniósł oczy i warknął krótko, po czym jedną łapą rozdarł ciało foki. Lyra obserwowała zafascynowana, jak zdejmuje skórę i wydziera pasy tłustego mięsa, a następnie naciera nimi cały pancerz, najstaranniej zaś te miejsca, gdzie blachy nachodziły na siebie.

— Jesteś z tymi ludźmi? — spytał niedźwiedź Lee Scoresby'ego podczas pracy.

— Tak. Zdaje mi się, że obu nas zatrudniono, Iorku.

— Gdzie twój balon? — spytała Lyra Teksańczyka.

— Spakowany w dwóch saniach — odparł. — A oto nasz szef.

John Faa, Ojciec Coram i Burmistrz zbliżyli się do nich wraz z czterema zbrojnymi policjantami.

— Niedźwiedziu! — krzyknął Burmistrz wysokim, skrzekliwym głosem. — Pozwalam ci odjechać z tymi ludźmi. Pamiętaj jednak, że jeśli pojawisz się ponownie w granicach miasta, nie będzie dla ciebie litości.

Iorek Byrnison nie zwrócił na te słowa najmniejszej uwagi i kontynuował nacieranie pancerza foczym tłuszczem; robił to z taką dokładnością, troską i czułością, że jego stosunek do zbroi skojarzył się Lyrze z jej własnym przywiązaniem do Pantalaimona. W istocie było tak, jak powiedział jej niedźwiedź: pancerz stanowił jego duszę. Burmistrz i policjanci wycofali się, a pozostali ludzie powoli odwracali się i rozchodzili, chociaż kilku zostało na swoich miejscach.

John Faa przyłożył dłonie do ust i zawołał:

— Cyganie!

Wszyscy byli gotowi do drogi. Od chwili gdy skończyli przeładunek, oczekiwali na sygnał do wyjazdu. Sanie były przygotowane, psy czekały na postronkach.

— Czas wyruszać, przyjaciele — oznajmił John Faa. — Jesteśmy odpowiednio zaopatrzeni i znamy kierunek, w którym powinniśmy się udać. Panie Scoresby, skończył pan załadunek?

— Jestem gotów do drogi, Lordzie Faa.

— A ty, Iorku Byrnisonie?

— Kiedy się przyodzieję — mruknął niedźwiedź.

Skończył oliwić pancerz. Nie chcąc marnować foczego mięsa, chwycił martwe zwierzę w zęby i rzucił je na tył większych sań Lee Scoresby'ego, potem zaczął nakładać pancerz. Widok był zadziwiający, niedźwiedź bowiem z niezwykłą łatwością radził sobie z grubymi prawie na cal warstwami metalu — lekko kołysał poszczególnymi fragmentami i narzucał je na siebie, jak gdyby wkładał jedwabne togi. Założył zbroję w niespełna minutę i w tym czasie ani razu nie zadźwięczał zgrzyt zardzewiałego żelastwa. Pancerz został świetnie naoliwiony.

Po niecałych trzydziestu minutach ekspedycja znajdowała się już w drodze na północ. Pędzące pod niebem z milionami gwiazd i mocno połyskującym księżycem sanie kołysały się i stukotały na bruzdach i kamieniach. Gdy dotarli do gładkiego śniegu na obrzeżach miasta, psy chętnie przyspieszyły kroku, a ruch sań stał się szybki i łagodny.

Lyra siedziała z tyłu sań Ojca Corama, opatulona tak dokładnie, że widać jej było tylko oczy. W pewnej chwili szepnęła do Pantalaimona:

— Widzisz Iorka?

— Biegnie obok sań Lee Scoresby'ego — odparł jej dajmon w postaci gronostaja, obejrzawszy się za siebie. Potem ponownie przytulił się do jej kaptura z rosomaczego futra.

Przed podróżnikami, ponad górami na północy, zaczęły się jarzyć i drżeć blade łuki i pętle Zorzy. Lyra dostrzegła je przez na wpół zamknięte powieki i choć senna, poczuła przyjemny dreszcz. Była naprawdę szczęśliwa, że jedzie na Północ, a nad nią wisi Zorza. Pantalaimon walczył z jej sennością, nie udało mu się jednak jej pokonać; w końcu zmienił się w mysz i skulił się wewnątrz kaptura dziewczynki. Doznał nieprzyjemnego wrażenia, którym jednak mógłby się z nią podzielić dopiero po przebudzeniu. Może to była kuna, może złudzenie, a może jakiś niewinny, miejscowy duszek — w każdym razie Pantalaimonowi zdawało się, że coś podąża w ślad za rzędem sań, przeskakując lekko z gałęzi na gałąź rosnących blisko siebie sosen. Dajmon Lyry czuł się nieswojo, ponieważ stworzenie to kojarzyło mu się z pewną małpą.

12
Zaginiony chłopiec

Podróżowali przez wiele godzin, a potem zatrzymali się na posiłek. W czasie gdy mężczyźni rozpalali ogniska i topili śnieg na wodę, a Iorek Byrnison obserwował, jak Lee Scoresby piecze focze mięso, John Faa odezwał się do dziewczynki:

— Czy jest wystarczająco jasno, abyś mogła odczytać symbole?

Księżyc powoli zachodził. Światło Zorzy było jaskrawsze niż księżycowe, jednak niestałe. Na szczęście dziewczynka miała dobry wzrok. Pogrzebała w futrze i wyjęła czarne aksamitne zawiniątko.

— Tak — odparła. — Zresztą znam już na pamięć położenie większości znaków. O co mam spytać aletheiometr, Lordzie Faa?

— Chcę wiedzieć więcej o sposobach obrony tej ich stacji, Bolvangaru — powiedział.

Dziewczynka poruszyła wskazówki niemal mechanicznie, ustawiając je na hełm, gryfa i tygiel, a następnie skupiła się na skomplikowanym trójwymiarowym diagramie. Igła od razu zaczęła się kołysać, a jej taniec przypominał lot pszczoły niosącej wiadomość do ula. Dziewczynka obserwowała wielką wskazówkę ze spokojem, przekonana, że prędzej czy później odgadnie wszystkie znaczenia; i rzeczywiście po jakimś czasie odpowiedź zaczęła się klarować. Lyra pozwoliła igle jeszcze chwilę potańczyć, aż była pewna, że wszystko właściwie zrozumiała.

— Jest dokładnie tak, jak powiedział dajmon czarownicy, Lordzie Faa. W stacji przebywa grupa Tatarów, którzy jej strzegą, jest też drut pod napięciem. W gruncie rzeczy tamci nie spodziewają się, że ktoś ich zaatakuje. Tak mówi czytnik symboli. Tyle że, Lordzie Faa...

— Co takiego, dziecko?

— Urządzenie mówi coś jeszcze. W dolinie nad jeziorem znajduje się wioska, której mieszkańcy nękani są przez ducha.

John Faa potrząsnął niecierpliwie głową i rzucił:

— To nie ma teraz znaczenia. W tych lasach z pewnością grasuje mnóstwo różnych duchów. Powiedz mi jeszcze o tych Tatarach. Na przykład, ilu ich jest? Jak są uzbrojeni?

Lyra posłusznie spytała aletheiometr i przekazała odpowiedź:

— Jest tam sześćdziesięciu mężczyzn z karabinami; mają też kilka większych dział, coś w rodzaju armat. A także miotacze ognia. A ich dajmony są wilkami. Wszystkie.

Jej słowa wywołały ożywienie wśród starszych Cyganów, którzy brali kiedyś udział w rozmaitych kampaniach.

— Ci z syberyjskich pułków mają za dajmony wilki — zauważył jeden z mężczyzn.

— Nigdy nie spotkałem bardziej zawziętych — powiedział John Faa. — Będziemy musieli walczyć jak tygrysy. Trzeba też zasięgnąć rady niedźwiedzia. Z tego, co wiem, jest przebiegłym wojownikiem.

Lyra zniecierpliwiła się i wtrąciła:

— Ale, Lordzie Faa, ten duch... Sądzę, że to duch jednego z tych dzieci!

— No cóż, nawet jeśli tak jest, Lyro, nie wiem, jak moglibyśmy mu pomóc. Sześćdziesięciu syberyjskich strzelców, miotacze ognia... Panie Scoresby, może pan tu podejść na chwilkę?

Aeronauta podszedł do sań, a Lyra w tym czasie wymknęła się do niedźwiedzia.

— Iorku, podróżowałeś już wcześniej tą drogą? — spytała go.

— Raz — odrzekł głębokim, stanowczym głosem.

— Jest tu wioska w pobliżu, prawda?

— Po drugiej stronie wzgórza — odparł, spoglądając na rzadko rosnące drzewa.

— Czy to daleko?

— Dla ciebie czy dla mnie?

— Dla mnie — szepnęła.

— Zbyt daleko. Choć dla mnie całkiem blisko.

— Ile czasu zajęłoby ci dotarcie tam?

— Do następnego wschodu księżyca mogę trzy razy pobiec tam i wrócić.

— Widzisz, Iorku, mam taki czytnik symboli, który mówi mi o różnych sprawach, i teraz mi powiedział, że w tej wiosce muszę spełnić ważne zadanie. Tyle że Lord Faa nie pozwoli mi tam pójść. Chce szybko ruszyć w dalszą drogę. Wiem, że to jest bardzo ważne, jednak jeśli nie pójdę do wioski i nie sprawdzę, co się tam dzieje, być może nigdy się nie dowiemy, co naprawdę robią Grobale.

Niedźwiedź nic nie powiedział. Usiadł wyprostowany jak człowiek, wielkie łapy złożył na udach i ciemnymi oczyma wpatrywał się w Lyrę. Wiedział, że dziewczynka czegoś od niego chce.

Wtedy odezwał się Pantalaimon:

— Mógłbyś nas tam zabrać, a potem dogonić sanie?

— Tak. Dałem jednak słowo Lordowi Faa, że będę posłuszny tylko jemu, nikomu innemu.

— A jeśli otrzymam jego zgodę? — spytała Lyra.

— Wtedy cię tam zaniosę.

Lyra odwróciła się i pobiegła z powrotem przez śnieg.

— Lordzie Faa! Iorek Byrnison może mnie przenieść przez góry do wioski, dowiemy się, co się tam znajduje, a potem dogonimy wasze sanie. Niedźwiedź zna drogę — dodała ponaglająco. — Wiem, że muszę to zrobić. Ojcze Coramie, pamiętasz, jak było z tym kameleonem? Nie rozumiałam początkowo odpowiedzi, jednak wszystko się sprawdziło, o czym przekonaliśmy się bardzo szybko. Sądzę, że tym razem będzie podobnie. Nie potrafię do końca zrozumieć, co mówi urządzenie, wiem jednak, że sprawa jest bardzo ważna. Iorek Byrnison zna drogę i twierdzi, że do następnego wschodu księżyca może trzykrotnie pobiec tam i wrócić, a z nikim chyba nie będę bezpieczniejsza niż z nim, prawda? Tyle że niedźwiedź nie pójdzie tam bez pozwolenia Lorda Faa.

Zapadło milczenie. Ojciec Coram westchnął. John Faa marszczył brwi, a jego twarz wewnątrz futrzanego kaptura wyrażała nieugiętość.

Zanim jednak przemówił, wtrącił się aeronauta:

— Lordzie Faa, jeśli Iorek Byrnison zaniesie tam dziewczynkę, będzie równie bezpieczna, jak gdyby została tutaj z nami. Wszystkie niedźwiedzie zawsze dotrzymują słowa, a Iorka znam od wielu lat i nic w świecie nie może sprawić, aby złamał dane komuś słowo. Powierzcie mu opiekę nad małą, a on na pewno nie popełni żadnego błędu. A jeśli chodzi o szybkość, potrafi biec godzinami i nie czuje zmęczenia.

— Dlaczego jednak nie mielibyśmy posłać tam ludzi? — spytał John Faa.

— Musieliby iść piechotą — zauważyła Lyra. — Nie sposób przecież przejechać przez te góry. Iorek Byrnison potrafi się poruszać po tej krainie o wiele szybciej niż ludzie, a ja jestem bardzo lekka, więc nie będę mu ciążyć. Obiecuję, Lordzie Faa, że nie zostanę tam ani chwili dłużej, niż będzie konieczne, nie powiem nikomu ani słowa na nasz temat i nie wplączę się w żadną niebezpieczną sytuację.

— Jesteś pewna, że musisz tam iść? Że czytnik symboli cię nie oszukuje?

— Nigdy tego nie robi, Lordzie Faa. Nie sądzę, by miał takie możliwości.

Cygański król potarł podbródek.

— Hm, jeśli ci się uda, może otrzymamy jakieś nowe informacje. Iorku Byrnisonie! — zawołał. — Chcesz zrobić to, o co prosi Lyra?

— Wypełniam pańskie rozkazy, Lordzie Faa. Każ mi zabrać do wioski dziewczynkę, a wykonam polecenie.

— Dobrze więc. Masz zabrać ją tam, gdzie zechce się udać, i zrobić tak, jak ci rozkaże. Lyro, pozwalam ci tam jechać.

— Dziękuję, Lordzie Faa.

— Ruszaj na poszukiwania, a kiedy je skończysz, natychmiast do nas wracaj. Iorku Byrnisonie, ruszamy w dalszą drogę, będziesz więc nas musiał dogonić.

Niedźwiedź pokiwał wielkim łbem.

— Są w wiosce jacyś żołnierze? — spytał Lyrę. — Będę potrzebował pancerza? Bez niego poruszam się szybciej.

— Nie ma nikogo — odparła dziewczynka. — Jestem tego pewna, Iorku. Dziękuję, Lordzie Faa, obiecuję zrobić, jak każesz.

Tony Costa dał Lyrze do żucia kawałek suszonego foczego mięsa i dziewczynka wraz z Pantalaimonem w postaci myszy, siedzącym wewnątrz jej kaptura, wspięła się na grzbiet potężnego niedźwiedzia, chwytając za jego futro dłońmi w rękawicach; wąski muskularny grzbiet zwierzęcia znajdował się teraz między jej kolanami. Futro Iorka było cudownie gęste, a siła niedźwiedzia, której ogrom Lyra natychmiast wyczuła, wręcz przytłaczająca. Lekko, jak gdyby nie miał na grzbiecie żadnego ciężaru, Iorek odwrócił się i pobiegł susami ku wzgórzom i niskim drzewom.

Minęło trochę czasu, zanim Lyra przywykła do tego kołyszącego ruchu, a kiedy się już przyzwyczaiła, poczuła dziką radość. Jadę na niedźwiedziu, pomyślała. Nad ich głowami drgała Zorza w postaci złotych łuków i pętli, a wokół panował ostry arktyczny chłód i absolutna cisza Północy.

Pędzące po śniegu łapy Iorka Byrnisona nie czyniły niemal żadnego hałasu. Ponieważ znajdowali się na skraju tundry, drzewa były tu rzadkie i karłowate, a na ścieżce pojawiały się jeżyny i inne krzewy. Niedźwiedź pędził przez nie, rwąc pędy, jak gdyby były tylko pajęczynami.

Wśród odłamków czarnej skały wspięli się na niskie wzgórze, a wkrótce znaleźli się poza zasięgiem wzroku ludzi, których zostawili za sobą. Lyra miała ochotę porozmawiać z niedźwiedziem — gdyby był człowiekiem, z pewnością zdążyłaby się już z nim zaprzyjaźnić — jednak ogromne stworzenie zachowywało się dziwacznie i gwałtownie, poza tym emanował z niego taki chłód, że chyba po raz pierwszy w życiu czuła się naprawdę onieśmielona. Kiedy więc pancerny niedźwiedź niezmordowanie pędził wielkimi susami naprzód, dziewczynka siedziała, kołysząc się lekko wraz z nim, i nie odzywała się. Przypuszczała, że jej milczenie bardziej mu odpowiada, a przy tym wydawało się jej, że w jego oczach jest jedynie szczebioczącym dzieckiem, które dopiero co wyrosło z pieluch.

Wcześniej Lyra rzadko się zastanawiała nad sobą i w chwili obecnej uznała to doświadczenie za interesujące, choć nieprzyjemne; właściwie w pewnym sensie bardzo przypominało jazdę na niedźwiedziu. Iorek Byrnison posuwał się szybko, poruszając jednocześnie raz prawymi, raz lewymi łapami i kołysząc się silnie z boku na bok w równomiernym rytmie. Po chwili jednakże dziewczynka stwierdziła, że nie potrafi tak po prostu siedzieć bez ruchu; wolałaby aktywniej uczestniczyć w podróży.

Niedźwiedź biegł już godzinę, może trochę dłużej, i Lyra była już cała zesztywniała i obolała, ale bardzo szczęśliwa, zwłaszcza kiedy Iorek Byrnison wreszcie zwolnił i zatrzymał się.

— Spójrz w górę — powiedział.

Lyra podniosła oczy, po czym przetarła je dłonią, była bowiem tak zziębnięta, że łzy zamazywały jej obraz. Kiedy wreszcie przyjrzała się dokładniej niebu, niemal straciła oddech. Zorza stała się bladym i drżącym światełkiem, gwiazdy natomiast połyskiwały jaskrawo niczym diamenty, a na tle tego ogromnego ciemnego, lecz błyszczącego nieboskłonu ze wschodu i południa pędziły ku północy maleńkie czarne punkciki.

— Czy to ptaki? — spytała dziewczynka.

— Nie, czarownice — odparł niedźwiedź.

— Czarownice! Co one tu robią?

— Może lecą na wojnę. Nigdy przedtem nie widziałem tak wielu naraz.

— Znasz jakieś czarownice, Iorku?

— Służyłem kiedyś u kilku, a z niektórymi także walczyłem. Oto widok, który mógłby przerazić Lorda Faa. Jeśli lecą, by pomóc waszym wrogom, wszyscy powinniście odczuwać lęk.

— Lorda Faa z pewnością trudno zastraszyć. Ty również się nie boisz, prawda?

— Jeszcze nie. A kiedy będę się bał, zwalczę strach. Po powrocie lepiej jednak powiedzieć Lordowi Faa o tych czarownicach. Ludzie mogli ich nie zauważyć.

Od tej chwili niedźwiedź poruszał się nieco wolniej i Lyra nadal mogła obserwować niebo, aż jej oczy znowu zaszkliły się lodowatymi łzami i przestała widzieć niezliczone czarownice lecące na północ.

W końcu Iorek Byrnison zatrzymał się i powiedział:

— Oto wioska.

Spojrzeli w dół poprzecinanego szczelinami, urwistego zbocza, na skupisko drewnianych domów położonych obok rozległego, niezwykle płaskiego zaśnieżonego obszaru, który Lyra uznała za zamarznięte jezioro. Drewniany pomost potwierdził jej domysły. Dziewczynka i niedźwiedź znajdowali się nie dalej niż o pięć minut drogi od tego miejsca.

— Co chcesz zrobić? — spytał niedźwiedź.

Lyra ześlizgnęła się z jego grzbietu i stwierdziła, że nie może ustać na nogach. Twarz miała zesztywniałą z zimna, a nogi drżące, przywarła jednak do futra Iorka i trwała tak w bezruchu, póki się trochę nie rozgrzała.

— W tej wiosce jest dziecko, duch albo coś w tym rodzaju — wyjaśniła. — Może zresztą coś innego, nie wiem na pewno. Chcę pójść, znaleźć go i, jeśli zdołam, zabrać do Lorda Faa i pozostałych. Myślałam, że to duch, jednak czytnik symboli powiedział mi coś, czego nie zrozumiałam.

— Jeśli znajduje się na dworze — zauważył niedźwiedź — lepiej, żeby miał kryjówkę.

— Nie sądzę, aby był martwy... — ciągnęła Lyra, chociaż wcale nie była tego taka pewna. Aletheiometr dał jej jakąś przedziwną, a w dodatku alarmującą odpowiedź. Jestem przecież córką Lorda Asriela, pomyślała z dumą. A kto znajduje się pod moimi rozkazami? Potężny niedźwiedź. Jakże mogłabym w takiej sytuacji odczuwać strach?

— Chodźmy się rozejrzeć — zaproponowała.

Wspięła się ponownie na grzbiet zwierzęcia, a ono ruszyło w dół zbocza: Iorek nie biegł już, raczej kroczył majestatycznie. Psy z wioski wyczuły nadejście obcych i zaczęły wściekle ujadać. Renifery w zagrodzie kręciły się nerwowo, ich rogi uderzały o ogrodzenie niczym suche kije. W bezwietrznym powietrzu każdy dźwięk było słychać na sporą odległość.

Kiedy dotarli do pierwszych domów, Lyra rozejrzała się w prawo i w lewo, z trudem wpatrując się w półmrok, ponieważ Zorza już zbladła, a do wzejścia księżyca pozostało jeszcze dużo czasu. Tu i tam, pod grubo pokrytymi śniegiem dachami migotało światło, a dziewczynce wydawało się, że za niektórymi szybami widzi blade twarze. Wyobraziła sobie, jak bardzo zdziwieni są ci ludzie, patrzący na dziecko jadące na wielkim niedźwiedziu.

W środku małej wioski, obok pomostu i śnieżnych kopców — zapewne wyciągniętych na brzeg łodzi — znajdował się pusty plac. Ujadanie psów było tak ogłuszające, że zdaniem Lyry obudziło wszystkich mieszkańców. Nagle otworzyły się drzwi i z domu wyszedł mężczyzna z karabinem w ręku. Jego dajmona w postaci rosomaka, strącając śnieg, wskoczyła na stertę drew obok drzwi.

Lyra natychmiast zsunęła się z grzbietu niedźwiedzia i stanęła między mężczyzną a Iorkiem Byrnisonem. Pamiętała, że to właśnie ona przekonywała niedźwiedzia, że nie będzie mu potrzebny pancerz.

Mężczyzna odezwał się słowami, których dziewczynka nie zrozumiała. Na szczęście Iorek odpowiedział w tym samym języku. Mężczyzna wydał z siebie cichy okrzyk strachu.

— Sądzi, że jesteśmy diabłami — przetłumaczył Lyrze niedźwiedź. — Co mam mu odpowiedzieć?

— Powiedz, że wprawdzie my nie jesteśmy diabłami, ale mamy przyjaciół, którzy nimi są. I że szukamy... dziecka, dziwnego dziecka.

Gdy Iorek przełożył jej słowa, mężczyzna wskazał jakieś odległe miejsce po prawej stronie i szybko coś dodał.

— Pyta, czy przybyliśmy zabrać to dziecko — wyjaśnił

niedźwiedź — ponieważ oni się go boją. Próbowali je stąd wywieźć, ale ciągle wraca.

— Powiedz mu, że zabierzemy je ze sobą, niech jednak wiedzą, że źle je potraktowali. Gdzie jest dziecko?

Mężczyzna odpowiedział, gestykulując ze strachem. Lyra bała się, że przypadkowo wypali z karabinu, kiedy jednak skończył mówić, natychmiast pospiesznie wrócił do wnętrza domu, zamykając za sobą drzwi. Teraz dziewczynka dostrzegła twarze we wszystkich oknach.

— Gdzie jest to dziecko? — spytała ponownie.

— W rybiarni — odrzekł Iorek, po czym odwrócił się i zaczął biec ku brzegowi jeziora.

Lyra podążyła za nim. Była bardzo zdenerwowana. Niedźwiedź skierował się do wąskiej, drewnianej budy, co jakiś czas podnosząc głowę i węsząc, a kiedy dotarł do drzwi, zatrzymał się i powiedział:

— Jest tu, w środku.

Serce Lyry biło tak szybko, że z trudem mogła oddychać. Podniosła rękę, chcąc zastukać do drzwi, uznała jednak taki gest za absurdalny, toteż głęboko zaczerpnęła powietrza, aby zawołać, ale stwierdziła, że nie wie, co powiedzieć. A w dodatku było tak ciemno! Powinna była zabrać latarnię...

Nie miała wyboru, zwłaszcza że nie chciała, aby niedźwiedź dostrzegł jej lęk — musiała tam wejść. Przypomniała sobie, jak Iorek mówił o pokonywaniu własnego strachu, i postanowiła przezwyciężyć swój lęk. Podniosła skobel ze skóry renifera i mocno pociągnęła, otwierając z trzaskiem przymarznięte drzwi. Odgarnęła nogą śnieg, który zebrał się w progu, i otworzyła drzwi na oścież. Pantalaimon w postaci gronostaja nie był zbyt pomocny, biegał w tę i z powrotem po ścieżce — blady cień na śniegu — i wydawał z siebie ciche piski przerażenia.

— Pan, na miłość Boską! — wrzasnęła. — Zmień się w nietoperza i poszukaj...

Jednak Pantalaimon nie wykonał polecenia ani się

nie odezwał. Lyra nigdy nie widziała, żeby zachowywał się w ten sposób, z wyjątkiem jednej sytuacji, kiedy wraz z Rogerem w krypcie w Jordanie włożyli monety z wizerunkami dajmonów do niewłaściwych czaszek. Teraz był jeszcze bardziej przerażony niż jego właścicielka. Natomiast Iorek Byrnison leżał blisko drzwi w śniegu i obserwował całą scenę w milczeniu.

— Wyjdź! — krzyknęła Lyra najgłośniej, jak mogła. — Wyjdź!

Nie odpowiedział jej żaden dźwięk. Dziewczynka otworzyła trochę szerzej drzwi, a zamieniony w kota Pantalaimon wskoczył jej na ramię i, przytulając się do niej, lamentował:

— Odejdź! Nie zostawaj tu! Och, Lyra, chodź stąd! Wracajmy!

Próbując go uspokoić, Lyra zdała sobie jednocześnie sprawę z faktu, że Iorek Byrnison wstaje. Odwróciła się, a wtedy zobaczyła biegnącą z wioski postać z latarnią w dłoni. Kiedy osobnik podbiegł na odległość głosu, podniósł latarnię, oświetlając własną twarz: był to starzec o szerokiej, pomarszczonej twarzy i oczach niemal niewidocznych w gąszczu zmarszczek. Jego dajmoną był arktyczny lis.

Mężczyzna odezwał się, a Iorek Byrnison przetłumaczył Lyrze jego słowa:

— Mówi, że nie jest to jedyne takie dziecko. Widział w lesie wiele podobnych. Czasami szybko umierają, czasami nie. Uważa, że ten mały jest wyjątkowo wytrzymały. Mówi, że lepiej byłoby dla niego, gdyby umarł.

— Spytaj, czy mogę pożyczyć latarnię — poprosiła Lyra.

Niedźwiedź przetłumaczył i mężczyzna wręczył dziewczynce latarnię, kiwając energicznie głową. Lyra doszła do wniosku, że przybiegł do nich właśnie w tym celu, i podziękowała mu za fatygę, a on skinął głową i cofnął się, by być daleko od niej, od chaty i od niedźwiedzia.

Lyrę uderzyła nagła myśl: a jeśli tym dzieckiem jest Roger? Modliła się z całą mocą, aby tak nie było. Pantalaimon, znowu w postaci gronostaja, przylgnął do niej; małe pazury wbiły się głęboko w płaszcz dziewczynki.

Podniosła wysoko latarnię i zrobiła krok do środka, a wtedy zobaczyła, jaką krzywdę robi dzieciom Rada Oblacyjna i na czym polega ofiara, jaką one składają.

Przy drewnianym stojaku do suszenia ryb kulił się mały chłopiec. Nad nim wisiały rzędem wypatroszone, sztywne jak deski filety. Chłopiec przyciskał do piersi kawałek ryby, równie kurczowo, jak Lyra trzymała Pantalaimona: obiema rękami, mocno, przy sercu. Przytulał kawałek suszonej ryby — ponieważ nie miał dajmona! Grobale odcięli mu go! To właśnie było „rozdzielenie" i tak właśnie wyglądało „oderwane" dziecko.

13
Szermierka

W pierwszej chwili Lyra chciała odwrócić się i uciec albo zwymiotować. Ludzka istota pozbawiona dajmona była dla niej jak ktoś bez twarzy albo z rozciętymi żebrami i wydartym sercem: było to coś nienaturalnego i niesamowitego, coś, co należało do świata nocnych koszmarów, a nie do codziennego, normalnego życia.

Lyra przytuliła do siebie Pantalaimona. Zakręciło jej się w głowie, poczuła mdłości i zimny pot na ciele.

— Ratter — odezwał się chłopiec. — Macie moją Ratter?

Dziewczynka nie miała wątpliwości, kogo ma na myśli.

— Nie — odparła. Jej głos wyrażał słabość i przerażenie, które odczuwała. Potem spytała: — Jak się nazywasz?

— Tony Makarios — odrzekł. — Gdzie moja Ratter?

— Nie wiem... — zaczęła dziewczynka, po czym z trudem przełknęła ślinę, aby opanować mdłości. — Grobale... — Nie mogła jednak dokończyć zdania, musiała bowiem wyjść z szopy. Usiadła w śniegu — sama, choć oczywiście niezupełnie sama, ponieważ zawsze był z nią Pantalaimon, więc tak naprawdę nigdy nie bywała samotna. Och, gdyby ktoś zabrał go jej, tak jak temu małemu chłopcu odebrano jego Ratter, stałaby się najgorsza rzecz na świecie! Lyra uświadomiła sobie, że szlocha, Pantalaimon także kwilił. Oboje bardzo żałowali półchłopca i współczuli mu.

Nagle Lyra wstała.

— Chodź tu! — zawołała drżącym głosem. — Tony, wyjdź. Zabierzemy cię w bezpieczne miejsce.

W rybiarni coś się poruszyło, po czym w drzwiach pojawił się chłopiec; nadal ściskał w dłoni suszoną rybę. Ubrany był dość ciepło — w watowany, pikowany płaszcz ze wzmocnionego jedwabiu węglowego i futrzane buty, które wydawały się zniszczone i nie najlepiej na niego pasowały. Na zewnątrz, w jaskrawszym świetle dochodzącym z bladych smug Zorzy i pokrytej śniegiem ziemi, wyglądał jeszcze bardziej żałośnie niż w środku.

Mieszkaniec wioski, który przyniósł latarnię, odszedłszy na kilka jardów, zawołał coś do nich.

— Mówi, że musisz zapłacić za rybę — wyjaśnił dziewczynce Iorek Byrnison.

Lyra chciała rozkazać niedźwiedziowi, aby od razu zabił mężczyznę, jednak powstrzymała się i powiedziała:

— Zabieramy dziecko na ich prośbę. Niech za to zapłacą tą jedną rybą.

Niedźwiedź przetłumaczył. Mężczyzna wymamrotał coś, ale dłużej się nie spierał. Lyra postawiła latarnię na śniegu, wzięła półchłopca za rękę i podprowadziła go do niedźwiedzia. Malec szedł bezradnie, nie okazując strachu przed ogromnym białym zwierzęciem, które stało tak blisko, a kiedy Lyra pomogła mu się usadowić na grzbiecie Iorka, powiedział jedynie:

— Nie wiem, gdzie jest moja Ratter.

— My również tego nie wiemy, Tony — odparła Lyra. — Ale dowiemy się... I ukarzemy Grobalów. Obiecuję ci, że to zrobimy! Iorku, mogę z nim usiąść?

— Mój pancerz jest o wiele cięższy niż para dzieci — odrzekł tylko.

Dziewczynka wdrapała się więc na grzbiet niedźwiedzia, usiadła za Tonym, i chłopiec przylgnął do długiego sztywnego futra zwierzęcia. Pantalaimon usadowił się wewnątrz kaptura swej pani, ciepły, bliski i przepełniony litością. Lyra wiedziała, że miał ochotę wyciągnąć łapkę i przytulić małe półdziecko, polizać je, pogładzić i rozgrzać, tak jak zrobiłaby dajmona chłopca. Jednak powszechnie obowiązujące tabu uniemożliwiało taki gest.

Opuścili wioskę i ruszyli w górę ku wzgórzu. Mieszkańcy wioski, jawnie okazując strach i ulgę, patrzyli, jak mała dziewczynka i wielki biały niedźwiedź zabierają straszliwie okaleczone stworzenie.

Lyra przez jakiś czas odczuwała na przemian mdłości i współczucie; na szczęście zwyciężyła litość i dziewczynka otoczyła ramionami małe, chude ciało chłopca i przez całą drogę podtrzymywała go, aby nie spadł. Powrotna podróż była o wiele trudniejsza, jednak mimo wszystko mijała szybciej, chociaż było bardzo zimno. Iorek Byrnison był niezmordowany, a Lyra dobrze trzymała się na grzbiecie niedźwiedzia. Zmarznięty chłopczyk w jej ramionach był tak lekki, że z łatwością mogła go ochraniać, choć równocześnie wydawał się całkowicie bezwolny, siedział sztywno i bezwładnie.

Od czasu do czasu odzywał się.

— Co powiedziałeś? — spytała w pewnej chwili Lyra.

— Pytam, czy Ratter będzie wiedziała, gdzie jestem?

— Ta-ak, z pewnością. Znajdzie cię albo my znajdziemy ją. Trzymaj się teraz mocno, Tony. Już niedaleko...

Niedźwiedź biegł susami naprzód. Póki nie dogonili Cyganów, Lyra nie miała pojęcia, jak bardzo jest zmęczona. Sanie właśnie zatrzymały się, aby dać odpocząć psom, i nagle Lyrę otoczyli przyjaciele: Ojciec Coram,

John Faa, Lee Scoresby. Wszyscy rzucili się gwałtownie, by pomóc jej zsiąść, a później wycofali się w milczeniu, gdy zobaczyli dziecko, które przyjechało z Lyrą. Dziewczynka była tak zesztywniała, że nie mogła nawet rozluźnić ramion, którymi otaczała chłopca, i John Faa łagodnie odciągał od siebie dwoje dzieci, a potem podniósł Lyrę i zdjął z grzbietu niedźwiedzia.

— Na Boga miłosiernego, cóż to jest? — zapytał. — Lyro, dziecko, kogo znalazłaś?

— Wołają na niego Tony — wymamrotała zmarzniętymi ustami. — Odcięto jego dajmonę. Tak właśnie postępują z dziećmi Grobale.

Przerażeni mężczyźni cofnęli się, jednak w tym momencie ku zaskoczeniu znużonej Lyry odezwał się niedźwiedź, strofując wszystkich.

— Wstydźcie się! Pomyślcie, na co ta dziewczynka się poważyła! Nie wiem, czy rzeczywiście jesteśmy o tyle od niej tchórzliwsi, ale nie wypada tak jawnie okazywać strachu. Wstydźcie się.

— Masz rację, Iorku Byrnisonie — oświadczył John Faa i odwrócił się, aby wydać polecenia. — Rozpalcie ognisko i zagrzejcie trochę zupy. Dla obojga. Ojcze Coramie, czy twój szałas jest gotowy?

— Tak, Johnie. Przyprowadźcie Lyrę, aby się ogrzała...

— I chłopca — dodał ktoś inny. — Na pewno może zjeść i ogrzać się, mimo że...

Lyra chciała powiedzieć Johnowi Faa o czarownicach, wszyscy byli jednak bardzo zajęci, a ona straszliwie zmęczona. W ciągu kilku chwil zajaśniało światło latarni, uniósł się dym z płonących drew, postacie spieszyły w różnych kierunkach, a dziewczynka poczuła lekkie uszczypnięcie w ucho zębów gronostaja-Pantalaimona, po czym ocknęła się. O parę cali od swej twarzy dostrzegła niedźwiedzi pysk.

— Czarownice — szepnął Pantalaimon. — Zawołałem Iorka.

— Och, tak — mruknęła Lyra. — Iorku, dziękuję ci, że zabrałeś mnie do wioski i z powrotem. Mogę zapomnieć, że miałam powiedzieć Johnowi Faa o czarownicach, więc proszę cię, zrób to za mnie.

Usłyszała, że niedźwiedź się zgadza, a potem ponownie zapadła w zasłużony sen.

Kiedy się obudziła, już prawie nastał świt. Niebo na południowym wschodzie było blade, a powietrze wypełniała szara mgła, w której poruszali się Cyganie; wyglądali jak wielkie duchy. Ładowali sanie i zaprzęgali psy.

Lyra dostrzegła to wszystko z prowizorycznego szałasu ustawionego nad saniami Ojca Corama, gdzie leżała pod stosem futer. Pantalaimon obudził się przed nią i próbował właśnie przybrać postać arktycznego lisa. Potem wrócił do swej ulubionej formy — gronostaja.

Iorek Byrnison spał obok na śniegu, z łbem ułożonym na wielkich łapach, natomiast Ojciec Coram był już na nogach, krzątając się z pośpiechem, ale natychmiast gdy zobaczył Pantalaimona, pokuśtykał, by delikatnie obudzić dziewczynkę.

Zobaczyła, że nadchodzi, i usiadła wyprostowana. Pragnęła z nim porozmawiać.

— Ojcze Coramie, wiem już, co oznaczał symbol, którego nie mogłam pojąć! Aletheiometr ciągle powtarzał „ptak" i „nie", co nie miało dla mnie sensu, ponieważ znaczyło: „nie ma dajmona". Nie rozumiałam, bo sądziłam, że to nie jest możliwe... Ale... O co chodzi?

— Lyro, przykro mi, że muszę ci to powiedzieć po tym wszystkim, co zrobiłaś, ale niestety chłopiec godzinę temu zmarł. Nie mógł sobie znaleźć miejsca, bez przerwy się kręcił i szukał swojej dajmony, pytając, gdzie jest i czy wkrótce wróci. Nie wypuszczał z rąk tego suchego, starego kawałka ryby, jak gdyby sądził... Och, nie potrafię o tym mówić, dziecko... W końcu jednak zamknął oczy i znieruchomiał... Była to pierwsza chwila, kiedy wyglądał spokojnie, wtedy przypominał wszystkie zmarłe osoby, których dajmony odeszły zgodnie z prawami natury. Nasi ludzie próbowali wykopać grób dla chłopca, ale ziemia jest twarda jak skała, więc John Faa nakazał rozpalić ogień i skremować ciało, aby nie stało się łupem padlinożerców.

Dziecko — kontynuował po chwili — byłaś bardzo dzielna, a przy tym zrobiłaś dobry uczynek i jestem z ciebie dumny. Teraz, gdy już wiemy, do jakiej potwornej podłości zdolni są ci ludzie, jeszcze wyraźniej niż dotąd jawi nam się obowiązek, który musimy spełnić. Ty natomiast powinnaś odpocząć i coś zjeść, ponieważ tak szybko zasnęłaś ubiegłej nocy, że nie zdążyłaś się posilić, a przy takiej temperaturze trzeba jeść, inaczej organizm słabnie...

Ojciec Coram wyglądał na bardzo zaniepokojonego, kręcił się, układał futra, zaciskał wokół sań liny i usiłował rozplątać psie postronki.

— Ojcze Coramie, gdzie jest ciało? Czy już zostało spalone?

— Nie, Lyro, leży tam.

— Chcę pójść je zobaczyć.

Nie mógł jej tego zabronić. Wiedział zresztą, że miała już do czynienia z gorszymi rzeczami niż martwe dziecko, i zdawał sobie sprawę z tego, iż ten widok może ją uspokoić.

Lyra wraz z Pantalaimonem, spokojnie skaczącym przy jej nodze w postaci zająca bielaka, pomaszerowała wzdłuż rzędu sań do miejsca, gdzie kilku mężczyzn stawiało stos.

Ciało chłopca przykryte kraciastym kocem leżało obok ścieżki. Dziewczynka klęknęła i podniosła koc rękoma w rękawicach. Jeden z mężczyzn chciał ją powstrzymać, pozostali jednak potrząsnęli głowami.

Podczas gdy Lyra przyglądała się szczupłej, mizernej twarzy zmarłego, zbliżył się Pantalaimon. Dziewczynka zdjęła rękawiczkę i dotknęła gołą dłonią zimnych jak marmur oczu chłopca; Ojciec Coram miał rację: biedny mały Tony Makarios nie różnił się od innych zmarłych istot ludzkich, których dajmony odeszły. Och, gdyby zabrano mi Pantalaimona... pomyślała, po czym przygarnęła go do siebie i bardzo mocno przytuliła. A mały Tony miał jedynie nędzny kawałek...

Dziewczynka chciała zobaczyć, gdzie jest ryba.

Odsunęła koc. Ryby nie było.

Lyra natychmiast wstała, wściekle błyskając oczyma na stojących niedaleko mężczyzn.

— Gdzie jest jego ryba?

Spojrzeli zaskoczeni i niepewni, o czym mówi, chociaż niektóre spośród ich dajmon najwyraźniej zrozumiały pytanie i spoglądały po sobie. Jeden z mężczyzn zaczął się nerwowo uśmiechać.

— Nie ważcie się śmiać! Zabiję was, jeśli będziecie się z niego śmiali! To była jedyna rzecz, którą mógł do siebie tulić... Tylko tę starą suszoną rybę miał za dajmona, tylko ją mógł kochać i szanować! Kto mu ją zabrał? Gdzie jest?!

Pantalaimon warczał zmieniony teraz w irbisa, niemal identycznego jak dajmona Lorda Asriela, ale dziewczynka tego nie dostrzegała, gdyż myślała tylko o wyrządzonej zmarłemu dziecku krzywdzie.

— Spokojnie, Lyro — powiedział jeden z mężczyzn. — Spokojnie, dziecko.

— Kto ją zabrał?! — wykrzyknęła znowu i Cygan odsunął się o krok, widząc, jak bardzo jest wściekła.

— Nie wiedziałem... — rzekł inny mężczyzna przepraszającym tonem. — Myślałem, że to tylko jego pożywienie. Zabrałem mu ją z ręki, ponieważ sądziłem, że w ten sposób okażę mu szacunek. To wszystko, Lyro.

— Gdzie ona jest?

— Nie wiedziałem, że jest mu potrzebna, więc dałem ją moim psom. Bardzo cię przepraszam.

— Nie mnie powinieneś przepraszać, lecz jego — odparła Lyra, po czym szybko odwróciła się, uklękła i położyła dłoń na lodowatym policzku martwego chłopca.

Wtedy przyszedł jej do głowy pewien pomysł i zaczęła szperać po kieszeniach. Kiedy rozpięła płaszcz, poczuła zimno, jednak po kilku sekundach znalazła to, czego szukała. Wyjęła z portmonetki złotą monetę, a następnie znowu dokładnie się zapięła.

— Chcę pożyczyć twój nóż — powiedziała do mężczyzny, który zabrał chłopcu rybę, a kiedy Cygan wręczył jej nóż, spytała Pantalaimona:

— Jak miała na imię?

Jej dajmon oczywiście natychmiast zrozumiał pytanie i odrzekł:

— Ratter.

Lyra mocno przytrzymała monetę w lewej ręce i, posługując się nożem niczym ołówkiem, wyryła głęboko w złocie imię dajmony.

— Mam nadzieję, że to wystarczy, jeśli potraktujemy cię tak, jak się traktuje Uczonych w Jordanie — wyszeptała w stronę Tony'ego i rozsunęła mu zęby, aby wsunąć monetę do ust. Było to trudne, ale udało się, i w końcu dziewczynka ponownie zamknęła usta zmarłego.

Potem oddała mężczyźnie nóż i odwróciła się, aby wrócić do Ojca Corama.

Starzec podał jej kubek zupy prosto znad ognia i Lyra zaczęła łapczywie pić gorący płyn.

— Jak sobie poradzimy z tymi czarownicami, Ojcze Coramie? — spytała. — Zastanawiam się, czy była wśród nich twoja znajoma.

— Moja czarownica? Nie sądzę, Lyro. Zresztą mogły lecieć dokądkolwiek. Mają tak wiele własnych spraw. Są to często rzeczy, których my, zwykli śmiertelnicy, nawet nie potrafimy dostrzec. Atakują je na przykład tajemnicze choroby, które nam nie czynią żadnej szkody. Powody ich wojen są dla nas całkowicie niepojęte, podobnie jak ich radości i smutki, przypominające maleńkie zakwitające roślinki w tundrze... Żałuję jednak, że nie widziałem ich w locie, Lyro, żałuję, że nie dane mi było zobaczyć takiego widoku... Teraz wypij zupę do dna. Chcesz jeszcze? Mamy też świeżo upieczony chleb. Zjedz, dziecko, ponieważ wkrótce wyruszamy w drogę.

Jedzenie przywróciło Lyrze energię i lód w jej duszy zaczął powoli topnieć. Wraz z innymi patrzyła, jak półchłopczyka złożono na stosie pogrzebowym, a podczas modlitw odprawianych przez Johna Faa skłoniła głowę i zamknęła oczy. Mężczyźni spryskali drewno spirytusem węglowym, przyłożyli zapałki i stos natychmiast zapłonął.

Kiedy upewnili się, że ciało zostało całkowicie spalone, wyruszyli w dalszą drogę. Podróż była upiorna, ponieważ wkrótce zaczął padać śnieg i świat z wolna zredukował się do szarych cieni pędzących przed nimi psów, kołyszących się i skrzypiących sań, kąsającego zimna i wirujących wszędzie dużych płatków trochę ciemniejszych od nieba i nieco jaśniejszych niż ziemia.

Przez cały czas psy kontynuowały bieg; ogony podniosły wysoko i ziajały, wydychając parę. Podróżnicy jechali coraz dalej na północ, a w tym czasie nastało blade południe, a potem znowu mrok zaczął spowijać świat. Zatrzymali się, aby coś zjeść, wypić, odpocząć w dolinie między wzgórzami i sprawdzić, czy podążają we właściwym kierunku. Podczas gdy John Faa zastanawiał się wraz z Lee Scoresbym, w jaki sposób najlepiej wykorzystać balon, Lyrze przypomniał się schwytany szpiegujący insekt, spytała więc Ojca Corama, co się stało z puszką po tytoniu, w której uwięził stwora.

— Jest szczelnie zamknięta — odpowiedział. — Znajduje się na dnie torby na narzędzia, ale nie możesz go zobaczyć, ponieważ jeszcze na pokładzie statku zalutowałem puszkę, tak jak ci obiecałem. Prawdę mówiąc, nie wiem, co z nim zrobić; może trzeba by go wrzucić do kopalni ogniowej, może tu zostawić. Nie musisz się jednak martwić, Lyro, póki mam go pod swoją opieką, jesteś bezpieczna.

Przy pierwszej okazji dziewczynka zagłębiła rękę w sztywną od mrozu płócienną torbę na narzędzia i wyjęła małą cynową puszkę. Jeszcze zanim jej dotknęła, usłyszała brzęczenie.

Podczas gdy Ojciec Coram rozmawiał z innymi przywódcami, wzięła puszkę, udała się z nią do Iorka Byrnisona i przedstawiła pomysł, który przyszedł jej do głowy w chwili, gdy przypomniała sobie, jak łatwo niedźwiedź wyginał metal osłaniający silnik ciągnika.

Iorek wysłuchał dziewczynki, po czym chwycił przykrywkę od puszki na suchary i szybkim ruchem zgiął ją w mały, płaski walec. Lyrę po raz kolejny zdumiała zręczność niedźwiedzia: odmiennie niż większość przedstawicieli swego gatunku, on i członkowie jego rodu mieli nietypowo osadzone pazury kciuków, którymi mogli przytrzymywać przedmioty podczas pracy. Iorek potrafił ponadto łatwo ocenić twardość i giętkość metali; wystarczyło, że teraz zważył kawałek blachy w łapach, zgiął ją lekko, a potem odgiął, przesuwając po powierzchni pazurem, aby zaznaczyć miejsca zgięcia. Tak długo wyginał blachę, aż powstała puszka, do której niedźwiedź dopasował przykrywkę. Na prośbę Lyry wykonał dwa takie pojemniki: jeden tego samego rozmiaru co puszka po tytoniu, drugi nieco większy — aby mieściła się w nim puszka z insektem, obłożona ze wszystkich stron kępkami włosia oraz kawałkami mchów i porostów dla stłumienia dźwięków wydawanych przez mechanicznego szpiega. Mniejsza puszka była tej samej wielkości i kształtu, co aletheiometr.

Kiedy niedźwiedź skończył i zaczął ogryzać zamarznięty na kamień reniferowy udziec, Lyra usiadła obok.

— Iorku — zaczęła — czy jest smutno, gdy się nie ma dajmona? Czy czujesz się samotny?

— Samotny? — powtórzył. — Nie wiem... Ludzie mówią, że jest zimno, ale ja nie wiem, co to znaczy, ponieważ nie marznę. Podobnie jest ze słowem „samotny". Niedźwiedź został stworzony, by był sam.

— A co z tymi ze Svalbardu? — spytała dziewczynka. — Są ich tam tysiące, prawda? Tak słyszałam.

Niedźwiedź nic nie odpowiedział, przełamał jedynie kość, towarzyszący temu odgłos przypominał pękanie kłody.

— Przepraszam, Iorku — szepnęła Lyra. — Mam nadzieję, że cię nie obraziłam. Jestem po prostu ciekawa. Widzisz, z powodu mojego ojca szczególnie mnie interesują niedźwiedzie ze Svalbardu.

— Kim on jest?

— To Lord Asriel. A one go uwięziły w Svalbardzie. Sądzę, że zdradzili go Grobale i zapłacili niedźwiedziom, aby go pilnowały.

— Nic o tym nie wiem. Nie jestem svalbardzkim niedźwiedziem.

— Sądziłam, że jesteś...

— Nie. Byłem nim kiedyś, ale już nie jestem. Zostałem wyrzucony ze Svalbardu w ramach kary za zabicie innego niedźwiedzia. Pozbawiono mnie stanowiska, bogactw oraz pancerza i wysłano, bym żył na obrzeżach świata ludzi. Walczyłem, kiedy mnie do tego wynajmowano, albo pracowałem, wykonując ciężkie zadania. Wszelkie wspomnienia utopiłem w czystym spirytusie.

— Dlaczego zabiłeś tamtego niedźwiedzia?

— Zrobiłem to w gniewie. Wśród niedźwiedzi zdarza się, że jeden zwraca się przeciwko drugiemu, ja jednak straciłem nad sobą panowanie i go zabiłem, poniosłem więc słuszną karę.

— A byłeś osobą znaną i majętną — zauważyła Lyra ze zdziwieniem. — Dokładnie tak jak mój ojciec, Iorku!

Z nim stało się podobnie... Było to tuż po moim urodzeniu. Również kogoś zabił i odebrano mu z tego powodu cały majątek. Stało się to jednakże na długo przedtem, zanim uwięziono go w Svalbardzie, o którym nic nie wiem. Słyszałam jedynie, że znajduje się bardzo daleko na północy... Czy to miejsce jest całe pokryte lodem? Można się tam dostać po zamarzniętym morzu?

— Nie z tego wybrzeża. Od strony południowej morze jest czasami skute lodem, zwykle jednak nie. Potrzebowałabyś łodzi.

— A może balonu?

— Tak, ale balon wymaga odpowiedniego wiatru.

Niedźwiedź ugryzł reniferowy udziec, a Lyra przypomniała sobie czarownice na nocnym niebie i przeleciała jej przez głowę szalona myśl. Nic jednak nie powiedziała, wypytała natomiast Iorka Byrnisona o Svalbard i słuchała chętnie jego opowieści o sunących powoli lodowcach, o skałach i lodowych krach, gdzie przebywają duże stada błyskających kłami morsów, o morzach obfitujących w foki, o narwalach, których długie, białe zęby wystają ponad lodowatą wodę, o wielkim ponurym skalistym wybrzeżu, o wysokich na tysiąc stóp lub wyższych klifach, gdzie gnieżdżą się cuchnące kliwuchy, które atakują przechodzących wędrowców, o szybach wydobywczych kopalni węglowych i kopalniach ogniowych, w których niedźwiedzie-kowale kują żelazo, przekuwając je w zbroje...

— Skoro zabrali ci twój pancerz, Iorku, skąd masz ten?

— Wykułem go sobie w Nowej Zembli z niebiańskiego metalu. Póki tego nie zrobiłem, nie byłem w pełni niedźwiedziem.

— Więc możecie wykuwać sobie dusze... — zadumała się Lyra, uświadamiając sobie, że na świecie jest jeszcze wiele rzeczy, o których nie wie. — A kto jest Królem Svalbardu? — ciągnęła. — Czy niedźwiedzie mają Króla?

— Nazywa się Iofur Raknison.

To nazwisko wywołało w umyśle dziewczynki jakieś dalekie skojarzenie. Z pewnością słyszała je już wcześniej, ale gdzie? Nie wymówił go z pewnością niedźwiedź ani żaden z Cyganów... Pamiętała, że głos, który je wymienił, należał do Uczonego, to był głos kogoś pedantycznego, dokładnego i wyniosłego, kogoś z Kolegium Jordana. Lyra skupiła się, próbując sobie przypomnieć. Wiedziała, że bardzo dobrze zna tego człowieka.

Wreszcie sobie przypomniała: Sala Seniorów, Uczeni słuchający Lorda Asriela, a o Iofurze Raknisonie mówił profesor Palmeru. Użył też słowa panserbjorne, którego Lyra nie znała; nie wiedziała też, że Iofur Raknison jest niedźwiedziem. A cóż takiego powiedział profesor? Że król Svalbardu jest próżny i lubi pochlebstwa. Mówił coś jeszcze, ale co? Gdybyż tylko mogła sobie przypomnieć... Jednak od tej pory tak wiele się zdarzyło...

— Jeśli twój ojciec jest więźniem svalbardzkich niedźwiedzi — przerwał jej rozmyślania Iorek Byrnison — nie ucieknie im. Nie ma tam drewna, by mógł zbudować łódź. Choć jeśli jest panem wielkiego rodu, z pewnością traktują go dobrze. Na pewno dali mu dom, służącego, jedzenie i opał.

— Czy niedźwiedzie można pokonać, Iorku?

— Nie.

— A można je oszukać?

Iorek Byrnison przestał ogryzać kość i popatrzył przenikliwie na dziewczynkę. Potem odparł:

— Nigdy nie zdołasz pokonać pancernych niedźwiedzi. Widziałaś przecież mój pancerz. Teraz przyjrzyj się mojej broni.

Odłożył mięso i wyciągnął łapy, wewnętrzną stroną ku górze. Lyra spojrzała uważnie. Czarne łapy pokryte były zrogowaciałą skórą grubości co najmniej cala; wszystkie pazury miały długość przynajmniej równą długości dłoni Lyry i były ostre jak nóż. Iorek pozwolił zdziwionej dziewczynce przebiec po nich palcami.

— Jedno uderzenie i miażdżę łapą foczą czaszkę — dodał — łamię ludzki kręgosłup lub odrywam kończynę. Potrafię też gryźć. Gdybyś mnie nie powstrzymała w Trollesundzie, zrobiłbym miazgę z głowy tamtego mężczyzny. Tyle o naszej sile, a co do oszukania nas... Jest to po prostu niemożliwe. Udowodnić ci? Weź kij i udawaj, że ze mną walczysz.

Lyrze nie trzeba było dwa razy powtarzać. Z chęcią oderwała gałąź ośnieżonego krzewu, odcięła wszystkie boczne odrośla i zaczęła nią smagać na boki niczym rapierem. Iorek Byrnison usiadł na pośladkach i, położywszy przednie łapy na udach, czekał na cios. Dziewczynka podeszła, a następnie zamierzyła się na niedźwiedzia, nie miała jednak szczególnej ochoty go atakować, ponieważ siedząc w bezruchu, wyglądał na nastawionego absolutnie pokojowo. Wywijała więc tylko kijem, nie chcąc uderzyć niedźwiedzia. Mimo że pozorowała atak wielokrotnie, Iorek ani razu nie poruszył się więcej niż o cal.

W końcu zdecydowała się niezbyt mocno go ukłuć. Chciała tylko dotknąć kijem jego brzucha, jednak niedźwiedź błyskawicznym ruchem wyciągnął przed siebie łapę. Kij natychmiast wypadł z ręki dziewczynki i poszybował na bok.

Zaskoczona Lyra ponowiła próbę, ale rezultat był identyczny. Iorek poruszał się o wiele szybciej i pewniej niż ona. W końcu postanowiła uderzyć go naprawdę, atakując kijem niczym floretem, kij jednak ani razu nawet się nie otarł o ciało zwierzęcia. Wydawało się, że niedźwiedź odgaduje jej myśli, nawet zanim sama postanowi, jak postąpić, toteż kiedy usiłowała trafić go w głowę, wielka łapa wyrzucała jej z ręki kij, a kiedy dziewczynka robiła fintę, Iorek wcale się nie poruszał.

Rozwścieczyło to w końcu Lyrę i rozjuszona zaatakowała z furią, machając, dźgając i tnąc, jednak nie udało jej się ani razu dotknąć jego łap, które poruszały się szybko i precyzyjnie, odparowując ciosy.

W końcu dziewczynka przestraszyła się i przestała walczyć. Z powodu grubego ubrania była spocona i wyczerpana; ciężko oddychała, podczas gdy niedźwiedź niewzruszenie siedział na tylnych łapach. Gdyby miała w rękach prawdziwy miecz o morderczym ostrzu, nie umiałaby nawet drasnąć swego potężnego przeciwnika.

— Założę się, że potrafisz także łapać kule — wydyszała, po czym wyrzuciła kij. — Jak ci się to udaje?

— Ponieważ nie jestem człowiekiem — odparł. — Dlatego też nigdy nie zdołasz oszukać niedźwiedzia. Widzimy każdy podstęp i pułapkę tak wyraźnie jak własne łapy. Umiemy patrzeć w taki sposób, jakiego ludzie już nie pamiętają. Powinnaś wiedzieć, o czym mówię, jako że potrafisz zrozumieć odpowiedzi czytnika symboli.

— To nie to samo — powiedziała. Bardziej się teraz bała niedźwiedzia niż wtedy, gdy widziała jego gniew.

— Ależ zupełnie to samo — odrzekł. — Z tego, co zrozumiałem, potrafisz interpretować odpowiedzi, ponieważ jesteś dzieckiem. Dorośli już tego nie umieją. Ja i ludzie podczas walki to tak jak ty i dorośli wobec czytnika symboli.

— Może masz rację — powiedziała. Była zakłopotana i zniechęcona. — To znaczy, że gdy dorosnę, nie będę już pamiętała, jak wyjaśnić znaczenie tych obrazków?

— Nie wiem. Nigdy nie widziałem czytnika symboli ani nikogo, kto potrafiłby się nim posługiwać. Może po prostu różnisz się od pozostałych ludzi.

Iorek Byrnison znowu opadł na cztery łapy, chwycił udziec i wrócił do przerwanego posiłku. Lyra rozpięła futro, ale natychmiast poczuła dotkliwe zimno i musiała się ponownie zapiąć. Cały ten epizod bardzo ją zaniepokoił. Miała ochotę zasięgnąć rady aletheiometru, było jednak na to zbyt chłodno, a poza tym Cyganie chcieli już ruszać w drogę. Dziewczynka wzięła więc cynowe puszki wykonane dla niej przez Iorka Byrnisona; pustą włożyła z powrotem do torby na narzędzia Ojca Corama, a tę, w której znajdował się insekt, wsunęła wraz z aletheiometrem do woreczka przy pasie. Była zadowolona, że znowu wyruszają.

Przywódcy uradzili z Lee Scoresbym, że kiedy dotrą do następnego miejsca postoju, napompują balon i Teksańczyk poleci na powietrzne przeszpiegi. Lyra, rzecz jasna, chciała lecieć wraz z nim i oczywiście jej tego zabroniono. Jechała z nim jednak w saniach i niepokoiła go pytaniami.

— Panie Scoresby, w jaki sposób doleciałby pan do Svalbardu?

— Trzeba mieć sterowiec z silnikiem gazowym, taki jak zeppelin, a jeśli nie, to przynajmniej musi wiać silny południowy wiatr. Ale do diabła, nie ośmieliłbym się tam polecieć. Widziałaś kiedykolwiek Svalbard? To przecież najbardziej lodowate, niegościnne i zapomniane przez Boga i ludzi miejsce na całym świecie.

— Po prostu się zastanawiałam, czy Iorek Byrnison chce wracać...

— Zabiliby go. Jest przecież wygnańcem. Gdyby tylko postawił tam łapę, rozerwaliby go na kawałki.

— A w jaki sposób pompuje pan swój balon, panie Scoresby?

— Istnieją dwa sposoby. Mogę uzyskać wodór, polewając kwasem siarkowym żelazne opiłki. Należy zgromadzić wydzielający się gaz i stopniowo napełniać balon. Drugi sposób polega na znalezieniu ujścia gazu ziemnego; znajdują się one w pobliżu kopalni ogniowych. Tu pod ziemią jest wiele gazu, podobnie jak ropy naftowej. Jeśli to konieczne, potrafię uzyskać gaz zarówno z ropy, jak i z węgla. Nie jest to trudne. Najszybszy sposób jednakże to użyć gazu ziemnego. Dobre ujście gazowe napełnia balon w godzinę.

— Jak wiele osób może pan zabrać?

— Nawet sześć, gdy trzeba.

— Czy balon mógłby unieść Iorka Byrnisona w pancerzu?

— Już się to zdarzyło. Uratowałem go kiedyś przed Tatarami, którzy zamierzali wziąć go głodem. Było to podczas kampanii tunguskiej. Przyleciałem i zabrałem go. Łatwo się mówi, ale do diabła, musiałem obliczyć w przybliżeniu ciężar tego wielkiego niedźwiedzia. A potem trzeba było mieć nadzieję, że znajdziemy gaz ziemny pod lodowym fortem. Wprawdzie wydawało mi się, że teren jest odpowiedni, by w nim kopać, ale widzisz, aby zniżyć lot, muszę wypuścić z balonu sporo gazu, a żeby się powtórnie wznieść w powietrze, potrzebna jest następna duża ilość. W każdym razie, udało się, a niedźwiedź był wtedy w pancerzu.

— Panie Scoresby, słyszał pan o tym, że Tatarzy robią ludziom w głowach otwory?

— Tak, oczywiście. Wiercą je od tysiącleci. W kampanii tunguskiej schwytaliśmy pięciu żywych Tatarów i trzech z nich miało w czaszkach otwory. Jeden miał nawet dwa...

— Więc robią te dziury sobie nawzajem?!

— Zgadza się. Najpierw wycinają małe półkole skóry, którą podnoszą, obnażając czaszkę, potem bardzo ostrożnie, aby nie naruszyć mózgu, wycinają w niej maleńkie kółeczko, a następnie zszywają skórę na czaszce.

— Sądziłam, że robią to swoim wrogom!

— Do diabła, nie. To ogromny przywilej. Drążą te otwory, aby przez nie mogli do nich przemówić bogowie.

— Czy słyszał pan kiedyś o odkrywcy nazwiskiem Stanislaus Grumman?

— Grumman? Pewnie. Kiedy przelatywałem nad Jenisejem dwa lata temu, spotkałem jednego z członków jego wyprawy. Grumman zamierzał zamieszkać wśród tamtejszych plemion tatarskich. Szczerze mówiąc, sądzę, że jemu również wydrążono otwór w czaszce. Jest to część ceremonii inicjacyjnej, chociaż mężczyzna, który mi o tym opowiadał, niewiele na ten temat wiedział.

— Więc... Gdyby był kimś w rodzaju honorowego Tatara, raczej by go nie zabili?

— Zabili? Chcesz powiedzieć, że nie żyje?

— No tak. Widziałam jego głowę — oświadczyła dumnie Lyra. — Mój ojciec ją znalazł. Widziałam, jak pokazywał ją Uczonym w Kolegium Jordana w Oksfordzie. Oskalpowali go i tak dalej...

— Kto go oskalpował?

— No cóż, Tatarzy... Tak przynajmniej sądzili Uczeni... Ale może to ktoś inny...

— Może to wcale nie była głowa Grummana — przerwał jej Lee Scoresby. — Może twój ojciec chciał wprowadzić Uczonych w błąd.

— Przypuszczam, że to możliwe — odparła Lyra w zamyśleniu. — Prosił ich przecież o fundusze.

— Kiedy zobaczyli głowę, dali mu pieniądze?

— Tak.

— Niezła sztuczka. Takie widoki zawsze ludzi szokują, nikt nie lubi oglądać śmierci ze zbyt bliskiej odległości.

— Zwłaszcza Uczeni — zgodziła się Lyra.

— No cóż, znasz ich lepiej niż ja. Jeśli to jednak była głowa Grummana, założę się, że to nie Tatarzy zdjęli z niej skalp. Oni skalpują wrogów, nie własnych ludzi, a jego traktowali jak swego.

Podczas dalszej drogi Lyra zastanawiała się nad całą sprawą. Miała tak wiele naprawdę trudnych kwestii do przemyślenia: Grobale, ich okrucieństwo i strach przed Pyłem, miasto w Zorzy, ojciec uwięziony w Svalbardzie, matka... A ona sama? I jeszcze aletheiometr, czarownice lecące na północ, biedny mały Tony Makarios, mechaniczny insekt-szpieg, niezwykła szermierka z Iorkiem Byrnisonem...

Dziewczynka zasnęła. A karawana sań z każdą godziną coraz bardziej zbliżała się do Bolvangaru.

14
Światła Bolvangaru

Ojca Corama i Johna Faa bardzo martwiło, że nie mieli żadnych wiadomości o pani Coulter, starali się jednak, by Lyra nie wiedziała, jak mocno się niepokoją. Nie przypuszczali, że dziewczynka także się martwi, bała się bowiem pani Coulter i często o niej myślała. Zaakceptowała fakt, że Lord Asriel jest jej ojcem, nigdy jednak nie miała zamiaru zmienić swego stosunku do matki. Powodem jej złego samopoczucia był dajmon pani Coulter, złota małpa, do której Pantalaimon czuł obrzydzenie i która — dziewczynka była co do tego przekonana — grzebała w jej rzeczach i z pewnością znalazła aletheiometr.

Lyra była ścigana; zdawała sobie z tego sprawę i uważała, że głupotą byłoby myśleć inaczej. Wyraźnym tego dowodem był szpiegujący insekt.

Kiedy jednak wróg ich zaatakował, nie była nim pani Coulter. Cyganie planowali postój, aby dać odpocząć psom, naprawić parę sań i przygotować broń do szturmu na Bolvangar. John Faa miał nadzieję, że Lee Scoresby zdoła znaleźć wystarczającą ilość gazu ziemnego, aby napełnić mniejszy z dwóch balonów, a potem wznieść się nim i polecieć na zwiady. Jednak aeronauta — który znał się na zmianach pogody tak dobrze jak żeglarze — podejrzewał, że nadchodzi mgła. I miał niestety rację, ponieważ natychmiast gdy się zatrzymali, otoczyła ich mgła gęsta jak mleko i Lee Scoresby oświadczył, że z balonu nic nie będzie widać. Nie pozostało mu więc nic innego, jak poprzestać na sprawdzeniu sprzętu, chociaż był przekonany, że wszystko i tak jest w porządku.

A wtedy nagle z ciemności wyleciał grad strzał.

Od razu dosięgły trzech Cyganów, którzy skonali tak cicho, że nikt niczego nie usłyszał i dopiero gdy ich ciała upadły z hałasem na psi zaprzęg i leżały nieruchomo, najbliżej stojący zauważyli, że coś się dzieje. Jednak wtedy było już za późno, ponieważ zaświstały kolejne strzały. Kilku mężczyzn spojrzało w górę. Zaskoczył ich szybki, nieregularny stukot — odgłosy strzał uderzających w drewno lub w zamarznięte płótno.

Pierwszy zareagował John Faa i zaczął wykrzykiwać rozkazy z sań znajdujących się w środku zaprzęgów. Jego ludzie natychmiast ruszyli, by wypełnić polecenia, choć ręce mieli zgrabiałe, a nogi zesztywniałe. Wtedy z ciemności wyleciał kolejny grad strzał i wielu śmiertelnie ugodzonych Cyganów padło na ziemię.

Lyra znajdowała się na otwartej przestrzeni i nad jej głową przelatywały strzały. Pantalaimon zmienił się w lamparta, toteż usłyszał strzałę lecącą w kierunku dziewczynki i w odpowiednim momencie przewrócił Lyrę na ziemię, dzięki czemu uniknęła śmierci. Ścierając śnieg z powiek, dziewczynka przeturlała się na bok i usiłowała zobaczyć, co się wokół niej dzieje. Wydawało jej się, że w półmroku wszystko wręcz kipi od zamieszania i drży od hałasu. Usłyszała potężny ryk Iorka Byrnisona i chrzęst jego pancerza, kiedy pancerny niedźwiedź wyskoczył z sań i ruszył do walki; natychmiast rozległy się ludzkie krzyki, zwierzęce warczenie oraz odgłosy bitwy. Najgłośniejsze były krzyki przerażonych Cyganów i ryk atakującego, rozwścieczonego niedźwiedzia.

Kim byli napastnicy? Lyra nie była w stanie ich dostrzec. Aby bronić sań, jej towarzysze w panice biegali wokół zaprzęgów, ale w ten sposób (zauważyła to nawet dziewczynka) jedynie wystawiali się na cel. W grubych rękawicach trudno im było strzelać z karabinów. Lyra usłyszała zaledwie cztery czy pięć strzałów, natomiast świst strzał był niemal nieprzerwany i z każdą minutą coraz więcej mężczyzn padało na ziemię.

Och, Johnie Faa, pomyślała udręczona dziewczynka. Nie przewidziałeś takiej sytuacji, a ja ci w żaden sposób nie pomogłam!

Nie było jednak czasu na robienie sobie wyrzutów, ponieważ nagle do uszu Lyry dotarło głośne warknięcie Pantalaimona i inny dajmon zaatakował go i powalił tak gwałtownie, że dziewczynka zupełnie straciła oddech, a potem czyjeś ręce sięgnęły po nią i podniosły, stłumiły jej krzyk okropnie cuchnącymi rękawicami, przerzuciły ją w powietrzu w inne ramiona, które z powrotem mocno pchnęły ją w śnieg. Była oszołomiona i pozbawiona tchu, bolało ją całe ciało. Ktoś pociągnął ją za ramiona, niemal wyrywając je ze stawów, związał nadgarstki i naciągnął jej na głowę kaptur, aby stłumić wrzaski, ponieważ dziewczynka krzyczała przeraźliwie:

— Iorku! Iorku Byrnisonie! Pomóż mi!

Czy niedźwiedź ją słyszał? Nie wiedziała; napastnicy przerzucali ją z miejsca na miejsce, aż w końcu spoczęła na jakiejś twardej płaszczyźnie, która nagle zaczęła się przechylać i kołysać jak sanie. Do uszu dziewczynki docierały jeszcze odgłosy walki. Słyszała ryk Iorka Byrnisona, który jednak coraz bardziej cichł, podczas gdy ona leżała z wykręconymi ramionami na nierównej powierzchni i szlochała z gniewu i strachu. Głosy wokół niej przemawiały w jakimś dziwacznym języku.

— Pan! — sapnęła.

— Jestem tutaj, cii... pomogę ci oddychać. Nie ruszaj się...

Jego mysie łapki tak długo szarpały kaptur, aż usta dziewczynki wyswobodziły się. Lyra natychmiast głęboko zaczerpnęła lodowatego powietrza.

— Kim oni są? — szepnęła.

— Wyglądają jak Tatarzy. Zdaje mi się, że któryś z nich trafił Johna Faa.

— Nie...

— Widziałem, jak król padał. A przecież powinien być przygotowany na taki atak. Wiesz o tym...

— Ależ trzeba mu było pomóc! Powinniśmy obserwować aletheiometr!

— Cicho. Udawaj, że jesteś nieprzytomna.

Rozległ się świst smagającego bicza i skowyt popędzanych psów. Sądząc po szarpnięciach i podskokach, Lyra wywnioskowała, że poruszają się bardzo szybko, i chociaż wytężyła słuch, nie dosłyszała już niemal żadnych odgłosów bitwy, jedynie stłumione z powodu odległości odgłosy strzałów, a potem już tylko zgrzyty, pęd powietrza i tupot psich łap biegnących po śniegu.

— Zabiorą nas do Grobalów — szepnęła.

Od razu obojgu przyszło na myśl słowo „oderwany" i Lyra poczuła ogromny strach, a Pantalaimon mocno się do niej przytulił.

— Będę walczył — oświadczył.

— Ja również. Pozabijam ich.

— Tak samo postąpi Iorek, kiedy się dowie. Rozetrze ich na proch.

— Jak daleko jesteśmy od Bolvangaru?

Pantalaimon nie wiedział.

Jechali prawdopodobnie niecały dzień. Po tak długim czasie ciało dziewczynki było bardzo obolałe i zdrętwiałe. Nagle pojazd nieco zwolnił i ktoś gwałtownym ruchem ściągnął jej kaptur.

Podniosła oczy na szeroką azjatycką twarz w kapturze z futra rosomaka, oświetloną migotliwym światłem lampy. W czarnych oczach mężczyzny pojawiły się błyski zadowolenia, zwłaszcza kiedy spod płaszcza Lyry wyślizgnął się Pantalaimon w postaci gronostaja i z prychnięciem obnażył białe zęby. Dajmona mężczyzny, duży gruby rosomak, warknęła, ale Pantalaimon się nie cofnął.

Azjata chwycił Lyrę pod pachy, posadził i oparł o brzeg sań. Dziewczynka ciągle zsuwała się na boki, ponieważ nadal miała związane za plecami ręce, toteż mężczyzna uwolnił jej dłonie i zamiast tego związał nogi w kostkach.

Poprzez padający śnieg i gęstą mgłę Lyra zauważyła, jak ogromnym osobnikiem jest napastnik, podobnie zresztą jak siedzący na przedzie sań poganiacz. Obaj z łatwością utrzymywali równowagę w saniach i widać było, że w przeciwieństwie do Cyganów są w tej krainie bardzo zadomowieni.

Mężczyzna odezwał się, ale dziewczynka niczego nie zrozumiała. Zagadał w innym języku, również bez rezultatu. W końcu odezwał się łamaną angielszczyzną.

— Twoje imię?

Pantalaimon zjeżył się ostrzegawczo i Lyra od razu wiedziała, co chciał jej przekazać. Najwyraźniej ci ludzie nie wiedzieli, kim jest ich zdobycz! Nie porwali jej, ponieważ była córką pani Coulter. W takim razie może wcale nie pracują dla Grobalów.

— Lizzie Brooks — odparła.

— Lizi Brugz — powtórzył Azjata. — Zabieramy cię w miłe miejsce. Tam być miłe ludzie.

— Kim jesteście?

— Samojedzi. Łowcy.

— Dokąd mnie zabieracie?

— Miłe miejsce. Miłe ludzie. Masz panserbjorna?

— Dla ochrony.

— Niedobry! Ha, niedźwiedź niedobry! Dostaliśmy cię i tak!

Roześmiał się głośno. Lyra zapanowała nad sobą i nic nie odpowiedziała.

— Kto tamci ludzie? — spytał po chwili mężczyzna, wskazując w kierunku, z którego przybyli.

— Kupcy.

— Kupcy... Czym handlować?

— Futrami, spirytusem — odparła. — Tytoniem.

— Sprzedają tytoń, kupują futra?

— Tak.

Mężczyzna rzekł coś do swojego towarzysza, który odpowiedział mu krótko. Przez cały czas sanie pędziły naprzód. Lyra podciągnęła się wyżej i próbowała zobaczyć, dokąd się kierują; niestety bezskutecznie, śnieg bowiem padał gęsto, a niebo było ciemne. Za bardzo zmarzła, aby przyglądać się dłużej, więc położyła się ponownie. Wiedziała, co myśli Pantalaimon, a on słyszał jej myśli. Starali się nie wpadać w panikę, jednak myśl, że John Faa nie żyje, nie dawała im spokoju. A co się stało z Ojcem Coramem? I czy Iorek zabił pozostałych Samojedów? Czy Cyganie kiedykolwiek zdołają ją znaleźć?

Po raz pierwszy zaczęła się trochę nad sobą użalać.

Minęło sporo czasu. Mężczyzna potrząsnął ją za ramię, a potem wręczył kawałek suszonego reniferowego mięsa. Cuchnęło i było twarde, jednak Lyra odczuwała wielki głód, a poza tym mięso było sycące. Żując je, poczuła się nieco lepiej. Powoli wsunęła rękę pod futro i upewniła się, że aletheiometr znajduje się na swoim miejscu, a potem ostrożnie wyjęła puszkę z insektem i wsunęła w cholewę futrzanego buta. Pantalaimon w postaci myszy wpełzł tam również, zepchnął puszkę jak najniżej i ukrył pod sztylpą ze skóry renifera.

Dziewczynka zamknęła oczy. Strach wyczerpał ją do cna i wkrótce zapadła w niespokojny sen.

Obudziła się, kiedy ruch sań nagle stał się łagodniejszy. Gdy otworzyła oczy, dostrzegła nad sobą migające światła, które wydały jej się tak oślepiające, że musiała naciągnąć kaptur, zanim mogła powtórnie spojrzeć. Jej ciało było bardzo zesztywniałe i zziębnięte, zdołała się jednak trochę podciągnąć i zobaczyć, że sanie jadą szybko między szeregiem wysokich słupków; na każdym znajdowało się jaskrawe anbaryczne światło. Dziewczynce udało się również zauważyć, że minąwszy otwartą metalową bramę na końcu alei świateł, wjechali na pusty obszar przypominający rynek, arenę lub sportowe boisko. Teren był idealnie płaski, biały i szeroki na około sto jardów. Okalał go wysoki metalowy płot.

Sanie zatrzymały się po drugiej stronie placu przed niskim budynkiem, a raczej szeregiem niskich budynków mocno przysypanych śniegiem. Lyra nie miała pewności, wydawało jej się jednak, że są to domy połączone tunelami. W pobliżu stał gruby metalowy maszt, który coś jej przypominał, chociaż dziewczynka nie potrafiłaby powiedzieć co.

Zanim zdołała dokładniej przyjrzeć się otoczeniu, mężczyzna w saniach przeciął powróz krępujący jej kostki i pociągnął ją mocno. W tym czasie poganiacz krzyczał na psy, usiłując je uciszyć. W budynku oddalonym o kilka jardów otworzyły się drzwi i pojawiło się w nich anbaryczne światło, świecące niczym reflektor.

Napastnik Lyry, nie puszczając sznura, popchnął ją naprzód niczym trofeum i coś powiedział. Stojąca w drzwiach postać w watowanym skafandrze ze wzmocnionego jedwabiu odpowiedziała w tym samym języku, a wtedy dziewczynka dostrzegła twarz osobnika: nie był Samojedem ani Tatarem, wyglądał raczej jak Uczeni z Jordana. Wpatrzył się w nią, a potem — z wielką uwagą — w Pantalaimona.

Samojed przemówił znowu, a człowiek z Bolvangaru spytał Lyrę:

— Mówisz po angielsku?

— Tak — odparła.

— Czy twój dajmon zawsze ma tę postać?

Cóż za nieoczekiwane pytanie! Lyra gapiła się na mężczyznę, niezdolna udzielić odpowiedzi. Pantalaimon jednak zareagował po swojemu, zmieniwszy się w sokoła, potem zerwał się z ramienia swej pani i rzucił na dajmonę mężczyzny, wielkiego świstaka, który szybkim ruchem pacnął łapą Pantalaimona, a następnie splunął, podczas gdy dajmon dziewczynki kołował w powietrzu.

— Rozumiem — powiedział mężczyzna bardzo zadowolonym tonem.

Pantalaimon wrócił na ramię Lyry.

Samojedzi patrzyli wyczekująco na mężczyznę z Bolvangaru, aż ten skinął głową i zdjął rękawice, by sięgnąć do kieszeni. Wyjął z niej sakiewkę i odliczył tuzin ciężkich monet, które włożył w rękę łowcy.

Azjaci przeliczyli pieniądze, a potem starannie je schowali, podzieliwszy się równo po połowie. Następnie nie oglądając się już, wsiedli do sań. Poganiacz trzasnął batem i krzyknął na psy, po czym odjechali po szerokim białym placu, w stronę alei świateł. Sanie nabrały prędkości i w końcu Samojedzi zniknęli w ciemnościach.

Mężczyzna znowu otworzył drzwi.

— Wchodź szybko — przynaglił. — Tu jest ciepło i przyjemnie. Nie stój na tym zimnie. Jak się nazywasz?

Mówił jak Anglik, bez żadnego akcentu, który Lyra mogłaby rozpoznać. Jego głos skojarzył się dziewczynce z ludźmi, których spotykała u pani Coulter: wpływowymi, bystrymi i wykształconymi.

— Lizzie Brooks — odparła.

— Wejdź, Lizzie. Dobrze tu o ciebie zadbamy, nie martw się.

Wydawał się bardziej zmarznięty niż ona, mimo że

Lyra spędziła na zewnątrz tak długi czas. Niecierpliwił się, chcąc znowu znaleźć się w cieple. Dziewczynka zdecydowała się grać na zwłokę, udając tępą i ospałą, ociągała się więc i powłóczyła nogami, gdy wchodziła do budynku przez wysoki próg.

Drzwi były podwójne, dzieliła je szeroka przestrzeń, aby nie uciekało zbyt dużo ciepłego powietrza. Kiedy Lyra i mężczyzna przeszli przez wewnętrzne drzwi, dziewczynka poczuła gorąco niemal niemożliwe do zniesienia, toteż natychmiast rozpięła futro i odrzuciła kaptur.

Znajdowali się teraz w pomieszczeniu o powierzchni około ośmiu stóp kwadratowych. Korytarz rozwidlał się na prawo i lewo, a przed Lyrą stało coś w rodzaju pulpitu rejestracyjnego, jakie znajdują się w szpitalach. Cały hol był mocno oświetlony, błyszczały lśniące białe powierzchnie i nierdzewna stal. W powietrzu unosiła się znajoma woń bekonu i kawy, a także słaby szpitalny zapach. Ze wszystkich ścian dochodził dziwny szum, niemal zbyt cichy, by go usłyszeć, jednak taki, do którego trzeba przywyknąć, inaczej człowiek może oszaleć.

Siedzący przy uchu Lyry Pantalaimon, obecnie w postaci szczygła, wyszeptał:

— Udawaj tępą i ospałą. Bądź naprawdę ślamazarna i nierozgarnięta.

Dorośli patrzyli na nią. Poza mężczyzną, który ją wprowadził, był tam drugi — ubrany w biały fartuch — oraz kobieta w stroju pielęgniarki.

— To Angielka — powiedział pierwszy mężczyzna. — Zdaje się, że od kupców.

— Czy to byli zwykli łowcy? Wszystko odbyło się tak jak zawsze?

— To samo plemię, o ile wiem. Siostro Claro, mogłabyś się nią zająć?

— Oczywiście, doktorze. Chodź ze mną, moja droga — poleciła pielęgniarka i Lyra posłusznie podążyła za nią.

Szły krótkim korytarzem. Po prawej stronie znajdowało się kilkoro drzwi, po lewej stołówka, z której dochodził szczęk noży i widelców, szmer głosów oraz dolatywały intensywniejsze zapachy gotowanych potraw. Lyra podejrzewała, że pielęgniarka jest mniej więcej w tym samym wieku, co pani Coulter. Była energiczna i zręczna, a jednocześnie wydawała się zupełnie niewrażliwa, byłaby w stanie zszyć ranę albo zmienić bandaż, ale z pewnością nigdy nie potrafiłaby opowiedzieć dziecku bajki. Jej dajmonem (kiedy Lyra to zauważyła, przeszedł ją dreszcz) był mały, biały, wesoły pies (po chwili dziewczynka nie pamiętała, dlaczego jego widok tak ją zmroził).

— Jak się nazywasz, moja droga? — spytała pielęgniarka, otwierając ciężkie drzwi.

— Lizzie.

— Tylko Lizzie?

— Lizzie Brooks.

— A ile masz lat?

— Jedenaście.

Lyrze mówiono, że jest niska jak na swój wiek. Nigdy przedtem fakt ten nie miał dla niej znaczenia, teraz jednakże doszła do wniosku, że odmładzając się wobec obcych, ma większą szansę pokazać Lizzie jako osóbkę bardziej nieśmiałą, nerwową i niezbyt rozgarniętą. Dla podkreślenia tych cech, kiedy weszła do sali, wzdrygnęła się, pozorując lęk.

Oczekiwała pytań, skąd pochodzi i jak się tu znalazła, toteż przygotowała sobie odpowiedzi. Okazało się jednak, że pielęgniarce brakuje nie tylko wyobraźni, pozbawiona była również ciekawości. Czemu się jednak dziwić? Wszak Bolvangar znajdował się daleko od Londynu, a dzieci przybywały tu przez cały czas. Dajmon siostry Clary, który truchtał krok w krok za nią, był dokładnie taki sam jak ona: energiczny i niczym nie zainteresowany.

W sali, do której weszły, znajdował się tapczan, stół, dwa krzesła, szuflady na akta, szklana szafka z lekarstwami i bandażami oraz umywalka. Gdy znalazły się w środku, pielęgniarka natychmiast wzięła od Lyry wierzchnie okrycie i rzuciła je na lśniącą podłogę.

— Zdejmij resztę, moja droga — powiedziała. — Sprawdzimy szybko, czy jesteś czysta i zdrowa, czy nie masz odmrożeń lub sińców, a potem znajdziemy jakieś ładne czyste ubranie. Pójdziesz także pod prysznic — dodała, ponieważ dziewczynka nie przebierała się i nie myła od kilku dni, co trudno było ukryć w ciepłym pomieszczeniu.

Pantalaimon zatrzepotał skrzydłami na znak protestu, ale Lyra powstrzymała go gniewnym spojrzeniem. Jej dajmon usadowił się więc na tapczanie na czas, gdy jedna po drugiej spadały części stroju Lyry, ku jej oburzeniu i wstydowi. Postanowiła jednak zachowywać się jak uległe, głupiutkie dziecko.

— Odłóż również tę sakiewkę na pieniążki, Lizzie — dodała pielęgniarka, po czym sama odwiązała jej od pasa woreczek z aletheiometrem. Zamierzała go rzucić na stos wraz z innymi rzeczami Lyry, ale zatrzymała się, wyczuwając ostrą krawędź altheiometru.

— Co to jest? — spytała i rozwinęła ceratkę.

— To tylko taka zabawka — odparła Lyra. — Jest moja.

— Tak, tak, nikt ci jej nie odbierze, moja droga — stwierdziła siostra Clara, rozwijając czarny aksamit. — Jest naprawdę ładna, wygląda jak kompas. Ale nie możesz jej wziąć pod prysznic — powiedziała, odkładając aletheiometr i rozsuwając jedwabną zasłonkę kabiny prysznicowej.

Lyra niechętnie wsunęła się pod strumień ciepłej wody i namydliła, a Pantalaimon w tym czasie usadowił się na karniszu. Oboje wiedzieli, że nie powinien być zbyt wesoły czy żwawy, ponieważ dajmony osób tępych są równie ospałe jak ich właściciele. Kiedy Lyra umyła się i wytarła, pielęgniarka zmierzyła jej temperaturę, zajrzała w oczy, uszy i gardło, potem zmierzyła jej wzrost i umieściła na wadze, wreszcie sporządziła notatkę na tabliczce. Później wręczyła dziewczynce piżamę i szlafrok. Były czyste i dobrej jakości, tak jak płaszcz Tony'ego Makariosa, jednak wyglądały — podobnie jak jego rzeczy — na używane. Lyra poczuła się bardzo nieswojo.

— To nie moje — zauważyła.

— Zgadza się, moja droga. Twoje rzeczy trzeba będzie porządnie uprać.

— Dostanę je z powrotem?

— Sądzę, że tak. Tak, na pewno.

— Co to za miejsce?

— Nazywamy je Stacją Doświadczalną.

Odpowiedź ta jej nie wystarczyła, przypuszczała jednak, że ktoś taki jak Lizzie Brooks nie domagałby się dodatkowych informacji, nie zapytała więc o nic więcej; włożyła otrzymaną piżamę i szlafrok.

— Chcę z powrotem moją zabawkę — powiedziała stanowczo, gdy już się ubrała.

— Weź ją, moja droga — odparła pielęgniarka. — Może jednak wolałabyś dostać miłego wełnianego niedźwiadka? Albo ładną lalkę?

Otworzyła szufladę, gdzie leżało kilka miękkich zabawek, które wyglądały jak zwłoki. Lyra zmusiła się, by stać przez kilka sekund i udawać, że się zastanawia, po czym wyjęła szmacianą lalkę z dużymi, pustymi oczyma. Nigdy nie miała lalki, ale wiedziała, co należy zrobić, i przycisnęła ją powolnym ruchem do piersi.

— A co z moją sakiewką? — spytała. — Lubię w niej trzymać moją zabawkę.

— Weź ją więc, moja droga — powiedziała siostra Clara, wypełniając jakiś różowy formularz.

Lyra podciągnęła piżamę i zawiązała nieprzemakalny woreczek dokoła talii.

— Co z moim płaszczem i butami? — zapytała. — I moimi rękawicami oraz innymi rzeczami?

— Wyczyścimy je dla ciebie — odruchowo odparła kobieta.

Wtedy zadzwonił telefon. W czasie, gdy pielęgniarka rozmawiała, Lyra pochyliła się szybko, odnalazła puszkę z insektem i włożyła ją do woreczka z aletheiometrem.

— Chodź, Lizzie — powiedziała pielęgniarka, odkładając słuchawkę. — Damy ci coś do jedzenia. Przypuszczam, że jesteś głodna.

Lyra podążyła za siostrą Clarą do stołówki. Stał tam tuzin okrągłych białych stolików, pokrytych okruchami i lepkimi kółkami w miejscach, gdzie niechlujnie stawiano szklanki z napojami. Brudne talerze i sztućce leżały na stalowym wózku. Pomieszczenie pozbawione było okien, jednak iluzję światła i przestrzeni dawała jedna ściana z ogromnym zdjęciem pokazującym tropikalną plażę, z pogodnie niebieskim niebem, białym piaskiem i palmami kokosowymi.

Mężczyzna, który odebrał ją od Samojedów, wziął tacę z okienka.

— Jedz — powiedział.

Nie było potrzeby się głodzić, więc Lyra ze smakiem zjadła gulasz i tłuczone ziemniaki. Potem były brzoskwinie z puszki i lody. Kiedy jadła, mężczyzna i pielęgniarka rozmawiali cicho przy drugim stoliku, a gdy dziewczynka skończyła, pielęgniarka przyniosła jej szklankę gorącego mleka i zabrała tacę.

Mężczyzna podszedł do jej stolika i usiadł naprzeciwko. Jego dajmona, świstak, nie była tak obojętna i niczym nie zainteresowana jak pies siostry Clary, siedziała jednak uprzejmie na ramieniu swego właściciela. Obserwowała wszystko w milczeniu i przysłuchiwała się rozmowie.

— No, Lizzie — spytał. — Najadłaś się?

— Tak, dziękuję.

— Chciałbym, żebyś mi powiedziała, skąd pochodzisz? Potrafisz odpowiedzieć na to pytanie?

— Z Londynu — odparła.

— A co robisz tak daleko na północy?

— Jechałam z moim ojcem — wymamrotała. Miała oczy spuszczone, unikając wzroku świstaka, i próbowała przybrać minę, jak gdyby zaraz chciała się rozpłakać.

— Z ojcem? Rozumiem. A co on porabia w tej części świata?

— Handluje. Przybyliśmy tu z ładunkiem tytoniu z Nowej Danii i kupowaliśmy futra.

— Czy twój ojciec był sam?

— Nie. Z moimi wujami i kilkoma innymi mężczyznami — odrzekła wymijająco, ponieważ nie miała pojęcia, co powiedział mężczyźnie samojedzki łowca.

— Dlaczego ojciec zabrał cię w tę podróż, Lizzie?

— Ponieważ dwa lata temu zabrał mojego brata i obiecał, że zabierze mnie następnym razem, więc ciągle go prosiłam, aż w końcu się zgodził.

— A ile masz lat?

— Jedenaście.

— No dobrze. Cóż, jesteś małą szczęściarą. Łowcy, którzy cię znaleźli, przywieźli cię w najlepsze z możliwych miejsc.

— Wcale mnie nie znaleźli — zauważyła z powątpiewaniem. — Odbyła się walka. Było ich wielu i mieli strzały...

— Och, to nieprawda. Sądzę, że oddaliłaś się od grupy twojego ojca i zgubiłaś. Byłaś sama. Ci myśliwi znaleźli cię i przywieźli wprost tutaj. Właśnie to się zdarzyło, Lizzie.

— Widziałam walkę — upierała się. — Strzelali z łuków i... Chcieli mojego ojca... — dodała głośniej i poczuła, że zaczyna płakać.

— Hm, jesteś tu całkiem bezpieczna. Zostaniesz tu, póki po ciebie nie przyjedzie — oznajmił lekarz.

— Ale widziałam, jak strzelali!

— Ach, wydawało ci się. To się często zdarza w dotkliwym chłodzie, Lizzie. Zasnęłaś i miałaś złe sny, a teraz nie potrafisz oddzielić prawdy od koszmaru. Nie martw się, nie było żadnej walki. Twój ojciec jest cały i zdrowy. Teraz będzie cię szukał i wkrótce tu przyjedzie, jest to bowiem jedyne zamieszkane miejsce w odległości setek mil. Cóż to będzie za niespodzianka dla niego, gdy zobaczy, że nic ci się nie stało! Teraz siostra Clara zabierze cię do sypialni, gdzie spotkasz kilka innych dziewczynek i chłopców, którzy dokładnie tak jak ty zgubili się na tym pustkowiu. Idź więc spać, a rano odbędziemy kolejną pogawędkę.

Lyra wstała, ściskając kurczowo lalkę. Pantalaimon wskoczył na ramię swej pani, a pielęgniarka otworzyła drzwi, aby ich wyprowadzić.

Przechodziły przez kolejne korytarze i dziewczynka była już rzeczywiście zmęczona i tak śpiąca, że stale ziewała i ledwie była w stanie podnosić stopy w otrzymanych od pielęgniarki wełnianych bamboszach. Pantalaimon także opadał z sił, więc zmienił się w mysz i usadowił wewnątrz kieszeni szlafroka dziewczynki. Lyra dostrzegła jeszcze tylko rząd łóżek, wiele dziecięcych twarzy, poduszkę, a potem zasnęła.

Ktoś nią potrząsał, a ona od razu dotknęła pasa; obie puszki nadal były na swoim miejscu. Wówczas spróbowała otworzyć oczy; zrobiła to z trudem, ponieważ chyba nigdy nie czuła się tak bardzo śpiąca.

— Obudź się! Obudź!

Słowa te szeptało nad nią kilka osób. Z wielkim wysiłkiem, jak gdyby wtaczała głaz pod górę, dziewczynka zmusiła się do przebudzenia.

W mrocznym świetle docierającym z zawieszonej nad drzwiami żarówki o bardzo małej mocy Lyra zobaczyła trzy dziewczynki. Widziała je jeszcze bardzo niewyraźnie, dostrzegła jednakże, że współlokatorki są mniej więcej w jej wieku. Mówiły po angielsku.

— Obudziła się.

— Dali jej pigułkę nasenną. Na pewno...

— Jak masz na imię?

— Lizzie — wymamrotała.

— Czy przybył nowy transport dzieci? — zapytała jedna z dziewczynek.

— Nie wiem. Chyba tylko ja.

— Gdzie cię dopadli?

Lyra usiłowała usiąść. Nie pamiętała, żeby ktoś jej dawał pigułkę nasenną, jednak mogła się znajdować w mleku, które wypiła. W jej głowie pulsował lekki ból.

— Gdzie się znajduje miejsce, w którym jesteśmy?

— W środku pustkowia. Zresztą nic nam o tym nie mówią.

— Zwykle przywożą więcej dzieci...

— A co tu robią? — zdołała zapytać Lyra. Starała się otrząsnąć z resztek snu, Pantalaimon bardzo jej w tym pomagał.

— Nie wiemy — odparła najrozmowniejsza z dziewczynek. Była wysoka, rudowłosa, ruchliwa i mówiła z silnym londyńskim akcentem. — W jakimś sensie mierzą nas i robią różne testy i...

— Badają Pył — wtrąciła druga dziewczynka, przyjacielska, pulchna i ciemnowłosa.

— Nie wiesz tego na pewno — odrzekła pierwsza.

— Badają go — dodała trzecia, bardzo szczuplutka; tuliła do siebie dajmona w postaci królika. — Słyszałam, jak o tym rozmawiali.

— W każdym razie zabierają nas jedno po drugim. Nikt jeszcze nie wrócił — podsumowała rudowłosa.

— Jest też ten chłopiec — zaczęła pulchna dziewczynka. — Uważa, że...

— Nie mów jej tego! — wykrzyknęła ruda. — Jeszcze za wcześnie.

— Więc są tu również chłopcy? — spytała Lyra.

— Tak. Jest nas dużo. Chyba ze trzydzieścioro.

— Więcej — stwierdziła pulchna. — Raczej ze czterdzieścioro.

— Tyle że ciągle nas ubywa — zauważyła ruda. — Zwykle przywożą całą gromadkę, a kiedy jest nas sporo, wtedy jedno po drugim znika.

— To Grobale — wyjaśniła pulchna. — Na pewno o nich słyszałaś. Wszyscy się ich baliśmy, zanim nas złapali...

Lyra rozbudziła się już niemal całkowicie. Dajmony dwóch dziewczynek (z wyjątkiem królika) czatowały przy drzwiach, a żadna z nich nie mówiła głośniej niż szeptem. Lyra spytała swoje współlokatorki o imiona. Rudowłosa miała na imię Annie, pulchna brunetka — Bella, szczupła — Martha. Nie znały imion chłopców, ponieważ przedstawicieli obu płci przetrzymywano przez większość czasu z dala od siebie. Dziewczynki zgodnie stwierdziły, że nie są źle traktowane.

— Jest w porządku — oznajmiła Bella. — Nie ma zbyt dużo zajęć. Poddają nas tylko testom i każą wykonywać różne ćwiczenia, a później ważą nas, mierzą nam temperaturę i tak dalej. W gruncie rzeczy jest nudno.

— Chyba że przylatuje pani Coulter — wtrąciła Annie.

Lyra z trudem powstrzymała się od krzyku, a Pantalaimon zatrzepotał skrzydłami tak gwałtownie, że zauważyły to pozostałe dziewczynki.

— Jest nerwowy — wytłumaczyła Lyra, uspokajając dajmona. — Chyba nam dali jakąś pigułkę nasenną, tak jak mówiłyście, ponieważ przez cały czas chce nam się spać. Kim jest pani Coulter?

— To ona nas schwytała, a przynajmniej większość

z nas — wyjaśniła Martha. — Wszyscy o niej mówią, wszystkie dzieci. Kiedy przylatuje, wiadomo, że któreś z nas zniknie.

— Lubi patrzeć na dzieci i obserwować te eksperymenty. Ten chłopiec, Simon, uważa, że oni nas zabijają, a pani Coulter się temu przygląda.

— Zabijają?! — spytała Lyra, drżąc.

— Pewnie tak. Przecież nikt nie wraca.

— Robią coś także naszym dajmonom — dodała Bella. — Ważą je, mierzą, i tak dalej...

— Dotykają waszych dajmonów?!

— Nie, na Boga! Stawiają wagę w danym miejscu i twój dajmon musi na nią wejść i przybierać różne formy, a tamci w tym czasie robią notatki i zdjęcia. I ciągle zamykają nas w takiej szafce, gdzie badają Pył. Robią to przez cały czas, bez końca.

— Co to za pył? — spytała Lyra.

— Tego nie wiemy — odrzekła Annie. — Chyba coś z kosmosu. Takie niewidoczne. Jeśli go nie ma wokół ciebie, to dobrze. Ale każdy go w końcu przyciąga.

— Wiesz, co jeszcze mówił Simon? — powiedziała Bella. — Że Tatarzy robią sobie dziury w czaszkach, aby wszedł przez nie Pył.

— Eee, co on tam wie — prychnęła pogardliwie Annie. — Może zapytam panią Coulter, kiedy się tu zjawi następnym razem.

— Nie ośmieliłabyś się! — oświadczyła z podziwem Martha.

— Zapytam.

— A kiedy przyleci? — spytała Lyra.

— Pojutrze — odparła Annie.

Po plecach Lyry przeszedł zimny dreszcz przerażenia, a Pantalaimon przysunął się bardzo blisko swej pani. Dziewczynka uświadomiła sobie, że został jej jeden dzień na znalezienie Rogera i odkrycie wszystkiego, co możliwe na temat tego miejsca. Potem musi uciec albo zostać uratowana. Jednak, jeśli wszyscy Cyganie zginęli, kto pomoże dzieciom przeżyć na tym lodowym pustkowiu?

Inne dziewczynki nadal rozmawiały, lecz Lyra i Pantalaimon skulili się na łóżku i próbowali nawzajem rozgrzać. Wiedzieli, że w zasięgu setek mil dokoła największą władzę ma strach.

15
Klatki z dajmonami

Lyra nie lubiła zbyt wiele rozmyślać, była dzieckiem praktycznym i optymistycznie nastawionym do świata, ale nie grzeszyła wyobraźnią. Gdyby ją miała, z pewnością nie mogłaby myśleć poważnie, że istnieje szansa uratowania Rogera i ucieczki z Bolvangaru. Gdyby jednak dopuszczała taką możliwość, natychmiast znalazłaby wiele przeszkód, z których powodu taka akcja skazana by była na niepowodzenie. Doświadczony kłamca wcale nie musi mieć dużej wyobraźni; w gruncie rzeczy, wielu z nich w ogóle jej nie ma i dlatego właśnie potrafią kłamać w tak przekonujący sposób.

W każdym razie uwięziona przez Radę Oblacyjną Lyra wcale się o siebie nie martwiła; właściwie nie obawiała się także o los Cyganów. Byli przecież dobrymi żołnierzami. Pantalaimon powiedział wprawdzie, że widział, jak Samojedzi zastrzelili Johna Faa, mógł się jednak pomylić albo cygański król został jedynie ranny. Mówiła sobie, że pechowo się stało, że wpadła w ręce azjatyckich łowców, ale była pewna, iż Cyganie z pewnością wkrótce przybędą ją uratować. A gdyby im się to nie udało, powtarzała sobie, z pewnością nic nie powstrzyma Iorka Byrnisona przed wydostaniem jej stąd. Wtedy polecą balonem Lee Scoresby'ego do Svalbardu i uratują Lorda Asriela.

Dla Lyry rozwiązanie całej sytuacji było właśnie takie proste.

Toteż gdy następnego ranka przebudziła się w sypialni, przepełniała ją ciekawość i była gotowa na wszystko, co miał przynieść dzień. Chciała też zobaczyć Rogera, a ściśle rzecz biorąc — pragnęła zobaczyć go pierwsza, zanim on ją dostrzeże.

Nie czekała długo. Dzieci, śpiące w kilku sypialniach, budziły o godzinie wpół do siódmej opiekujące się nimi pielęgniarki. Dzieci myły się, ubierały i szły grupami na śniadanie do stołówki.

I tam właśnie był Roger.

Siedział z pięcioma innymi chłopcami przy stojącym tuż przy drzwiach stole. Kolejka do okienka, gdzie wydawano posiłek, przechodziła tuż obok niego, toteż Lyra w odpowiednim momencie udała, że upuszcza chusteczkę i kuca, by ją podnieść, pochylając się nisko obok krzesła swego przyjaciela, a wtedy Pantalaimon odezwał się do dajmony Rogera, Salcilii.

Miała postać zięby i zatrzepotała skrzydłami tak gwałtownie, że dajmon Lyry musiał się zmienić w kota i skoczyć na nią, aby zmusić ją do szeptu. Takie nagłe ataki lub utarczki między dziecięcymi dajmonami były na szczęście na porządku dziennym, toteż nikt nie zwrócił większej uwagi na ptaka i jego prześladowcę, jednak twarz Rogera od razu zbladła. Lyra nigdy nie widziała nikogo tak bladego. Chłopiec podniósł oczy na Lyrę, patrzącą na niego obojętnie i wyniośle, i rumieniec powrócił mu na policzki, a na twarzy malowały się nadzieja, podniecenie i radość. Na szczęście Pantalaimon potrząsnął mocno Salcilią, powstrzymując tym sposobem Rogera przed okrzykiem powitania i radosnym podskokiem na widok towarzyszki zabaw z Jordana.

Lyra odwróciła wzrok, zachowując się tak lekceważąco, jak tylko potrafiła, i potoczyła oczyma po swoich nowych przyjaciółkach, zostawiając Pantalaimona, aby wyjaśnił, co trzeba, dajmonie Rogera. Cztery dziewczynki wzięły tace z płatkami kukurydzianymi i grzankami, usiadły razem i tworząc ścisłą grupkę, która nie zamierzała do siebie dopuścić nikogo innego, zaczęły plotkować.

Nie można utrzymać wielkiej grupy dzieci w jednym miejscu przez długi czas, nie wyznaczając im do wykonania wielu zadań, więc w pewnym sensie Bolvangar prowadzono jak szkołę. W rozkładzie zajęć była gimnastyka i różnego rodzaju „sztuki". Chłopcy i dziewczęta przebywali oddzielnie z wyjątkiem przerw i posiłków, toteż Lyra dopiero później, po półtoragodzinnych lekcjach szycia, prowadzonych przez jedną z pielęgniarek, miała okazję porozmawiać z Rogerem. Spotkanie musiało jednakże wyglądać naturalnie, co stanowiło pewną trudność. Wszystkie dzieci w Bolvangarze były mniej więcej w tym samym wieku; w tym okresie chłopcy i dziewczynki trzymają się oddzielnie, a przedstawiciele jednej płci jawnie lekceważą płeć przeciwną.

Okazja do rozmowy ponownie nadarzyła się w stołówce, kiedy dzieci weszły się napić i zjeść ciastka. Lyra wysłała Pantalaimona w postaci muchy, aby porozmawiał ze Salcilią na ścianie obok ich stolika, podczas gdy ona i Roger spokojnie siedzieli w oddzielnych grupkach. Trudno było rozmawiać, gdy uwaga dajmona skupiona była na czymś innym, więc Lyra piła mleko z ponurą, buntowniczą miną. Połową swego umysłu wsłuchiwała się w rozmowę między dajmonami i niemal nie słyszała, o czym mówią jej towarzyszki, ale w pewnej chwili dotarło do niej, że dziewczynka z jasnymi włosami wymawia znajome nazwisko. Gdy Lyra je usłyszała, bezwiednie usiadła wyprostowana.

Było to nazwisko Tony'ego Makariosa. Kiedy uwaga Lyry skierowała się ku blondynce, Pantalaimon musiał przerwać szeptaną konwersację z dajmoną Rogera, a Lyra i Roger wsłuchali się w rozmowę na temat zaginionego chłopca.

— A ja wiem, dlaczego go zabrali — szepnęła blondynka do zebranych blisko niej dzieci. — Bo jego dajmona się nie zmieniała. Oni myśleli, że on jest starszy, niż na to wyglądał albo niż mu się wydawało. Prawda jest jednak taka, że dajmona Tony'ego nie zmieniała się zbyt często, ponieważ on nie myślał za wiele. Nie był zbyt bystry. Ja raz widziałam, jak się zmieniła... Miała na imię Ratter...

— Dlaczego oni tak bardzo się interesują dajmonami? — spytała Lyra.

— Tego nikt nie wie — odparła blondynka.

— Ja wiem — odezwał się jeden z chłopców, którzy przysłuchiwali się rozmowie. — Zabijają nasze dajmony, a potem patrzą, czy przeżyjemy.

— Dlaczego robią to samo z kolejnymi dziećmi? — spytał ktoś.

— Wystarczyłoby spróbować raz, nieprawdaż?

— Ja naprawdę wiem, co robią — stwierdziła pierwsza dziewczynka.

Skupiła teraz na sobie uwagę wszystkich. Ponieważ jednak dzieci nie chciały, aby przedstawiciele personelu dowiedzieli się, o czym rozmawiają, musiały przybrać dziwne, na wpół niedbałe, obojętne miny, mimo że słuchały z zachłanną ciekawością.

— Skąd? — spytało któreś z dzieci.

— Byłam z Tonym, kiedy po niego przyszli. Siedzieliśmy w magazynie bielizny — wyjaśniła.

Zarumieniła się mocno. Prawdopodobnie spodziewała się szyderstw i docinków, ale nikt się nie odezwał. Wszystkie dzieci były smutne i żadne się nawet nie uśmiechnęło.

Dziewczynka kontynuowała:

— Siedział cicho, a potem weszła pielęgniarka, ta o bardzo spokojnym głosie, i powiedziała: „Chodź, Tony, wiem, że tam jesteś, chodź, nie skrzywdzimy cię...". „Co się stanie?", spytał, a ona odparła: „Po prostu położę cię spać, a potem zrobimy ci małą operację, po której obudzisz się cały i zdrów". Tony jednak nie wierzył. Mówił...

— Otwory! — krzyknął ktoś. — Drążą otwory w naszych głowach jak Tatarzy! Założę się!

— Cicho bądź! Co jeszcze powiedziała pielęgniarka? — wtrąciło się inne dziecko. W tym momencie zebrało się ich wokół stolika ponad tuzin. Dajmony tak samo mocno jak ich właściciele pragnęły poznać odpowiedź na to pytanie. Wszyscy czekali w napięciu, natarczywi i z szeroko otwartymi oczyma.

— Tony chciał wiedzieć, co zamierzają zrobić z Ratter — podjęła blondynka. — A pielęgniarka odparła: „Nic, także będzie spała, dokładnie tak jak w nocy, gdy śpicie oboje". Tony powiedział: „Zamierzacie ją zabić, prawda? Wiem, że tak jest. Wszyscy wiemy, co tu się dzieje". Pielęgniarka odparła: „Nie, oczywiście, że nie. To tylko zabieg. Naprawdę małe cięcie. To by cię nawet nie zabolało, ale dla pewności wolimy cię uśpić".

W całej sali panowała teraz cisza. Nadzorująca pielęgniarka wyszła na moment, a kuchenne okienko było zamknięte, toteż nikt ich nie mógł usłyszeć.

— Jakiego rodzaju cięcie? — spytał jakiś chłopiec. Mówił cicho przerażonym głosem. — Czy powiedziała, co to za cięcie?

— Nie, powiedziała tylko: „Sprawi ono, że staniesz się doroślejszy". Dodała, że wszyscy muszą się temu poddać i że z tego właśnie powodu dajmony dorosłych nie zmieniają postaci tak jak nasze. Że je przycinają, by ustalić jeden i ten sam kształt na zawsze, i że w ten sposób stajemy się dojrzali.

— Ale...

— Czy to znaczy...

— Że niby wszyscy dorośli mieli to cięcie?

— A co z...

Nagle wszystkie głosy umilkły, jak gdyby także ucięte, i wszystkie oczy zwróciły się na drzwi. Stała w nich siostra Clara, jak zwykle uprzejma, łagodna i energiczna, obok niej natomiast zobaczyli mężczyznę w białym fartuchu, którego Lyra wcześniej nie widziała.

— Bridget McGinn — powiedział.

Blondynka wstała, drżąc i przyciskając do piersi dajmona w postaci wiewiórki.

— Słucham, proszę pana — odezwała się ledwie słyszalnym głosem.

— Dopij swój napój i chodź z siostrą Clarą — oświadczył. — Reszta dzieci niech biegnie do swoich klas.

Dzieci posłusznie postawiły kubki na wózku z nierdzewnej stali, a następnie wyszły w milczeniu. Na Bridget McGinn nie patrzył nikt poza Lyrą, która dostrzegła, że twarz blondynki jest blada ze strachu.

Resztę przedpołudnia dziewczynki spędziły na gimnastyce. W Stacji znajdowała się mała sala gimnastyczna, ponieważ trudno byłoby ćwiczyć na dworze podczas długiej nocy polarnej. Dzieci pod nadzorem pielęgniarki na zmianę grały tam lub wykonywały ćwiczenia.

Uformowano zespoły i zaczęła się zabawa piłką, a Lyra, która nigdy tak nie grała, początkowo nie bardzo wiedziała, co robić. Ponieważ jednak była szybka i wysportowana, a poza tym posiadała wrodzone cechy przywódcze, wkrótce zdała sobie sprawę, że znajduje w tej zabawie sporą przyjemność. Krzyki dzieci oraz wrzaski i piski dajmonów wypełniły małą salę gimnastyczną, a Lyra szybko zapomniała, jak wiele zła ją otacza. Taki zresztą był cel tych ćwiczeń.

W porze obiadu, kiedy dzieci znowu stały w kolejce do stołówki, Lyra poczuła, że Pantalaimon cmoka na znak, że rozpoznał znajomą osobę. Dziewczynka odwróciła się i tuż za sobą zobaczyła Billy'ego Costę.

— Roger mówił mi, że tu jesteś — mruknął chłopiec.

— Jedzie tu twój brat, John Faa i cała grupa Cyganów — powiedziała. — Zabiorą cię do domu.

Billy niemalże krzyknął głośno z radości, zdołał jednak zmienić krzyk w kaszel.

— Masz mnie nazywać Lizzie — dodała Lyra. — Nie zwracaj się do mnie moim prawdziwym imieniem. I musisz mi powiedzieć wszystko, co wiesz o tym miejscu.

Usiedli przy stoliku we trójkę z Rogerem. Spotkanie w porze obiadowej wydawało się łatwiejsze, ponieważ dzieci przez cały czas chodziły między stolikami i kuchennym okienkiem, a stołówka była zatłoczona. Wśród szczęku noży, widelców i talerzy Billy i Roger opowiedzieli Lyrze to, czego się dowiedzieli. Billy usłyszał od jednej z pielęgniarek, że dzieci, które przeszły operację, zabierane są często do burs położonych dalej na południe; mogło to tłumaczyć, dlaczego Tony Makarios był sam w lesie koło wioski. A Roger miał do powiedzenia coś jeszcze bardziej interesującego.

— Znalazłem kryjówkę — oznajmił z dumą.

— Co takiego? Gdzie?

— Widzisz ten obrazek... — miał na myśli duże zdjęcie tropikalnej plaży. — Jeśli spojrzysz w górny prawy róg, zobaczysz płytę sufitową...

Sufit składał się z wielkich prostokątnych płyt umieszczonych w ramie z metalowych listew, a róg płyty położonej nad obrazkiem lekko się wyginał.

— Zauważyłem to — wyjaśnił Roger — i przyszło mi do głowy, że z innymi może być podobnie, zacząłem je podnosić i okazało się, że wszystkie są luźne. Można je zdjąć. Ja i jeden chłopiec, zanim go zabrali, sprawdziliśmy pewnej nocy sufit w naszej sypialni i stwierdziliśmy, że nad płytami znajduje się wolna przestrzeń. Można się wczołgać do środka...

— Można się czołgać po suficie? Jak daleko?

— Nie wiem. Przeszliśmy tylko kawałek. Sądziliśmy, że kiedy nadejdzie pora, będziemy się tam mogli ukryć, chociaż obawiam się, że i tak by nas znaleźli.

Lyrze sufit skojarzył się nie z kryjówką, a raczej z drogą ucieczki. Pomyślała, że jest to najciekawsza informacja, jaką usłyszała od chwili przybycia tutaj. Niestety w tym momencie musiała przerwać rozmowę z chłopcami, ponieważ jeden z lekarzy zastukał w stół łyżeczką i zaczął mówić.

— Słuchajcie, dzieci — powiedział. — Słuchajcie uważnie. Często musimy tu ćwiczyć alarm przeciwpożarowy. Bardzo ważne, żebyśmy wszyscy w przypadku zagrożenia ubrali się odpowiednio i bez paniki dotarli na zewnątrz. Odbędziemy więc dziś po południu próbny alarm. Kiedy zabrzęczy dzwonek, przerwijcie wasze zajęcia i wypełniajcie polecenia stojącej najbliżej was osoby dorosłej. Pamiętajcie, w którą stronę zostaniecie skierowani, ponieważ jeśli rzeczywiście wybuchnie pożar, właśnie w tamtym kierunku powinniście pójść.

Niezły pomysł, mruknęła do siebie Lyra, myśląc, że może uda jej się jakoś wykorzystać tę sytuację.

Podczas pierwszej części popołudnia Lyrę i cztery inne dziewczynki badano na obecność Pyłu. Lekarze nie wyjaśnili im, co robią, ale łatwo było się domyślić. Dziewczynki wprowadzano jedną po drugiej do laboratorium. Fakt ten oczywiście przeraził je wszystkie. Jakże byłoby to straszne, pomyślała Lyra, gdybym teraz straciła życie i to bez najmniejszej okazji do walki! Najwyraźniej jednak nie zamierzano jej jeszcze poddać operacji.

— Chcemy dokonać pewnych pomiarów — wytłumaczył lekarz.

Lyra zauważyła, że wszyscy dorośli w Bolvangarze byli bardzo do siebie podobni, niemal nie do rozróżnienia. Mężczyźni wyglądali prawie identycznie w białych fartuchach, z notesami i ołówkami, a kobiety wydawały się siostrami — wszystkie miały na sobie pielęgniarskie uniformy i charakteryzowały się osobliwą, spokojną uprzejmością.

— Mierzono mnie wczoraj — zaprotestowała Lyra.

— Ale dziś dokonujemy innych pomiarów. Stań na tej metalowej płycie... Och, najpierw zdejmij buty. Jeśli chcesz, trzymaj swojego dajmona. Patrz przed siebie, o tak, na to zielone światełko. Grzeczna dziewczynka.

Coś błysnęło. Lekarz kazał Lyrze odwracać twarz w różne strony, raz w lewo, raz w prawo i za każdym razem coś trzaskało i błyskało.

— Dobrze. Teraz podejdź do tej maszyny i włóż rękę w rurę. Obiecuję, że nic ci się nie stanie. Wyprostuj palce. Właśnie tak.

— Co właściwie mierzycie? — spytała. — Pył?

— Kto ci powiedział o Pyle?

— Jedna z dziewczynek, nie znam jej imienia. Powiedziała, że wszędzie otacza nas Pył. Ja nie jestem brudna, przynajmniej tak sądzę... Wczoraj brałam prysznic.

— Och, to jest innego rodzaju Pył. Nie można go zobaczyć w zwykły sposób. To szczególny rodzaj... Teraz zaciśnij pięść... Dobrze. Tak. Pomacaj wokół siebie, znajdziesz tam uchwyt... Masz go? Trzymaj. Grzeczna mała. Włóż drugą rękę w ten sam sposób... Połóż ją na tym mosiężnym kloszu. Dobrze. Świetnie. Teraz poczujesz lekkie mrowienie. Nie martw się, to tylko prąd anbaryczny o bardzo niskim natężeniu...

Pantalaimon, w postaci żbika, krążył podejrzliwie i ostrożnie wokół aparatury. Wracał i ocierał się o Lyrę.

Do tej pory dziewczynka była przekonana, że jeszcze nie zamierzają jej poddać operacji i że jej kamuflaż jako Lizzie Brooks jest bezpieczny, zaryzykowała więc pytanie.

— Dlaczego odcinacie ludziom dajmony?

— Co? Kto ci naopowiadał takich rzeczy?

— Ta dziewczynka, nie znam jej imienia. Powiedziała, że odcinacie dzieciom dajmony.

— Nonsens...

Mężczyzna wyglądał na wstrząśniętego jej pytaniem.

— Zabieracie jedno po drugim i dzieci te nigdy nie wracają — ciągnęła Lyra. — Dlatego też niektóre osoby uważają, że je zabijacie, inne natomiast twierdzą coś odmiennego... A ta dziewczynka mówiła mi, że odcinacie...

— To nieprawda. Kiedy zabieramy dzieci, oznacza to, iż nadszedł czas, aby się przeniosły w inne miejsce. Po prostu dorastają. Obawiam się, że twoja przyjaciółka trwoży się bez powodu. Niepotrzebnie! Nawet o czymś takim nie pomyśleliśmy. A kim jest ta młoda osóbka?

— Przyjechałam zaledwie wczoraj, nie poznałam jeszcze imion żadnych dzieci.

— Jak wygląda?

— Nie pamiętam. Miała chyba brązowe włosy... jasnobrązowe... może... Nie wiem.

Lekarz rozmawiał cicho z pielęgniarką. Podczas gdy konferowali, Lyra obserwowała ich dajmony. Dajmonem pielęgniarki był ładny ptak, dokładnie tak samo grzeczny i pozbawiony ciekawości jak pies siostry Clary, natomiast dajmona lekarza była wielką, ociężałą ćmą. Oba trwały w niemal całkowitym bezruchu. Nie spały, ponieważ ptak błyskał oczyma, a czułki ćmy poruszały się flegmatycznie, ale nie były ożywione, tak jak Lyra zresztą podejrzewała. No cóż, pomyślała, może naprawdę niczym się nie niepokoją i może nie są niczego ciekawe...

Lekarz nagle wrócił i badanie trwało dalej. Dziewczynka i Pantalaimon zostali oddzielnie zważeni, lekarz patrzył na Lyrę przez jakiś ekran, zmierzył częstotliwość uderzeń jej serca, umieściwszy ją pod małą dyszą, z której wydobywał się syk i zapach przypominający świeże powietrze.

W połowie jednego z testów zaczął głośno brzęczeć dzwonek, dzwonienie nie ustawało.

— Alarm przeciwpożarowy — oznajmił z westchnieniem lekarz. — No dobrze, Lizzie, idź za siostrą Betty.

— Ale wszystkie okrycia są na dole w budynku sypialnianym, doktorze, a ona nie może wyjść na dwór w takim stroju. Powinnyśmy chyba najpierw pójść po rzeczy, jak pan sądzi?

Mężczyzna najwyraźniej się zdenerwował, że przerwano mu eksperyment; zirytowany strzelił palcami.

— Zdawało mi się, że została pani przeszkolona, moja droga — odparł. — Jak można w taki sposób traktować ludzi pracy?!

— Kiedy przyjechałam wczoraj — powiedziała Lyra pomocnie — siostra Clara włożyła moje rzeczy do szafy w pierwszej sali, do której weszłyśmy. To bardzo blisko. Mogłabym je zabrać.

— Dobry pomysł! — ucieszyła się pielęgniarka. — W takim razie, pospieszmy się.

Ledwie tłumiąc radość, Lyra poszła za pielęgniarką do sali, gdzie odnalazła swoje rzeczy: futro, getry, buty i włożyła je szybko, podczas gdy pielęgniarka ubierała się w skafander ze wzmocnionego jedwabiu.

Potem pospiesznie wyszły na zewnątrz. Po rozległym terenie przed głównymi budynkami kręciło się mniej więcej sto osób, dorosłych i dzieci, niektórzy byli podnieceni, inni rozgniewani, większość — zdezorientowana.

— Widzicie? — spytał któryś z dorosłych. — Warto było to zrobić choćby po to, aby sobie wyobrazić, jaki chaos zapanowałby, gdyby naprawdę wybuchł pożar.

Ktoś dmuchał w gwizdek i machał rękoma, nikt jednak nie zwracał na niego większej uwagi. Lyra dostrzegła Rogera i skinęła na niego. Roger szarpnął Billy'ego Costę za ramię i wkrótce cała trójka spotkała się pośród biegających dzieci.

— Nikt nie zauważy, jeśli się trochę oddalimy i rozejrzymy — zaproponowała Lyra. — Policzenie wszystkich zabierze im całe wieki, możemy zresztą później powiedzieć, że poszliśmy po prostu za kimś innym i zgubiliśmy się.

Poczekali, aż dorośli skierują się w inną stronę, a potem Lyra zgarnęła trochę śniegu, ubiła w luźną, sypką kulę i, nie celując, cisnęła nią w tłum. W jednej chwili wszystkie dzieci poszły w jej ślady i w powietrzu śmigały śniegowe kulki. Krzyki i dziecięcy śmiech całkowicie zagłuszyły wrzaski dorosłych, którzy próbowali ponownie zapanować nad grupą, a wtedy dziewczynka i dwaj chłopcy skręcili za róg, znikając wszystkim z pola widzenia.

Śnieg był tak gęsty, że nie mogli się szybko poruszać, nie miało to jednak znaczenia, i tak bowiem nikt za nimi nie szedł. Lyra, Roger i Billy wspięli się na zakrzywiony dach jednego z tuneli i znaleźli na nieznanym sobie terenie. W księżycowej poświacie regularne wzgórki i doliny wyglądały osobliwie; pod czarnym niebem cały świat był obsypany bielą i oświetlony przez lampy, które otaczały pusty obszar.

— Czego szukamy? — spytał Billy.

— Nie wiem. Ale chociaż się rozejrzyjmy — odparła Lyra i poprowadziła chłopców do przysadzistego, masywnego budynku stojącego nieco na uboczu. Na rogu świeciło anbaryczne światełko o małej mocy.

Gwar z tyłu był nadal głośny, chociaż nieco odleglejszy. Najwyraźniej dzieci skorzystały ze swobody i Lyra miała nadzieję, że będą się bawić jak najdłużej. Obeszła budynek, szukając okna. Jego dach znajdował się zaledwie mniej więcej siedem stóp nad ziemią; w przeciwieństwie do innych domów, budynek ten nie miał zadaszonego tunelu, który łączyłby go ze Stacją.

Lyra nie znalazła okna, ale dostrzegła drzwi. Widniał na nich wymalowany czerwonymi literami napis: WSTĘP SUROWO WZBRONIONY.

Dziewczynka zamierzała właśnie podjąć próbę otwarcia drzwi, ale zanim nacisnęła klamkę, Roger powiedział:

— Patrzcie! Ptak! Albo...

„Albo” oznaczało wątpliwość, stworzenie bowiem, które runęło z czarnego nieba, wcale nie było ptakiem, Lyra jednak widziała je już wcześniej.

— Dajmon czarownicy!

Gąsior lądował, machając wielkimi skrzydłami i wzbijając tumany śnieżnego pyłu.

— Witam cię, Lyro — zagaił. — Towarzyszyłem ci aż tutaj, chociaż mnie nie widziałaś. Czekałem, abyś wyszła na dwór. Co się dzieje?

Opowiedziała mu szybko.

— Gdzie są Cyganie? — spytała. — Czy John Faa jest bezpieczny? Czy odparto Samojedów?

— Większość Cyganów jest bezpieczna. John Faa został ranny, chociaż niezbyt poważnie. Ludzie, którzy cię tu przywieźli, to łowcy i łupieżcy, często napadający podróżników. Potrafią poruszać się znacznie szybciej niż większe grupy, toteż Cyganie znajdują się jeszcze o dzień drogi stąd.

Dwaj chłopcy patrzyli ze strachem na gąsiora-dajmona i na rozmawiającą z nim Lyrę. Nigdy wcześniej oczywiście nie widzieli dajmona bez właściciela, a o czarownicach nie wiedzieli zbyt dużo.

— Słuchajcie — powiedziała do nich dziewczynka — lepiej idźcie się rozejrzeć. Billy, ty pójdziesz w tamtą stronę, a ty, Roger, obserwuj miejsce, z którego przyszliśmy. Nie jesteśmy daleko od nich.

Chłopcy pobiegli, aby spełnić jej polecenia, a wtedy Lyra odwróciła się ponownie do drzwi.

— Dlaczego chcesz tam wejść? — spytał gąsior.

— Chodzi o to, czym ci ludzie zajmują się tu, w Bolvangarze. Odcinają... — zniżyła głos. — ...odcinają ludziom dajmony. Dzieciom. Sądzę, że mogą to robić właśnie w tym budynku. A w każdym razie na pewno coś tutaj jest i zamierzam sprawdzić, co to takiego. Tyle że drzwi są zamknięte...

— Mogę je otworzyć — stwierdził gąsior i uderzył raz czy dwa razy skrzydłami, wzbijając w górę śnieg przy drzwiach, a dziewczynka usłyszała zgrzyt obracanego zamka.

— Wchodź ostrożnie — doradził dajmon.

Lyra pociągnęła drzwi ku sobie; otwierając je, odsunęła leżący śnieg, po czym wślizgnęła się do środka. Gąsior-dajmon wszedł za nią. Pantalaimon był poruszony i przerażony, nie chciał jednak, aby dajmon czarownicy dostrzegł jego strach, toteż przyfrunął do piersi Lyry i schronił się pod jej futrem.

W chwili, gdy oczy Lyry przyzwyczaiły się do światła, dziewczynka zrozumiała przyczynę zachowania swego dajmona.

W szeregu szklanych gablotek na półkach pod ścianami znajdowały się dajmony „oderwanych" dzieci: widmowe kształty kotów, ptaków, szczurów lub innych stworzeń; wszystkie były bardzo oszołomione, przerażone i niemal tak słabo widoczne jak dym.

Gąsior wydał z siebie gniewny okrzyk, a Lyra zawołała do trzymanego kurczowo przy piersi Pantalaimona:

— Nie patrz! Nie patrz!

— Gdzie są właściciele tych dajmonów? — spytał gąsior, trzęsąc się z wściekłości.

Lyra opowiedziała nieśmiało o swoim spotkaniu z małym Tonym Makariosem i patrzyła przez ramię na biedne uwięzione dajmony, które gromadziły się z przodu gablot, przyciskając do szkła niemal przezroczyste łepki. Lyra słyszała ciche krzyki bólu i cierpienia. W mrocznym świetle słabych anbarycznych żarówek była w stanie dostrzec, że na każdej gablocie znajduje się kartka z nazwiskiem. Na jednej z czterech czy pięciu pustych gablot widniał napis: „Tony Makarios".

— Chcę wypuścić te biedne istoty! — krzyknęła szaleńczo. — Rozbiję szkło i je wypuszczę...

Rozejrzała się wokół za jakimś ciężkim przedmiotem, niczego jednak nie znalazła.

— Poczekaj — powiedział wówczas gąsior. Był dajmonem czarownicy, osobnikiem dużo starszym od dziewczynki i silniejszym, musiała go więc posłuchać.

— Trzeba zrobić to w taki sposób, aby tamci ludzie sądzili, że ktoś z nich po prostu zapomniał zamknąć pomieszczenie na klucz i zostawił pootwierane klatki — wyjaśnił. — Gdyby zobaczyli stłuczone szkło i ślady stóp na śniegu, sądzisz, że nie znaleźliby odpowiedzialnej za to osoby? Jak długo, twoim zdaniem, byłabyś bezpieczna? A musisz przecież wytrwać do czasu, aż przybędą Cyganie. Teraz zrób dokładnie to, co powiem: weź garść śniegu, a kiedy dam ci znak, rzuć trochę po kolei na każdą klatkę.

Lyra wybiegła na zewnątrz. Roger i Billy nadal stali na czatach, a z terenu przed budynkami ciągle dochodziły odgłosy pisków i śmiechów. Minęło wszakże dopiero kilka minut.

Dziewczynka obiema rękami chwyciła wielką garść lekkiego, sypkiego śniegu, a potem wróciła do ptaka. Rzuciła trochę śniegu na każdą klatkę, a wtedy z gardła gąsiora wydobyło się mlaśnięcie i zatrzaski gablot rozwarły się.

Kiedy otworzyła wszystkie klatki, podniosła przednią szybkę pierwszej, oswobadzając słabą samiczkę wróbla, która natychmiast upadła na ziemię, ponieważ nie miała siły latać. Gąsior z czułością pochylił się nad nią i trącił ją dziobem, a wtedy wróbel zmienił się w mysz, która słaniała się zakłopotana. Pantalaimon zeskoczył, aby ją pocieszyć.

Lyra pracowała szybko i w krótkim czasie wszystkie dajmony znalazły się na wolności. Niektóre usiłowały mówić, zebrawszy się u jej stóp, i nawet próbowały szarpać jej sztylpy, chociaż powstrzymywało je tabu. Dziewczynka wiedziała, dlaczego się tak zachowują — biedne istoty tęskniły za bliskim, ludzkim ciepłem ciał swoich właścicieli; podobnie jak czasami Pantalaimon, pragnęły, by przycisnąć je do piersi.

— Teraz szybko — polecił gąsior. — Lyro, musisz pobiec z powrotem i wmieszać się w tłum dzieci. Bądź dzielna. Cyganie przybędą najszybciej, jak to możliwe. Muszę pomóc tym biednym dajmonom odnaleźć ich właścicieli... — Podszedł bliżej i powiedział cicho: — Ale nigdy już ponownie nie staną się jednością, zostali bowiem rozłączeni na zawsze. Jest to najnikczemniejsza rzecz, jaką kiedykolwiek widziałem... Nie ma czasu, nie zacieraj więc swoich śladów. Sam to zrobię. Pospiesz się...

— Och, poczekaj! Zanim odejdę, proszę, powiedz mi... Czarownice... latają, prawda? Nie śniło mi się, gdy widziałam je pewnej nocy na niebie?

— Nie, dziecko. Ale dlaczego pytasz?

— Czy mogłyby pociągnąć balon?

— Bez wątpienia, lecz...

— Czy Serafina Pekkala tu przyleci?

— Nie ma teraz czasu, aby wyjaśniać politykę narodów czarownic. Mamy do czynienia z potężnymi siłami, a Serafina Pekkala musi strzec interesów swego klanu. Nie można jednak pozwolić, aby rozprzestrzeniło się zło, które dzieje się tutaj... Lyro, musisz już wracać. Biegnij!

Lyra ruszyła pędem, a Roger, który z szeroko otwartymi oczyma obserwował, jak widmowe dajmony wylatują z budynku, przedzierał się w stronę dziewczynki przez gęsty śnieg.

— One są... Tak jak w krypcie w Jordanie... To dajmony!

— Tak, ale cicho sza. Nie mów o tym Billy'emu. Nie mów na razie nikomu. Wracajmy.

Stojący za nimi gąsior uderzał potężnie skrzydłami,

zasypując śniegiem ślady, które zostawili. Wokół ptaka zbierały się samotne dajmony; krzyczały smutno z poczucia straty i tęsknoty. Kiedy gąsior skończył zacierać ślady butów, odwrócił się do stada zgromadzonych blisko niego bladych dajmonów. Przemówił do nich, a one, jeden po drugim, zmieniały postacie (chociaż widać było, że kosztuje je to bardzo wiele wysiłku), aż wszystkie stały się ptakami i jak świeżo opierzone pisklęta podążyły za dajmonem czarownicy. Trzepotały przy tym skrzydłami, upadały, biegły za gąsiorem przez śnieg; wreszcie, z wielkim trudem, unosiły się w powietrze, tworząc nierówną linię; widmowe i upiorne na tle bardzo ciemnego nieba, powoli nabierały wysokości. Niektóre z nich były słabe i chore, a inne nagle traciły zapał i zaczynały opadać — w takiej sytuacji jednak wspaniały siwy gąsior odwracał się i zachęcał nieszczęsnego dajmona do dalszego lotu. Po dłuższej chwili cały ich klucz zniknął w głębokich ciemnościach.

Roger szarpał Lyrę za ramię.

— Szybko! — krzyknął. — Są prawie gotowi.

Ruszyli z powrotem, aby się przyłączyć do Billy'ego, który kiwał do nich zza narożnika głównego budynku. Dzieci były zmęczone, a może dorosłym udało się częściowo odzyskać kontrolę, w każdym razie chłopcy i dziewczęta stali już w nierównej kolejce przed głównymi drzwiami, poszturchując się i przepychając. Lyra i jej dwaj towarzysze wyślizgnęli się zza rogu i wmieszali w tłum. Zanim się rozstali, Lyra powiedziała:

— Rozpowiedzcie wśród chłopców, że mają być w każdej chwili gotowi do ucieczki. Zawiadomimy ich, gdzie się znajdują ich kurtki i buty, a oni muszą być przygotowani na natychmiastową ucieczkę, gdy tylko otrzymają sygnał. I niech zachowają tę informację w absolutnej tajemnicy. Rozumiecie?

Billy skinął głową, a Roger zapytał:

— Jaki to będzie sygnał?

— Dzwonek alarmu przeciwpożarowego — odparła Lyra. — Kiedy nadejdzie czas, włączę go.

Czekali, aż zostaną policzeni. Gdyby ludzie z Rady Oblacyjnej mieli coś wspólnego ze szkolnictwem, z pewnością potrafiliby lepiej zaaranżować ćwiczenia: ponieważ jednak nie podzielono dzieci na grupy, trzeba było odczytać całą listę nazwisk i sprawdzić, czy są wszyscy; oczywiście, listy tej nie przygotowano w porządku alfabetycznym. Żaden z dorosłych nie umiał również utrzymać w ryzach tak dużej liczby dzieci. Nadal panowało więc zamieszanie, mimo że wszystkie stały już niemal zupełnie spokojnie.

Lyra obserwowała dorosłych i zauważyła ich ślamazarność. Jasne było, że sobie nie radzą. Byli niezdarni i opieszali. Zarządzili ćwiczenia przeciwpożarowe, ale nie mieli pojęcia, gdzie należy przechowywać okrycia, nie potrafili też skłonić dzieci, by stały spokojnie w rzędach. Dziewczynka dostrzegła to wszystko i pomyślała, że może wykorzystać ich niezaradność.

Prawie skończyli czytać listę, kiedy znowu coś odciągnęło ich uwagę. Z punktu widzenia Lyry stało się najgorsze.

Dziewczynka wraz z innymi usłyszała nowy dźwięk. Głowy zebranych zaczęły się podnosić i lustrować ciemne niebo w poszukiwaniu zeppelina, którego gazowy silnik głośno warkotał w nieruchomym powietrzu.

Na szczęście nadlatywał z kierunku przeciwnego niż ten, w którym odleciał siwy gąsior, ale był to jedyny pocieszający szczegół.

Maszyna szybko się zbliżała, a wówczas przez tłum przeszedł szmer podniecenia. Duży, smukły, srebrny obiekt pojawił się nad aleją świateł, zapaliły się też światła zeppelina od dzioba ku ogonowi, a pod kadłubem dostrzec można było kabinę.

Pilot zmniejszył prędkość i rozpoczął skomplikowany manewr obniżania wysokości. Lyra dowiedziała się teraz, do czego służył gruby maszt: był to, rzecz jasna, maszt cumowniczy. Kiedy dorośli wprowadzili dzieci do wnętrza budynku (wszystkie stale odwracały się i obserwowały sterowiec), przedstawiciele personelu wspięli się po drabinkach na maszt i zaczęli mocować liny cumownicze. Silnik ryczał, śnieg wirował, unosząc się z ziemi, a w oknach kabiny pojawiły się twarze pasażerów.

Lyra przyjrzała im się. Nie było mowy o pomyłce. Pantalaimon całym ciałem przylgnął do swojej właścicielki, zmienił się w żbika i zasyczał nienawistnie, ponieważ w oknie dostrzegł piękną ciemnowłosą głowę pani Coulter; na kolanach matki dziewczynki spoczywał dajmon w kolorze złota.

16
Srebrna gilotyna

Lyra natychmiast ukryła głowę pod kapturem z rosomaka i, powłócząc nogami, weszła przez podwójne drzwi wraz z innymi dziećmi. Pomyślała, że będzie miała później wystarczająco dużo czasu, aby się martwić o to, co powie, kiedy stanie twarzą w twarz z matką; wcześniej czekało ją inne zadanie, z którym musiała sobie poradzić — trzeba było ukryć ubranie tam, skąd będzie mogła wziąć je w każdej chwili, nie pytając nikogo o pozwolenie.

Na szczęście w budynku panował chaos. Dorośli popędzali dzieci, chcąc opróżnić korytarz dla gości z zeppelina, toteż nikt nie patrzył na Lyrę. Dziewczynka zdjęła płaszcz, getry i buty i zwinęła wszystko w jak najmniejszy tobołek, a następnie zaczęła się przepychać przez zatłoczone korytarze do sypialni.

Gdy znalazła się w środku, szybkim ruchem pchnęła do narożnika szafkę, stanęła na niej i próbowała unieść w górę jedną z sufitowych płyt. Płyta podniosła się, dokładnie tak jak mówił Roger; Lyra wsunęła w powstały otwór buty i getry. Po chwili zastanowienia wyjęła z woreczka aletheiometr i ukryła go w najgłębszej kieszeni futra, które również umieściła w skrytce w suficie.

Zeskoczyła, ustawiła szafkę na miejscu i szepnęła do Pantalaimona:

— Zanim nas zauważy, musimy po prostu udawać niezbyt rozgarniętych, a potem powiemy, że nas porwano. Ani słowa o Cyganach, a zwłaszcza o Iorku Byrnisonie.

Lyra zdała sobie właśnie sprawę z czegoś, o czym dotąd nie miała pojęcia: że najbardziej boi się pani Coulter. Ze wszystkimi pozostałymi sprawami, nawet z odrażającym procesem rozdzielania dajmonów i ludzi, potrafiła się jakoś pogodzić; była dostatecznie silna. Jednak myśl o tej słodkiej twarzy i łagodnym głosie oraz widok złotej swawolnej małpy wystarczały, by bladła, czuła mdłości i zawroty głowy.

Na szczęście Cyganie byli niedaleko. Pomyśl o tym, powiedziała do siebie dziewczynka. Myśl o Iorku Byrnisonie. I nie zdradź się, dodała w myślach, po czym ruszyła ku stołówce, z której dochodziły głośne hałasy.

Dzieci stały w kolejce po gorące napoje. Niektóre ciągle jeszcze miały na sobie skafandry ze wzmocnionego jedwabiu. Wszystkie rozmowy dotyczyły zeppelina i jego pasażerki.

— To była ona!... Z małpą-dajmonem...

— Ciebie także porwała?

— Obiecała, że napisze do mojej mamy i taty, ale założę się, że tego nie zrobiła...

— Nigdy nam nie powiedziała o zabitych dzieciach. Nigdy ani słowa.

— Najgorszy jest ten małpiszon... Schwytał moją Karossę i prawie ją zabił... Czułem się taki słaby...

Dzieci najwyraźniej były równie przerażone jak Lyra.

Odnalazła stolik Annie i pozostałych koleżanek i usiadła przy nim.

— Słuchajcie... — zaczęła. — Potraficie dotrzymać sekretu?

— Tak!

Trzy płonące ciekawością twarze obróciły się ku niej.

— Istnieje plan ucieczki — powiedziała cicho. — Nadchodzą pewni ludzie, którzy nas uratują. Przybędą mniej więcej w ciągu doby. Może szybciej. Musimy się przygotować, żeby natychmiast, gdy otrzymamy sygnał, włożyć ciepłe ubrania i wybiec na zewnątrz. Trzeba to zrobić błyskawicznie. Musimy szybko uciekać. Jednak jeśli nie znajdziemy płaszczy, butów i rękawic, umrzemy z zimna.

— Jaki to będzie sygnał? — zapytała Annie.

— Dzwonek przeciwpożarowy, taki jak dziś po południu. Wszystko zostało już zorganizowane. Muszą się o tym dowiedzieć dzieci, ale nikt z dorosłych! Zwłaszcza przed panią Coulter nie wolno się z niczym zdradzić!

Oczy dziewczynek błysnęły nadzieją i podnieceniem, a w chwilę później wiadomość o planowanej ucieczce przekazywano sobie w całej stołówce z ust do ust. Lyra zauważyła, że atmosfera się zmieniła. Na dworze dzieci były pełne energii i chęci do zabawy, natomiast potem, kiedy zobaczyły panią Coulter, poczuły tłumiony, ale wręcz histeryczny strach. Teraz rozmawiały tylko na jeden temat i zachowywały się tak, jak gdyby nagle znalazły cel w życiu. Lyra zdziwiła się, gdy uświadomiła sobie, jak ważna jest nadzieja.

Przez cały czas dziewczynka z uwagą obserwowała otwarte drzwi do sali, gotowa w każdej chwili pochylić głowę. Na korytarzu rozległy się głosy dorosłych, a potem na sekundę pojawiła się pani Coulter, która zajrzała do środka i uśmiechnęła się do radosnych, ciepło ubranych i dobrze odżywionych dzieci, popijających gorące napoje i zajadających ciasto. Ujrzawszy ją, dzieci zaczęły szeptać, a później zamilkły i znieruchomiały. Wszystkie oczy zwróciły się na panią Coulter.

Kobieta znowu się uśmiechnęła i bez słowa ruszyła dalej. Stopniowo rozmowy rozpoczęły się na nowo.

— Dokąd pójdą porozmawiać? — spytała Lyra.

— Pewnie do sali konferencyjnej — odparła Annie. — Zabrali nas tam kiedyś — dodała, mając na myśli siebie i swego dajmona. — Było około dwudziestu dorosłych i jeden z nich miał jakiś wykład, a ja musiałam stać obok niego i robić, co mi kazał; chciał sprawdzić, jak daleko może ode mnie odejść Kyrillion... Potem mężczyzna mnie zahipnotyzował i robił inne eksperymenty... To duża sala z wieloma krzesłami, stołami i małą mównicą. Znajduje się za głównym biurem. Och, założę się, że będą udawali przed nią, iż świetnie sobie radzili podczas ćwiczeń przeciwpożarowych. Moim zdaniem, ona przeraża ich tak samo jak nas...

Przez resztę dnia Lyra trzymała się blisko dziewcząt. Obserwowała wszystko wokół, rzadko się odzywała i, ogólnie mówiąc, starała się nie zwracać niczyjej uwagi. Po południu odbyła się jeszcze gimnastyka i lekcja szycia, następnie podano kolację, po której skierowano dzieci do świetlicy — dużej, zaniedbanej sali ze stolikami do gier planszowych, nielicznymi postrzępionymi książkami i stołem do ping-ponga. W pewnej chwili Lyra i inne dzieci zdały sobie sprawę, że coś się stało, ponieważ dorośli zaczęli się kręcić po sali lub zaniepokojeni przystawali w grupkach i rozmawiali nerwowo. Lyra podejrzewała, że odkryli ucieczkę dajmonów i zastanawiają się, jak do niej doszło.

Na szczęście nie widziała pani Coulter. Kiedy nadeszła pora, by udać się do łóżek, uświadomiła sobie, że musi wtajemniczyć w swój plan współlokatorki.

— Słuchajcie... — zaczęła. — Czy oni przychodzą czasem sprawdzić, czy śpimy?

— Zaglądają tu tylko raz — odparła Bella. — Ale machają latarkami na lewo i prawo i właściwie nie patrzą.

— To dobrze, ponieważ zamierzam wyjść i trochę się rozejrzeć. Jest taka droga przez sufit, którą pokazał mi pewien chłopiec...

Wyjaśniła im to szczegółowo. Zanim skończyła, Annie wykrzyknęła:

— Pójdę z tobą!

— Nie, nie, lepiej, jeśli pójdzie tylko jedna osoba. Mogłybyście później powiedzieć, że spałyście i nie wiecie, dokąd się udałam.

— Ale gdybym poszła z tobą...

— Złapaliby nas obie — dokończyła Lyra.

Dajmony dwóch dziewcząt patrzyły na siebie: Pantalaimon-żbik i Kyrillion w postaci lisa. Drżały. Pantalaimon wydał z siebie najcichszy pomruk i obnażył zęby, a Kyrillion odwrócił się w bok i zaczął obojętnie czyścić sobie futro.

— W takim razie zostanę — odparła zrezygnowana Annie.

Całkiem często można było oglądać takie potyczki między dajmonami dzieci, powszechne były również podobne zakończenia — gdy jeden dajmon dawał znak, że akceptuje dominację drugiego. Ich właściciele akceptowali rezultat rozgrywki na ogół bez urazy i Lyra wiedziała, że Annie zrobi to, o co ją prosiła.

Wszystkie dziewczynki przyniosły ubrania, aby ułożyć je w łóżku Lyry; gdy skończyły, łóżko wyglądało tak, jak gdyby dziewczynka rzeczywiście w nim spała. Przyrzekły też mówić, że nic nie wiedzą o jej zniknięciu. Potem Lyra stanęła przy drzwiach, aby sprawdzić, czy nikt nie nadchodzi, po czym wskoczyła na szafkę, podniosła płytę sufitową, podciągnęła się w górę i zniknęła w otworze.

— Tylko nic nie mówcie — szepnęła w dół do trzech obserwujących ją twarzy.

Potem opuściła płytę na miejsce i rozejrzała się wokół.

Znalazła się w wąskim, metalowym kanale wspartym na szkielecie z belek i podpór. Sufitowe płyty były dość przezroczyste, toteż drogę rozjaśniało przyćmione światło z dołu i w jego słabym blasku Lyra oglądała kanał (wysoki na zaledwie dwie stopy). W środku znajdowały się metalowe przewody i rurki; Lyra pomyślała, że jeśli będzie się poruszała po metalowych częściach, nie obciążając sufitowych płyt, i będzie zachowywała się cicho, może bez przeszkód dotrzeć z jednego końca Stacji do drugiego.

— Czuję się, jak gdybyśmy wrócili do Jordana, Pan — szepnęła. — Znowu zaglądamy do Sali Seniorów...

— Gdybyś tam nie poszła, nie znaleźlibyśmy się tutaj — burknął równie cicho.

— W takim razie, muszę to wszystko naprawić, zgadza się?

Lyra ustaliła swoje położenie nad Stacją, domyśliła się, gdzie się znajduje sala konferencyjna, a potem ruszyła w tamtym kierunku. Wędrówka nie była łatwa. Dziewczynka musiała się poruszać na czworakach, ponieważ korytarz był bardzo niski, nie mogła więc nawet iść pochylona, a bardzo często trzeba się było przeciskać pod dużymi, czterograniastymi przewodami albo przechodzić ponad rurami grzewczymi. Przypuszczała, że metalowy kanał, w którym się przemieszczała, biegnie za szczytami wewnętrznych ścian; był jednak bardzo wąski i miał ostre krawędzie, tak ostre, że dziewczynka skaleczyła sobie o nie dłonie i kolano. Po pewnym czasie bolało ją całe ciało, była brudna i czuła się zupełnie zdrętwiała.

Mniej więcej wiedziała, gdzie się znajduje, i przez cały czas dostrzegała ciemny przedmiot — futro leżące na płytach nad jej sypialnią — dzięki czemu powinna z łatwością znaleźć drogę powrotną. Wiedziała, które pomieszczenia pod nią są puste, ponieważ płyty nad nimi były ciemne; od czasu do czasu słyszała hałasy z dołu i zatrzymywała się, aby posłuchać, były to jednakże głosy kucharzy w kuchni albo pielęgniarek w sali, którą Lyra — z powodu skojarzeń z Kolegium Jordana — uznała za ich salonik. Nie rozmawiali o niczym interesującym, ruszyła więc dalej.

W końcu dotarła w rejon, gdzie wedle jej kalkulacji powinna się znajdować sala konferencyjna; i rzeczywiście, był to obszar pozbawiony rur, a przewody klimatyzacyjne i grzewcze schodziły się i opadały przy jednym końcu; wszystkie oświetlone płyty tworzyły szeroki, równy prostokąt. Lyra przyłożyła ucho do jednej z płyt i dotarł do niej szmer męskich głosów, wiedziała więc, że znajduje się we właściwym miejscu.

Przysłuchiwała się uważnie, a następnie ruszyła powoli naprzód, aż znalazła się tuż nad mówiącymi. Tam ułożyła się płasko i przekrzywiła głowę na bok, aby nie uronić ani słowa.

Od czasu do czasu słychać było brzęk sztućców albo dźwięk szkła uderzającego o szkło (podczas nalewania napojów), doszła więc do wniosku, że zebrani jedzą w sali kolację, jednocześnie rozmawiając. Policzyła, że słyszy cztery głosy: pani Coulter i trzech mężczyzn. Dyskusja dotyczyła ucieczki dajmonów.

— A kto jest odpowiedzialny za nadzór nad tym odcinkiem? — spytała pani Coulter łagodnym, melodyjnym głosem.

— Stażysta nazwiskiem McKay — odrzekł jeden z mężczyzn.

— Tyle że sala była również zabezpieczona na wypadek takiej sytuacji odpowiednimi mechanizmami...

— Które nie działały — dokończyła kobieta.

— Ależ, z całym szacunkiem, pani Coulter, działały. McKay zapewnił nas, że dobrze zamknął wszystkie klatki, zanim wyszedł dziś z budynku punktualnie o jedenastej. Zewnętrzne drzwi nie powinny być oczywiście w takim przypadku otwarte, ponieważ stażysta wszedł i wyszedł drzwiami wewnętrznymi, tak jak zwykle. Istnieje kod, który trzeba wprowadzić do urządzenia kontrolującego zamki. Widzieliśmy nagranie, na którym McKay wstukuje kod. Zresztą, gdyby tego nie zrobił, włączyłby się alarm.

— Jednak później się nie włączył — mruknęła pani Coulter.

— Ależ włączył się! Niestety zadzwonił, kiedy wszyscy znajdowaliśmy się na zewnątrz, biorąc udział w ćwiczeniach przeciwpożarowych.

— A gdy wróciliście do środka...

— Na nieszczęście oba alarmy umieszczone są w tym samym obwodzie anbarycznym. Jest to usterka, którą trzeba będzie naprawić. W każdym razie po ćwiczeniach wraz z dzwonkiem wyłączyliśmy alarm laboratoryjny. Nawet teraz można to sprawdzić na nagraniu. Dodam również, że do chwili pani niespodziewanego przybycia, pani Coulter, i jeśli zechce pani sobie przypomnieć, spotkania z całym zespołem badawczym, które pani natychmiast zwołała w swoim pokoju, nikt z nas nie mógł się znajdować w pobliżu laboratorium.

— Rozumiem — podsumowała chłodno pani Coulter. — Ktoś musiał uwolnić dajmony podczas alarmu przeciwpożarowego. Z tego powodu lista podejrzanych rozszerza się o wszystkich dorosłych, którzy znajdują się w Stacji. Wzięliście to pod uwagę?

— A czy pani wzięła pod uwagę, że mogło to zrobić któreś z dzieci? — spytał ktoś inny.

Pani Coulter milczała, a inny mężczyzna kontynuował myśl pierwszego:

— Każdy dorosły miał do spełnienia jakieś zadanie. Wszystkie wymagały pełnej koncentracji i zostały właściwie wykonane. W zasadzie nikt z personelu nie miał możliwości otwarcia drzwi. Nikt, powtarzam... Albo więc specjalnie w tym celu przybył ktoś z zewnątrz, albo któreś z dzieci w jakiś sposób dotarło do laboratorium, otworzyło drzwi i klatki, a następnie wróciło przed główny budynek.

— Co robicie, aby się tego dowiedzieć? — spytała. — Nie, nie, nie mówcie mi. Proszę zrozumieć, doktorze Cooper, nie krytykuję was ze złej woli. Musimy jednakże zachować naprawdę nadzwyczajną ostrożność. Skandalicznym uchybieniem było podłączenie obu alarmów w tym samym obwodzie. Natychmiast należy to poprawić. Jeśli chodzi o śledztwo... Może mógłby w nim pomóc oficer tatarski odpowiedzialny za straże? Proszę rozważyć taką możliwość. A właśnie, gdzie się znajdowali Tatarzy podczas alarmu przeciwpożarowego? Przypuszczam, że znacie panowie odpowiedź na to pytanie.

— Tak — odparł mężczyzna znużonym głosem. — Wszyscy strażnicy zajęci byli patrolowaniem. Istnieją nagrania...

— Jestem pewna, że zrobicie, co w waszej mocy — przerwała mu pani Coulter. — No cóż, wielka szkoda. W tej chwili jednak nie będziemy już tej sprawy dłużej roztrząsać. Powiedzcie mi lepiej o nowym rozdzielaczu.

Lyra poczuła dreszcz strachu. Słowo to mogło oznaczać tylko jedno.

— Ach! To prawdziwy postęp — powiedział lekarz. Najwyraźniej poczuł ulgę, że temat rozmowy się zmienił. — Przy pierwszym modelu nigdy nie udało nam się zmniejszyć do zera ryzyka, że pacjent umrze z powodu szoku, natomiast nowy rozdzielacz został pod tym względem niezwykle ulepszony.

— A i tak Skraelingowie robią to lepiej jedynie za pomocą własnych dłoni — mruknął mężczyzna, który dotąd się nie odzywał.

— Stulecia praktyki — odparł drugi.

— Po prostu „rozdzieranie" stanowiło przez jakiś czas jedyną opcję — powiedział główny mówca — chociaż muszę przyznać, że dla dorosłych operatorów nie było to przyjemne zadanie. Jak pamiętacie, musieliśmy wielu z nich zwolnić, ponieważ zaczynali odczuwać lęk spowodowany stresem. Pierwszym dużym udogodnieniem było zastosowanie narkozy w połączeniu z anbarycznym skalpelem Maystadta. Dzięki temu udało nam się obniżyć liczbę zgonów spowodowanych szokiem poniżej pięciu procent.

— A nowe urządzenie? — spytała pani Coulter.

Lyra drżała i krew szumiała jej w uszach. Pantalaimon w postaci gronostaja przycisnął się ze wszystkich sił do jej boku i szepnął:

— Spokojnie, Lyro, nie zrobią tego... Nie pozwolimy im...

— Tak, to było ciekawe odkrycie i dało nam klucz do nowej metody. Dokonał tego sam Lord Asriel. Odkrył, że stop magnezu i tytanu posiada właściwość izolowania ciała od dajmona. Nawiasem mówiąc, co się dzieje z Lordem Asrielem?

— Czyżby pan nie słyszał? — odrzekła pani Coulter. — Lord Asriel został skazany na śmierć. Wyrok jest w zawieszeniu. Jednym z warunków jego wygnania do Svalbardu była całkowita rezygnacja z pracy badawczej. Niestety, jakimś sposobem zdołał sobie sprowadzić książki oraz materiały i rozwinął swoje heretyckie eksperymenty do tak niebezpiecznego stopnia, że naprawdę nie można darować mu kary. W każdym razie Konsystorska Komisja Dyscyplinarna zaczęła dyskutować kwestię wyroku śmierci i prawdopodobnie zostanie on wykonany. Ale wróćmy do waszego nowego przyrządu, doktorze. Jak działa?

— Ach... tak... Wyrok śmierci, mówi pani? Miłosierny Boże... Przykro mi. A nowy instrument? Badamy, co się stanie, kiedy dokonamy rozdzielenia dajmona i pacjenta w stanie pełnej świadomości, czego oczywiście nie można było sprawdzić w procesie Maystadta. Stworzyliśmy coś w rodzaju gilotyny... Tak, sądzę, że tak to można nazwać. Ostrze wykonano właśnie ze stopu magnezowo-tytanowego. Dziecko zostaje umieszczone w komorze o wyglądzie małej kabiny, dajmon w drugiej, podobnej. Komory łączy siatka z tego samego stopu... Opuszczamy ostrze, przecinając połączenie między nimi, a dziecko i dajmon stają się wówczas odrębnymi istotami.

— Chciałabym zobaczyć ten eksperyment — powiedziała pani Coulter. — Mam nadzieję, że wkrótce mi to zaprezentujecie, panowie. Teraz jednak jestem zmęczona i udam się chyba na spoczynek. Jutro chciałabym zobaczyć wszystkie dzieci. Dowiemy się, kto otworzył drzwi.

Rozległ się łoskot odsuwanych krzeseł, wymienianych uprzejmości, zamykanych drzwi. Potem Lyra usłyszała, jak pozostali ponownie siadają i kontynuują rozmowę, choć o wiele ciszej.

— Co na to Lord Asriel?

— Wydaje mi się, że zupełnie inaczej postrzega naturę Pyłu. To kwestia zasadnicza. Jego sposób myślenia jest rzeczywiście bardzo heretycki, a Konsystorska Komisja Dyscyplinarna nie zamierza tolerować żadnych innych interpretacji niż przyjęte. A poza tym Lord Asriel pragnie eksperymentować...

— Eksperymentować? Z Pyłem?

— Cicho! Nie tak głośno...

— Sądzisz, że Coulter napisze nieprzychylny raport?

— Nie, chyba nie. Uważam, że bardzo dobrze sobie z nią poradziłeś.

— Martwi mnie jej postawa...

— Chcesz powiedzieć, że nie podchodzi do tego w sposób naukowy?

— Właśnie. Wykazuje zbyt osobiste zainteresowanie. Nie lubię używać tego słowa, ale wydaje mi się prawie upiorna.

— Chyba przesadzasz...

— Ależ przypomnij sobie pierwsze eksperymenty! Pamiętasz, jak się niecierpliwiła, aby zobaczyć rozdzielenie...

Lyra nie mogła się powstrzymać i cichy krzyk wydobył się z jej ust, a jednocześnie — ponieważ była spięta i rozdygotana — niechcący uderzyła stopą o metalową podporę.

— Co to było?

— Coś w suficie...

— Szybko!

Dziewczynka usłyszała łoskot przewracanych krzeseł, tupot biegnących nóg, szuranie przesuwanego po podłodze stołu. Próbowała rzucić się do ucieczki, ale znajdowała się w zbyt małej przestrzeni i zdołała się przesunąć po suficie zaledwie o kilka jardów, kiedy płyta obok niej uniosła się i w otworze pojawiła się twarz zaskoczonego mężczyzny. Byli tak blisko siebie, że Lyra mogłaby policzyć wszystkie włosy w jego wąsie. Mężczyzna był niemal tak samo przerażony jak ona, miał jednak większą swobodę ruchów, toteż szybko wsunął rękę w szczelinę i chwycił dziewczynkę za ramię.

— To dziecko!

— Nie pozwól mu uciec...

Lyra zatopiła zęby w wielką piegowatą dłoń. Mężczyzna krzyknął, lecz jej nie puścił, nawet gdy ugryzła go do krwi. Pantalaimon warczał i prychał, nic jednak nie pomagało, jako że napastnik był o wiele silniejszy niż dziewczynka, a poza tym ciągnął tak mocno, aż musiała rozluźnić uchwyt drugiej ręki, którą rozpaczliwie i kurczowo trzymała się podpory. Górną połową ciała znajdowała się już w sali.

Nie wydała z siebie jeszcze żadnego dźwięku. Trzymając nogi ponad ostrą metalową krawędzią, szarpała się, drapała, gryzła, szczypała i pluła z zajadłą furią. Mężczyźni sapali, charczeli z bólu lub wysiłku, jednak przez cały czas ciągnęli ją w dół.

Nagle Lyra poczuła się tak, jak gdyby opuściły ją wszystkie siły.

Wydawało jej się, że jakaś dziwna ręka sięgnęła wprost do jej wnętrza i pozbawiła dziewczynkę najcenniejszej mocy.

Poczuła osobliwą słabość, oszołomienie i zmęczenie. Osłabiona walką z wysiłkiem dostrzegła, co się stało. Jeden z mężczyzn trzymał Pantalaimona!

Chwycił go w ręce, a jej biedny dajmon trząsł się i niemal odchodził od zmysłów z przerażenia i odrazy. Przybrał wcześniej postać żbika i teraz jego futro zmatowiało z osłabienia, niemal strzelając iskrami prądu anbarycznego... Wyrywał się do swojej pani, a ona wyciągała do niego ręce...

Upadli na podłogę. Byli bezbronni.

Dziewczynka całą sobą poczuła dłonie, które dotykały jej dajmona... A było to przecież zakazane! Nie wolno tknąć dajmona innej osoby! To było złe!

— Przyszła tu sama?

Mężczyzna wpatrywał się w sufit.

— Chyba tak...

— Kto to jest?

— Nowe dziecko.

— To, które Samojedzi...

— Tak.

— Nie przypuszczasz, że to ona... te dajmony...

— Możliwe. Ale z pewnością nie sama, prawda?

— Czy powinniśmy powiedzieć...

— Sądzę, że to by pogorszyło sprawę...

— Zgadzam się. Lepiej, żeby Coulter się nie dowiedziała.

— Ale co zrobimy?

— Mała nie może wrócić do innych dzieci.

— Tak, to niemożliwe!

— Zdaje mi się, że możemy zrobić tylko jedno.

— Od razu? Teraz?

— Musimy. Nie można tego tak zostawić do rana. Coulter chce obserwować eksperyment.

— Możemy to zrobić sami. Nie ma potrzeby informować dodatkowych osób.

Mężczyzna, który był tu chyba najważniejszy, ten, który nie trzymał ani Lyry, ani Pantalaimona, postukał paznokciem kciuka w przednie zęby. Jego oczy stale się poruszały, rzucając nerwowe spojrzenia na wszystkie strony. W końcu skinął głową.

— Tak. Zróbmy to zaraz — powiedział. — W przeciwnym razie mała wszystko wygada. A zabieg przynajmniej temu przeszkodzi. Nie będzie pamiętała, kim jest, co widziała i słyszała... Do dzieła.

Lyra nie była w stanie się odezwać. Ledwie mogła oddychać. Dała się poprowadzić przez Stację, pustymi, białymi korytarzami, obok pokojów szumiących od anbarycznej mocy, obok sypialni, w których spały dzieci, a przy nich, na poduszkach spoczywały dajmony, dzieląc sny swoich właścicieli. Przez całą drogę dziewczynka obserwowała Pantalaimona, a on wyciągał do niej łapki; nie przestawali patrzeć sobie w oczy.

Nagle znaleźli się przed drzwiami, które otworzono za pomocą wielkiego koła. Rozległ się syk powietrza i oczom Lyry ukazała się jasno oświetlona komora, oślepiająca bielą kafli i elementami ze stali nierdzewnej. Strach, odczuwany przez dziewczynkę, sprawiał jej niemal fizyczny ból, który zresztą stał się prawdziwy, kiedy mężczyźni odciągnęli Lyrę od Pantalaimona i ustawili ich po przeciwnych stronach wielkiej przegrody z jasnosrebrnej siatki, nad którą znajdowało się ogromne ostrze tej samej metalicznej barwy. Miało rozdzielić ich na zawsze.

Lyrze wrócił w końcu głos i wrzasnęła. Krzyk odbił się echem od lśniących powierzchni, było jednak za późno, ponieważ ciężkie drzwi zamknęły się już z sykiem. Teraz, nawet gdyby krzyczała przez wiele godzin, żaden dźwięk i tak nie byłby słyszalny poza pomieszczeniem.

Pantalaimon zareagował natychmiast. Zmieniając kształty, stał się lwem, później orłem — zdołał się wyswobodzić z trzymających go mocnych rąk i rzucił się na mężczyzn, zajadle drapiąc pazurami i gwałtownie uderzając wielkimi skrzydłami, po czym przybierał postacie wilka, niedźwiedzia, tchórza... I rzucał się, warczał, drapał. Kolejne transformacje następowały po sobie zbyt szybko, aby je rozróżnić, a Pantalaimon skakał, latał, uchylał się, przemieszczając z jednego miejsca w drugie, podczas gdy mężczyźni niezdarnie i bezradnie machali rękoma, chwytając jedynie puste powietrze.

Niestety napastnicy również mieli dajmony, toteż Lyra i Pantalaimon mieli przeciwko sobie nie trzech wrogów, ale sześcioro. Wyglądało na to, że borsuk, sowa i pawian równie mocno jak ich właściciele pragną dopaść Pantalaimona, mimo że dziewczynka krzyczała do nich:

— Dlaczego?! Dlaczego to robicie?! Wstawcie się za nami! Nie powinniście im pomagać!

Lyra kopała i gryzła jeszcze bardziej zajadle, póki trzymający ją mężczyzna nie stracił oddechu — wtedy rozluźnił na chwilę uścisk i dziewczynka uwolniła się. Pantalaimon natychmiast skoczył ku niej jak iskra, Lyra porwała go w objęcia i przytuliła do obolałej piersi, a on wbił żbicze pazury w jej ciało; każde ukłucie bólu sprawiało jej teraz niemal przyjemność.

— Nigdy! Przenigdy! — krzyczała. Oparła się o ścianę, gotowa bronić go aż do śmierci obojga.

Rzucili się na nią ponownie: trzech brutalnych mężczyzn przeciwko oszołomionemu i przerażonemu dziecku. Oderwali od niej Pantalaimona. Ją umieścili po jednej stronie metalowej siatki, a jego — szarpiącego się bezgłośnie — ciągnęli na drugą stronę. Rozdzielono ich, ale Pantalaimon ciągle jeszcze był częścią jej istoty; nadal byli połączeni. Jeszcze przez mniej więcej sekundę dajmon miał być jej duszą.

Mimo sapania mężczyzn oraz głośnego, dzikiego skowytu jej dajmona, dziewczynka usłyszała jakiś szum i dostrzegła, jak jeden z mężczyzn (krwawiąc z nosa) zaczyna włączać jakieś przełączniki. Pozostali dwaj patrzyli w górę i jej oczy podążyły za ich wzrokiem. Wielkie, jasnosrebrne ostrze powoli opadało i błyskało, odbijając światło. Lyra pomyślała, że to ostatni moment w jej pełnym życiu.

— Co tu się dzieje?

Miły, śpiewny głos. Jej głos! Nagle wszystko się zatrzymało.

— Co robicie? I kim jest to dziec...

Pani Coulter nie dokończyła ostatniego słowa, ponieważ nagle rozpoznała Lyrę. Przez łzy dziewczynka zobaczyła, że kobieta zachwiała się i kurczowo chwyciła ławki; jej piękna, wręcz doskonała twarz skrzywiła się w grymasie wstrętu i przerażenia.

— Lyro... — wyszeptała.

Złota małpa błyskawicznie oderwała się od boku swej właścicielki i wyszarpnęła Pantalaimona zza siatki; Lyra wydostała się sama. Pantalaimon wyrwał się z troskliwych łap dajmona pani Coulter i rzucił się w ramiona swej właścicielki.

— Nigdy, nigdy... — wydyszała dziewczynka w kocie futro; Pantalaimon przycisnął się do jej piersi i ich serca zabiły zgodnym rytmem.

Przylgnęli do siebie niczym ocaleni z morskiej katastrofy drżący na pustym wybrzeżu rozbitkowie. Lyra niewyraźnie słyszała głos pani Coulter, która rozmawiała z mężczyznami, nie potrafiła jednak nawet zinterpretować jej tonu. Potem kobieta i dziewczynka wyszły z tej potwornej sali; pani Coulter na wpół niosła, na wpół podtrzymywała Lyrę podczas drogi korytarzem. Wreszcie pojawiły się drzwi, za którymi znajdowała się sypialnia, Lyra poczuła zapach perfum i zobaczyła łagodne światło.

Pani Coulter delikatnie położyła córkę na łóżku. Lyra otaczała ramieniem Pantalaimona z taką siłą, że aż cała się trzęsła. Czuła dłoń głaskającą ją po głowie.

— Moje drogie, kochane dziecko — odezwał się słodki głos. — W jaki sposób tu trafiłaś?

17
Czarownice

Lyra mimowolnie jęczała i drżała. Miała wrażenie, jak gdyby ktoś wyciągnął ją przed chwilą z tak zimnej wody, że jej serce zdążyło nieomal zamarznąć. Pantalaimon leżał na jej gołej skórze, pod ubraniem, częściowo tylko skupiony na uczuciu do niej, ale jednocześnie przez cały czas wpatrzony w pochłoniętą przygotowywaniem jakiejś mikstury panią Coulter oraz w złotą małpę, której twarde małe pazurki przesunęły się po ciele Lyry tak lekko i szybko, że tylko Pantalaimon mógł to zauważyć. Małpa wyczuła przy talii dziewczynki nieprzemakalny woreczek z puszką.

— Usiądź, moja droga, i wypij to — powiedziała pani Coulter i delikatne ramię otoczyło plecy dziewczynki i pomogło jej się podnieść.

Lyra zacisnęła zęby, ale rozluźniła je niemal natychmiast, gdy Pantalaimon przekazał jej myśl: będziemy bezpieczni jedynie tak długo, jak długo będziemy udawać. Dziewczynka otworzyła oczy i stwierdziła, że są wypełnione łzami. Ku swemu zaskoczeniu i wstydowi zaczęła szlochać.

Pani Coulter powiedziała coś ze współczuciem, a potem wsunęła kubek z napojem w łapkę małpy i wytarła Lyrze oczy pachnącą chusteczką.

— Płacz, jak długo chcesz, kochanie — powiedziała łagodnie, a dziewczynka postanowiła jak najszybciej przestać. Starała się powstrzymać łzy, zacisnęła więc usta i zdławiła szloch, który ciągle wstrząsał jej piersią.

Pantalaimon grał w ustaloną grę, którą można by nazwać: „okpij ich i wystrychnij na dudków". Zmienił się w mysz, opuścił rękę Lyry, bojaźliwie podpełzł do małpy i powąchał napój, który trzymała w łapie. Był to zwykły napar z rumianku, nic więcej. Pantalaimon wszedł więc z powrotem na ramię Lyry i szepnął:

— Wypij to.

Dziewczynka usiadła i wzięła w obie ręce gorący kubek, na przemian dmuchając, aby ostudzić płyn, i pijąc go małymi łykami. Oczy miała spuszczone. Musiała udawać bardziej niż kiedykolwiek.

— Lyro, kochanie — mruknęła pani Coulter, głaszcząc ją po włosach. — Już myślałam, że na zawsze cię utraciłam! Co się stało? Zgubiłaś się? Ktoś porwał cię z mieszkania?

— Ta-ak — szepnęła Lyra.

— Kto to był, moja droga?

— Mężczyzna i kobieta.

— Spośród gości na przyjęciu?

— Tak sądzę. Powiedzieli, że pani potrzebuje czegoś z dołu, więc poszłam to przynieść, a wtedy złapali mnie i wywieźli gdzieś samochodem. Kiedy auto się zatrzymało, wyskoczyłam szybko, uciekłam i nigdy mnie nie złapali. Tyle że nie wiedziałam, gdzie jestem...

Kolejny szloch, tym razem słabszy, wstrząsnął nią na krótko, i Lyra z łatwością mogła udawać, że jej płacz wywołała własna opowieść.

— Więc błądziłam i próbowałam znaleźć drogę powrotną, a wtedy schwytali mnie Grobale... Wepchnęli mnie do ciężarówki z innymi dziećmi i zabrali gdzieś... do dużego budynku, nie wiem gdzie...

Z każdą upływającą sekundą, z każdym wypowiadanym zdaniem dziewczynka czuła, jak wracają jej siły. Teraz, kiedy robiła coś równocześnie trudnego, swojskiego i nieprzewidywalnego w skutkach, czyli kłamała, czuła znowu jakąś władzę, miała to samo skomplikowane poczucie kontroli, jakie dawał jej aletheiometr. Musiała zachować ostrożność, aby nie powiedzieć jakiejś oczywistej bzdury, trzeba było mówić ogólnikowo na temat pewnych spraw i na poczekaniu wymyślić mające pozory prawdopodobieństwa szczegóły: jednym słowem, musiała stworzyć oryginalną opowieść.

— Jak długo cię trzymali w tym budynku? — spytała pani Coulter.

Rejs Lyry z Cyganami wzdłuż kanałów zajął kilka tygodni: teraz trzeba było się wyliczyć z tego czasu, dziewczynka wymyśliła więc podróż z Grobalami do Trollesundu, potem przedstawiła ucieczkę, szczegółowo opisując miasto, opowiedziała o długim czasie, jaki spędziła jako sprzątaczka w barze Einarssona, a później o tymczasowej pracy dla rodziny farmerów w głębi kraju, wreszcie o schwytaniu przez Samojedów i podróży do Bolvangaru.

— I chcieli... Zamierzali odciąć...

— Cicho, moja droga, cicho. Dowiem się, co się dzieje.

— Ale dlaczego chcieli tak mnie skrzywdzić? Nigdy nie zrobiłam nic złego! Wszystkie dzieciaki boją się tego, co tu się dzieje, i nikt nic nie wie na pewno. To straszne! Najgorsze ze wszystkiego... Dlaczego to robią, pani Coulter? Czemu są tacy okrutni?

— No, już dobrze, uspokój się... Przy mnie jesteś bezpieczna, moja droga. Nigdy ci tego nie zrobią. Teraz, kiedy wiem, że jesteś tutaj, nigdy już nie znajdziesz się w niebezpieczeństwie. Nikt cię nie skrzywdzi, Lyro, kochanie. Nikt cię nigdy nie zrani...

— Ale robią to innym dzieciom! Dlaczego?

— Ach, moja kochana...

— Chodzi o Pył, prawda?

— Czy tak ci powiedzieli? Lekarze? Powiedzieli ci o Pyle?

— Dzieci o nim wiedzą. Wszystkie stale o nim rozmawiają, chociaż żadne dokładnie niczego nie wie! A mnie prawie to zrobili... Musi mi pani powiedzieć! Nie ma pani prawa trzymać tego w tajemnicy! Już nie!

— Lyro... Lyro, kochanie, to są ważne, trudne sprawy... Pył i inne problemy. Dzieci nie powinny się tym martwić. Lekarze robią to dla ich dobra, moja kochana. Pył jest czymś złym, niewłaściwym, niegodziwym i nikczemnym. Dorośli i ich dajmony są już zarażeni Pyłem, nie ma dla nich ratunku. Jest za późno. Im już nie można pomóc... Natomiast szybka operacja u dziecka sprawia, że staje się ono bezpieczne. Pył nigdy go już nie dosięgnie. Dzieci są bezpieczne, szczęśliwe i...

Lyra pomyślała o małym Tonym Makariosie. Pochyliła się nagle do przodu i poczuła mdłości... Pani Coulter odsunęła się i czekała, aż dziewczynka poczuje się lepiej.

— Już w porządku, moja droga? Idź do łazienki...

Lyra przełknęła z trudem ślinę i otarła oczy.

— Nie musicie nam tego robić — powiedziała. — Po prostu zostawcie nas w spokoju. Założę się, że gdyby Lord Asriel wiedział, co robicie, nie pozwoliłby wam na to. Wam nie przeszkadza Pył, ani jemu, ani tobie, Rektorowi Jordana i wszystkim innym dorosłym... Jakoś z nim żyjecie. Kiedy tylko się stąd wydostanę, powiem o tym wszystkim dzieciom na świecie. A poza tym, skoro ten zabieg jest taki konieczny, dlaczego nie pozwoliła pani, aby wykonali go na mnie? Gdyby był dobry, nie przeszkodziłaby im pani. Wręcz przeciwnie, byłaby pani zadowolona.

Pani Coulter potrząsnęła głową i uśmiechnęła się smutnym, mądrym uśmiechem.

— Kochanie — zaczęła — wiele dobrych rzeczy czasem nas rani i to naturalne, że niektórych to niepokoi, że ciebie przeraża... Ale to nie znaczy, że zabiera ci się dajmona. On ciągle z tobą jest! O mój Boże, wielu tutejszych dorosłych przeszło tę operację. Pielęgniarki wyglądają na szczęśliwe, nie sądzisz?

Lyra zamrugała oczyma. Nagle zrozumiała dziwną obojętność tych kobiet i ich brak zainteresowania wszystkim, co ich otacza, a także lunatyczny sposób, w jaki poruszały się ich małe dajmony.

Nic nie odpowiedziała, zamyśliła się i mocno zacisnęła usta.

— Kochanie, nikt nigdy nie zrobiłby dziecku żadnej operacji bez wcześniejszych testów. I nikt w ostatnim tysiącleciu nie próbował całkowicie oderwać dziecięcego dajmona! My wykonujemy jedynie małe cięcie, które uspokaja nerwowego dajmona na zawsze! Widzisz, kochanie, kiedy jesteś młoda, twój dajmon jest cudownym przyjacielem i towarzyszem, jednak w wieku, nazywanym okresem dojrzewania, do którego obecnie się zbliżasz, dajmony przynoszą jedynie rozmaite kłopotliwe myśli i uczucia i dopuszczają do ciebie Pył. Szybka, niegroźna operacja sprawia, że człowiek nigdy więcej się nie niepokoi. Twój dajmon zostaje z tobą, tyle że... Po prostu nie jesteście tak ściśle połączeni. Można powiedzieć, że staje się kimś... kimś w rodzaju ulubionego zwierzątka. Najlepszego zwierzątka na świecie! Nie chciałabyś mieć takiego?

Och, ty nikczemna kłamczucho, pomyślała Lyra, co za bezczelne łgarstwa! Zresztą, nawet gdyby Lyra nie zdawała sobie sprawy z tego faktu (gdyby nie widziała Tony'ego Makariosa i dajmonów uwięzionych w klatkach), zareagowałaby na te słowa z równie silną wściekłością i nienawiścią. Jej droga dusza, ukochany towarzysz jej serca miałby zostać odcięty i zredukowany do małego, truchtającego pieszczoszka? Lyra niemal płonęła nienawiścią, a Pantalaimon w jej ramionach, w postaci tchórza — najbrzydszej i najbardziej złośliwej ze wszystkich — warknął.

Żadne z nich się jednak nie odezwało. Lyra trzymała mocno swego dajmona i pozwoliła, by pani Coulter gładziła jej włosy.

— Wypij rumianek — powiedziała łagodnie. — Każę ci tu dostawić łóżko. Nie ma potrzeby, abyś wracała i dzieliła sypialnię z innymi dziewczynkami. Nareszcie wróciła do mnie moja mała asystentka. Moja ulubienica! Najlepsza pomocnica na świecie. Czy wiesz, że szukając ciebie, kochanie, przetrząsnęłam cały Londyn? Że na mój rozkaz policja przeszukała wszystkie miasta w kraju. Och, tak bardzo za tobą tęskniłam! Brakuje mi słów, by wyrazić, jaka jestem szczęśliwa, że cię znalazłam...

Przez cały czas złota małpa kręciła się niespokojnie — w jednej chwili siadała na stole, machając ogonem, w następnej przywierała do pani Coulter i cicho szeptała jej coś do ucha, a potem kroczyła po podłodze z wyprostowanym ogonem. Dajmon pani Coulter zdradzał oczywiście niecierpliwość swojej właścicielki i w końcu kobieta nie wytrzymała.

— Lyro, moja droga — zaczęła — zdaje mi się, że Rektor Jordana dał ci coś przed wyjazdem. Mam rację? Dał ci aletheiometr. Problem w tym, że przyrząd ten nie należał do niego, ale został jedynie oddany pod jego opiekę. Urządzenie to jest naprawdę zbyt cenne, aby je nosić ze sobą... Wiesz, że na całym świecie istnieją tylko dwa albo trzy! Myślę, że Rektor dał ci je w nadziei, że przekażesz je Lordowi Asrielowi. Powiedział ci, żebyś mi o nim nie mówiła, zgadza się?

Lyra wykrzywiła usta.

— Tak, rozumiem. No cóż, nic się nie stało, kochanie, ponieważ mi nie powiedziałaś, prawda? Nie złamałaś żadnych obietnic. Tylko widzisz, moja droga, tym przyrządem naprawdę trzeba się odpowiednio zaopiekować.

Obawiam się, że jest zbyt delikatny i niespotykany, aby dłużej ryzykować jego zniszczenie.

— Dlaczego Lord Asriel nie powinien go otrzymać? — spytała Lyra, nie poruszając się.

— Z powodu swojej działalności. Wiesz, że zesłano go na wygnanie, ponieważ zamyślał pewną niebezpieczną i nikczemną rzecz. Potrzebuje aletheiometru do zakończenia swego planu. Wierz mi, moja droga, nie można pozwolić, by osiągnął swój cel. Rektor Jordana bardzo się pomylił. Lord Asriel nie może dostać tego urządzenia! Teraz, kiedy znasz prawdę, może byłoby lepiej, gdybyś oddała je mnie? To by ci oszczędziło problemów, nie musiałabyś go nosić i martwić się o nie... Nie musiałabyś się nim opiekować i łamać sobie główki, aby pojąć, do czego może służyć taka głupia, stara zabawka...

Lyra zastanawiała się, jak to możliwe, że kiedyś uważała tę kobietę za fascynującą i miłą.

— Więc... Jeśli masz go przy sobie, moja droga, naprawdę lepiej powierz go mojej opiece. Jest na tym pasku wokół twojej talii, prawda? Tak, to bardzo pomysłowa skrytka...

Ręce pani Coulter znalazły się nagle na spódniczce Lyry i zaczęły odpinać woreczek ze sztywnej ceraty. Lyra napięła mięśnie. Złota małpa przycupnęła na skraju łóżka i, drżąc z ciekawości, podniosła czarne łapki do pyska. Pani Coulter odpięła Lyrze pasek, potem rozsunęła woreczek. Oddychała szybko. Wyjęła paczuszkę, rozwinęła czarny aksamitny materiał i znalazła cynową puszkę wykonaną przez Iorka Byrnisona.

Pantalaimon znowu zmienił się w kota i sprężył do skoku. Lyra opuściła nogi na podłogę i przygotowała się, by w odpowiednim momencie uciec.

— A cóż to? — spytała wesoło pani Coulter. — Jaka zabawna stara puszka! Włożyłaś go tutaj, moja droga, aby się nie zniszczył? I ten mech... Widzę, że byłaś bardzo ostrożna. O, druga puszka w środku! I to zespawana! Kto to zrobił?

Pani Coulter za bardzo chciała otworzyć pojemnik, aby czekać na odpowiedź. Wyjęła z torebki wielofunkcyjny scyzoryk, odgięła ostry nożyk i wbiła pod pokrywkę.

Wściekłe brzęczenie natychmiast wypełniło pokój.

Lyra i Pantalaimon siedzieli bez ruchu. Zaintrygowana pani Coulter podważyła pokrywkę, a małpa pochyliła się, aby spojrzeć.

W tym momencie czarny insekt szybko opuścił puszkę i z całym impetem uderzył złotego dajmona w pyszczek.

Małpa zapiszczała i odskoczyła w tył. Ból i strach poczuła także pani Coulter, również więc krzyknęła, a wtedy mały, diabelski mechanizm zaczął pełznąć po jej piersi i gardle ku twarzy.

Lyra bez wahania skoczyła do drzwi tuż za Pantalaimonem, otworzyła je i zaczęła uciekać szybciej niż kiedykolwiek w życiu.

— Alarm przeciwpożarowy! — zawołał pędzący przed nią Pantalaimon.

Na następnym narożniku dziewczynka dostrzegła guzik za szybką, którą stłukła jednym szybkim ruchem. Biegła dalej, kierując się do części sypialnianej, gdzie wcisnęła następny przycisk alarmowy, a potem jeszcze jeden. Ludzie zaczęli wybiegać na korytarz, rozglądając się na wszystkie strony w poszukiwaniu ognia.

Do tego czasu Lyra znalazła się przed kuchnią. Pantalaimon przekazał jej pewną szybką myśl, toteż wpadła do środka. W chwilę później odkręciła wszystkie gazowe kurki i zapaliła zapałkę przy najbliższym palniku. Później zdjęła z półki torbę z mąką i cisnęła nią w krawędź stołu, ponieważ słyszała, że mąka wybucha, gdy znajdzie się blisko płomienia. W powietrzu zawirował biały pył.

Lyra wybiegła z kuchni i pędem skierowała się ku

swojej sypialni. Korytarze były teraz zatłoczone: dzieci biegały we wszystkie strony, ożywione i podniecone, ponieważ otrzymały już informację o planowanej ucieczce. Najstarsze (prowadząc za sobą grupki młodszych) kierowały się do szatni, w których znajdowały się ich ubrania. Dorośli próbowali zapanować nad sytuacją, nie mieli jednak pojęcia, co się dzieje. Wszędzie pełno było krzyczących, przepychających się, gestykulujących i ponaglających się nawzajem dzieci.

Lyra i Pantalaimon przedzierali się uparcie ku sypialni dziewczynki. Gdy tylko tam dotarli, budynkiem wstrząsnął silny wybuch.

Pozostałe dziewczynki już uciekły, toteż pokój był pusty. Lyra przyciągnęła do rogu szafkę, wspięła się na nią, wyciągnęła ubranie ze skrytki w suficie i obmacała futro w poszukiwaniu aletheiometru. Znajdował się na swoim miejscu. Szybko się ubrała i naciągnęła kaptur, a wtedy Pantalaimon latający przy drzwiach w postaci wróbla zawołał:

— Teraz!

Lyra wybiegła. Korytarzem ku głównemu wyjściu biegła grupa dzieci, które na szczęście zdobyły ciepłe ubrania, i dziewczynka przyłączyła się do nich. Pociła się, serce jej łomotało; wiedziała, że albo ucieknie, albo zginie.

Droga była zablokowana. Ogień z kuchni rozprzestrzeniał się szybko. Trudno powiedzieć, co eksplodowało — mąka czy gaz — w każdym razie wybuch zerwał część dachu. Uciekinierzy wspinali się po pokrzywionych podporach i wiązarach i wychodzili na świeże, zimne powietrze. Czuć było silny zapach gazu. Wtedy doszło do kolejnej eksplozji, była głośniejsza i bliższa niż pierwsza. Podmuch powietrza przewrócił wiele osób i zewsząd rozległy się krzyki strachu i bólu.

Lyra z trudem utrzymała się na nogach, a Pantalaimon wołał: „Tędy! Tędy!”. Inne dajmony także krzyczały i szarpały się. Lyra uważnie szła po gruzie. Powietrze, którym oddychała, było lodowate, toteż miała nadzieję, że wszystkim dzieciom udało się znaleźć kurtki i buty. Pomyślała: Cóż to za bezsens — uciec ze Stacji tylko po to, by umrzeć z zimna.

Wtedy wokół pojawił się ogień. Kiedy wydostała się na dach, dostrzegła pod nocnym niebem płomienie liżące krawędzie ogromnego otworu z boku budynku. Przy głównym wyjściu kłębił się tłum dzieci i dorosłych, tym razem dorośli byli bardziej przestraszeni, a dzieci po prostu przerażone.

— Roger! Roger! — zawołała Lyra, a Pantalaimon w postaci bystrookiej sowy, pohukując, dał swojej właścicielce znak, że dostrzegł jej przyjaciela.

Chwilę później dzieci się odnalazły.

— Powiedz wszystkim, żeby szli za mną! — krzyknęła Lyra w ucho chłopca.

— Nie pójdą... Wszyscy są tacy wystraszeni...

— Powiedz im, co stało się z dziećmi, które zniknęły! Powiedz, że lekarze wielkimi nożami odcięli im dajmony! Opowiedz, co widziałeś dziś po południu... Powiedz o tych wszystkich dajmonach, które wypuściliśmy! Wyjaśnij im, co się z nimi stanie, jeśli nie uciekną!

Roger gapił się na nią ze zdumieniem, potem jednak ochłonął i pobiegł do najbliższej grupy dzieci. Lyra podbiegła do innej. Kiedy wiadomość się rozeszła, niektóre dzieci zaczęły krzyczeć ze strachu, każde przyciskało do siebie dajmona.

— Chodźcie ze mną! — zawołała głośno Lyra. — Nadchodzi pomoc! Musimy uciec ze Stacji! Szybciej, biegnijmy!

Dzieci ruszyły za nią. Opuściły ogrodzony teren i skierowały się ku oświetlonej alei. Na mocno ubitym śniegu słychać było tupot i skrzypienie ich butów.

Za nimi panował chaos: dorośli krzyczeli, rozległ się huk i łomot, gdy zawaliła się kolejna część budynku.

Iskry trysnęły w powietrze, zafalowały płomienie, rozległy się dźwięki przywodzące na myśl rozdzieranie materiału. Potem pojawił się inny odgłos, bardzo bliski i przerażający. Lyra nigdy wcześniej czegoś takiego nie słyszała, ale od razu zrozumiała, co oznacza: było to wycie wilków — dajmon tatarskich strażników. Słysząc je, dziewczynka poczuła słabość w całym ciele, a wiele dzieci przeraziło się i stanęło w miejscu. Szybkimi, równymi susami biegł w ich kierunku pierwszy z wartowników, w rękach trzymał gotowy do strzału karabin, a obok niego pędziło potężne, szare stworzenie — wilczyca.

Później pojawili się kolejni Tatarzy. Wszyscy ubrani byli w kolczugi i wydawali się nie mieć oczu — w każdym razie, nie było ich widać za szczelinami wyciętymi w hełmach; dostrzec można było jedynie płonące żółto ślepia ponad ociekającymi śliną szczękami ich dajmon oraz przypominające oczy wyloty luf karabinów.

Lyra zawahała się. Nawet przez chwilę nie wyobrażała sobie, że te wilki będą tak przerażające. W dodatku teraz, kiedy wiedziała, jak łatwo przychodzi ludziom z Bolvangaru przełamywanie tabu, niemal zamarła na myśl o tych ociekających śliną zębach...

Tatarzy zatrzymali się niedaleko grupy dzieci, a następnie ustawili w szeregu przy bramie prowadzącej w aleję świateł, ich dajmony stały obok, równie zdyscyplinowane i wyćwiczone, jak oni sami. Po chwili, kiedy nadbiegli kolejni strażnicy, za pierwszą linią stanęła druga, a Lyra pomyślała z rozpaczą, że przecież dzieci nie są w stanie walczyć z żołnierzami. Nie była to z pewnością bitwa na oksfordzkich Gliniankach, gdy dziewczynka wraz z przyjaciółmi ciskała grudami błota w dzieci ceglarzy.

A może jednak! Przypomniała sobie, jak rzuciła garść gliny prosto w szeroką twarz pewnego ceglarskiego syna, który zamierzał ją zaatakować. Chłopiec zatrzymał się, aby zetrzeć glinę, a wtedy ruszyły na niego dzieci z miasta.

Lyra natychmiast uświadomiła sobie, że teraz także stoi na czymś, co nadaje się do walki. Śnieg!

Tak samo jak podczas popołudniowego alarmu, tyle że tym razem nie dla zabawy, zgarnęła garść białego puchu i cisnęła w stojącego najbliżej niej Tatara.

— Celujcie w oczy! — krzyknęła do swoich towarzyszy i rzuciła następną kulę.

Inne dzieci przyłączyły się do niej, a wtedy czyjś dajmon wpadł na pomysł, by podfrunąć do napastnika i skierować śnieżkę prosto w szczelinę w hełmie, wszystkie inne dajmony natychmiast poszły w jego ślady i kilka sekund później Tatarzy zaczęli się miotać, prychać, przeklinać, próbując usunąć śnieg z wąskich szczelin hełmów.

— Uciekajcie! — krzyknęła Lyra i rzuciła się ku bramie prowadzącej w aleję świateł.

Wszystkie dzieci, uchylając się przed kłapiącymi wilczymi paszczami, gromadnie popędziły za nią przez aleję. Kierowały się ku ciemnej otwartej przestrzeni.

Za sobą usłyszały chrapliwy okrzyk tatarskiego oficera, odgłos towarzyszący ładowaniu dwudziestu karabinów i kolejną komendę. Później słychać było już tylko tupot biegnących małych uciekinierów i ich głośne sapanie.

Tatarzy celowali. Lyra wiedziała, że z pewnością nie chybią.

Zanim jednak strażnicy zdążyli wystrzelić, jeden z nich zaczął rozpaczliwie łapać oddech, drugi natomiast krzyknął zaskoczony.

Lyra zatrzymała się i odwróciła, a wówczas zobaczyła leżącego na śniegu mężczyznę, z którego pleców sterczała szaropióra strzała. Ranny wił się, szarpał i kaszlał krwią, natomiast pozostali wartownicy rozglądali się na wszystkie strony, szukając łucznika; nigdzie go jednak nie było.

Wtedy kolejna strzała nadleciała z nieba i trafiła w kark drugiego mężczyznę, który natychmiast upadł. Oficer krzyknął i wszyscy podnieśli oczy na ciemne niebo.

— Czarownice! — stwierdził Pantalaimon.

Rzeczywiście: dostojne, czarne postacie przesuwały się wysoko w górze. Towarzyszył im szum i świst powietrza wśród igieł gałęzi sosny obłocznej, na których latały. Lyra zauważyła, że jedna z czarownic zniża lot, wypuszcza strzałę i w chwilę później kolejny Tatar upadł na ziemię.

Wówczas wszyscy strażnicy wycelowali karabiny w górę i wypalili w ciemność, strzelali na oślep do cieni i chmur. Odpowiedzią był deszcz strzał.

Dowódca Azjatów, widząc, że dzieciom już się prawie udało uciec, rozkazał swoim ludziom natychmiast ruszyć za nimi w pościg. Najpierw kilkoro, potem coraz więcej dzieci zaczęło krzyczeć. Nie biegły już, zatrzymały się, zdezorientowane i przerażone — zwłaszcza widokiem ogromnej postaci, która pędziła wprost na nich z ciemnej przestrzeni za aleją świateł.

— Iorek Byrnison! — krzyknęła Lyra z całych sił. Jej serce przepełniała radość.

Pancerny niedźwiedź posuwał się lekko, jak gdyby nie miał na sobie żadnego ciężaru. Błyskawicznie przebiegł obok Lyry i rzucił się na Tatarów, rozpędzając ich na wszystkie strony, oraz ich dajmony. Potem, szybki i silny, zatrzymał się i zadał dwa potężne ciosy — w lewo i w prawo, uderzając dwóch najbliższych strażników.

Wtedy skoczyła na niego wilczyca-dajmona. Niedźwiedź uderzył ją w powietrzu i zwierzę upadło w śnieg, ociekając krwią, potem zawarczało i zawyło, w końcu zniknęło. Jej właściciel umarł od razu.

Tatarski oficer nie wahał się, widząc, że jego ludzie zostali zaatakowani z dwóch stron. Wydał krzykliwie kilka rozkazów, a wtedy jego żołnierze podzielili się na dwa oddziały: zadaniem pierwszego była próba odpędzenia czarownic, a drugiego (większego) — bitwa z niedźwiedziem. Wszyscy Tatarzy byli świetnie wyszkoleni i walczyli w tak skoordynowany sposób, jak gdyby odbywali ćwiczenia. Utworzyli czteroosobowe grupki, a wyznaczeni żołnierze w odpowiednim momencie przyklękali na jedno kolano i wypalali z karabinów. Żaden się nie cofnął ani o cal, mimo iż potężny Iorek pędził prosto ku nim. W chwilę później pierwsi z nich padli martwi.

Niedźwiedź znowu zaatakował — uderzał, warczał, miażdżył — a pociski przelatywały obok niego niczym osy lub muchy, nie czyniąc mu najmniejszej krzywdy. Lyra przynaglała dzieci do dalszej drogi, kierując je w ciemność za aleją świateł. Wiedziała, że muszą uciekać, ponieważ od walecznych Tatarów o wiele niebezpieczniejsi byli dorośli z Bolvangaru.

Wołała więc do dzieci, kiwała na nie i ponaglała, pragnąc skłonić do dalszej wędrówki. Światła za nimi tworzyły długie cienie na śniegu, a wtedy Lyra uświadomiła sobie, że jej serce rwie się ku głębokiej ciemności arktycznej nocy i ku orzeźwiającemu chłodowi. Kochała swobodę tak samo mocno jak Pantalaimon, który — obecnie w postaci królika — rozkoszował się własnym biegiem.

— Dokąd idziemy? — spytał ktoś.

— Nie ma tu nic poza śniegiem!

— Nadchodzi pomoc — odpowiedziała im Lyra. — Pięćdziesięciu Cyganów albo więcej. Założę się, że są wśród nich krewni wielu z was. Wszystkie cygańskie rodziny, które straciły dziecko, przysłały swego przedstawiciela.

— Ja nie jestem Cyganem — stwierdził jakiś chłopiec.

— To nie ma znaczenia. I tak cię ze sobą zabiorą.

— A niby dokąd? — spytał ktoś płaczliwym tonem.

— Do domu — odparła Lyra. — Przybyłam tu, by was uratować, i sprowadziłam Cyganów, którzy odwiozą was z powrotem do domów. Musimy przejść jeszcze kawałek, a wtedy na pewno się na nich natkniemy. Niedźwiedź podróżował z nimi, więc nie mogą być daleko stąd!

— Widzieliście tego niedźwiedzia?! — krzyknął z zapałem jeden z chłopców. — Kiedy uderzył dajmonę Tatara, mężczyzna umarł, jakby ktoś trafił go prosto w serce. Właśnie tak!

— Nie wiedziałem, że można zabić dajmona — wtrącił ktoś inny.

Wszystkie dzieci mówiły naraz, podniecenie i ulga rozwiązały im języki. Dla Lyry nie miało to znaczenia, ważne było jedynie, by przez cały czas szły.

— Czy naprawdę ci ludzie tam... — spytała jakaś dziewczynka — robią takie rzeczy?

— Tak — odrzekła Lyra. — Nigdy nie sądziłam, że kiedykolwiek zobaczę człowieka bez dajmona. Jednak zanim się tutaj znalazłam, spotkałam samotnego chłopca, który ciągle pytał o swoją dajmonę. Chciał wiedzieć, gdzie jest i czy ją odszuka. Mały nazywał się Tony Makarios.

— Znam go! — powiedział ktoś, a inni zawtórowali.

— Ta-ak, zabrali go mniej więcej tydzień temu...

— No cóż, odcięto mu dajmonę — stwierdziła Lyra, wiedząc, co w tym momencie czują dzieci. — Niedługo po tym, jak go znaleźliśmy, umarł. A wszystkie oderwane dajmony zamykali w klatkach w tamtym budynku na uboczu.

— To prawda — dodał Roger. — Lyra wypuściła je w trakcie ćwiczeń przeciwpożarowych.

— Tak, widziałem je! — zauważył Billy Costa. — Początkowo nie wiedziałem, co to takiego, ale zobaczyłem, jak odlatywały za gęsią.

— Dlaczego ci ludzie to robią? — zapytał jakiś chłopiec. — Dlaczego odcinają nam dajmony? To przecież tortura! Po co to robią?

— Z powodu Pyłu — zasugerował ktoś z powątpiewaniem.

Chłopiec jednak zaśmiał się lekceważąco.

— Pył?! — stwierdził. — Nie ma czegoś takiego! Oni to sobie wymyślili! Ja w to nie wierzę.

— Hej! — zawołał ktoś inny. — Zobaczcie, co się dzieje z zeppelinem!

Wszyscy się obejrzeli. Za łuną świateł, tam gdzie nadal trwała walka, wielki, długi powietrzny statek nie kołysał się już przy maszcie cumowniczym — teraz koniec liny zwisał luźno, a w pobliżu unosiła się jakaś kula...

— Balon Lee Scoresby'ego! — krzyknęła Lyra i radośnie klasnęła rękoma w rękawicach.

Inne dzieci wydawały się zaniepokojone. Lyra ponagliła je do dalszej drogi, zastanawiając się równocześnie, jak aeronaucie udało się dotrzeć balonem tak daleko na północ. Było jasne, jaki ma zamiar — chciał napełnić balon gazem z zeppelina, przy okazji uniemożliwiając tamtym pościg!

— Chodźcie. Musimy przez cały czas iść, w przeciwnym razie zamarzniemy — wyjaśniła dzieciom, ponieważ niektóre z nich drżały i płakały z powodu zimna, a ich dajmony popiskiwały cienkimi głosikami.

Pantalaimon uznał te odgłosy za irytujące, zmienił się w rosomaka i warknął na wiewiórkę — leżącego w bezruchu na ramieniu i popiskującego cicho dajmona jednej z dziewczynek.

— Wejdź pod skafander! Przybierz większy kształt i ogrzej swoją panią! — polecił, a przerażony dajmon dziewczynki od razu wpełzł pod okrycie ze wzmocnionego jedwabiu.

Kłopot polegał na tym, że wzmocniony węglowy jedwab nie był tak ciepły jak futro, mimo iż skafandry były dodatkowo watowane. Niektóre dzieci wyglądały w wielkich kurtkach jak idące purchawki, ale ich odzienie wykonano w fabrykach i warsztatach z dala od zimnych terenów i na północy nie zabezpieczało dostatecznie przed mrozem. Futro Lyry było nieco zniszczone i cuchnące, jednak bardzo dobrze trzymało ciepło.

— Jeśli wkrótce nie znajdziemy Cyganów, dzieci nie przeżyją — szepnęła dziewczynka do Pantalaimona.

— Muszą więc iść bez przerwy — odparł. — Jeśli tylko się położą, zginą. Pamiętasz, co mówił Ojciec Coram...

Opowiedział on dziewczynce wiele historii o swoich podróżach na Północ, podobnie zresztą jak pani Coulter, która stale podkreślała prawdziwość swych opowieści. W każdym razie oboje byli zgodni co do jednego — gdy jest zimno, ciągle trzeba być w ruchu.

— Jak długo będziemy tak szli? — spytał mały chłopiec. — Ona każe nam iść tam, gdzie nas zabiją — stwierdziła jakaś dziewczynka.

— Lepiej być tu niż w Stacji — mruknął ktoś.

— Wcale tak nie uważam! Tam przynajmniej było ciepło. Jedzenie, gorące napoje i...

— Ale teraz wszystko się spaliło!

— Co my tu robimy? Założę się, że umrzemy z głodu...

Myśli Lyry wypełniały niewesołe pytania, które krążyły w jej głowie niczym latające czarownice, szybkie i niemożliwe do uchwycenia. Dziewczynce wydawało się, że gdzieś niedaleko czeka ją coś wspaniałego i wzruszającego, czego w dodatku zupełnie nie rozumiała.

Myśl ta spowodowała przypływ siły i Lyra najpierw wyciągnęła jakąś dziewczynkę z zaspy, potem ponagliła ociągającego się chłopca, wreszcie zawołała do wszystkich:

— Idźmy dalej! Podążajmy po śladach niedźwiedzia! Przyjechał tu z Cyganami, więc jego trop doprowadzi nas do miejsca, gdzie się znajdują! Chodźmy.

Z nieba zaczęły padać duże płatki śniegu. Lyra uświadomiła sobie, że wkrótce zupełnie zakryją ślady Iorka Byrnisona. Teraz, kiedy odeszli już daleko od świateł Bolvangaru, a łuna pożaru stanowiła jedynie słabą poświatę, tylko nikły odblask pokrytej śniegiem ziemi rozświetlał mrok. Gęste chmury przesłoniły niebo, nie było więc widać ani księżyca, ani Zorzy. Jednak przypatrzywszy się dokładniej, dzieci dostrzegły głęboki szlak, który Iorek Byrnison wyżłobił w śniegu. Lyra zachęcała je do dalszej drogi, zmuszała, niemal niosła niektóre z nich, przeklinała, popychała, ciągnęła, wspierała czule, ilekroć było to konieczne, a Pantalaimon (który zajmował się dajmonami) mówił jej, jak należy postępować z każdym dzieckiem.

Dziewczynka powtarzała w myślach co jakiś czas, że doprowadzi je wszystkie do celu. Przyjechałam tutaj, mówiła sobie, aby je uratować i uda mi się to.

Roger podążył za jej przykładem, a Billy Costa prowadził grupę, ponieważ miał o wiele lepszy wzrok niż większość dzieci. Wkrótce padał już tak gęsty śnieg, że uciekinierzy musieli iść bardzo blisko siebie, aby się nie zgubić, a Lyra pomyślała, że gdyby położyli się obok siebie i starali się ogrzewać nawzajem, to może... Gdyby wykopać duże nisze w śniegu...

Nagle nadstawiła ucha. Usłyszała warkot silnika. Nie był to głośny huk zeppelina, ale jakiś wyższy, przypominający brzęczenie szerszenia dźwięk, który raz się przybliżał, raz oddalał.

Słychać też było wycie... Psy zaprzęgowe? Odgłos również wydawał się daleki i trudno było mieć pewność co do jego pochodzenia, zagłuszały go miliony spadających śnieżnych płatków; jego natężenie zmieniało się wraz z mocą wiatru — najgłośniejszy był podczas najostrzejszych podmuchów. Mógł zwiastować zarówno zbliżające się cygańskie psy zaprzęgowe, jak i dzikie duchy tundry albo nawet uwolnione dajmony, lamentujące za utraconymi dziećmi.

Lyra dostrzegała wokół także światła, ale nie miała pojęcia, czy istnieją naprawdę... Na śniegu nie mogło być chyba żadnych świateł, prawda? To chyba również musiały być duchy... Chyba że się zgubili, zatoczyli koło i znowu zmierzają w stronę Bolvangaru...

Jednak nie, światła rzeczywiście istniały i nie pochodziły ze Stacji, ponieważ nie były białe, oślepiające i anbaryczne, ale małe i żółte — światła poruszających się latarni. Skowyt także się nasilał i zanim Lyra zdążyła się upewnić, że nie śni, znalazła się wśród znajomych postaci, a mężczyźni w futrach unosili ją na wysokość twarzy: potężne ramię Johna Faa podniosło ją lekko z ziemi, a Ojciec Coram śmiał się radośnie. Poprzez zadymkę dziewczynka zauważyła, jak Cyganie biorą dzieci do sań, przykrywają je futrami i dają do żucia focze mięso. Dostrzegła Tony'ego Costę, który ściskał Billy'ego, a potem poklepywał go lekko, rubasznie szturchał, po czym znowu go do siebie tulił i potrząsał nim wesoło. A Roger...

— Roger jedzie z nami — oświadczyła Ojcu Coramowi. — Przede wszystkim po niego tu przyjechałam. Wrócimy w końcu do Jordana. A co to za hałas?

Znowu rozległ się warkot silnika, był głośniejszy niż bzyczenie dziesięciu tysięcy szpiegujących insektów.

Nagle Lyra poczuła uderzenie, które powaliło ją na ziemię, a Pantalaimon nie mógł jej obronić, ponieważ złota małpa...

Pani Coulter...

Złota małpa szarpała, gryzła i drapała Pantalaimona, który tak szybko zmieniał postacie, że trudno było skupić na nim wzrok, i walczył: żądląc, wierzgając, drapiąc pazurami. Pani Coulter tymczasem, z płonącą twarzą częściowo ukrytą w futrze, ciągnęła Lyrę na tył motorowych sań. Dziewczynka walczyła równie zajadle jak jej dajmon. Padał tak gęsty śnieg, że zdawało jej się, że są w tej zamieci odizolowani od świata, a anbaryczne przednie reflektory sań oświetlały jedynie czystą biel wirujących płatków. Ziemię widać było ledwie na kilka cali przed nimi.

— Pomóżcie! — wrzasnęła Lyra do Cyganów, którzy znajdowali się właśnie tam, za zasłoną padającego śniegu, i nic nie zauważyli. — Ratunku! Ojcze Coramie! Lordzie Faa! Och, Boże, pomocy!

Pani Coulter piskliwym głosem wykrzyczała rozkaz w języku północnych Tatarów i nagle pojawił się cały ich oddział uzbrojony w karabiny; ludziom towarzyszyły warczące wilki — ich dajmony. Oficer dostrzegł, że pani Coulter ma problemy z Lyrą, i podniósł dziewczynkę jedną ręką, jak gdyby była lalką, a następnie wrzucił ją na sanie. Upadła ogłuszona i oszołomiona.

Gdy Cyganie zorientowali się, co się dzieje, wypalił karabin, potem następny. Tyle że strzelanie do celu, którego nie sposób zobaczyć, jest niebezpieczne, nie widać nawet, kto znajduje się obok. Tatarzy, w zwartej grupie otaczającej sanie, strzelali przed siebie w śnieg, Cyganie jednakże nie ośmielili się odpowiedzieć ogniem, bali się bowiem, że mogliby trafić Lyrę.

Dziewczynka poczuła straszliwą gorycz i jeszcze większe zmęczenie.

Ciągle była oszołomiona i szumiało jej w głowie, ale podciągnęła się i usiadła, szukając wzrokiem Pantalaimona. Jej dajmon nadal rozpaczliwie walczył w jednej wybranej postaci — rosomaka. Mocno zwarł szczęki na złotej łapie i nie puszczał. A kto się znajdował obok niego?

Czy to nie Roger?

Tak, to był on. Bił panią Coulter pięściami i kopał nogami, walił głową w jej głowę, aż w końcu przewrócił go jakiś Tatar, zamachnąwszy się na niego, jak gdyby odganiał muchę. Całość wydawała się teraz Lyrze urojeniem: biel, czerń, szybki trzepot zieleni, postrzępione cienie, światło...

Silny podmuch podniósł ze wszystkich stron firanki śniegu i Lyra nagle dostrzegła Iorka Byrnisona; usłyszała szczęk i zgrzyt żelaza o żelazo. W chwilę później wielkie szczęki kłapały na prawo i lewo, łapa rozdzierała przykrytą kolczugą pierś, pojawiły się białe zęby, czarne żelazo, czerwone wilgotne futro...

A wtedy coś silnie pociągnęło dziewczynkę wysoko w górę. W ostatnim momencie chwyciła także Rogera, wydzierając go z rąk pani Coulter i przytulając mocno do siebie; dajmony dzieci zmieniły się w ptaki i piszcząc, trzepotały zaskoczone, ponieważ wszędzie wokół także latały jakieś postacie. Wreszcie Lyra zobaczyła w powietrzu obok siebie czarownicę — jeden z tych eleganckich, lekko postrzępionych, czarnych cieni — która znajdowała się wysoko w powietrzu, ale równocześnie tak blisko, że można było jej dotknąć. W gołych rękach trzymała łuk i akurat natężyła mięśnie bladych, gołych ramion (w tym mroźnym powietrzu!), naciągnęła cięciwę, a potem wypuściła strzałę w szczelinę hełmu znajdującego się zaledwie trzy stopy od niej Tatara...

Strzała poszybowała w wyznaczonym kierunku i wilczyca — dajmona mężczyzny — rozpłynęła się w półskoku, nawet zanim jej właściciel upadł na ziemię.

W górę! W powietrzu ktoś schwytał i zagarnął Lyrę i Rogera, a w chwilę później dwójka dzieci trzymała się słabnącymi palcami gałęzi z sosny obłocznej, na której siedziała wyprostowana młoda czarownica, z gracją utrzymując równowagę. Potem czarownica przechyliła gałąź w lewo i przed oczyma dzieci ukazało się coś ogromnego; była to ziemia.

Upadli na nią, w śnieg, tuż obok kosza balonu Lee Scoresby'ego.

— Wskakuj do środka, Lyro! — zawołał Teksańczyk — i oczywiście twój przyjaciel także. Widziałaś gdzieś niedźwiedzia?

Lyra dostrzegła trzy czarownice, które przywiązywały linę wokół skały, cumując wielki balon.

— Wsiadaj! — krzyknęła do Rogera i wdrapała się na obite skórą obrzeże kosza, po czym wpadła w leżący w środku biały puch. W następnym momencie dołączył do niej Roger, a potem jakiś potężny odgłos, coś pomiędzy rykiem a warczeniem, sprawił, że ziemia niemal się zatrzęsła.

— Chodź, Iorku! Na pokład, stary druhu! — zawołał Lee Scoresby i z boku do kosza balonu wszedł niedźwiedź. Jego pojawieniu się towarzyszyło straszliwe skrzypienie wikliny i uginającego się drewna.

Potem lekki podmuch wiatru rozproszył na chwilę mgłę i śnieg i w nagle powstałym prześwicie Lyra zobaczyła, co się wokół nich dzieje. Dostrzegła grupę Cyganów, którzy pod dowództwem Johna Faa atakowali Tatarów i spychali ich z powrotem w stronę płonących zgliszcz Bolvangaru. Widziała, jak inni Cyganie pomagają dzieciom wsiąść bezpiecznie do sań, a potem dokładnie opatulają je futrami. Zobaczyła Ojca Corama, który kręcił się niespokojnie, kuśtykając o lasce, a jego dajmona — kotka w barwach jesieni — skakała po śniegu i rozglądała się na wszystkie strony.

— Ojcze Coramie! — krzyknęła Lyra. — Tutaj jestem!

Starzec usłyszał ją i podniósł głowę, aby spojrzeć w górę. Zaskoczony, spoglądał na balon szarpiący się na linie, którą trzymały czarownice, i na machającą mu z kosza dziewczynkę.

— Lyro! — zawołał. — Nic ci nie jest, dziecko?! Jesteś bezpieczna?

— Nigdy nie czułam się bezpieczniej! — odkrzyknęła. — Do zobaczenia, Ojcze Coramie! Do widzenia! Zabierzcie wszystkie dzieci do domu!

— Na pewno, pókim żyw! Niech ci się wiedzie, drogie dziecko... Niech ci się wiedzie, moja mała Lyro...

W tym momencie aeronauta, machnąwszy ręką, dał znak do odlotu i czarownice puściły linę.

Balon zerwał się natychmiast i począł się unosić w gęste od śniegu powietrze z taką prędkością, że Lyra nie wierzyła własnym oczom. Po chwili ziemia zniknęła we mgle, a balon nadal leciał w górę, coraz prędzej, tak szybko, że dziewczynka pomyślała, że chyba żadna rakieta nie opuszcza ziemi w szybszym tempie. Trzymając się, leżeli wraz z Rogerem na podłodze gondoli, obezwładnieni siłą przyspieszenia.

Lee Scoresby śmiał się i wydawał z siebie dzikie teksaskie okrzyki radości. Iorek Byrnison spokojnie odpinał pancerz, odczepiając zwinnie pazurem wszystkie połączenia, a potem zdejmował poszczególne części i rzucał je na stertę. Gdzieś na zewnątrz balonu świst powietrza przelatującego przez igły sosny obłocznej i postrzępione cienie świadczyły o tym, że wysoko w powietrzu czarownice dotrzymują im towarzystwa.

Lyra stopniowo odzyskiwała równowagę, a jej oddech i tętno uspokoiły się. Dziewczynka usiadła i rozejrzała się.

Kosz był o wiele większy, niż sądziła. Przy bocznych ściankach stały stelaże z przyrządami badawczymi, leżały też stosy futer, butle z gazem oraz wiele innych rzeczy, ale Lyra nie potrafiła ich zidentyfikować.

— Czy to chmura? — spytała.

— Ma się rozumieć. Otul swego przyjaciela futrem, zanim ci się zmieni w sopel lodu. Jest zimno, a będzie jeszcze zimniej.

— Jak nas znaleźliście?

— Dzięki czarownicom. Jest wśród nich pewna dama, która pragnie z tobą porozmawiać. Kiedy miniemy chmurę, zorientujemy się, gdzie jesteśmy, a wtedy możemy spokojnie gawędzić.

— Iorku — powiedziała Lyra — dziękuję, że przyszedłeś.

Niedźwiedź chrząknął, po czym usiadł i zaczął zlizywać krew z futra. Z powodu jego olbrzymiego ciężaru kosz przechylał się na jedną stronę, jednak nie miało to najwyraźniej znaczenia. Roger trochę się obawiał wielkiego zwierzęcia, ale Iorek Byrnison nie zwracał na niego większej uwagi niż na płatki śniegu. Lyra trzymała się kurczowo obrzeża kosza, który — gdy stała — sięgał jej aż do podbródka, i wpatrywała się szeroko otwartymi oczyma w gęstą mgłę.

Kilka sekund później balon całkowicie wydobył się z chmury, lecz nadal w szybkim tempie wznosił się w niebiosa.

Cóż to był za widok!

Nad koszem znajdowała się ogromna czasza balonu. A ponad nim płonęła Zorza, która wydała się Lyrze jaśniejsza i wspanialsza niż kiedykolwiek przedtem. Zorza świeciła wszędzie lub prawie wszędzie wokół nich; niemal stanowili jej część. Wielkie żarzące się pasma drżały, a następnie rozdzielały się niczym poruszające się anielskie skrzydła; luminescencyjny blask kaskadami spływał w dół niewidocznych turni, by spocząć w wirujących kałużach, albo tworzył ogromne wodospady.

Lyrę całkowicie oszołomił ten widok, potem jednak spojrzała w dół i dostrzegła coś jeszcze bardziej zdumiewającego.

We wszystkich kierunkach, jak okiem sięgnąć, aż po horyzont rozciągało się nieprzerwane morze bieli. Wznosiły się na nim pagórki, otwierały mgliste przepaście, jednak przede wszystkim krajobraz wyglądał jak lita lodowa powierzchnia.

Na jej tle widać było małe, czarne postacie, nieco postrzępione cienie — czarownice lecące na gałęziach z sosny obłocznej pojedynczo, dwójkami lub w większych grupkach.

Posuwały się szybko i bez najmniejszego wysiłku: unosiły się w górę, ku balonowi, a sterując nim, przechylały się raz w jedną, raz w drugą stronę. Jedna z nich, łuczniczka, która uwolniła Lyrę z rąk pani Coulter, leciała tuż obok kosza i dziewczynka po raz pierwszy widziała ją wyraźnie.

Kobieta była młoda — z pewnością młodsza od matki dziewczynki. Miała piękne, jasnozielone oczy i tak jak wszystkie czarownice ubrana była w lekki strój z pasów czarnego jedwabiu; nie nosiła futra, kaptura ani rękawic. Wyglądało na to, że w ogóle nie czuje zimna. Jej czoło opasywał prosty łańcuszek z małymi, czerwonymi kwiatkami. Siedziała o jard od zaskoczonej Lyry na gałęzi z sosny obłocznej niczym na łagodnym koniu i kierowała nią tak dobrze jak najwspanialszy jeździec.

— Masz na imię Lyra?

— Tak. A pani jest Serafina Pekkala?

— Zgadza się.

Lyra natychmiast zrozumiała, dlaczego Ojciec Coram kochał tę czarownicę i dlaczego uczucie to złamało mu serce, chociaż wcześniej właściwie nie zdawała sobie sprawy z żadnego z tych faktów. Ojciec Coram się zestarzał, był leciwym, chorym człowiekiem, natomiast Serafina Pekkala wyglądała na osobę młodszą od niego o kilka pokoleń.

— Masz czytnik symboli? — spytała czarownica, głosem tak podobnym do subtelnego, dziwnego śpiewu, który towarzyszył pojawieniu się Zorzy, że Lyra słuchała wypowiadanych przez nią słów z rozkoszą, ledwie rozumiejąc ich sens.

— Tak. Mam go w kieszeni. Jest bezpieczny.

Szum wielkich skrzydeł powiadomił dziewczynkę o przybyciu następnego gościa, który w chwilę później już szybował obok czarownicy. Siwy gąsior-dajmon odezwał się krótko, a potem zakołował i szerokim kręgiem okrążał balon, który nadal się wznosił.

— Cyganie napadli na Bolvangar — powiedziała Serafina Pekkala. — Zabili dwudziestu dwóch strażników i dziewięć osób z personelu. Podpalili także niektóre budynki i zamierzają całkowicie zniszczyć to miejsce.

— Co z panią Coulter?

— Żadnego śladu.

Serafina Pekkala wydała z siebie dziki okrzyk; na ten sygnał inne czarownice ruszyły ku balonowi.

— Panie Scoresby — powiedziała. — Lina.

— Pani, jestem bardzo wdzięczny. Nadal się wznosimy i potrwa to jeszcze przez jakiś czas. Ile was trzeba, abyście pociągnęły nas na północ?

— Jesteśmy silne — odparła i była to cała jej odpowiedź.

Lee Scoresby mocował zwój mocnej liny do pokrytego skórą żelaznego pierścienia, służącego do nawijania biegnących nad czaszą balonu sznurów, które trzymały kosz. Kiedy lina została solidnie zamocowana, aeronauta rzucił wolny jej koniec; natychmiast przyleciało ku niej sześć czarownic, chwyciło linę i pociągnęło, kierując gałęzie z sosny obłocznej ku Gwieździe Polarnej.

Kiedy balon zaczął się poruszać w tym kierunku, Pantalaimon zmienił się w mewę, usiadł na krawędzi kosza i patrzył. Dajmona Rogera także przyszła popatrzeć, ale dość szybko odeszła do swego właściciela, ponieważ Roger zasnął, podobnie zresztą jak Iorek Byrnison. Czuwał tylko Lee Scoresby, wolno żując cienkie cygaro i obserwując przyrządy.

— Powiedz mi, Lyro — odezwała się Serafina Pekkala. — Wiesz, dlaczego lecisz do Lorda Asriela?

Dziewczynka zdumiała się.

— Oczywiście! Aby wręczyć mu aletheiometr — odparła.

Do tej pory nie zastanawiała się nad tym pytaniem, odpowiedź na nie była dla niej oczywista. Nagle przypomniała sobie pierwszy powód, który pojawił się tak dawno, że już prawie o nim zapomniała.

— Albo... Aby mu pomóc w ucieczce. Tak... Chcemy mu pomóc wydostać się stamtąd.

W chwili jednak, gdy wypowiedziała te słowa, uświadomiła sobie niewykonalność takiego zadania. Ucieczka ze Svalbardu? To przecież było niemożliwe!

— W każdym razie, chcemy spróbować — dodała stanowczo. — A dlaczego pani pyta?

— Muszę ci chyba powiedzieć o kilku sprawach — stwierdziła Serafina Pekkala.

— O Pyle?

Ta kwestia była dla dziewczynki najważniejsza.

— Tak, między innymi... Teraz jednak jesteś zmęczona, a czeka nas długi lot. Porozmawiamy, kiedy się obudzisz.

Lyra szeroko ziewnęła; było to długie, zdrowe ziewnięcie. Mimo wysiłków dziewczynka nie potrafiła pokonać ogarniającej ją senności. Serafina Pekkala wyciągnęła rękę ponad obrzeżem kosza i dotknęła oczu Lyry, a gdy dziewczynka osunęła się na podłogę, Pantalaimon sfrunął do niej, zmienił się w gronostaja i podczołgał w ulubione miejsce do spania przy szyi swojej właścicielki.

Czarownica leciała ze stałą prędkością obok kosza balonu kierującego się ku Svalbardowi.

Część trzecia

Svalbard

18

Mgła i lód

Lee Scoresby okrył Lyrę futrem. Dziewczynka przytuliła się do Rogera i dzieci spały blisko siebie, podczas gdy balon zmierzał ku biegunowi. Aeronauta od czasu do czasu sprawdzał przyrządy, żuł cygaro, którego nigdy nie zapalał z powodu bliskości łatwopalnego wodoru, i mocniej otulał się futrem.

— Ta mała dziewczynka jest dość ważna, prawda? — spytał po kilku minutach.

— Tak. Ale ona nigdy się nie dowie, jak bardzo jest ważna — odparła Serafina Pekkala.

— Czy to znaczy, że grozi nam zbrojny pościg? Proszę mnie dobrze zrozumieć, jestem człowiekiem praktycznym, który żyje ze swojego balonu. Nie mogę sobie pozwolić na to, aby narzędzie mojej pracy eksplodowało lub zostało rozerwane na strzępy bez jakiegoś wcześniej ustalonego odszkodowania. Proszę mi wierzyć, że nie próbuję umniejszyć znaczenia tej ekspedycji, ale John Faa i Cyganie zapłacili mi kwotę, która stanowi wynagrodzenie za mój czas, talent i przeciętne zużycie balonu. To wszystko. Nie było mowy o ubezpieczeniu na wypadek walki. A muszę dodać, pani, że jeśli wylądujemy z Iorkiem Byrnisonem w Svalbardzie, zostanie to odebrane jako wypowiedzenie wojny. — Rozejrzał się z uwagą, po czym wypluł kawałek tytoniu za burtę. — Chciałbym więc wiedzieć, czy należy się spodziewać szkód i awantur — zakończył.

— Może dojść do walki — oświadczyła Serafina Pekkala. — Ale pan już przecież walczył.

— Jasne, walczę, kiedy ktoś mi za to zapłaci. Jednak sądziłem, że w tym przypadku wystarczy zawrzeć zwykłą umowę transportową i zgodnie z takim kontraktem mi zapłacono. Teraz natomiast się zastanawiam, jak daleko sięga moja odpowiedzialność za, hm, transport. Czy na przykład muszę ryzykować życie i utratę sprzętu w wojnie z niedźwiedziami? Nie wiem też, czy ta mała nie ma równie zajadłych wrogów w Svalbardzie jak ci w Bolvangarze. Wspominam o tym, ot tak, dla podtrzymania rozmowy...

— Panie Scoresby — odrzekła czarownica — chciałabym odpowiedzieć na pańskie pytania, lecz nie potrafię. Mogę panu jedynie powiedzieć, że my wszyscy, ludzie, czarownice, niedźwiedzie... bierzemy już udział w pewnej wojnie, chociaż wielu z nas o tym nie wie. Niezależnie od tego, czy w Svalbardzie będzie pan musiał stawić czoło niebezpieczeństwu i czy uda się panu odlecieć bez szwanku, jest pan rekrutem, człowiekiem pod bronią, żołnierzem...

— No cóż, w takim razie wydaje mi się to trochę niesprawiedliwe. Moim zdaniem człowiek powinien mieć wybór. Sam musi podjąć decyzję, czy chce walczyć.

— To tak jakby pan powiedział, że człowiek powinien zdecydować, czy chce się urodzić.

— Och, ja wszakże preferuję wybór — upierał się aeronauta. — Wolę wybierać zadania do wykonania, miejsca, do których się udaję, jedzenie, które jem, i towarzyszy, z którymi siadam i gawędzę. Czy ty, pani, nie pragniesz od czasu do czasu móc wybrać?

Serafina Pekkala zastanowiła się nad jego pytaniem, a potem odparła:

— Być może nie rozumiemy w ten sam sposób słowa „wybór", panie Scoresby. Czarownice niczego nie posiadają, więc nie interesuje ich ochrona przedmiotów ani zarobkowanie... a co się tyczy wyboru pomiędzy dwiema rzeczami, kiedy ktoś, tak jak my, żyje przez kilkaset lat, wie, że każda okazja znowu kiedyś nadejdzie. Czarownice mają inne potrzeby niż ludzie. Pan, na przykład, musi reperować swój balon i utrzymywać go w dobrym stanie, co wymaga czasu i starań, my natomiast, gdy pragniemy polecieć, odłamujemy po prostu gałąź z sosny obłocznej. W ten sposób można porównać mnóstwo kwestii. Nie odczuwamy chłodu, nie potrzebujemy więc ciepłych ubrań. Nie mamy żadnych środków płatności. Całe nasze życie opiera się na wzajemnej pomocy. Jeśli jakaś czarownica czegoś potrzebuje, druga po prostu jej to daje. Kiedy wybucha wojna, nie zastanawiamy się nad kosztami, nie rozważamy, czy powinnyśmy walczyć. Nie zastanawiamy się również nad pojęciem honoru, jak to czynią niedźwiedzie. Obraza dla niedźwiedzia to śmierć. Dla nas... to coś niepojętego. Jak można w ogóle uchybić czarownicy? A jeśli komuś się uda, jakie to może mieć znaczenie?

— No cóż, w pewnym sensie zgadzam się tobą, pani. Nie będziemy się spierać o różnice. Mam jednak nadzieję, że rozumiesz mój dylemat. Jestem zwykłym aeronautą i chciałbym dokończyć żywota w jako takim komforcie. Kupić małą farmę, parę sztuk bydła, kilka koni... Weź pod uwagę, że nie mówię o żadnych zbytkach. Nie marzy mi się pałac ani posiadanie niewolników czy stosów złota, a jedynie własny dom, praca i wieczorna szklanka bourbona. Niestety wszystko kosztuje, latam więc, w zamian dostając gotówkę, a po każdej pracy wpłacam trochę pieniędzy na konto oszczędnościowe banku Wells Fargo. Kiedy uzbieram wystarczającą kwotę, pani, sprzedam balon i kupię bilet na rejs parowcem do Port Galveston w Teksasie i nigdy więcej nie opuszczę ziemi.

— Oto kolejna różnica między nami, panie Scoresby. Czarownica prędzej zrezygnuje z oddychania niż z latania. Tylko w górze czujemy się naprawdę sobą.

— Rozumiem to, pani, i zazdroszczę wam tego uczucia. Dla mnie jest to jedynie praca. Uważam siebie za kogoś w rodzaju mechanika, który równie dobrze mógłby regulować zawory w gazowym silniku albo zakładać obwody anbaryczne. Po prostu wybrałem latanie, i to był całkowicie wolny wybór. W każdym razie, z tych właśnie względów niespodziewana wojna na mojej drodze wydaje mi się czymś, hm, trochę kłopotliwym.

— Kłótnia Iorka Byrnisona z królem niedźwiedzi to część historii — powiedziała czarownica. — A przeznaczeniem tego dziecka jest odegrać w niej ważną rolę.

— Mówi pani o przeznaczeniu — zdziwił się aeronauta — jak gdyby musiało się ono wypełnić. Nie jestem pewien, czy mi się to podoba... Chyba równie mało, jak ta wojna, w którą mnie wciągacie. Powiedz mi, jeśli łaska, pani, gdzie w tym wszystkim miejsce dla mojej wolnej woli? Dodam, że to dziecko ma, moim zdaniem, bardziej nieugiętą wolę niż ktokolwiek, kogo kiedykolwiek spotkałem, toteż nie potrafię uwierzyć, gdy mówi mi pani, że mała jest jedynie czymś w rodzaju zaprogramowanej zabawki losu, którego nie jest w stanie sama zmienić...

— Wszyscy jesteśmy narzędziami w rękach losu, musimy jednakże postępować w taki sposób, jak gdyby było inaczej — odparła czarownica. — W przeciwnym razie pozostaje nam umrzeć z desperacji. Z tym dzieckiem wiąże się ciekawe proroctwo: za sprawą tej dziewczynki ma się wypełnić przeznaczenie, ona doprowadzi wszystko do końca... Musi jednakże dokonać tego bezwiednie i w sposób naturalny. Jeśli się dowie, jakie jest jej zadanie, misja się nie uda. Mało tego, wówczas śmierć ogarnie wszystkie światy i na zawsze zatriumfuje rozpacz. Wszystkie wszechświaty staną się jedynie połączonymi ze sobą trybikami, ślepe i puste, bez myśli, bez uczuć, bez życia...

Oboje popatrzyli na Lyrę, której uśpiona twarz (jedynie niewielką jej część mogli dostrzec spod kaptura) przybrała wyraz uporu i stanowczości.

— Sądzę, że o pewnych sprawach wie — powiedział aeronauta. — W każdym razie najwyraźniej jest na wszystko przygotowana. A co z tym chłopcem? Wie pani, że dziewczynka przebyła całą tę drogę, aby go uwolnić z rąk tamtych maniaków? Byli towarzyszami zabaw, zdaje mi się, w Oksfordzie... Czy pani o tym wiedziała?

— Tak. Wiem, że przeznaczenie używa Lyry jako posłańca, który ma coś przekazać jej ojcu. Przebyła całą tę drogę w poszukiwaniu zaginionego przyjaciela i nie wie, że przeznaczenie zabrało go na Północ właśnie po to, aby za nim podążyła i dotarła do ojca.

— Hm, tak więc to pani rozumie?

Po raz pierwszy czarownica spojrzała na niego niepewnie.

— Tak mi się wydaje... Nie jesteśmy jednak w stanie w pełni odczytać ciemności, panie Scoresby. Bardzo możliwe, że się mylę.

— A dlaczego bierze pani udział w tym wszystkim, jeśli wolno spytać?

— Uważamy, że to, co robią ludzie w Bolvangarze, jest złe. Lyra jest ich wrogiem, więc my stałyśmy się jej przyjaciółkami. To wystarczy, aby się opowiedzieć po jej stronie, choć jest jeszcze jedna kwestia — mianowicie przyjaźń mego klanu dla ludu cygańskiego, która sięga czasów, kiedy Ojciec Coram uratował mi życie. Pragniemy się odwdzięczyć, pomagając im. A oni z kolei mają zobowiązania wobec Lorda Asriela.

— Rozumiem. Ciągniecie więc balon do Svalbardu przez wzgląd na Cyganów. Czy w ramach tej przyjaźni zaholujecie go również z powrotem? Czy też będę musiał poczekać na pomyślny wiatr i tymczasem liczyć na dobry humor niedźwiedzi? Proszę nie brać mi za złe tego pytania, ale muszę wiedzieć, co mnie czeka.

— Jeśli będziemy w stanie pomóc panu wrócić do Trollesundu, panie Scoresby, z pewnością to zrobimy. Nie wiem jednak, co nas spotka w Svalbardzie. Nowy król niedźwiedzi dokonał wielu zmian, a stare zwyczaje są w niełasce, toteż lądowanie może być trudne. Nie wiem, w jaki sposób Lyra zamierza odnaleźć swego ojca. Nie mam też pojęcia, jakie są zamiary Iorka Byrnisona, wiem jedynie, że jego los jest związany z losem dziewczynki.

— Ja również nie znam zamiarów tego niedźwiedzia, pani. Sądzę, że ma pełnić funkcję jej opiekuna czy obrońcy. Widzi pani, ona pomogła mu odzyskać pancerz. Któż może wiedzieć, co czują niedźwiedzie... Jednak jeśli niedźwiedź potrafi kochać człowieka, z pewnością Iorek kocha tę małą. A co do lądowania w Svalbardzie, nigdy nie było łatwe, choć wasze wsparcie może nam pomóc i zdecydowanie poprawia mi samopoczucie. Jeśli mogę się jakoś odwdzięczyć, wystarczy, pani, że mnie powiadomisz... A czy możesz mi powiedzieć, po której stronie jesteśmy w tej niewidocznej wojnie?

— Oboje jesteśmy po stronie Lyry.

— Och, bez wątpienia.

Lecieli dalej. Pod nimi wisiały chmury, toteż trudno było ocenić, jak szybko się poruszają. W innej sytuacji balon pozostawałby nieruchomy albo leciał z prędkością wiatru. Teraz jednak ciągnęły go czarownice, toteż poruszał się szybciej niż powietrze i czasem stawiał opór, ponieważ jego czasza miała nieaerodynamiczny kształt i wiele jej brakowało do wspaniałej gładkości zeppelina. Skutkiem tego kosz chwiał się na wszystkie strony, szarpiąc o wiele bardziej niż zwykle.

Lee Scoresby jednak cenił wygodę o wiele mniej niż przyrządy balonu, a poza tym od czasu do czasu sprawdzał, czy nie poluzowały się wiązania, którymi kosz przymocowany był do głównych podpór. Według wysokościomierza znajdowali się na wysokości dziesięciu tysięcy stóp. Temperatura wynosiła minus dwadzieścia stopni. Aeronauta latał już w niższej temperaturze, ale w chwili obecnej nie miał ochoty marznąć ani wystawiać się na podmuchy wiatru, toteż rozwinął warstwę brezentu, którego czasem używał jako namiotu, i przykrył nią całe wnętrze kosza, szczególnie starannie otulając dwoje dzieci, a potem oparł się plecami o ogromny grzbiet swego starego towarzysza broni, Iorka Byrnisona, i zasnął.

Kiedy Lyra się obudziła, księżyc stał wysoko na niebie i cały świat w zasięgu wzroku — od przetaczających się pod nimi chmur po igiełki szronu i lodowe sople na olinowaniu balonu — połyskiwał srebrem.

W koszu wszyscy spali: Roger, Lee Scoresby i niedźwiedź. Obok kosza jednakże unosiła się wytrwale królowa klanu czarownic.

— Jak daleko do Svalbardu? — spytała Lyra.

— Jeśli nie napotkamy przeciwnych wiatrów, powinniśmy dolecieć za niecałe dwanaście godzin.

— Gdzie wylądujemy?

— To zależy od pogody. Postaramy się jednak uniknąć klifów, żyją tam bowiem stworzenia, które polują na wszystko, co się porusza. Najlepiej byłoby wylądować w samym środku kraju, tuż obok pałacu Iofura Raknisona.

— Co będzie, gdy odszukamy Lorda Asriela? Zechce wrócić do Oksfordu? Czy powinnam mu powiedzieć, że wiem, iż jest moim ojcem? Może nadal będzie wolał udawać, że jest moim wujem. Ledwie go przecież znam...

— Lord Asriel nie zechce wrócić do Oksfordu, Lyro. Trzeba wykonać pewne zadanie w drugim świecie, a tylko twój ojciec potrafi postawić most nad przepaścią między oboma światami. Tyle że potrzebuje czegoś do pomocy...

— Aletheiometru! — krzyknęła Lyra. — Rektor Jordana dał mi go i chciał mi chyba coś powiedzieć o Lordzie Asrielu, ale mu przerwano... Wiedziałam, że tak naprawdę nie zamierzał go otruć. Czy mój ojciec chciałby spytać przyrząd, jak zbudować ten most? Założę się, że mogłabym mu pomóc. Potrafię interpretować obrazki jak nikt inny.

— Nie wiem — odparła Serafina Pekkala. — Trudno powiedzieć, jak Lord Asriel tego dokona i jakie będzie później jego zadanie. Istnieją moce, które do nas przemawiają, ale są też inne, potężniejsze siły. I są tajemnice...

— Aletheiometr powiedziałby mi! Mogłabym spytać nawet teraz...

Było jednak zbyt chłodno i Lyra mogłaby nie utrzymać urządzenia w dłoniach. Na samą myśl o zimnie i mocnym wietrze opatuliła się dokładniej futrem i mocno naciągnęła kaptur, pozostawiając jedynie szparę na oczy. Daleko przed balonem i nieco poniżej niego widać było długą linę. Sześć czy siedem czarownic, lecących na gałęziach z sosny obłocznej, ciągnęło balon. Gwiazdy świeciły tak jaskrawo, lodowato i intensywnie jak diamenty.

— Dlaczego czarownicom nie jest zimno, Serafino Pekkala?

— Odczuwamy zimno, jednak to nie jest istotne, ponieważ nam nie szkodzi. Gdybyśmy włożyły ciepłe stroje, obce byłyby nam inne doznania, takie jak subtelne dźwięczenie gwiazd, muzyka Zorzy albo — najprzyjemniejszy ze wszystkiego — jedwabisty dotyk światła księżycowego na naszej skórze. Warto z tych powodów trochę pomarznąć.

— Czy ja mogę odczuwać coś takiego?

— Nie. Gdybyś zdjęła futro, umarłabyś z zimna, lepiej więc tego nie rób.

— Jak długo żyją czarownice? Ojciec Coram twierdzi, że setki lat. Pani jednak wcale nie wygląda staro.

— Mam około trzystu lat. Nasza najstarsza czarownica-matka ma prawie tysiąc. Pewnego dnia przyjdzie po nią Yambe-Akka, podobnie jak po mnie. To bogini śmierci. Przychodzi i uśmiecha się, a wtedy wiesz, że nadszedł czas, by umrzeć.

— A co z mężczyznami? Czy w waszych klanach są tylko kobiety?

— Są mężczyźni, którzy nam służą, jak Konsul w Trollesundzie. Innych bierzemy sobie za kochanków lub mężów. Jesteś zbyt młoda, aby zrozumieć to, co ci powiem, Lyro, jednak później pojmiesz moje słowa: mężczyźni żyją krótko niczym motyle. To stworzenia jednego sezonu. Kochamy ich, ponieważ są odważni, dumni i piękni, ale umierają niemal od razu — tak szybko, że nasze serca stale krwawią z tego powodu. Rodzimy im dzieci. Dziewczynki są czarownicami, chłopcy — zwykłymi ludźmi. Nasi synowie odchodzą w okamgnieniu: pokonani, zabici, straceni. Kiedy dorastają, myślą, że są nieśmiertelni, i tylko ich matki znają prawdę. Każda następna śmierć dziecka jest boleśniejsza, aż w końcu z rozpaczy pękają nasze serca. Może wtedy przychodzi po nas Yambe-Akka, która jest starsza niż tundra. Dla niej życie czarownicy jest zapewne tak krótkie, jak dla nas życie naszych mężczyzn.

— Kochała pani Ojca Corama?

— Tak. Czy on o tym wie?

— Wiem, że kocha panią.

— Kiedy mnie uratował, był silnym dumnym młodzieńcem wielkiej urody. Pokochałam go od razu. Zmieniłam swoje zwyczaje, porzuciłam dźwięczenie gwiazd i muzykę Zorzy. Nigdy tego nie żałowałam i nadal oddałabym wszystko, aby być zwykłą cygańską żoną, mieszkać z nim na łodzi, gotować mu, dzielić z nim łoże i rodzić mu dzieci. Nie można jednak stać się kimś innym, można co najwyżej zmienić własne upodobania. Jestem czarownicą, on — człowiekiem. Zostałam z nim przez wystarczająco długi czas, aby wychować nasze dziecko...

— Nigdy o tym nie wspominał! Czy to była dziewczynka? Czarownica?

— Nie. To był chłopiec i umarł podczas wielkiej epidemii czterdzieści lat temu. Choroba przyszła ze wschodu. Biedny malec... Miał żywot krótki jak jętka. Jego śmierć była ciosem dla Corama, a mnie krwawiło serce... A potem dostałam wiadomość, że muszę wrócić do swego ludu, ponieważ Yambe-Akka zabrała moją matkę i miałam przejąć jej obowiązki jako królowej klanu. Więc odleciałam.

— I nigdy później już nie spotkała pani Ojca Corama?

— Nie, ale słyszałam o jego czynach. Dotarło do mnie, że Skraelingowie zranili go zatrutą strzałą, więc posłałam mu zioła i zaklęcia, które miały mu pomóc odzyskać zdrowie, nie byłam jednak wystarczająco silna, aby się z nim zobaczyć. Słyszałam, że był załamany po moim odejściu, że studiował i czytał, wzbogacał wiedzę. Byłam dumna z niego i z jego dobroci. Trzymałam się jednak z dala, zresztą czasy były niebezpieczne dla moich czarownic i zagrażały nam wojny z innymi klanami, a poza tym, myślałam, że o mnie zapomniał i znalazł sobie zwykłą kobietę, którą pojął za żonę...

— Nigdy się nie ożenił — przerwała jej Lyra kategorycznym tonem. — Powinna się pani z nim spotkać jak najprędzej. Ciągle panią kocha, wiem, że tak jest.

— Ale będzie się wstydził swego wieku, a ja nie chcę, by czuł się skrępowany.

— W takim razie powinna pani przynajmniej posłać mu wiadomość. Takie jest moje zdanie.

Serafina Pekkala przez długi czas nic nie mówiła. Pantalaimon zmienił się w mewę i pofrunął na sekundę do jej gałęzi. Chciał pokazać swoją odwagę i odwagę swojej właścicielki.

Wtedy Lyra spytała:

— Dlaczego ludzie mają dajmony, Serafino Pekkala?

— Wszyscy o to pytają, nikt jednak nie zna odpowiedzi. Odkąd istnieją ludzkie istoty, odtąd istnieją i dajmony. To nas odróżnia od zwierząt.

— Tak! Rzeczywiście się od nich różnimy... Na przykład od niedźwiedzi. Są dziwne... prawda? Wydaje się, że zachowują się jak my, a potem nagle robią coś nieprzewidywalnego i uświadamiasz sobie, że nigdy ich nie zrozumiesz... Ale wiesz, co mi mówił Iorek? Że jego pancerz jest dla niego tym, czym dajmon dla człowieka. „To jest moja dusza", tak mi powiedział. Tyle że tu widzę kolejną różnicę między nami, ponieważ on sam sobie wykuwa pancerz. Kiedy go wygnali, zabrali mu zbroję, a on znalazł trochę niebiańskiego żelaza i wykuł sobie nowy pancerz, jak gdyby tworząc nową duszę. My nie potrafimy powoływać do życia dajmonów. Potem ludzie w Trollesundzie upili go spirytusem i ukradli mu ten nowy pancerz, ale ja się dowiedziałam, gdzie jest, i pomogłam mu go odzyskać... Zastanawiam się jednak, po co on leci do Svalbardu? Będą tam z nim walczyć. Mogą go zabić... Kocham Iorka. Kocham go tak bardzo, że wolałabym, aby z nami nie leciał.

— Czy mówił ci, kim jest?

— Znam tylko jego nazwisko. Tyle nam powiedział wasz Konsul w Trollesundzie.

— Iorek jest wysoko urodzony. Jest księciem. W gruncie rzeczy, gdyby nie popełnił wielkiej zbrodni, byłby teraz królem niedźwiedzi.

— Mówił mi, że ich król nazywa się Iofur Raknison.

— Iofur Raknison został królem, kiedy wygnano Iorka. Iofur również jest księciem, w przeciwnym razie nie mógłby rządzić. Przy tym jest sprytny, i to w sposób typowy dla ludzi — zawiera przymierza i układy, nie żyje tak jak inne niedźwiedzie, nie mieszka w lodowym forcie, ale w nowo zbudowanym pałacu. Mówi też o konieczności wymiany ambasadorów z narodami ludzi, pragnie eksploatować kopalnie ogniowe przy pomocy waszych inżynierów... Jest niegłupi, a nawet bystry. Niektórzy mówią, że sprowokował Iorka do czynu, za który tamten został wygnany, a inni — że nawet jeśli tak nie było, każe wszystkim tak myśleć, ponieważ uważa, że dzięki temu zyskuje reputację osobnika zręcznego i przenikliwego.

— Co właściwie zrobił Iorek? Widzi pani, kocham Iorka między innymi dlatego, że gdy myślę o jego czynie, przypomina mi się ojciec, który również zabił, i z tego powodu został ukarany. W tym sensie wydają mi się podobni... Iorek powiedział mi, że zabił innego niedźwiedzia, ale nigdy nie poznałam okoliczności tego zdarzenia.

— Walczyli o pewną niedźwiedzicę. Niedźwiedź, którego Iorek zabił, nie okazywał, że się poddaje, chociaż niedźwiedzie zwykle tak postępują, a było oczywiste, że Iorek jest silniejszy. Mimo swej dumy, niedźwiedzie zawsze potrafią uznać przewagę innego przedstawiciela swego gatunku i wtedy się poddają, jednak z jakiegoś powodu przeciwnik Iorka nie zrobił tego. Niektórzy mówią, że Iofur Raknison omamił go przed walką, może nakarmił go jakimiś ziołami... W każdym razie tamten młody niedźwiedź nie chciał się poddać, a Iorka Byrnisona poniósł gniew. Sprawę rozstrzygnięto szybko i zapadł wyrok, ponieważ Iorek powinien co najwyżej zranić, a nie zabić swego rywala.

— Byłby więc królem... — zadumała się Lyra. — Słyszałam coś w Jordanie o Iofurze Raknisonie od Profesora Palmeru, który był na Północy i go poznał. Profesor opowiadał... Nie, żałuję, ale nie potrafię sobie przypomnieć, co mówił... Chyba użył podstępu, aby zostać królem, czy coś w tym rodzaju... Ale Iorek powiedział mi kiedyś, że niedźwiedzia nie można zmylić, i udowodnił mi to. Rzeczywiście nie udało mi się go omamić. A teraz się okazuje, że obaj zostali oszukani, on i ten drugi niedźwiedź. Może tylko niedźwiedź umie okpić niedźwiedzia, a człowiek nie. Chociaż... Ludzie w Trollesundzie oszukali Iorka, prawda? Upili go i ukradli mu pancerz. To przecież oszustwo...

— Kiedy niedźwiedzie zachowują się niezgodnie ze swą naturą, gdy postępują jak ludzie, wtedy może łatwiej je nabrać — odparła Serafina Pekkala. — Żaden niedźwiedź normalnie nie pije przecież spirytusu. Iorek Byrnison pił, by zapomnieć o wstydzie wygnania, i dlatego ludziom w Trollesundzie udało się go oszukać.

— Ach, tak — Lyra kiwnęła głową. Podobało jej się to, co powiedziała czarownica, podziwiała bowiem Iorka prawie bezgranicznie i była zadowolona, że znajduje potwierdzenie jego szlachetności. — Pani jest bardzo mądra — dodała. — Nie zrozumiałabym tego, gdyby mi pani nie wyjaśniła. Uważam, że jest pani inteligentniejsza od pani Coulter.

Lecieli dalej. Lyra żuła kawałek foczego mięsa, który znalazła w kieszeni.

— Serafino Pekkala — odezwała się po jakimś czasie. — Czym jest Pył? Pytam, bo mi się wydaje, że w całym tym zamieszaniu chodzi przede wszystkim o niego, tylko nikt mi nie powiedział, jaka jest jego natura.

— Nie wiem — padła odpowiedź. — Czarownice nigdy się nie interesowały Pyłem. Wiem tylko, że księża lękają się go. Pani Coulter nie jest wprawdzie osobą duchowną, jest jednak ważną agentką Magistratury i właśnie ona założyła Radę Oblacyjną i przekonała Kościół, by dał fundusze na budowę Bolvangaru. Uczyniła to z powodu swego zainteresowania Pyłem. Trudno nam zrozumieć jej uczucia wobec tego zjawiska, istnieje jednak wiele rzeczy, których my, czarownice, nigdy nie pojmiemy. Wiemy na przykład, że Tatarzy drążą sobie otwory w czaszkach i zadziwia nas niesamowitość takiego pomysłu. Pył również jest czymś niezwykłym i dziwi nas, jednak nie zajmujemy się nim i nie zamierzamy odrywać się od naszych spraw, aby go badać. Zostawiamy to Kościołowi.

— Kościołowi? — spytała Lyra. Nagle coś przyszło jej do głowy: przypomniała sobie rozmowę z Pantalaimonem na Żuławach na temat siły, która porusza igłą aletheiometru; pomyśleli wówczas o fotowiatraku na głównym ołtarzu w Kolegium Gabriela i cząsteczkach elementarnych tak lekko obracających łopatki. Tamtejszy Kanonik był szczerze przekonany, że istnieje związek tych cząstek z religią. — Może i tak — odezwała się w końcu, kiwając głową. — W końcu Kościół utrzymuje w tajemnicy przed światem większość interesujących go kwestii. Jednak wiele z nich to sprawy bardzo stare, a Pył, z tego, co wiem, jest zjawiskiem nowym. Zastanawiam się, czy Lord Asriel mógłby mi powiedzieć...

Lyra znowu ziewnęła.

— Lepiej się położę — powiedziała do Serafiny Pekkali — w przeciwnym razie mogę zamarznąć. Na ziemi bywało mi czasami zimno, jednak nigdy aż tak. Jeszcze trochę i umrę.

— W takim razie połóż się i otul futrami.

— Tak zrobię. Wprawdzie wolałabym umrzeć tutaj niż na ziemi, ale nie spieszy mi się... Kiedy nas wpychali pod tamto ostrze, myślałam, że już po nas... Oboje tak pomyśleliśmy. Och, to było naprawdę straszne! Teraz pośpimy. Proszę nas obudzić, gdy dotrzemy na miejsce — dodała Lyra i położyła się na stosie futer. Była zdrętwiała i obolała z powodu dotkliwego zimna. Przysunęła się jak najbliżej śpiącego Rogera.

I tak czworo śpiących podróżników kontynuowało lot oblodzonym balonem ku skałom i lodowcom, kopalniom ogniowym i lodowym fortom Svalbardu.

Serafina Pekkala krzyknęła na aeronautę, który natychmiast się obudził. Był osłabiony z zimna, ale po szarpnięciach kosza od razu się zorientował, że balon nie porusza się tak, jak powinien. Huśtał się gwałtownie, gdy silne porywy wiatru szarpały czaszą, a czarownice, ciągnące linę, utrzymywały ją z największym trudem. Gdyby puściły, balon natychmiast wypadłby z kursu i — Lee Scoresby uświadomił to sobie, spojrzawszy na kompas — zniosłoby go w kierunku Nowej Zembli, ku której posuwałby się z prędkością prawie stu mil na godzinę.

— Gdzie jesteśmy?! — Lyra usłyszała jego krzyk. Była na wpół rozbudzona, rozkojarzona z powodu ruchu kosza i tak zziębnięta, że zdrętwiało jej dosłownie całe ciało. Nie dosłyszała odpowiedzi czarownicy, ale przez szparę w kapturze widziała, jak oświetlony światłem anbarycznej latarni Lee Scoresby przytrzymuje się podpórki i ciągnie za linę czaszy balonu. Mocno szarpnął, jak gdyby musiał usunąć jakąś przeszkodę, podniósł głowę i wpatrzył się w mrok, wreszcie zamocował linę wokół kołka na pierścieniu zawieszenia.

— Wypuszczam trochę gazu! — krzyknął do Serafiny Pekkali. — Opuścimy się. Lecimy zbyt wysoko.

Czarownica krzyknęła coś w odpowiedzi, jednak Lyra ponownie nie zdołała usłyszeć jej słów. Roger również się budził; skrzypienie kosza było tak głośne, że obudziłoby najgłębiej śpiącego. Sen uniemożliwiało również silne kołysanie i gwałtowne szarpnięcia. Dajmona Rogera i Pantalaimon tuliły się do siebie jak papużki nierozłączki, a Lyra skoncentrowała się na sobie i starała się siedzieć nieruchomo i nie podskakiwać ze strachu.

— W porządku — powiedział Roger. Jego głos sugerował, że chłopiec jest w znacznie pogodniejszym nastroju niż jego przyjaciółka. — Wkrótce wylądujemy i będzie można rozpalić ogień, aby się ogrzać. Mam w kieszeni trochę zapałek, które podwędziłem z kuchni w Bolvangarze.

Balon rzeczywiście opadał, ponieważ w sekundę później otoczyła ich gęsta, zamarzająca chmura, której kłęby przelatywały nad koszem. Potem w jednej chwili zapadła ciemność. Była to najgęstsza mgła, jaką Lyra kiedykolwiek widziała. Po minucie lub dwóch Serafina Pekkala krzyknęła po raz kolejny, a wtedy aeronauta odwiązał linę z kołka i puścił. Lyra mimo skrzypienia kosza i skowytu wiatru w otaklowaniu usłyszała, a może tylko wyczuła, potężny huk wysoko w górze.

Lee Scoresby dostrzegł jej przerażenie.

— To zawór gazu! — zawołał. — Jest na sprężynie, utrzymuje gaz. Kiedy go opuszczę, trochę gazu ucieka z wierzchołka, balon stawia opór i opadamy.

— Czy my prawie...

Lyra nie dokończyła, ponieważ dostrzegła coś okropnego — po ściance kosza ku Lee Scoresby'emu pełzło brzydkie stworzenie rozmiaru połowy dorosłego człowieka. Miało skórzaste skrzydła i zakrzywione szpony oraz spłaszczony łeb z wyłupiastymi oczyma i szeroką paszczą; wydzielało obrzydliwy smród. Lyra nawet nie zdążyła krzyknąć, ponieważ Iorek Byrnison błyskawicznie wyciągnął w górę łapę i strząsnął stworzenie, które wypadło z kosza i z piskiem zniknęło pod balonem.

— Kliwuch — wyjaśnił krótko niedźwiedź.

W chwilę później zjawiła się Serafina Pekkala. Chwyciwszy się mocno krawędzi kosza, mówiła szybko:

— Kliwuchy atakują. Musimy sprowadzić balon na ziemię, a potem się bronić. Te...

Lyra jednakże nie usłyszała reszty wypowiedzi czarownicy, ponieważ zagłuszył ją przenikliwy dźwięk i balon zaczął się przechylać na bok. Potem potężne uderzenie cisnęło aeronautę i dzieci na jedną stronę kosza, gdzie leżały części pancerza Iorka Byrnisona. Niedźwiedź wyciągnął wielką łapę, aby przytrzymać troje ludzi, ponieważ kosz gwałtownie się trząsł. Serafina Pekkala zniknęła im z oczu. Hałas był przeraźliwy, a najgłośniej skrzeczały kliwuchy. Lyra widziała, jak lecą obok balonu, i czuła ich odrażający smród.

Później nastąpiło kolejne mocne szarpnięcie, które rzuciło wszystkich pasażerów na podłogę, a balon z przerażającą prędkością zaczął opadać, przez cały czas wirując. Lyrze wydawało się, że kosz oderwie się od czaszy i po prostu runie na ziemię. Po chwili znowu nastąpiła seria szarpnięć i trzasków i kosz począł się gwałtownie miotać z boku na bok, jak gdyby odbijał się od dwóch kamiennych ścian.

W pewnym momencie Lyra dostrzegła, jak Lee Scoresby strzela z pistoletu o długiej lufie prosto w pysk jednego z kliwuchów. Potem mocno zacisnęła powieki i przywarła do futra Iorka Byrnisona; bała się jak nigdy dotąd. Skowyty, wrzaski, gwizd wiatru, skrzypienie kosza, przypominające jęk dręczonego zwierzęcia — powietrze wypełnił zatrważający hałas.

Kolejny wstrząs był najsilniejszy ze wszystkich. Lyrę wyrzuciło z kosza, straciła oddech. Dłonie chwytały pustkę, a po chwili gdzieś wylądowała; zupełnie straciła orientację i nie wiedziała, gdzie góra, a gdzie dół. Jej twarz, ukryta niemal całkowicie w mocno naciągniętym kapturze, cała była osypana proszkiem — ostrymi, kłującymi, zimnymi kryształkami...

Był to śnieg, dziewczynka wpadła bowiem w zaspę. Ciało miała tak obolałe, że ledwie mogła myśleć. Leżała niemal całkowicie nieruchomo przez wiele sekund, od czasu do czasu wypluwając śnieg, a potem z trudem zaczęła się poruszać, póki nie wygramoliła się na tyle, aby móc swobodniej oddychać.

Nie odniosła żadnych obrażeń, brakowało jej jedynie tchu. Ostrożnie próbowała poruszać rękami, stopami, ramionami, nogami i podnieść głowę.

Widziała bardzo niewiele, ponieważ jej kaptur nadal był wypełniony śniegiem. Z wysiłkiem, jak gdyby każda jej ręka ważyła tonę, pozbyła się białego puchu, a potem rozejrzała dokoła. Miała przed sobą świat w odcieniach szarości — jasnych, ciemnych i niemal czarnych — na których tle niczym widma przesuwały się kłęby mgły.

Jedynymi dźwiękami, jakie docierały do jej uszu, były dalekie piski latających wysoko w górze kliwuchów oraz huk fal rozbijających się o skały.

— Iorku! — krzyknęła. Głos miała słaby i drżący. Spróbowała jeszcze raz, ale nikt jej nie odpowiedział. — Roger! — zawołała, z podobnym rezultatem.

Poczuła się samotna w tym obcym świecie, ale oczywiście nigdy nie bywała sama i po chwili Pantalaimon w postaci myszy wypełzł spod jej futra, aby dotrzymać jej towarzystwa.

— Sprawdziłem aletheiometr — powiedział. — Nic mu się nie stało. Żadna część się nie stłukła.

— Jesteśmy zgubieni, Pan! — jęknęła. — Widziałeś te kliwuchy?! I pana Scoresby'ego, który do nich strzelał? Niech nam Bóg pomoże, jeśli te potwory przylecą tutaj...

— Spróbujmy odnaleźć kosz — mruknął.

— Chyba nie powinniśmy krzyczeć — zauważyła. — Raz to wprawdzie zrobiłam, ale nie chciałabym, żeby nas usłyszały te maszkary. Ciekawe, gdzie jesteśmy.

— Może lepiej nie wiedzieć — stwierdził Pan. — Mogłoby się okazać, że jesteśmy na dnie urwiska, nie ma żadnej drogi w górę, a siedzące na szczycie kliwuchy dostrzegą nas, kiedy tylko mgła opadnie.

Po kilku minutach odpoczynku Lyra pomacała wokół siebie i stwierdziła, że wylądowała w szczelinie między dwiema oblodzonymi skałami. Wszystko pokrywała marznąca mgła, z jednej strony — sądząc po odgłosach — z odległości mniej więcej pięćdziesięciu jardów dochodził huk fal, a z góry nadal docierały piski kliwuchów, chociaż dziewczynce wydawało się, że cichną. W mroku widziała nie dalej niż na dwa, trzy jardy; nawet zmieniony w sowę Pantalaimon był bezradny.

Lyra mimo bólu ruszyła w drogę. Ślizgała się i zsuwała po chropowatych skałach. Szła w górę plaży, oddalając się od szumu fal. Niestety nie znalazła nic poza kamieniami i śniegiem, nie było najmniejszego śladu balonu ani któregoś z jego pasażerów.

— Nie mogli przecież tak po prostu zniknąć — szepnęła z rozpaczą.

Stojący trochę dalej Pantalaimon przybrał postać kota i znalazł cztery pęknięte ciężkie worki z piaskiem, który leżał częściowo rozrzucony wokół; zamarzł już prawie na kamień.

— Balast — domyśliła się dziewczynka. — Wyrzucił je, aby znowu wzlecieć...

Z trudem przełknęła ślinę, starając się zepchnąć grudę, którą czuła w gardle, i stłumić strach, który czuła w piersi, albo może jedno i drugie.

— Och, Boże, jaka jestem przerażona — stwierdziła. — Mam nadzieję, że są bezpieczni.

Pantalaimon wspiął się na jej ramiona, a potem, przybrawszy postać myszy, wczołgał się do kaptura, gdzie trudno go było dostrzec. Nagle Lyra usłyszała jakiś odgłos, przypominający drapanie o skałę, i odwróciła się, szukając źródła dźwięku.

— Ior...

Zdławiła słowo, zanim je wypowiedziała, ponieważ stojąca przed nią postać wcale nie była Iorkiem Byrnisonem. Był to nieznany jej niedźwiedź, ubrany w lśniący od zamarzniętej rosy pancerz; na hełmie miał pióropusz.

Stał nieruchomo, jakieś sześć stóp od dziewczynki, która pomyślała, że są to jej ostatnie chwile.

Niedźwiedź otworzył paszczę i zaryczał. Echo odbiło się od klifów i zagłuszyło dalekie piski kliwuchów. Z mgły wyszedł kolejny niedźwiedź, po nim jeszcze jeden. Lyra stała nieruchomo, zaciskając piąstki.

Przez chwilę ogromne stworzenia nie poruszały się, w końcu pierwszy z nich spytał dziewczynkę:

— Jak się nazywasz?

— Lyra.

— Skąd przybyłaś?

— Z nieba.

— Balonem?

— Tak.

— Chodź z nami. Jesteś naszym więźniem. No, ruszaj się. Szybko.

Znużona i przerażona dziewczynka ruszyła, potykając się na ostrych i śliskich skałach. Podążając za niedźwiedziem, zastanawiała się, jak sobie poradzi w tej trudnej sytuacji.

19

W niewoli

Niedźwiedzie poprowadziły Lyrę w górę wąwozu, który znajdował się między klifami. Mgła była tu jeszcze gęstsza niż na brzegu. Skrzek kliwuchów i huk fal stawały się coraz cichsze i po jakimś czasie jedynym słyszalnym dźwiękiem był nieustanny krzyk mew. Dziewczynka i niedźwiedzie w milczeniu wspinali się na skały, wpadali w zaspy śnieżne i chociaż Lyra wpatrywała się szeroko otwartymi oczyma w otaczającą ich szarość i wytężała słuch, uświadomiła sobie, że może jest jedyną ludzką istotą w Svalbardzie; a Iorek może już nie żyć...

Pierwszy niedźwiedź, dowódca, nie odzywał się do niej, póki nie znaleźli się na równym terenie. Wtedy się zatrzymali. Lyra oceniła po odgłosie fal, że dotarli na szczyt klifu, toteż starała się nie zbaczać z drogi, aby nie spaść w przepaść.

— Spójrz w górę — powiedział do niej niedźwiedź, kiedy powiew wiatru rozproszył ciężką zasłonę mgły.

Widoczność mimo wszystko nie była najlepsza, jednak dziewczynka dostrzegła, że stoi przed ogromną kamienną budowlą, która była tak wysoka jak najwyższa część

Kolegium Jordana, ale o wiele masywniejsza; wszędzie znajdowały się rzeźby przedstawiające wydarzenia wojenne, pokazujące zwyciężające niedźwiedzie i poddających się Skraelingów, a także skutych łańcuchami Tatarów, pracujących w kopalniach ogniowych, zeppeliny, które ze wszystkich stron świata przywoziły podarunki i daniny dla króla niedźwiedzi, Iofura Raknisona.

Tak w każdym razie zinterpretował owe rzeźbienia niedźwiedź-sierżant, a ona zmuszona była uwierzyć mu na słowo, niewiele bowiem widziała, ponieważ każde wybrzuszenie i krawędź na bogato rzeźbionej fasadzie okupowały głuptaki i wydrzyki, które krakały, krzyczały i stale kołowały nad głowami idących; łajno ptaków zdążyło pokryć już każdą część budynku gęstymi maźnięciami brudnej bieli.

Niedźwiedzie jednakże najwyraźniej nie zważały na brud. Bez większych ceregieli wprowadziły dziewczynkę pod ogromną arkadą na drogę do zamku — czyli zanieczyszczony ptasimi odchodami zamarznięty piach. Dalej znajdował się dziedziniec, wysokie schody i bramy, przy których stały niedźwiedzie w pancerzach. Wielkie stworzenia zatrzymywały wchodzących i wymagały od nich podania hasła. Ich zbroje były wypolerowane i błyszczące, wszystkie nosiły też pióropusze na hełmach. Lyra bezwiednie porównywała każdego napotkanego niedźwiedzia z Iorkiem Byrnisonem i zawsze wynik był korzystny dla jej przyjaciela, który wydawał się potężniejszy, miał więcej gracji, a jego pancerz stanowił prawdziwą ochronę — był zabarwioną rdzą, poplamioną kroplami krwi, powyginaną od stoczonych w niej walk zbroją, a nie elegancką, polakierowaną ozdobą, jak większość z tych, które dziewczynka widziała wokół.

Wreszcie znaleźli się w środku. Im głębiej wchodzili, tym bardziej wzrastała temperatura. Coraz intensywniejszy stawał się również panujący w pałacu Iofura odór; był odrażający: mieszanina zjełczałego foczego tłuszczu, łajna, krwi i wszelkiego rodzaju odpadków. Dla ochłody Lyra zsunęła z głowy kaptur, ciągle jednak marszczyła nos. Miała przy tym nadzieję, że niedźwiedzie nie rozumieją ludzkich min i grymasów.

Na korytarzach co kilka jardów znajdowały się żelazne podpory, a na nich lampy na tłuszcz wielorybi. Wśród migoczących cieni dziewczynka nie zawsze mogła dostrzec, dokąd niedźwiedzie ją prowadzą, toteż zupełnie straciła orientację.

W końcu zatrzymali się przed ciężkimi żelaznymi drzwiami. Pancerny strażnik odsunął masywną zasuwę, otworzył drzwi, a sierżant nagle — niczym baran — tryknął Lyrę łbem i dziewczynka, fikając koziołka, przeleciała przez próg do ciemnego pomieszczenia. Zanim zdołała się podnieść, usłyszała szczęk zasuwanego rygla.

W pomieszczeniu było bardzo ciemno, jednak Pantalaimon zmienił się w świetlika i roztaczał wokół bladą poświatę. Znajdowali się w wąskiej celi, której ściany pokrywała wilgoć, jedynym „meblem" była kamienna ława. W najdalszym kącie leżała sterta szmat, które Lyra uznała za legowisko dla więźnia. Więcej nie zdołała dojrzeć.

Usiadła z Pantalaimonem na ramieniu i pomacała ubranie, szukając aletheiometru.

— Chyba się trochę poobijał, Pan — szepnęła. — Mam nadzieję, że nadal działa.

Pantalaimon sfrunął do jej nadgarstka i usiadł tam, przyświecając swej pani, która w tym czasie skupiała myśli na urządzeniu. Uświadomiła sobie niezwykłość swego talentu, dzięki któremu potrafiła mimo niebezpieczeństwa skoncentrować się na interpretacji odpowiedzi aletheiometru. Czuła się tak mocno z nim związana, że nawet najbardziej skomplikowane pytania natychmiast przekształcały się w niezbędne symbole. Obsługa aletheiometru przychodziła jej w sposób tak naturalny jak nakazywanie mięśniom, by poruszały kończynami: prawie o tym nie myślała.

Lyra ustawiła wskazówki i zadała pytanie:

— Gdzie jest Iorek?

Odpowiedź przyszła natychmiast:

— O dzień drogi stąd, tam bowiem doleciał balon po moim upadku. Spieszy jednak w naszą stronę.

— A Roger?

— Z Iorkiem.

— Co zrobi Iorek?

— Zamierza się dostać do pałacu i uratować mnie, na przekór wszelkim trudnościom.

Dziewczynka odłożyła aletheiometr. Była jeszcze bardziej zaniepokojona niż przedtem.

— Nie przepuszczą go, prawda? — zapytała swego dajmona. — Jest ich tu zbyt wielu. Chciałabym być czarownicą, Pan, wtedy mógłbyś ode mnie odlecieć, znaleźć Iorka i przekazać mu wiadomość... I moglibyśmy wymyślić odpowiedni plan...

Nagle Lyrę przeraziło coś jak nigdy w życiu, nieznany męski głos przemówił bowiem w ciemnościach o kilka stóp od niej.

— Kim jesteś? — spytał.

Skoczyła na równe nogi, krzycząc z trwogi. Pantalaimon od razu zmienił się w nietoperza, piszczał i latał nad głową swej pani, która oparła się o ścianę.

— Mów! — mężczyzna odezwał się ponownie. — Kto tu jest? Odezwij się! No dalej, mów!

— Zamień się jeszcze raz w świetlika, Pan — poleciła Lyra drżącym głosem. — Jednak nie zbliżaj się tam za bardzo.

Mały drżący punkcik światła zatańczył w powietrzu, trzepocząc skrzydełkami wokół głowy obcego człowieka. Okazało, że w rogu celi nie leżała wcale sterta szmat, ale siwobrody mężczyzna przykuty łańcuchem do ściany. Oczy starca połyskiwały w świetle rzucanym przez Pantalaimona, a zmierzwione włosy zwisały aż do ramion. Jego dajmona, wąż o zmęczonym wyglądzie, leżała na kolanach swego właściciela, od czasu do czasu wysuwając język, zwłaszcza gdy Pantalaimon się zbliżał.

— Jak się pan nazywa? — spytała Lyra.

— Jotham Santelia — odparł starzec. — Jestem Profesorem Królewskim kosmologii na Uniwersytecie w Gloucester. A ty kim jesteś?

— Lyra Belacqua. Dlaczego tu pana zamknęli?

— Zła wola i zazdrość... Skąd jesteś? No?

— Z Kolegium Jordana — odparła.

— Co? Z Oksfordu?

— Zgadza się.

— Czy ten łotr Trelawney jest tam nadal? Co?

— Profesor Palmeru? Jest.

— Doprawdy? Na Boga! Dawno temu powinni go zmusić do rezygnacji. Oszust! Plagiator! Pyszałek!

Lyra chrząknęła.

— Czy opublikował już pracę na temat fotonów promieni gamma? — spytał Profesor, patrząc z uwagą na dziewczynkę, która się cofnęła.

— Nie wiem — odrzekła, a potem dodała: — Nie. Teraz sobie przypominam. Powiedział, że musi jeszcze sprawdzić pewne dane. Mówił, że zamierza również napisać o Pyle. Tak było.

— Łajdak! Złodziej! Szubrawiec! Oszust! — krzyczał starzec i trząsł się tak gwałtownie, iż Lyra bała się, że mężczyzna dostał jakiegoś ataku. Dajmona ześlizgnęła się ospale z jego kolan, gdy Profesor zaczął uderzać się pięściami po goleniach, a z ust spłynęła mu ślina.

— Tak — potwierdziła Lyra na wszelki wypadek — zawsze go uważałam za złodzieja. A także oszusta i tak dalej.

Taka ocena w ustach małej, rozczochranej dziewczynki, która nagle pojawia się w celi mężczyzny (i zna obiekt jego obsesji) mogłaby się komuś wydać nieprawdopodobna, jednak Profesor Santelia tego nie zauważył. Nic dziwnego, pomyślała Lyra, ten biedny starzec jest przecież szalony. Przyszło jej jednak do głowy, że mężczyzna może mieć pewne informacje, które mogłaby wykorzystać.

Usiadła więc ostrożnie obok niego, nie tak blisko, aby mógł jej dotknąć, jednak w wystarczającej odległości, aby blask rzucany przez Pantalaimona wyraźnie go oświetlał.

— Profesor Trelawney na przykład często się chwalił — odezwała się — że bardzo dobrze zna króla niedźwiedzi...

— Chwalił się tym?! Co? Powinnaś raczej powiedzieć, że się tym w kółko chełpi! To zwykły goguś, nic poza tym! I pirat! Nie przeprowadził nigdy żadnych badań! Wszystko ukradł lepszym od siebie!

— Tak, to prawda! — zawołała Lyra żarliwie. — A kiedy już bada coś sam, robi to źle.

— Zgadza się! To szczera prawda! Bez talentu, bez wyobraźni, oszust od stóp do głów!

— To znaczy, na przykład... — zaczęła Lyra. — Założę się, że pan wie więcej od niego o niedźwiedziach...

— O niedźwiedziach? — zdziwił się starzec. — Ha! Napisałem o nich rozprawę naukową! Dlatego właśnie mnie zamknęli.

— Czyli dlaczego?

— Wiem o nich zbyt wiele, ale nie mają odwagi mnie zabić. Nie ośmielają się tego zrobić, chociaż bardzo by chcieli. Rozumiesz... Mam przyjaciół. Tak! Potężnych przyjaciół.

— Aha — powiedziała Lyra. — I założę się, że byłby pan wspaniałym nauczycielem — dodała. — Skoro ma pan taką wiedzę i doświadczenie.

Nawet w przepastnych głębiach szaleństwa starca migotała najwyraźniej jeszcze jakaś odrobina zdrowego rozsądku, spojrzał bowiem na dziewczynkę ostro, jak gdyby podejrzewał ją o sarkazm. Lyra jednak od dawna wiedziała, jak sobie radzić z podejrzliwymi i szalonymi uczonymi, toteż posłała mu spojrzenie pełne tak szczerej uprzejmości i podziwu, że starzec natychmiast się uspokoił.

— Nauczycielem — powtórzył — nauczycielem... Tak, mógłbym uczyć. Daj mi odpowiedniego ucznia, a rozpalę w jego umyśle prawdziwy ogień!

— Pańska wiedza nie powinna tak się marnować — oświadczyła Lyra, zachęcając mężczyznę. — Powinna zostać przekazana dalej, tak aby ludzie pana zapamiętali.

— Tak — potwierdził, kiwając z powagą głową. — To bardzo spostrzegawcza uwaga z twojej strony, dziecko. Jak ci na imię?

— Lyra — powiedziała po raz drugi. — Czy mógłby mnie pan uczyć o niedźwiedziach?

— O niedźwiedziach... — powtórzył z powątpiewaniem.

— Prawdę mówiąc, chciałabym się dowiedzieć wszystkiego na temat kosmologii, Pyłu i tym podobnych problemów, wiem jednak, że nie jestem do tego wystarczająco bystra. Potrzebuje pan inteligentniejszych uczniów. Ale mogłabym się uczyć o niedźwiedziach. Mógłby mnie pan o nich nauczyć w ramach lekcji próbnych. Jeśli okażę się utalentowana, zajmiemy się poważniejszymi kwestiami, na przykład Pyłem.

Starzec znowu pokiwał głową.

— Tak — stwierdził — sądzę, że masz rację. Istnieje zależność między mikro- i makrokosmosem! Gwiazdy są żywe, dziecko. Wiedziałaś o tym? Wszystko żyje, wszędzie widać wspaniałą celowość! Wszechświat jest doskonale zaplanowany! Wszystko dzieje się z jakiegoś powodu. Twoim obowiązkiem jest stale mi o tym przypominać. Dobrze, dobrze... Z rozpaczy o tym zapomniałem. Dobrze! Świetnie, moje dziecko!

— Więc pan widział króla? Iofura Raknisona?

— Tak. Oczywiście, że tak. Przyjechałem tu na jego zaproszenie, ponieważ zamierzał założyć uniwersytet. Miał zamiar mnie mianować Wicekanclerzem. To byłoby wyróżnienie w oczach Królewskiego Towarzystwa Arktycznego, prawda? Co? A ten łotr Trelawney miałby się z pyszna! Ha!

— I co się stało?

— Zdradzili mnie gorsi ode mnie. Między innymi, ma się rozumieć, Trelawney. Był tutaj, wiesz? W Svalbardzie. Szerzył kłamstwa na temat moich kwalifikacji i obrzucał mnie kalumniami. Kalumniami! Oszczerstwami! Kto odkrył ostateczny dowód na potwierdzenie hipotezy Barnarda-Stokesa, co? Tak, Santelia, właśnie ja. Trelawney nie mógł tego znieść. Kłamał jak najęty, aż Iofur Raknison zamknął mnie tutaj. Zobaczysz, wyjdę któregoś dnia. Zostanę Wicekanclerzem, tak, tak. A wtedy Trelawney przyczołga się do mnie, błagając o litość! Zobaczymy, czy Komisja do Spraw Publikacji przy Królewskim Towarzystwie Arktycznym spróbuje wtedy odrzucić moje rozprawy! Ha! Pokażę im wszystkim!

— Może Iorek Byrnison uwierzy panu, kiedy wróci? — zadumała się Lyra.

— Iorek Byrnison? Niedoczekanie. On nigdy nie wróci.

— Jest w drodze.

— W takim razie go zabiją. Iorek nie jest niedźwiedziem, lecz wygnańcem tak jak ja. Zhańbiony, rozumiesz? Nie ma prawa do żadnego z niedźwiedzich przywilejów.

— Przypuśćmy jednak, że wróci — powiedziała Lyra. — Przypuśćmy, że wyzwie Iofura Raknisona do walki...

— Och, nikt by mu na to nie pozwolił — oznajmił Profesor stanowczym tonem. — Iofur nigdy się nie poniży do tego, by przyznać Iorkowi Byrnisonowi prawo do pojedynku. Iorkowi nie przysługują żadne prawa. Mógłby równie dobrze być foką albo morsem zamiast niedźwiedziem... Albo jeszcze gorzej: mógłby być Tatarem lub Skraelingiem. Nikt nie będzie z nim walczył honorowo, ponieważ nie jest uważany za niedźwiedzia, zabiliby go z miotaczy ognia, gdyby tylko się zbliżył. Nie ma nadziei. Ani litości.

— Och — westchnęła Lyra. Była zrozpaczona. — A co z innymi tutejszymi więźniami? Wie pan, gdzie ich trzymają?

— Innych więźniów?

— Na przykład... Lorda Asriela.

Nagle zachowanie Profesora zupełnie się zmieniło. Mężczyzna skulił się i cofnął aż pod ścianę, po czym potrząsnął głową.

— Cicho! Usłyszą cię! — wyszeptał ostrzegawczo.

— Dlaczego nie powinniśmy wymawiać nazwiska Lorda Asriela?

— To zakazane! I bardzo niebezpieczne! Iofur Raknison zabronił!

— Z jakiego powodu? — naciskała Lyra, przysuwając się bliżej i również szepcząc, aby nie trwożyć starca.

— Iofur otrzymał od Rady Oblacyjnej specjalne polecenie uwięzienia Lorda Asriela — odszepnął Santelia. — Sama pani Coulter przyjechała tutaj i spotkała się z Iofurem. Zgodziła się na wszystko, czego żądał, byleby tylko trzymał Lorda Asriela z dala. Wiem o tym, ponieważ wówczas byłem jeszcze w łaskach króla. Tak, tak, poznałem panią Coulter! I odbyłem z nią długą rozmowę. Zrobiła na Iofurze niesamowite wrażenie... Nie przestawał o niej mówić. Spełniłby każde jej życzenie. Gdyby poprosiła, aby umieścił Lorda Asriela setki mil stąd, zrobiłby to. Wszystko dla pani Coulter, wszystko. Zamierza nazwać jej imieniem stolicę swego kraju. Wiedziałaś o tym?

— Nie pozwoliłby więc nikomu na spotkanie z Lordem Asrielem?

— Nie! Nigdy! Ale równocześnie obawia się go, wiesz? Tak, tak, tutejszy król toczy trudną grę. Jest jednak zręcznym graczem i potrafi nieźle manewrować. Trzyma Lorda Asriela w odosobnieniu, aby zadowolić panią Coulter, a z drugiej strony dba o swego więźnia w ten sposób, że daje mu wszelki sprzęt, jakiego Lord sobie zażyczy. Myślę, że taka równowaga nie może trwać zbyt długo. Zadowalanie obu stron to coś, hm, że tak powiem, niestabilnego. Sytuacja z pewnością bardzo szybko się zmieni. Wiem to na pewno.

— Naprawdę? — spytała Lyra, myśląc intensywnie o poprzednich słowach Profesora.

— Tak. Język mojej dajmony potrafi wyczuć takie rzeczy.

— Mój dajmon też to potrafi... Kiedy nas nakarmią, Profesorze?

— Nakarmią?

— Muszą tu dawać od czasu do czasu coś do jedzenia, w przeciwnym razie umrzemy z głodu. Poza tym, na podłodze leżą kości. Chyba focze, prawda?

— Focze... No, nie wiem. Możliwe.

Lyra wstała i po omacku odszukała drogę do drzwi. Tak jak się spodziewała, nie miały klamki ani dziurki od klucza i były tak idealnie dopasowane przy suficie i podłodze, że do celi nie przenikało z korytarza żadne światło. Dziewczynka przycisnęła ucho do drzwi, niczego jednak nie usłyszała. Siedzący za nią starzec mamrotał coś do siebie, grzechocząc łańcuchem, kiedy ciężko przewracał się z boku na bok; w końcu zasnął i zaczął chrapać.

Lyra wróciła na ławkę. Pantalaimon, zmęczony wydzielaniem światła, zmienił się w nietoperza, jedną ze swoich ulubionych postaci. Latał, trzepocząc skrzydłami i cicho popiskując, podczas gdy Lyra siedziała zamyślona i obgryzała paznokieć.

Nagle zupełnie niespodziewanie przypomniała sobie, co Profesor Palmeru mówił w Sali Seniorów tak dawno temu. Myśl o tym męczyła ją od chwili, gdy Iorek Byrnison po raz pierwszy wspomniał imię Iofura Raknisona, i teraz wreszcie dokładnie pamiętała słowa Profesora Trelawneya: powiedział, że Iofur Raknison najbardziej ze wszystkiego na świecie pragnie posiadać dajmona!

Wtedy oczywiście nie rozumiała, co mógł mieć na myśli, zwłaszcza że zamiast znanego dziewczynce angielskiego słowa użył określenia panserbjorne, nie miała więc pojęcia, że Iofur Raknison jest niedźwiedziem, a nie człowiekiem. A skoro każdy człowiek posiadał dajmona, pragnienie Iofura nie miało dla Lyry sensu.

Teraz jednak sprawa się wyjaśniła. Dziewczynka połączyła wszystkie posiadane na temat króla niedźwiedzi informacje i zrozumiała, że potężny Iofur Raknison chciał po prostu stać się istotą ludzką i posiadać dajmona.

Kiedy Lyra uświadomiła to sobie, przyszedł jej do głowy plan, w jaki sposób skłonić niedźwiedziego króla, by zrobił coś, na co w innej sytuacji z pewnością nie przystałby. Gdyby plan się powiódł, Iorek Byrnison wróciłby na tron, a Lyra mogłaby się dostać tam, gdzie przetrzymywano Lorda Asriela, by wręczyć mu alethe-iometr.

Pomysł wykiełkował w głowie dziewczynki, ale Lyra nie miała odwagi rozważyć go szczegółowiej, bała się bowiem, że pryśnie tak jak bańka mydlana. Umiała jednak radzić sobie z tego typu myślami, toteż skupiając umysł na czymś innym, pozwoliła, by plan sam jej się ułożył w głowie.

Lyra właśnie zasypiała, kiedy szczęknęły zasuwy i drzwi się otworzyły. Światło wlało się do celi i dziewczynka natychmiast zerwała się na równe nogi, szybko ukrywając Pantalaimona w kieszeni.

W chwili gdy strażnik wsunął łeb, trzymając w zębach

focze mięso, które zamierzał wrzucić do celi, dziewczynka już stała przed nim.

— Zabierz mnie do Iofura Raknisona — rozkazała. — Będziesz miał kłopoty, jeśli tego nie zrobisz. To bardzo pilne.

Niedźwiedź wypuścił mięso z paszczy i podniósł łeb. Lyrze nie było łatwo wyczytać cokolwiek z wyrazu jego pyska, strażnik wydał jej się jednak rozgniewany.

— Chodzi o Iorka Byrnisona — dodała szybko. — Wiem o nim coś, co król powinien wiedzieć.

— Powiedz mi, o co chodzi, a ja przekażę twoje słowa królowi — odparł niedźwiedź.

— Nie byłoby rzeczą właściwą, gdyby ktoś poznał te informacje przed królem — oświadczyła Lyra. — Przykro mi, nie chcę być niegrzeczna, istnieje jednak zasada, że król musi się dowiedzieć pierwszy.

Może niedźwiedź był tępy, a może nie, w każdym razie zawahał się, po czym wrzucił mięso do celi i wreszcie powiedział:

— Dobrze więc. Chodź ze mną.

Wyprowadził dziewczynkę na dwór, z czego była bardzo zadowolona. Mgła już się podniosła i widać było teraz gwiazdy, które połyskiwały ponad wysokimi ścianami otaczającymi dziedziniec. Strażnik naradził się z drugim niedźwiedziem, który przyszedł z nią porozmawiać.

— Nie możesz się spotykać z Iofurem Raknisonem, kiedy masz na to ochotę — wyjaśnił. — Musisz poczekać, aż on zechce cię widzieć.

— Ale to, co mam mu do powiedzenia, jest pilne — nalegała. — Chodzi o Iorka Byrnisona. Jestem pewna, że Jego Królewska Mość chciałby się tego dowiedzieć, nie mogę jednak wyjawić swoich informacji nikomu oprócz niego. Nie rozumiesz? To nie byłoby uprzejme. Gdyby król dowiedział się, jak postąpiliśmy, z pewnością rozgniewałby się jak nigdy dotąd.

Najwyraźniej słowa Lyry musiały mieć w sobie coś z prawdy, ponieważ w przeciwnym razie nie udałoby się jej oszukać niedźwiedzia. Dziewczynka była przekonana, że jej interpretacja faktów jest właściwa: Iofur Raknison wprowadził tak wiele nowych zaleceń, iż żaden niedźwiedź nie miał jeszcze pewności, czy jego zachowanie jest z nimi zgodne, a Lyra dzięki temu mogła wykorzystać ich niepewność, aby się dostać do Iofura.

W każdym razie strażnik udał się po poradę do niedźwiedzia wyższego stopniem i w wyniku tej rozmowy niedługo później dziewczynkę ponownie wprowadzono do Pałacu; jednak tym razem trafiła do królewskich apartamentów. Nie było tu bynajmniej czyściej, a ściśle rzecz biorąc, powietrze było nawet cięższe niż w celi, ponieważ wszystkie naturalne, raczej nieprzyjemne zapachy zduszono przesadnie dużą ilością perfum. Niedźwiedzie kazały dziewczynce poczekać w korytarzu, potem w przedpokoju, później przed wielkimi drzwiami, tymczasem same dyskutowały, spierały się i biegały tam i z powrotem. Lyra miała czas, by obejrzeć przesadny wystrój wnętrz: ściany pomalowano złotą farbą, która już odpadała płatami albo kruszyła się od wilgoci; kwieciste dywany uwalane były nieczystościami.

W końcu wielkie drzwi otworzyły się od środka i Lyrę uderzył jeszcze intensywniejszy zapach dusznych perfum. Za drzwiami dostrzegła blask światła połowy z tuzina kandelabrów, karmazynowy dywan i pyski kilkunastu niedźwiedzi, wpatrujących się w dziewczynkę; żaden z nich nie był w pancerzu, natomiast wszystkie przystrojone: jeden miał złoty naszyjnik, kolejny — diadem z purpurowymi piórami, jeszcze inny — karmazynową szarfę. Co ciekawe, w sali było również mnóstwo mew i wydrzyków, które siedziały na gipsowym gzymsie, a od czasu do czasu fruwały, aby chwytać kawałki ryb, które wypadały z umieszczonych na kandelabrach gniazd innych ptaków.

Pod przeciwległą ścianą sali znajdowało się podwyższenie, na którym stał wielki tron. Wykonano go z granitu, był więc trwały i masywny, jednak tak jak wiele innych rzeczy w Pałacu Iofura, został przesadnie przyozdobiony festonami i girlandami złoceń, które wyglądały jak świecidełka na stoku górskim.

Na tronie siedział największy niedźwiedź, jakiego Lyra kiedykolwiek widziała. Iofur Raknison był jeszcze wyższy i potężniejszy niż Iorek, a jego pysk — o wiele bardziej ruchliwy i wyrazisty; wydawał się mieć jakieś ludzkie cechy, coś, czego Lyra nigdy nie widziała u Iorka. Kiedy Iofur popatrzył na nią, wydało jej się, że to spojrzenie człowieka podobnego do osób, które bywały u pani Coulter; typ subtelnego, choć jednocześnie silnego polityka. Niedźwiedzi król nosił na szyi ciężki złoty łańcuch, na którym wisiał zbytkowny klejnot, a pazury — długie na co najmniej sześć cali — miał przyozdobione złotymi listkami. Uosabiał ogromną siłę, energię i przebiegłość. Był osobnikiem tak wielkim, że bezsensownie przesadne dekoracje wcale nie wyglądały przy nim śmiesznie, wydawały się raczej barbarzyńskie i wspaniałe.

Lyra zlękła się. Nagle pomysł oszukania Iofura wydał jej się zbyt niedopracowany. Miała wrażenie, że nie potrafi go odpowiednio przedstawić.

Jednak nie było już odwrotu, podeszła więc trochę bliżej, a wtedy dostrzegła, że Iofur trzyma coś na kolanach; w taki sposób człowiek mógłby trzymać kota... albo dajmona.

Była to duża wypchana kukła, manekin o pustej, głupiej ludzkiej twarzy. Lalka ubrana była w stylu pani Coulter i nawet nieco ją przypominała. Dziewczynka uświadomiła sobie, że niedźwiedzi król udaje, iż posiada dajmona, a wówczas wiedziała, że zadanie, które sobie wyznaczyła, powinno się udać. Poczuła się bezpieczna.

Podeszła do tronu i skłoniła się bardzo nisko. Pantalaimon siedział nieruchomo w jej kieszeni.

— Pozdrawiamy cię, wielki królu — odezwała się cicho. — A może raczej, ja cię pozdrawiam, bo on raczej nie...

— Kto? — spytał król; jego głos był nieco wyższy, niż dziewczynka się spodziewała, ale pełen wyrazistych tonów i subtelności. Kiedy przemówił, zamachał łapą przed pyskiem, aby odpędzić siadające tam muchy.

— Iorek Byrnison, Wasza Królewska Mość — odparła. — Mam ci coś bardzo ważnego i sekretnego do powiedzenia i sądzę, że powinnam przekazać te informacje w cztery oczy.

— Czy to dotyczy Iorka Byrnisona?

Lyra przybliżyła się do niedźwiedzia, ostrożnie stąpając po podłodze usianej ptasimi odchodami i odpędzając muchy brzęczące przy jej twarzy.

— Coś o dajmonach — powiedziała tak cicho, że tylko Iofur mógł ją usłyszeć.

Jego mina natychmiast się zmieniła. Dziewczynka nie potrafiła niczego wyczytać z wyrazu jego pyska, jednak nie miała wątpliwości, że swoimi słowami ogromnie zainteresowała króla. Pochylił się do przodu tak gwałtownie, że Lyra odskoczyła w bok, i wyryczał rozkaz do pozostałych niedźwiedzi. Wszystkie w jednej chwili skłoniły łby i cofnęły się do drzwi. Słysząc ryk Iofura, do lotu zerwały się ze skrzekiem przestraszone ptaki, przez chwilę krążyły pod powałą, aż wreszcie wróciły do gniazd.

Kiedy z sali tronowej wyszli wszyscy z wyjątkiem Iofura Raknisona i Lyry, król odwrócił się skwapliwie do dziewczynki.

— No? — spytał. — Powiedz mi, kim jesteś. I co z tymi dajmonami?

— Jestem dajmoną, Wasza Królewska Mość — odrzekła Lyra.

Niedźwiedź nie poruszył się nawet o cal.

— Czyją? — zapytał.

— Iorka Byrnisona.

Było to najbardziej niebezpieczne stwierdzenie, jakie Lyra kiedykolwiek wypowiedziała, i dostrzegła wyraźnie, że jedynie zdumienie powstrzymało Iofura od natychmiastowego zabicia jej. Bez zwłoki kontynuowała:

— Proszę, Wasza Królewska Mość, nie krzywdź mnie, dopóki nie opowiem ci wszystkiego. Jak widzisz, przybyłam tu na własne ryzyko i nie mam żadnej broni, którą mogłabym cię zranić. W gruncie rzeczy pragnę ci pomóc i dlatego tu jestem. Iorek Byrnison to pierwszy niedźwiedź, który otrzymał dajmonę, jednak moim zdaniem taka istota należy się tobie. Uważałam, że powinnam być raczej twoją dajmoną niż jego i z tego powodu tu jestem.

— Jak...? — wydukał, prawie pozbawiony tchu. — Jak niedźwiedź zdobył dajmonę? I dlaczego właśnie on?! I jakim sposobem znajdujesz się tak daleko od niego?

Muchy, niczym maleńkie znaki zapytania, krążyły wokół jego łba.

— Potrafię odejść tak daleko, ponieważ jestem podobna do dajmonów czarownic. Wiedziałeś, że mogą się oddalać od swoich właścicielek na setki mil? Tak, naprawdę... A jak mnie zdobył? Było to w Bolvangarze. Słyszałeś chyba o tym miejscu... Pani Coulter pewnie ci o nim opowiadała, choć prawdopodobnie nie powiedziała ci, czym się tam zajmują.

— Odcinają... — zaczął.

— Tak, odcinają, to część procesu zwanego rozdzielaniem. Ich działalność nie ogranicza się jednak do tego. Tworzą także sztuczne dajmony, eksperymentują na zwierzętach... Kiedy Iorek Byrnison o tym usłyszał, zaofiarował siebie do doświadczenia, które polegało na próbie stworzenia dla niego dajmony. Udało się, i tak powstałam. Mam na imię Lyra. Ludzie posiadają dajmony o kształtach zwierzęcych, natomiast dajmoną niedźwiedzia musi być człowiek. I ja jestem dajmoną

Iorka. Potrafię wejrzeć w jego umysł i dowiedzieć się dokładnie, co robi, gdzie się znajduje i...

— Gdzie więc jest teraz?

— W Svalbardzie. Zmierza w naszą stronę, tak szybko jak tylko potrafi.

— Po co? Czego chce? Jest chyba szaleńcem! Rozerwiemy go tu na strzępy!

— Chce mnie. Przychodzi, aby mnie odebrać. Ja jednak nie chcę być jego dajmoną, Iofurze Raknisonie, ale twoją. Ludzie w Bolvangarze nie zamierzają już powtarzać eksperymentu, odkąd zdali sobie sprawę z tego, jak bardzo potężny jest niedźwiedź wraz ze swoją dajmoną. Iorek Byrnison zostanie więc jedynym niedźwiedziem, który kiedykolwiek miał dajmonę. Gdybym mu pomagała, mógłby poprowadzić wszystkie niedźwiedzie przeciwko tobie. Po to właśnie przybył do Svalbardu.

Król niedźwiedzi zaryczał gniewnie. Ryczał tak głośno, że brzęczały kryształy w kandelabrach, wszystkie ptaki w wielkiej sali skrzeczały, a Lyrze dzwoniło w uszach. Mimo to stała spokojnie i czekała.

— Z tego właśnie powodu kocham cię tak bardzo — powiedziała do Iofura Raknisona. — Ponieważ jesteś zarówno silny, jak i sprytny. I dlatego postanowiłam opuścić Iorka i przybyć, aby cię o wszystkim uprzedzić. Nie chcę, żeby on rządził niedźwiedziami. Ty musisz nimi władać. Wiedz, że istnieje sposób, aby odebrać mnie jemu i uczynić swoją dajmoną, ale musiałbyś walczyć z nim, mimo że jest wygnańcem. Chodzi mi o to, że nie możesz go zabić z miotaczy ognia albo czegoś w tym rodzaju, jeśli to bowiem zrobisz, zgasnę jak światło, umierając wraz z nim.

— Ale ty... Jak możesz...

— Mogę zostać twoją dajmoną — tłumaczyła — ale tylko wtedy, kiedy pokonasz Iorka Byrnisona w uczciwym pojedynku. Gdy się tak stanie, jego siła spłynie na ciebie, a mój umysł połączy się z twoim i staniemy się jedną osobą w dwóch, znających swe myśli postaciach. Będziesz mnie mógł również wysłać o wiele mil od siebie, abym dla ciebie szpiegowała, albo zatrzymać mnie u swego boku. Pomogę ci poprowadzić niedźwiedzie na Bolvangar, jeśli taka będzie twoja wola. Zmusimy ludzi, aby stworzyli kolejne dajmony dla twoich ulubionych niedźwiedzi. Albo — gdybyś chciał pozostać jedynym niedźwiedziem posiadającym dajmonę — możemy zrównać to miejsce z ziemią. Ty i ja, Iofurze Raknisonie, możemy wspólnie dokonać wielkich rzeczy, wszystkiego, co tylko sobie zamarzymy!

Przez cały czas Lyra drżącą ręką trzymała Pantalaimona w kieszeni, a on siedział tak nieruchomo, jak tylko potrafił, w postaci możliwie najmniejszej myszy.

Iofur Raknison chodził po sali. Wyglądał na bardzo podnieconego.

— Pojedynek? — mruczał. — Mam walczyć z Iorkiem Byrnisonem? Niemożliwe! To wygnaniec! Jak mam to zrobić?! Jak mogę z nim walczyć? Czy to jedyny sposób? — spytał głośniej.

— Jedyny — odparła Lyra, żałując, że tak jest, ponieważ Iofur Raknison z każdą minutą wydawał jej się większy i groźniejszy. Kochała Iorka z całego serca i równie mocno w niego wierzyła, ale nie była pewna, czy zdoła on pokonać tego najpotężniejszego z niedźwiedzi. Wiedziała jednak, że to jedyne wyjście. Lepsza uczciwa walka, choćby z najgroźniejszym przeciwnikiem, niż ogień z miotaczy.

Nagle Iofur Raknison odwrócił się.

— Udowodnij to! — zawołał. — Udowodnij, że jesteś dajmoną!

— Proszę bardzo — odparła. — To łatwe. Potrafię się dowiedzieć czegoś, co wiesz tylko ty i nikt poza dajmoną nie mógłby poznać tego sekretu.

— Powiedz mi więc, kim była pierwsza istota, jaką zabiłem.

— Aby się tego dowiedzieć, muszę znaleźć się sama w pokoju — rzekła dziewczynka. — Kiedy już zostanę twoją dajmoną, będziesz mógł się przyglądać, jak to robię, zanim jednak się to stanie, nie możesz na mnie patrzeć.

— Za tą salą znajduje się przedpokój. Wejdź tam i wróć, gdy poznasz odpowiedź.

Lyra otworzyła drzwi i znalazła się w pomieszczeniu oświetlonym przez jedną pochodnię. Stała tam tylko mahoniowa szafka, pokryta zaśniedziałymi srebrnymi ornamentami. Dziewczynka wyjęła aletheiometr i spytała:

— Gdzie jest teraz Iorek?

— Cztery godziny stąd i biegnie coraz szybciej.

— W jaki sposób mogę go zawiadomić, co robię?

— Musisz mu zaufać.

Pomyślała z niepokojem, że jej przyjaciel jest zapewne bardzo znużony. Potem uświadomiła sobie, że nie stosuje się do rady aletheiometru — miała przecież zaufać Iorkowi.

Odrzuciła więc ponure myśli i zadała pytanie związane z Iofurem Raknisonem.

— Jaka była pierwsza zabita przez niego istota?

— Jego ojciec.

Lyra pytała dalej i dowiedziała się, że Iofur jako młody niedźwiedź podczas swojej pierwszej wyprawy łowieckiej przebywał sam na lodowcu. Spotkał samotnego niedźwiedzia, pokłócili się, zaczęli walczyć i Iofur zabił przeciwnika. Kiedy dowiedział się później, że był to jego ojciec (niedźwiedzie są wychowywane przez matki i rzadko widują ojców), nie przyznał się do swego czynu. Oprócz Iofura nikt o tym nie wiedział.

Dziewczynka odłożyła aletheiometr i zastanowiła się, jak powiedzieć o tym królowi.

— Mów pochlebstwa! — szepnął Pantalaimon. — Tego właśnie pragnie.

Lyra otworzyła drzwi. Iofur Raknison czekał na nią, na jego pysku widniał wyraz triumfu, przebiegłości, lęku i zachłanności jednocześnie.

— Czy już wiesz?

Dziewczynka uklękła przed nim i skłoniła głowę, aby dotknąć jego przedniej lewej (silniejszej, ponieważ niedźwiedzie są leworęczne) łapy.

— Wybacz mi, Iofurze Raknisonie! — oświadczyła. — Nie miałam pojęcia, że jesteś tak silny i wspaniały!

— O co chodzi? Odpowiedz na moje pytanie!

— Pierwszym stworzeniem, które zabiłeś, był twój ojciec. Sądzę, że jesteś bogiem, Iofurze Raknisonie. Tak musi być. Tylko bóg miałby siłę, aby się poważyć na taki czyn.

— Więc wiesz! I potrafisz mnie zrozumieć?

— Tak, ponieważ, tak jak ci powiedziałam, jestem dajmoną.

— Odpowiedz mi na jeszcze jedno pytanie. Co mi obiecała pani Coulter, kiedy tu była?

Lyra ponownie weszła do pustego pokoju i poprosiła aletheiometr o odpowiedź, po czym wróciła do niedźwiedzia.

— Przyrzekła ci, że skłoni Magistraturę w Genewie, aby zgodziła się cię ochrzcić, nawet jeśli nie masz jeszcze dajmony. Obawiam się, Iofurze Raknisonie, że jej obietnica nie jest wiele warta, ponieważ nikt się na to nie zgodzi, póki nie zdobędziesz dajmony. Sądzę, że pani Coulter świetnie zdawała sobie z tego sprawę i po prostu cię okłamała. W każdym razie, kiedy zostanę twoją dajmoną, z pewnością udzielą ci chrztu, ponieważ wówczas nikt nie znajdzie już pretekstu do odmowy. Jeśli tego zażądasz, nikt nie ośmieli się z tobą spierać.

— Tak... To prawda. Tak właśnie powiedziała, co do słowa. A więc mnie oszukała? Zaufałem jej, a ona mnie oszukała?

— Tak. Ale ona już się nie liczy... Wybacz mi, Iofurze

Raknisonie, że przerywam twoje rozmyślania, ale muszę ci powiedzieć, że Iorek Byrnison znajduje się zaledwie o cztery godziny drogi stąd, może więc powinieneś nakazać swoim strażnikom, by nie atakowali, gdy go zobaczą. Jeśli postanowisz walczyć z nim o mnie, musisz mu pozwolić wejść do Pałacu.

— Eee...

— A kiedy wejdzie, może lepiej będę udawać, że ciągle do niego należę... Powiem, że się zgubiłam albo coś w tym rodzaju. Nie domyśli się prawdy, a ja będę dla niego miła. Masz zamiar powiadomić inne niedźwiedzie, że jestem dajmoną Iorka i że będę do ciebie należeć, kiedy go pokonasz?

— Nie wiem... Co powinienem zrobić?

— Sądzę, że lepiej nic o tym nie wspominać. Kiedy już będziemy razem, wtedy każdą decyzję podejmiemy wspólnie, teraz natomiast pozwól, że ci coś doradzę. Uważam, że powinieneś w jakiś sposób wyjaśnić wszystkim pozostałym niedźwiedziom, dlaczego decydujesz się walczyć z Iorkiem jak z równym sobie niedźwiedziem, mimo że jest tylko wygnańcem. Nie zrozumieliby rzeczywistej przyczyny, musimy więc wymyślić jakiś inny powód. Oczywiście, i tak zrobią to, co im każesz, jednak jeśli zrozumieją twoje postępowanie, będą cię jeszcze bardziej podziwiać.

— Zapewne. Co więc powinienem zrobić?

— Powiedz im... że aby uczynić swoje królestwo absolutnie bezpiecznym, sam wezwałeś tu Iorka Byrnisona na pojedynek. Zwycięzca tej walki będzie rządził niedźwiedziami. Widzisz, na twoich podwładnych z pewnością zrobi wrażenie, jeśli oświadczysz, że Iorek przychodzi na twój rozkaz. Pomyślą, że jesteś potężny, skoro potrafisz wezwać kogoś z tak daleka. Powiedzą, że jesteś wszechmocny.

— Tak...

Wielki niedźwiedź był bezradny. Lyra niemal upajała się władzą, którą nad nim miała, i gdyby Pantalaimon nie uszczypnął jej mocno w rękę, przypominając o niebezpieczeństwie, w którym się znajdowali, być może zupełnie zatraciłaby poczucie proporcji.

Otrząsnęła się jednak, skromnie zrobiła krok w tył i czekała. Potem obserwowała, jak niedźwiedzie pod kierownictwem podnieconego Iofura przygotowują pole walki dla niego i Iorka Byrnisona. Tymczasem Iorek, zupełnie nieświadom tego zamieszania, zbliżał się do Pałacu. Lyra żałowała, że nie może mu powiedzieć, co go czeka — a miała to być walka o jego życie.

20
Pojedynek

Walki między niedźwiedziami były na porządku dziennym, a równocześnie traktowano je jak coś w rodzaju rytuału. Jednakże pojedynki, w których jeden niedźwiedź zabiłby drugiego, miały miejsce niezwykle rzadko — śmiertelny cios zdarzał się wówczas przypadkowo lub kiedy zwyciężający niedźwiedź błędnie zrozumiał sygnały dawane przez przeciwnika, tak jak Iorek Byrnison. Natomiast morderstwo (takie jak zabicie przez Iofura własnego ojca) było jeszcze rzadsze.

Od czasu do czasu jednakże zdarzały się sytuacje sporne, których jedynym rozwiązaniem wydawała się walka na śmierć i życie i oficjalnie ten fakt ogłaszano.

Gdy Iofur oświadczył, że Iorek Byrnison jest w drodze do Pałacu i wkrótce nastąpi pojedynek, natychmiast rozpoczęły się przygotowania. Pole walki zamieciono i wyrównano, a z kopalni ogniowych zjechali płatnerze, aby sprawdzić pancerz Iofura. Zbadali każdy nit, przetestowali każde ogniwo, a wszystkie blachy wypolerowali najdrobniejszym piaskiem. Taką samą uwagę zwrócono na pazury króla. Starto złote liście i każdy sześciocalowy szpon maksymalnie naostrzono i spiłowano. Lyra obserwowała całą tę procedurę z coraz większym strachem, wiedziała bowiem, że Iorkowi Byrnisonowi nikt nie poświęci najmniejszej uwagi. Jej przyjaciel biegł po śniegu już od prawie dwudziestu czterech godzin; bez odpoczynku i jedzenia. Może został ranny podczas upadku, pomyślała Lyra i zdała sobie sprawę, że naraziła go bez jego wiedzy na śmiertelną walkę. W pewnym momencie, gdy Iofur Raknison sprawdzał ostrość swych pazurów na świeżo zabitym morsie, rozcinając skórę zwierzęcia niczym papier, a potem badał siłę swych niesamowitych ciosów na czaszce morsa (rozbił ją dwoma uderzeniami na miazgę), dziewczynka przeprosiła króla i wyszła, aby samotnie popłakać ze strachu.

Nawet Pantalaimon, który zwykle w takich sytuacjach ją pocieszał, teraz nie miał nic optymistycznego do powiedzenia. Lyrze pozostało już tylko zasięgnąć rady aletheiometru. Urządzenie powiadomiło ją, że Iorek znajduje się o godzinę drogi od nich, i ponownie kazało dziewczynce zaufać niedźwiedziowi. Wydawało jej się (było to najtrudniejsze do interpretacji), że przyrząd strofuje ją za zadawanie dwukrotnie tego samego pytania.

Wiadomość rozeszła się już wśród niedźwiedzi i wokół pola walki panował tłok. Najlepsze miejsca zajęła niedźwiedzia arystokracja, wyznaczono też specjalnie ogrodzony teren dla niedźwiedzic, wśród których nie zabrakło, rzecz jasna, żon Iofura. Lyra była ciekawa wyglądu i charakteru samic, ponieważ wiedziała o nich mało, nie było jednak czasu na zadawanie pytań. Trzymała się więc jak najbliżej Iofura Raknisona, obserwowała otaczających go dworzan, którzy domagali się, by uznano ich wyższość nad zwykłymi niedźwiedziami, i próbowała się domyślić znaczenia rozmaitych pióropuszy, symboli i innych znaków, które najwyraźniej nosiły wszystkie niedźwiedzie. Widziała też, że niektóre z najwyżej postawionych stworzeń miały małe manekiny przypominające szmacianą lalkę Iofura, i przyszło jej do głowy, że być może hołdując modzie, którą zainicjował ich król, usiłują mu się przypochlebić. Lyra odczuła szydercze zadowolenie, gdy zauważyła, że nie wiedzą, co zrobić z kukłami, skoro Iofur pozbył się swojej. Zapewne się zastanawiali, czy również powinni je wyrzucić. Czy są teraz w niełasce? Jak powinni postąpić?

Lyra dostrzegła, że ta niepewność jest najbardziej dominującym uczuciem wśród dworzan. Zupełnie nie wiedzieli, jak się zachować. Nie byli podobni do Iorka Byrnisona, pewnego siebie i swoich przekonań; stale towarzyszył im niepokój, ciągle oglądali się jeden na drugiego i zerkali na Iofura.

Z ciekawością obserwowali też dziewczynkę, która stała skromnie i bez słowa obok króla, a gdy dostrzegła, że jakiś niedźwiedź na nią spogląda, spuszczała oczy.

Do tego czasu mgła już się podniosła i powietrze stało się przejrzyste; w południe, w chwili, gdy powinien przybyć Iorek, nagle pojaśniało niebo, jak gdyby zapowiadając szansę odmiany niekorzystnej sytuacji. Dziewczynka stała, lekko drżąc, na niewielkim wzniesieniu z mocno ubitego śniegu tuż na skraju pola walki. Podniosła głowę ku tej bladej jasności na niebie i z całego serca zapragnęła ujrzeć eleganckie, czarne postacie, które zniżają lot, by ją ocalić; chciała zobaczyć ukryte za zorzą miasto, w którym mogłaby bezpiecznie chodzić szerokimi bulwarami w słonecznym świetle, lub też szerokie ramiona Ma Costy, poczuć jej zapach i aromat gotowanych potraw. Ramiona objęłyby ją tak czule...

Lyra uświadomiła sobie, że płacze. Łzy zamarzały niemal natychmiast po wypłynięciu z oczu; gdy je ocierała, czuła ból. Była tak bardzo przerażona... Niedźwiedzie, które nie potrafiły płakać, nie były w stanie zrozumieć, co się z nią dzieje; uważały najwyraźniej, że jest to jakiś bezsensowny, typowy dla ludzi proces. A Pantalaimon nie mógł jej niestety pocieszyć, jak to czynił zwykle w trudnych sytuacjach, chociaż gdy trzymała rękę w kieszeni, unieruchamiając mały mysi kształt, dajmon ocierał się o jej palce.

Obok niej kowale kończyli przegląd pancerza Iofura Raknisona, który stał niczym wielka, metalowa wieża, lśniąc wypolerowaną stalą, gładkimi blachami inkrustowanymi pasami złota. Hełm niedźwiedzia otaczał górną część jego łba błyszczącym pancerzem srebra i szarości; na wysokości oczu znajdowały się szerokie szczeliny. Niżej ciało króla chroniła obcisła kolczuga. Gdy Lyra dostrzegła wszystkie te szczegóły, zdała sobie sprawę, że po prostu zdradziła Iorka Byrnisona; ponieważ jej przyjaciel nie miał niczego takiego, pozbawiony więc był szans na zwycięstwo w pojedynku. Pancerz Iorka chronił jedynie jego grzbiet i boki. Dziewczynka popatrzyła na Iofura Raknisona, tak smukłego i potężnego, i poczuła mdłości, które były wynikiem strachu i poczucia winy.

— Wybacz mi, Wasza Królewska Mość — odezwała się. — Czy pamiętasz, co ci powiedziałam wcześniej...

Jej drżący głos zabrzmiał cicho i niewyraźnie. Iofur Raknison odwrócił ogromny łeb. Słowa dziewczynki odciągnęły jego uwagę od tarczy, którą podnosiły przed nim trzy niedźwiedzie; chciał ją właśnie smagnąć idealnie naostrzonymi pazurami.

— Co?

— Pamiętasz, powiedziałam ci, królu, że lepiej pójdę i porozmawiam najpierw z Iorkiem Byrnisonem, i będę udawać...

Zanim jednak zdołała dokończyć zdanie, rozległ się ryk niedźwiedzi, które siedziały na wieży strażniczej. Wszyscy zebrani wiedzieli, co to oznacza, i podjęli wrzask z triumfem i ożywieniem w głosach. Najwyraźniej dostrzegli Iorka.

— Proszę! — nalegała Lyra. — Oszukam go, zobaczysz.

— Dobrze. Idź więc. Idź i ośmiel go!

Iofur Raknison ledwie był w stanie mówić z wściekłości i podniecenia.

Lyra odeszła więc od niego i ruszyła przez puste białe pole bitewne; zostawiała małe ślady stópek na śniegu. Niedźwiedzie stojące po drugiej stronie rozstąpiły się, by ją przepuścić. Kiedy ich wielkie ciała ciężko odsuwały się na boki, Lyra nagle zobaczyła ciemny horyzont na tle bladego światła. Zastanawiała się, gdzie jest Iorek Byrnison. Nie dostrzegła go, ale strażnica znajdowała się przecież wysoko i od dłuższej chwili było z niej widać to, czego Lyra jeszcze nie zauważyła. Dziewczynka szła naprzód przez śnieg, ponieważ nic innego nie przyszło jej do głowy.

Iorek zobaczył ją pierwszy. Lyra usłyszała najpierw ciężkie kroki oraz głośny szczęk metalu, a po jakimś czasie stanął przed nią jej przyjaciel otoczony chmurą śnieżnego pyłu.

— Och, Iorku! Zrobiłam straszną rzecz! Mój drogi, będziesz musiał walczyć z Iofurem Raknisonem, a ty nie jesteś gotowy... Jesteś zmęczony i głodny, a twój pancerz...

— Jaką straszną rzecz?

— Powiedziałam mu, że nadchodzisz, ponieważ dowiedziałam się tego z czytnika symboli. A Iofur desperacko pragnie być człowiekiem i mieć dajmonę, naprawdę za wszelką cenę... Więc go oszukałam, każąc mu myśleć, że jestem twoją dajmoną i że zamierzam cię opuścić, aby przejść pod jego opiekę, ale może to nastąpić tylko wtedy, gdy stanie z tobą do uczciwej walki. Uważałam, że w przeciwnym razie, drogi Iorku, nigdy nie pozwoliłby ci walczyć... Zamierzali po prostu strzelać z miotaczy, gdybyś się zbliżył...

— Oszukałaś Iofura Raknisona?

— Tak. Skłoniłam go do tego, by walczył z tobą zamiast po prostu cię zabić jako wygnańca... A zwycięzca tego pojedynku zostanie królem niedźwiedzi. Musiałam to zrobić, bo...

— Belacqua? Nie. Od tej chwili nazywasz się Lyra Złotousta — stwierdził. — Chciałem walki właśnie z nim, niczego więcej. Chodź, mała dajmonko.

Dziewczynka popatrzyła na Iorka Byrnisona, wynędzniałego i dzikiego niedźwiedzia w poobijanym pancerzu, a serce rosło jej z dumy.

Poszli razem ku ciężkiej bryle Pałacu Iofura, gdzie znajdowało się pole przygotowane do walki. Niedźwiedzie zebrały się przy blankach, białe pyski wypełniły każde okno, a olbrzymie postacie stały niczym zwarty mur mglistej bieli, poznaczony czarnymi kropkami oczu i nosów. Stworzenia stojące najbliżej rozstąpiły się na boki, tworząc szpaler. Iorek Byrnison i jego dajmona szli powoli, a oczy dosłownie wszystkich niedźwiedzi skupiły się na tej parze.

Iorek zatrzymał się na polu bitewnym naprzeciwko Iofura Raknisona. Król opuścił wzniesienie z ubitego śniegu i dwa niedźwiedzie z odległości kilku jardów patrzyły sobie śmiało w oczy.

Lyra znajdowała się tak blisko Iorka, że wyczuwała, jak jego ciało drży niczym wielkie dynamo, wytwarzające potężne anbaryczne moce. Dotknęła na moment jego szyi przy krawędzi hełmu i powiedziała:

— Walcz dzielnie, Iorku, mój drogi. Jesteś prawdziwym królem, a on nie. On jest nikim.

Potem się odsunęła.

— Niedźwiedzie! — ryknął Iorek Byrnison. Echo odbiło się od ścian Pałacu, aż przestraszone ptaki zerwały się z gniazd. — Warunki tej walki są następujące: jeśli Iofur Raknison mnie zabije, wtedy będzie królem do końca życia, bezpieczny od wszelkich wyzwań czy kłótni. Jeśli jednak ja go zabiję, zostanę królem i natychmiast rozkażę wam zrównać ten Pałac z ziemią, zniszczyć ten perfumowany dom będący pośmiewiskiem. Każę wrzucić całe złoto i marmur do morza. Metalem niedźwiedzi jest żelazo, nie złoto. Iofur Raknison splugawił Svalbard, więc przybyłem, aby go oczyścić. Iofurze Raknison, wyzywam cię.

Wtedy Iofur skoczył krok czy dwa do przodu, jak gdyby ledwie mógł się powstrzymać od ataku.

— Niedźwiedzie! — ryknął. — Iorek Byrnison przybył na mój rozkaz. Ściągnąłem go tutaj. To ja powinienem przedstawić warunki tej walki, a są one następujące: jeśli zabiję Iorka Byrnisona, jego ciało zostanie rozszarpane i rzucone kliwuchom. Łeb wystawimy na pokaz ponad Pałacem. Wymażemy wszelkie wspomnienia o Iorku i będzie sądzony za wielką zbrodnię każdy, kto wymówi jego imię...

Iofur kontynuował, a potem dwaj wielcy przeciwnicy przemówili jeszcze raz. Była to rytualna formuła, której skrupulatnie przestrzegano. Lyra patrzyła na te dwa zupełnie odmienne od siebie niedźwiedzie: Iofura, emanującego zdrowiem i królewską siłą, ogromnego, dumnego i połyskującego wspaniałym uzbrojeniem, oraz Iorka, mniejszego (chociaż dziewczynka wcześniej nie podejrzewała, że może kiedykolwiek wydawać się mały i być źle wyposażony), w pordzewiałym i pogiętym pancerzu. Pomyślała jednak, że zbroja Iorka to przecież jego dusza. Sam ją wykuł, doskonale na niego pasowała i stanowili jedność. Iofur nie był zadowolony ze swojej zbroi; pragnął również innej duszy. Był nerwowy i jego zachowanie kontrastowało ze spokojem Iorka.

Lyra zdawała sobie sprawę, że wszystkie niedźwiedzie przeprowadzają podobne porównanie. Ale Iorek i Iofur byli nie tylko dwoma przedstawicielami swego gatunku, uosabiali bowiem także dwa przeciwstawne typy niedźwiedziej natury, dwie przyszłości, dwa przeznaczenia. Każdy z nich oferował inny świat.

Kiedy ich rytualna walka przeszła w drugą fazę, dwa niedźwiedzie zaczęły niespokojnie chodzić po śniegu; wysuwały łby do przodu i kołysały nimi. Widzowie nie poruszyli się, ale wszystkie oczy podążały za potężnymi przeciwnikami.

W końcu wojownicy znieruchomieli, zamilkli i obserwowali jeden drugiego przez szerokość pola walki.

Potem równocześnie ruszyli ku sobie z rykiem; śnieg zawirował wokół nich. Pędzili niczym dwie wielkie, znajdujące się na szczytach gór masy skalne poruszone trzęsieniem ziemi, które spadają po stoku, nabierając szybkości, przeskakując ponad przepaściami i rozłupując swym impetem drzewa, aż wreszcie natarli na siebie tak mocno, że obaj powinni zostać zmiażdżeni. Łomot, jaki spowodowało ich zwarcie, zagrzmiał w nieruchomym powietrzu i odbił się od ściany Pałacu, ale żadne z ogromnych stworzeń najwyraźniej nie odniosło widocznych obrażeń. Obaj upadli na bok; pierwszy podniósł się Iorek. Wygiął się gibko, skoczył i wziął się za bary z Iofurem, którego pancerz nadwerężyło zderzenie, toteż miał trudności z podniesieniem łba. Iorek natychmiast dostrzegł szczelinę w pancerzu przy szyi przeciwnika. Potrząsnął białym futrem, a potem wsunął pazury pod krawędź hełmu Iofura i szarpnął do przodu.

Gdy Iofur odczuł na własnej skórze gniew tamtego, warknął i otrząsnął się (Lyra kiedyś widziała Iorka otrząsającego się z wody w podobny sposób; rozpryskiwał wtedy wokół ciężkie krople), a jego przeciwnik oderwał się od niego. Iofur wstał i, używając jedynie siły swych mięśni, wyprostował odgięty fragment pancerza; słychać było zgrzyt wyginanej stali. Potem rzucił się na Iorka, który ciągle jeszcze próbował się podnieść.

Lyrze wydawało się, że czuje siłę tego nieprawdopodobnego ciosu, i niemal straciła oddech. Ziemia wyraźnie zatrzęsła się pod jej stopami. Jak Iorek mógłby to przeżyć, pomyślała. Usiłował się wywinąć w taki sposób, aby postawić łapy na ziemi, na razie jednak leżał na grzbiecie, a Iofur starał się zagłębić zęby w jego gardle.

Trysnęła krew: jedna kropla spadła na ubranie Lyry; przycisnęła do niej rękę, jakby był to jakiś znak miłości.

W następnej sekundzie Iorek wsunął pazury tylnych łap w ogniwa kolczugi Iofura i rozdarł metalową siatkę aż do dołu. Cały przód odpadł, a Iofur przechylił się na bok, aby obejrzeć szkodę. Iorek wykorzystał tę chwilę zwłoki i stanął wyprostowany.

Przez moment dwa niedźwiedzie stały z dala od siebie, odzyskując oddech. Iofurowi przeszkadzała rozdarta kolczuga, która zamiast go chronić stała się obecnie zawadą: wlokła mu się wokół tylnych łap. Iorek jednakże wyglądał gorzej; rana przy szyi mocno krwawiła, ciężko dyszał.

Mimo to skoczył na Iofura, zanim król zdołał wyplątać się z kolczugi, i powalił go na ziemię, po czym rzucił się ku odgiętej krawędzi hełmu, pod którą widać było część szyi wielkiego niedźwiedzia. Iofur odparł przeciwnika, a po chwili oba niedźwiedzie podjęły walkę, wyrzucając w górę fontanny śniegu, który rozpryskiwał się we wszystkich kierunkach i czasami trudno było dostrzec, który z wielkich rywali posiada przewagę.

Lyra obserwowała pojedynek, ledwie oddychając i zaciskając dłonie tak mocno, że aż czuła ból. Przez chwilę miała wrażenie, że widzi, jak Iofur rozcina wielką ranę na brzuchu Iorka, jednak w chwilę później, gdy opadły tumany śniegu, dostrzegła, że oba niedźwiedzie stoją już na dwóch łapach niczym bokserzy. Iorek wymachiwał potężnymi pazurami przy pysku Iofura, a ten nie pozostawał mu dłużny.

Lyra drżała, słysząc odgłosy tych ciosów. Ziemia trzęsła się, jak gdyby jakiś olbrzym kołysał kowalskim młotem, zbrojnym w pięć stalowych kolców...

Żelazo szczękało o żelazo, zęby uderzały o zęby, łapy dudniły na twardej ziemi, słychać było chrapliwe sapanie. Śnieg wokół niedźwiedzi był czerwony od krwi — udeptane jardy karmazynowego błota.

Pancerz Iofura był teraz w żałosnym stanie, poszczególne blachy — rozdarte i powykrzywiane, złota inkrustacja — powyrywana lub pomazana krwią; hełm gdzieś przepadł. Zbroja Iorka mimo całej swej brzydoty wyglądała dużo lepiej: pogięta, ale w zasadzie nietknięta; najwyraźniej całkiem nieźle wytrzymywała silne uderzenia łap niedźwiedziego króla i brutalne cięcia jego sześciocalowych pazurów.

Niestety Iofur przewyższał przyjaciela Lyry wzrostem i siłą, a poza tym Iorek był zmęczony, głodny i stracił więcej krwi. Rzeczywiście na jego brzuchu widniała rana, rany były także na przednich łapach i szyi, podczas gdy Iofur miał okrwawioną jedynie dolną szczękę. Dziewczynka zapragnęła pomóc swemu drogiemu towarzyszowi, cóż jednak mogła zrobić?

Sytuacja pogarszała się. Iorek kulał; ilekroć stawiał na ziemi lewą przednią łapę, widzowie dostrzegali, że kończyna ledwie wytrzymuje ciężar ciała wielkiego stworzenia. Prawie nie używał jej w walce, choć ciosy jego prawej łapy były słabsze i wyglądały niemal jak klepnięcia w porównaniu z potężnymi, miażdżącymi uderzeniami sprzed paru minut.

Iofur oczywiście zauważył słabość przeciwnika i zaczął się z niego wyśmiewać, nie szczędząc mu epitetów. Nazywał go między innymi „skamlącym misiaczkiem", „rdzojadem", „zdechlakiem". Przez cały czas zamachiwał się na niego z prawej i z lewej, a Iorek nie miał już siły odparowywać jego ciosów, cofał się więc tylko i co jakiś czas kucał, aby uniknąć razów szydzącego z niego króla niedźwiedzi.

Lyra miała łzy w oczach. Pomyślała, że jej drogi, waleczny i nieustraszony obrońca zginie. W dodatku wiedziała, że musi na to patrzeć, ponieważ gdyby Iorek na nią spojrzał, powinien ujrzeć twarz płonącą zachętą, miłością i wiarą, a nie tchórzliwie odwrócony wzrok i opuszczone ze strachu ramiona.

Patrzyła więc, ale z powodu łez wypełniających oczy niewiele widziała, choć nawet gdyby dostrzegła każdy szczegół, być może i tak nie zorientowałaby się, jaki podstęp szykuje Iorek. Iofur w każdym razie najwyraźniej niczego nie zauważył.

Okazało się bowiem, że Iorek cofał się tylko po to, aby znaleźć suchy punkt oparcia dla tylnych łap oraz twardą skałę, od której mógłby się odbić do skoku. Poza tym jego z pozoru bezużyteczna lewa łapa była w rzeczywistości zdrowa i krzepka, a w dodatku — ponieważ przez cały czas ją oszczędzał — wypoczęta i gotowa do walki. Lyra wiedziała, że nie można oszukać niedźwiedzia, chyba że jak sama to udowodniła, pragnie on być człowiekiem, dlatego właśnie Iorkowi udało się oszukać Iofura.

W końcu przyjaciel dziewczynki znalazł to, czego szukał: skałę mocno osadzoną w wiecznej zmarzlinie. Oparł się o nią, napiął mięśnie tylnych łap i czekał na właściwy moment.

Odpowiednia chwila nadeszła, kiedy Iofur wyprostował się, zaczął wykrzykiwać swój triumf i kpiąco obrócił ku Iorkowi łeb lewą stroną.

Wtedy Iorek poruszył się. Niczym fala, która nabiera siły przez tysiąc mil oceanu i choć w głębokiej wodzie jest tylko niewielkim wirem, kiedy dociera do płycizn, wznosi się wysoko w niebo, przerażając mieszkańców brzegu, po czym rozbija się o ląd z ogromną mocą, tak Iorek Byrnison ruszył na Iofura — odbił się od twardej skały i uderzył mocno lewą łapą w obnażoną szczękę Iofura Raknisona.

Cios był straszliwy: całkowicie oderwał dolną część szczęki niedźwiedziego króla, która przeleciała w powietrzu, rozpryskując krople krwi na śniegu w odległości kilku jardów.

Czerwony język Iofura opadł na otwarte gardło. Niedźwiedź stracił nagle zdolność mówienia i gryzienia, stał się bezradny. Iorek nie zawahał się. Skoczył w stronę przeciwnika, zatopił zęby w jego gardle, szarpnął kilka razy, po czym podniósł wielkie cielsko z ziemi i opuścił, jak gdyby Iofur był zaledwie leżącą na brzegu foką.

Potem szarpnął mocniej i Iofur Raknison dokonał żywota. Pozostał jeszcze jeden rytuał, którego należało dopełnić. Iorek rozciął obnażoną pierś martwego króla, oddarł futro, aż pojawiły się wąskie, biało-czerwone żebra podobne do wręg przewróconej łodzi, sięgnął do klatki piersiowej, wyrwał czerwone i parujące serce Iofura, po czym zjadł je w obecności poddanych.

Wtedy rozległy się brawa i zapanowało straszliwe zamieszanie, gdy wszystkie niedźwiedzie naraz ruszyły naprzód, pragnąc złożyć hołd temu, który pokonał Iofura.

Wśród wrzasku rozległ się głos Iorka Byrnisona:

— Niedźwiedzie, kto jest waszym królem? — spytał.

Zahuczało w odpowiedzi, jak gdyby wszystkie kamienie z dna oceanu podniosły się i opadły podczas sztormu:

— Iorek Byrnison!

Niedźwiedzie doskonale wiedziały, co robić. Natychmiast zrzuciły z siebie wszelkie odznaki, szarfy i diademy. Z pogardą deptały je łapami, w jednej chwili pragnąc o nich zapomnieć. Na powrót stały się prawdziwymi niedźwiedziami, a nie niepewnymi, udręczonymi półludźmi, którym stale ktoś uświadamia ich niższość wobec człowieka. Tłumnie wpadły do Pałacu, a następnie poczęły zrzucać z najwyższych wież wielkie bloki marmuru; potężnymi łapami wyszarpywały kamienie z umocnionych ścian, a potem ciskały w urwisko, aby roztrzaskały się na leżącym sto stóp niżej nabrzeżu.

Iorek nie zwracał uwagi na ich działania. Odpiął pancerz i zamierzał opatrzyć sobie rany, zanim jednak zaczął to robić, podbiegła do niego Lyra. Tupiąc na zamarzniętym szkarłatnym śniegu, krzyczała do niedźwiedzi, aby wstrzymały się z całkowitym burzeniem Pałacu, ponieważ wewnątrz znajdują się więźniowie. Wielkie stworzenia nie słuchały dziewczynki, Iorek natomiast usłyszał ją i natychmiast zareagował. Gdy ryknął, jego poddani od razu się zatrzymali.

— Czy to ludzie? — spytał Lyrę nowy król.

— Tak... Iofur Raknison trzymał ich w lochach... Muszą wyjść i gdzieś się schronić, w przeciwnym razie zginą pod gradem spadających kamieni...

Iorek szybko wydał odpowiednie polecenia i kilka niedźwiedzi pospieszyło do Pałacu, aby uwolnić więźniów. Lyra odwróciła się do swego przyjaciela.

— Może ci pomogę... Sprawdzę, czy nie jesteś zbyt poważnie ranny, drogi Iorku... Och, jaka szkoda, że nie mam bandaży... To cięcie na twoim brzuchu wygląda dość paskudnie.

Jakiś niedźwiedź położył u stóp Iorka garść sztywnej, zamarzniętej zielonej roślinności.

— Pięciornik — powiedział Iorek. — Przyciśnij mi go do rany, Lyro, potem zaciśnij skórę, przyłóż trochę śniegu i przytrzymaj, póki nie zamarznie.

Nie pozwolił żadnemu niedźwiedziowi, by się nim zajął, mimo gorliwości, jaką mu okazywali. Poza tym Lyra miała zręczne ręce i bardzo chciała mu pomóc. I tak mała dziewczynka pochyliła się nad ciałem wielkiego króla niedźwiedzi, przyłożyła mu do brzucha ziele pięciornika i zamroziła ranę, aż przestała krwawić. Kiedy Lyra skończyła, jej rękawice były całkowicie przesiąknięte krwią Iorka, jednak krwawienie zostało zatamowane.

Do tego czasu wyszli z lochów więźniowie — mniej więcej tuzin mężczyzn, skulonych, drżących i mrużących oczy. Dziewczynka stwierdziła, że nie ma sensu rozmawiać z Profesorem, ponieważ biedak był szalony. Chciała się wprawdzie dowiedzieć, kim są pozostałe osoby, czekało na nią jednak wiele innych, pilniejszych czynności. Nie chciała odrywać od zajęć Iorka, który wydawał szybkie polecenia i kierował niedźwiedzie do różnych zadań, ale niepokoiła się o Rogera, Lee Scoresby'ego i czarownice, a poza tym była głodna i zmęczona. Pomyślała, że najlepiej będzie usunąć się nowemu królowi z drogi.

Skuliła się więc w jakimś spokojniejszym narożniku bitewnego pola. Pantalaimon zmienił się w rosomaka, aby ją ogrzać, a jego pani zgarnęła ku sobie nieco śniegu, przykryła się nim, tak jak to mają w zwyczaju niedźwiedzie, i zasnęła.

Ktoś dotknął jej stopy i jakiś nieznany niedźwiedź powiedział:

— Złotousta Lyro, król wzywa cię do siebie.

Dziewczynka obudziła się. Była prawie zmartwiała z zimna i nie mogła nawet otworzyć oczu, ponieważ przymarzły jej powieki, na szczęście Pantalaimon polizał je, stopił lód i wkrótce Lyra w świetle księżyca dostrzegła młodego niedźwiedzia.

Próbowała wstać, ale dwa razy się przewróciła.

— Wsiądź na mnie — powiedział niedźwiedź i przykucnął, oferując jej swój szeroki grzbiet.

Wsiadła, mocno przylgnęła do futra zwierzęcia i — choć co pewien czas nieco się zsuwała — zdołała jakoś się utrzymać na jego grzbiecie w drodze do otoczonej urwistymi zboczami kotliny, gdzie zebrało się wiele niedźwiedzi, wśród których Lyra natychmiast wypatrzyła niewielką ludzką postać, która wybiegła jej naprzeciw. Dajmona chłopca podskoczyła, aby przywitać się z Pantalaimonem.

— Roger! — krzyknęła.

— Iorek Byrnison kazał mi zostać, a sam poszedł po ciebie... Wypadliśmy z balonu, Lyro! Po twoim zniknięciu wiatr pchał balon jeszcze przez kilka mil, a później pan Scoresby wypuścił trochę więcej gazu... Rozbiliśmy się o górę i spadaliśmy po tak stromym zboczu, jakiego chyba nigdy nie widziałaś! Nie wiem, gdzie może być teraz pan Scoresby albo czarownice. U podnóża góry byłem tylko ja i Iorek. On natychmiast wrócił, aby odszukać ciebie. Mówili mi o jego walce...

Lyra rozejrzała się. Więźniowie pod kierownictwem starszego niedźwiedzia budowali szałas z drewna i kawałków płótna. Wyglądali na zadowolonych, że mają czym zająć ręce. Jeden z nich zaczął rozpalać ogień.

— Tam jest jedzenie — odezwał się młody niedźwiedź, który obudził Lyrę.

Na śniegu leżała upolowana foka. Niedźwiedź rozdarł ją pazurem i pokazał dziewczynce, gdzie znaleźć nerki. Lyra zjadła jedną na surowo: mięso było ciepłe, miękkie i niewyobrażalnie wręcz delikatne.

— Wyssij też tran — poradził niedźwiedź i oderwał pasek tłustego mięsiwa. Smakowało jak śmietanka, a pachniało orzechami laskowymi. Roger początkowo się zawahał, potem jednak podążył za przykładem przyjaciółki. Jedli łapczywie. Po kilku minutach Lyra czuła się już w pełni rozbudzona i zaczęła odczuwać ciepło.

Wycierając usta, rozejrzała się, ale nigdzie nie dostrzegła niedźwiedziego króla.

— Iorek Byrnison rozmawia ze swoimi doradcami — wyjaśnił młody niedźwiedź. — Kazał cię przyprowadzić, gdy skończysz jeść. Chodź ze mną.

Poprowadził dziewczynkę po zaśnieżonym wzgórzu do miejsca, gdzie niedźwiedzie zaczynały budować ścianę z lodowych bloków. Iorek siedział w środku grupy starszych niedźwiedzi. Wstał, aby ją powitać.

— Złotousta Lyro — odezwał się. — Chodź i posłuchaj, co mi tu mówią.

Nie wytłumaczył jej obecności pozostałym, a może wcześniej już się dowiedzieli, kim jest dziewczynka, w każdym razie zrobili jej miejsce i traktowali ją z tak ogromną kurtuazją, jak gdyby była królową. Czuła się bardzo dumna, że siedzi obok swego przyjaciela, Iorka Byrnisona, pod pięknie migocząca na polarnym niebie Zorzą. Przysłuchiwała się rozmowie niedźwiedzi.

Wynikało z niej, że poddani Iorka czuli się pod panowaniem Iofura Raknisona tak zagubieni, jak gdyby ktoś rzucił na nich zaklęcie. Niektórzy twierdzili, że ich byłego króla omamiła pani Coulter, która odwiedziła go jeszcze przed wygnaniem Iorka (chociaż Iorek wcale o tym nie wiedział). Wręczyła Iofurowi różne podarki.

— Dała mu narkotyk — stwierdził jeden z niedźwiedzi — który on w tajemnicy podał Hjamurowi Hjamursonowi, sprawiając, że tamten zupełnie się zapomniał.

Lyra wywnioskowała z dyskusji, że Hjamur Hjamurson to niedźwiedź, którego zabił Iorek, w wyniku czego został skazany na wygnanie. Więc pani Coulter była za to odpowiedzialna!

Rewelacji było więcej.

— Istnieją ludzkie prawa, zakazujące działalności, którą zamierzała prowadzić ta Coulter, ale prawa te nie obowiązują w Svalbardzie... Między innymi dlatego chciała zorganizować tu kolejną stację podobną do Bolvangaru, by przeprowadzać jeszcze potworniejsze doświadczenia... a Iofur zamierzał jej na to pozwolić, wbrew wszelkim niedźwiedzim obyczajom... Dotychczas bowiem ludzie odwiedzali nas albo przebywali w naszych więzieniach, nigdy jednak nie mieszkali wśród nas ani nie pracowali tu... Stopniowo Coulter zamierzała coraz bardziej zawładnąć Iofurem Raknisonem. Wzrastałaby też jego władza nad nami, aż stalibyśmy się jej prywatnymi zwierzaczkami, które na jej rozkazy biegałyby tu i tam, a główne nasze zadanie polegałoby na pilnowaniu tego odrażającego przybytku, który chciała powołać do życia...

Słowa te wypowiedział stary niedźwiedź nazwiskiem Soren Eisarson. Był doradcą Iorka i od początku należał do przeciwników Iofura Raknisona.

— Co ona teraz zrobi, Lyro? — spytał Iorek Byrnison. — Jakie będą jej plany, gdy usłyszy o śmierci Iofura?

Dziewczynka wyjęła aletheiometr, aby zadać pytania związane z panią Coulter. Światło było zbyt słabe, toteż Iorek rozkazał, żeby przyniesiono pochodnię.

— Co się przydarzyło panu Scoresby'emu? — spytała Lyra podczas oczekiwania na odpowiedź przyrządu. — I co z czarownicami?

— Nasze czarownice zostały zaatakowane przez inny klan. Nie wiem, czy tamte były sprzymierzone z przecinaczami dzieci, ale patrolowały niebo licznymi grupami i zaatakowały nas podczas burzy. Nie widziałem, co się stało z Serafiną Pekkalą. A jeśli chodzi o Lee Scoresby'ego, balon wzniósł się niemal w tej samej chwili, gdy ja i chłopiec wypadliśmy. Ale twój czytnik symboli powie ci, jaki jest los ich wszystkich.

Jakiś niedźwiedź przyciągnął sanie, na których stał kocioł z żarzącym się węglem drzewnym, i wrzucił do niego żywiczną gałąź, która natychmiast się zapaliła. W oślepiającym blasku Lyra obróciła wskazówki aletheiometru i spytała o Lee Scoresby'ego.

Okazało się, że Teksańczyk ciągle jeszcze znajduje się w powietrzu. Wiatr znosił go ku Nowej Zembli. Najwyraźniej Scoresby'emu udało się umknąć zarówno kliwuchom, jak i wrogim czarownicom.

Lyra przekazała informację Iorkowi, a on z zadowoleniem kiwnął łbem.

— Pozostanie bezpieczny, póki będzie w powietrzu — zauważył. — A co z panią Coulter?

Odpowiedź była skomplikowana, a igła urządzenia zatrzymywała się przy tak niezwykłych symbolach, że dziewczynka przez dłuższy czas usiłowała w pełni zrozumieć wiadomość. Niedźwiedzie były zaintrygowane, jednak hamowały ciekawość przez wzgląd na swego króla i z powodu jego szacunku dla Lyry, która tak bardzo się skupiła na przyrządzie, że niemal wpadła w trans.

Gdy wreszcie zrozumiała, co oznacza układ symboli, przeraziła się.

— Mój przyrząd mówi, że ona jest... Usłyszała, że lecimy w tę stronę, a ma transportowy zeppelin uzbrojony w karabiny maszynowe... Chyba dobrze to interpretuję... Leci właśnie w kierunku Svalbardu. Nie wie jeszcze, że Iofur Raknison został zabity, jednak bardzo szybko się dowie, ponieważ... Tak, ponieważ powiedzą jej czarownice, które usłyszą o tym od kliwuchów. Zdaje się, Iorku Byrnisonie, że w powietrzu, wszędzie wokół nas znajdują się szpiedzy. Pierwotnym powodem, dla którego przybywa pani Coulter, jest... Chciała udawać, że pomaga Iofurowi Raknisonowi, naprawdę jednak zamierzała całkowicie przejąć nad nim kontrolę. Miał jej to ułatwić czambuł Tatarów, którzy płyną przez morze i dotrą tu za parę dni... Gdy pani Coulter tu przybędzie, zamierza udać się do miejsca, w którym więziony jest Lord Asriel i go zabić. Ponieważ... Tak, teraz wyjaśnia się coś, czego wcześniej nie rozumiałam! Z tej właśnie przyczyny chce zabić Lorda Asriela: wie, co on zamierza, boi się tego, a jednocześnie chce dokonać tego sama i zdobyć nad tym władzę, zanim Lord... Tak, z pewnością chodzi o miasto na niebie! Na pewno o nie! Pani Coulter chciałaby się tam dostać jako pierwsza! I teraz aletheiometr mówi coś jeszcze...

Lyra pochyliła się nad przyrządem, ze wszystkich sił koncentrując myśli. Igła pędziła raz w jedną stronę, raz w drugą, ledwie można było za nią nadążyć. Roger, który początkowo patrzył zza ramienia przyjaciółki, nie potrafił nawet dostrzec, że długa igła czasami się zatrzymuje — świadom był jedynie szybkiego, migającego dialogu między palcami Lyry, obracającej krótsze wskazówki, a odpowiadającą na jej pytania igłą; pomyślał, że nie rozumie tego, tak samo zresztą jak świecącej na niebie Zorzy.

— Tak — mruknęła w końcu dziewczynka. Położyła urządzenie na udach. Mrugała oczami i wzdychała, budząc się ze stanu głębokiego skupienia. — Tak, rozumiem. Ona znowu mnie goni. Chce czegoś, co mam. Lord Asriel również tego pragnie. Oboje czegoś potrzebują... Do tego eksperymentu, choć nie wiem, na czym polega...

Przerwała, by zaczerpnąć powietrza. Coś ją martwiło, nie wiedziała jednak co. Była przekonana, że to, czego oboje rodzice chcą, jest tak samo ważne jak aletheiometr, nie pragnęli jednak urządzenia. Zastanowiła się nad tą kwestią. Miała pewność, że nie chodzi im o aletheiometr, ponieważ urządzenie zwykle wskazywało na siebie w inny sposób.

— Przypuszczałam, że najważniejszy jest aletheiometr — powiedziała ze smutkiem. — Przez cały czas tak sądziłam. Miałam go oddać Lordowi Asrielowi, zanim ona dostanie przyrząd w swoje ręce. Sądziłam, że gdy trafi do pani Coulter, wszyscy umrzemy.

Kiedy wypowiedziała te słowa, poczuła się bardzo zmęczona, tak straszliwie znużona i zasmucona, że śmierć wydała jej się ulgą. Jednak patrząc na Iorka, szybko odrzuciła taką myśl. Odłożyła aletheiometr i usiadła wyprostowana.

— Jak daleko od nas ona się znajduje? — spytał Iorek.

— Jest zaledwie o kilka godzin stąd. Przypuszczam, że jak najszybciej powinnam oddać aletheiometr Lordowi Asrielowi.

— Pojadę z tobą — zadeklarował się Iorek.

Dziewczynka nie spierała się. Podczas gdy król niedźwiedzi wydawał rozkazy i organizował uzbrojony oddział, który miał im towarzyszyć w końcowym etapie podróży na północ, Lyra odpoczywała, zbierając siły, ponieważ czuła, że podczas ostatniej interpretacji sporo ich straciła. Zamknęła oczy i zasnęła, niestety dość szybko ją obudzono; wyruszyli w drogę.

21
Powitanie Lorda Asriela

Lyra i Roger siedzieli na silnych młodych niedźwiedziach. Iorek kroczył niezmordowanie naprzód, a za nim postępował uzbrojony w miotacze ognia oddział, który strzegł tyłów.

Droga okazała się długa i trudna. Svalbard był terenem górzystym, z wierzchołkami o różnych wysokościach i rozległymi górskimi pasmami pociętymi przez głębokie parowy i doliny o urwistych stokach. Zimno było przejmujące. Lyra wróciła myślą do łagodnie sunących cygańskich sań w trakcie jazdy do Bolvangaru; jakże szybka i wygodna wydała jej się tamta podróż! Tutejsze powietrze natomiast przenikał ziąb, jakiego Lyra nigdy wcześniej nie doświadczyła. Poza tym niedźwiedź, na którym jechała, nie był chyba tak chyży jak Iorek, a może po prostu była bardzo zmęczona, w każdym razie wszystko, co się działo, widziała w najczarniejszych barwach.

Niewielkie miała pojęcie, dokąd się kierują i jak odległy jest cel ich podróży. Wiedziała jedynie tyle, ile przekazał jej podczas przygotowywania miotacza ognia starszy niedźwiedź, Soren Eisarson, zanim wyruszyli. Brał on udział w negocjacjach z Lordem Asrielem na temat warunków jego uwięzienia i pamiętał dobrze całą rozmowę. Powiedział, że początkowo svalbardzkie niedźwiedzie nie odróżniały Lorda Asriela od innych polityków, królów czy intrygantów, których wygnano na tę lodowatą wyspę. Więźniowie ci zawsze byli ważnymi osobistościami, w przeciwnym razie ludzie skazaliby ich na śmierć. W dodatku dla niedźwiedzi osoby te pewnego dnia mogły się stać cenne — gdyby wróciły do łask i władzy w rodzimych krajach — nigdy więc nie traktowały ich bez szacunku ani okrutnie.

Pozornie Lorda Asriela traktowano w Svalbardzie ani gorzej, ani lepiej niż setki innych wygnańców. Pewne kwestie sprawiły jednak, że dozorcy spoglądali na niego baczniej aniżeli na innych więźniów. Dla ludzi wszystko, co kojarzyło się z Pyłem, otaczała atmosfera tajemniczości i strachu, a ponieważ Lord Asriel badał Pył, na twarzach ludzi, którzy go tu przywieźli, widać było panikę. Zresztą szczegóły traktowania ojca Lyry pani Coulter omówiła na osobności z Iofurem Raknisonem.

Poza tym niedźwiedzie nigdy nie spotkały nikogo o tak hardej i władczej naturze jak Lord Asriel. Zdominował nawet Iofura Raknisona, potrafił się bowiem spierać skutecznie i wymownie. Przekonał na przykład króla niedźwiedzi, żeby sam mógł sobie wybrać miejsce odsiadywania kary, oświadczywszy, że pierwsze wyznaczone przez Iofura lokum położone jest na zbyt niskim terenie. Powiedział, że potrzebuje miejsca leżącego wysoko, ponad dymem i zamieszaniem panującym wokół ogniowych kopalni i kuźni, po czym po prostu wręczył niedźwiedziom szkic kwatery, której potrzebował, i wyjaśnił, gdzie powinna się znajdować. Przekupił je złotem, a potem przypochlebiał się królowi i dręczył go, aż ogłupione niedźwiedzie same ruszyły do pracy. Niedługo później na północnym cyplu stanął dom: obszerny i solidny budynek z kominkami, w których płonęły wydobyte i przywiezione przez niedźwiedzie wielkie węglowe kloce, oraz z dużymi oknami z prawdziwego szkła. Tam zamieszkał więzień, który zachowywał się jak król.

Następnie Lord Asriel zajął się gromadzeniem materiałów do laboratorium.

Niezwykle skupiony na celu, który sobie wyznaczył, posłał po książki, przyrządy, odczynniki oraz całe mnóstwo narzędzi i sprzętu. I tak się złożyło, że — z tego czy owego źródła — otrzymał wszystko, czego potrzebował: jedni przynosili mu to jawnie, inni przekazywali przez gości, których, jak twierdził, miał prawo zapraszać; dostawy zaopatrzenia przybywały lądem, morzem i powietrzem i Lord Asriel w ciągu sześciu miesięcy uwięzienia całkowicie wyposażył laboratorium.

Przez cały czas pracował: rozmyślając, planując, obliczając, i czekał na jedyną rzecz, niezbędną, by dokończyć zadanie, które tak bardzo przerażało Radę Oblacyjną.

Z każdą minutą Lord Asriel był bliżej celu.

Lyra po raz pierwszy spojrzała na więzienie swego ojca, kiedy Iorek Byrnison zatrzymał się u stóp góry, by zziębnięte i zesztywniałe dzieci mogły się trochę rozruszać i rozluźnić mięśnie.

— Spójrz w górę — powiedział do dziewczynki.

Lyra miała przed sobą rozległy, nierówny stok pokryty kamieniami i lodem. Widoczna na nim droga — oczyszczony z kamieni szlak — prowadziła ku samotnej turni. Na niebie nie było Zorzy, lecz wspaniale lśniły gwiazdy. Turnia wydawała się czarna i posępna, a na jej szczycie stał duży budynek, który promieniował jasnością. I nie był to blady nieregularny poblask tranowej lampy ani surowa biel anbarycznego światła, lecz ciepła, kremowa łuna nafty.

Płonące światłem okna także ukazywały potęgę Lorda Asriela, szkło było bowiem kosztowne, a umieszczanie w oknach wielkich szklanych powierzchni w tej lodowatej strefie klimatycznej nazwać było można po prostu marnowaniem ciepła. A jednak znajdowały się w tym miejscu, stanowiąc jawny dowód bogactwa i władzy, o wiele bardziej przekonujący niż wulgarny Pałac Iofura Raknisona.

Dzieci po raz ostatni w tej podróży dosiadły swoich niedźwiedzi i Iorek poprowadził całą grupę w górę stoku ku domowi. Przed budynkiem znajdował się zasypany śniegiem i otoczony niskim murkiem dziedziniec. Kiedy Iorek pchnięciem otworzył bramę, usłyszeli, jak gdzieś w budynku zabrzęczał dzwonek.

Lyra zsiadła z niedźwiedzia; ledwie mogła ustać na nogach. Pomogła zsiąść Rogerowi i razem, wspierając się nawzajem i potykając, zaczęli się przedzierać przez głęboki, za kolana śnieg ku stopniom prowadzącym do drzwi.

Lyra zapragnęła natychmiast znaleźć się w cieple tego domu. Bardzo potrzebowała też odpoczynku.

Sięgnęła ręką do uchwytu dzwonka, zanim go jednak zdołała chwycić, drzwi się otworzyły. Za nimi widać było małą, mrocznie oświetloną sień, a pod lampą stał osobnik, którego dziewczynka rozpoznała — służący Lorda Asriela, Thorold, wraz ze swoją dajmoną, pinczerką imieniem Anfang.

Lyra ze znużeniem odrzuciła kaptur.

— Kim... — zaczął Thorold, a potem poznał dziewczynkę i dodał: — Lyra? Mała Lyra? Czy ja śnię?

Sięgnął za siebie, aby otworzyć wewnętrzne drzwi.

Za nimi znajdowała się jadalnia. W kamiennym palenisku płonął węglowy ogień, ciepłe, naftowe światło oświetlało dywany, krzesła obite skórą, wypolerowane drewno... Lyra nie widziała takiego wystroju od chwili opuszczenia Kolegium Jordana, toteż na chwilę zaparło jej dech w piersiach.

Irbisica, dajmona Lorda Asriela, warknęła.

Obok niej stał ojciec dziewczynki. Na jego majestatycznej twarzy o ciemnych oczach początkowo widniał wyraz władczości, zawziętości, triumfu i pełnego nadziei oczekiwania, jednak później, kiedy mężczyzna rozpoznał córkę, pobladł i otworzył szeroko oczy. Najwyraźniej coś go przestraszyło.

— Nie! Nie! — krzyknął.

Chwiejnie zatoczył się w tył i kurczowo chwycił za gzyms kominka. Widząc to, Lyra nie była w stanie się ruszyć.

— Wynoś się! — wrzasnął Lord Asriel. — Odwróć się i wyjdź! Idź! Nie posyłałem po ciebie!!

Dziewczynka nie mogła wydusić z siebie słowa. Otworzyła dwukrotnie usta, potem trzeci raz, wreszcie zdołała powiedzieć:

— Nie, przyjechałam, ponieważ...

Lord Asriel był naprawdę przerażony. Ciągle potrząsał głową i podnosił ręce, jak gdyby chciał odsunąć od siebie Lyrę, która nie mogła zrozumieć jego rozpaczy i gniewu.

Zrobiła krok w jego kierunku, pragnąc go uspokoić, a wtedy pojawił się Roger i stanął za nią zaniepokojony; dajmony dzieci podfrunęły do źródła ciepła. Po chwili Lord Asriel dotknął ręką brwi, odzyskał zimną krew i jego twarz nabrała żywszych barw. Później spojrzał na chłopca i dziewczynkę już spokojniej i spytał:

— Lyra? Czy to Lyra?

— Tak, wuju Asrielu — odparła, pomyślała bowiem, że pora nie jest odpowiednia na omawianie kwestii ich rzeczywistego pokrewieństwa. — Przyjechałam, aby ci przekazać aletheiometr od Rektora Jordana.

— Tak, oczywiście, że tak — stwierdził. — A kim jest twój towarzysz?

— Roger Parslow — odrzekła. — Chłopiec kuchenny z Kolegium. Ale...

— Jak się tu dostałaś?

— Właśnie zamierzałam ci powiedzieć... Na dworze jest Iorek Byrnison, on nas tu przywiózł. Przejechał ze mną całą drogę z Trollesundu i oszukaliśmy Iofura...

— Kim jest Iorek Byrnison?

— To pancerny niedźwiedź. Przywiózł nas tu.

— Thoroldzie — polecił Lord Asriel — przygotuj dla dzieci gorącą kąpiel i coś do jedzenia. Potem niech się wyśpią. Ich ubrania są brudne, znajdź im coś innego. Zrób to teraz, ja w tym czasie porozmawiam z tym niedźwiedziem.

Lyra poczuła, że głowa jej ciąży. Być może sprawiło to ciepło, a może spokój i ulga. Dziewczynka obserwowała, jak służący kłania się i wychodzi z jadalni, a Lord Asriel wchodzi do sieni i zamyka za sobą drzwi. Z trudem dotarła do najbliższego krzesła i ciężko osunęła się na nie.

Wydawało jej się, że minął zaledwie moment, gdy usłyszała głos Thorolda.

— Proszę za mną, panienko — powiedział, a ona wstała i wraz z Rogerem poszła do ciepłej łazienki, gdzie na ogrzanej poręczy wisiały miękkie ręczniki, a wanna z wodą parowała w blasku naftowego światła.

— Wejdź pierwszy — rzuciła Lyra. — Usiądę za drzwiami i porozmawiamy.

Roger, krzywiąc się i sapiąc z powodu gorącej wody, wszedł do wanny i zaczął się myć. Jeszcze niedawno bardzo często pływali nadzy, dokazując w wodach Isis lub Cherwell z innymi dziećmi, teraz jednak oboje czuli, że coś się zmieniło.

— Boję się twojego wuja — oświadczył Roger przez otwarte drzwi. — To znaczy twojego ojca.

— Lepiej nadal nazywaj go moim wujem... Ja również czasami się go boję.

— Kiedy weszliśmy, zobaczył tylko ciebie i naprawdę się przeraził. A potem dostrzegł mnie i od razu się uspokoił...

— Po prostu był w szoku — wyjaśniła Lyra. — Każdy jest zaskoczony, gdy nagle zobaczy kogoś, kogo się nie spodziewał. Lord Asriel ostatnim razem widział mnie w Sali Seniorów. Miał prawo przeżyć wstrząs.

— Nie — odparł Roger — to było coś więcej. Pożerał mnie wzrokiem jak głodny wilk... W każdym razie, w jakiś sposób mnie oceniał.

— Przesadzasz.

— Nie. Prawda jest taka, że boję się go bardziej niż pani Coulter.

Chłopiec chlapał się w ciepłej wodzie, a Lyra tymczasem wyjęła aletheiometr.

— Chcesz, abym sprawdziła, co mówi na ten temat czytnik symboli? — zapytała Lyra.

— No cóż, nie wiem. Istnieją rzeczy, o których wolałbym nie wiedzieć. Wszystko, co usłyszałem od czasu, kiedy Grobale przybyli do Oksfordu, wydaje mi się naprawdę straszne. Chciałbym od tego choć trochę odpocząć. Interesuje mnie jedynie to, co się zdarzy w ciągu najbliższej godziny. Teraz siedzę sobie w przyjemnej kąpieli, za chwilę wytrę się miękkim, ciepłym ręcznikiem, a kiedy się ubiorę, pomarzę sobie o czymś smacznym do jedzenia. Potem zjem i o niczym nie będę myślał. Wreszcie zasnę w wygodnym łóżku... Nie chcę wiedzieć, co mnie czeka później, Lyro. Widzieliśmy straszliwe rzeczy, prawda? I nie wiadomo, ile ich jeszcze przed nami. Chyba więc wolę nie znać swojej przyszłości. Zamierzam się cieszyć obecną chwilą.

— Rozumiem — odparła Lyra znużonym głosem. — Bywają sytuacje, kiedy też się tak czuję.

Chociaż trzymała w rękach aletheiometr, jeszcze kilka minut nie poruszała wskazówkami i nie zwracała uwagi na huśtającą się igłę. Pantalaimon obserwował ten ruch w milczeniu.

Gdy oboje się umyli, zjedli trochę chleba z serem

i napili się wina zmieszanego z gorącą wodą, służący Thorold oznajmił:

— Chłopiec pójdzie teraz spać. Pokażę ci, gdzie jest sypialnia. Jego Lordowska Mość przebywa w Bibliotece i pyta, czy panienka może się do niego przyłączyć.

Lyra znalazła Lorda Asriela w pomieszczeniu, którego wielkie okna wychodziły na leżące daleko poniżej zamarznięte morze. W dużym kominku wesoło palił się węgiel, a lampa naftowa była mocno przykręcona, dzięki czemu w pokoju było przytulnie, natomiast usiana gwiazdami przestrzeń za oknem wydawała się ponura i lodowata. Siedzący w wielkim fotelu przy ogniu Lord Asriel skinął na dziewczynkę i wskazał jej stojące naprzeciw niego krzesło.

— Twój przyjaciel, Iorek Byrnison, odpoczywa na zewnątrz — odezwał się. — Woli chłodniejsze temperatury.

— Opowiedział ci o walce z Iofurem Raknisonem?

— Nie w szczegółach. Zrozumiałem jednak, że teraz on jest królem Svalbardu. Czy to prawda?

— Oczywiście, że tak. Iorek nigdy nie kłamie.

— Zdaje mi się, że on się uważa za twojego opiekuna.

— To nie tak. John Faa kazał mu mnie strzec i Iorek jedynie wypełnia to polecenie.

— Jak John Faa się w to wplątał?

— Odpowiem ci, jeśli ty mi coś wyjaśnisz — stwierdziła Lyra. — Jesteś moim ojcem, prawda?

— Tak. I co z tego?

— Uważam, że powinieneś był mi o tym powiedzieć. Tak właśnie myślę. Nie wolno ukrywać przed dzieckiem tak ważnych faktów, ponieważ gdy pozna prawdę, wtedy czuje się naprawdę głupio. Byłeś okrutny. Dlaczego mi nie powiedziałeś? Mogłeś to zrobić już wiele lat temu. Gdybyś mi powiedział i poprosił, abym zatrzymała tę informację w sekrecie, zrobiłabym tak, niezależnie od tego, ile miałabym wówczas lat. Postąpiłabym tak, gdybyś mnie poprosił. I byłabym taka dumna, że nikomu nie uda się ze mnie wydrzeć tajemnicy... A ty nigdy nawet nie spróbowałeś! Inni wiedzieli, a mnie nigdy nie powiedziałeś.

— Kto cię poinformował?

— John Faa.

— Czy mówił ci także o twojej matce?

— Tak.

— W takim razie nie zostało nic do dodania. I wiedz, że nie życzę sobie, by mnie indagowało i oceniało takie zuchwałe dziecko jak ty. Chcę natomiast usłyszeć o wszystkim, co widziałaś i robiłaś po drodze tutaj.

— Przywiozłam ci ten przeklęty aletheiometr, prawda?! — wykrzyknęła Lyra bliska łez. — Pilnowałam go przez całą drogę z Jordana, ukrywałam go i strzegłam niczym skarbu, mimo tego, co się działo. Nauczyłam się go używać i przebyłam całą tę koszmarną drogę, chociaż mogłam go po prostu oddać i wtedy byłabym bezpieczna... A ty mi nawet nie podziękowałeś ani też w żaden sposób nie okazałeś radości, że mnie widzisz. Nie wiem, dlaczego to zrobiłam, ale zrobiłam, i ciągle o tobie myślałam, nawet w śmierdzącym Pałacu Iofura Raknisona, otoczona tyloma niedźwiedziami... Wszystkiego dokonałam sama, oszustwem skłoniłam Iofura, aby walczył z Iorkiem, po to, żebym mogła przyjechać tu do ciebie... A kiedy mnie zobaczyłeś, prawie zemdlałeś, jak gdybyś dostrzegł coś strasznego, coś, czego już nigdy nie chciałeś widzieć. Nie jesteś człowiekiem, Lordzie Asrielu. Nie jesteś moim ojcem! Mój ojciec nie potraktowałby mnie w taki sposób. Ojcowie powinni kochać swoje córki, prawda? Ty mnie nie kochasz i ja nie kocham ciebie. Nie da się tego ukryć. Kocham Ojca Corama i Iorka Byrnisona... Tak, kocham pancernego niedźwiedzia bardziej niż własnego ojca. I założę się, że Iorek Byrnison kocha mnie o wiele bardziej niż ty.

— Sama mi powiedziałaś, że ten niedźwiedź wypełnia jedynie rozkazy Johna Faa. A jeśli chcesz się zachowywać jak sentymentalna panienka, nie będę tracił czasu na rozmowę z tobą.

— Weź więc sobie ten cholerny aletheiometr, a ja wracam z Iorkiem.

— Dokąd?

— Do jego siedziby. Będzie trzeba walczyć z panią Coulter i innymi z Rady Oblacyjnej, kiedy tylko się zjawią... Jeśli Iorek przegra, umrę wraz z nim, nie dbam o to. Jeśli zaś wygra, poślemy po Lee Scoresby'ego i odlecę jego balonem...

— Kim jest Lee Scoresby?

— Aeronautą. Przylecieliśmy z nim tutaj, a potem się rozbiliśmy. Masz, oto aletheiometr. Jest w dobrym stanie.

Mężczyzna nie uczynił żadnego ruchu, by wziąć urządzenie, toteż Lyra położyła je na mosiężnym murku otaczającym palenisko.

— Chyba powinnam ci jeszcze powiedzieć, że pani Coulter zmierza do Svalbardu i sądzę, że natychmiast gdy się dowie, co się przydarzyło Iofurowi Raknisonowi, skieruje się tutaj. Leci zeppelinem, z wielką grupą żołnierzy. Z rozkazu Magistratury zamierza nas wszystkich zabić.

— Nigdy jej się to nie uda — odparł beznamiętnie.

Był tak spokojny i odprężony, że gniew Lyry nieco zmalał.

— Skąd możesz wiedzieć? — stwierdziła niepewnie.

— Wiem.

— Masz może drugi aletheiometr?

— Takie rzeczy wiem bez aletheiometru. Teraz opowiedz mi ze szczegółami o swojej podróży tutaj, Lyro. Zacznij od początku i niczego nie ukrywaj.

Dziewczynka rozpoczęła opowieść od momentu, gdy ukryła się w Sali Seniorów, potem opowiedziała o porwaniu Rogera przez Grobalów, o okresie spędzonym u pani Coulter i wszystkich następnych zdarzeniach.

Była to długa historia, a kiedy Lyra skończyła opowieść, dodała jeszcze:

— Chcę więc poznać odpowiedź na jedno pytanie i uważam, że mam prawo ją otrzymać, tak samo jak miałam prawo wiedzieć, kim naprawdę jestem. Sądzę, że w ramach rekompensaty za to, że mnie nie poinformowałeś, iż jestem twoją córką, powinieneś mi odpowiedzieć. Interesuje mnie, czym jest Pył. I dlaczego wszyscy tak bardzo się go boją?

Lord Asriel popatrzył na dziewczynkę w taki sposób, jak gdyby próbował ocenić, czy zrozumie jego odpowiedź. Lyra pomyślała, że nigdy przedtem nie patrzył na nią tak poważnie, że dotąd traktował ją dokładnie tak, jak większość dorosłych traktuje dzieci zadające trudne pytania. Teraz jednak najwyraźniej doszedł do wniosku, że dziewczynka jest już wystarczająco dorosła, by pojąć jego słowa.

— Pył to coś, co sprawia, że działa aletheiometr — odrzekł.

— Ach... Podejrzewałam, że tak jest! Co jeszcze? I jak tamci się o nim dowiedzieli?

— W pewnym sensie Kościół zawsze zdawał sobie sprawę z jego istnienia. Głosili o nim od stuleci, chociaż nie nazywali go po imieniu. Jednak kilka lat temu pewien moskwianin nazwiskiem Borys Michajłowicz Rusakow odkrył nowy rodzaj cząstki elementarnej. Słyszałaś o elektronach, fotonach, neutrinach i tym podobnych? Nazywa się je cząsteczkami podstawowymi, ponieważ nie można ich już bardziej rozłożyć: nie składają się z żadnych elementów, są najmniejsze. Nowo odkryta cząsteczka również spełniała te warunki, chociaż bardzo trudno było ją zmierzyć, ponieważ podczas badań nie reagowała w zwykły sposób. Największe trudności miał Rusakow ze zrozumieniem, dlaczego owe cząsteczki gromadzą się w otoczeniu istot ludzkich, jak gdybyśmy je do siebie przyciągali. Zwłaszcza osoby dorosłe. Dzieci także, ale dopiero gdy ich dajmony ukształtują się w jedną, stałą postać. Podczas okresu dojrzewania młodzi ludzie zaczynają silniej przyciągać Pył, który osiada na nich tak jak na dorosłych. Obecnie wszystkie tego rodzaju odkrycia, ponieważ mają związek z doktrynami kościelnymi, musi zatwierdzić Magistratura w Genewie. A odkrycie Rusakowa było tak niezwykłe i dziwne, że Inspektor z Konsystorskiej Komisji Dyscyplinarnej podejrzewał, że naukowiec został opętany przez diabła, toteż odprawił egzorcyzmy w jego laboratorium, a potem przesłuchał go zgodnie z zasadami Inkwizycji. W końcu jednak musieli zaakceptować fakt, że moskwianin nie okłamał ich ani nie wprowadził w błąd, Pył bowiem naprawdę istnieje. Wówczas musieli zdecydować, czym jest to nowo odkryte zjawisko. Jeśli weźmiemy pod uwagę ideologię Kościoła, łatwo zrozumieć, że mogli podjąć tylko jedną decyzję — Magistratura oświadczyła, że fenomen ten jest fizycznym świadectwem na istnienie grzechu pierworodnego. Wiesz, jaki to grzech?

Lyra wydęła usta. Miała wrażenie, że ponownie znalazła się w Jordanie i ktoś ją pyta o coś, czego nie zdążyła się dokładnie nauczyć.

— W pewnym sensie... — odparła.

— Więc nie wiesz. Podejdź do półki obok biurka i przynieś mi Biblię.

Dziewczynka wzięła dużą czarną księgę i wręczyła ją ojcu.

— Pamiętasz historię Adama i Ewy?

— Oczywiście — odrzekła. — Ewie nie wolno było zjeść owocu, ale wąż ją skusił i zjadła.

— A co się zdarzyło potem?

— Eee... Zostali wygnani. Bóg wyrzucił ich z ogrodu.

— Bóg zabronił im zjeść owoc, zagroził, że umrą. Pamiętaj, że byli nadzy w ogrodzie, byli jak dzieci, których dajmony mogły przybierać wszelkie dowolne formy. A oto, co się zdarzyło.

Lord Asriel otworzył Biblię na rozdziale trzecim Księgi Rodzaju i przeczytał:

Niewiasta odpowiedziała wężowi: „Owoce z drzew tego ogrodu jeść możemy, tylko o owocach z drzewa, które jest w jego samym środku, Bóg powiedział: Nie wolno wam jeść z niego, a nawet go dotykać, abyście nie pomarli". Wtedy rzekł wąż do niewiasty: „Na pewno nie umrzecie! Ale wie Bóg, że tego dnia, gdy spożyjecie owoc z tego drzewa, otworzą się wam oczy i wasze dajmony przybiorą swe prawdziwe kształty i tak jak bogowie będziecie znali dobro i zło".

*Wtedy niewiasta spostrzegła, że drzewo to ma owoce dobre do jedzenia, że jest ono rozkoszą dla oczu i że owoce tego drzewa nadają się do ujawnienia prawdziwej formy dajmona. Zerwała zatem z niego owoc, skosztowała i dała swemu mężowi, który był z nią; a on zjadł. A wtedy otworzyły się im oczy i poznali prawdziwe formy swoich dajmonów i przemówili do nich. Ale kiedy mężczyzna i kobieta poznali swe dajmony, stwierdzili, że nastąpiła wielka zmiana, ponieważ do tej chwili zdawało im się, że są tacy sami jak wszystkie stworzenia na niebie i ziemi, że nie ma między nimi różnicy. A teraz dostrzegli tę różnicę i poznali dobro i zło; i zawstydzili się, i zerwali liście z drzewa figowego, aby przykryć swą nagość *...*

Ojciec Lyry zamknął księgę.

— I w ten sposób na świecie pojawił się grzech — powiedział. — Grzech, wstyd i śmierć. W tym właśnie momencie ich dajmony ustaliły się w jednej postaci.

— Ale... — Lyra usiłowała znaleźć potrzebne słowa — ...ale to przecież nie jest prawda? Nie taka jak w chemii czy technice... To nie ten rodzaj prawdy, zgadza się?

---

* Na podstawie Biblii Tysiąclecia

Tak naprawdę nie było Adama i Ewy. Uczony z Cassington powiedział mi, że Biblia to tylko coś w rodzaju bajki.

— Cassington powszechnie słynie z wolnomyślicielstwa. Zadaniem tamtejszych mędrców jest kwestionowanie wiary innych. To naturalne, że Uczony z Cassington tak ci powiedział. Ale pomyśl o Adamie i Ewie jak o liczbie urojonej, jak o pierwiastku kwadratowym do minus pierwszej. Nigdy nie zdołasz znaleźć konkretnego dowodu na ich istnienie, jednak jeśli je włączysz do swoich równań, zdołasz dokonać takich obliczeń, jakich nie można sobie wyobrazić bez tych liczb. W każdym razie tego Kościół nauczał przez tysiące lat, a kiedy Rusakow odkrył Pył, nareszcie pojawił się fizyczny dowód, że rzeczywiście coś się zdarzyło w chwili, gdy niewinność przekształciła się w doświadczenie. Nawiasem mówiąc, nazwa Pyłu pochodzi właśnie z Biblii. Na początku nazywano go cząsteczkami Rusakowa, ale wkrótce ktoś zwrócił uwagę na interesujący wers przy końcu rozdziału trzeciego Księgi Rodzaju, gdzie Bóg przeklina Adama za zjedzenie owocu.

Lord Asriel ponownie otworzył Biblię i wskazał Lyrze wspomniany fragment. Dziewczynka przeczytała:

> *W pocie czoła będziesz więc musiał zdobywać chleb, póki nie wrócisz do ziemi, z której zostałeś wzięty; bo pyłem jesteś i w pył się obrócisz *.*

Lord Asriel podjął temat:

— Uczeni Kościoła od dawien dawna głowili się nad przekładem tego ostatniego zdania. Niektórzy twierdzą bowiem, że nie powinno się tłumaczyć „w pył się obrócisz", ale „staniesz się poddanym pyłu", a jeszcze inni, że cały ten werset to rodzaj kalamburu opartego na słowach: „ziemia" i „pył". Kalambur ten w gruncie rzeczy

* Na podstawie Biblii Tysiąclecia

oznacza, że Bóg przyznaje, iż także jego własna natura jest po części grzeszna. Trudno znaleźć jedyną odpowiedź, jako że tekst jest wieloznaczny. Słowo się jednak przyjęło i od tego czasu cząsteczki nazywa się Pyłem.

— A co z Grobalami? — spytała Lyra.

— Generalna Rada Oblacyjna... Banda twojej matki — mruknął. — Bardzo to zręczne z jej strony, że potrafiła zorganizować wokół siebie taką koalicję... Ale to bystra kobieta, nie wątpię, że to zauważyłaś... A ludziom z Magistratury odpowiada fakt, że pojawiają się rozmaite agencje, które oni sami mogą podjudzać przeciwko sobie; tej, która odniesie sukces, udzielą poparcia, tej, która poniesie klęskę — cofną je, a organizację określą mianem „bandy zdrajców", nigdy niemającej racji bytu. Widzisz, twoja matka zawsze pragnęła władzy. Początkowo próbowała ją zdobyć w, hm, naturalny sposób, czyli przez małżeństwo, ale jej się nie udało, o czym pewnie słyszałaś. Postanowiła więc zwrócić się do Kościoła. Jako kobieta nie mogła oczywiście zostać osobą duchowną, toteż zrobiła coś nieortodoksyjnego: powołała do życia własny porządek, stworzyła własne wpływowe „kanały". Tym sposobem zamierzała osiągnąć cel. Muszę przyznać, że pomysł zajęcia się Pyłem to bardzo dobre posunięcie, jako że Pył wszystkich przerażał i nikt nie wiedział, co z nim zrobić. Kiedy więc twoja matka zaproponowała, że postara się zbadać to zjawisko, Magistratura poczuła tak wielką ulgę, że wsparła cenną sojuszniczkę zarówno finansowo, jak i wszelkimi innymi sposobami.

— Ale oni odcinają... — Lyra nie mogła się zmusić do wypowiedzenia całego zdania, słowa nie chciały jej przejść przez gardło. — Sam wiesz, co robią! Dlaczego Kościół pozwala im na coś takiego?

— Dlatego że coś w tym rodzaju zdarzało się już wcześniej. Wiesz, co oznacza słowo „kastracja"? Usuwa się chłopcu organy seksualne, aby nigdy nie stał się w pełni mężczyzną. Kastrat przez całe życie potrafi śpiewać wysokim dyszkantem, a Kościół pozwalał na takie okaleczenia, ponieważ chłopcy ci byli niezwykle użyteczni w muzyce kościelnej. Kilku kastratów zostało wielkimi śpiewakami, naprawdę wspaniałymi artystami, wielu jednakże stało się tłustymi, szpetnymi półmężczyznami, a niektórzy zmarli z powodu operacji. Mimo to, jak widzisz, Kościół nie sprzeciwia się wykonywaniu maleńkiego „cięcia" właśnie z powodu tamtego precedensu. To, co się dzieje obecnie, jest i tak o wiele bardziej higieniczne niż stare metody, kiedy nie było znieczulenia, sterylnych bandaży ani właściwej opieki pielęgniarskiej. W porównaniu z kastracją odcinanie dajmonów wydaje się subtelnym, niegroźnym zabiegiem.

— Nieprawda! — krzyknęła Lyra. — Wcale tak nie jest!

— Nie. Oczywiście, że tak nie jest, i dlatego ludzie twojej matki zmuszeni byli ukrywać się na dalekiej Północy, z dala od ludzkich siedzib. Kościół był jednak zadowolony z faktu, że ma kogoś takiego jak pani Coulter. Któż nie zaufałby tak czarującej, słodkiej i rozsądnej osóbce? Ponieważ jednak jej działalność była dość kontrowersyjna i nieoficjalna, przedstawiciele Magistratury postanowili, że — jeśli będzie trzeba — mogą się wyprzeć tej znajomości.

— A czyim właściwie pomysłem było to... cięcie?

— Twojej matki. To ona skojarzyła te dwa fakty, które zdarzają się podczas dojrzewania — ostateczne ustalenie się postaci dajmona i osiadanie Pyłu. Przyszło jej do głowy, że gdyby oderwać od ciała dajmona, dany osobnik może nigdy nie stałby się poddanym Pyłu... I nie musiałby ponosić odpowiedzialności za grzech pierworodny. Pani Coulter zadała sobie pytanie: czy istnieje możliwość rozdzielenia dajmona i człowieka bez zabijania tego ostatniego? Jednak twoja matka jest osobą światową, wiele podróżowała i wiele widziała. Była na przykład w Afryce, gdzie odkryła, że mieszkańcy tego kontynentu potrafią

„tworzyć" niewolnika zwanego zombi, który nie ma własnej woli i może pracować dniem i nocą. Nie będzie się skarżył i nie ucieknie. Wygląda jak tułów...

— Tak jak osoba bez dajmona!

— Właśnie. W każdym razie tam twoja matka dowiedziała się, że można rozdzielić...

— A... Tony Costa mówił mi, że lasy Północy zamieszkują straszliwe upiory. Przypuszczam, że im również mogło się coś takiego przydarzyć.

— Zgadza się. Tak czy owak, Generalna Rada Oblacyjna zrodziła się właśnie z podobnych idei oraz z pojęcia grzechu pierworodnego, obsesji Kościoła.

Dajmona Lorda Asriela zastrzygła uszami, a mężczyzna położył dłoń na jej pięknym łbie.

— Kiedy dokonali cięcia, zdarzyło się coś jeszcze — ciągnął ojciec dziewczynki — czego w ogóle nie zauważyli. Energia, która łączy człowieka i jego dajmona, jest naprawdę potężna i podczas cięcia w ułamku sekundy się rozprasza. Nie zdawali sobie z tego sprawy, ponieważ to, co zobaczyli, omyłkowo interpretowali jako wstrząs, odrazę albo moralne oburzenie i starali się ignorować własne odczucia. Przegapili w ten sposób coś bardzo ważnego i nawet nie przyszło im do głowy, żeby wykorzystać tę ogromną energię...

Lyra nie mogła usiedzieć spokojnie. Wstała, podeszła do okna i niewidzącymi oczyma zapatrzyła się w bezmierną lodowatą ciemność. Myślała o ogromnym okrucieństwie. Niezależnie od tego, jak ważne było poznanie istoty grzechu pierworodnego, krzywda, jaką wyrządzili ci ludzie Tony'emu Makariosowi i innym dzieciom, była naprawdę straszliwa. Żaden cel nie mógł tego usprawiedliwić.

— A ty co robiłeś? — spytała. — Czy brałeś udział w tych „cięciach"?

— Mnie interesuje coś zupełnie innego. Uważam, że Rada Oblacyjna nie posuwa się wystarczająco daleko. Ja chcę dojść do źródła Pyłu.

— Do źródła? A gdzie się ono znajduje?

— W innym wszechświecie, tym, który widzimy poprzez Zorzę.

Lyra odwróciła się od okna. Jej ojciec wyciągnął się leniwie w fotelu; był silnym mężczyzną o oczach tak dzikich jak oczy jego dajmony. Lyra nie kochała go, nie mogła mu ufać, ale nie potrafiła go nie podziwiać — jego samego, nadmiernego przepychu, którym otoczył się na tym niegościnnym odludziu, oraz jego wielkiej ambicji.

— Jaki jest ten drugi wszechświat? — zapytała.

— To jeden z wielu bilionów równoległych światów. Czarownice wiedzą o nich od stuleci, natomiast pierwsi teologowie, którzy mniej więcej pięćdziesiąt lat temu udowodnili w sposób matematyczny ich istnienie, zostali ekskomunikowani. Wszechświaty te jednak istnieją i nie sposób podważyć faktu ich egzystencji, chociaż niewiele osób zdaje sobie sprawę z możliwości przejścia z jednego wszechświata do drugiego. Sądziliśmy, że jest to sprzeczne z podstawowymi prawami fizyki. Teraz wiem, że się myliliśmy, nauczyliśmy się bowiem dostrzegać świat nad nami, a skoro światło jest w stanie przenikać granicę między światami, my również możemy ją pokonać. Musimy się tego nauczyć dokładnie tak samo, jak ty się nauczyłaś korzystać z aletheiometru.

Teraz zarówno tamten wszechświat, jak i wszystkie inne — kontynuował Lord Asriel — stają przed nami otworem. Weź przykład rzucania monetą: może ona upaść orłem lub reszką, ale zanim spadnie, nie dowiemy się, która ze stron znajdzie się na wierzchu. Jeśli upadnie jedną stroną, druga nie będzie widoczna, chociaż do ostatniego momentu obie sytuacje są równie prawdopodobne. Wyobraź sobie teraz, że jeśli w naszym wszechświecie wypadnie orzeł, to w tym drugim — reszka. Kiedy tak się dzieje, oba światy rozszczepiają się. Używam przykładu monety jedynie dla porównania, w gruncie rzeczy bowiem te potencjalne upadki zdarzają się na poziomie cząstek elementarnych, choć zasada jest identyczna: w jednym momencie wiele rzeczy jest możliwe, w następnym — zdarza się tylko jedna z nich i pozostałe nie mają już racji bytu.

Jak ci mówiłem, istnieją niezliczone światy — ciągnął ojciec Lyry. — Postanowiłem przejść do tego za Zorzą, ponieważ sądzę, że stamtąd pochodzi Pył, który się znajduje w naszym wszechświecie. Widziałaś przezrocza, które pokazywałem Uczonym w Sali Seniorów, musiałaś więc dostrzec Pył przemieszczający się z Zorzy do naszego świata. Widziałaś miasto. Powtarzam ci: uważam, że skoro światło i Pył mogą przeniknąć barierę między wszechświatami i jeśli potrafimy dostrzec miasto, możemy również wybudować most i przejść po nim. Potrzeba do tego wprawdzie ogromnej energii, lecz ja potrafię ją wyzwolić. Tam, za Zorzą, znajduje się źródło Pyłu, a także wszelkiej śmierci, grzechu, nieszczęścia i zniszczenia. Nieodłączna ludzkiemu poznaniu jest chęć zniszczenia i taka jest właśnie natura grzechu pierworodnego. Zamierzam to zmienić, Lyro, a wówczas śmierć odejdzie w zapomnienie.

— Za to właśnie zostałeś tutaj zesłany?

— Tak. Przeraziłem ich swoim planem i wcale im się nie dziwię.

Lord Asriel wstał. Był taki jak jego dajmona — dumny, piękny i bardzo groźny. Dziewczynka siedziała nieruchomo. Bała się ojca, bardzo go podziwiała, a równocześnie uważała, że jest zupełnie szalony. Kimże jednak była, by go osądzać?

— Idź do łóżka — polecił. — Thorold pokaże ci, gdzie będziesz spała.

Odwrócił się, by wyjść.

— Zostawiłeś aletheiometr — zauważyła.

— Tak, rzeczywiście — odparł. — Ale nie jest mi teraz potrzebny. Zresztą, i tak nie potrafię się z nim obchodzić bez książek. Wiesz, zdaje mi się, że Rektor

Kolegium Jordana dał go tobie. Czy rzeczywiście powiedział ci, żebyś mi go przywiozła?

— Hm, no tak! — odrzekła, później jednak zastanowiła się i zdała sobie sprawę, że Rektor właściwie nie poprosił jej, aby przekazała przyrząd Lordowi. Uważała tak przez cały czas, ponieważ nie widziała innego powodu, dla którego starzec miałby go jej dawać. — Nie — zaprzeczyła. — Nie wiem. Myślałam...

— No cóż, ja go w każdym razie nie chcę. Jest twój.

— Ale...

— Dobranoc, dziecko.

Lyra, oniemiała i zbyt oszołomiona tuzinem pytań, które natrętnie cisnęły jej się na usta, wzięła aletheiometr i owinęła go w czarny aksamit. Potem bez ruchu siedziała przez jakiś czas przy ogniu, obserwując, jak jej ojciec opuszcza pokój.

22
Zdrada

Gdy się obudziła, zobaczyła, że ktoś nieznajomy potrząsa ją za ramię, a potem, kiedy Pantalaimon się obudził i zaczął warczeć, rozpoznała Thorolda. Mężczyzna trzymał lampę naftową w drżącej dłoni.

— Panienko, panienko... proszę wstać, szybko. Nie wiem, co robić. Pan nie zostawił żadnych rozkazów. Chyba oszalał.

— Co takiego? Co się dzieje?

— Chodzi o Lorda Asriela, panienko. Od chwili, gdy wczoraj poszłaś spać, zachowywał się prawie tak, jak gdyby był w delirium. Nigdy nie widziałem go w takim stanie. Spakował na sanie wiele przyrządów i aparatów, a potem zaprzągł psy i odjechał. Wziął też chłopca, panienko!

— Rogera? Zabrał Rogera?

— Polecił mi go obudzić i ubrać, a mnie nie przyszło do głowy, aby się z nim spierać... nigdy tego nie robiłem... Chłopiec stale pytał o ciebie, panienko, ale Lord Asriel chciał zabrać tylko jego... Pamiętasz, jak tu weszłaś po przyjeździe? Zobaczył cię, nie mógł uwierzyć własnym oczom i kazał ci odejść? Pamiętasz?

Lyrze tak bardzo kręciło się w głowie ze zmęczenia i strachu, że ledwie mogła skupić myśli, z całych sił starała się jednak skoncentrować na słowach Thorolda.

— Tak? I co?

— Chodzi o to, panienko, że mój pan potrzebował dziecka, by skończyć eksperyment! A jemu się zawsze udaje zdobyć to, czego potrzebuje. Ma swoje sposoby, po prostu zamawia i...

Dziewczynce zahuczało w głowie. Czuła się tak, jak gdyby próbowała zepchnąć w niepamięć pewne nieprzyjemne fakty.

Wstała z łóżka i sięgnęła po ubranie, a potem nagle skurczyła się w sobie i zawładnęła nią rozpacz. Usiłowała zwalczyć to uczucie, miała jednak wrażenie, że całkowicie ją opanowało, zwłaszcza gdy przypomniała sobie stwierdzenie Lorda Asriela: „Energia, która łączy człowieka i jego dajmona, jest naprawdę potężna", oraz uwagę, że aby postawić most nad przepaścią pomiędzy światami, potrzeba „ogromnej energii"...

I wtedy zdała sobie sprawę, co nieświadomie zrobiła.

Przemierzyła całą tę drogę, ponieważ pragnęła „coś" dostarczyć swemu ojcu. Wydawało jej się, że wie, czego chce Lord Asriel. Jednak jemu wcale nie chodziło o aletheiometr. On potrzebował dziecka!

Uświadomiła sobie z całą mocą, że przyprowadziła mu Rogera.

Dlatego właśnie, kiedy ją zobaczył, krzyknął: „Nie posyłałem po ciebie!". Posłał najwyraźniej po jakieś dziecko, a los przywiódł mu własną córkę. Tak w każdym razie musiał pomyśleć, póki zza pleców Lyry nie wychynął chłopiec.

Cóż za straszliwy wybryk losu! Sądziła, że ratuje Rogera, a przez cały czas spychała go ku przepaści. Zdradziła go...

Ze zdenerwowania zadrżała i zaszlochała. To nie może być prawda, pomyślała, nie może.

Thorold próbował ją pocieszyć, nie znał jednakże powodu jej ogromnego żalu, toteż tylko nerwowo głaskał ją po ramieniu.

— Iorek... — załkała dziewczynka, odpychając służącego. — Gdzie jest Iorek Byrnison? Gdzie niedźwiedź? Czy ciągle na zewnątrz?

Starzec bezradnie wzruszył ramionami.

— Pomóż mi! — szepnęła, drżąc na całym ciele z osłabienia i strachu. — Pomóż mi się ubrać. Muszę iść. Teraz! Szybko!

Mężczyzna odstawił lampę i spełnił jej polecenie. Kiedy rozkazywała, kiedy mówiła w ten władczy sposób, bardzo przypominała swego ojca, mimo że jej twarz była mokra od łez, a usta drżały. Pantalaimon tymczasem kręcił się po pokoju, szaleńczo wymachując ogonem; jego sierść niemal się iskrzyła. Thorold pospiesznie przyniósł sztywne, cuchnące futro i pomógł Lyrze je włożyć. Gdy tylko wszystkie guziki zostały zapięte i wszystkie rzepy zamocowane, dziewczynka skierowała się do drzwi. Na dworze poczuła zimne ukłucie w gardle niczym dotknięcie miecza, a łzy natychmiast zamarzły na jej policzkach.

— Iorku! — zawołała. — Iorku Byrnisonie! Chodź, bardzo cię potrzebuję!

Rozległ się tupot łap na śniegu oraz szczęk metalu i po chwili niedźwiedź stanął obok dziewczynki. Najwyraźniej jeszcze przed chwilą spokojnie spał, jego wielkie ciało bowiem przykrywał padający śnieg. W świetle lampy, którą trzymał siedzący w oknie Thorold, Lyra dostrzegła długi zwierzęcy pysk z ciemnymi oczodołami i białe futro pod rdzawoczarnym metalem, żelaznym hełmem. Zapragnęła otoczyć go ramionami, przytulić się do jego osypanego śniegiem futra i szukać pocieszenia.

— Co się stało? — spytał.

— Musimy dogonić Lorda Asriela. Zabrał Rogera i zamierza... Nawet nie mogę o tym myśleć... Och, mój drogi Iorku, błagam, pospieszmy się!

— Jedźmy więc — odparł po prostu, a ona wskoczyła mu na grzbiet.

Nawet nie musieli się zastanawiać, w którą stronę wyruszyć, ślady sań prowadziły bowiem z dziedzińca ku równinie i Iorek skoczył, aby podążyć tym tropem. Poruszał się tak płynnie, że Lyra dostosowała się do niego odruchowo. Biegł szybciej niż kiedykolwiek. Przeskoczył gęsty śnieg pokrywający skalistą ziemię, a blachy pancerza huśtały się pod dziewczynką w jednostajnym rytmie.

Za nimi podążały inne niedźwiedzie, ciągnąc miotacz ognia. Droga była świetnie widoczna, ponieważ księżyc stał wysoko, a światło, które rzucał na zasypany śniegiem świat, było tak jaskrawe, że krajobraz miał barwy błyszczącego srebra i głębokiej czerni. Ślady sań Lorda Asriela biegły prosto ku pasmu nierównych wzgórz. Wysokie, strome turnie sterczały w niebo; były tak czarne jak aksamitny materiał okrywający aletheiometr. Nigdzie nie było widać sań... A może coś się porusza na stoku najwyższego ze szczytów? Lyra spojrzała przed siebie, natężając wzrok, a Pantalaimon zmienił się w sowę, wzleciał bardzo wysoko i patrzył.

— Tak — powiedział, gdy w chwilę później usiadł na nadgarstku swej pani — to Lord Asriel. Zawzięcie popędza psy, a z tyłu siedzi dziecko...

Lyra poczuła, że Iorek Byrnison zmienia tempo, coś bowiem najwyraźniej przyciągnęło jego uwagę. Zwolnił, podniósł łeb i spojrzał najpierw w lewo, potem w prawo.

— O co chodzi? — spytała Lyra.

Niedźwiedź nie odpowiedział. Przez moment nasłuchiwał z uwagą, chociaż do uszu dziewczynki nie dotarł żaden odgłos. Potem nagle coś usłyszała: tajemniczy, bardzo odległy szum i skrzypienie. Lyra znała już ten dźwięk — była to muzyka Zorzy. Opadający z nieba błyszczący welon wisiał, migocząc na północnym niebie. Wszystkie te niewidoczne biliony i tryliony naładowanych cząstek i — pomyślała dziewczynka — może również Pyłu, czarowały, promieniejąc łuną z górnej partii atmosfery. Widok był nadzwyczajny, bardziej olśniewający niż wszystkie, które Lyra widziała do tej pory, i dziewczynka miała wrażenie, że Zorza zna rozgrywający się w dole dramat i chce oświetlić go w najbardziej natchniony, budzący grozę sposób.

Żaden z niedźwiedzi nie patrzył jednak w górę; wszystkie skupiły uwagę na powierzchni ziemi. To nie Zorza przyciągnęła uwagę Iorka. Stał teraz zupełnie nieruchomo i Lyra ześlizgnęła się z jego grzbietu, sądziła bowiem, że jeśli coś go martwiło, powinien swobodnie wykorzystać wszystkie swoje zmysły.

Obejrzała się za siebie: na ogromną otwartą równinę prowadzącą do domu Lorda Asriela i na pagórki, które niedawno przebyli. Nie dostrzegła niczego niezwykłego. Zorza świeciła coraz intensywniej. Najpierw „welony" drżały i przesuwały się na bok, a postrzępione „zasłony" zwijały się i rozwijały, z każdą minutą całość stawała się większa i coraz mocniej jaśniała. Łuki i pętle wirowały od jednego krańca horyzontu po drugi i dotykały zenitu promieniejącymi wstęgami. Lyra słyszała teraz wyraźniej niż kiedykolwiek potężny, śpiewny syk i świst ogromnych niepojętych sił.

— Czarownice! — krzyknął któryś z niedźwiedzi i Lyra natychmiast odwróciła się, czując radość i ulgę.

Jednak w tym samym momencie mocne uderzenie pchnęło ją do przodu. Straciła oddech, nie mogła złapać powietrza, toteż tylko dyszała i drżała, a w miejscu, w którym stała przed chwilą, tkwiła strzała z zielonymi piórami, której drzewce niemal całkowicie wbite było w śnieg.

— To niemożliwe! — krzyknęła cicho Lyra.

Niestety czarownice rzeczywiście atakowały, a kolejna

strzała ze stukotem odbiła się od pancerza stojącego obok Lyry Iorka. Nie były to bowiem czarownice Serafiny Pekkali, ale przedstawicielki innego klanu. Tuzin ich albo więcej krążył nad niedźwiedziami. Od czasu do czasu zniżały lot, aby wystrzelić, po czym znowu się wznosiły. Dziewczynka przeklinała każdym znanym sobie brzydkim słowem.

Iorek Byrnison wydał szybkie rozkazy. Widać było, że niedźwiedzie mają wprawę w walkach z czarownicami, ponieważ natychmiast ustawiły się w szyku obronnym.

Czarownice atakowały. Potrafiły strzelać celnie jedynie z bliskiej odległości, toteż aby nie marnować strzał, opuszczały się jak najniżej, napinały łuki, a po wypuszczeniu strzały natychmiast się wznosiły. Kiedy jednak znajdowały się nisko, były łatwym celem, a wówczas niedźwiedzie błyskawicznie podnosiły łapy i strącały przeciwniczki na ziemię, gdzie je dobijały.

Lyra przycupnęła przy skale i wypatrywała, czy nie zbliża się do niej któraś z czarownic. Wprawdzie kilka celowało do dziewczynki, ale strzały padły daleko od niej. Nagle Lyra, patrząc na niebo, zauważyła, że większa część grupy zawraca i odlatuje.

Gdyby widok ten ją uspokoił, ulga trwałaby niestety zaledwie kilka sekund, ponieważ z kierunku, w którym czarownice się wycofały, zaczęło nadlatywać mnóstwo innych, a wraz z nimi pojawiło się sporo połyskujących świateł. Mało tego — w bezmiernej pustce svalbardzkiej równiny oprócz odgłosów Zorzy Lyra usłyszała dźwięk, który ją przeraził. Był to zgrzytliwy warkot gazowego silnika: nadlatywał zeppelin z panią Coulter i jej żołnierzami na pokładzie.

Iorek wyryczał rozkaz i niedźwiedzie od razu się przeszeregowały. Słuchając straszliwego huku z nieba, Lyra obserwowała, jak kilka z nich szybko wyładowało miotacz ognia. Czarownice z przedniej straży również to dostrzegły, niedźwiedzie jednak ufały swym pancerzom i szybko ustawiały machinę: długie ramię zakończone misą czy też czaszą szeroką na jard oraz wielki żelazny zbiornik spowity dymem i parą.

Lyra patrzyła, jak trysnął jasny płomień, a zespół niedźwiedzi ponownie zajął się miotaczem. Dwa opuściły długie ramię, trzeci nałożył do czaszy kilka szufli płonącej siarki, którą — na rozkaz — odpaliły. Ogień poszybował wysoko w ciemne niebo.

Niedźwiedzie strzelały. Na ziemię spadało wiele czarownic, trzy już od pierwszego wystrzału, wkrótce jednak prawdziwym celem stał się zeppelin. A pilot albo nigdy wcześniej nie widział miotacza ognia, lub też nie doceniał jego siły, ponieważ nadal leciał prosto ku niedźwiedziom. Nie wzniósł się ani nie skręcił w żadną stronę.

Szybko się okazało, że zeppelin także dysponuje bronią: na przedzie sterowca pojawił się karabin maszynowy. Lyra dostrzegła, że ze zbroi niektórych niedźwiedzi lecą iskry, i zobaczyła, jak wielkie stworzenia kulą się pod obstrzałem, a później usłyszała świst pocisków. Krzyknęła ze strachu.

— Wszystko w porządku — zapewnił ją Iorek Byrnison. — Nie da się przebić pancerza takimi małymi kulkami.

Miotacz ognia znowu strzelił płomieniem: tym razem masa płonącej siarki wyleciała w górę, trafiła w sterowiec i rozprysnęła się na wszystkie strony kaskadą rozjarzonych cząstek. Zeppelin przechylił się w lewo i z łoskotem zatoczył szeroki łuk, po czym skierował się ponownie w stronę grupy niedźwiedzi obsługujących miotacz. Kiedy się przybliżył, ramię miotacza opadło ze skrzypieniem; karabin maszynowy kaszlał i pluł, na niskie warknięcie Iorka Byrnisona dwa niedźwiedzie uchyliły się. Kiedy maszyna znajdowała się niemal nad ich łbami, któryś z niedźwiedzi ryknął rozkaz i ramię znowu wystrzeliło w górę.

Tym razem siarka uderzyła w powłokę komory gazowej

zeppelina. Sztywna konstrukcja, która utrzymywała pokrycie z impregnowanego jedwabiu, zawierające wodór, była wprawdzie wystarczająco wytrzymała na uszkodzenia, ale bezbronna wobec płonącej kuli. Jedwab rozdarł się, a zetknięcie się siarki i wodoru spowodowało ogromny pożar.

Jedwab natychmiast stał się przezroczysty i widać było cały szkielet zeppelina — ciemny na tle pomarańczowo-czerwono-żółtego ognistego piekła — wisiał w powietrzu przez kilka chwil, które wydawały się bardzo długie, po czym opadł powoli na ziemię. Czarne na tle śniegu i płomienia małe figurki przewracały się lub uciekały z maszyny; nadleciały czarownice, aby pomóc ludziom wydostać się z pożaru. W ciągu minuty po upadku zeppelina ziemię pokryły kawałki powyginanego metalu, całun dymu i płonące szczątki.

Znajdujący się na pokładzie żołnierze i inne osoby (chociaż Lyra była za daleko, aby dostrzec panią Coulter, miała pewność, że jej matka znajduje się w maszynie) nie marnowali czasu. Z pomocą czarownic wyciągnęli karabin maszynowy, ustawili go i rozpoczęła się walka na ziemi.

— Chodźmy — rzucił Iorek. — Przez jakiś czas tamci będą zajęci.

Zaryczał, część niedźwiedzi odłączyła się od głównej grupy i zaatakowała Tatarów z prawej strony. Lyra czuła, że jej przyjaciel chce się znaleźć wśród walczących, ale coś jej kazało iść naprzód; myślała tylko o Rogerze i Lordzie Asrielu. Iorek Byrnison zapewne o tym wiedział, ponieważ niósł ją pod górę, oddalając się od pola bitwy, zostawiwszy swoje niedźwiedzie, aby powstrzymały Tatarów.

Wspinali się samotnie. Lyra wytężała wzrok, aby dostrzec coś przed sobą, ale nawet sowie oczy Pantalaimona nie były w stanie zobaczyć żadnego ruchu na stoku góry, na którą wchodzili. Niemniej jednak ślady sań

Lorda Asriela były dobrze widoczne i Iorek podążał po nich szybko, pędząc wielkimi susami po śniegu; podczas biegu tworzył za sobą wysokie zaspy. Cokolwiek działo się obecnie w dole, już ich nie dotyczyło; zostawili całe zamieszanie za sobą. Lyrze wydawało się, że całkowicie opuszcza znany sobie świat, ponieważ czuła się w nim bardzo obco, pochłonięta była czymś innym: wysokością, na którą się wspinali, oraz osobliwym i niesamowitym światłem, które ich oblewało.

— Iorku, potrafisz znaleźć Lee Scoresby'ego? — spytała.

— Znajdę go, żywego lub martwego.

— A gdybyś zobaczył Serafinę Pekkalę...

— Powiem jej, co postanowiłaś.

— Dziękuję ci, Iorku — szepnęła.

Przez jakiś czas się nie odzywali. Lyrze wydawało się, że wpada w jakiś trans — inny niż sen i odmienny od jawy — niemal w jakiś stan świadomego snu, w którym niedźwiedź niósł ją do miasta w gwiazdach.

Akurat zamierzała opowiedzieć o tym Iorkowi Byrnisonowi, kiedy nagle zwolnił, a potem się zatrzymał.

— Ślady prowadzą dalej — oświadczył. — Ja niestety nie mogę za nimi podążyć.

Lyra zeskoczyła, stanęła obok niego i spojrzała. Iorek znajdował się na krawędzi przepaści. Dziewczynka nie wiedziała, czy jest to szczelina lodowcowa czy też skalna rozpadlina, fakt ten jednak nie miał wielkiego znaczenia, ważne było tylko to, że w dole była bezkresna ciemność.

A ślady sań Lorda Asriela biegły do krawędzi... a następnie dalej, przez most śnieżny.

Most ten ugiął się już wyraźnie pod ciężarem sań i widać było szerokie na mniej więcej stopę pęknięcie, które zwężając się, biegło aż do drugiego końca przepaści. Most mógł utrzymać przechodzące dziecko, ale z pewnością nie wytrzymałby ciężaru niedźwiedzia w pancerzu.

Ślady Lorda Asriela biegły za most i dalej w górę i Lyra uświadomiła sobie, że jeśli zechce kontynuować pościg, musi iść sama.

Odwróciła się do Iorka Byrnisona.

— Muszę przejść — oznajmiła. — Dziękuję ci za wszystko, co dla mnie zrobiłeś. Nie wiem, co się zdarzy, kiedy dogonię ojca. A może wszyscy zginiemy, niezależnie od tego, czy do niego dotrę... Ale jeśli wrócę, przyjdę do ciebie, ponieważ pragnę ci podziękować we właściwy sposób, królu Iorku Byrnisonie.

Położyła rękę na jego łbie. Niedźwiedź nie poruszył się, a potem łagodnie pokiwał łbem.

— Do zobaczenia, Lyro Złotousta — odparł.

Serce dziewczynki zabiło mocno, ponieważ kochała niedźwiedzia, ale mimo to odwróciła się i postawiła stopę na moście. Śnieg zatrzeszczał pod nią, a Pantalaimon przefrunął most, usadowił się po drugiej stronie i zachęcał ją do dalszej drogi. Lyra szła krok po kroku i ciągle się zastanawiała, czy lepiej byłoby biec szybko i przeskoczyć na drugą stronę, czy też iść powoli — tak jak teraz — i stąpać tak lekko jak to tylko możliwe. W połowie drogi usłyszała pod stopami kolejny głośny trzask, a kawałek mostu odpadł blisko jej stóp i runął w przepaść. Most obniżył się kilka cali nad rozpadliną.

Lyra stanęła całkowicie nieruchomo. Pantalaimon przybrał postać lamparta i czekał, gotów skoczyć i złapać swą panią, gdyby spadała.

Na szczęście most wytrzymał. Dziewczynka wykonała kolejny krok, potem jeszcze jeden, a w następnym momencie poczuła, jak śnieg pod jej stopami obsuwa się, toteż odbiła się mocno i przeskoczyła na drugą stronę przepaści. Wylądowała brzuchem w śniegu; za nią z cichym szumem cały most zapadł się w lodowcową rozpadlinę.

Pantalaimon wbił pazury w futro Lyry i trzymał ją mocno. Po minucie dziewczynka otworzyła oczy i odczołgała się od krawędzi. Droga powrotna już nie istniała. Lyra trwała przez chwilę w bezruchu, po czym podniosła rękę w kierunku obserwującego ją niedźwiedzia. Odpowiadając na pozdrowienie, Iorek Byrnison stanął na tylnych łapach, później odwrócił się i szybko zbiegł z góry, aby pomóc swoim poddanym w bitwie z panią Coulter i żołnierzami z zeppelina.

Lyra została sama.

23

Most do gwiazd

Kiedy Iorek Byrnison zniknął z pola widzenia, dziewczynka poczuła, że jej ciało ogarnia ogromna słabość. Z powodu łez w oczach niewiele widziała, toteż po omacku poszukała swego dajmona.

— Och, drogi Pantalaimonie, nie mogę iść dalej! Jestem taka przestraszona... i zmęczona... strasznie znużona i przerażona! Naprawdę wolałabym, żeby na moim miejscu był tu ktoś inny!

Dajmon przybrał postać kota i położył się przy jej szyi, ogrzewał ją i dodawał otuchy.

— Po prostu nie wiem, co robić — łkała Lyra. — To zadanie nas przytłacza, Pan, nie jesteśmy w stanie...

Nie widząc go, przytuliła go do siebie. Siedziała i lekko się kołysała w tył i w przód, a z jej ust wydobywały się głośne szlochy, które niosły się daleko po bezludnej śnieżnej krainie.

— A nawet gdyby... jeśli pani Coulter pierwsza dopadnie Rogera, nie będzie dla niego ratunku, ponieważ zabierze go z powrotem do Bolvangaru albo zrobi mu coś gorszego, a potem oni z zemsty mnie zabiją... Dlaczego tak się znęcają nad dziećmi, Pan? Czy oni wszyscy tak bardzo nas nienawidzą, że chcą nas porozrywać na strzępy? Po co to robią?

Pantalaimon jednak nie potrafił jej udzielić odpowiedzi, przytulał się więc tylko mocno, a Lyra stopniowo, w miarę jak opuszczał ją szaleńczy strach, zaczęła odzyskiwać spokój. Była wprawdzie zmarznięta i przerażona, ale jednocześnie pewna siebie i zdeterminowana.

— Żałuję... — zaczęła i urwała. Żałowanie czegokolwiek nie mogło jej w tej chwili w niczym pomóc, toteż westchnęła jedynie ciężko po raz ostatni i już była gotowa do dalszej drogi.

Do tej pory księżyc zaszedł i niebo na południu było bardzo ciemne, chociaż pokryte bilionami gwiazd, które wyglądały jak diamenty na czarnym aksamicie. Ich blask jednakże stokrotnie zaćmiewała jasność Zorzy. Lyra nigdy wcześniej nie widziała, aby Zorza była tak olśniewająca i imponująca, a ilekroć ten fenomen skurczył się lub zadrżał, na niebie zaczynały tańczyć nowe, jaskrawe pasma. Za tą ciągle się zmieniającą świetlistą mgiełką widać było ten drugi świat, oświetlone w tej chwili światłem słonecznym miasto, wyraźne i trójwymiarowe.

Im wyżej się wspinali, tym bardziej ponury krajobraz rozciągał się pod nimi. Na północy leżało zamarznięte morze, w miejscach połączenia się lodowych warstw utworzyły się wybrzuszenia. Poza tym było niemal całkowicie płaskie, białe i nieskończenie rozległe, sięgało do bieguna i dalej. Było wręcz niewyobrażalnie nijakie, pozbawione życia i lodowate. Na wschodzie i zachodzie znajdowało się więcej gór: wysokie, poszczerbione wierzchołki wznosiły się ostro w górę, ich stoki pokryte były wielkimi masami śniegu i wyrzeźbione przez wiatr w krawędzie ostre niczym brzytwa. Na południu leżała droga, którą przybyli, i Lyra tęsknie popatrzyła za siebie; zastanawiała się, czy dojrzy swego drogiego przyjaciela,

Iorka Byrnisona, i jego wojsko, nic jednak nie mąciło spokoju rozległej równiny. Dziewczynka nie była nawet pewna, czy byłaby w stanie dostrzec spalony wrak zeppelina albo zabarwiony na karmazynowo śnieg na polu bitwy.

Pantalaimon, który w postaci sowy latał wysoko, usiadł teraz na nadgarstku swojej właścicielki.

— Są tuż za tamtym szczytem — poinformował. — Lord Asriel rozstawił całą aparaturę, a Roger nie może się oddalić, ponieważ...

W momencie gdy to powiedział, Zorza zamigotała i przygasła — jak anbaryczna żarówka tuż przed ostatecznym zgaśnięciem — a następnie zupełnie zniknęła. W mroku, który nastał, Lyra czuła jednakże obecność Pyłu. Miała przeczucie, że wydarzy się coś niesamowitego.

W ciemnościach usłyszała krzyk dziecka:

— Lyro! Lyro!

— Idę! — odpowiedziała i, potykając się, ruszyła w górę. Wytężając siły, wspinała się, upadała, parła jednak naprzód przez upiornie połyskujący śnieg.

— Lyro! Lyro!

— Już prawie weszłam — wysapała. — Już jestem, Rogerze!

Pantalaimon zmieniał się teraz gwałtownie, co było oznaką niepokoju. Był lwem, gronostajem, orłem, żbikiem, zającem, salamandrą, sową, lampartem. Kalejdoskop postaci na tle Pyłu...

— Lyro!!!

Wtedy dziewczynka dotarła na szczyt i zobaczyła, co się dzieje.

W odległości pięćdziesięciu jardów od niej stał w świetle gwiazd Lord Asriel. Łączył właśnie dwa przewody prowadzące do odwróconych sań, na których stały różne przyrządy, słoje i części jakiejś aparatury, pokryte już kryształami szronu. Ojciec Lyry ubrany był w grube futro, twarz oświetlał mu płomień lampy naftowej. Jego dajmona leżała obok w pozie sfinksa; jej piękna nakrapiana sierść wspaniale lśniła, ogon poruszał się leniwie w śniegu.

W pysku trzymała dajmonę Rogera.

Małe stworzenie szarpało się, szamotało, walczyło... W jednym momencie miało postać ptaka, w następnym — psa, potem — kota, szczura, znowu ptaka. Przez cały czas przywoływało Rogera, który znajdował się kilka jardów dalej, natężając się, próbując powstrzymać drgawki wstrząsające jego ciałem, krzycząc z bólu i zimna, wykrzykując imię swej dajmony i Lyry. W pewnej chwili podbiegł do Lorda Asriela i pociągnął go za ramię, ale ten odepchnął go na bok. Chłopiec spróbował jeszcze raz, krzycząc, błagając i łkając, ojciec Lyry jednakże nie zwrócił na niego zbytniej uwagi, odepchnął go ponownie mocnym ruchem. Roger upadł na ziemię.

Mężczyzna i chłopiec znajdowali się na krawędzi urwiska. Za nimi nie było nic, jedynie wręcz bezgraniczna ciemność. Byli tysiąc albo i więcej stóp ponad zamarzniętym morzem.

Wszystko to Lyra dostrzegła w świetle gwiazd. Później, kiedy Lord Asriel połączył przewody, Zorza ponownie zapłonęła olśniewająco — niczym wielka strzałka pokazująca jakąś oślepiającą moc, która porusza się między dwoma punktami i ma kilka tysięcy mil wysokości i dziesięć tysięcy mil długości; opadała, wznosiła się, falowała, błyskała niczym połyskujący wodospad.

I Lord Asriel ją kontrolował!

A w każdym razie wykorzystywał jej moc. Z wielkiej szpuli na saniach odwijał się drut, który prowadził w górę, prosto do nieba. Nagle z ciemności nadleciał kruk i Lyra wiedziała, że jest to dajmon czarownicy, która pomagała jej ojcu, i to ona właśnie uniosła drut na tak dużą wysokość.

Zorza płonęła pełnym blaskiem.

Lord Asriel był prawie gotów.

Odwrócił się do Rogera i skinął na niego, a chłopiec bezradnie ruszył ku niemu. Potrząsał głową, błagał, krzyczał, niemniej jednak szedł przed siebie.

— Nie idź tam! Uciekaj! — krzyknęła Lyra i rzuciła się zboczem w dół, w kierunku swego przyjaciela.

Pantalaimon skoczył na irbisicę Lorda Asriela i wyrwał z jej szczęk dajmonę Rogera. W następnej chwili kocica skoczyła za nim, a wtedy dwa młode dajmony, stale się zmieniając, zaczęły walkę z wielką cętkowaną bestią.

Irbisica uderzała na lewo i prawo szponiastymi łapami, a jej warczenie zagłuszyło nawet krzyki Lyry. Dzieci także z nią walczyły; a może raczej opierały się temu, co wkrótce miało się wydarzyć w strumieniach Pyłu...

Zorza nad nimi lekko falowała, za chwilę można było w niej ujrzeć najpierw budynek, potem jezioro, wreszcie rząd palm. Wszystko to znajdowało się tak blisko, że wydawało się, iż wystarczy zrobić krok, aby przedostać się do tamtego świata.

Lyra podbiegła i chwyciła Rogera za rękę.

Pociągnęła go mocno, a potem zaczęli się oddalać od Lorda Asriela. Biegli, trzymając się za ręce, ale Roger zaczął krzyczeć i wyrywał się przyjaciółce, ponieważ irbisica znowu schwytała jego dajmonę; a Lyra znała ten wstrząsający sercem ból i próbowała się zatrzymać...

Tyle że już nie mogli się zatrzymać.

Fragment urwiska pod nimi osunął się...

Cała ośnieżona półka skalna, na której stali, sunęła nieubłaganie w dół...

Zamarznięte morze tysiąc stóp poniżej...

— Lyra!!!

Uderzenia serc...

Mocny uścisk dłoni...

A wysoko w górze najwspanialsze na świecie zjawisko.

Ciemne, usiane gwiazdami sklepienie nieba nagle przeszyło coś podobnego do włóczni.

Z wielkiego łuku Zorzy niczym strzała wystrzelił w górę strumień światła; eksplozja czystej energii... Rozszczepiły się warstwy światła i koloru, z których składała się Zorza. Nastąpiło wielkie rozdarcie i rozległ się zgrzyt i skrzypienie; odgłosy te były tak głośne, że słychać je było zapewne i w jednym, i w drugim wszechświecie. A na niebie pojawiło się miasto...

Promienie słońca!

Promienie słońca lśniące na futrze złotej małpy...

Śnieżna półka, na której stały dzieci, znieruchomiała. Lyra pomyślała, że może zatrzymał ją jakiś niewidoczny skalny występ. Ponad ośnieżonym wierzchołkiem dziewczynka dostrzegła, jak z powietrza spada złota małpa i zatrzymuje się u boku irbisicy. Oba dajmony zjeżyły się przezornie. Małpa podniosła ogon, a irbisica dumnie się przed nią przechadzała. Wtedy małpa wyciągnęła łapę, a irbisica opuściła łeb we wdzięcznym i czułym powitaniu. Dajmony dotknęły się...

A kiedy dziewczynka oderwała od nich oczy, dostrzegła panią Coulter w ramionach Lorda Asriela. Iskry i snopy światła igrały wokół nich. Lyra była bezradna, mogła jedynie podejrzewać, co się stało: jej matka jakimś sposobem zdołała przejść nad przepaścią i podążyła za nią w górę, aż tutaj...

Moi rodzice razem, pomyślała.

W dodatku obejmowali się z taką namiętnością! Coś nieprawdopodobnego.

Dziewczynka otworzyła szeroko oczy. Ciało Rogera leżało martwe w jej ramionach — nieruchome i spokojne. Lyra usłyszała, jak rodzice rozmawiają.

— Oni nigdy na to nie pozwolą... — powiedziała matka.

— Nie pozwolą? — obruszył się ojciec. — Nie jesteśmy

dziećmi, nie potrzebujemy niczyjego pozwolenia. Sprawiłem, że każdy, kto zechce, może przejść.

— Zakażą tego! Zaplombują przejście i ekskomunikują każdego, kto spróbuje tam się dostać!

— Zbyt wielu ludzi zapragnie tam przejść. Nie będą w stanie przeszkodzić wszystkim. To będzie oznaczało koniec Kościoła, Mariso, koniec Magistratury, koniec tych stuleci ciemnoty! Spójrz na to światło w górze: to słońce innego świata! Poczuj jego ciepło na swojej skórze!

— Są silniejsi niż ktokolwiek, Asrielu! Nie wiesz...

— Nie wiem? Ja? Nikt na świecie nie wie lepiej niż ja, jak silny jest Kościół! Jednak na to nie jest wystarczająco silny. Pył i tak wszystko zmieni. Nikt już go nie powstrzyma.

— Czy tego właśnie chciałeś? Zniszczyć nas poprzez grzech i ciemnotę?

— Chciałem przejść na tamtą stronę, Mariso! I zaraz dokonam tego. Spójrz tam, popatrz na palmy kołyszące się na brzegu! Czujesz powiew tego wiatru? Wiatru z innego świata! Skup się na nim, poczuj go na włosach, na twarzy...

Lord Asriel odrzucił kaptur pani Coulter, obrócił ją twarzą ku niebu i przesunął dłonią po jej włosach. Lyra patrzyła bez tchu, nie ośmieliła się poruszyć nawet o cal.

Pani Coulter przylgnęła do Lorda Asriela, jak gdyby poczuła się słabo, i strapiona potrząsnęła głową.

— Nie... nie.. Oni nadchodzą, Asrielu... Wiedzą, dokąd zmierzasz...

— W takim razie, chodź ze mną, odejdźmy z tego świata!

— Nie odważyłabym się...

— Ty? Ty byś się nie odważyła? Twoje dziecko poszłoby bez namysłu, a ty czujesz trwogę? Twoje dziecko ośmieliłoby się na wszystko i zawstydza swoją matkę.

— W takim razie, weź ją i idźcie. Ona jest bardziej twoja niż moja, Asrielu.

— To nie tak. Ty ją tu przywiodłaś, ty próbowałaś ukształtować jej osobowość. Wtedy ci odpowiadało jej towarzystwo...

— Okazała się zbyt pospolita i zbyt uparta. Zajęłam się nią za późno... A gdzie jest teraz? Podążałam za nią krok w krok...

— Więc ciągle jej potrzebujesz? Dwa razy próbowałaś ją utrzymać przy sobie i dwukrotnie ci się wymknęła. Gdybym był na jej miejscu, uciekłbym i nie dałbym ci trzeciej szansy.

Lord Asriel, ciągle tuląc głowę pani Coulter, naprężył nagle mięśnie rąk i przyciągnął kobietę ku sobie, a potem namiętnie pocałował. Lyra pomyślała, że wygląda to raczej jak przejaw okrucieństwa niż miłości, i dla potwierdzenia spojrzała na dajmony rodziców. Widok był osobliwy: naprężona irbisica z obnażonymi pazurami pochylała się nad leżącą na śniegu, błogo odprężoną mdlejącą małpą o złotej sierści.

Pani Coulter oderwała się gwałtownie od swego partnera i krzyknęła:

— Nie, Asrielu...! Moje miejsce jest w tym świecie, nie w tamtym...

— Chodź ze mną! — powiedział natarczywie i władczo. — Chodź i pracuj ze mną!

— Nie moglibyśmy pracować razem.

— Dlaczego? Mariso, we dwoje bylibyśmy w stanie rozebrać wszechświat na kawałki i ponownie go złożyć! Moglibyśmy odnaleźć źródło Pyłu i zniszczyć je na zawsze! Nie okłamiesz mnie, wiem, że chciałabyś brać udział w tym wspaniałym przedsięwzięciu. Możesz kłamać na każdy inny temat: o Radzie Oblacyjnej, o swoich kochankach... Tak, wiem o Borealu i nic mnie on nie obchodzi... Kłam o Kościele, nawet o dziecku, ale nie okłamiesz mnie co do swych prawdziwych pragnień. Znam je...

Ich usta znowu połączyły się w pocałunku. Dwa dajmony igrały ze sobą: irbisica przetoczyła się na grzbiet, a dajmon pani Coulter wbił pazury w miękkie futro na jej szyi, dajmona Lorda Asriela warknęła głośno z rozkoszy.

— Jeśli nie pójdę, spróbujesz mnie zniszczyć — zauważyła pani Coulter, wyzwalając się z ramion mężczyzny.

— Dlaczego miałbym chcieć cię zniszczyć? — zapytał, śmiejąc się. Na jego głowę padało już światło drugiego świata. — Jeśli pójdziesz ze mną i będziesz ze mną pracować, twoja osoba nadal nie będzie mi obojętna. Jeśli tu jednak zostaniesz, od razu przestaniesz mnie interesować. Nie wyobrażaj sobie, moja droga, że jeśli zostaniesz, pomyślę o tobie choćby przez chwilę. Zdecyduj się więc: wolisz siać niezgodę w tym świecie czy iść ze mną do tamtego.

Matka Lyry zawahała się. Zamknęła oczy i zachwiała się, jak gdyby miała zemdleć. Utrzymała jednak równowagę, a po chwili otworzyła piękne oczy; wypełniał je teraz bezgraniczny smutek.

— Nie — zabrzmiała jej odpowiedź. — Nie.

Dajmony rodziców Lyry rozdzieliły się. Lord Asriel opuścił rękę i zagłębił silne palce w futro irbisicy. Potem zgarbił się, odwrócił i odszedł bez słowa. Złota małpa skoczyła w ramiona pani Coulter, wydając z siebie ciche rozpaczliwe piski i wyciągając łapkę do odchodzącego kota. Twarz matki dziewczynki zalana była łzami; Lyra widziała, jak lśnią, i wiedziała, że są prawdziwe.

Potem pani Coulter, łkając, bez słowa odwróciła się i zeszła z góry, znikając z pola widzenia swej córki.

Dziewczynka obserwowała ją obojętnie, a potem podniosła oczy na niebo.

Nigdy nie widziała czegoś tak zdumiewającego.

Miasto w chmurach było tak puste i ciche, że wyglądało na nowo wybudowane, jak gdyby dopiero spodziewało się ewentualnych mieszkańców albo jakby spało, oczekując, by ktoś je przebudził. Słońce tamtego wszechświata przenikało do tego; dzięki jego promieniom ręce Lyry połyskiwały złotem, topniał lód na Rogerowym kapturze z wilczej skóry, blade policzki chłopca robiły się przezroczyste, a w jego niewidzących oczach migotały błyski.

Lyra była nieszczęśliwa. Czuła ogromny smutek i gniew. Za to, co jej ojciec zrobił Rogerowi, miała ochotę go zabić: gdyby mogła wydrzeć mu serce, od razu by to zrobiła. I za to, że ją oszukał. Jak śmiał tak postąpić?!

Ciągle trzymała w ramionach ciało Rogera. Pantalaimon coś powiedział, ale Lyrze huczało w głowie i niczego nie słyszała, póki jej dajmon nie zmienił się w żbika i nie dotknął pazurami grzbietu jej dłoni. Wtedy zamrugała nerwowo i oprzytomniała.

— Co? Co?

— Pył! — powiedział.

— O czym ty mówisz?

— O Pyle. Lord Asriel zamierza znaleźć źródło Pyłu i zniszczyć je, prawda?

— Tak powiedział.

— A Rada Oblacyjna, Kościół, Bolvangar, pani Coulter i wszyscy inni... Oni także chcą je zniszczyć, zgadza się?

— Ta-ak... Albo zmienić jego oddziaływanie na ludzi... A dlaczego?

— Myślę, że jeśli oni wszyscy uważają Pył za coś złego, to pewnie w rzeczywistości jest dobry.

Lyra nie odpowiedziała, czuła jednak, że jej odrętwienie mija. Stwierdzenie Pantalaimona wyraźnie ją ożywiło.

Jej dajmon kontynuował:

— Pamiętasz, stale mówili o Pyle i było oczywiste, że bardzo się go boją. I wiesz co? Wierzyliśmy im, chociaż widzieliśmy, jacy są niegodziwi i jakie nikczemne i paskudne rzeczy robią... Pomyśleliśmy, że Pył musi być zły, ponieważ tamci są dorośli, więc skoro coś mówią, to chyba wiedzą. A jeśli kłamali? Jeśli Pył jest...

Lyra dokończyła za niego zadyszanym głosem:

— Tak! Jeśli naprawdę jest dobry...

Popatrzyła na swego dajmona i zobaczyła, że w jego zielonych żbiczych oczach odbija się jej podniecenie. Dziewczynce zakręciło się w głowie, jak gdyby ziemia pod jej stopami obróciła się.

Jeśli Pył jest dobry... Jeśli jest czymś przyjemnym, pożądanym, koniecznym...

— Również moglibyśmy go poszukać, Pan! — szepnęła.

Najwyraźniej były to słowa, które jej dajmon pragnął usłyszeć.

— Możemy dostać się tam przed twoim ojcem — dodał — i...

Ogrom zadania sprawił, że zamilkli. Lyra patrzyła na połyskujące niebo. Zdawała sobie sprawę z tego, jak ona i jej dajmon są mali w porównaniu z potęgą i niewyobrażalną wielkością wszechświata; i jak niewiele wiedzą w obliczu tych wszystkich niezwykłych tajemnic.

— Uda się nam — nalegał Pantalaimon. — Przeszliśmy całą tę drogę, prawda? Potrafimy i tamtego dokonać.

— Będziemy zupełnie sami. Iorek Byrnison nie może z nami pójść. Nie pomoże nam ani on, ani Ojciec Coram, Serafina Pekkala czy Lee Scoresby... ani nikt inny.

— Więc pójdziemy we dwoje. To nie ma znaczenia. I tak nie jesteśmy przecież sami. W każdym razie nie tak jak...

Lyra wiedziała, co Pantalaimon ma na myśli: ...nie tak jak Tony Makarios. I nie tak jak te biedne opuszczone dajmony w Bolvangarze. Jesteśmy nadal jedną istotą, stanowimy całość.

— I mamy aletheiometr — wtrąciła szybko. — Tak. Sądzę, że musimy się tam udać, Pan. Pójdziemy tam, w górę, i poszukamy Pyłu, a kiedy go znajdziemy, będziemy wiedzieli, jak należy postąpić.

Ciało Rogera leżało nieruchomo w ramionach dziewczynki. Delikatnie położyła je na ziemi.

— I dokonamy tego — dodała.

Spojrzała za siebie. Za nimi znajdowały się ból, śmierć i strach, przed nimi natomiast — niepewność, niebezpieczeństwo i niezgłębione tajemnice.

Ale nie jesteśmy sami, pomyślała.

I tak Lyra i jej dajmon odwrócili się od świata, w którym się urodzili, popatrzyli ku obcemu słońcu i ruszyli w jego kierunku.

Spis treści